O BAZAR DOS SONHOS RUINS

STEPHEN KING

O BAZAR DOS SONHOS RUINS

TRADUÇÃO
Regiane Winarski

7ª reimpressão

Copyright © 2015 by Stephen King
Publicado mediante acordo com o autor através da The Lotts Agency.

Grafia atualizada segundo o Acordo Ortográfico da Língua Portuguesa de 1990, que entrou em vigor no Brasil em 2009.

Título original
The Bazaar of Bad Dreams

Capa
Jonathan Bush

Imagem de capa
Nicolas Obery

Preparação
Carolina Vaz

Revisão
Ceci Meira
Márcia Moura

Dados Internacionais de Catalogação na Publicação (CIP)
(Câmara Brasileira do Livro, SP, Brasil)

King, Stephen
  O bazar dos sonhos ruins / Stephen King ; tradução Regiane Winarski. — 1ª ed. — Rio de Janeiro : Suma, 2017.

  Título original: The Bazaar of Bad Dreams.
  ISBN 978-85-5651-030-3

  1. Ficção de suspense 2. Ficção norte-americana I. Título.

17-00905   CDD-813

Índice para catálogo sistemático:
1. Ficção de suspense : Literatura norte-americana   813

Todos os direitos desta edição reservados à
EDITORA SCHWARCZ S.A.
Praça Floriano, 19, sala 3001 — Cinelândia
20031-050 — Rio de Janeiro — RJ
Telefone: (21) 3993-7510
www.companhiadasletras.com.br
www.blogdacompanhia.com.br
facebook.com/editorasuma
instagram.com/editorasuma
twitter.com/Suma_BR

I shoot from the hip and keep a stiff upper lip.

— AC/DC

SUMÁRIO

Nota do autor 9

Introdução 11

Milha 81 17

Premium Harmony 65

Batman e Robin têm uma discussão 79

A duna 95

Garotinho malvado 111

Uma morte 151

A igreja de ossos 169

Moralidade 179

Vida após a morte 211

Ur 227

Herman Wouk ainda está vivo 289

Indisposta 311

Blockade Billy 331

Mister Delícia 373

Tommy 393

O pequeno deus verde da agonia 399

Aquele ônibus é outro mundo 427

Obituários 439

Fogos de artifício e bebedeira 481

Trovão de verão 513

NOTA DO AUTOR

Algumas destas histórias já foram publicadas, mas isso não quer dizer que estavam prontas nem que estão prontas agora. Até um escritor se aposentar ou morrer, o trabalho não está terminado — o texto sempre pode ganhar um polimento e algumas revisões. Há também algumas histórias novas. Tem mais uma coisa que quero que você saiba, Leitor Fiel: o quanto estou feliz de nós dois ainda estarmos aqui. É legal, não é?

— SK

INTRODUÇÃO

Fiz umas coisinhas para você, Leitor Fiel; estão todas expostas ao luar. Mas, antes de poder olhar para os pequenos tesouros feitos à mão que tenho aqui à venda, que tal conversarmos um pouco sobre eles? Não vai demorar. Venha, sente-se ao meu lado. Chegue mais perto. Eu não mordo.

Bem... nós nos conhecemos há bastante tempo, e desconfio de que você saiba que isso não é totalmente verdade.

É?

I

Você ficaria surpreso (ao menos, acho que ficaria) com a quantidade de pessoas que me perguntam por que eu ainda escrevo contos. O motivo é bem simples: escrevê-los me deixa feliz, porque nasci para entreter. Não sei tocar guitarra muito bem, muito menos sapatear, mas *sei* fazer isso. Então faço.

Sou romancista por natureza, isso eu admito, e tenho um gosto particular por histórias longas que criam uma experiência de imersão tanto para o autor quanto para o leitor, onde a ficção tem a chance de se tornar um mundo quase real. Quando um livro desses é bem-sucedido, o autor e o leitor não estão só tendo um caso; eles se casam. Quando recebo uma carta de um leitor ou uma leitora dizendo que ficou triste quando *A dança da morte* ou *Novembro de 63* chegou ao fim, sinto que o livro foi um sucesso.

Mas há algo especial nas experiências mais curtas e mais intensas. Podem ser revigorantes, às vezes até chocantes, como uma valsa com um estranho que você nunca mais vai encontrar, ou um beijo no escuro, ou uma bela raridade à venda sobre um lençol barato em um bazar. E, sim, quando minhas histórias estão reunidas, sempre me sinto como um vendedor ambulante, um que só vende à meia-noite. Exibo minha mercadoria e convido o leitor (você) a escolher o que quiser. Mas sempre acrescento uma advertência: cuidado, meu caro, porque alguns desses objetos são perigosos. São aqueles que têm sonhos ruins escondidos dentro, os que não saem da sua mente enquanto o sono não chega, e você se pergunta por que a porta do armário está aberta se você sabe perfeitamente bem que a fechou.

II

Se eu dissesse que sempre gostei da disciplina rigorosa que as obras mais curtas de ficção impõem, estaria mentindo. Os contos exigem uma espécie de habilidade acrobática que precisa de muito treino exaustivo. *A leitura fácil é produto de uma escrita dedicada*, alguns professores dizem, e é verdade. Lapsos que podem passar despercebidos em um romance ficam gritantes em um conto. Uma disciplina rigorosa é necessária. O escritor precisa dominar seu impulso de seguir por caminhos alternativos fascinantes e permanecer na rota principal.

Nunca sinto tanto as limitações do meu talento como quando estou escrevendo obras curtas de ficção. Luto contra sentimentos de inadequação, contra um medo que vem do fundo da alma de que não vou conseguir cobrir o vão entre uma ideia excelente e a realização do potencial dessa ideia. No fim das contas, em linguagem simples, o produto final nunca parece tão bom quanto a ideia esplêndida que surgiu no meu subconsciente, junto com o pensamento empolgante: *Caramba! Tenho que escrever isso agora!*

Mas, às vezes, o resultado é bom. E, de vez em quando, o resultado é ainda melhor que o conceito original. Adoro quando isso acontece. O verdadeiro desafio é mergulhar na ideia, e imagino que seja por isso que tantos escritores amadores com grandes ideias nunca pegam a caneta ou começam a digitar no teclado. Com frequência, é como tentar ligar um carro em um dia frio. Primeiro, o motor não pega, só geme. Mas, se você insistir (e se a bateria não descarregar), o motor pega… funciona perfeitamente… e segue macio.

Algumas destas histórias vieram em uma faísca de inspiração ("Trovão de verão" foi uma dessas) e tiveram que ser escritas de uma vez só, mesmo que isso significasse interromper o trabalho em um livro. Outras, como "Milha 81", esperaram pacientemente sua vez durante décadas. Mas o foco rigoroso necessário para criar um bom conto é sempre o mesmo. Escrever romances é um pouco como jogar beisebol, ou seja: uma partida demora o tempo que precisar, mesmo que chegue a vinte entradas. Escrever contos é mais como jogar basquete ou futebol americano: você está competindo contra o relógio tanto quanto contra o outro time.

Quando se trata de escrever ficção — romance *ou* conto —, a curva de aprendizagem não acaba nunca. Posso me declarar escritor profissional para a Receita Federal quando mando meu formulário de imposto de renda, mas, em termos criativos, ainda sou um amador, ainda estou aprendendo minha arte. Nós todos estamos. Cada dia que passo escrevendo é uma experiência de aprendizado e uma batalha para criar algo novo. Fingir não é permitido. Não se pode aumentar seu talento, isso vem com o pacote, mas é possível impedir que o talento encolha. Pelo menos, eu gosto de pensar que é.

E, ei! Eu ainda amo fazer isso.

III

Então, aqui estão as mercadorias, querido Leitor Fiel. Esta noite, estou vendendo um pouco de tudo: um monstro que parece um carro (tons de *Christine*), um homem que pode matar ao escrever seu obituário, um leitor digital que acessa mundos paralelos e o favorito de todos os tempos: o fim da raça humana. Gosto de vender meus produtos quando os outros vendedores já foram para casa faz tempo, quando as ruas estão desertas e a lua gelada flutua acima dos cânions da cidade. É nessa hora que gosto de abrir *meu* lençol e espalhar *minha* mercadoria.

Já chega de papo. Talvez você queira comprar algum dos meus produtos agora, não? Tudo que você vê foi feito à mão, e apesar de eu amar cada um deles, fico feliz em vendê-los, porque os fiz especialmente para você. Fique à vontade para examinar todos, mas tome cuidado, por favor.

Os melhores têm dentes.

6 de agosto de 2014

Quando tinha dezenove anos e estudava na Universidade do Maine, eu dirigia de Orono até a cidadezinha de Durham, que costuma ser representada como Harlow nos meus livros. Eu fazia esse trajeto a cada três fins de semana, mais ou menos, para ver minha namorada... e, coincidentemente, minha mãe. Na época, dirigia uma perua Ford 61: seis em linha para dar a arrancada e três na árvore (se você não entendeu, pergunte ao seu pai). O carro chegou a mim depois de passar pelo meu irmão David.

A I-95 era menos usada naquela época e ficava quase deserta por longos trechos após o Labor Day, quando os turistas de verão voltavam para suas rotinas. Não havia celulares, claro. Se o carro enguiçava, você tinha duas opções: consertar ou esperar que um bom samaritano parasse e lhe desse uma carona até a oficina mais próxima.

Durante esses trajetos de cento e cinquenta milhas — cerca de duzentos e quarenta quilômetros —, eu desenvolvi um horror especial pela Milha 85, que ficava no meio do nada entre as cidades de Gardiner e Lewiston. Fiquei convencido de que, se o motor da minha perua velha *fosse* pro inferno, seria lá. Eu conseguia visualizá-la encolhida no acostamento, solitária e abandonada. Alguém pararia para ver se o motorista estava bem? Para ver se não estava, quem sabe, estirado no banco sofrendo um ataque cardíaco? Claro que pararia. Há bons samaritanos em toda parte, principalmente no interior. As pessoas que moram no meio do nada cuidam umas das outras.

Mas, pensei, e se minha perua fosse uma impostora? Uma armadilha monstruosa para os desavisados? Achei que daria uma boa história, e deu mesmo. Chamei-a de "Milha 85". Nunca foi reescrita, muito menos publicada, porque a perdi. Na época, eu usava LSD com regularidade, e perdi um monte de coisas. Inclusive, por curtos períodos, a cabeça.

Vamos acelerar quase quarenta anos no futuro. Apesar do longo trecho da I-95 no Maine ser mais percorrido no século XXI, o trânsito ainda diminui bastante após o Labor Day, e os cortes no orçamento forçaram o estado a fechar muitas das áreas de descanso. O posto de gasolina com um Burger King (onde ingeri muitos Whoppers) perto da saída de Lewiston foi uma dessas áreas. Ficou abandonada, cada vez mais triste e esquecida atrás das placas de NÃO ENTRE que marcavam as rampas de entrada e saída. Invernos rigorosos destruíram o estacionamento, e ervas daninhas surgiram nas rachaduras.

Certo dia, quando estava passando por lá, me lembrei da velha história perdida e decidi reescrevê-la. Como a área de descanso abandonada era mais ao sul do que a temida Milha 85, tive que mudar o título. Todo o resto é basicamente a mesma coisa, eu acho. Aquele oásis rodoviário pode não existir mais, assim como a velha perua Ford, minha antiga namorada e muitos dos meus maus hábitos, mas a história continua existindo. É uma das minhas favoritas.

MILHA 81

1. PETE SIMMONS (Huffy 2007)

— Você não pode ir com a gente — disse o irmão mais velho. George falou baixo, apesar de o resto dos amigos (um grupo do bairro formado de garotos de doze e treze anos que se intitulavam Invasores Fodões) estar esperando no final do quarteirão. Não com muita paciência. — É muito perigoso.

— Não estou com medo.

Pete falou com coragem, apesar de *estar* com medo, um pouquinho. George e os amigos iam para o campo de areia atrás do boliche. Lá, eles iam brincar de um desafio que Normie Therriault tinha inventado. Normie era o líder dos Invasores Fodões, e a brincadeira se chamava Paraquedistas do Inferno. Havia uma ladeira esburacada que levava até a beirada da cascalheira, e a brincadeira consistia em descer de bicicleta a toda a velocidade, gritando "Os Invasores arrebentam!" o mais alto possível, e se levantar do selim na hora do salto. A queda era de uns três metros, e a área onde eles caíam era macia, só que mais cedo ou mais tarde alguém acabaria caindo no cascalho e não na areia, e quebraria o braço ou o tornozelo. Até Pete sabia disso (apesar de também entender por que aquilo aumentava a graça). Quando isso acontecesse, seus pais descobririam, e esse seria o fim dos Paraquedistas do Inferno. Mas agora, a brincadeira, feita sem capacetes, claro, continuava.

George sabia que não podia deixar o irmão participar da brincadeira; ele devia estar cuidando de Pete enquanto os pais trabalhavam. Se Pete quebrasse a Huffy na cascalheira, George ficaria de castigo por uma semana. Se seu irmãozinho quebrasse o braço, seria por um mês. E, caramba, se fosse o pescoço, George achava que ficaria preso no quarto até a hora de ir para a faculdade.

Além do mais, ele amava o pentelhinho.

— Fique aqui — disse George. — Nós voltamos daqui a duas horas.

— Ficar aqui com *quem*? — perguntou Pete.

Eles estavam de férias, e todos os *seus* amigos, os que a mãe diria que eram "da idade apropriada", pareciam estar em outro lugar. Dois tinham ido para a Disney World, em Orlando, e quando Pete pensava nisso, seu coração se enchia de inveja e ciúme, uma mistura horrível, mas estranhamente saborosa.

— Só fique aqui — disse George. — Vá ao mercado, sei lá. — Ele remexeu no bolso e tirou duas notas de um dólar amassadas. — Compre algo pra você.

Pete olhou para o dinheiro.

— Nossa, vou comprar um Corvette. Talvez dois.

— Anda logo, Simmons, senão a gente vai sem você! — gritou Normie.

— Estou indo! — gritou George. E falou baixo para Pete: — Pegue o dinheiro e não seja babaca.

Pete pegou o dinheiro.

— Eu até trouxe minha lupa — disse ele. — Eu ia mostrar pra eles...

— Todos já viram esse truque bobo umas mil vezes — disse George, mas viu os cantos da boca de Pete murcharem e tentou aliviar o fora: — Além do mais, olhe para o céu, pateta. Não dá para criar fogo com lupa em um dia nublado. Fique aqui. Nós vamos jogar Batalha Naval no computador quando eu voltar.

— Beleza, seu merdinha! — gritou Normie. — Até janeiro, seu punheteiro!

— Eu tenho que ir — disse George. — Me faça o favor de não se meter em confusão. Fique no bairro.

— Você vai acabar quebrando a coluna e ficando paralisado pra porra da vida toda — respondeu Pete... mas cuspiu rapidinho por entre os dedos para anular a maldição. — *Boa sorte!* — gritou ele para o irmão. — *Dê o maior salto!*

George acenou, mas não olhou para trás. Ficou de pé nos pedais da bicicleta, uma Schwinn velha que Pete admirava, mas na qual não conseguia andar (ele tentou uma vez e mal conseguiu sair da garagem de casa). Pete o viu acelerar pelo quarteirão de casas de subúrbio em Auburn para alcançar os amigos.

Pete ficou sozinho.

* * *

Ele tirou a lupa da bolsa e posicionou em cima do antebraço, mas não houve ponto de luz nem calor. Olhou com raiva para as nuvens baixas e guardou a lupa. Era das boas, uma Richforth. Ele ganhou no Natal, para ajudar com o projeto de ciências de colônia de formigas.

"Vai acabar na garagem, pegando poeira", profetizara seu pai, mas, apesar de o projeto da colônia de formigas ter terminado em fevereiro (Pete e sua parceira, Tammy Witham, tiraram A), Pete ainda não havia se cansado da lupa. Ele adorava queimar buracos em pedaços de papel no quintal.

Mas não hoje. Hoje, a tarde se esticava infinitamente como o deserto. Ele podia ir para casa assistir à TV, mas o pai tinha bloqueado todos os canais interessantes quando descobriu que George estava gravando *Boardwalk Empire*, um programa cheio de gângsteres das antigas e peitinhos de fora. Havia um bloqueio similar no computador de Pete, e ele ainda não tinha descoberto a senha, apesar de saber que acabaria descobrindo; era só uma questão de tempo.

E agora?

— E agora o quê? — disse ele em voz baixa, e começou a pedalar devagar até o fim da rua Murphy. — E agora... o que... porra?

Ele era pequeno demais para brincar de Paraquedistas do Inferno porque podia se machucar. Que saco. Pete queria fazer alguma coisa para provar a George e a Normie e a todos os Invasores que até garotinhos eram capazes de encarar o peri...

A ideia lhe ocorreu de repente, vinda do nada. Ele podia explorar a área de descanso abandonada. Pete achava que os meninos mais velhos não sabiam sobre ela, porque foi um garoto da idade dele, Craig Gagnon, que lhe contou. Craig disse que tinha ido até lá com alguns outros meninos de dez anos, no último outono. Claro que ele podia ter inventado tudo, mas Pete achava difícil. Craig deu detalhes demais, e não era o tipo de garoto bom em inventar coisas. Era meio burrinho, na verdade.

Com um destino em mente, Pete saiu pedalando mais rápido. No final da rua Murphy, virou para a esquerda, na Hyacinth. Não havia ninguém na calçada, nem carros na rua. Ele ouviu o barulho de um aspirador de pó vindo da casa dos Rossignols, mas o resto da vizinhança podia estar dormindo ou morto. Pete achava que estavam trabalhando, igual a seus pais.

Ele entrou na travessa Rosewood, passando pela placa amarela que dizia BECO SEM SAÍDA. Só havia umas dez casas ali. No final da rua tinha uma cerca de arame. Atrás dela ficava um emaranhado de arbustos e árvores de troncos finos de uma área de reflorestamento. Quando Pete se aproximou da cerca (e da placa desnecessária que dizia DÊ A PREFERÊNCIA), ele parou de pedalar e seguiu só no embalo da bicicleta.

Ele entendia (vagamente) que, apesar de ver George e seus amigos dos Invasores como Garotos Mais Velhos (e com certeza era assim que os Invasores se viam), eles não eram *realmente* Garotos Mais Velhos. Os verdadeiros Garotos Mais Velhos eram adolescentes descolados que tinham habilitação e namorada. Os verdadeiros Garotos Mais Velhos estavam no ensino médio. Gostavam de beber, de fumar maconha, de ouvir heavy metal ou hip-hop e de chupar a saliva das namoradas.

Portanto, gostavam da área de descanso abandonada.

Pete desceu da Huffy e olhou ao redor para ver se estava sendo observado. Não viu ninguém. Nem os irritantes gêmeos Crosskill — que gostavam de pular corda (em sincronia) por todo o bairro quando não havia aula — estavam por perto. Um milagre, na opinião de Pete.

Não muito longe dali, dava para ouvir o barulho constante dos carros na I-95, seguindo para o sul, para Portland, ou para o norte, para Augusta.

Mesmo que Craig tenha falado a verdade, já devem ter consertado a cerca a essa altura, pensou Pete. *Sou azarado assim.*

Mas, quando se inclinou para perto, Pete viu que apesar de a cerca *parecer* inteira, não estava. Alguém (provavelmente um Garoto Mais Velho beirando a categoria chata de Jovem Adulto) tinha cortado os aros da cerca em uma linha reta de cima a baixo. Pete deu outra olhada ao redor, enfiou as mãos nos diamantes de metal e empurrou. Esperava resistência, mas não houve nenhuma. O pedaço cortado da cerca se abriu como um portão de fazenda. Os Garotos Mais Velhos de Verdade o usavam mesmo. Uhul.

Pensando bem, fazia sentido. Eles podiam ter habilitação, mas a entrada e a saída da área de descanso da Milha 81 estavam agora bloqueadas pelos cones laranja enormes que as equipes rodoviárias usavam. Havia grama crescendo pelo concreto rachado do estacionamento deserto. Pete tinha visto isso milhares de vezes, porque o ônibus da escola pegava a I-95 para percorrer as três saídas de Laurelwood, onde ia buscá-lo, e seguir até a rua Sabattus, onde ficava a Escola de Ensino Fundamental Auburn nº 3, também conhecida como Alcatraz.

Ele lembrava quando a área de descanso ainda estava aberta. Havia um posto de gasolina, um Burger King, um TCBY e um Sbarro's. Mas depois, fechou. O pai de Pete disse que havia áreas de descanso demais ao longo da rodovia e que o estado não tinha dinheiro para manter todas abertas.

Pete passou a bicicleta pela abertura na cerca, depois empurrou cuidadosamente o portão improvisado de volta até os formatos de diamante estarem alinhados e a cerca parecer inteira novamente. Andou na direção dos arbustos e tomou o cuidado de não passar os pneus da Huffy por vidro quebrado (tinha muito do outro lado da cerca). Ele começou a procurar o que sabia que devia estar ali; o corte na cerca era uma indicação.

E lá estava, marcada por guimbas de cigarro pisadas e algumas garrafas de cerveja e refrigerante vazias: uma trilha que levava para dentro do bosque. Ainda empurrando a bicicleta, Pete a seguiu. A vegetação alta o engoliu. Às suas costas, a travessa Rosewood continuava sonhando em mais um dia nublado de primavera.

Era como se Pete Simmons nunca tivesse passado por ali.

A trilha entre a cerca e a área de descanso da Milha 81 tinha, na estimativa de Pete, uns oitocentos metros, e havia marcas dos Garotos Mais Velhos por todo o caminho: seis garrafas marrons pequenas (duas com colheres de cocaína cobertas de meleca ainda presas), embalagens vazias de salgadinhos, uma calcinha de renda pendurada em um arbusto (parecia que estava ali havia um bom tempo, tipo uns cinquenta anos) e, *bingo!*, uma garrafa de vodca Popov pela metade com a tampa ainda enroscada. Depois de certo debate mental, Pete colocou a garrafa na bolsa, junto com a lupa, a edição mais recente de *Locke & Key* e alguns Oreos com recheio extra.

Ele empurrou a bicicleta por um riacho lento e, bingo duplo, saiu nos fundos da área de descanso. Havia outra cerca de arame — também cortada —, e Pete entrou direto. O caminho continuava através da grama alta até os fundos do estacionamento. Onde, ele supunha, os caminhões de entrega estacionavam. Perto do prédio, ele notou retângulos escuros no chão, onde ficavam os lixões. Pete baixou o descanso da Huffy e a largou em cima de um deles.

Seu coração disparou quando ele pensou no que vinha em seguida. *Arrombamento e invasão de propriedade particular, bebê. Você pode ir preso.* Mas era arrombamento e invasão se ele encontrasse uma porta aberta ou uma tábua solta em uma das janelas? Ele achava que ainda era invasão, mas só a invasão era considerada crime?

Pete sabia que era, mas achou que, se não houvesse arrombamento, não seria preso. Afinal, ele não tinha ido até lá para correr um risco? Para fazer uma coisa da qual se gabar depois para Normie e George e para os outros Invasores Fodões?

Era verdade que estava com medo, mas pelo menos não estava mais entediado.

Ele tentou a porta com a placa apagada de SOMENTE FUNCIONÁRIOS e viu que ela não só estava trancada, como estava *seriamente* trancada, não cedia nem um centímetro. Havia duas janelas ao lado, mas ele percebeu, só de olhar, que estavam bem fechadas com tábuas. Em seguida, se lembrou da abertura na cerca de arame que parecia inteira e experimentou mexer nas tábuas. Não adiantou. De certa forma, foi um alívio. Talvez não precisasse se encrencar.

Só que... os Garotos Mais Velhos de Verdade *entravam* ali. Ele tinha certeza. Como faziam? Pela frente? Com visão plena da rodovia? Talvez se eles fossem à noite, mas Pete não tinha intenção de verificar isso em plena luz do dia. Não com qualquer motorista com um celular podendo ligar para a polícia para dizer: "Achei que vocês iam gostar de saber que tem um garotinho brincando na área de descanso da Milha 81. Lá onde era o Burger King, sabe?"

Prefiro quebrar o braço brincando de Paraquedistas do Inferno a ter que ligar para os meus pais da delegacia de Grey State. Na verdade, preferia quebrar os dois braços e ficar com o pinto preso no zíper da calça jeans.

Bom, talvez isso não.

Ele andou na direção da área de carga e descarga e lá, mais uma vez, *bingo!* Havia um monte de guimbas de cigarro pisadas próximas à plataforma de concreto, e mais algumas garrafinhas marrons ao redor do rei: um potinho verde-escuro de xarope NyQuil. A superfície da plataforma, da qual caminhões se aproximavam de ré para descarregar, ficava na altura dos olhos de Pete, mas o cimento estava se desfazendo e havia vários apoios para os pés de um garoto ágil de All Stars de cano alto. Pete ergueu os braços acima da cabeça, encontrou apoios para os dedos na superfície rachada da plataforma... e o resto, como dizem, é história.

Lá em cima, em tinta vermelha desbotada, alguém tinha pintado EDWARD LITTLE ARREBENTA, OS RED EDDIES É QUE MANDAM. *Não é verdade*, pensou Pete. *Os Invasores Fodões é que mandam.* Em seguida, ele olhou ao redor, sorriu e disse:

— Na verdade, *eu* que mando.

E ali, de pé na parte de trás da área de descanso, ele sentiu que mandava. Ao menos, por enquanto.

Pete desceu, só para ter certeza de que não teria dificuldade depois, e se lembrou das coisas na bolsa. Suprimentos para o caso de decidir passar a tarde ali explorando e tal. Ele pensou no que levar, mas decidiu soltar a bolsa da bicicleta e levar tudo. Até a lupa poderia ser útil. Uma fantasia vaga começou a se formar na mente dele: detetive mirim descobre vítima de assassinato em área de descanso deserta e soluciona o crime antes de a polícia nem sequer saber que um crime tinha sido cometido. Ele conseguia se ver explicando para os boquiabertos policiais que, na verdade, tinha sido bem fácil. Elementar, meus queridos merdinhas.

Baboseira, claro, mas seria divertido fingir.

Ele colocou a bolsa na plataforma de carga e descarga (tomando cuidado por causa da garrafa de vodca pela metade) e subiu de novo. A porta de metal corrugado que levava para dentro tinha pelo menos três metros e meio de altura e estava presa na parte debaixo não por um, mas por dois cadeados gigantes, só que também havia uma porta de tamanho normal embutida nela. Pete experimentou a maçaneta. Não girou, nem a porta menor se abriu quando ele empurrou e puxou, mas cedeu um pouco. Bastante, na verdade. Ele olhou para baixo e viu que um calço de madeira tinha sido enfiado por baixo da porta; uma precaução ridícula. Por outro lado, o que mais se poderia esperar de adolescentes chapados de cocaína e xarope para tosse?

Pete tirou o calço e, desta vez, quando puxou a porta embutida, ela se abriu com um gemido.

* * *

As janelas grandes da frente do que havia sido o Burger King estavam cobertas de arame, em vez de tábuas, então Pete não teve dificuldade de ver o que tinha ali dentro. Todas as mesas e todos os bancos tinham sido retirados da área do restaurante, e a parte da cozinha era só um buraco escuro com alguns fios saindo das paredes e alguns dos azulejos do teto pendurados, mas o local não estava exatamente vazio.

No centro, cercadas de cadeiras dobráveis, duas mesas velhas de carteado tinham sido colocadas juntas. Na superfície ampla havia mais de dez cinzeiros de metal imundos, várias pilhas de cartas de baralho sujas e uma caixinha cheia de fichas de pôquer. As paredes estavam decoradas com vinte ou trinta pôsteres de revista. Pete os inspecionou com grande interesse. Ele já vira xoxotas — tinha visto várias na HBO e no CinemaSpank antes de os pais se darem conta e bloquearem os canais premium da TV a cabo —, mas aquelas eram xoxotas *raspadas*. Pete não sabia direito o que tinham de tão impressionante (pareciam meio nojentas), mas ele achava que mudaria de ideia quando ficasse mais velho. Além do mais, os peitinhos compensavam. Peitinhos de fora eram demais.

No canto, três colchões imundos foram colocados juntos, como as mesas, mas Pete tinha idade suficiente para saber que o que se passava ali não era um jogo de pôquer.

— Me mostra sua xoxota! — ordenou ele para uma das garotas da *Hustler* na parede, e riu. Em seguida: — Me mostra sua xoxota *raspada*!

Ele riu ainda mais. Pete queria que Craig Gagnon estivesse ali, apesar de Craig ser um retardado. Eles poderiam rir juntos das xoxotas raspadas.

Começou a andar de um lado para outro, ainda dando gargalhadas animadas. Estava úmido na área de descanso, mas não chegava a estar frio. O cheiro era a pior parte, uma combinação de fumaça de cigarro e maconha, bebida velha e infiltração nas paredes. Pete achou que também estava sentindo cheiro de carne podre. Provavelmente de sanduíches comprados no Rosselli's ou no Subway.

Na parede ao lado da bancada onde as pessoas pediam Whoppers e Whalers, Pete encontrou outro pôster. Esse era do Justin Bieber quando tinha uns dezesseis anos. Os dentes tinham sido pintados de preto, e alguém colou um adesivo de suástica nazista em uma das bochechas. Chifres de diabo vermelhos se projetavam do topete de Bieber. Havia dardos espetados na cara dele. Na parede acima do pôster, escrito com caneta permanente, estava: BOCA 15 PTS, NARIZ 25 PTS, OLHOS 30 PTS KDA.

Pete pegou os dardos e recuou pelo aposento vazio até chegar a uma marca preta no chão. Lá estava escrito LINHA BIEBER. Pete ficou atrás dela e lançou os seis dardos dez ou doze vezes. Na última tentativa, fez cento e vinte e cinco pontos. Ele achou bom. Imaginou George e Normie Therriault aplaudindo.

Ele foi até uma das janelas cobertas de arame e olhou para as ilhas vazias de concreto onde ficavam as bombas de gasolina e para o tráfego mais ao longe. Tráfego leve. Pete achava que no verão ficaria pesado de novo, com turistas e veranistas, a não ser que seu pai estivesse certo e o preço da gasolina subisse para sete dólares o galão, e todo mundo resolvesse ficar em casa.

E agora? Ele tinha jogado dardos, tinha visto xoxotas raspadas o suficiente por... bem, talvez não por toda a vida, mas por alguns meses, e não havia assassinatos para solucionar, então o que faria agora?

A vodca, decidiu ele. Experimentaria alguns goles só para provar que era capaz e para que as próximas vezes que contasse vantagem tivessem um toque vital de verdade. Depois, ele pensou em pegar suas coisas e voltar para a rua Murphy. Ele se esforçaria para fazer sua aventura parecer interessante, até emocionante, mas na verdade aquele lugar não era nada demais. Era só um lugar aonde os Garotos Mais Velhos de Verdade podiam ir para jogar pôquer, dar uns amassos e não se molhar quando chovesse.

Mas a bebida... isso era *importante*.

Ele levou a bolsa até os colchões e se sentou (tomando cuidado para evitar as manchas, que eram muitas). Pegou a garrafa de vodca e a estudou com certa fascinação sombria. Com dez, quase onze anos, ele não via muita graça em experimentar os prazeres adultos. No ano anterior, roubara um cigarro do avô e o fumara atrás da 7-Eleven. Até a metade, pelo menos. Depois, tinha se inclinado e vomitado o almoço entre os tênis. Ele obteve uma informação interessante, mas não muito valiosa, naquele dia: feijão e salsicha não tinham uma aparência muito boa quando entravam pela boca, mas pelo menos o gosto era bom. Quando saíam, eram horríveis visualmente, e o gosto, ainda pior.

O asco instantâneo e enfático ao cigarro American Spirit indicava que a bebida não seria melhor, talvez até pior. Mas, se ele não bebesse ao menos um gole, qualquer vantagem que contasse seria mentira. E George era um detector de mentira, pelo menos no que dizia respeito ao irmão mais novo.

Vou acabar vomitando de novo, pensou ele, e disse:

— A boa notícia é que não vou ser o primeiro a fazer isso *neste* buraco.

Isso o fez rir de novo. Ele ainda estava sorrindo quando desenroscou a tampa e levou o gargalo da garrafa até o nariz. Tinha um pouco de cheiro, mas não muito. Talvez fosse água e não vodca, e o cheiro fosse só um resquício. Ele levou a garrafa à boca, torcendo para ser de verdade e ao mesmo tempo torcendo para não ser. Não esperava muito, e não queria ficar bêbado e quebrar o pescoço tentando descer da plataforma de carga e descarga, mas estava curioso. Seus pais *amavam* aquilo.

— O último é mulher do padre — disse ele sem motivo nenhum e tomou um gole pequeno.

Não era água, aquilo era certo. Tinha gosto de óleo quente e leve. Ele engoliu no susto. A vodca desceu queimando pela garganta e explodiu no estômago.

— Deeeeus do céu! — gritou Pete.

Lágrimas surgiram nos seus olhos. Ele segurou a garrafa com o braço esticado, como se o tivesse mordido. Mas o calor no estômago já estava diminuindo, e ele se sentia bem. Nem bêbado nem com vontade de vomitar. Pete tentou dar outro gole agora que sabia o que esperar. Calor na boca… calor na garganta… e então, bum no estômago. Até que era legal.

Agora, ele sentiu um formigamento nos braços e nas mãos. Talvez na nuca também. Não a sensação de agulhas espetando de quando um membro ficava dormente, era mais como se alguma coisa estivesse despertando.

Pete levou a garrafa aos lábios pela terceira vez, mas a baixou. Havia mais coisas com que se preocupar do que a plataforma de carga e descarga e cair de bicicleta no caminho para casa (ele se perguntou brevemente se era possível ser preso por andar de bicicleta bêbado e achou que sim). Tomar alguns goles de vodca para poder contar vantagem era uma coisa, mas se ele bebesse o suficiente para ficar bêbado, a mãe e o pai descobririam quando chegassem em casa. Bastaria uma olhada. Tentar agir como sóbrio não adiantaria. Eles bebiam, os amigos bebiam, e às vezes bebiam demais. Eles reconheceriam os sinais.

Além do mais, havia a temida RESSACA a se levar em consideração. Pete e George tinham visto a mãe e o pai se arrastando pela casa com olhos vermelhos e rostos pálidos em várias manhãs de sábado ou domingo. Eles tomavam comprimidos de vitaminas, mandavam baixar o volume da TV e música era totalmente *verboten*. A RESSACA não parecia nada divertida.

Ainda assim, talvez mais um golinho não fizesse mal.

Pete deu um gole um pouco maior e gritou:

— *Zuuum, hora de decolar!*

Isso o fez rir. Ele se sentia um pouco tonto, mas a sensação até que era agradável. Ele não via graça em fumar. Em beber, via.

Ele se levantou, cambaleou um pouco, recuperou o equilíbrio e riu mais.

— Podem pular naquele campo de areia o quanto quiserem, nenéns — disse ele para o restaurante vazio. — Eu estou bêbado pra caralho, e bêbado pra caralho é muito melhor.

Aquilo foi *muito* engraçado, e Pete riu alto.

Eu estou mesmo bêbado? Com três goles?

Ele achava que não, mas estava alto. Já bastava. Pete já havia tomado o suficiente.

— Beba com responsabilidade — disse para o restaurante vazio e riu.

Ele ficaria ali um tempo até os efeitos passarem. Uma hora devia bastar, talvez duas. Até as três da tarde, mais ou menos. Ele não tinha relógio de pulso, mas saberia que eram três da tarde pelos sinos da igreja St. Joseph, que ficava a pouco mais de um quilômetro. Aí, iria embora, depois de esconder a vodca (para testes futuros) e de colocar o calço na porta. Sua primeira parada quando voltasse para o bairro seria a 7-Eleven, onde compraria aquele chiclete forte Teaberry para tirar o hálito de bebida. Ele tinha ouvido falar que a vodca era a bebida certa a se roubar do armário de bebidas dos pais porque não tinha *cheiro*, mas Pete agora era uma criança mais sábia do que uma hora antes.

— Além do mais — disse ele para o restaurante vazio em tom de sermão —, aposto que meus olhos estão vermelhos, como os do papai ficam quando ele toma mantinis demais.

Ele hesitou. O nome estava errado, mas foda-se.

Pete pegou os dardos, voltou para a Linha Bieber e os lançou. Errou Justin com todos, menos um, e esse foi o momento mais engraçado de todos para ele. Perguntou-se se Bieber faria sucesso com uma música chamada "Minha gata raspa a xoxota", e achou isso tão engraçado que riu a ponto de ter que apoiar as mãos nos joelhos.

Quando o ataque de riso passou, ele limpou o catarro pendurado no nariz, jogou no chão (*Sua pontuação de bom restaurante já era*, pensou ele, *foi mal, Burger King*) e voltou para a Linha Bieber. Saiu-se ainda pior na segunda tentativa. Não estava com visão dupla nem nada, só não conseguia acertar Justin.

Para falar a verdade, estava um pouco enjoado, sim. Não muito, mas ficou feliz de não ter dado um quarto gole.

— Eu teria jogado a Popov fora — disse ele.

Riu e deu um arroto alto que queimou ao subir. Eca. Ele deixou os dardos no lugar e voltou para os colchões. Pensou em usar a lupa para ver se tinha alguma coisa muito pequena rastejando neles, mas concluiu que preferia não saber. Pensou em comer alguns Oreos, mas teve medo do que aquela mistura faria ao seu estômago. Estava meio sensível, na verdade.

Ele se deitou e apoiou a cabeça nas mãos. Tinha ouvido falar que, quando alguém ficava muito bêbado, tudo começava a girar. Não tinha nada assim acontecendo, então achou que só estava um pouco alto, mas não faria mal tirar um cochilo.

— Só uns minutinhos.

Sim, só uns minutinhos. Mais do que isso seria ruim. Se não estivesse em casa quando os pais chegassem e se eles não conseguissem encontrá-lo, Pete estaria encrencado. George também, provavelmente, por tê-lo deixado sozinho. A pergunta era: conseguiria acordar quando o sino da St. Joseph tocasse?

Pete percebeu naqueles últimos segundos de consciência que teria que torcer para que sim. Porque estava adormecendo.

Ele fechou os olhos.

E dormiu no restaurante deserto.

Do lado de fora, na pista sul da I-95, uma perua vintage de marca indeterminada surgiu. Seguia bem abaixo da velocidade mínima da via expressa.

Um caminhão veloz apareceu atrás dela e mudou para a pista de ultrapassagem, apertando a buzina.

A perua, se movendo quase que apenas pela inércia, entrou na rampa de entrada da área de descanso, ignorando a placa grande que dizia FECHADA. SEM SERVIÇO. PRÓXIMO POSTO E LANCHONETE EM 43 KM. Acertou em cheio quatro dos cones laranja que bloqueavam a pista, fazendo-os saírem rolando, e parou a setenta metros da construção abandonada. A porta do lado do motorista se abriu, mas ninguém saiu de lá. Também não soou nenhum daqueles apitos alertando que a porta estava aberta. Só ficou ali, ligeiramente entreaberta.

Se Pete Simmons estivesse olhando pela janela em vez de dormindo, ele não teria conseguido ver o motorista. A perua estava suja de lama, e o para-brisa estava todo respingado. O que era estranho, porque não chovera na Nova Inglaterra havia mais de uma semana, e a rodovia estava totalmente seca.

O carro ficou a certa distância da rampa, sob um céu nublado de abril. Os cones que ele tinha derrubado finalmente pararam de rolar. A porta do motorista permaneceu aberta.

2. DOUG CLAYTON (Prius 2009)

Doug Clayton era corretor de seguros em Bangor e estava a caminho de Portland, onde tinha uma reserva no Sheraton Hotel. Ele esperava chegar lá até no máximo as duas da tarde. Isso lhe daria tempo suficiente para tirar um cochilo (um luxo que ele raramente podia ter) antes de procurar um lugar para jantar na rua Congress. No dia seguinte ele compareceria ao Portland Conference Center bem cedo, pegaria um crachá e se juntaria a quatrocentos outros corretores em um congresso chamado Incêndio, Tempestade e Inundação: Seguros para Desastres Naturais no Século XXI. Quando Doug passou pelo marcador da Milha 82, ele foi de encontro ao seu desastre pessoal, e não era nada que o congresso de Portland abordaria.

A pasta e a mala estavam no banco de trás. No banco do carona havia uma Bíblia (versão do rei Jaime; Doug não aceitava outra). Doug era um dos quatro pregadores leigos da Igreja do Sagrado Redentor, e quando era sua vez de pregar, ele gostava de chamar a Bíblia de "o manual básico de segurança".

Doug aceitou Jesus Cristo como seu salvador depois de dez anos bebendo, em um período que foi do final da adolescência até os vinte e tantos anos. Esse exagero de uma década culminou em uma batida de carro e trinta dias na cadeia do condado de Penobscot. Ele se ajoelhou naquela cela fedida do tamanho de um caixão na primeira noite que passou lá e continuou fazendo isso em todas as noites seguintes.

— Me ajude a melhorar — orou ele na primeira vez, e todas as vezes depois. Era uma oração simples que foi respondida primeiro em dobro, depois multiplicada por dez, depois por cem. Ele achava que em mais alguns anos chegaria a mil. E a melhor parte? O céu estaria esperando por ele no fim.

A Bíblia estava bem manuseada porque Doug a lia todos os dias. Ele adorava todas as histórias, mas sua preferida, e sobre a qual mais meditava, era a parábola do bom samaritano. Ele falou sobre essa passagem do Evangelho de Lucas várias vezes, e a congregação da igreja sempre foi generosa com os elogios depois, que Deus a abençoasse.

Doug achava que era porque a história era muito *pessoal* para ele. Um sacerdote passou por um viajante roubado e machucado caído na beira da estrada; um levita também. Quem apareceu depois? Um samaritano mau, que odiava judeus. Mas foi ele quem ajudou, odiando ou não judeus. Ele limpou os cortes e arranhões do viajante e fez os curativos. Colocou o viajante em seu burro e alugou para ele um quarto na pensão mais próxima.

"Quem desses três você acha que foi o próximo dos homens a cair nas mãos dos assaltantes?", perguntava Jesus ao jovem advogado bem-sucedido que lhe questionara sobre os requisitos da vida eterna.

E o advogado, que não era burro, respondia: "O que teve misericórdia".

Se Doug Clayton tinha horror a alguma coisa, era a ser como o levita da história. Recusar-se a oferecer ajuda quando alguém precisava e passar direto do outro lado. Então, quando ele viu a perua enlameada estacionada na rampa de entrada da área de descanso deserta, com os cones laranja caídos, a porta do motorista entreaberta, só hesitou um momento antes de ligar a seta e entrar.

Ele parou atrás da perua, ligou o pisca-alerta e abriu a porta do carro. Mas então reparou que não conseguia ver a placa na parte de trás da perua... se bem que havia tanta lama que era difícil ter certeza. Doug tirou o celular do console central do Prius e verificou se estava ligado. Ser um bom samaritano era uma coisa; se aproximar de um carro velho sem placa sem nenhuma precaução era burrice.

Ele seguiu na direção da perua com o celular na mão esquerda. Não, nada de placa, estava certo quanto a isso. Tentou espiar pelo para-brisa traseiro e não conseguiu ver ninguém. Tinha lama demais. Ele se aproximou da porta do motorista e hesitou, olhando para o carro como um todo e franzindo a testa. Era um Ford ou um Chevy? Não conseguia distingui-los, e isso era estranho, porque ele já devia ter feito o seguro de milhares de peruas em toda a carreira.

Customizado?, perguntou-se ele. Bem, talvez... mas quem se daria ao trabalho de customizar uma perua até transformá-la em algo tão *anônimo*?

— Olá! Está tudo bem?

Ele foi até a porta enquanto apertava o celular com mais força sem nem notar. Viu-se pensando em um filme que o deixou morrendo de medo quando era menino, sobre uma casa mal-assombrada. Um grupo de adolescentes se aproximava da velha casa abandonada, e quando um deles via a porta entreaberta, sussurrava para os amigos: "Olhem, está aberta!". Dava vontade de avisá-los para não entrarem, mas claro que eles entravam.

Isso é burrice. Se tiver alguém no carro, a pessoa pode estar ferida.

Claro que o motorista podia ter ido até o restaurante procurar um telefone público, mas se ele *realmente* estivesse machucado...

— Olá?

Doug esticou a mão para a maçaneta, mas pensou melhor e se inclinou para espiar pela abertura. O que viu foi consternador. O assento estava coberto de lama; o painel e o volante também. A gosma escura pingava dos botões antiquados do rádio, e no volante havia marcas que não pareciam exatamente feitas por mãos. As palmas eram grandes demais, e as marcas dos dedos, finas como lápis.

— Tem alguém aí? — Ele mudou o celular para a mão direita e segurou a porta do motorista com a esquerda, querendo abri-la bem para olhar o banco de trás. — Tem alguém feri...

Ele teve um momento para registrar um fedor horrível antes de sua mão esquerda explodir em uma dor tão absurda que pareceu se propagar por todo o corpo, espalhando fogo e enchendo todos os espaços vazios com agonia. Doug não gritou, não conseguiu. Sua garganta se fechou com o choque repentino. Ele olhou para baixo e viu que a maçaneta parecia ter empalado a palma de sua mão.

Quase não havia dedos sobrando. Ele só via os cotocos, as primeiras falanges unidas à palma. O resto tinha sido engolido pela porta, de alguma maneira. Enquanto olhava, seu terceiro dedo se quebrou. A aliança caiu e se estalou no chão.

Ele conseguia sentir alguma coisa, ah, Deus e Jesus, pareciam dentes. Estavam mastigando. O carro estava comendo sua mão.

Doug tentou soltar a mão. Sangue esguichou, parte na porta lamacenta, parte na sua calça. As gotas que espirraram na porta desapareceram imediatamente, com um breve som de sucção: *slorp*. Por um instante, ele quase conseguiu se soltar. Podia ver os ossos brancos dos dedos de onde a carne tinha sido sugada e teve uma visão — breve e aterradora — de comer uma asinha de frango. *Coma tudo, Doug*, dizia sua mãe, *a carne perto do osso é a mais saborosa.*

Ele foi puxado para a frente de novo. A porta do motorista se abriu para recebê-lo: *Oi, Doug, estava esperando você, pode entrar*. A cabeça dele bateu no teto do carro, e ele sentiu uma linha fria na testa que ficou quente quando o teto da perua cortou a pele.

Fez um último esforço para se afastar, largando o celular e empurrando uma das janelas com a mão livre. O vidro cedeu em vez de dar apoio e engoliu sua mão. Pelo canto do olho, Doug viu o que parecia vidro ondulando como a superfície de um lago na brisa. E por que estava ondulando? Porque estava mastigando. Porque estava batendo um rango.

É isso que eu ganho por ser um bom sam…

Nessa hora, o alto da porta do motorista perfurou seu crânio e deslizou suavemente até atingir o cérebro. Doug Clayton ouviu um *SNAP* alto e intenso, como lenha crepitando na fogueira. E a escuridão tomou conta.

O motorista de um caminhão de entregas seguindo a estrada em direção ao sul espiou e viu um carrinho verde com o pisca-alerta ligado estacionado atrás de uma perua enlameada. Um homem, que parecia pertencer ao carrinho verde, parecia estar inclinado na porta da perua, falando com o motorista. *Deve ter quebrado*, pensou o motorista do caminhão de entregas, e voltou a atenção para a via. Ele não era nenhum bom samaritano.

Doug Clayton foi puxado para dentro como se mãos (com palmas grandes e dedos finos como lápis) tivessem agarrado sua camisa. A perua perdeu a forma e se encolheu, como uma boca sentindo um gosto excepcionalmente amargo... ou excepcionalmente doce. De dentro veio uma série de ruídos, o som de um homem pisando em galhos secos com botas pesadas. A perua ficou encolhida por uns dez segundos, parecendo mais um punho fechado e caroçudo do que um carro. Em seguida, com o ruído de uma bola de tênis rebatida por uma raquete, voltou para a forma de perua.

O sol apareceu brevemente por entre as nuvens, refletindo no celular caído e na aliança de Doug, criando um círculo quente e breve de luz. Em seguida, voltou a se esconder em meio às nuvens.

Atrás da perua, o pisca-alerta do Prius se acendia e se apagava. Fazia um som baixo de relógio: *Tique... tique... tique.*

Alguns carros passaram, mas não muitos. A semana anterior e a posterior à Páscoa eram a época mais vazia do ano nas rodovias do país, e a tarde era o segundo horário mais vazio do dia; só as horas entre meia-noite e cinco da manhã eram menos movimentadas.

Tique... tique... tique.

No restaurante abandonado, Pete Simmons ainda dormia.

3. JULIANNE VERNON (Dodge Ram 2005)

Julie Vernon não precisava ler a Bíblia do rei Jaime para saber como ser uma boa samaritana. Ela passou a infância na pequena cidade de Readfield, no Maine (população: 2.400 habitantes), onde ajudar os vizinhos era um estilo de vida, e estranhos também eram vizinhos. Ninguém lhe disse isso em tantas palavras; Julie aprendeu com a mãe, o pai e os irmãos mais velhos. Eles tinham pouco a dizer sobre essas coisas, mas dar o exemplo era sempre a forma mais poderosa de ensinar. Se você visse um cara caído na rua, não importava se era samaritano ou marciano. Você parava para ajudar.

Ela também nunca teve muito medo de ser assaltada, estuprada ou assassinada por alguém fingindo precisar de ajuda. No quinto ano, quando a enfermeira da escola lhe perguntara seu peso, Julie respondera com orgulho:

— Meu pai diz que devo pesar uns setenta e cinco quilos. Um pouco menos sem a pele.

Agora, aos trinta e cinco anos, ela estava quase com cento e trinta quilos e não tinha nenhuma intenção de ser a boa esposa de homem algum. Ela era gay e sentia orgulho disso. Na caçamba da picape Ram havia dois adesivos. Um dizia APOIE A IGUALDADE DE GÊNEROS. O outro, rosa-shocking, opinava que GAY É UMA PALAVRA FELIZ!

Os adesivos não estavam à vista agora porque ela estava puxando o que chamava de "trailer de pocotó". Tinha comprado uma égua Jennet espanhola de dois anos na cidade de Clinton e agora estava voltando para Readfield, onde morava com a companheira em uma fazenda a três quilômetros da casa onde tinha crescido.

Estava pensando, como fazia com frequência, nos cinco anos viajando com o The Twinkles, o time feminino de luta livre na lama. Foram anos ruins e bons. Ruins porque o The Twinkles era considerado um tipo de entretenimento bizarro (algo com que ela concordava, de certa forma), bons porque ela conheceu várias partes do mundo. Mais do mundo americano, era verdade, mas o The Twinkles passou também três meses na Inglaterra, na França e na Alemanha, onde elas foram tratadas com tanta gentileza e deferência que até estranharam. Como moças, na verdade.

Ela ainda tinha o passaporte, que renovou no ano anterior, apesar de achar que talvez nunca voltasse a viajar para fora do país. Na maior parte do tempo, não se importava. Na maior parte do tempo, ficava feliz em administrar a fazenda com Amelia e cuidar dos inúmeros cachorros, gatos e gado que possuíam, mas às vezes sentia falta dos dias na estrada: dos casos de uma noite, das lutas sob os holofotes, da amizade bruta entre as garotas do time. Às vezes, ela até sentia falta dos gritos de estímulo da plateia.

— Segura ela pela boceta, ela é sapata, ela gosta! — gritara um caipira de merda certa noite. Foi em Tulsa, se sua memória não estivesse lhe enganando.

Ela e Melissa, a garota com quem lutava na arena de lama, tinham se entreolhado, assentido e ficado de pé de frente para a plateia do lado que viera o grito. Elas ficaram lá, só com a calcinha encharcada do biquíni, com lama pingando do cabelo e dos seios, e mostraram o dedo do meio para o caipira inconveniente ao mesmo tempo. A plateia começara a aplaudir...

chegando ao ponto de ficar de pé quando Julianne e Melissa se viraram, se inclinaram, baixaram a calcinha e mostraram a bunda.

Ela cresceu sabendo que era preciso ajudar quem tinha caído e não conseguia mais se levantar. Ela também cresceu sabendo que não dava para ficar engolindo merda: nem sobre seus cavalos, nem sobre seu peso, nem sobre sua carreira, nem sobre sua orientação sexual. Quando se começava a engolir merda, isso acabava virando sua dieta.

O CD que estava ouvindo chegou ao fim, e ela estava prestes a apertar o botão de ejetar quando viu um carro à frente, estacionado em uma rampa que levava à área de descanso abandonada da Milha 81. O pisca-alerta estava ligado. Havia outro carro na frente, uma velha perua enlameada. Um Ford ou Chevrolet, era difícil identificar.

Julie não tomou uma decisão porque não havia decisão a ser tomada. Ela ligou a seta, viu que não haveria espaço para ela na rampa — não com o trailer atrás —, e entrou no acostamento o máximo que conseguiu sem enfiar as rodas na terra. A última coisa que queria era virar o trailer com o cavalo pelo qual tinha acabado de pagar mil e oitocentos dólares.

Não devia ser nada, mas não havia mal em verificar. Quem sabe? Uma mulher podia ter decidido de repente parir um bebê na rodovia interestadual, ou um cara podia ter parado para ajudar, ficado abalado e desmaiado. Julie ligou o pisca-alerta, mas não apareceria muito com o trailer atrapalhando a visão atrás.

Ela saiu, olhou para os dois carros e não viu ninguém. Talvez alguém tivesse ido buscar os motoristas, mas era mais provável que tivessem ido até o restaurante. Julie duvidava que fossem encontrar alguma coisa lá; estava fechado desde setembro. A própria Julie parou várias vezes na Milha 81 para uma casquinha do TCBY, mas atualmente parava para lanchar trinta quilômetros atrás, no Damon's em Augusta.

Ela foi até o trailer, e a égua nova, que atendia pelo nome de DeeDee, botou o focinho pelo vão. Julie a acariciou.

— Calma, bebê, calma. Vai levar só um minuto.

Abriu a porta para poder alcançar o compartimento que ficava no lado esquerdo do trailer. DeeDee decidiu que seria uma boa hora para sair do veículo, mas Julie a impediu com um ombro volumoso, murmurando novamente:

— Calma, bebê, calma.

Ela abriu o compartimento. Lá dentro, em cima da caixa de ferramentas, havia alguns sinalizadores de estrada e dois cones rosa-shocking. Julie enfiou os dedos no topo oco dos cones (não havia necessidade de sinalizadores em uma tarde que estava lentamente começando a ficar ensolarada). Fechou e trancou o compartimento, para evitar que DeeDee enfiasse a pata lá dentro e se machucasse. Em seguida, fechou a porta do trailer. DeeDee mais uma vez enfiou a cabeça pela abertura. Julie não acreditava que um cavalo pudesse parecer ansioso, mas achava que DeeDee estava.

— Já volto — disse ela, antes de colocar os cones atrás do trailer e seguir na direção dos carros.

O Prius estava vazio e destrancado. Julie não gostou nada disso, considerando que havia uma mala e uma pasta de aparência cara no banco de trás. A porta do motorista da perua estava aberta. Julie foi naquela direção, mas parou e franziu a testa. No chão ao lado da porta aberta estavam um celular e uma coisa que só podia ser uma aliança. Havia uma rachadura no plástico do celular, como se tivesse sido derrubado. E na tela... aquilo era uma gota de sangue?

Não, devia ser só lama, a perua estava coberta de lama, mas Julie estava gostando cada vez menos daquilo. Tinha levado DeeDee para dar uma volta antes de colocá-la no trailer, e ainda estava usando a saia-calça prática de montaria na viagem para casa. Ela tirou o celular do bolso direito e pensou em ligar para a emergência.

Não, ainda não. Mas se a perua suja de lama estivesse tão vazia quanto o carrinho verde, ou se o pingo do tamanho de uma moeda pequena no celular fosse mesmo sangue, ela ligaria. E esperaria ali até que o carro da polícia aparecesse, em vez de entrar no prédio vazio. Ela era corajosa e gentil, mas não era burra.

Julie se inclinou para examinar a aliança e o celular no chão. Parte do tecido da saia-calça roçou na perua lamacenta e pareceu grudar na lataria. Julie foi puxada para a direita com força. Uma nádega volumosa bateu na lateral do veículo. A superfície cedeu e envolveu as duas camadas de roupa e a carne embaixo. A dor foi imediata e enorme. Ela gritou, largou o celular e fez força para se soltar, quase como se o carro fosse uma das antigas oponentes da luta livre na lama. A mão e o antebraço direitos desapareceram pela membrana flexível que parecia uma janela. O que apareceu do outro lado, vagamente visível pela camada de lama, não foi o braço poderoso de uma amazona forte e saudável, mas um osso magro com retalhos de carne pendurada.

A perua começou a se contrair.

Um carro passou na estrada seguindo para o sul, depois outro. Por causa do trailer, eles não viram a mulher que agora estava com metade do corpo dentro da perua deformada, como o Coelho Brer preso na boneca de piche. Eles também não ouviram os gritos. Um motorista estava ouvindo Toby Keith; o outro, Led Zeppelin. Os dois gostavam de ouvir música alta. No restaurante, Pete Simmons ouviu os berros, mas bem de longe, como um eco distante. Suas pálpebras tremeram. Mas logo eles cessaram.

Pete rolou no colchão imundo e voltou a dormir.

A coisa que parecia um carro comeu Julianne Vernon com roupas, botas e tudo mais. A única coisa que não comeu foi o celular, que estava agora ao lado do de Doug Clayton. Em seguida, voltou ao formato de perua com o mesmo som de raquete de tênis acertando a bola.

No trailer, DeeDee relinchou e bateu a pata com impaciência. Ela estava com fome.

4. A FAMÍLIA LUSSIER (Expedition 2011)

Rachel Lussier, de seis anos, gritou:

— Olha, mamãe! Olha, papai! É a moça do cavalo! Estão vendo o trailer? Estão?

Carla não ficou surpresa de Rachel ser a primeira a ver o trailer, apesar de estar sentada no banco de trás. Ela tinha os melhores olhos da família; ninguém chegava perto. Visão de raio-X, o pai às vezes dizia. Era uma daquelas piadas que não são bem piadas.

Johnny, Carla e o pequeno Blake, de quatro anos, usavam óculos; todo mundo dos dois lados da família usava óculos; até Bingo, o cachorro da família, devia precisar de óculos. Bingo sempre dava de cara com a porta de vidro quando queria sair. Só Rachel escapou da maldição da miopia. Na última vez em que foi ao oftalmologista, ela leu a tabela toda até a última linha. O dr. Stratton ficou impressionado.

— Ela poderia se qualificar para o treinamento de piloto de caça — comentou ele para Johnny e Carla.

Johnny disse:

— Talvez um dia ela faça isso. Rach tem mesmo um instinto assassino quando o assunto é seu irmãozinho.

Carla deu uma cotovelada nele por isso, mas era verdade. Ela tinha ouvido falar que havia menos rivalidade entre irmãos quando eles eram de sexos diferentes. Se fosse verdade, Rachel e Blake eram exceção à regra. Carla às vezes achava que as duas palavras mais comuns que ouvia atualmente eram *ele/ela começou*. Só o gênero do pronome variava.

Os primeiros cem quilômetros de viagem foram tranquilos, em parte porque visitar os pais de Johnny sempre deixava as crianças de bom humor e em (grande) parte porque Carla tomou o cuidado de ocupar a linha de Tordesilhas entre o assento elevatório de Rachel e a cadeirinha de Blake com brinquedos e livros de colorir. Mas, depois da parada para lanche e xixi em Augusta, a briga começou de novo. Provavelmente por causa das casquinhas. Dar açúcar para as crianças em uma viagem longa de carro era a mesma coisa que derramar gasolina em uma fogueira, Carla sabia, mas não dava para dizer não para *tudo*.

No desespero, Carla começou um jogo de Plástico Fantástico, servindo de juíza e dando pontos por gnomos de jardim, poços dos desejos, estátuas da Virgem Santíssima etc. O problema era que na rodovia havia muitas árvores, mas pouca coisa para se ver na beira da estrada. A filha de seis anos de olhos afiados e o filho de quatro anos de língua afiada estavam começando a renovar as brigas quando Rachel viu o trailer de cavalo parado perto da entrada da área de descanso da Milha 81.

— Quero fazer carinho no cavalo de novo! — gritou Blake.

Ele começou a se debater na cadeirinha, o menor dançarino de break do mundo. As pernas já eram compridas o suficiente para chutar as costas do banco do motorista, o que Johnny achava *très* irritante.

Alguém pode me lembrar de novo por que eu quis ter filhos?, pensou ele. *Alguém pode me lembrar o que eu estava pensando? Sei que fez sentido na época.*

— Blake, não chute o banco do papai — pediu Johnny.

— Quero fazer carinho no *cavalinho*! — gritou Blake. E deu um chute caprichado no encosto do motorista.

— Você é um bebezinho — comentou Rachel, protegida dos chutes do irmão do outro lado do banco. Ela falou com um tom indulgente de menina grande, o que sempre deixava Blake fulo da vida.

— *EU NÃO SOU BEBEZINHO!*

— Blake — começou Johnny —, se você não parar de chutar o banco do papai, papai vai ter que pegar a faca de estimação e amputar seus pezinhos nos tornoz...

— Ela quebrou — interrompeu Carla. — Está vendo os cones? Pare.

— Querida, a gente teria que ir para o acostamento. Não é uma boa ideia.

— Você não precisa fazer isso, só contorne e pare ao lado daqueles dois carros na rampa. Tem espaço e você não vai bloquear nada, porque a área de descanso está fechada.

— Se você não se incomodar, eu gostaria de voltar para Falmouth antes de esc...

— Pare agora.

Carla se ouviu usando o tom de ordem que não aceitava recusa, apesar de saber que estava dando um mau exemplo; quantas vezes ela ouviu Rachel usando exatamente o mesmo tom com Blake? Usando até o pequenininho começar a chorar?

Desligando a voz de quem exige ser obedecida e mudando para um tom mais suave, Carla completou:

— Ela foi gentil com as crianças.

Eles tinham estacionado em frente ao Damon's, ao lado do carro com o trailer, e foram tomar sorvete. A moça do cavalo (ela mesma quase do tamanho do animal) estava encostada no trailer tomando uma casquinha e oferecendo alguma coisa para o lindo cavalo. Carla achou que parecia uma barra de cereal.

Johnny estava com uma criança em cada mão e tentou passar direto, mas Blake não queria saber.

— Posso fazer carinho no seu cavalo? — perguntou ele.

— São vinte e cinco centavos — disse a moça grande de saia-calça marrom de montaria, depois sorriu quando viu a expressão de decepção de Blake. — Que nada, estou só brincando. Aqui, segure isto. — Ela ofereceu a casquinha de sorvete para Blake, que ficou tão surpreso que não pôde fazer nada além de segurar. Em seguida, ela o levantou para uma altura em que ele pudesse fazer carinho no focinho do cavalo. DeeDee observou a criança de olhos arregalados, calma, farejou o sorvete derretendo da moça, concluiu que não era o que queria comer e permitiu que o focinho fosse acariciado.

— Nossa, é tão macio! — exclamou Blake.

Carla nunca tinha visto o filho ficar tão impressionado. *Por que nunca levamos essas crianças para uma fazendinha?*, ela se perguntou, e na mesma hora incluiu esse item em sua lista mental de coisas a fazer.

— Minha vez! Minha vez! — Rachel ficou repetindo, dançando ao redor com impaciência.

A moça grande colocou Blake no chão.

— Pode lamber o sorvete enquanto eu levanto sua irmã — disse ela para ele —, mas não vai contaminar nada aí, tá?

Carla pensou em dizer para Blake que comer comida de outras pessoas, principalmente de estranhos, não era legal. Mas notou o sorriso divertido de Johnny e resolveu deixar pra lá. As crianças iam para a escola, que era basicamente uma fábrica de germes. Ela dirigia com elas por centenas de quilômetros da rodovia, onde qualquer idiota bêbado ou adolescente usando o celular podia atravessar a faixa divisória de pistas e matar todo mundo. Como ia proibir uma lambida no sorvete de outra pessoa? Isso seria levar a mentalidade da cadeirinha de carro e do capacete de bicicleta longe demais, talvez.

A moça do cavalo levantou Rachel para que ela pudesse fazer carinho no focinho do cavalo.

— Uau! Que legal! — disse Rachel. — Qual é o nome dela?

— DeeDee.

— Que nome lindo! Eu te amo, DeeDee!

— Eu também te amo, DeeDee — disse a moça do cavalo, e deu um beijo estalado no focinho de DeeDee. Isso fez todo mundo rir.

— Mãe, a gente pode ter um cavalo?

— Claro! — disse Carla calorosamente. — Quando fizer vinte e seis anos!

Isso fez Rachel fechar a cara (testa franzida, bochechas infladas, cantos da boca virados para baixo), mas quando a moça do cavalo riu, Rachel cedeu e riu também.

A mulher se inclinou até Blake, as mãos apoiadas nos joelhos cobertos pela saia-calça de montaria.

— Posso pegar minha casquinha de volta, rapazinho?

Blake ofereceu o sorvete. Quando ela o pegou, ele começou a lamber os dedos, que estavam cobertos de pistache derretido.

— Obrigada — disse Carla para a moça do cavalo. — Foi muita gentileza sua. — E, para Blake: — Vamos lá para dentro lavar essas mãos. Depois vocês podem tomar um sorvete.

— Eu quero o mesmo sabor que o dela — pediu Blake, e isso fez a moça do cavalo rir ainda mais.

Johnny insistiu para que eles tomassem os sorvetes antes de entrarem no carro porque não queria que o Expedition ficasse sujo de pistache. Quando terminaram e saíram para o estacionamento, a moça do cavalo já tinha ido embora.

Foi mais uma daquelas pessoas que se conhecia na estrada e que eram às vezes cruéis, mais vezes simpáticas, algumas vezes até incríveis, mas que depois nunca mais se encontrava.

Só que ali estava ela, ou ao menos a picape, parada no acostamento com cones de trânsito atrás do trailer. E Carla estava certa, a moça do cavalo *foi* legal com as crianças. Pensando assim, Johnny Lussier tomou a pior (e última) decisão de sua vida.

Ele ligou a seta e parou na rampa como Carla sugeriu, na frente do Prius de Doug Clayton, que ainda estava com o pisca-alerta ligado, e ao lado da perua enlameada. Botou o câmbio na posição estacionar, mas deixou o motor ligado.

— Quero fazer carinho no cavalinho — pediu Blake.

— Eu também quero fazer carinho no cavalinho — exigiu Rachel no tom arrogante de dona do pedaço que ela aprendera sabia-se lá onde. Deixava Carla louca, mas ela se recusava a reclamar com a filha. Se fizesse isso, Rachel iria usá-lo ainda mais.

— Não sem a permissão da moça — disse Johnny. — Vocês vão ficar dentro do carro. Você também, Carla.

— *Sim, senhor* — disse Carla na voz zumbi que sempre fazia as crianças rirem.

— Que engraçadinha, coelhinha.

— A cabine da picape está vazia — disse Carla. — Os *dois* carros parecem vazios. Você acha que foi um acidente?

— Não sei, mas não parece ter nada amassado. Eu já volto.

Johnny Lussier abriu a porta, contornou a traseira do Expedition que nunca terminaria de pagar e foi até a cabine do Dodge Ram. Carla não tinha visto a moça do cavalo lá, mas ele queria ter certeza de que ela não estava deitada no banco, talvez tendo um ataque cardíaco. (Como corredor convicto, Johnny secretamente acreditava que havia um ataque cardíaco esperando por qualquer pessoa que tivesse mais de quarenta e cinco anos e estivesse pelo menos três quilos acima do peso ideal indicado pelo Medicine.Net.)

Ela não estava caída no banco (*claro que não, Carla teria visto uma mulher grande daquele jeito mesmo deitada*) e também não estava no trailer. Só a égua estava, e ela botou a cara pelo vão e farejou o rosto de Johnny.

— Oi... — Por um momento, o nome não veio. — ... DeeDee. Como estão as coisas?

Ele fez um carinho no focinho da égua e voltou para a rampa para investigar os outros dois veículos. Viu que *houve* uma espécie de acidente, embora bem pequeno. A perua tinha derrubado alguns dos cones laranja que bloqueavam a rampa.

Carla abriu a janela, uma coisa que as crianças não podiam fazer no banco de trás devido à trava de segurança.

— Algum sinal dela?

— Não.

— Algum sinal de *alguém*?

— Carla, dá um t... — Ele viu os celulares e a aliança ao lado da porta parcialmente aberta da perua.

— O que foi? — Carla esticou o pescoço para ver.

— Só um segundo. — A ideia de mandar a esposa trancar as portas passou por sua cabeça, mas ele a ignorou. Estavam na I-95 em plena luz do dia, caramba. Havia carros passando a cada vinte ou trinta segundos, às vezes dois ou três de cada vez.

Ele se inclinou e pegou os celulares, um em cada mão. Virou-se para Carla e não viu a porta da perua se abrindo mais e mais, como uma boca.

— Carla, acho que tem sangue neste aqui. — Ele levantou o celular rachado de Doug Clayton.

— Mãe? — disse Rachel. — Quem está naquele carro sujo? A porta está se abrindo.

— Volte — pediu Carla. Sua boca ficou seca de repente. Ela queria gritar, mas parecia haver uma pedra em seu peito. Era invisível, mas bem grande. — Tem alguém naquele carro!

Em vez de se afastar, Johnny se virou e se inclinou para olhar dentro da perua. Quando fez isso, a porta se fechou na cabeça dele. Houve um som terrível. A pedra no peito de Carla sumiu de repente. Ela inspirou e gritou o nome do marido.

— *O que está acontecendo com o papai?* — gritou Rachel. A voz dela soou alta e aguda. — *O que está acontecendo com o papai?*

— *Papai!* — gritou Blake. Ele estava examinando seu mais novo Transformer, mas agora olhava ao redor, desesperado, para ver onde o papai em questão tinha ido.

Carla não pensou. Ela via o corpo do marido ali, mas com a cabeça dentro da perua suja. Ele ainda estava vivo; os braços e as pernas se debatiam. Ela saiu do Expedition sem nem saber que havia aberto a porta. O corpo parecia agir por vontade própria, o cérebro atordoado só acompanhando.

— *Mamãe, não!* — gritou Rachel.

— *Mamãe, NÃO!* — Blake não fazia ideia do que estava acontecendo, mas sabia que era ruim. Ele começou a chorar e a lutar contra os cintos que o prendiam na cadeirinha.

Carla segurou Johnny pela cintura e puxou com a superforça impressionante da adrenalina. A porta da perua se abriu parcialmente, e sangue escorreu para o chão como uma pequena cachoeira. Por um momento horrível ela viu a cabeça do marido no assento da perua enlameada, inclinada em um ângulo impossível. Apesar de ele ainda estar tremendo nos braços dela, Carla entendeu (em um daqueles momentos de clareza que podiam surgir mesmo em meio a uma tempestade de pânico) que era assim que vítimas de enforcamento ficavam quando eram retiradas da forca. Porque os pescoços estavam quebrados. Naquele momento breve e intenso, naquele vislumbre veloz, ela achou que o marido parecia burro e surpreso e feio, com toda a essência de Johnny extraída de si, e soube que ele já estava morto, estrebuchando ou não. Era assim que uma criança ficava quando caía de cabeça nas pedras em vez de na água, ao mergulhar. Como uma mulher ficava após bater o carro no guarda-corpo de uma ponte e se descobrir empalada pelo volante. Era como uma pessoa ficava quando uma morte por desfiguração lhe acontecia de repente, dando as boas-vindas de braços abertos.

A porta do carro bateu com força. Carla ainda estava com os braços ao redor da cintura do marido, e quando foi puxada para a frente, ela teve outro brilho de lucidez.

É o carro, preciso ficar longe do carro!

Ela soltou a cintura de Johnny um segundo tarde demais. Uma mecha de cabelo encostou na porta e foi sugada. Sua testa bateu na porta do carro antes de ela conseguir se soltar. De repente, o alto da cabeça estava ardendo enquanto a coisa consumia seu couro cabeludo.

Corra!, ela tentou gritar para a filha muitas vezes problemática, mas inegavelmente inteligente. *Corra e leve seu irmão com você!*

Mas, antes que ela pudesse começar a articular o pensamento, sua boca foi consumida.

Só Rachel viu a perua se fechar na cabeça do pai como uma dioneia se fechando em um inseto, mas os dois viram a mãe ser puxada através da porta lamacenta feito uma cortina. Eles viram um dos sapatos dela cair, tiveram um vislumbre das unhas do pé cor-de-rosa, e ela sumiu. Um momento depois, o carro branco perdeu a forma e se fechou como um punho. Pela janela aberta do banco do carona, eles ouviram um som de esmagamento.

— *O que foi isso?* — gritou Blake. Os olhos jorravam lágrimas e o lábio inferior estava cheio de catarro. — *O que tá acontecendo, Rach, o que tá acontecendo, o quê?*

Os ossos deles, pensou Rachel. Ela só tinha seis anos e não podia ver filmes não recomendados para menores de doze anos, nem na TV (muito menos os não recomendados para menores de dezesseis anos), mas sabia que aquele era o som de ossos se partindo ao meio.

O carro não era um carro. Era algum tipo de monstro.

— Cadê a mamãe e o papai? — perguntou Blake, virando os olhos grandes, ainda maiores agora por causa das lágrimas, para ela. — Cadê a mamãe e o papai, Rach?

Ele está falando como se tivesse dois anos de novo, pensou Rachel, e talvez pela primeira vez na vida, ela sentiu uma coisa diferente de irritação (ou, quando extremamente provocada pelo comportamento dele, puro ódio) pelo irmãozinho. Não achou que esse novo sentimento fosse amor. Era uma coisa ainda maior. A mãe não pôde dizer nada no final, mas, se tivesse tido tempo, Rachel sabia o que teria sido: *Tome conta do Blake*.

Ele estava se debatendo na cadeirinha. Sabia soltar o cinto, mas no estado de pânico, tinha esquecido.

Rachel soltou o cinto de segurança, desceu do assento elevatório e tentou soltar o cinto dele. Uma das mãos de Blake acertou a bochecha dela num tapa estalado. Em circunstâncias normais, ela teria retaliado com um soco no ombro (e ficaria um tempo de castigo no quarto, olhando para a parede e fervendo de raiva), mas agora ela segurou a mão dele com firmeza.

— Para! Quero ajudar! Eu posso te tirar daí, mas não se você fizer isso!

Ele parou de se debater, mas continuou chorando.

— Onde está papai? Onde está mamãe? Eu quero a mamãe!

Eu também quero, babaca, pensou Rachel, e soltou o cinto da cadeirinha dele.

— Nós vamos sair agora, e vamos...

O quê? O que eles iam fazer? Ir até o restaurante? Estava fechado, por isso havia os cones laranja na rampa. Por isso as bombas do posto de gasolina tinham sido retiradas e o mato havia tomado o estacionamento vazio.

— Nós vamos sair daqui — concluiu ela.

Ela saiu do carro e foi até o lado de Blake. Abriu a porta dele, mas ele só ficou olhando para ela, os olhos marejados.

— Eu não consigo sair, Rach, vou cair.

Não seja um bebê medroso!, ela quase disse, mas não falou. Não era hora para isso. Ele já estava bem nervoso. Ela abriu os braços e disse:

— Escorregue. Eu seguro você.

Ele olhou para ela com dúvida, depois escorregou. Rachel o pegou, mas ele era mais pesado do que imaginava, e os dois caíram no chão. Foi pior para ela porque estava embaixo, mas Blake bateu a cabeça e arranhou a mão e começou a chorar alto, desta vez de dor em vez de medo.

— Para — ordenou ela, saindo de debaixo dele. — Está na hora de virar homem, Blake.

— Hã?

Rachel não respondeu. Estava olhando para os dois celulares ao lado da perua horrível. Um deles parecia quebrado, mas o outro...

Ela se aproximou do aparelho engatinhando, sem tirar os olhos do carro dentro do qual a mãe e o pai tinham desaparecido de forma tão repentina e apavorante. Quando estava se aproximando do celular bom, Blake passou por ela seguindo na direção da perua, esticando a mão arranhada.

— Mãe? Mamãe? Sai! Eu me machuquei. Você tem que sair e dar um beijinho pra melh...

— *Fique onde está, Blake Lussier.*

Carla teria ficado orgulhosa; era a voz que não deixava abertura para desobediência. E funcionou. Blake parou a pouco mais de um metro da lateral da perua.

— Mas eu quero a *mamãe*! Eu quero a *mamãe*, Rach!

Ela segurou a mão dele e o puxou para longe do carro.

— Agora, não. Me ajude a mexer nesse troço.

Ela sabia perfeitamente bem como usar um celular, mas tinha que distraí-lo.

— Me dá, eu sei mexer! Me dá, Rach!

Ela passou o aparelho para ele, e enquanto Blake examinava os botões, ela se levantou, agarrou-o pela camiseta do Wolverine e o puxou três passos para trás. Blake nem reparou. Ele encontrou o botão de ligar do celular de Julianne Vernon e apertou. Rachel tirou o aparelho da mão dele, e pela primeira vez em sua vida de garotinho pateta, ele não protestou.

Ela ouviu com atenção quando McGruff, o Cão que lutava contra o Crime, foi falar com as crianças na escola (apesar de saber perfeitamente bem que era um homem usando a roupa do McGruff) e não hesitou nem um segundo. Discou 911 e levou o celular ao ouvido. Tocou uma vez antes de ser atendido.

— Alô. Meu nome é Rachel Ann Lussier e...

— Esta ligação está sendo gravada — disse uma voz masculina junto à dela. — Se você quer registrar uma emergência, aperte um. Se quer relatar condições adversas na estrada, aperte dois. Se quer relatar um motorista com problemas...

— Rach? Rachel? Onde está mamãe? Onde está pap...

— *Shhh!* — fez Rachel com severidade, e apertou o 1. Foi difícil. A mão estava tremendo, e a visão, turva. Ela percebeu que estava chorando. Quando tinha começado a chorar? Não conseguia lembrar.

— Alô, aqui é da emergência — disse uma mulher.

— Você é de verdade ou também é uma gravação?

— Eu sou de verdade — respondeu a mulher, parecendo achar um pouco de graça. — Você deseja relatar uma emergência?

— Sim. Um carro mau comeu nossa mamãe e nosso papai. Está no...

— Pare enquanto está em tempo — aconselhou a mulher. Ela pareceu achar mais graça do que nunca. — Quantos anos você tem, querida?

— Tenho seis, quase sete. Meu nome é Rachel Ann Lussier, e um carro, um carro mau...

— Escute, Rachel Ann ou quem quer que você seja, eu consigo rastrear esta ligação. Você sabia? Aposto que não. Agora desligue ou vou ter que mandar um policial para a sua casa para te dar umas palmadas...

— *Eles morreram, sua mulher burra do telefone!* — gritou Rachel ao celular, e ao ouvir a palavra-chave, Blake começou a chorar de novo.

A mulher do serviço de emergência não disse nada por um momento. Em seguida, com a voz séria de quem não estava mais achando graça:

— Onde você está, Rachel Ann?

— No restaurante vazio! O que tem cones laranja!

Blake se sentou, abraçou os joelhos e escondeu o rosto. Isso doeu em Rachel de uma forma que ela nunca tinha sentido antes. Doeu no fundo do coração.

— Isso não é informação suficiente — disse a moça do telefone. — Você pode ser um pouco mais específica, Rachel Ann?

Rachel não sabia o que *específica* queria dizer, mas sabia o que estava vendo: o pneu de trás da perua, o mais próximo deles, parecia estar derretendo. Um tentáculo do que parecia borracha líquida estava se deslocando lentamente pelo asfalto na direção de Blake.

— Preciso desligar — disse Rachel. — Nós temos que ir para longe do carro mau.

Ela fez Blake se levantar e o arrastou mais um pouco para trás, olhando para o pneu derretido. O tentáculo de borracha começou a retroceder para o local de onde tinha vindo (*porque sabe que estamos fora de alcance*, pensou ela) e voltou à forma de pneu, mas isso não era o suficiente para Rachel. Ela continuou levando Blake pela rampa na direção da rodovia.

— Aonde estamos indo, Rach?

Eu não sei.

— Para longe do carro.

— Eu quero meus Transformers!

— Agora não, depois. — Ela segurou Blake com firmeza e foi recuando na direção da rodovia, onde o tráfego ocasional passava em disparada entre cento e dez e cento e vinte quilômetros por hora.

Nada era tão penetrante quanto o grito de uma criança; era um dos mecanismos de sobrevivência mais eficientes da natureza. O sono pesado de Pete Simmons já havia regredido a um leve cochilo, e quando Rachel gritou com a moça da emergência, ele ouviu e finalmente acordou.

Ele se sentou, fez uma careta e colocou uma das mãos na cabeça. Estava doendo, e ele sabia que tipo de dor era: a temida RESSACA. A língua parecia peluda e o estômago estava embrulhado. Não a ponto de ter ânsias de vômito, mas embrulhado mesmo assim.

Graças a Deus eu não bebi mais, pensou ele, e se levantou. Ele foi até uma das janelas cobertas pela rede de arame para descobrir quem estava gritando. Não gostou do que viu. Alguns dos cones laranja bloqueando a rampa de entrada da área de descanso tinham sido derrubados, e havia *carros* ali. Muitos.

Ele viu também duas crianças: uma garotinha de calça rosa e um garotinho de short e camiseta. Só os viu de vislumbre, o bastante para saber que estavam recuando, como se alguma coisa os tivesse assustado, e depois desapareceram atrás do que parecia um trailer de transportar cavalos.

Havia alguma coisa errada. Um acidente tinha acontecido, talvez, apesar de nada ali *parecer* acidental. Seu primeiro impulso foi o de sair dali correndo, antes de se envolver no que quer que tivesse acontecido. Ele pegou sua bolsa e foi na direção da cozinha e da plataforma de carga e descarga. Mas parou. Havia crianças lá fora. Crianças *pequenas*. Pequenas demais para estarem perto de uma estrada de alta velocidade como a I-95 sozinhas, e ele não tinha visto nenhum adulto.

Tem que ter algum adulto, você não viu aqueles carros todos?

Sim, ele tinha visto os carros, e uma picape presa ao trailer do cavalo, mas nenhum adulto.

Eu tenho que ir lá. Mesmo que fique encrencado, eu tenho que impedir aqueles garotos imbecis de serem atropelados na estrada.

Pete correu até a porta da frente do Burger King, viu que estava trancada e fez a si mesmo a pergunta que Normie Therriault teria feito: *Ei, resto de placenta, sua mãe teve algum filho sem danos cerebrais?*

Pete se virou e correu para a área de carga e descarga. Correr fez a dor na cabeça piorar, mas ele ignorou a sensação. Largou a bolsa na beirada da plataforma de concreto, começou a baixar o corpo e se soltou. Caiu de mau jeito, com a bunda no chão, mas também ignorou essa sensação. Levantou-se e lançou um olhar desejoso na direção do bosque. Ele *podia* desaparecer. Fazer isso talvez o poupasse de muita dor no futuro. A ideia era terrivelmente tentadora. Não era como nos filmes, onde o mocinho sempre tomava a decisão certa sem nem pestanejar. Se alguém sentisse vodca no hálito dele...

— Jesus — disse ele. — Ah, Jesus *Cristinho*!

Por que ele foi até ali? Isso que era ser uma criança imbecil!

Segurando Blake pela mão com firmeza, Rachel o levou até o fim da rampa. Quando eles chegaram lá, um caminhão-cegonha passou explodindo a mais de cem quilômetros por hora. O vento soprou o cabelo deles, sacudiu as roupas e quase derrubou Blake.

— *Rachie, estou com medo! A gente não pode ir pra estrada!*

Me diga alguma coisa que não sei, pensou Rachel.

Em casa, eles não podiam sair do jardim da frente, e quase não tinha trânsito na via Fresh Winds em Falmouth. O tráfego na rodovia não era constante, mas *quando* um carro passava, ia rápido à beça. Além do mais, para onde eles podiam ir? Podiam seguir pelo acostamento, mas seria horrivelmente arriscado. E não havia nenhuma saída ali, só bosque. Eles podiam ir até o restaurante, mas aí teriam que passar pelo carro mau.

Um carro esportivo vermelho passou disparado, e o cara atrás do volante apertou a buzina sem parar, o que fez Rachel ter vontade de tapar os ouvidos.

Blake a estava puxando, e Rachel se permitiu ser puxada. De um lado da rampa havia uma divisória. Blake se sentou em um dos cabos grossos entre as hastes que a formavam e cobriu os olhos com as mãos gorduchas. Rachel se sentou ao lado dele. Estava sem ideias.

5. JIMMY GOLDING (Crown Victoria 2011)

Um grito de criança podia ser um dos mecanismos de sobrevivência mais eficientes da mãe natureza, mas quando se tratava de pegar a estrada, nada chamava tanta atenção quanto um carro de polícia estacionado. Principalmente se o visor vazio e preto de um radar estivesse virado para o tráfego que se aproximava. Os motoristas a cento e dez quilômetros por hora reduziam para cem; os motoristas a cento e trinta pisavam no freio e começavam a calcular mentalmente quantos pontos iam perder nas habilitações se as luzes azuis surgissem atrás deles. (Era um efeito salutar que passava rapidamente; os apressados estavam correndo de novo entre quinze e vinte quilômetros depois.)

A beleza da viatura estacionada, pelo menos na opinião do policial estadual do Maine, Jimmy Golding, era que ele não precisava fazer *nada*. Só parava o carro e deixava a natureza (a natureza *humana*, nesse caso) seguir seu curso de culpa. Naquela tarde nublada de abril, seu radar Simmons SpeedCheck não estava nem ligado, e o tráfego seguindo pela I-95 no sentido sul era só um ruído leve em segundo plano. Sua atenção estava voltada para o iPad apoiado no volante.

Ele estava no meio de uma partida de Words With Friends, um joguinho on-line estilo Palavras Cruzadas, e sua internet era provida pela Verizon. Seu oponente era um antigo colega chamado Nick Avery, agora da Patrulha Estadual de Oklahoma. Jimmy não conseguia imaginar por que alguém trocaria o Maine por Oklahoma, parecia uma decisão ruim em sua opinião, mas não podia haver dúvida de que Nick era um *excelente* jogador de Words With Friends. Ele vencia Jimmy em nove a cada dez partidas, e estava com a vantagem no jogo atual. Mas a liderança de Nick estava por poucos pontos de diferença, o que era incomum, e todas as letras estavam fora da bolsa eletrônica. Se ele, Jimmy, conseguisse jogar as quatro letras que ainda tinha, conquistaria uma vitória merecida. No momento, estava olhando para FAZ. As três letras que ele possuía eram um E, um R e outro A. Se conseguisse modificar FAZ, não só venceria, mas também daria uma surra no velho amigo. Mas suas chances não pareciam boas.

Ele estava examinando o resto do tabuleiro, onde as perspectivas pareciam ainda mais infrutíferas, quando o rádio apitou duas vezes. Era um alerta a todas as unidades do serviço de emergência de Westbrook. Jimmy deixou o iPad de lado e aumentou o volume.

— Atenção, todas as unidades. Quem está mais perto da área de descanso da Milha 81? Alguém?

Jimmy pegou o microfone.

— Nove-um-um, aqui é Dezessete. Estou na Milha 85, ao sul da saída Lisbon-Sabattus.

A mulher que Rachel Lussier chamara de moça do telefone não se deu ao trabalho de perguntar se alguém estava mais perto; com uma das novas viaturas Crown Vic, Jimmy estava a três minutos de distância, talvez menos.

— Dezessete, eu recebi uma ligação três minutos atrás de uma garotinha que disse que os pais estão mortos, e depois recebi várias ligações dizendo que tem duas crianças desacompanhadas na entrada dessa área de descanso.

Ele nem perguntou por que nenhuma dessas pessoas parou. Já tinha visto isso antes. Às vezes, era medo de complicações legais. Mas na maioria das vezes, era um caso severo de não estar nem aí. Havia muito disso no mundo. Mesmo assim... *crianças*. Jesus, era de se imaginar...

— Nove-um-um, eu cuido disso. Dezessete desligando.

Jimmy acendeu as luzes azuis, verificou o retrovisor para ter certeza de que a estrada estava vazia e saiu da passagem de cascalho com a placa de PROIBIDO FAZER RETORNO, SOMENTE VEÍCULOS OFICIAIS. O motor V-8 do Crown Vic rosnou; o velocímetro digital subiu até cento e cinquenta e ficou. As árvores passavam como manchas dos dois lados da estrada. Ele alcançou um Buick velho e lerdo que se recusou a lhe dar passagem e o ultrapassou. Quando voltou para a pista principal, Jimmy viu a área de descanso. E outra coisa. Duas criancinhas — um garoto de short e uma garota de calça rosa — sentadas nos cabos da cerca ao lado da rampa de entrada. Eles pareciam os menores caronistas do mundo, e o coração de Jimmy se apertou tanto que doeu. Ele tinha filhos também.

Eles se levantaram quando viram as luzes da viatura, e por um segundo terrível Jimmy achou que o garotinho ia se jogar na frente do carro. Graças a Deus a garotinha o segurou pelo braço e puxou.

Jimmy desacelerou rápido o bastante para jogar o bloco de multas, o livro de registros e o iPad do banco do carona no chão. A parte da frente do Vic derrapou um pouco, mas ele controlou o carro e estacionou bloqueando a rampa, onde vários outros carros já estavam parados. O que estava acontecendo ali?

O sol surgiu detrás das nuvens nessa hora, e uma palavra totalmente desconectada com a situação brotou na mente de Jimmy Golding: *AFAZER. Posso montar AFAZER e ganhar o jogo.*

A garotinha estava correndo para o lado do motorista da viatura, arrastando o irmão, chorando e tropeçando, atrás dela. Seu rosto, pálido e apavorado, parecia anos mais velho do que deveria, e tinha uma mancha grande e molhada no short do menino.

Jimmy saiu, tomando cuidado para não acertar as crianças com a porta. Apoiou um joelho no chão para ficar da altura delas, que correram para seus braços, quase o derrubando.

— Opa, opa, calma. Vocês estão be...

— O carro mau comeu a mamãe e o papai — disse o garotinho, e apontou. — Aquele carro mau ali. Comeu eles como o lobo mau comeu a Chapeuzinho Vermelho. Você tem que salvar eles!

Era impossível saber para qual veículo o dedo gordinho estava apontando. Jimmy viu quatro: uma perua que parecia ter rodado por uma longa estrada de terra no meio da floresta, um Prius brilhando de tão limpo, um Dodge Ram puxando um trailer de transporte de cavalo e um Ford Expedition.

— Menina, qual é o seu nome? Eu sou o policial Jimmy.

— Rachel Ann Lussier — respondeu ela. — E este é Blake. Ele é meu irmãozinho. Nós moramos na rua Fresh Winds, 19, Falmouth, no Maine, zero-quatro-um-zero-cinco. Não chegue perto dele, policial Jimmy. Parece um carro, mas não é. Come gente.

— De qual carro você está falando, Rachel?

— Do primeiro, do lado do carro do meu pai. O cheio de lama.

— O carro cheio de lama comeu o papai e a mamãe! — proclamou o garotinho, Blake. — Você pode salvar eles, você é policial e tem uma arma!

Ainda apoiado no joelho, Jimmy abraçou as crianças e olhou para a perua cheia de lama. O sol sumiu de novo; as sombras deles desapareceram. Na rodovia, o tráfego passava veloz, mas um pouco menos agora que as luzes azuis da viatura estavam acesas.

Não havia ninguém no Expedition, no Prius nem na picape. Ele supunha que também não havia ninguém no trailer, a não ser que a pessoa estivesse encolhida, mas nesse caso o cavalo provavelmente pareceria mais nervoso do que já estava. O único veículo que ele não conseguiu ver por dentro era o que as crianças diziam ter comido os pais. Jimmy não gostou da forma como a lama estava cobrindo as janelas. Parecia *deliberadamente* sujo, de alguma forma. Também não gostou do celular quebrado ao lado da porta do motorista. Nem da aliança no chão. A aliança era bem apavorante.

Como se o resto não fosse.

A porta do motorista de repente se abriu um pouco, aumentando o quociente de pavor em pelo menos trinta por cento. Jimmy ficou tenso e levou a mão ao cabo da Glock, mas ninguém saiu de dentro do carro. A porta só ficou ali, entreaberta quinze centímetros.

— É assim que ele tenta fazer você entrar — disse a garotinha com uma voz que era pouco mais que um sussurro. — É um carro *monstro.*

Jimmy Golding não acreditava em carros monstro desde que vira o filme *Christine* quando era criança, mas acreditava que às vezes monstros se escondiam *dentro* de carros. E tinha alguém ali dentro. De que outra forma a porta teria se aberto? Podia ser um dos pais das crianças, ferido e sem conseguir gritar por ajuda. Também podia ser um homem deitado no banco, para que Jimmy não identificasse uma forma pela janela suja de lama. Talvez um homem armado.

— Quem está na perua? — gritou Jimmy. — Sou policial estadual e preciso que você se identifique.

Ninguém se identificou.

— Saia com as mãos para cima, quero vê-las vazias.

A única coisa que saiu foi o sol, projetando a sombra da porta no asfalto por um ou dois segundos antes de se esconder novamente atrás das nuvens. Depois disso, só ficou a porta ali, entreaberta.

— Venham comigo, crianças — pediu Jimmy, e levou os dois até a viatura. Ele abriu a porta de trás. Eles olharam para o banco, com sua bagunça de papéis, para a jaqueta forrada de Jimmy (da qual ele não precisava naquele dia) e para a escopeta presa e travada na parte de trás do assento. Principalmente para a arma.

— Mamãe e papai sempre dizem para não entrarmos no carro de um estranho — disse o menino Blake. — Dizem isso na escola também. Estranhos são perigosos.

— Ele é policial em um carro da polícia — disse Rachel. — Não tem problema. Entra logo. E se você tocar naquela arma, vou te dar um tapa.

— É um bom conselho sobre a arma, mas está presa e a trava está acionada — comentou Jimmy.

Blake entrou e espiou por cima do banco.

— Ei, você tem um iPad!

— Cala a boca — disse Rachel. Ela começou a entrar, mas olhou para Jimmy Golding com olhos cansados e horrorizados. — Não toque no carro. É *grudento*.

Jimmy quase sorriu. Ele tinha uma filha talvez um ano mais nova do que aquela garotinha, e ela talvez dissesse a mesma coisa. Ele achava que garotinhas se dividiam naturalmente em dois grupos distintos: as molecas e as que odiavam sujeira. Como sua Ellen, aquela era uma das que odiavam sujeira.

Foi com essa interpretação enganosa, e em breve fatal, do que Rachel Lussier quis dizer com *grudento* que ele bateu a porta de trás da Unidade 17. Jimmy se inclinou pela janela da frente da viatura e pegou o rádio. Não tirou os olhos da porta aberta da perua, e por isso não viu o garotinho parado ao lado do restaurante da área de descanso, segurando uma bolsa de couro falso contra o peito como se fosse um bebezinho azul. Um momento depois, o sol apareceu de novo, e Pete Simmons foi engolido pela sombra do restaurante.

Jimmy chamou a central.

— Dezessete, na escuta.

— Estou na velha área de descanso da Milha 81. Tem quatro veículos abandonados, um cavalo abandonado e duas crianças abandonadas. Um dos veículos é uma perua. As crianças disseram... — Ele fez uma pausa, mas pensou *que se dane.* — As crianças disseram que ela comeu os pais deles.

— Pode repetir?

— Acho que querem dizer que alguém lá dentro os puxou. Quero que você envie todas as unidades disponíveis para cá, entendido?

— Entendido, todas as unidades disponíveis, mas vai demorar dez minutos para que a primeira chegue aí. É a unidade Doze. Ele está em Código Setenta e Três em Waterville.

Al Andrews, certamente comendo alguma coisa no Bob's Burgers e discutindo política.

— Entendido.

— Preciso da marca, do modelo e da placa da perua, Dezessete, para checar no sistema.

— Negativo para os três. Não tem placa. Quanto à marca e ao modelo, a coisa está tão coberta de lama que não consigo identificar. Mas é americano. — *Eu acho.* — Um Ford ou um Chevy. As crianças estão na viatura. Os nomes são Rachel e Blake Lussier, da rua Fresh Winds, Falmouth. Esqueci o número.

— *Dezenove!* — gritaram Rachel e Blake ao mesmo tempo.

— Eles disseram...

— Eu ouvi, Dezessete. E em que carro eles estavam?

— *O do papai é o Expundition!* — gritou Blake, feliz em ajudar.

— No Ford Expedition — respondeu Jimmy. — Placa 3772IY. Vou me aproximar da perua.

— Entendido. Tome cuidado, Jimmy.

— Entendido. Ah, e você pode procurar o atendimento do 911 e dizer que as crianças estão bem?

— Quem está falando é você ou Pete Townshend?

Engraçadinho.

— Dezessete desligando.

Ele foi colocar o rádio no lugar, mas decidiu entregá-lo para Rachel.

— Se acontecer alguma coisa, qualquer coisa *ruim*, aperte este botão na lateral e grite "Trinta". Isso quer dizer "Policial precisando de ajuda". Entendeu?

— Sim, mas você não deveria chegar perto daquele carro, policial Jimmy. Ele *morde* e *come* e é *grudento*.

Blake, impressionado de estar em uma viatura de polícia de verdade, tinha esquecido temporariamente o que tinha acontecido com os pais, mas então lembrou e começou a chorar de novo.

— Eu quero a mamãe e o papai!

Apesar da esquisitice e do perigo em potencial da situação, a ação de revirar os olhos de *está vendo o que eu tenho que aguentar?* de Rachel Lussier quase fez Jimmy rir. Quantas vezes ele tinha visto exatamente a mesma expressão no rosto de Ellen Golding, de cinco anos?

— Escute, Rachel — disse Jimmy —, sei que você está com medo, mas vocês estão protegidos aqui dentro, e eu tenho que fazer o meu trabalho. Se seus pais estiverem naquele carro, não vamos querer que eles fiquem machucados, não é?

— *VAI BUSCAR A MAMÃE E O PAPAI, POLICIAL JIMMY!* — berrou Blake. — *NÓS NÃO QUEREMOS QUE ELES FIQUEM MACHUCAAAADOS!*

Jimmy viu uma centelha de esperança surgir nos olhos de Rachel, mas não tanto quanto esperava. Como o agente Mulder na antiga série *Arquivo X*, ela queria acreditar... mas, como a parceira de Mulder, a agente Scully, não conseguia. O que aquelas crianças tinham visto?

— Tome cuidado, policial Jimmy. — Ela levantou um dedo. Era um gesto de professora que ficou ainda mais lindo por um ligeiro tremor. — *Não toca no carro.*

Quando Jimmy se aproximou da perua, pegou a Glock automática, mas deixou a trava acionada. Pelo menos por enquanto. Aproximando-se mais da porta aberta, ele mais uma vez convidou qualquer pessoa que estivesse lá dentro a sair do veículo com as mãos para cima. Ninguém saiu. Ele esticou a mão para a porta, mas se lembrou da última recomendação da garotinha e hesitou. Esticou o cano da arma para abrir a porta. Só que a porta não se abriu, e o cano da pistola grudou. A coisa parecia um pote de cola.

Ele foi puxado para a frente, como se uma mão poderosa tivesse segurado o cano da Glock e puxado. Houve um instante em que ele poderia ter soltado a arma, mas uma ideia dessas nem passou por sua cabeça. Uma das primeiras coisas que ensinavam na academia de polícia depois da entrega das armas era que você nunca deveria soltar sua arma de fogo. *Nunca.*

Então, ele continuou segurando, e o carro, que já havia comido a arma, comeu também sua mão. E seu braço. O sol saiu detrás das nuvens de novo, e sua sombra no asfalto ficava cada vez menor. Em algum lugar, as crianças gritavam.

A perua faz do policial seu AFAZER, ele pensou. *Agora eu sei o que ela quis dizer com grudent...*

Naquele momento, a dor ficou enorme e todos os seus pensamentos sumiram. Houve tempo para um grito. Só um.

6. AS CRIANÇAS (Richforth 2010)

De onde estava, a uns setenta metros de distância, Pete viu tudo. Viu o policial esticar a arma para abrir a porta da perua com o cano; viu o cano desaparecer *na* porta como se o carro todo não passasse de uma ilusão de óptica; viu o policial ser puxado para a frente e o chapéu grande e cinza cair da cabeça dele. Em seguida, o policial foi puxado pela porta, e só sobrou o chapéu, ao lado do celular de alguém. Após um momento, o carro se encolheu, como dedos se fechando em um punho. Depois, veio o som de raquete de tênis acertando a bola, *plack!*, e o punho fechado e lamacento voltou à forma de carro.

O garotinho começou a chorar; a garotinha por algum motivo estava gritando *trinta* sem parar, como se achasse que era uma palavra mágica que J. K. Rowling deixou de fora dos livros do Harry Potter.

A porta de trás da viatura policial se abriu. As crianças saíram. As duas estavam chorando muito, e Pete não as culpava. Se não estivesse tão atordoado pelo que viu, provavelmente também choraria. Um pensamento maluco ocorreu a ele: mais um ou dois goles daquela vodca poderiam melhorar a situação. Ajudariam-no a sentir menos medo, e, se estivesse com menos medo, talvez conseguisse pensar em que porra deveria fazer.

Enquanto isso, as crianças estavam recuando de novo. Pete achou que eles podiam entrar em pânico e sair correndo a qualquer segundo. Tinha que impedi-los; eles correriam para a estrada e seriam atropelados pelo trânsito da rodovia.

— Ei! — gritou ele. — Ei, vocês!

Quando os dois se viraram para olhar para ele, olhos grandes e esbugalhados em rostos pálidos, Pete acenou e começou a andar na direção deles. Nesse momento, o sol saiu de novo, desta vez para valer.

O garotinho começou a andar na direção de Pete. A garota o segurou. A princípio, achou que ela estava com medo dele, mas percebeu que era do carro.

Ele fez um gesto circular com a mão.

— Andem ao redor! Contornem o carro e venham pra cá!

Eles pularam a cerquinha do lado esquerdo da rampa, passando o mais longe possível da perua, depois atravessaram o estacionamento. Quando se aproximaram de Pete, a garotinha soltou o irmão, se sentou no chão e tapou o rosto com as mãos. Ela estava com tranças que a mãe devia ter feito. Olhar para elas e saber que a mãe nunca mais as arrumaria fez Pete se sentir péssimo.

O garotinho olhou para ele solenemente.

— O carro comeu a mamãe e o papai. Comeu a moça do cavalo e o policial Jimmy também. Vai comer todo mundo, acho. Vai comer o *mundo*.

Se Pete Simmons tivesse vinte anos, ele talvez fizesse um monte de perguntas idiotas que não teriam importância nenhuma. Como tinha metade dessa idade e era capaz de aceitar o que tinha acabado de ver, ele perguntou uma coisa mais simples e pertinente.

— Ei, garotinha. Tem mais policiais vindo? Era por isso que você estava gritando "trinta"?

Ela baixou as mãos e olhou para ele. Os olhos estavam inchados e vermelhos.

— Sim, mas Blake está certo. O carro vai comer eles também. Eu falei pro policial Jimmy, mas ele não acreditou.

Pete acreditava nela porque tinha *visto* tudo. Mas ela estava certa. A polícia não acreditaria. Acabaria acreditando, teria que acreditar, mas talvez só depois que o carro monstro comesse mais deles.

— Acho que veio do espaço — disse ele. — Que nem em *Doctor Who*.

— Mamãe e papai não nos deixam ver esse programa — respondeu o garotinho. — Dizem que dá muito medo. Mas isso dá mais.

— O carro está vivo. — Pete falou mais consigo mesmo do que com eles.

— Dã — disse Rachel, e deu uma fungada longa e infeliz.

O sol se escondeu brevemente atrás de uma das nuvens maiores. Quando saiu de novo, uma ideia brotou junto. Pete queria mostrar a Normie Therriault e ao resto dos Invasores Fodões uma coisa que os impressionaria a ponto de eles deixarem que ele fizesse parte da gangue. Mas George jogou a verdade na cara dele: *Todos já viram esse truque bobo umas mil vezes.*

Podia ser, mas talvez aquela coisa ali *não* tivesse visto aquilo mil vezes. Talvez nem uma única vez. Talvez não houvesse lupas lá no lugar de onde ela vinha. Nem sol, na verdade. Ele se lembrou de um episódio de *Doctor Who* sobre um planeta onde era escuro o tempo todo.

Ele ouviu uma sirene ao longe. Tinha um policial chegando. Um policial que não acreditaria em nada que as criancinhas dissessem, porque, no que dizia respeito aos adultos, criancinhas eram poços de baboseiras.

— Fiquem aqui. Vou tentar uma coisa.

— Não! — A garotinha segurou o pulso dele com dedos que pareciam garras. — Vai comer você também!

— Acho que não consegue se mover — respondeu Pete, soltando seu braço. A menininha deixou alguns arranhões com sangue para trás, mas ele não ficou com raiva nem a culpou. Provavelmente teria feito o mesmo se fossem seus pais. — Acho que está grudado no lugar.

— Mas consegue se *esticar* — disse ela. — Consegue se esticar com os pneus. Eles derretem.

— Eu vou tomar cuidado — prometeu Pete —, mas preciso tentar isso. Porque você tem razão. Os policiais vão chegar, e o carro vai comer eles também. Fiquem aqui.

Ele andou até a perua. Quando chegou perto (mas não perto *demais*), abriu a bolsa. *Preciso tentar isso*, disse ele para as crianças, mas a verdade era um pouco mais simples: ele *queria* tentar. Seria como um experimento científico. Poderia parecer bizarro se ele contasse para alguém, mas não precisava contar. Só precisava fazer. Com muito… muito… cuidado.

Pete estava suando. Agora que o sol brilhava com força, o dia havia esquentado, mas esse não era o único motivo, e ele sabia. Olhou para cima e estreitou os olhos para a luz. Fez a RESSACA dele doer, mas e daí? *Não volte para trás da nuvem. Nem pense. Eu preciso de você.*

Ele pegou a lupa Richforth na bolsa e se inclinou para colocá-la no chão. As juntas dos joelhos estalaram, e a porta da perua se abriu mais alguns centímetros.

Essa coisa sabe que estou aqui. Não sei se consegue me ver, mas com certeza me ouviu. E talvez sinta meu cheiro.

Ele deu outro passo. Agora, estava perto o bastante para tocar na lateral da perua. Se fosse idiota o bastante para fazer isso, claro.

— *Cuidado!* — gritou a garotinha. Ela e o irmão estavam de pé agora, abraçados. — *Cuidado com o carro!*

Com cuidado, como uma criança enfiando a mão na jaula de um leão, Pete esticou a lupa. Um círculo de luz apareceu na lateral da perua, mas era grande demais. *Suave* demais. Ele aproximou a lupa.

— *O pneu!* — gritou o garotinho. — *Cuidado com o PII-NEEU!*

Pete olhou para baixo e viu um dos pneus derretendo. Um tentáculo cinza se espalhava pelo asfalto na direção do tênis dele. Ele não podia recuar sem desistir do experimento, então levantou o pé e se equilibrou como uma cegonha. O tentáculo de gosma cinza mudou de direção na mesma hora, seguindo para o outro pé.

Não tenho muito tempo.

Ele moveu a lupa mais para perto. O círculo de luz encolheu até virar um ponto branco brilhante. Por um momento, nada aconteceu. E então filetes de fumaça começaram a subir. A superfície branca lamacenta embaixo do ponto ficou preta.

De dentro da perua veio um rosnado inumano. Pete teve que lutar contra todos os instintos no cérebro e no corpo para não sair correndo. Os lábios se abriram, revelando dentes cerrados em uma careta de desespero. Ele segurou a Richforth com firmeza, contando os segundos em pensamento. Tinha chegado a sete quando o rosnado virou um guincho vítreo que ameaçou partir sua cabeça. Atrás dele, Rachel e Blake se soltaram para poder tapar os ouvidos.

No começo da rampa da área de descanso, Al Andrews parou a Unidade 12. Ele saiu, estremecendo por causa daquele som agudo horrível. *Era como uma sirene antibombas transmitida pelos amplificadores de uma banda de heavy metal*, ele diria mais tarde. Ele viu um garoto esticando uma coisa bem próxima da lataria de uma perua velha e lamacenta, Ford ou Chevy. O garoto estava fazendo uma careta de dor, ou de determinação, ou das duas coisas.

O ponto preto fumegante na lateral da perua começou a aumentar. A fumaça branca subindo dele ficou mais densa. Ficou cinza e, depois, preta.

O que aconteceu em seguida foi muito rápido. Pete viu chamas azuis pequenininhas surgirem ao redor do ponto preto. Elas se espalharam, parecendo dançar *acima* da superfície do carro monstro. Era como o carvão em blocos ficava nos churrascos no quintal quando o pai os molhava com fluido de isqueiro e jogava um fósforo.

O tentáculo cinza gosmento, que tinha quase chegado ao tênis ainda no asfalto, recuou. O carro se encolheu de novo, mas desta vez as chamas azuis se espalharam ao redor dele, como uma coroa. Ele se encolheu mais e mais, se tornando uma bola de fogo. E então, enquanto Pete, as crianças Lussier e o policial Andrews olhavam, a perua disparou para o céu azul de primavera. Por um momento, ficou ali, brilhando como uma brasa, antes de desaparecer. Pete se viu pensando na escuridão fria acima do envoltório da atmosfera da Terra, as léguas infinitas onde qualquer coisa podia viver e se esconder.

Eu não matei, só o espantei. Teve que ir embora para apagar o fogo, como um galho em chamas indo para dentro de um balde de água.

O policial Andrews olhava para o céu, estupefato. Um dos poucos circuitos que ainda funcionavam no seu cérebro se perguntou como faria um relatório sobre o que tinha acabado de ver.

Havia mais sirenes se aproximando ao longe.

Pete andou até as duas criancinhas com a bolsa em uma das mãos e a lupa Richforth na outra. Queria que George e Normie estivessem ali, mas e daí se não estavam? Ele teve uma tarde e tanto sozinho, sem eles, e não se importava se ia ficar de castigo ou não. Aquilo fazia pular de bicicleta em um campo de areia idiota parecer a *Vila Sésamo*.

Quer saber? Sou foda.

Ele talvez tivesse rido se as criancinhas não estivessem encarando-o. Elas tinham visto os pais serem comidos por algum tipo de alienígena, comidos *vivos*, e mostrar felicidade seria muito errado.

O garotinho esticou os braços gordinhos, e Pete o pegou no colo. Não riu quando o garoto beijou sua bochecha, mas sorriu.

— Obigado — disse Blake. — Você é bonzinho.

Pete o colocou no chão. A garotinha também o beijou, o que foi legal, mas teria sido mais legal se ela fosse mais velha.

O policial estava correndo na direção deles agora, e isso fez Pete se lembrar de uma coisa. Ele se inclinou na direção da garotinha e soltou uma baforada na cara dela.

— Sentiu cheiro de alguma coisa?

Rachel Lussier olhou para ele por um momento, parecendo mais sábia do que sua idade indicava.

— Você não vai se dar mal — respondeu ela, e sorriu. Não foi um sorriso grande, mas foi um sorriso. — Só não respira em cima dele. E chupa uma bala antes de ir pra casa.

— Eu estava pensando em chiclete Teaberry.

— Isso — disse Rachel. — Boa ideia.

Para Nye Willden e Doug Allen,
que compraram minhas primeiras histórias

Minha mãe tinha um dito popular para cada ocasião. ("E Steve se lembra de todos", consigo ouvir minha esposa, Tabitha, dizendo, a frase sempre acompanhada de um revirar de olhos.)

Um dos favoritos era "O leite sempre pega o gosto do que está ao lado dele na geladeira". Não sei se é verdade, mas é isso que acontece quando o assunto é o desenvolvimento estilístico de jovens escritores. Quando era mais novo, escrevia como H. P. Lovecraft sempre que lia Lovecraft, e como Ross Macdonald sempre que lia as aventuras do detetive particular Lew Archer.

A cópia estilística um dia retrocede. Aos poucos, os escritores desenvolvem o próprio estilo, cada um tão particular quanto uma impressão digital. Traços dos autores que uma pessoa lia nos anos de formação continuam presentes, mas o ritmo dos pensamentos de cada escritor, uma expressão das ondas cerebrais dele ou dela, poderia se dizer, acaba se tornando dominante. No fim, ninguém soa como Elmore Leonard além do próprio Leonard, e ninguém parece Mark Twain além de Twain. Mas, de vez em quando, a cópia estilística reaparece, sempre quando o escritor encontra um modo de expressão inovador e maravilhoso que mostra a ele um novo jeito de ver e falar. *Salem* foi escrito sob a influência da poesia de James Dickey, e se algumas partes de *Rose Madder* parecem ter sido escritas por Cormac McCarthy, é porque eu estava lendo qualquer texto de McCarthy em que conseguisse botar as mãos enquanto escrevia esse livro.

Em 2009, um editor do *The New York Times Book Review* perguntou se eu faria uma resenha dupla de *Raymond Carver: A Writer's Life*, de Carol Sklenicka, e dos contos reunidos de Carver publicados pela Library of America. Eu concordei, principalmente para poder entrar em um território inexplorado. Embora eu seja um leitor onívoro, por algum motivo tinha deixado Carver passar. Era um vazio grande para um escritor que atingiu a maioridade literária mais ou menos na mesma época que Carver, você poderia afirmar, e estaria certo. Só posso dizer em minha defesa que *quot libros, quam breve tempus* — muitos livros e tão pouco tempo (e, sim, eu tenho a camiseta).

De qualquer forma, fiquei atordoado com a clareza do estilo de Carver e com a bela tensão de sua narrativa. Tudo está na superfície, mas essa superfície é tão cristalina que o leitor consegue ver um universo vivo logo abaixo. Adorei aqueles contos e adorei os fracassados americanos sobre quem Carver escreveu com tanto conhecimento e carinho. Sim, o sujeito era um alcoólatra, mas tinha uma escrita segura e um grande coração.

Escrevi "Premium Harmony" logo depois de ler mais de duas dúzias de contos de Carver, e não deve ser surpresa que ele pareça um conto de Carver. Se eu o tivesse escrito aos vinte anos, acho que não seria mais do que uma cópia tosca de um escritor bem melhor. Como foi escrito aos sessenta e dois, meu estilo se mistura ao dele, para o bem ou para o mal. Como muitos grandes escritores americanos (Philip Roth e Jonathan Franzen me vêm à mente), Carver não tinha muito senso de humor. Eu, por outro lado, vejo graça em quase tudo. O humor aqui é sombrio, mas, na minha opinião, esse é muitas vezes o melhor tipo. Porque, veja bem, quando se trata da morte, o que podemos fazer além de rir?

PREMIUM HARMONY

Eles estão casados há dez anos, e por muito tempo isso não foi um problema, não mesmo, mas agora, eles discutem. Agora, eles discutem muito. É sempre a mesma discussão. Tem uma circularidade. Às vezes, Ray pensa que é como uma pista de corrida de cachorros. Quando discutem, são como galgos caçando o coelho mecânico. Eles passam pelo mesmo cenário repetidas vezes, mas não veem a paisagem. Só o coelho.

Ele pensa que talvez fosse diferente se tivessem tido filhos, mas ela não pode ter filhos. Eles finalmente fizeram os exames, e foi isso que o médico disse. O problema era com ela. Alguma coisa nela. Um ano ou dois depois, Ray comprou um cachorro para a esposa, um jack russell que ela batizou de Biznezz. Mary soletrava para as pessoas que perguntavam. Queria que todo mundo entendesse a piada. Ela ama aquele cachorro, mas eles discutem mesmo assim.

Eles vão ao Walmart comprar semente de grama. Decidiram vender a casa, não têm dinheiro para mantê-la, mas Mary diz que não vão longe enquanto não fizerem alguma coisa em relação ao encanamento e não deixarem o quintal bonito. Ela diz que as partes sem grama a fazem parecer uma favela irlandesa. Foi um verão quente, sem chuva nenhuma. Ray diz para ela que sementes de grama não vão crescer se não chover, por melhores que as sementes sejam. Ele diz que deviam esperar.

— Aí outro ano vai passar e ainda vamos estar aqui — diz ela. — Não podemos esperar mais um ano, Ray. Vamos à falência.

Quando ela fala, Biz olha para ela do banco de trás. Às vezes, olha para Ray quando ele fala, mas nem sempre. Na maior parte do tempo, ele olha para Mary.

— O que você acha que vai acontecer? — pergunta ele. — Vai chover só para que você não precise se preocupar em falir?

— Estamos nisso juntos, caso você tenha esquecido — diz ela.

Eles estão passando por Castle Rock agora. A cidade está morta. O que Ray chama de "a economia" desapareceu dessa parte do Maine. O Walmart fica do outro lado da cidade, perto da escola de ensino médio onde Ray é zelador. O Walmart tem o próprio sinal de trânsito. As pessoas fazem piada sobre isso.

— Não adianta economizar no que é barato e esbanjar no que é caro — diz ele. — Nunca ouviu isso?

— Já. Um milhão de vezes, dito por você.

Ele resmunga. Consegue ver o cachorro pelo retrovisor, observando-a. Às vezes, ele odeia o jeito como Biz fica encarando. Ocorre a Ray que nem ele nem o cachorro sabem por que os dois estão discutindo. É um pensamento deprimente.

— E precisamos dar uma passada no Quik-Pik — diz ela. — Quero dar uma bola de kickball de presente de aniversário para Tallie.

Tallie é a filha do irmão dela. Ray acha que isso a torna sua sobrinha, embora ele não tenha muita certeza, pois o laço de sangue é do lado de Mary.

— Tem bolas no Walmart — retruca Ray —, e tudo é mais barato lá no Mundo de Wally.

— As do Quik-Pik são roxas. Roxo é a cor favorita dela. Não tenho como ter certeza se vai ter roxa no Walmart.

— Se não tiver, paramos no Quik-Pik na volta. — Ele sente como se um peso estivesse forçando a cabeça dele para baixo. Mary vai conseguir fazer as coisas do jeito dela. Sempre consegue. O casamento é como um jogo de futebol americano, e ele está atacando contra o time da casa. Ele precisa escolher suas jogadas. Fazer passes curtos.

— Vamos estar do lado errado na volta — diz ela, como se eles estivessem presos em uma torrente de tráfego urbano em vez de rodando por uma cidadezinha quase deserta onde a maioria das lojas está à venda. — Vou dar uma corridinha para buscar a bola e sair rapidinho.

Com noventa quilos, seus dias de "corridinhas" já acabaram, querida, pensa Ray.

— Custa só noventa e nove centavos — continua ela. — Não seja tão pão-duro.

Não seja tão esbanjadora, pensa ele, mas o que responde é:

— Compre um maço de cigarros, então. Os meus acabaram.

— Se você parasse de fumar, teríamos quarenta dólares extras por semana.

Ele economiza e paga um amigo na Carolina do Sul para mandar uma dúzia de pacotes de cada vez. O preço do pacote fechado é vinte dólares mais barato na Carolina do Sul. É muito dinheiro, mesmo naquela época. Não é que ele não tente economizar. Ele já disse isso para Mary e vai dizer de novo, mas de que adianta? Entra por um ouvido e sai pelo outro. Não tem nenhum obstáculo no meio para diminuir a velocidade.

— Eu fumava dois maços por dia — diz ele. — Agora, não chego nem à metade do maço.

Na verdade, na maioria dos dias ele fuma mais. Ela sabe, e Ray sabe que ela sabe. O casamento é assim depois de um tempo. A pressão na cabeça dele aumenta um pouco. Além do mais, Ray consegue ver que Biz ainda encara Mary. Ele alimenta o maldito cachorro e ganha o dinheiro que *paga* a ração, mas é para ela que ele fica olhando. E jack russells em teoria são inteligentes.

Ele entra no estacionamento do Quik-Pik.

— Por que não compra os cigarros em Indian Island já que não quer parar? — pergunta ela.

— Não vendem cigarro sem impostos na reserva há dez anos — diz ele. — Já falei isso pra você. Você não me escuta.

Ele para depois das bombas de gasolina e estaciona ao lado da loja. Não tem sombra. O sol está diretamente acima do carro. O ar-condicionado não dá vazão. Os dois estão suando. No banco de trás, Biz está ofegante. Faz parecer que está sorrindo.

— Bem, você deveria parar de fumar — reclama Mary.

— E você devia parar de comer os bolinhos Little Debbie. — Ele não queria dizer isso, sabe o quanto a esposa é sensível em relação ao peso, mas acaba saindo. Ele não consegue segurar. É um mistério.

— Não como isso há um ano.

— Mary, a caixa está na prateleira do alto. Um pacote com vinte e quatro. Atrás da farinha.

— Você andou *xeretando* a cozinha?!

As bochechas dela estão ficando vermelhas, e ele vê como ela era quando ainda era bonita. Com boa aparência, ao menos. Todo mundo dizia que ela tinha boa aparência, até a mãe dele, que não ia muito com a cara dela.

— Eu estava procurando o abridor de garrafa — retruca Ray. — Estava com uma garrafa de refrigerante. Aquelas com a chapinha antiga.

— Você foi procurar um abridor de garrafa na prateleira do alto do maldito armário!

— Entre e compre a bola — diz ele. — E compre meus cigarros. Seja boazinha.

— Você não pode esperar até chegarmos em casa? Não consegue nem esperar esse tempo?

— Pode comprar dos baratos. Daquela marca vagabunda. Premium Harmony é o nome.

Tem gosto de bosta de vaca, mas tudo bem. Se fizer com que ela cale a boca. Está quente demais para discutir.

— Onde você vai fumar, de qualquer modo? No carro, imagino, para que eu tenha que inspirar a fumaça.

— Vou abrir a janela. Eu sempre abro.

— Vou comprar a bola. E vou voltar. Se você sentir que *tem* que gastar quatro dólares e cinquenta centavos para envenenar seus pulmões, *você* pode entrar. Eu espero aqui com o bebê.

Ray odeia quando ela chama Biz de bebê. Ele é um cachorro, e pode ser tão inteligente quanto Mary gosta de se gabar, mas ainda caga na rua e lambe o lugar onde ficavam as bolas.

— Aproveite para comprar alguns Twinkies quando estiver lá dentro — diz ele. — Ou talvez estejam com promoção de Ho Hos.

— Você é tão cruel.

Mary sai do carro e bate a porta. Ele estacionou perto demais do prédio em forma de cubo de concreto, e ela tem que andar de lado até chegar ao porta-malas, e Ray sabe que ela sabe que ele está olhando, vendo como a esposa está tão gorda que tem que passar de lado. Ele sabe que ela pensa que ele estacionou perto do prédio de propósito, para fazê-la andar de lado, e talvez tenha feito isso mesmo.

Ele quer um cigarro.

— Bem, Biz, amigão, somos só eu e você agora.

Biz se deita no banco de trás e fecha os olhos. Ele consegue ficar de pé nas patas de trás e andar por alguns segundos quando Mary coloca um disco e o manda dançar, e se ela disser (com a voz alegre) que ele é um *menino mau*, ele vai até um canto e se senta de cara para a parede, mas ainda caga do lado de fora.

O tempo passa, e ela não sai. Ray abre o porta-luvas. Remexe no ninho de ratos feito de papéis, procurando um cigarro que talvez tenha esquecido ali, mas não acha nenhum. Mas *encontra* um Hostess Sno Ball ainda na embalagem. Cutuca o bolinho. Está duro como um cadáver. Deve ter uns mil anos. Talvez mais. Talvez tenha vindo junto com a arca de Noé.

— Todo mundo tem seu vício. — Ele abre o Sno Ball e joga no banco de trás. — Quer isso, Biz? Vá em frente, pode comer.

Biz come o Sno Ball em duas mordidas. Em seguida, começa a lamber farelo sabor coco do banco. Mary teria um ataque, mas Mary não está ali.

Ray olha para o mostrador do nível de gasolina e vê que está na metade. Ele poderia desligar o motor e abrir as janelas, mas aí, assaria. Sentado ali, sob o sol, esperando que ela compre uma bola de kickball roxa de plástico por noventa e nove centavos quando ele sabe que poderiam comprar uma por setenta e nove no Walmart. Mas aí seriam amarelas ou vermelhas. Não seria boa o bastante para Tallie. Só roxa serve para a princesinha.

Ele fica sentado ali, e Mary não volta.

— Caramba! — diz ele.

O ar frio sopra em seu rosto. Ray pensa de novo em desligar o motor e economizar gasolina, mas desiste: foda-se. Ela não vai trazer os cigarros. Nem da marca barata. Disso ele tem certeza. Maldita a hora em que ele fez a piadinha sobre os Little Debbies.

Ele vê uma mulher jovem pelo retrovisor. Está correndo na direção do carro. É ainda mais gorda do que Mary; peitos grandes balançam de um lado para outro debaixo do uniforme azul. Biz a nota e começa a latir.

Ray abre a janela.

— Sua esposa é uma mulher loura? — pergunta ela, arfando. — Uma mulher loura de tênis?

O rosto da garota brilha de suor.

— É. Ela queria uma bola para a nossa sobrinha.

— Tem alguma coisa errada com ela. Ela caiu. Está inconsciente. O sr. Ghosh acha que ela pode ter tido um ataque cardíaco. Ligou para a emergência. É melhor você entrar.

Ray tranca o carro e a segue até a loja. Está frio lá dentro em comparação ao veículo. Mary está deitada no chão com as pernas abertas e os braços esticados. Está ao lado de um cilindro de arame cheio de bolas de kickball. A placa diz A SUA DIVERSÃO PARA O VERÃO. Os olhos dela estão fechados. Poderia estar dormindo no piso de linóleo. Três pessoas estão de pé ao redor dela. Uma delas é um homem de pele escura usando calça cáqui e camisa branca. O crachá no bolso da camisa diz SR. GHOSH, GERENTE. As outras duas são clientes. Um velho magro quase careca que deve ter uns setenta anos e uma mulher gorda. É mais gorda do que Mary. Mais gorda até do que a garota de uniforme azul. Ray acha que, por direito, era ela quem devia estar deitada no chão.

— O senhor é marido desta senhora? — pergunta o sr. Ghosh.

— Sou — responde Ray. Isso não parece bastar. — Sou, sim.

— Lamento dizer, mas acho que sua esposa faleceu — diz o sr. Ghosh. — Fiz massagem cardíaca e boca a boca, mas... — Ele dá de ombros.

Ray pensa no homem de pele escura colocando a boca na de Mary. Quase um beijo de língua, mais ou menos. Soprando na garganta dela ao lado do cilindro de arame cheio de bolas de plástico. Em seguida, se ajoelha.

— Mary — diz ele. — Mary! — Como se estivesse tentando acordá-la depois de uma noite insone.

Ela não parece estar respirando, mas nem sempre dá para notar essas coisas. Ele coloca o ouvido perto da boca da esposa e não ouve nada. Sente ar se movendo na pele, mas deve ser do ar-condicionado.

— Esse senhor ligou para a emergência — explica a mulher gorda. Ela está segurando um saco de salgadinho Bugles.

— Mary! — Ray exclama mais alto desta vez, mas não consegue se obrigar a gritar, não ajoelhado no chão com pessoas ao redor, uma delas um homem de pele escura. Ele levanta o olhar e diz, como que pedindo desculpas: — Ela nunca fica doente. É saudável como um cavalo.

— Nunca dá pra saber — diz o homem idoso, balançando a cabeça.

— Ela só caiu — comenta a mulher mais jovem de uniforme azul. — Não disse nada.

— Ela botou a mão no peito? — pergunta a mulher gorda segurando o saco de salgadinhos.

— Não sei — responde a mulher mais jovem. — Acho que não. Não que eu tenha visto. Ela só caiu.

Tem uma arara com camisetas de souvenir perto das bolas. Dizem coisas como MEUS PAIS FORAM TRATADOS COMO REALEZA EM CASTLE ROCK E TUDO QUE EU GANHEI FOI ESTA CAMISETA IDIOTA. O sr. Ghosh pega uma e diz:

— Quer que eu cubra o rosto dela, senhor?

— Por Deus, não! — diz Ray, assustado. — Ela pode só estar inconsciente. Não somos médicos.

Atrás do sr. Ghosh, ele vê três garotos, três adolescentes olhando pela vitrine. Um deles está tirando fotos com o celular.

O sr. Ghosh segue o olhar de Ray e corre para a porta, balançando as mãos.

— Saiam daqui! Saiam!

Rindo, os adolescentes andam para trás, depois se viram e correm pelas bombas de gasolina até a calçada. Atrás deles, o centro quase deserto cintila sob o sol forte. Um carro passa, tocando rap. Para Ray, o baixo parece os batimentos roubados de Mary.

— Onde está a ambulância? — pergunta o velho. — Por que não chegou ainda?

Ray fica ajoelhado ao lado da esposa enquanto o tempo passa. As costas doem e os joelhos também, mas, se ele se levantar, vai parecer um espectador.

A ambulância é um Chevy Suburban pintado de branco com listras laranja. As luzes vermelhas do carro estão piscando. RESGATE DO CONDADO DE CASTLE está pintado na frente, só que espelhado. Para ser possível ler no retrovisor. Ray acha isso muito inteligente.

Os dois homens que entram no mercado estão vestidos de branco. Parecem garçons. Um empurra um tanque de oxigênio em um carrinho. É um tanque verde com um adesivo da bandeira americana.

— Desculpem — diz ele. — Acabamos de atender um acidente de carro em Oxford.

O outro vê Mary deitada no chão, com as pernas abertas, os braços esticados.

— Ih, caramba... — diz ele.

Ray não consegue acreditar.

— Ela ainda está viva? — pergunta ele. — Só está inconsciente? Se estiver, é melhor vocês darem oxigênio para prevenir danos cerebrais.

O sr. Ghosh balança a cabeça. A garota de uniforme azul começa a chorar. Ray tem vontade de perguntar por que ela está chorando, mas de repente sabe. Ela inventou uma história inteira sobre ele só pelo que Ray acabou de falar. Se ele voltasse ali em uma ou duas semanas e fosse esperto, poderia até faturar uma trepada por piedade. Não que *fosse* fazer isso, mas vê a possibilidade. Se quisesse.

Os olhos de Mary não reagem à lanterninha. Um paramédico escuta os batimentos inexistentes, e o outro tira a pressão sanguínea inexistente. Continua assim por um tempo. Os adolescentes voltam com mais amigos. Outras pessoas também se aproximam. Ray acha que são atraídas pelas luzes vermelhas e piscantes no teto do Suburban dos paramédicos como insetos são atraídos pela luz da varanda. O sr. Ghosh corre até eles de novo, balançando os braços. Eles recuam. Em seguida, quando o sr. Ghosh volta para o círculo ao redor de Mary e Ray, voltam e começam a olhar de novo.

Um dos paramédicos se vira para Ray.

— Ela era sua esposa?

— Era.

— Bem, senhor, lamento informar, mas ela está morta.

— Ah. — Ray se levanta. Seus joelhos estalam. — Me disseram que estava, mas eu não tinha certeza.

— Maria, mãe de Deus, abençoe a alma dela — diz a moça gorda com os salgadinhos, fazendo o sinal da cruz.

O sr. Ghosh oferece a um dos paramédicos a camiseta para ser colocada sobre o rosto de Mary, mas o paramédico balança a cabeça e sai. Ele diz para a pequena multidão lá fora que não há nada a ser visto, como se alguém fosse acreditar que uma mulher morta no Quik-Pik não fosse interessante.

O paramédico tira uma maca da traseira da ambulância. Ele faz isso com um único movimento. As pernas se desdobram sozinhas. O velho meio careca segura a porta, e o paramédico empurra o leito de morte com rodinhas para dentro.

— Nossa, está quente hoje — diz o paramédico, secando a testa.

— Talvez seja melhor o senhor se virar agora — diz o outro, mas Ray os vê levantando a esposa até a maca. Um lençol foi dobrado cuidadosamente na beirada. Os paramédicos o puxam até o topo, até cobrir o rosto dela. Agora, Mary parece um cadáver em um filme. Eles a levam para fora, para o calor. Desta vez, é a mulher gorda com os salgadinhos que segura a porta aberta para eles. A multidão recuou até a calçada. Deve haver mais de trinta pessoas ali, de pé no sol impiedoso do verão.

Quando Mary é depositada na ambulância, os paramédicos voltam. Um está segurando uma prancheta. Ele faz umas vinte e cinco perguntas a Ray. Ele consegue responder a todas, menos a pergunta sobre a idade. Em seguida, lembra que ela é três anos mais nova do que ele e responde trinta e quatro.

— Vamos levá-la para o St. Stevie — diz o paramédico com a prancheta. — O senhor pode nos seguir se não souber onde é.

— Eu sei onde fica — responde Ray. — O quê? Vocês querem fazer a autópsia? Vão abrir ela?

A garota de uniforme azul sufoca um gritinho. O sr. Ghosh passa o braço ao redor dela, que pressiona o rosto na camisa branca dele. Ray se pergunta se o sr. Ghosh está trepando com ela. Torce para que não. Não por causa da pele marrom do sr. Ghosh, Ray não liga para isso, mas porque ele deve ter o dobro da idade dela. Um homem mais velho pode tirar vantagem, principalmente quando é o chefe.

— Bem, a decisão não é nossa — diz o paramédico —, mas provavelmente não. Ela não morreu sozinha...

— Não *mesmo* — interrompe a mulher com os salgadinhos.

— ... e está claro que foi um ataque cardíaco. Deve dar para liberá-la para a funerária quase imediatamente.

Funerária? Uma hora atrás, eles estavam no carro, discutindo.

— Não tenho auxílio de funerária — diz ele. — Nem auxílio de funerária, nem túmulo, nada. Por que teria? Ela tem *trinta e quatro* anos.

Os paramédicos se entreolham.

— Sr. Burkett, uma pessoa vai ajudá-lo com tudo isso no St. Stevie. Não se preocupe.

— Não me *preocupar*? Cacete!

A ambulância sai com as luzes ainda piscando, mas a sirene desligada. A multidão na calçada começa a dispersar. A garota do balcão, o homem idoso, a mulher gorda e o sr. Ghosh olham para Ray como se ele fosse uma pessoa especial. Uma celebridade.

— Ela queria uma bola de kickball roxa para a nossa sobrinha — explica ele. — É aniversário dela. Vai fazer oito anos. O nome dela é Tallie. Foi batizada em homenagem a uma atriz.

O sr. Ghosh pega uma bola roxa de kickball do cone de arame e a entrega para Ray com as duas mãos.

— Por conta da casa.

A mulher dos salgadinhos cai no choro.

— Maria, mãe de Deus...

Eles ficam ali por um tempo, conversando. O sr. Ghosh pega refrigerantes na geladeira. Também são por conta da casa. Eles bebem os refrigerantes, e Ray conta algumas coisas sobre Mary, sem nunca mencionar as discussões. Ele conta que ela fez uma colcha que ganhou o terceiro lugar na feira do Condado de Castle. Isso foi em 2002. Ou 2003.

— Isso é tão triste — diz a mulher dos salgadinhos.

Ela abriu o saco e está compartilhando. Eles comem e bebem.

— Minha mulher morreu dormindo — conta o velho meio careca. — Se deitou no sofá e não acordou. Estávamos casados havia trinta e sete anos. Eu sempre achei que fosse morrer primeiro, mas Deus não quis. Ainda consigo vê-la deitada no sofá. — Ele balança a cabeça. — Não consegui acreditar.

Por fim, Ray fica sem histórias para contar, e eles ficam sem histórias para contar a ele. Clientes estão entrando de novo. O sr. Ghosh atende alguns, e a garota de uniforme azul atende outros. A mulher gorda diz que precisa ir embora. Dá um beijo na bochecha de Ray antes de partir.

— Precisa cuidar de si mesmo, sr. Burkett — diz ela. O tom é repreendedor e paquerador ao mesmo tempo. Ray acha que ela pode ser outra possibilidade de trepada por piedade.

Ele olha para o relógio na bancada. É do tipo com propaganda de cerveja. Quase duas horas se passaram desde que Mary se espremeu entre o carro e a parede de concreto do Quik-Pik. E, pela primeira vez, ele pensa em Biz.

Quando abre a porta, o calor o atinge, e quando Ray coloca a mão no volante para olhar dentro do carro, puxa de volta com um grito. Deve estar uns cinquenta graus lá dentro. Biz está morto, caído de costas. Os olhos estão leitosos. A língua pendurada pela lateral da boca. Ray consegue ver o brilho dos dentes. Há pedacinhos de coco nos bigodes. Isso não deveria ser engraçado, mas é. Não engraçado o bastante para fazê-lo rir, mas engraçado como uma palavra difícil que ele não consegue lembrar.

— Biz, velho amigo — diz ele. — Desculpe. Eu me esqueci de você.

Uma grande tristeza e um pouco de graça tomam conta dele quando Ray olha para o jack russell assado. É uma pena uma coisa tão triste ser engraçada.

— Bem, pelo menos você está com ela agora, não está? — diz ele, e esse pensamento é tão triste, mas ao mesmo tempo tão agradável, que ele começa a chorar. É uma choradeira danada. Enquanto está chorando, ocorre a Ray que agora ele vai poder fumar o quanto quiser, e em qualquer parte da casa. Vai poder fumar sentado à mesa de jantar de Mary.

— Você está com ela agora, Biz, velho amigo — repete ele por entre as lágrimas. A voz está embargada e rouca. É um alívio soar como é esperado para a situação. — Pobre Mary, pobre Biz. Que inferno isso tudo!

Ainda chorando e com a bola roxa debaixo do braço, ele volta ao Quik--Pik. Diz ao sr. Ghosh que se esqueceu de comprar cigarros. Acha que talvez o sr. Ghosh lhe dê um maço de Premium Harmony por conta da casa, mas a generosidade do homem não vai tão longe. Ray fuma durante todo o caminho até o hospital com as janelas fechadas, Biz no banco de trás e o ar-condicionado ligado no máximo.

Pensando em Raymond Carver

Às vezes, uma história chega completa, prontinha. Mas, normalmente, elas me ocorrem em duas partes: primeiro, a xícara, depois, a asa. Como a asa pode não aparecer por semanas, meses ou, em alguns casos, anos, tenho uma caixinha no fundo da mente cheia de xícaras incompletas, cada uma protegida por aquela embalagem mental única que chamamos de memória. Ir procurar uma asa não é uma opção, por mais bonita que a xícara seja; é preciso esperá-la aparecer. Sei que a metáfora é meio ruim, mas quando se está falando de escrita criativa, a maioria é. Escrevo ficção a vida toda, mas ainda compreendo bem pouco sobre como esse processo funciona. Claro que também não entendo como meu fígado funciona, mas, enquanto ele continuar fazendo seu trabalho bem, aceito isso sem problemas.

Uns seis anos atrás, vi um quase acidente em um cruzamento movimentado de Sarasota. Um caubói tentou enfiar sua picape 4x4, daquelas com pneus enormes, na pista exclusiva para virar à esquerda já ocupada por outra picape do mesmo tipo. O cara cujo espaço estava sendo invadido afundou a mão na buzina, houve o previsível som agudo de freios, e os dois monstros bebedores de gasolina acabaram a centímetros de distância um do outro. O cara na pista exclusiva abriu a janela e mostrou o dedo médio para o céu azul da Flórida em uma saudação tão americana quanto o beisebol. O sujeito que quase bateu nele respondeu à saudação, junto com uma batida no peito estilo Tarzan que presumivelmente queria dizer: *vai encarar?* O sinal ficou verde, os outros motoristas começaram a buzinar, e eles seguiram caminho sem partir para a briga.

O incidente me fez pensar no que poderia ter acontecido se os dois motoristas tivessem saído do veículo e caído na porrada bem ali, na Tamiami Trail. Não foi uma fantasia irracional; brigas de trânsito acontecem o tempo todo. Infelizmente, "acontecem o tempo todo" não é uma receita para uma boa história. Mas o quase acidente ficou na minha cabeça. Era uma xícara sem asa.

Um ano depois, mais ou menos, quando estava almoçando no Applebee's com minha esposa, vi um homem de uns cinquenta anos cortando o bife de um cavalheiro idoso. Ele o fazia com cuidado, enquanto o cavalheiro idoso observava, distraído, um ponto acima da cabeça dele. Em determinado momento, o idoso pareceu voltar um pouco a si e tentou pegar os talheres, provavelmente para poder cortar a própria refeição. O homem mais jovem sorriu e balançou a cabeça. O cavalheiro idoso deixou pra lá e voltou a olhar para o nada. Decidi que eles eram pai e filho, e ali estava: a asa da minha xícara de briga de trânsito.

BATMAN E ROBIN TÊM UMA DISCUSSÃO

Sanderson visita o pai duas vezes por semana. Nas noites de quarta, depois que fecha a joalheria que os pais abriram muito tempo antes, ele dirige cinco quilômetros até a Mansão Alto Nível e encontra Pop lá, normalmente no salão comunal. Na sua "suíte", se Pop estiver em um dia ruim. Na maioria dos domingos, Sanderson o leva para almoçar. A instituição na qual Pop passa os últimos anos enevoados de sua vida se chama Unidade de Cuidados Especiais Harvest Hill, mas, para Sanderson, Mansão Alto Nível combina mais.

O tempo que eles passam juntos não é tão ruim, e não só porque Sanderson não precisa mais trocar os lençóis do coroa quando ele faz xixi na cama nem levantar no meio da noite quando Pop começa a vaguear pela casa, pedindo para a esposa fazer ovos mexidos ou dizendo para o filho que aqueles malditos garotos Frederick estão no quintal, bebendo e gritando uns com os outros (Dory Sanderson morreu quinze anos atrás, e os três garotos Frederick, hoje em dia não mais garotos, se mudaram há muito tempo). Há uma piada antiga sobre o mal de Alzheimer: a boa notícia é que você conhece gente nova todos os dias. Sanderson descobriu que a verdadeira boa notícia é que o roteiro raramente muda. Significa que quase nunca é preciso improvisar.

O Applebee's, por exemplo. Embora aos domingos eles almocem no mesmo restaurante há mais de três anos, Pop quase sempre diz a mesma coisa: "Até que não é ruim. Deveríamos voltar outro dia". Ele sempre pede bife ao ponto, e quando o pudim de pão chega, ele diz para Sanderson que o pudim de pão da esposa é melhor. Ano passado, o pudim saiu do cardápio do Applebee's da via Commerce, então Pop, depois de fazer Sanderson ler o menu de sobremesas para ele quatro vezes e de pensar nas opções por eternos dois minutos, pediu torta de maçã. Quando chegou, Pop disse que

Dory servia a dela com creme. E ficou sentado, olhando a estrada pela janela. Na segunda vez, ele fez a mesma observação, mas comeu a torta até quase lamber o prato.

Na maioria das vezes, ele lembra o nome de Sanderson e o relacionamento dos dois, mas às vezes o chama de Reggie, o nome de seu irmão mais velho. Reggie morreu quarenta anos atrás. Quando Sanderson se prepara para sair da "suíte" nas quartas-feiras, ou aos domingos, depois que leva o pai de volta à Mansão Alto Nível, o idoso invariavelmente agradece e promete que na próxima vez vai estar se sentindo melhor.

Quando era jovem, antes de conhecer Dory Levin, que o civilizou, o futuro pai de Sanderson foi um peão nos campos de petróleo do Texas, e às vezes reincorpora aquele homem, que nunca sonhou que um dia se tornaria um joalheiro bem-sucedido em San Antonio. Nessas ocasiões, ele fica confinado na "suíte". Uma vez, virou a cama e pagou pelos esforços com um pulso quebrado. Quando o auxiliar de plantão, José, o favorito de Pop, perguntou por que ele fez aquilo, Pop respondeu que foi porque aquele puto do Gunton não queria abaixar o rádio. Não havia nenhum Gunton, claro. Não agora. Em algum lugar do passado, talvez. Provavelmente.

Nos últimos dias, Pop começou a demonstrar traços cleptomaníacos. Os auxiliares, enfermeiros e médicos já encontraram todo tipo de coisa no quarto dele: vasos, utensílios de plástico da sala de jantar, o controle remoto da tv do salão comunal. Uma vez, José encontrou uma caixa de charutos El Producto cheia com várias peças de quebra-cabeça e oitenta ou noventa cartas de baralho debaixo da cama. Pop não consegue explicar para ninguém, nem para o filho, por que pega essas coisas, e normalmente nega que tenha pegado. Certa vez, disse para Sanderson que Gunderson estava armando para cima dele.

— Você quis dizer Gunton, Pop? — perguntou Sanderson.

Pop balançou a mão ossuda.

— Aquele cara só queria xoxota. Era o maior caçador de xoxota da Xoxotalândia.

Mas a fase cleptomaníaca parece estar passando, ao menos é o que José diz, e naquele domingo o pai está bem calmo. Não é um dos dias lúcidos, mas também não é um dos ruins. Está bom o bastante para o Applebee's, e se eles conseguirem ir até o fim sem o pai mijar nas calças, tudo vai ficar bem. Ele está usando fralda, mas sempre há um odor. Por esse motivo, Sanderson sempre escolhe uma mesa em um dos cantos. Isso não é problema; eles almoçam às duas da tarde, e a essa altura a multidão saindo da missa já voltou para casa para ver beisebol ou futebol americano na TV.

— Quem é *você*? — pergunta Pop no carro. O dia está claro, mas frio. Com os óculos de sol enormes e o sobretudo de lã, ele parece o tio Júnior, aquele gângster velho de *A família Soprano*.

— Sou Dougie — respondeu Sanderson. — Seu filho.

— Eu me lembro do Dougie — diz Pop —, mas ele morreu.

— Não, Pop, nada disso. *Reggie* morreu. Ele... — Sanderson fica em silêncio para ver se Pop vai terminar a frase. Pop não termina. — Foi um acidente.

— Estava bêbado, é? — pergunta Pop.

Isso magoa, mesmo depois de tantos anos. Essa é a parte ruim da doença do pai: ele é capaz de crueldades aleatórias que, apesar de não intencionais, ainda doem à beça.

— Não — diz Sanderson —, o garoto que o acertou estava bêbado. E se safou sem nada além de uns arranhões.

Esse garoto deve estar na faixa dos cinquenta agora, provavelmente ficando grisalho. Sanderson espera que essa versão adulta do garoto que matou seu irmão tenha escoliose, espera que a esposa dele tenha morrido de câncer de ovário, espera que tenha tido caxumba e ficado cego e estéril, mas sabe que deve estar bem. Gerenciando um mercadinho em algum lugar. Talvez até, quem sabe, um Applebee's. Por que não? Ele tinha dezesseis anos na época. Eram águas passadas. Descuido juvenil. Os registros estariam selados. E Reggie? Também selado. Ossos dentro de um terno sob uma lápide em Mission Hill. Às vezes, Sanderson não conseguia nem se lembrar do rosto do irmão.

— Dougie e eu brincávamos de Batman e Robin — diz Pop. — Era a brincadeira favorita dele.

O carro para no sinal no cruzamento da via Commerce com a rua Airline, onde logo vai começar uma confusão. Sanderson olha para o pai e sorri.

— É, Pop, isso aí! A gente até saiu vestido assim no Halloween uma vez, lembra? Eu convenci você. O Cruzado Encapuzado e o Menino Prodígio.

O pai olha pela janela do Subaru de Sanderson e não diz nada. O que estará pensando? Ou os pensamentos viraram nada além de uma espécie de sinal de onda? Sanderson às vezes imagina o som que a linha da morte deve fazer: *mmmmmmmm*. Como o velho zumbido de testes da TV, antes do cabo e do satélite.

Sanderson pousa a mão em um braço fino coberto pela manga do casaco e aperta com simpatia.

— Você estava caindo de bêbado e a mamãe ficou furiosa, mas eu me diverti. Foi meu melhor Halloween.

— Eu nunca bebo perto da minha esposa — diz Pop.

Não, pensa Sanderson quando o sinal fica verde. *Não depois que ela o treinou para isso.*

— Precisa de ajuda com o cardápio, Pop?

— Eu sei ler — responde o pai. Ele não consegue mais, porém está iluminado no canto deles, e Pop consegue olhar para as fotos mesmo com os óculos de sol de gângster tio Júnior. Além do mais, Sanderson já sabe o que ele vai pedir.

Quando o garçom chega com os chás gelados, Pop fala que vai querer o bife ao ponto.

— Quero rosado, mas não vermelho — diz ele. — Se estiver vermelho, vou mandar de volta.

O garçom assente.

— O de sempre, então.

Pop olha para ele com desconfiança.

— Vagem ou salada de repolho?

Pop ri com deboche.

— Está brincando? Aquelas vagens estavam mortas. Foi impossível vender bijuterias finas naquele ano, muito menos joias de verdade.

— Ele vai querer a salada — responde Sanderson. — E eu quero…

— *Todas aquelas vagens estavam mortas!* — diz Pop enfaticamente, e lança um olhar imperioso ao garçom, como quem diz: "Vai mesmo me desafiar?".

O garçom, que os serviu várias vezes, só assente e diz:

— Estavam mesmo mortas. — E se vira para Sanderson. — E para o senhor?

* * *

Eles comem. Pop se recusa a tirar o sobretudo, então Sanderson pede um babador de plástico e amarra no pescoço do pai. Pop não protesta, talvez nem note. Parte da salada de repolho vai parar na calça, mas o babador pega boa parte das gotas de molho funghi. Quando estão terminando, Pop informa ao salão do restaurante quase vazio que precisa tanto mijar que já consegue sentir o gosto do mijo.

Sanderson o acompanha até o banheiro masculino, e o pai permite que ele abra o zíper, mas quando tenta puxar a frente de elástico da fralda, Pop bate na mão dele.

— Nunca mexa na salsicha de outro homem, Sunny Jim — diz ele, irritado. — Você não sabe disso?

Isso desperta uma lembrança antiga: Dougie Sanderson de pé na frente da privada com o short ao redor dos tornozelos e o pai ajoelhado ao lado, dando instruções. Quantos anos ele tinha? Três? Dois? Sim, só dois anos, mas ele não duvida da lembrança; é como um fragmento de vidro visto na lateral da estrada, tão perfeitamente posicionado que deixa uma imagem gravada.

— Preparar, apontar, fogo! — diz ele.

Pop olha para ele com desconfiança e parte o coração de Sanderson ao abrir um sorriso.

— Eu dizia isso para os meus garotos quando estavam desfraldando — diz ele. — Dory me disse que isso era minha responsabilidade, e fiz o que ela mandou, por Deus.

Ele liberta uma torrente, e a maior parte cai mesmo dentro do mictório. O cheiro é azedo e açucarado. Diabetes. Mas que importância tem? Às vezes, Sanderson pensa que quanto mais cedo, melhor.

De volta à mesa, ainda de babador, Pop dá o veredito.

— Este lugar até que não é ruim. Deveríamos voltar outro dia.

— Que tal uma sobremesa, Pop?

Pop pensa na ideia enquanto olha pela janela com a boca aberta. Ou é só o sinal de onda? Não, não desta vez.

— Por que não? Tem espaço.

Os dois pedem torta de maçã. Pop olha para a bola de sorvete de baunilha com as sobrancelhas franzidas.

— Minha esposa servia com creme. O nome dela era Dory. Apelido de Doreen. Como aquela do *Clube do Mickey*. Entre nessa festa para cantar com todos nós. Ele é o maior, viva o Mickey Mouse!

— Eu sei, Pop. Coma.

— Você é o Dougie?

— Sou.

— É mesmo? Não está de sacanagem?

— Não, Pop, sou o Dougie.

O pai de Sanderson levanta uma colherada de sorvete com maçã, pingando.

— A gente fez mesmo aquilo, não é?

— O quê?

— Saímos para pedir balas vestidos de Batman e Robin.

Sanderson ri, surpreso.

— Saímos, sim! Mamãe disse que eu nasci bobo, mas você não tinha desculpa. E Reggie nem quis chegar perto da gente. Odiou a história toda.

— Eu estava bêbado — justifica Pop, e começa a comer a sobremesa. Quando termina, ele arrota, aponta para a janela e diz: — Olhe aqueles pássaros. O que são mesmo?

Sanderson olha. Os pássaros estão amontoados em um latão de lixo no estacionamento. Há vários outros empoleirados na cerca mais atrás.

— São corvos, Pop.

— Caramba, eu sei disso — diz Pop. — Os corvos nunca nos incomodavam, antigamente. Tínhamos uma espingarda de chumbinho. Agora, ouça. — Ele se inclina para a frente, todo profissional. — Já fizemos isso antes?

Sanderson pensa brevemente nas possibilidades metafísicas inerentes à pergunta e diz:

— Sim. A gente vem aqui quase todos os domingos.

— É um bom lugar. Mas acho que devemos voltar. Estou cansado. Quero aquela outra coisa agora.

— Um cochilo?

— Aquela outra coisa — diz Pop, olhando para ele daquele jeito imperioso.

Sanderson faz sinal para o garçom trazer a conta, e enquanto paga no caixa, Pop sai andando com as mãos enfiadas nos bolsos do casaco. Sanderson pega o troco apressado e tem que correr para chegar à porta antes de Pop poder sair para o estacionamento, ou mesmo para as quatro pistas movimentadas da via Commerce.

— Foi uma noite boa — diz Pop enquanto Sanderson coloca o cinto de segurança nele.

— Que noite?

— A do Halloween, seu pateta. Você tinha oito anos, então foi em 1959. Você nasceu em 1951.

Sanderson olha para o pai, impressionado, mas o homem idoso está olhando para a frente, para o trânsito. Sanderson bate a porta do passageiro, contorna a frente do Subaru e se senta atrás do volante. Eles não dizem nada por dois ou três quarteirões, e Sanderson supõe que o pai esqueceu a história toda, mas ele não esqueceu.

— Quando chegamos à casa dos Forester no pé da colina… você se lembra da colina, não lembra?

— A colina da rua Church, claro.

— Isso! Norma Forester abriu a porta, e aí ela diz para você, antes que você possa falar qualquer coisa, ela diz: "Doces ou travessuras?". Depois, ela olha para mim e diz: "Bebidas ou travessuras?" — Pop faz um som de dobradiça enferrujada que Sanderson não ouve há mais de um ano. Ele até bate na perna. — Bebidas ou travessuras! Que frase! Você se lembra disso, não lembra?

Sanderson tenta, mas não se lembra de nada. Ele só lembra quanto ficou feliz de estar com o pai, apesar de a fantasia de Batman de Pop, montada de improviso, ser bem ruim. Um pijama cinza com o emblema do morcego desenhado na frente com canetinha permanente. A capa foi cortada de um lençol velho. O cinto de utilidades do Batman era um cinto de couro no qual o pai enfiou uma série de chaves de fenda e cinzéis, até uma chave inglesa, tirados da caixa de ferramentas da garagem. A máscara era uma máscara de esqui comida por traças que o pai enrolou até o nariz, para a boca ficar aparecendo. De pé na frente do espelho do corredor, antes de sair, ele puxou as laterais da máscara para cima para fazer as orelhas, mas não deu muito certo.

— Ela me ofereceu uma garrafa de Shiner's — diz Pop. Agora eles já subiram nove quarteirões da via Commerce e estão se aproximando do cruzamento com a rua Airline.

— E você aceitou?

Pop está animado. Sanderson adoraria que continuasse assim durante todo o percurso até a Mansão Alto Nível.

— Claro. — Ele fica em silêncio. Quando a via Commerce se aproxima do cruzamento, as duas pistas se tornam três. A da esquerda é exclusiva para quem vai virar. O sinal para seguir em frente está vermelho, mas o da pista de virar à esquerda está com uma seta verde. — Os peitos daquela mulher pareciam travesseiros. Foi a melhor trepada que já tive.

Sim, eles magoam. Sanderson sabe disso não apenas por experiência própria, mas de conversar com outras pessoas que têm parentes na Mansão. Em geral, não pretendem, mas magoam. As lembranças que permanecem estão todas misturadas, como as peças de quebra-cabeça furtadas que José encontrou em uma caixa de charuto debaixo da cama de Pop, e eles não têm controle nenhum sobre elas, nenhum jeito de separar o que se pode falar do que não se pode. Sanderson nunca teve motivos para achar que o pai foi infiel à esposa nos quarenta e tantos anos de casamento dos dois, mas essa não é a suposição que todos os filhos adultos fazem se o casamento dos pais era sereno e tranquilo?

Ele tira os olhos da via para encarar o pai, e é por isso que acontece um acidente em vez dos quase acidentes que acontecem o tempo todo em ruas movimentadas como a via Commerce. Mesmo assim, não é um acidente muito terrível, e apesar de Sanderson saber que sua atenção se desviou da via por um ou dois segundos, ele também sabe que não foi culpa sua.

Uma daquelas picapes modificadas com pneus gigantescos e luzes no teto da cabine entra na pista dele, querendo virar para a esquerda antes de a seta verde se apagar. O cara não ligou a seta; Sanderson repara nisso quando a parte esquerda frontal do Subaru colide com a traseira da picape. Ele e o pai são jogados para a frente, e os cintos travam, e uma depressão surge de repente no meio do capô antes liso do carro, mas os airbags não são disparados. Ouvem um tilintar repentino de vidro estilhaçando.

— Seu babaca! — grita Sanderson. — Meu Deus!

Em seguida, ele comete um erro. Aperta o botão que abre a janela, estica o braço para fora e mostra o dedo do meio para a picape. Mais tarde, ele vai perceber que só fez isso porque Pop estava no carro e em um dia animado.

Pop. Sanderson se vira para ele.

— Você está bem?

— O que aconteceu? — pergunta Pop. — Por que paramos?

Ele está confuso, mas está bem. Felizmente, usava o cinto de segurança, embora Deus saiba quanto é difícil se esquecer de botá-los hoje em dia. Os carros não deixam. Se você dirigir quinze metros sem colocar o cinto, eles começam a berrar de indignação. Sanderson se inclina sobre Pop, abre o porta-luvas e pega o documento do carro e o cartão do seguro. Quando se empertiga, a porta da picape está aberta e o motorista está andando na direção dele, sem nem se importar com os carros que buzinam e desviam para passar pelo mais recente acidente. Não tem tanto trânsito quanto em um dia de semana, mas Sanderson não conta isso como bênção, porque está olhando para o motorista que se aproxima e pensando *acho que me dei mal nessa.*

Ele conhece o tipo. Típico sulista do Texas. Está usando calça jeans e uma camiseta com as mangas arrancadas. Não cortadas, rasgadas; e fiapos errantes caem em cima dos músculos dos braços bronzeados. A calça jeans está frouxa nos quadris, e dá para ver a marca da cueca. Uma corrente vai de um passador da calça sem cinto até o bolso de trás, onde sem dúvida há uma grande carteira de couro, possivelmente com o nome de uma banda de heavy metal em alto-relevo. Tem um monte de tatuagens nos braços e nas mãos, que chegam até o pescoço. Esse é o tipo de cara que, quando Sanderson vê na calçada em frente à joalheria pelo circuito fechado de TV, faz com que ele aperte o botão que tranca a porta. No momento, gostaria de apertar o botão que tranca a porta do carro, mas claro que não pode fazer isso. Ele não devia ter mostrado o dedo do meio, e até teve tempo de repensar suas opções, porque precisou abrir a janela para isso. Mas agora é tarde demais.

Sanderson abre a porta e sai, pronto para ser conciliador, para pedir desculpas pelo que não devia pedir desculpas, pois foi o cara que o fechou, por Deus. Mas tem mais uma coisa, uma coisa que faz arrepios de consternação surgirem na pele dos antebraços e na nuca, que está suando agora que ele saiu do ar-condicionado. As tatuagens do cara são coisas simplórias e rabiscadas: correntes ao redor dos bíceps, espinhos contornando os antebraços, uma adaga em um pulso com uma gota de sangue pendurada na ponta da lâmina. Não foi um estúdio de tatuagem que fez isso. É coisa de presídio. O Tatuado tem pelo menos um metro e noventa contando as botas e deve pesar uns noventa quilos. Talvez cem. Sanderson tem um e oitenta e pesa setenta e dois.

— Olha, desculpa por eu ter mostrado o dedo — diz Sanderson. — Foi no calor do momento. Mas você mudou de pista sem...

— Olha o que você fez com a minha picape! — exclamou o Tatuado. — Comprei tem três meses!

— Precisamos trocar informações do seguro...

Eles também precisam de um policial. Sanderson olha ao redor em busca de uma viatura e só vê curiosos, reduzindo para avaliar os danos e acelerando de novo.

— Você acha que eu tenho seguro se mal consigo pagar essa porra?

Você tem que ter seguro, pensa Sanderson, *é a lei.* Só que um cara assim não acha que tem que ter nada. Os testículos de borracha pendurados na placa são a prova final.

— Por que você não me deixou passar, seu babaca?

— Não deu tempo — explicou Sanderson. — Você me fechou, não botou a seta...

— Eu botei a seta!

— Então por que não está piscando?

Sanderson aponta.

— Porque você quebrou a porra da minha lanterna, imbecil! Como vou explicar isso pra minha namorada? Ela quem pagou a entrada! E tire essa merda da minha cara.

Ele dá um tapa no cartão do seguro e nos documentos, que Sanderson ainda está segurando. Sanderson olha para baixo, perplexo. Seus papéis estão caídos na rua.

— Estou indo — diz o Tatuado. — Eu conserto os danos no meu carro, e você conserta no seu. Vai ser assim.

Os danos no Subaru são bem piores do que os danos na picape absurdamente enorme — o conserto sairia de uns mil e quinhentos a dois mil dólares a mais —, mas não é isso que faz Sanderson falar. Também não é o medo de o imbecil sair sem pagar, pois ele só precisa anotar o número da placa acima daqueles testículos de borracha pendurados. Não é nem o calor, que está sufocante. É o fato de seu pai alterado estar sentado no banco do carona, sem saber o que está acontecendo, precisando cochilar. Eles já deviam estar na metade do caminho até a Mansão Alto Nível, mas não. Não. Porque esse belo babaca teve que cortar o trânsito. Tinha que correr para a pista exclusiva antes de a seta verde apagar, senão o mundo ficaria preto e os ventos do apocalipse soprariam.

— Não é assim que vai ser — diz Sanderson. — A culpa foi sua. Você me cortou sem sinalizar. Não tive tempo de frear. Quero ver os documentos do seu carro e quero ver sua habilitação.

— Vai pro inferno — diz o homenzarrão, e dá um soco na barriga de Sanderson. Ele se inclina para a frente e expele todo o ar que tem nos pulmões em um sopro forte. Não devia ter provocado o motorista da picape, ele *sabia* que não devia, era só olhar para aquelas tatuagens amadoras e *qualquer um* saberia que não devia, mas ele fez isso porque não acreditou que aquilo fosse acontecer em plena luz do dia, no cruzamento da via Commerce com a rua Airline. Ele é um cara legal. Não leva um soco desde o terceiro ano, em uma discussão por causa de cards de beisebol.

— Aí estão meus documentos — diz o Tatuado. Grandes filetes de suor escorrem pelo rosto dele. — Espero que você goste. Quanto à minha habilitação, eu não tenho, tá? Não tenho e *pronto*. Vou ficar muito encrencado, e é tudo culpa sua porque estava batendo punheta em vez de olhar para onde estava indo. Seu escroto!

Nessa hora, o Tatuado perde a cabeça. Pode ser por causa do acidente, pode ser por causa do calor, pode ser por causa da insistência de Sanderson em ver os documentos que o Tatuado não tem. Pode até ser por causa do som da própria voz. Sanderson já ouviu a expressão *perdeu a cabeça* várias vezes, mas percebe que nunca aprendeu seu verdadeiro significado até o momento. O Tatuado é seu professor, e é dos bons. Ele junta as duas mãos em um punho. Sanderson tem tempo suficiente para ver que há olhos azuis nos dedos do Tatuado antes de levar a porrada na bochecha, tombando contra o lado direito recém-amassado do carro. Ele desliza e sente uma ponta de metal rasgar sua camisa e a pele embaixo. Sangue jorra pela lateral, quente como febre. Em seguida, seus joelhos fraquejam e ele cai no asfalto. Sanderson olha para as mãos, sem acreditar que são suas. A bochecha direita está quente e parece estar crescendo como massa de pão. O olho direito está lacrimejando.

Em seguida, vem um chute na lateral ferida, acima do cinto. A cabeça de Sanderson bate na calota direita frontal do Subaru e quica. Ele tenta engatinhar para longe da sombra do Tatuado. O Tatuado está gritando alguma coisa pra ele, mas Sanderson não consegue identificar nenhuma palavra; só sai um *wah-wah-wah*, o som que os adultos fazem quando estão falando com as crianças no desenho *Peanuts*. Ele quer dizer ao Tatuado que está tudo bem, tudo bem, a gente não concorda, mas vamos deixar pra lá. Ele quer dizer que não houve dano nenhum (apesar de se sentir bastante danificado), pode seguir seu caminho e vou seguir o meu, boa viagem para você, nos vemos amanhã, pessoal. Mas não consegue recuperar o fôlego. Ele acha que vai ter um ataque cardíaco, talvez até já esteja tendo um. Quer levantar a cabeça; se vai morrer, gostaria de morrer olhando para algo mais interessante do que o asfalto da via Commerce e a frente do carro batido. Mas não consegue. O pescoço ficou mole feito macarrão.

O Tatuado dá outro chute, desta vez no meio da coxa esquerda. Em seguida, o homem dá um grito gutural, e gotas vermelhas começam a pingar na rua. Sanderson primeiro acha que seu nariz começou a sangrar, ou talvez seus lábios, do golpe no rosto com os dois punhos, mas mais calor cai na sua nuca. É como uma pancada de chuva tropical. Ele engatinha para mais longe, para depois do capô do carro, e consegue se virar e sentar. Ele olha para cima, estreitando os olhos por causa da luz do céu, e vê Pop de pé ao lado do Tatuado. O Tatuado está inclinado como um homem com cólicas estomacais severas. Também está tateando a lateral do pescoço, onde um pedaço de madeira surgiu.

Primeiro, Sanderson não consegue entender o que aconteceu, mas depois entende. O pedaço de madeira é o cabo de uma faca, uma faca que ele já viu. Vê quase toda semana. Não é preciso usar faca de carne para cortar o bife que Pop sempre come nos almoços de domingo, um garfo faz o serviço muito bem, mas eles levam a faca mesmo assim. Faz parte do serviço do Applebee's. Pop pode não lembrar que o filho vai visitá-lo, nem que a esposa está morta, não deve nem lembrar mais qual é seu nome do meio, mas parece que não perdeu a firmeza inteligente que o permitiu evoluir de um sujeito sem faculdade que trabalhava com petróleo a um joalheiro de classe média-alta em San Antonio.

Ele me fez olhar para os pássaros, pensa Sanderson. *Para os corvos no latão de lixo. Foi nessa hora que ele pegou a faca.*

O Tatuado perde o interesse no homem sentado na rua e não lança um único olhar para o idoso ao lado. O Tatuado começou a tossir. Um jorro fino sai da boca cada vez que ele tosse. Uma das mãos está na faca no pescoço, tentando arrancá-la. Sangue escorre pela lateral da camiseta e suja a calça jeans. Ele começa a andar até o cruzamento da Commerce com a Airline (onde o trânsito parou), ainda inclinado para a frente e tossindo. Com a mão livre, faz um aceno leve: *Oi, mãe!*

Sanderson fica de pé. As pernas estão tremendo, mas o sustentam. Ele consegue ouvir sirenes se aproximando ao longe. Agora que tudo acabou.

Sanderson passa o braço pelos ombros do pai.

— Você está bem, Pop?

— Aquele homem estava batendo em você — explica Pop com objetividade. — Quem é ele?

— Não sei.

Lágrimas escorrem pelas bochechas de Sanderson. Ele as limpa.

O Tatuado cai de joelhos. Já parou de tossir. Agora, está fazendo um som gutural baixinho. A maioria das pessoas fica longe, mas duas almas corajosas vão até ele, querendo ajudar. Sanderson pensa que o Tatuado deve ter passado do ponto de poder receber ajuda, mas valoriza o gesto das pessoas.

— Nós já comemos, Reggie?

— Comemos, Pop, comemos. E eu sou o Dougie.

— Reggie está morto. Você não me disse isso?

— Disse, Pop.

— Aquele homem estava batendo em você. — O rosto do pai se contorce como o de uma criança que está horrivelmente cansada e precisa ir para cama. — Estou com dor de cabeça. Vamos embora. Quero me deitar.

— Temos que esperar a polícia.

— Por quê? Que polícia? Quem é aquele *cara*?

Sanderson sente cheiro de merda. O pai acabou de soltar um barro.

— Vamos para o carro, Pop.

O pai deixa Sanderson guiá-lo pela frente amassada do Subaru. Pop diz:

— Foi um Halloween e tanto, não foi?

— Foi, Pop, foi, sim.

Ele ajuda o Cruzado Encapuzado de oitenta e três anos a entrar no carro e bate a porta para impedir o ar frio de escapar. A primeira viatura da polícia da cidade está parando, e vão querer ver sua identificação. O Garoto Prodígio de sessenta e um anos, com as mãos apertando o tronco dolorido, vai até o lado do motorista para pegar os documentos caídos na rua.

Para John Irving

Como falei na introdução de "Batman e Robin", às vezes, muito de vez em quando, a xícara já vem com a asa. Meu Deus, como isso é bom. Você está cuidando da sua vida, sem pensar em nada especial, quando, de repente, *bum*, uma história chega a galope, perfeita e completa. A única coisa que você precisa fazer é transcrevê-la.

Eu estava na Flórida, passeando com nosso cachorro na praia. Como era inverno e estava frio, éramos os únicos por lá. À frente, vi o que parecia ser alguma coisa escrita na areia. Quando cheguei perto, vi que não passava de um truque de luz e sombra do sol, mas a mente dos escritores é antro de informações esquisitas, e aquilo me fez lembrar de uma citação antiga de algum lugar (acabou sendo de Omar Khayyam): "O Dedo Móvel escreve e, depois de ter escrito, segue em frente". Isso, por sua vez, me fez pensar em um lugar mágico em que um Dedo Móvel invisível escreveria coisas terríveis na areia, e aí esta história surgiu. Tem um dos meus finais favoritos. Talvez não chegue aos pés de "August Heat", de W. F. Harvey (um clássico), mas está perto.

A DUNA

Quando o juiz sobe no caiaque sob o céu claro da manhã, um processo lento e desajeitado que demora quase cinco minutos, ele pensa que o corpo de um velho não passa de um saco no qual ele carrega dores e indignidades. Oitenta anos atrás, quando tinha dez anos, ele pulou em uma canoa de madeira e saiu remando, sem colete salva-vidas nem nada, sem preocupações, e certamente sem xixi manchando a cueca. Cada ida à ilha sem nome, que mais parecia um submarino parcialmente submerso duzentos metros adentrando o golfo, começava com uma empolgação enorme e inquieta. Agora, só sobrou a inquietação. E uma dor que parece localizada no fundo das entranhas e se irradia por todo o corpo. Mas ele ainda faz o trajeto. Muitas coisas perderam o apelo nesses últimos anos turvos, a maioria delas, na verdade, mas não a duna na orla mais distante da ilha. Nunca aquela duna.

Nos primeiros dias de exploração, ele esperava que a ilha sumisse após cada tempestade, e depois do furacão de 1944 que afundou o *USS Warrington* na praia Vero, teve certeza de que sumiria. Mas quando o céu ficou limpo, a ilha ainda estava lá. A duna também, embora os ventos de 160 km/h devessem ter soprado toda a areia para longe, deixando só pedras e corais. Ao longo dos anos, ele debateu várias vezes se a magia está nele ou na ilha. Talvez nos dois, mas sem dúvida a maior parte está na duna.

Ele atravessou o trecho curto de água milhares de vezes desde 1932. Normalmente, não encontra nada além de pedras, arbustos e areia, mas de vez em quando tem algo mais ali.

Finalmente acomodado no caiaque, ele rema lentamente da praia até a ilha, com os poucos fios de cabelo branco voando ao redor do crânio quase careca. Alguns urubus-de-cabeça-vermelha voam no céu, conversando daquele jeito feio deles. Ele já foi o filho do homem mais rico da costa do golfo da Flórida, depois foi advogado, depois foi juiz no circuito do condado de Pinellas, depois foi indicado para a Suprema Corte Estadual. Durante o mandato do presidente Reagan, falaram de uma indicação para a Suprema Corte dos Estados Unidos, mas isso nunca aconteceu, e uma semana depois que aquele idiota do Clinton se tornou presidente, o juiz Harvey Beecher — só Juiz para seus muitos conhecidos (ele não tem amigos de verdade) em Sarasota, Osprey, Nokomis e Venice — se aposentou. Ele nunca gostou muito de Tallahassee. É frio lá.

Além do mais, é longe demais da ilha e de sua duna peculiar. Nesses passeios de caiaque de manhã cedo, ele está disposto a admitir que é viciado. Mas quem não seria viciado em uma coisa assim?

Na pedregosa orla leste, um arbusto retorcido se projeta de uma rachadura em uma pedra cheia de guano. É lá que ele amarra o caiaque, e sempre toma o cuidado de amarrar bem. Não seria bom ficar preso ali; a propriedade do pai (ele ainda pensa no local assim, apesar de o Beecher pai ter morrido há quarenta anos) cobre quase quatro quilômetros da costa do golfo, com a casa principal longe do mar, no lado da baía de Sarasota, e ninguém o ouviria gritar por ajuda. Tommy Curtis, o zelador, talvez reparasse que ele sumiu e fosse procurar; porém, era mais provável que supusesse que o Juiz estava trancado no escritório, onde costumava passar dias inteiros, supostamente trabalhando em um livro de memórias.

Houve um tempo em que a sra. Riley ficava nervosa quando ele não saía do escritório para almoçar, mas agora ele quase nunca come ao meio-dia (ela o chama de "fiapo de homem", mas não na frente dele). Não possui outros funcionários, e tanto Curtis quanto a sra. Riley sabem quanto ele odeia ser interrompido. Não que haja muito a interromper; ele não acrescentou uma única linha às suas memórias nos últimos dois anos, e no fundo do coração sabe que nunca vai terminar o livro. As relembranças não terminadas de um juiz da Flórida? Não tem tragédia nenhuma aí. A única história que ele *poderia* escrever é a que nunca vai passar para o papel.

Ele demora ainda mais tempo para sair do que demorou para entrar, e o caiaque vira uma vez, molhando a camisa e a calça nas ondinhas que avançam pela praia de seixos. Beecher não se aborrece. Não foi a primeira vez que ele caiu, e não tem ninguém ali para ver. Ele acha que é loucura continuar fazendo esse passeio com a idade que tem, apesar de a ilha ser muito próxima do continente, mas parar não é opção. Viciados são e sempre serão viciados.

Beecher demora a ficar de pé e pressiona a barriga até a dor passar. Limpa areia e conchas da calça, verifica o nó da corda e vê um dos urubus na maior pedra da ilha, olhando para ele.

— Ei! — grita com a voz que agora odeia, entrecortada e oscilante, a voz de uma bruxa velha de vestido preto. — Ei-ei, seu chato! Vá procurar algo pra fazer!

Depois de balançar de leve as asas desgrenhadas, o urubu permanece onde está. Os olhos brilhantes parecem dizer: "Mas, Juiz, eu já encontrei o que fazer".

Beecher para, pega uma concha grande e joga na ave. Dessa vez, o urubu voa, e o som das asas é como um pano rasgando. Ele voa pelo trecho curto de água e pousa na doca. *Ainda um mau presságio*, pensa o Juiz. Ele se lembra de Jimmy Caslow da Patrulha Estadual da Flórida explicando que os urubus-de-cabeça-vermelha não só sabiam onde havia carniça, mas onde *haveria* carniça.

"Não consigo nem lembrar", disse Caslow, "quantas vezes vi aqueles bichos feios sobrevoando um local em Tamiami uns dois dias antes de um desastre fatal acontecer. Parece loucura, eu sei, mas qualquer policial rodoviário da Flórida vai te dizer a mesma coisa."

Quase sempre tem urubus-de-cabeça-vermelha ali na pequena ilha sem nome. O Juiz Beecher imagina que tenha cheiro de morte para eles, e por que não?

Ele segue pela pequena trilha que se criou ao longo dos anos. Vai olhar a duna do outro lado, onde a areia é fina em vez de pedregosa e cheia de conchas, depois vai voltar para o caiaque e abrir a garrafinha de chá gelado. Talvez cochile por um tempo sob o sol da manhã (ele cochila bastante atualmente, acha que a maioria dos nonagenários faz isso) e, quando acordar (*se* acordar), vai fazer a viagem de volta. Ele diz para si mesmo que a duna vai ser apenas um acúmulo liso e vazio de areia, como na maioria dos dias, mas sabe a verdade.

Os malditos urubus também sabiam.

Ele passa bastante tempo no lado arenoso, com os dedos tortos pela idade unidos atrás do corpo. As costas estão doendo, os ombros estão doendo, os quadris estão doendo, os joelhos estão doendo; mais do que tudo, as entranhas estão doendo. Mas ele não presta atenção a essas coisas. Talvez mais tarde, mas não agora.

Ele olha para a duna e para o que encontra escrito lá.

Anthony Wayland chega na propriedade de Beecher em Pelican Point às sete da noite, como prometido. Uma coisa que o Juiz sempre apreciou, tanto no tribunal quanto fora dele, é a pontualidade, e o garoto é pontual. O juiz Beecher lembra a si mesmo de nunca chamar Wayland de *garoto* na cara dele (embora, por estarem no sul, não ter problema chamá-lo de *filho*). Wayland não entenderia que, quando se tem noventa anos, qualquer um com menos de sessenta parece um garoto.

— Obrigado por vir — diz o Juiz, levando Wayland até o escritório. Só estão os dois lá; Curtis e a sra. Riley já foram embora para casa em Nokomis Village. — Trouxe o documento que pedi?

— Trouxe, sim, Juiz.

Wayland abre sua pasta grande de advogado e pega um documento grosso preso por um clipe de papel. As páginas não são de velino, como seriam antigamente, mas são densas e pesadas da mesma forma. No alto da primeira, com letras grossas e austeras (que o Juiz sempre chamou de fonte de cemitério), estão as palavras Último Testamento de HARVEY L. BEECHER.

— Sabe, estou surpreso de você mesmo não ter rascunhado este documento. Você deve ter esquecido mais sobre leis de testamento na Flórida do que eu vou aprender durante toda a minha vida.

— Talvez seja verdade — responde o Juiz em seu tom mais seco. — Na minha idade, as pessoas esquecem muita coisa.

Wayland fica vermelho até a raiz dos cabelos.

— Eu não quis dizer...

— Eu sei o que você quis dizer, meu filho — diz o Juiz. — Não estou ofendido. Mas, já que você perguntou..., conhece aquele velho ditado que diz que um homem que é seu próprio advogado tem um tolo como cliente?

Wayland sorri.

— Ouvi e já repeti muitas vezes quando estou usando o chapéu de defensor público e um agressor de mulheres ou atropelador que não prestou assistência me diz que planeja se defender sozinho no tribunal.

— Imagino que sim, mas existe a versão sem censura: um homem que é seu próprio advogado tem um *imbecil* como cliente. Serve para casos criminais, civis e de testamento. Então, vamos falar de negócios? O tempo é curto. — Ele quer dizer isso em mais de um sentido.

Eles começam a trabalhar. A sra. Riley deixou café descafeinado, que Wayland recusa por preferir Coca-Cola. Ele faz anotações enquanto o Juiz dita as alterações com sua voz seca de tribunal, ajustando antigas disposições testamentárias e acrescentando novas. O acréscimo mais importante, quatro milhões de dólares, é para a Sociedade de Preservação da Vida Selvagem e das Praias do Condado de Sarasota. Para receberem o valor, eles precisam conseguir que a legislação estadual declare certa ilha perto da costa de Pelican Point como área de preservação ambiental para sempre.

— Eles não vão ter problema em fazer isso — explica o Juiz. — Você mesmo pode cuidar da parte legal. Eu preferiria que fosse *pro bono*, mas é claro que isso vai depender de você. Uma ida a Tallahassee deve resolver tudo. A ilha é uma coisinha de nada, a única coisa que cresce lá são alguns arbustos. O governador Scott e os colegas do Tea Party vão adorar.

— Por quê, Juiz?

— Porque na próxima vez que o grupo de preservação ambiental for atrás deles para implorar por dinheiro, eles vão poder dizer: "O velho juiz Beecher não acabou de doar quatro milhões para vocês? Saiam daqui, e cuidado para a porta não acertar suas bundas no caminho".

Wayland concorda que deve ser assim que as coisas vão acontecer, e os dois seguem para as disposições menores.

— Quando eu estiver com o documento pronto, vamos precisar de duas testemunhas e um tabelião — explica Wayland quando eles terminam.

— Vou fazer isso com esse rascunho aqui, só por segurança — diz o Juiz. — Se acontecer alguma coisa comigo nesse meio-tempo, deve servir. Não tem ninguém para contestá-lo; eu vivi mais do que todo mundo.

— É uma precaução sábia, Juiz. Seria bom cuidar disso ainda hoje. Seu zelador e sua empregada...

— Só voltam às oito da manhã — diz o juiz Beecher —, mas isso vai ser a primeira coisa do dia. Harry Staines da rua Vamo é tabelião e não vai se importar de vir aqui antes de ir para o trabalho. Ele me deve um favor, ou seis. Deixe este documento comigo, filho. Vou guardá-lo no cofre.

— Eu deveria ao menos fazer uma... — Wayland olha para a mão retorcida esticada e para de falar. Quando um juiz da Suprema Corte (mesmo um aposentado) ergue a mão, as objeções devem ser deixadas de lado. Não passa de um rascunho cheio de anotações mesmo, e que logo será substituído por uma versão final. Ele entrega o testamento não assinado e vê Beecher se levantar (dolorosamente) e puxar um quadro com a imagem de Everglades, na Flórida, preso por uma dobradiça oculta. O Juiz digita a combinação correta, sem fazer nenhuma tentativa de esconder o teclado numérico, e coloca o testamento em cima do que parece a Wayland uma pilha grande e desarrumada de dinheiro. Caramba.

— Pronto! — diz Beecher. — Está tudo encaminhado. Exceto pela parte da assinatura, claro. Que tal uma bebida para comemorar? Tenho um uísque especial.

— Bom... acho que não faria mal.

— Nunca me fez mal, mas agora faz, então você vai ter que me perdoar por não me juntar a você. Café descafeinado e um pouco de chá gelado são as bebidas mais fortes que tomo agora. Problemas no estômago. Gelo?

Wayland levanta dois dedos e Beecher coloca dois cubos de gelo na bebida com o jeito lento e cerimonioso da idade avançada. Wayland toma um gole, e suas bochechas ficam vermelhas na mesma hora. *É o rubor de um homem que gosta de um goró*, pensa o juiz Beecher. Quando Wayland coloca o copo na mesa, diz:

— Posso perguntar para que a pressa? O senhor está bem, não está? Fora o problema no estômago?

O Juiz duvida que o jovem Wayland acredite nisso. Ele não é cego.

— Mais ou menos — diz ele, balançando a mão de um lado para outro e se sentando com um grunhido e uma careta. Em seguida, depois de pensar um pouco, ele diz: — Você quer mesmo saber para que a pressa?

Wayland pensa na pergunta, e Beecher gosta disso nele. Em seguida, assente.

— Tem a ver com aquela ilha da qual falávamos agora mesmo. Você nunca deve ter reparado nela, não é?

— Não posso afirmar que reparei.

— A maioria das pessoas não repara. Ela mal aparece na água. As tartarugas marinhas nem ligam para aquela ilha velha. Mas ela é especial. Você sabia que meu avô lutou na guerra Hispano-Americana?

— Não, senhor, não sabia. — Wayland fala com deferência exagerada, e Beecher sabe que o garoto acha que ele está divagando. Ele está errado. A mente de Beecher nunca esteve tão lúcida, e agora que começou, ele percebe que quer contar essa história pelo menos uma vez antes de...

Bem, antes.

— Sim. Tem uma foto dele no alto de San Juan Hill. Está em algum lugar do escritório. Vovô dizia que lutou na Guerra de Secessão também, mas minha pesquisa, para minhas memórias, sabe?, provou conclusivamente que não é possível. Ele era um bebê, isso se já tivesse nascido. Mas era um cavalheiro criativo, e tinha um jeito de me fazer acreditar nas histórias mais loucas. Por que eu não acreditaria? Eu era só uma criança, ainda acreditava no Papai Noel e na fada do dente.

— Ele era advogado, como você e seu pai?

— Não, filho, ele era ladrão. O verdadeiro Harry Dedos Leves. Pegava qualquer coisa que não estivesse presa. Mas, como a maioria dos ladrões que saem impunes, e nosso governador pode ser um bom exemplo, se dizia empresário. Seu negócio principal, e também seu roubo principal, eram terras. Ele comprava terras da Flórida infestadas de insetos e jacarés, por um preço módico, e vendia caro para pessoas que eram tão patetas quanto eu quando pequeno. Balzac disse uma vez: "Por trás de toda grande fortuna há um crime". Isso é verdade sobre a família Beecher, e lembre-se de que você é meu advogado. Qualquer coisa que eu diga tem que ser mantida em sigilo.

— Sim, Juiz. — Wayland toma outro gole da bebida. É o melhor uísque que ele já bebeu, sem dúvida.

— Vovô Beecher foi quem mostrou aquela ilha para mim. Eu tinha dez anos. Ele estava tomando conta de mim naquele dia, e acho que queria um pouco de sossego. Ou talvez quisesse um pouco de agitação. Uma empregada bonita trabalhava aqui, e ele talvez estivesse com esperanças de investigar embaixo da anágua dela. Então me disse que Edward Teach, mais conhecido como Barba Negra, tinha supostamente enterrado um grande tesouro lá. "Ninguém nunca encontrou, Havie", ele falou, ele me chamava de Havie, "mas talvez você encontre. Uma fortuna em joias e dobrões de ouro." Imagino que você saiba o que eu fiz em seguida.

— Imagino que tenha ido até a ilha e deixado seu avô se engraçando com a empregada.

O Juiz assente, sorrindo.

— Eu peguei a canoa de madeira que tínhamos amarrada na doca. Foi como se meu cabelo estivesse pegando fogo e minha bunda estivesse começando a se incendiar também. Não demorei nem cinco minutos para remar até lá. Hoje em dia demoro o triplo de tempo, e isso se a água estiver calma. A ilha é rochosa e tomada por vegetação no lado virado para a costa, mas tem uma duna de areia fina no lado virado para o golfo. Sempre no mesmo lugar. Nos oitenta anos que vou até lá, a areia nunca parece mudar.

— Imagino que não tenha encontrado nenhum tesouro.

— Encontrei, de certa forma, mas não em joias e ouro. Era um nome escrito na duna. Como se escrito com uma vareta na areia, sabe, mas não vi vareta nenhuma. As letras eram fundas, e o sol criava sombras que faziam com que se destacassem. Quase como se estivessem flutuando.

— Qual era o nome, Juiz?

— Acho que você teria que ver escrito para entender.

O Juiz pega uma folha de papel na primeira gaveta da mesa, escreve com cuidado e vira o papel para Wayland poder ler: ROBIE LADOOSH.

— Certo… — diz Wayland com cautela.

— Em um dia qualquer, eu teria ido procurar o tesouro com esse garoto, porque ele era meu melhor amigo, e você sabe como os garotos são quando são melhores amigos.

— Como unha e carne — responde Wayland, sorrindo. Talvez ele esteja se lembrando de um melhor amigo do passado.

— Grudados como chiclete — concorda Beecher. — Mas era verão, e ele tinha viajado com os pais para visitar os parentes da mãe na Virgínia ou em Maryland ou em algum outro lugar mais frio. Então, eu estava sozinho. Mas, preste atenção, advogado. O nome *verdadeiro* dele era Robert LaDoucette.

Mais uma vez, Wayland diz:

— Certo…

O Juiz acha que esse tipo de fala arrastada pode ficar irritante com o tempo, mas é uma coisa que ele nunca vai ter que descobrir, então deixa de lado.

— Ele era meu melhor amigo, e eu era o dele, mas tinha uma gangue de garotos com quem a gente andava, e todos o chamavam de Robbie La-Doosh. Entendeu?

— Acho que sim — responde Wayland, mas o Juiz consegue ver que não. É compreensível; Beecher teve bem mais tempo para analisar essas coisas. Muitas vezes em noites insones.

— Lembre que eu tinha dez anos. Se me pedissem para soletrar o apelido do meu amigo, eu teria ditado assim. — Ele bate no papel com ROBIE LADOOSH escrito. Falando quase que para si mesmo, acrescenta: — Então, parte da magia vem de mim. *Tem* que vir. A questão é: quanto?

— Você está me dizendo que não escreveu o nome na areia?

— Não. Achei que tivesse deixado isso claro.

— Um dos seus amigos, então?

— Eles eram todos de Nokomis Village e nem sabiam que aquela ilha existia. Nós nunca encontraríamos uma ilha tão sem graça sozinhos. Robbie sabia que a ilha estava lá, pois ele também era de Point, mas estava a centenas de quilômetros ao norte.

— Certo...

— Meu amigo Robbie não voltou daquelas férias. Recebemos a notícia uma semana depois: ele caiu quando estava andando a cavalo. Quebrou o pescoço. Morreu na hora. Os pais ficaram arrasados. Eu também.

Os dois ficam em silêncio enquanto Wayland pensa nisso. Enquanto os dois pensam. Em algum lugar ao longe, um helicóptero sobrevoa o céu do golfo. O DEA procurando traficantes, supõe o Juiz. Ele os ouve todas as noites. É a era moderna e, de algumas formas, de muitas, na verdade, ele vai ficar feliz de se ver livre dela.

Por fim, Wayland diz:

— Você está dizendo o que eu acho que está?

— Bom, não sei — diz o Juiz. — O que você acha que estou dizendo?

Mas Anthony Wayland é advogado e tem o hábito arraigado de não se deixar envolver.

— Você contou para o seu avô?

— No dia em que chegou o telegrama contando sobre Robbie, ele não estava presente para ouvir. Ele nunca ficava muito tempo no mesmo lugar. Ficamos seis meses sem vê-lo. Não, eu não falei nada para ninguém. E como Maria depois que deu à luz o único filho de Deus, eu considerei essas coisas no meu coração.

— E a que conclusão chegou?

— Continuei remando até aquela ilha para olhar a duna. Isso deve responder sua pergunta. Não tinha nada… e nada… e nada. Acho que eu estava prestes a deixar tudo isso para trás, mas aí fui lá uma tarde depois da aula e havia outro nome escrito na areia. *Impresso* na areia, para usar a precisão do tribunal. Também não havia sinal de nenhum graveto, apesar de achar que o graveto podia ter sido jogado na água. Dessa vez, o nome era Peter Alderson. Só ganhou significado para mim alguns dias depois. Uma de minhas tarefas era ir até a calçada pegar o jornal do dia, e era um hábito meu ler a primeira página enquanto andava de volta pela entrada de carros… que, como você deve saber por ter percorrido com seu carro, tem uns quatrocentos metros. No verão, eu também olhava como os Washington Senators tinham ido, porque na época eles eram o mais próximo de um time sulista que a gente tinha.

"Nesse dia em particular, uma manchete na parte de baixo da primeira página chamou minha atenção: LAVADOR DE JANELA MORTO EM QUEDA ESTRANHA. O pobre sujeito estava lavando as janelas do terceiro andar da Biblioteca Pública de Sarasota quando o andaime em que ele estava cedeu. O nome dele era Peter Alderson."

O Juiz consegue ver pelo rosto de Wayland que o garoto acredita que a história seja uma lorota ou algum tipo de fantasia elaborada que o Juiz está inventando. Também consegue ver que Wayland está gostando da bebida, e quando o Juiz vai encher o copo, não recusa. Além do mais, não importa se o jovem acredita ou não, mas é um luxo poder contar.

— Talvez você entenda por que fico mudando de ideia sobre de onde vem a magia — diz Beecher. — Eu *conhecia* Robbie, e o erro na ortografia do nome dele era um erro meu. Mas eu nunca tinha visto esse lavador de janelas mais gordo. De qualquer forma, foi aí que a duna começou a ter controle real sobre mim. Eu comecei a ir lá quase todos os dias, um hábito que continua presente até na minha idade avançada. Eu respeito a ilha, tenho medo de lá e, mais do que tudo, sou viciado nela.

"Ao longo dos anos, muitos nomes apareceram naquela duna, e as pessoas donas desses nomes sempre morrem. Às vezes é em uma semana, às vezes em duas, mas nunca passa de um mês. Algumas foram pessoas que eu conhecia, e se era pelo apelido que eu as conhecia, era sempre o apelido que aparecia. Um dia, em 1940, eu remei até lá e vi VOVÔ BEECHER desenhado na areia. Ele morreu em Key West três dias depois. Foi de ataque cardíaco."

Com o ar de alguém tentando agradar uma pessoa com desequilíbrio mental, mas que não é perigosa de fato, Wayland pergunta:

— Você nunca tentou interferir com esse… esse processo? Ligar para o seu avô, por exemplo, para sugerir que ele fosse ao médico?

Beecher balança a cabeça.

— Eu não *sabia* que tinha sido um ataque cardíaco até recebermos a notícia do legista do condado de Monroe, entende? Poderia ser qualquer coisa: acidente ou até assassinato. Claro que havia pessoas com motivos para odiar meu avô, os negócios dele não eram do tipo mais puro.

— Mesmo assim…

— Eu também estava com medo. Sentia, *ainda* sinto, como se, naquela ilha, uma escotilha estivesse entreaberta. Deste lado tem o que gostamos de chamar de "mundo real". Do outro fica todo o maquinário do universo, correndo a toda a velocidade. Só um tolo enfiaria a mão nesse maquinário para tentar pará-lo.

— Juiz Beecher, se você quer que a papelada toda seja legalizada sem questionamento, eu não falaria mais sobre isso. O senhor pode achar que não tem ninguém por aí para contestar seu testamento, mas quando grandes quantidades de dinheiro estão em jogo, primos de terceiro e quarto grau aparecem como coelhos saindo da cartola de um mágico. E o senhor conhece o critério tradicional: "estar com a mente sã".

— Eu guardei essa história durante oitenta anos — diz Beecher, e na voz dele Wayland consegue ouvir *objeção negada*. — Nunca disse uma palavra até agora. E, talvez eu precise salientar novamente, embora não devesse: tudo que eu digo aqui está abarcado pela confidencialidade entre advogado e cliente.

— Tudo bem — diz Wayland. — Ótimo.

— Eu sempre ficava empolgado nos dias em que os nomes apareciam na areia… de uma forma nada saudável, tenho certeza. Mas só fiquei apavorado com o fenômeno uma vez. Nessa única vez, eu fiquei *aterrorizado* e voltei correndo para Point na canoa, como se demônios estivessem me perseguindo. Quer que eu conte?

— Por favor. — Wayland levanta o copo e bebe. Por que não? Seus honorários eram pagos por hora, afinal.

— Foi em 1959. Eu ainda estava em Point. Sempre morei aqui, exceto pelos anos que passei em Tallahassee, e é melhor não falarmos sobre eles... embora, pensando bem, eu ache que parte do ódio que sinto por aquela cidade provinciana cheia de água estagnada, talvez boa parte dele, seja apenas uma saudade mascarada da ilha e da duna. Eu ficava me perguntando o que estava perdendo, sabe? *Quem* estava perdendo. Poder ler obituários adiantado dá uma sensação de poder extraordinária. Talvez você ache isso horrível, mas era assim que eu me sentia.

"Então. Estávamos em 1959. Harvey Beecher era advogado em Sarasota e morava em Pelican Point. Se não estivesse chovendo muito quando chegava em casa, eu sempre colocava roupas velhas e remava até a ilha para dar uma olhadinha na duna antes do jantar. Nesse dia em particular, eu fiquei no escritório até tarde e, quando cheguei à ilha, amarrei o barco e andei até o outro lado da ilha. O sol estava se pondo, grande e vermelho, como costuma ser no golfo. O que vi me deixou perplexo. Eu, literalmente, não conseguia me mexer.

"Não havia apenas um nome escrito na areia naquela noite, mas muitos, e sob a luz vermelha do pôr do sol, parecia que tinham sido escritos com sangue. Estavam amontoados, escritos em curvas, para cima e para baixo, muitos se sobrepondo. Toda a largura e a altura da duna estavam cobertas em uma tapeçaria de nomes. Os mais próximos da água tinham sido parcialmente apagados.

"Acho que gritei. Não tenho certeza, mas acho que sim. O que *lembro* é de sair da paralisia do choque e correr o mais rápido que consegui pela trilha até a canoa. Demorei uma eternidade para soltar o nó e, quando soltei, empurrei a canoa para a água antes de subir. Fiquei encharcado da cabeça aos pés, e é impressionante eu não ter virado o barco. Se bem que, naqueles dias, eu conseguiria nadar facilmente até a margem, empurrando a canoa. Agora, não; se eu virasse o caiaque agora, seria o fim da história."

— Ele sorri. — Já que estamos falando de histórias.

— Então sugiro que fique no continente, pelo menos até seu testamento estar assinado pelo senhor e pelas testemunhas e estar registrado pelo tabelião.

O juiz Beecher dá um sorriso frio.

— Não precisa se preocupar comigo, filho. — Ele olha para a janela e para o golfo ao longe. Seu rosto está sério e pensativo. — Aqueles nomes... ainda consigo vê-los, brigando por lugar naquela duna sangrenta. Dois dias depois, um avião da TWA a caminho de Miami caiu em Glades. Todas as cento e noventa almas a bordo morreram. A lista de passageiros saiu no jornal. Reconheci alguns nomes. Reconheci *muitos*.

— Você *viu* isso. Viu os nomes.

— Vi. Durante vários meses depois disso eu fiquei longe da ilha e prometi a mim mesmo que nunca mais poria os pés lá. Acho que viciados fazem a mesma promessa sobre se manter longe das drogas, não fazem? E, como eles, acabei enfraquecendo e retomei meu velho hábito. Agora, advogado: você entende por que o chamei aqui para terminar meu testamento e por que teve que ser hoje?

Wayland não acredita em uma palavra, mas, como muitas fantasias, essa tem sua lógica interna. É fácil acompanhar. O Juiz tem noventa anos, a pele antes morena ficou da cor de argila, os passos antes firmes ficaram mais arrastados e hesitantes. Ele está com dor e perdeu peso que não podia perder.

— Então hoje você viu seu nome na areia — afirma Wayland.

O juiz Beecher parece momentaneamente surpreso e depois abre um sorriso. É um sorriso terrível, que transforma seu rosto estreito e pálido em uma caveira.

— Ah, não — diz ele. — Não foi o *meu* nome.

Pensando em W. F. Harvey

A vida é cheia de Grandes Perguntas, não é? Fatalidade ou destino? Céu ou inferno? Amor ou paixão? Razão ou impulso?

Beatles ou Stones?

Para mim, os Stones sempre saíram campeões — os Beatles ficaram suaves demais quando se tornaram o Júpiter do sistema solar da música pop. (Minha esposa se referia a Sir Paul McCartney como "o cara do olhar de cachorro velho", e isso meio que resumia meus sentimentos.) Mas os Beatles das antigas... ah, eles tocavam um rock honesto, e eu ainda escuto as primeiras faixas, a maioria covers, com amor. Às vezes até sinto vontade de me levantar e dançar um pouco.

Uma das minhas favoritas era a versão deles para o clássico de Larry Williams, "Bad Boy", com John Lennon cantando com uma voz rouca e urgente. Eu gostava particularmente da frase de repreensão: "Júnior, *comporte-se!*". Em algum momento, decidi que queria escrever uma história sobre um garotinho malvado que se mudava para um novo bairro. Não um garoto que fosse literalmente o filho do diabo, não um garoto possuído pelo demônio no estilo *O exorcista*, mas só malvado por ser malvado, malvado até o último fio de cabelo, a apoteose de todos os garotinhos malvados que já existiram. Eu o via de short e com um boné com hélice no alto da cabeça. Eu o via sempre criando confusão e *nunca* se comportando.

Esta é a história que cresceu em torno dessa ideia: uma versão do mal de Tico, o amigo da Teca dos quadrinhos. Uma versão eletrônica saiu na França e na Alemanha, onde "Bad Boy" foi parte do repertório dos Beatles no Star Club. Esta é a primeira vez que o conto é publicado fora desses dois países.

GAROTINHO MALVADO

1

A prisão ficava a trinta quilômetros da cidadezinha mais próxima, em uma campina vazia onde o vento soprava quase o tempo todo. O prédio principal — e de muito mau gosto — era alto e feito de pedra, imposto à paisagem no começo do século XX. Crescendo dos dois lados havia blocos de concreto com celas, construídos um a um ao longo dos quarenta e cinco anos anteriores, a maioria com dinheiro federal que começou a entrar durante os anos de Nixon e nunca parou.

A certa distância da prisão ficava um prédio menor. Os prisioneiros chamavam esse anexo de Mansão Agulha. Em um dos lados havia um corredor externo com quarenta metros de extensão e seis de largura, envolto por uma pesada cerca de arame: o Caminho da Galinha. Todos os detentos da Mansão Agulha (atualmente, eram sete) tinham duas horas por dia no Caminho da Galinha. Alguns andavam. Alguns corriam. A maioria só ficava com as costas na cerca, olhando para o céu ou para a colina baixa e gramada que interrompia a paisagem quatrocentos metros a leste. Às vezes, havia o que olhar. Era mais comum que não houvesse nada. Quase sempre havia vento. Durante três meses do ano, o Caminho da Galinha era quente. No resto do tempo, era frio. No inverno, era gelado. Os detentos desejavam sair mesmo assim. Havia o céu para olhar, afinal. Pássaros. Às vezes, cervos se alimentando no cume de uma colina baixa, livres para irem aonde quisessem.

No centro da Mansão Agulha ficava uma sala azulejada com uma mesa em forma de Y e alguns instrumentos médicos rudimentares. Em uma parede havia uma janela com as cortinas fechadas. Quando abertas, revelavam uma área de observação do tamanho da sala de uma casa de subúrbio, com umas doze cadeiras de plástico desconfortáveis onde convidados podiam observar a mesa em forma de Y. Na parede via-se uma placa que dizia FIQUE EM SILÊNCIO E NÃO FAÇA GESTOS DURANTE O PROCEDIMENTO.

A Mansão Agulha tinha exatamente doze celas. Mais além, havia um posto de guarda. Depois do posto de guarda havia uma estação de monitoramento que era controlada vinte e quatro horas por dia. Depois da estação de monitoramento havia uma sala de visitação, onde a mesa do lado do detento era separada do lado do visitante por uma parede de acrílico grosso. Não havia telefone; os detentos conversavam com seus entes queridos ou com seus representantes legais por alguns buraquinhos, como havia no bocal de um telefone antigo.

Leonard Bradley se sentou de um lado da mesa e abriu a pasta. Colocou um bloco amarelo e uma caneta Uniball na mesa. E esperou. O ponteiro grande do relógio deu três voltas e começou uma quarta até que a porta que levava ao interior da Mansão Agulha se abriu com um estalo alto de trancas sendo abertas. Bradley já conhecia todos os guardas. Aquele era McGregor. Não era um mau sujeito. Estava segurando George Hallas pelo braço. As mãos de Hallas estavam soltas, mas uma corrente comprida se arrastava no chão entre seus tornozelos. Havia um cinto largo de couro na cintura do macacão laranja de presidiário, e quando ele se sentou do outro lado do vidro de acrílico, McGregor prendeu uma das correntes do cinto a um aro de metal no encosto da cadeira. Ele deu um puxão para testar se estava firme antes de cumprimentar Bradley com um gesto.

— Boa tarde, doutor.

— Boa tarde, McGregor.

Hallas nada disse.

— Você sabe o procedimento — disse McGregor. — O tempo que quiser hoje. Ou o tempo que aguentá-lo, pelo menos.

— Eu sei.

Normalmente, as consultas entre advogado e cliente tinham o limite de uma hora. Mas um mês antes da viagem programada para a sala com a mesa em forma de Y, o tempo de consulta era aumentado para noventa minutos, durante o qual o advogado e seu cada vez mais apavorado parceiro nessa valsa mortal forçada pelo Estado discutiam um número cada vez menor de opções de merda. Durante a última semana, não havia limite de tempo para as conversas. Isso valia para parentes próximos e para advogados, mas a esposa de Hallas se divorciou dele semanas depois da condenação, e não tinham filhos. Ele estava sozinho no mundo exceto por Leonard Bradley, mas não parecia dar bola para nenhuma das apelações (e consequentes adiamentos) que Bradley conseguiu.

Até hoje.

"Ele vai falar com você", dissera McGregor após uma consulta breve de dez minutos, no mês anterior, durante a qual as falas de Hallas foram praticamente só *não* e *não*. "Quando chegar a hora, ele vai falar bastante. Eles ficam com medo, sabe? Esquecem que queriam entrar na sala da injeção com a cabeça erguida e os ombros retos. Começam a entender que isto não é um filme, que vão morrer de verdade, e aí querem tentar todas as apelações que existem."

Mas Hallas não parecia estar com medo. Ele estava o mesmo de sempre: um homem pequeno de ombros curvados, pele amarelada, que estava ficando calvo e tinha olhos que pareciam pertencer a uma pintura. Ele tinha a aparência de um contador — coisa que realmente foi na vida anterior — que perdera todo o interesse nos números que antes pareciam tão importantes.

— Divirtam-se com a conversa, rapazes — disse McGregor, e foi até a cadeira no canto. Ele se sentou, ligou o iPod e ocupou os ouvidos com a música. Mas os olhos nunca se afastaram deles. Os buraquinhos por onde conversavam eram pequenos demais para enfiar um lápis, mas uma agulha não estava fora de questão.

— O que posso fazer por você, George?

Por vários minutos, Hallas não respondeu. Ele encarou as mãos, que eram pequenas e pareciam frágeis... Não pareciam as mãos de um assassino, alguém poderia ter dito. E então, levantou o rosto.

— O senhor é um cara bem legal, sr. Bradley.

Bradley ficou surpreso e não soube responder.

Hallas assentiu, como se o advogado tivesse tentado negar.

— É, sim. O senhor continuou mesmo depois que deixei claro que queria que parasse e deixasse o processo seguir seu curso. Poucos advogados indicados pelo tribunal fariam isso. Eles só diriam *Tá, você quem sabe* e seguiriam para o próximo otário que o juiz passasse para eles. O senhor não fez isso. Me disse o que queria fazer, e quando mandei não fazer, foi e fez assim mesmo. Se não fosse pelo senhor, eu já estaria enterrado há um ano.

— Querer nem sempre é poder, George.

Hallas deu um sorriso breve.

— Ninguém sabe disso melhor que eu. Mas não foi tão ruim; posso admitir isso agora. Principalmente por causa do Caminho da Galinha. Eu gosto de ir lá fora. Gosto do vento no rosto, mesmo quando faz frio. Gosto do cheiro da grama da campina e de ver a lua diurna no céu quando está cheia. E os cervos. Às vezes eles ficam pulando lá na colina, correndo uns atrás dos outros. Eu gosto disso. Me faz gargalhar às vezes.

— A vida pode ser boa. Às vezes vale a pena lutar por ela.

— Algumas vidas, talvez. Não a minha. Mas admiro a forma como o senhor lutou por ela mesmo assim. Aprecio sua dedicação. Então, vou contar para o senhor o que nunca disse no tribunal. E por que me recusei a fazer qualquer uma das apelações habituais… apesar de não ter conseguido impedir o senhor de fazê-las em meu nome.

— As apelações feitas sem a participação do apelante não têm tanto peso nos tribunais deste estado. Nem nas instâncias mais altas.

— O senhor também foi muito gentil nas suas visitas, e também aprecio isso. Poucas pessoas seriam gentis com um assassino de crianças condenado, mas o senhor foi comigo.

Mais uma vez, Bradley não conseguiu pensar em uma resposta. Hallas já tinha dito mais nos últimos dez minutos do que em todas as visitas nos últimos trinta e quatro meses.

— Não tenho como pagar nada, mas *posso* contar por que matei aquela criança. O senhor não vai acreditar em mim, mas vou contar mesmo assim. Se estiver disposto a ouvir.

Hallas espiou pelos buracos no acrílico arranhado e sorriu.

— Está disposto, não está? Porque está encucado com alguma coisa. A acusação não questionou nada, mas o senhor, sim.

— Bem… algumas perguntas surgiram, é claro.

— Fui eu mesmo. Eu tinha um revólver .45 e esvaziei o pente naquele menino. Havia muitas testemunhas, e o senhor deve saber que o processo de apelação só adiaria o inevitável por mais três anos, ou quatro, ou seis, mesmo que eu tivesse participado integralmente. Qualquer dúvida que o senhor tivesse na época desapareceu perto de um caso de assassinato premeditado tão descarado. Não é verdade?

— Nós poderíamos ter alegado insanidade temporária. — Bradley se inclina para a frente. — Ainda podemos fazer isso. Não é tarde demais, nem mesmo agora. Ainda não.

— A defesa alegando insanidade raramente funciona depois do fato consumado, sr. Bradley.

Ele não me chama de Leonard, pensou Bradley. *Nem mesmo depois de todo esse tempo. Vai morrer me chamando de Bradley.*

— Raramente não é o mesmo que nunca, George.

— Não, mas não estou maluco agora e não estava maluco na época. Tem certeza de que quer ouvir o testemunho que eu não quis dar no tribunal? Se não quiser, tudo bem, mas é tudo que tenho para lhe oferecer.

— É claro que quero ouvir — respondeu Bradley.

Ele pegou a caneta, mas acabou não tomando nota nenhuma. Só ouviu, hipnotizado, enquanto George Hallas falava com seu sotaque suave do centro-sul.

2

Minha mãe, que foi saudável durante toda a sua vida curta, morreu de embolia pulmonar seis horas depois que eu nasci. Isso foi em 1969. Devia ser um defeito genético, porque ela só tinha vinte e dois anos. Meu pai era oito anos mais velho. Ele era um bom homem e um bom pai. Era engenheiro de mineração e trabalhou quase sempre na região sudeste do país, até eu fazer oito anos.

Uma empregada viajava com a gente. O nome dela era Nona McCarthy, e eu a chamava de Mama Nonie. Ela era negra. Acho que ele dormia com ela, mas, quando eu ia para cama dela, o que fazia em muitas manhãs, Nonie estava sempre sozinha. Não importava para mim, na verdade. Eu não sabia qual era o problema de alguém ser negro. Ela era boa, fazia meu almoço e lia as histórias de ninar de sempre quando meu pai não estava em casa, e era isso que importava para mim. Não era uma organização familiar comum, eu sabia disso, mas estava feliz.

Em 1977, nós nos mudamos para o leste, para Talbot, no Alabama, não muito longe de Birmingham. É uma cidade conhecida pela base militar, Forte John Huie, mas também área de mineração de carvão. Meu pai foi contratado para reabrir as minas Good Luck, a Um, a Dois e a Três, e adequá-las às especificações ambientais, o que significava abrir novos buracos no chão e elaborar um sistema de escoamento que impedisse que os detritos poluíssem os riachos locais.

Nós morávamos em um bairro agradável de subúrbio, em uma casa que a empresa Good Luck ofereceu. Mama Nonie gostou de lá porque meu pai transformou a garagem em um apartamento de dois aposentos para ela. Acho que sufocava um pouco a fofoca. Eu o ajudei com a reforma nos fins de semana, entregando tábuas e ferramentas. Foi um bom momento para nós. Eu pude estudar na mesma escola durante dois anos, tempo suficiente para fazer amigos e ter um pouco de estabilidade.

Uma das minhas amigas era a vizinha que morava na casa ao lado. Se fosse um programa de TV ou uma revista, nós teríamos acabado dando nosso primeiro beijo na casa da árvore, nos apaixonando e indo ao baile juntos quando finalmente passássemos para o ensino médio. Mas isso nunca ia acontecer comigo e com Marlee Jacobs.

Papai nunca me deu a ideia de que ficaríamos em Talbot de forma permanente. Ele disse que não havia nada mais cruel do que encorajar falsas esperanças em uma criança. Ah, eu talvez estudasse na Mary Day Grammar School até o quinto ano, com sorte chegaria ao sexto, mas o contrato com a Good Luck um dia acabaria e nós teríamos que nos mudar. Talvez voltássemos para o Texas ou fôssemos para o Novo México; talvez para a Virgínia Ocidental ou o Kentucky. Eu aceitava isso, e Mama Nonie também. Meu pai era o chefe, era um bom chefe, e nos amava. É só minha opinião, mas acho que não dá para ser muito melhor do que isso.

O segundo motivo tinha a ver com a própria Marlee. Ela era… bem, atualmente as pessoas a chamariam de "mentalmente incapaz", mas, naquela época, as pessoas do nosso bairro só diziam que ela tinha miolo mole. Você pode achar isso uma maldade, sr. Bradley, mas, quando olho para trás, acho que combina perfeitamente. É poético, até. Ela via o mundo assim, todo mole e fora de foco. Às vezes, até com frequência, isso pode ser uma vantagem. Repito: isso é só a minha opinião.

Nós dois estávamos no terceiro ano do ensino fundamental quando a conheci, mas Marlee já tinha onze anos. Nós passamos para o quarto ano no ano seguinte, mas no caso dela foi só para poder seguir em frente no sistema. Era assim que as coisas aconteciam em lugares como Talbot, naquela época. E ela não era a idiota da cidade. Sabia ler um pouco e fazer contas de somar simples, mas subtração era impossível para ela. Tentei explicar de todas as formas que sabia, mas ela nunca ia entender.

Nós nunca nos beijamos em uma casa da árvore, nunca nos beijamos em lugar algum, mas sempre ficávamos de mãos dadas quando andávamos até a escola de manhã e voltávamos de tarde. Devia ser uma cena engraçada, porque eu era um pirralhinho e ela era uma garota grande, pelo menos dez centímetros mais alta que eu e já com os seios começando a crescer. Era ela que queria dar as mãos, não eu, mas eu não me importava. Também não me importava de ela ter miolo mole. Com o tempo, acho que me importaria, mas eu só tinha nove anos quando ela morreu, uma idade em que as crianças aceitam praticamente tudo que acontece com elas. Acho isso uma bênção. Se todo mundo fosse miolo mole, você acha que ainda teríamos guerras? Duvido.

Se nós morássemos setecentos metros mais longe, Marlee e eu pegaríamos o ônibus. Mas, como estávamos perto de Mary Day, seis ou oito quarteirões de distância, nós íamos a pé. Mama Nonie me entregava todo dia um saco de papel pardo com o almoço dentro, ajeitava meu cabelo e dizia "Seja um bom garoto, George", depois me levava até a porta. Marlee ficava esperando em frente à porta da casa *dela*, usando um vestido ou um macacão, com o cabelo preso em marias-chiquinhas com fitas e a lancheira na mão. Ainda me lembro daquela lancheira. Tinha uma foto de Steve Austin, o Homem de Seis Milhões de Dólares. A mãe ficava de pé na porta e dizia "Oi, George", e eu dizia "Oi, sra. Jacobs", e ela dizia "Se comportem, crianças", e Marlee dizia "Vamos nos comportar, mãe", depois Marlee segurava minha mão e nós seguíamos pela calçada. Os dois primeiros quarteirões eram só nossos, mas logo outras crianças começavam a aparecer, vindas de Rudolph Acres. Era lá que muitas das famílias do exército moravam, porque era mais barato, e Forte Huie ficava a apenas oito quilômetros ao norte pela Rodovia 78.

Devíamos ser uma visão e tanto: o bobão carregando um saco de papel com o almoço de mãos dadas com a altona com a lancheira do Steve Austin batendo no joelho ralado. Mas não me lembro de ninguém ter debochado ou implicado. Devem ter tirado sarro de tempos em tempos, crianças são sempre crianças, mas provavelmente foi algo bobo e sem importância. Quando a calçada ficava apinhada de gente, alguns garotos diziam coisas como "Oi, George, quer brincar de pique depois da aula?" e as garotas diziam "Oi, Marlee, essas fitas no seu cabelo são lindas". Não me lembro de ninguém nos tratando mal. Pelo menos até o garotinho malvado.

Um dia depois da aula, Marlee demorou muito para sair do prédio da escola. Deve ter sido pouco depois do meu nono aniversário, porque eu estava com meu paddleball. Ganhei de presente de Mama Nonie e não durou muito — bati com força demais e o elástico arrebentou —, mas eu estava com ele naquele dia, e estava batendo com a parte da frente e a de trás enquanto esperava. Ninguém me disse que eu *tinha* que esperá-la, eu só esperava.

Quando ela finalmente saiu, estava chorando. Com o rosto todo vermelho e catarro escorrendo do nariz. Eu perguntei qual era o problema, e ela disse que não conseguia encontrar a lancheira. Marlee disse que almoçou como sempre, e colocou a lancheira de volta na prateleira na sala dos casacos ao lado da lancheira rosa da Barbie de Cathy Morse, como fazia todo dia, mas, quando o sinal tocou, havia sumido. "Alguém *roubou*", disse ela.

"Não, não, alguém deve ter mudado de lugar e vai estar lá amanhã", respondi. "Pare de criar caso e fique quieta. Seu rosto está todo molhado."

Mama Nonie não me deixava sair de casa sem um lenço, mas eu limpava o nariz na manga como todos os outros garotos, porque usar um lenço parecia uma coisa meio afrescalhada. Então ainda estava limpo e dobrado quando o tirei do bolso de trás e limpei o catarro do rosto de Marlee. Ela parou de chorar e abriu um sorriso, dizendo que fazia cócegas. Em seguida, segurou minha mão, e nós andamos para casa, como sempre, ela tagarelando sem parar. Eu não me importei, porque pelo menos o caso da lancheira tinha sido esquecido.

Em pouco tempo, todas as crianças tinham sumido apesar de ainda conseguirmos ouvi-las rindo e fazendo graça enquanto seguiam para Rudolph Acres. Marlee estava falante como sempre, dizendo qualquer coisa que lhe viesse à cabeça. Eu deixei a falação dela passar por mim sem absorver uma palavra, só dizendo "É" e "Aham" e "Legal", pensando que queria botar logo a calça de veludo cotelê quando chegasse em casa, e se Mama Nonie não me mandasse fazer alguma tarefa, eu pegaria minha luva de beisebol, correria para o parque da Oak Street e entraria no jogo que acontecia todos os dias, até as mães começarem a gritar que era hora do jantar.

Foi nessa hora que ouvi alguém gritando conosco do outro lado da rua School. Só que não era bem uma voz, mas mais um relincho de burro.

GEORGE E MARLEE EM CIMA DA ÁRVORE! B-E-I-J-A-N-D-O!

Nós paramos. Tinha um garoto ali, ao lado de um arbusto de celtis. Eu nunca o tinha visto, nem na Mary Day nem em qualquer outro lugar. Ele não chegava a um metro e quarenta e era corpulento. Estava com um short cinza que ia até os joelhos e um suéter verde com listras laranja. Ficava meio volumoso em cima, com peitos de menino gordo, e a barriga era protuberante. Ele usava um boné com uma hélice idiota no alto.

O rosto era gorducho e firme ao mesmo tempo. O cabelo era laranja como as listras do suéter, aquele tom do qual ninguém gosta, e estava todo desgrenhado nas laterais, acima das orelhas de abano. O nariz era uma bolota embaixo dos olhos mais intensos e verdes que já vi. Ele tinha a boca carnuda e bem definida, com lábios tão vermelhos que parecia que tinha passado o batom da mãe. Já vi muitos ruivos com lábios vermelhos depois disso, mas nenhum tão vermelho quanto os daquele garotinho malvado.

Ficamos olhando para ele. Marlee parou com a falação. Ela usava óculos estilo gatinho com armação rosa, e por trás das lentes seus olhos estavam arregalados e esbugalhados.

O garoto, e ele não podia ter mais do que seis ou sete anos, projetou aqueles lábios vermelhos e fez barulhos de beijo. Em seguida, colocou as mãos na bunda e começou a balançar os quadris para a frente e para trás.

GEORGE E MARLEE EM CIMA DA ÁRVORE! F-O-D-E-N-D-O!

Relinchando como um burro. Nós ficamos olhando, impressionados.

"É melhor usar camisinha quando trepar com ela", gritou ele, projetando os lábios vermelhos. "A não ser que queira ter um bando de retardadinhos, que nem ela."

"Cala a boca", eu falei.

"Senão o quê?", disse ele.

"Senão eu calo pra você", respondi.

E estava falando sério. Meu pai ficaria furioso se soubesse que seu filho estava ameaçando bater em um garoto mais novo e menor que eu, mas não era certo ele ficar dizendo aquelas coisas. Ele parecia uma criancinha, mas o que estava dizendo não era coisa de criancinha.

"Chupa meu pau, seu merda", disse ele, e entrou atrás da moita.

Pensei em ir atrás dele, mas Marlee estava segurando minha mão com tanta força que quase me machucou.

"Não gostei daquele menino", disse ela.

Eu falei que também não gostei dele, mas que era melhor deixar pra lá. "Vamos para casa", eu falei.

Mas antes de conseguirmos nos afastar, o garoto saiu de detrás da moita com a lancheira do Steve Austin de Marlee nas mãos. Ele a exibiu.

"Perdeu alguma coisa, retardada?", perguntou ele, rindo. Rir enrugava a cara dele e fazia com que parecesse a de um porco. Ele cheirou a lancheira e disse "Acho que deve ser sua, porque tem cheiro de xoxota. De xoxota *retardada*".

"Me dá isso, é meu!", gritou Marlee. Ela soltou minha mão. Eu tentei segurá-la, mas a mão escorregou por causa do suor na palma.

"Vem buscar", disse ele, e a esticou na direção dela.

Antes de eu contar o que aconteceu depois, tenho que falar um pouco sobre a sra. Peckham. Ela era a professora do primeiro ano na Mary Day. Eu nunca tive aula com ela porque fiz o primeiro ano no Novo México, mas a maioria das crianças de Talbot teve, inclusive Marlee, e todos a adoravam. *Eu* a adorava, e só a conhecia do parquinho, quando era a vez dela de ser a monitora. Se tinha jogo de beisebol de meninos contra meninas, ela sempre era a arremessadora do time das meninas. Às vezes, arremessava a bola pelas costas, e todo mundo ria. Ela era o tipo de professora de quem você lembra quarenta anos depois, porque sabia ser gentil e alegre, mas também conseguia fazer até os garotos mais agitados gostarem dela.

Ela tinha um velho Buick Roadmaster azul-claro, e nós a chamávamos de Tartaruga Peckham, porque ela nunca dirigia a mais de cinquenta quilômetros por hora, sempre sentada empertigada atrás do volante com os olhos estreitados. Claro que nós só a víamos dirigir no bairro, que era zona escolar, mas aposto que dirigia do mesmo jeito quando estava na estrada. Até mesmo na interestadual. Ela era cuidadosa e cautelosa. Nunca machucaria uma criança. Pelo menos, não de propósito.

Marlee começou a atravessar a rua para pegar a lancheira. O garotinho malvado riu e a jogou na direção dela. Bateu no meio da rua e se abriu. A garrafa térmica caiu e saiu rolando. Vi o Roadmaster azul-claro chegando e gritei para Marlee tomar cuidado, mas não fiquei preocupado porque era só a Tartaruga Peckham, e ela ainda estava a um quarteirão de distância, seguindo devagar como sempre.

"Você soltou a mão dela, então agora é culpa sua", afirmou o garoto. Ele estava sorrindo para mim, com os lábios repuxados para que eu pudesse ver todos os dentinhos. Ele disse: "Você não consegue segurar *nada*, seu chupador de rola". Então mostrou a língua e, em seguida, voltou para trás da moita.

A sra. Peckham disse que o acelerador emperrou. Não sei se a polícia acreditou nela ou não. Só sei que ela nunca mais deu aula no primeiro ano da Mary Day.

Marlee se inclinou, pegou a garrafa térmica e a balançou. Deu para ouvir o barulho que fez. Ela disse: "Está toda quebrada por dentro", e começou a chorar. Ela se inclinou de novo para pegar a lancheira, e foi nessa hora que o acelerador da sra. Peckham deve ter emperrado, porque o motor rugiu e o Buick saiu *pulando* pela rua. Como um lobo dando o bote em um coelho. Marlee se levantou com a lancheira agarrada contra o peito em uma das mãos e a garrafa térmica quebrada na outra, e viu o carro chegando, mas não se mexeu.

Talvez eu pudesse tê-la empurrado para longe e a salvado. Ou talvez, se eu tivesse corrido para rua, também acabasse sendo atropelado. Não sei, porque fiquei tão paralisado quanto ela. Só fiquei ali parado. Nem me mexi quando o carro a acertou. Nem virei a cabeça. Eu só a segui com os olhos enquanto ela voava e caía, batendo a cabeça miolo mole no asfalto. Em pouco tempo, ouvi gritos. Era a sra. Peckham. Ela saiu do carro e caiu, depois se levantou com os joelhos sangrando e correu até onde Marlee estava, estirada na rua, com sangue saindo da cabeça. Então também corri. No meio do caminho, virei a cabeça. Eu podia enxergar a parte de trás do arbusto de celtis. Não havia ninguém lá.

3

Hallas parou e afundou o rosto nas mãos. Depois de um tempo, ele as baixou.

— Você está bem, George? — perguntou Bradley.

— Só com sede. Não estou acostumado a falar tanto. Não conversamos muito no Corredor da Morte.

Eu balancei a mão para McGregor. Ele tirou os fones de ouvido e se levantou.

— Terminou, George?

Hallas balançou a cabeça.

— Não cheguei nem na metade.

Bradley disse:

— Meu cliente gostaria de um copo d'água, sr. McGregor. É possível?

McGregor foi até o interfone ao lado da porta que levava à sala de monitoramento e trocou algumas palavras brevemente. Bradley aproveitou a oportunidade para perguntar a Hallas qual era o tamanho da Mary Day Grammar School.

Ele deu de ombros.

— Cidade pequena, escola pequena. Não devia ter mais que cento e cinquenta crianças, do primeiro ao sexto ano.

A porta da sala de monitoramento se abriu. A mão de alguém apareceu, segurando um copo descartável. McGregor pegou o copo e ofereceu a Hallas. Ele bebeu com avidez e agradeceu.

— De nada — respondeu McGregor. Ele voltou para a cadeira, recolocou os fones e se perdeu mais uma vez no que estava ouvindo.

— E esse garoto, esse garotinho malvado, ele era ruivo? Ruivo *mesmo*?

— O cabelo parecia um letreiro de néon.

— Então, se ele estudasse na sua escola, você o teria reconhecido.

— Com certeza.

— Mas você não reconheceu, e *ele* não estudava lá.

— Não. Eu nunca o vi lá antes nem depois.

— Então, como ele pegou a lancheira da garota Jacobs?

— Não sei. Mas tenho uma pergunta melhor.

— Que pergunta seria, George?

— Como ele escapou daquela moita? Não tinha nada além de grama dos dois lados. Ele desapareceu.

— George…

— O quê?

— Você tem certeza de que *havia* um garoto ali?

— A lancheira dela, sr. Bradley. Estava na rua.

Não duvido disso, pensou Bradley, batendo com a caneta no bloco amarelo. *Era onde estaria se estivesse com ela o tempo todo.*

Ou (eis um pensamento horrível, mas pensamentos horríveis eram esperados quando se estava ouvindo a história maluca de um assassino de crianças) *talvez você estivesse com a lancheira dela, George. Talvez você tenha tirado dela e jogado na rua para provocá-la.*

Bradley ergueu o olhar do bloco e viu pela expressão de seu cliente que seus pensamentos podiam muito bem estar passando em legenda pela testa. Sentiu seu rosto ficar quente.

— Quer ouvir o resto da história? Ou já chegou a uma conclusão?

— De jeito nenhum — disse Bradley. — Continue. Por favor.

Hallas bebeu o restante da água e retomou a história.

4

Durante uns cinco anos eu sonhei com aquele garotinho malvado com o cabelo laranja e o boné com hélices, mas os sonhos acabaram passando. Por fim, cheguei a um ponto em que acreditava no que você deve acreditar, sr. Bradley: que foi apenas um acidente, que o acelerador da sra. Peckham emperrou mesmo, como acontece às vezes, e se havia um garoto lá pegando no pé dela... bem, garotos fazem isso às vezes, não fazem?

O contrato do meu pai com a mineradora Good Luck chegou ao fim, e nós nos mudamos para o leste do Kentucky, onde ele foi trabalhar fazendo a mesma coisa que fazia no Alabama, só que em escala maior. Havia muitas minas naquela parte do mundo... Nós moramos na cidade de Ironville por tempo suficiente para eu terminar o ensino médio. No meu primeiro ano lá, só por diversão, entrei para o Clube de Teatro. Acho que as pessoas ririam se soubessem. Um sujeitinho pequeno como eu, que se sustentava fazendo imposto de renda para pequenos negócios e viúvas, atuando em peças como *Entre quatro paredes*? Parece coisa de Walter Mitty! Mas eu me inscrevi, e eu era bom. Todo mundo dizia. Achei até que podia perseguir a carreira de ator. Eu sabia que nunca seria um protagonista, mas talvez alguém tivesse que fazer o papel do assessor econômico do presidente, ou o braço direito do vilão, ou até o mecânico que morre na primeira cena de um filme. Eu sabia que podia fazer papéis assim, e achei que as pessoas acabariam me contratando. Falei para o meu pai que queria estudar teatro quando fosse para a faculdade. Ele disse tudo bem, ótimo, vá em frente, mas sempre tenha um plano B para garantir seu futuro. Eu estudei em Pitt, onde me formei em arte dramática e também tirei diploma de administração de empresas.

A primeira peça para a qual fui escalado foi *She Stoops to Conquer*, e foi lá que conheci Vicky Abington. Eu era Tony Lumpkin, e ela, Constance Neville. Ela era linda, com cabelo louro volumoso e cacheado, muito magra e nervosinha. Bonita demais para mim, eu pensei, mas acabei conseguindo reunir coragem para convidá-la para tomar um café. Foi assim que começou. Ficávamos horas no Nordy's, a lanchonete que vendia hambúrgueres no centro estudantil da Pitt, e ela despejava todos os problemas — que tinham a ver com a mãe controladora — e me contava sobre suas ambições — que tinham a ver com o teatro, principalmente teatro sério em Nova York. Vinte e cinco anos atrás, esse tipo de coisa ainda existia.

Eu sabia que ela pegava comprimidos no Centro Estudantil Nordenberg, talvez para ansiedade, talvez para depressão, talvez para as duas coisas. Mas pensei: isso é só porque ela é ambiciosa e criativa, é provável que a maioria dos grandes atores e atrizes faça a mesma coisa. É bem provável que Meryl Streep tome comprimidos iguais, ou tomasse antes de ficar famosa em *O franco atirador*. E, quer saber? Vicky tinha um ótimo senso de humor, que é uma coisa que muitas mulheres bonitas parecem não ter, principalmente se sofrem de problemas nervosos. Ela era capaz de rir de si mesma, o que fazia com frequência. Dizia que conseguir fazer isso era a única coisa que a mantinha sã.

Fomos escalados como Nick e Honey em *Quem tem medo de Virginia Woolf?* e recebemos críticas melhores do que os atores que fizeram os papéis de George e Martha. Depois disso, não éramos só colegas que iam tomar café, nós viramos um casal. Às vezes, ficávamos de amassos em um canto escuro do centro estudantil, apesar de isso normalmente terminar com ela em lágrimas dizendo que não era boa o bastante e que seria um fracasso no teatro, como sua mãe repetia sem parar. Uma noite, depois da festa do elenco de *Armadilha*, no terceiro ano da faculdade, nós transamos. Foi a única vez. Ela disse que amou, que foi maravilhoso, mas acho que não foi. Não para ela, pelo menos, já que ela nunca mais quis fazer.

No verão do ano 2000, nós ficamos no campus porque ia ter uma produção de verão de *O vendedor de ilusões*, no Frick Park. Era uma oportunidade e tanto, porque a peça seria dirigida por Mandy Patinkin. Vicky e eu fizemos testes. Eu não fiquei nervoso porque não esperava conseguir nada, mas aquela peça se tornou a coisa mais importante da vida de Vicky. Ela a chamou de primeiro passo para o estrelato, falando do jeito como as pessoas falam quando estão falando sério, mas fingem que é só brincadeira. Fomos chamados em grupos de seis, cada um segurando um cartão dizendo em que papel estávamos mais interessados. Vicky estava tremendo como vara verde enquanto esperávamos em frente ao auditório onde aconteciam os ensaios. Passei o braço ao redor dela e ela se acalmou, mas só um pouco. Vicky estava tão branca que a maquiagem parecia uma máscara.

Eu entrei e entreguei meu cartão com *Prefeito Shinn* escrito, porque é um papel pequeno na peça, mas acabei pegando o papel principal: Harold Hill, o golpista encantador. Vicky queria o papel de Marian Paroo, a bibliotecária que dá aulas de piano. É a protagonista. Ela foi bem, eu achei; não excelente, não o melhor de que era capaz, mas bem. E então, veio a parte de cantar.

Era o grande número de Marian. Se você não conhece, é uma música muito doce e simples chamada "Godnight, My Someone". Ela cantou para mim a capela umas seis vezes, e foi perfeita. Doce, triste e esperançosa. Mas, naquele dia, no auditório, Vicky ferrou tudo. Foi *péssima*. Ela não conseguia alcançar a nota certa e teve que começar de novo não uma, mas duas vezes. Eu conseguia ver Patinkin ficando impaciente, porque tinha mais umas seis garotas esperando para ler e cantar. A instrumentista que acompanhava a música estava revirando os olhos. Senti vontade de dar um soco na cara de cavalo idiota dela.

Quando Vicky terminou, estava tremendo demais. O sr. Patinkin agradeceu, e ela agradeceu a ele, muito educada, antes de sair correndo. Eu a alcancei antes que saísse do prédio e disse que ela foi ótima. Vicky sorriu, me agradeceu e disse que nós dois sabíamos a verdade. Eu falei que, se o sr. Patinkin fosse bom como todo mundo dizia que era, ele veria além do nervosismo e enxergaria a ótima atriz que ela era. Ela me abraçou e disse que eu era seu melhor amigo. "Além do mais", disse Vicky, "vai haver outras peças. Na próxima vez vou tomar um Valium antes do teste. Eu só estava com medo de que fosse alterar minha voz, porque ouvi dizer que alguns comprimidos fazem isso." Então, ela riu e disse: "Afinal, não dá para ser muito pior do que foi hoje, né?". Eu disse que pagaria um sorvete no Nordy's, e ela disse que aquilo era uma boa ideia, e nós fomos embora.

Estávamos andando pela calçada de mãos dadas, o que me fez lembrar todas as vezes que fui e voltei da Mary Day Grammar de mãos dadas com Marlee Jacobs. Não posso afirmar se esses pensamentos o invocaram ou não. Eu não sei. Só sei que, algumas noites, fico acordado na cela, pensando.

Acho que ela estava se sentindo um pouco melhor, porque, enquanto caminhávamos, ela começou a falar que eu seria um ótimo professor Hill, mas alguém gritou conosco do outro lado da rua. Só que não foi um grito. Foi um relincho de burro.

GEORGE E VICKY EM CIMA DA ÁRVORE! F-O-D-E-N-D-O!

Era ele. O garotinho malvado. Com o mesmo short, o mesmo suéter, o mesmo cabelo laranja saindo do boné com a hélice de plástico no alto. Mais de dez anos haviam se passado, e ele não tinha envelhecido nem um dia. Foi como voltar no tempo, só que agora estava com Vicky Abington, não Marlee Jacobs, e estávamos na rua Reynolds em Pittsburgh em vez de na rua School em Talbot, no Alabama.

"Que *merda* é essa?", disse Vicky. "Você conhece aquele garoto, George?"

Bem, o que eu podia responder? Eu não falei nada. Fiquei tão surpreso que não consegui nem abrir a boca.

"Você atua mal pra caralho e é uma cantora ainda pior!", gritou ele. "*CORVOS* cantam melhor que você! E é tão *FEIAAA! VICKY FEIOSA*, é isso que você é!"

Ela colocou as mãos sobre a boca, e eu me lembro de seus olhos ficando grandes e se enchendo de lágrimas de novo.

"Por que não chupa o pau dele?", gritou o menino. "Só assim uma garota escrota, feia e sem talento como você vai conseguir um papel!"

Eu parti para cima dele, mas nada daquilo parecia real. Era como se estivesse sonhando. Era o fim da tarde, e a rua Reynolds estava cheia de carros, mas isso não passou pela minha cabeça. Mas passou pela de Vicky. Ela segurou meu braço e me puxou. Acho que devo minha vida a ela, porque um ônibus enorme passou poucos segundos depois, apertando a buzina.

"Não", disse ela. "Ele não vale o esforço, seja lá quem for."

Um caminhão surgiu logo atrás do ônibus, e depois que os dois passaram, nós vimos o garoto correndo do outro lado da rua com a bunda grande balançando. Ele chegou à esquina, mas, antes de virar, baixou a parte de trás do short, se inclinou e mostrou a bunda.

Vicky se sentou em um banco, e eu me sentei ao lado dela. Ela me perguntou de novo quem ele era, e eu disse que não sabia.

"Então, como ele sabia nossos nomes?", perguntou ela.

"Não sei", repeti.

"Bem, ele estava certo sobre uma coisa", disse ela. "Se eu quiser um papel em *O vendedor de ilusões*, deveria mesmo chupar o pau de Mandy Patinkin." Depois, ela riu, e dessa vez foi uma gargalhada de verdade, do tipo que vem lá de dentro. Ela jogou a cabeça para trás e deixou a gargalhada fluir. "Você viu aquela bundinha feia?", perguntou ela. "Pareciam dois bolinhos prontos para irem ao forno!"

Isso *me* fez rir. Nós nos abraçamos, juntamos as bochechas e morremos de rir. Achei que estava tudo bem, mas a verdade — e a gente nunca vê essas coisas na hora, não é? — é que estávamos histéricos. Eu porque era *o mesmo garoto* de tantos anos antes, Vicky porque acreditava no que ele disse: que ela não era boa o bastante e, mesmo se fosse, nunca conseguiria superar o nervosismo para demonstrar.

Eu a levei de volta até Fudgy Acres, um prédio grande e velho que só alugava quartos para jovens moças, e depois Vicky me abraçou e me disse de novo que eu seria um ótimo Harold Hill. Alguma coisa na voz dela me preocupou, e eu perguntei se ela estava bem. Ela respondeu "Claro que estou, bobinho", e correu até a entrada. Foi a última vez que a vi com vida.

Depois do enterro, fui tomar um café com Carla Winston, porque ela era a única garota de Fudgy Acres de quem Vicky ficou amiga. Acabei precisando passar o café dela da xícara para um copo, pois suas mãos tremiam tanto que fiquei com medo de ela se queimar. Carla não estava só muito triste; ela se culpava pelo que aconteceu. Da mesma forma que tenho certeza de que a sra. Peckham se culpava pelo que aconteceu com Marlee.

Ela encontrou Vicky na sala do andar de baixo naquela tarde, olhando para a TV. Só que a TV estava desligada. Ela disse que Vicky parecia distante e desconectada. Carla já tinha visto Vicky assim quando perdeu a contagem dos comprimidos e tomou um a mais ou os tomou na ordem errada. Ela perguntou se Vicky queria ir ao Centro de Bem-Estar para uma consulta, mas Vicky disse que não, que estava bem, tinha sido um dia difícil, mas logo, logo estaria melhor.

"Um garotinho malvado apareceu", Vicky contou a Carla. "Eu me dei mal no teste, e aí esse garoto começou a me sacanear."

"Que saco", disse Carla.

"George conhecia o garoto", disse Vicky. "Ele me disse que não conhecia, mas pude perceber que sim. Sabe o que eu acho?"

Carla respondeu que não. Àquela altura, ela já tinha certeza de que Vicky tinha tomado os remédios errados, fumado maconha ou as duas coisas juntas.

"Acho que George o mandou fazer aquilo", disse ela. "Para me provocar. Mas quando viu como fiquei chateada, se arrependeu e tentou fazer o garoto parar. Mas ele não quis parar."

Carla disse: "Isso não faz sentido, Vic. George nunca faria algo desse tipo com você. Ele gosta de você".

Vicky disse: "Mas aquele garoto estava certo. Eu devia mesmo desistir".

A essa altura na história de Carla, eu contei a ela que o garoto não tinha nada a ver comigo. Carla disse que eu nem precisava ter dito isso, ela sabia que eu era um cara legal e quanto gostava de Vicky. Então, começou a chorar.

"É *minha* culpa, não sua", disse ela. "Eu vi que ela estava mal, mas não fiz nada. E você sabe o que aconteceu. Isso também foi culpa minha, porque ela não pretendia. Tenho certeza de que não pretendia…"

Carla deixou Vicky na sala e subiu para estudar. Duas horas depois, foi para o quarto de Vicky.

"Achei que talvez ela quisesse sair para comer alguma coisa", disse ela. "Ou, se o efeito dos comprimidos tivesse passado, beber uma taça de vinho. Só que ela não estava no quarto. Então olhei na sala, mas ela também não estava lá. Duas garotas estavam assistindo à TV, e uma disse que achava que tinha visto Vicky descer para o porão pouco tempo antes, provavelmente para lavar roupa.

"Porque ela estava com uns lençóis", disse a garota.

Isso preocupou Carla, mas ela não se permitiu pensar por quê. Ela desceu, mas não tinha ninguém na lavanderia e nenhuma das máquinas estava ligada. A sala ao lado era um depósito, onde as garotas guardavam as malas. Ela ouviu alguns ruídos vindos de lá e, quando entrou, viu Vicky de costas. Ela estava de pé em uma pilha de malas. Tinha amarrado dois lençóis para fazer uma corda. Uma ponta estava enrolada no pescoço dela. A outra, em um cano no teto.

"Mas a questão era que só havia três malas, e o lençol estava folgado", disse Carla. "Se ela estivesse determinada mesmo, teria usado um lençol só e colocado uma das malas de pé. Era só o que as pessoas do teatro chamam de 'ensaio final'."

"Você não tem como ter certeza", eu disse. "Não sabe quantos comprimidos ela deve ter tomado nem quanto estava confusa."

"Eu sei o que vi", disse Carla. "Se ela pulasse daquelas malas para o chão, o lençol no pescoço nem esticaria. Mas não pensei nisso na hora. Fiquei chocada demais. Só gritei o nome dela."

O grito alto vindo de trás a assustou, e em vez de pular das malas, Vicky tomou um susto e caiu para a frente. As malas deslizaram sob seus pés. "Ela teria caído no chão de concreto de barriga, mas não havia *tanta* folga no lençol", disse Carla. "Ela talvez ainda tivesse sobrevivido se o nó que prendia os dois lençóis tivesse cedido, mas não cedeu. O peso da queda esticou a corda e puxou a cabeça dela para cima com força."

"Eu ouvi o estalo de quando o pescoço dela quebrou", disse Carla. "Foi alto. E foi culpa minha."

E ela chorou e chorou e chorou.

Nós saímos do café, e eu a acompanhei até um ponto de ônibus na esquina. Falei repetidamente que não foi culpa dela, e Carla acabou parando de chorar. Até sorriu um pouco.

Ela disse: "Você é muito persuasivo, George".

O que eu não contei a ela — porque ela não teria acreditado — foi que toda aquela persuasão vinha da certeza absoluta.

5

— O garotinho malvado ia atrás das pessoas que eu amava — disse Hallas.

Bradley assentiu. Estava óbvio que Hallas acreditava mesmo nisso, e se essa história tivesse sido citada no julgamento, o sujeito poderia ter acabado com prisão perpétua em vez de em um catre na Mansão Agulha. O júri todo não acreditaria, mas seria uma jogada para tirar a pena de morte das opções. Agora, já devia ser tarde demais. Uma moção por escrito pedindo uma anulação baseada na história de Hallas do garotinho malvado pareceria desespero. Era preciso estar na presença dele e ver a certeza absoluta em seu rosto. Ouvir sua voz.

Enquanto isso, o condenado estava olhando para ele pela divisória de acrílico ligeiramente embaçada, com um leve sorriso.

— Aquele garoto não era só malvado; ele também era ganancioso. Para ele, tinha que ser sempre dois pelo preço de um. Um morto; e um vivo para se afogar em uma grande poça de culpa.

— Você deve ter convencido Carla — disse Bradley. — Ela se casou com você, afinal.

— Eu nunca a convenci completamente, e ela nunca acreditou no garotinho malvado. Se tivesse acreditado, teria ido ao julgamento, e nós ainda estaríamos casados. — Ele encarou Bradley pela barreira com olhos sinceros. — Se tivesse acreditado, teria ficado feliz de eu tê-lo matado.

O guarda no canto, McGregor, olhou para o relógio, tirou os fones e se levantou.

— Não quero apressar o senhor, doutor, mas já são onze e meia da manhã, e daqui a pouco seu cliente tem que voltar para a cela para a contagem da metade do dia.

— Não sei por que você não pode contá-lo aqui — disse Bradley... de forma amena. Não adiantava nada irritar um guarda, e apesar de McGregor ser um dos melhores, Bradley tinha certeza de que o homem tinha um lado ruim. Fazia parte do ofício de cuidar de condenados. — Você está olhando para ele, afinal.

— Regras são regras — respondeu McGregor, e levantou a mão, como se para descartar um protesto que Bradley não fez. — Sei que o senhor pode ter o tempo que quiser tão perto assim da data, então, se quiser esperar, eu o trago de volta após a contagem. Mas ele vai ficar sem almoço, e acho que o senhor também.

Eles viram McGregor voltar para a cadeira e recolocar os fones de ouvido. Quando Hallas se virou para a barreira de acrílico, havia um sorriso maior nos lábios dele.

— Que se dane, acho que você é capaz de *adivinhar* o resto.

Embora Bradley tivesse certeza de que podia mesmo adivinhar, ele cruzou as mãos em cima do bloco amarelo sem nada escrito e disse:

— Por que você não me conta mesmo assim?

6

Recusei o papel de Harold Hill e larguei o Clube de Teatro. Perdi a vontade de atuar. Durante meu último ano na Pitt, me concentrei nas aulas de administração, principalmente contabilidade, e em Carla Winston. No ano em que me formei, nós nos casamos. Meu pai foi meu padrinho. Ele morreu três anos depois.

Uma das minas pelas quais ele era responsável ficava na cidade de Louisa. Fica um pouco ao sul de Ironville, onde ele ainda vivia com Nona McCarthy, Mama Nonie, como sua "governanta". A mina se chamava Fair Deep. Um dia, houve um desmoronamento no segundo nível, uns sessenta metros abaixo da terra. Não foi sério, ninguém ficou ferido, mas meu pai desceu com dois caras do escritório da empresa para ver o dano e tentar descobrir quanto tempo demoraria para tudo voltar a funcionar. Ele nunca saiu. Nenhum deles saiu.

"Aquele garoto fica me ligando", disse Nonie depois.

Ela sempre foi uma mulher bonita, mas, no ano seguinte à morte do meu pai, floresceu em rugas e papada. O andar passou a ser arrastado, e ela encolhia os ombros sempre que alguém entrava no aposento, como se esperasse levar um tapa. Não foi a morte do meu pai que fez isso; foi o garotinho malvado.

"Ele fica ligando. Me chama de puta crioula, mas não ligo para isso. Já fui chamada de coisa pior. Isso entra por um ouvido e sai pelo outro. O que não sai é ele dizer que o acidente é culpa do presente que dei para o seu pai. Aquelas botas. Não pode ser verdade, pode, Georgie? Só pode ter sido outra coisa. Ele devia estar usando as sapatilhas de feltro. Ele *nunca* esqueceria de colocar o feltro depois de um acidente, mesmo que não parecesse sério."

Eu concordei, mas consegui ver a dúvida a corroendo como ácido.

As botas eram Trailman Specials. Ela as deu para ele de presente de aniversário menos de dois meses antes da explosão em Fair Deep. Devem ter custado uns trezentos dólares, mas valiam cada centavo. Iam até os joelhos, com couro macio como seda, mas resistente. Era o tipo de bota que um homem podia usar a vida toda e depois deixar para o filho. Botas presas com pregos, entende, e pregos assim podem fazer fagulhas na superfície certa, como uma pederneira no aço.

Meu pai nunca usaria botas com pregos dentro de uma mina onde podia haver bolsões de metano ou grisu, e era impossível ele ter esquecido, não com ele e aqueles outros dois carregando máscaras nos quadris e tanques de oxigênio pendurados nas costas. Mesmo se ele *estivesse* usando as botas, Mama Nonie estava certa, ele também estaria usando sapatilhas de feltro por cima. Mama Nonie não precisava que eu lhe dissesse: ela sabia quanto ele era cuidadoso. Mas até a ideia mais maluca consegue entrar na sua cabeça, se você for solitário, estiver sofrendo e alguém ficar batendo na mesma tecla. A ideia pode ir penetrando lá como uma minhoca e botar ovos, e em pouco tempo seu cérebro está cheio de larvas.

Eu falei para ela mudar o número do telefone, e ela mudou, mas o garoto descobriu o novo e continuou ligando, dizendo que meu pai tinha esquecido o que tinha nos pés e que um daqueles pregos fez uma fagulha, e lá se foi tudo para o alto.

"Nada disso teria acontecido se você não tivesse dado aquelas botas para ele, sua crioula puta e burra." É o tipo de coisa que ele dizia, e devia ter coisa pior que ela não me contava.

Por fim, ela mandou desinstalar o telefone. Eu falei que, morando sozinha daquele jeito, ela *precisava* de um telefone. Mama Nonie nem quis saber, apenas disse: "Às vezes, ele liga no meio da noite, Georgie. Você não sabe como é estar deitada ouvindo o telefone tocar e saber que é aquela criança. Nem consigo imaginar que tipo de pais deixariam uma criança fazer uma coisa dessas."

"Desconecte à noite", pedi.

Ela disse: "Eu desconectava. Mas às vezes tocava mesmo assim".

Falei que aquilo era fruto da imaginação dela. Eu tentei acreditar, mas nunca acreditei, sr. Bradley. Se aquele garotinho malvado conseguiu pegar a lancheira do Steve Austin de Marlee e se sabia quanto Vicky havia se dado mal no teste, se sabia das botas Trailman — *se conseguia se manter jovem ano após ano*—, então é claro que era capaz de fazer o telefone tocar mesmo fora da linha. A Bíblia diz que o diabo foi libertado para vagar pela terra, e que a mão de Deus não o segurava. Não sei se aquele garotinho malvado era *o* diabo, mas sei que era *um* diabo.

Também não sei se ligar para uma ambulância poderia ter salvado Mama Nonie. Só sei que, quando teve o ataque cardíaco, ela não pôde ligar para pedir ajuda porque o telefone tinha sido desligado. Ela morreu sozinha no chão da cozinha. Uma vizinha a encontrou no dia seguinte.

Carla e eu fomos ao enterro, e depois que Nonie foi enterrada, passamos a noite na casa que ela e meu pai dividiam. Acordei de um pesadelo logo antes do amanhecer e não consegui voltar a dormir. Quando ouvi o jornal cair na varanda, fui buscar e vi que a bandeira da caixa de correspondência estava levantada. Andei até a rua de roupão e chinelos e a abri. Dentro havia um boné com uma hélice de plástico no alto. O boné ainda estava *quente* ao toque, como se a pessoa que tivesse acabado de tirá-lo estivesse ardendo de febre. Tocar nele me fez sentir sujo, mas eu o virei e olhei dentro. Estava oleoso de alguma espécie de brilhantina de cabelo, do tipo que quase ninguém usa mais. Vi alguns fios de cabelo laranja grudados. Também tinha um bilhete, escrito com uma caligrafia infantil, com as letras tortas e inclinadas. O bilhete dizia PODE FICAR COM ESTE, EU TENHO OUTRO.

Levei o maldito boné para dentro de casa, segurando-o entre o indicador e o polegar, era o máximo que eu estava disposto a tocar nele, e coloquei no fogão. Encostei um fósforo aceso nele, e o boné pegou fogo na mesma hora: *ca-flump*. As chamas eram esverdeadas. Quando Carla desceu meia hora depois, sentiu o cheiro e disse: "Que cheiro horrível é esse? Parece maré baixa!".

Eu respondi que talvez a fossa estivesse cheia e precisando ser esvaziada, mas sabia a verdade. Era o fedor de metano, provavelmente o último cheiro que meu pai sentiu antes de alguma coisa soltar uma fagulha e explodi-lo junto com os outros dois para o reino dos céus.

Àquela altura, eu tinha emprego em uma firma de contabilidade, uma das maiores firmas independentes do Meio-Oeste, e fui subindo lá dentro com rapidez. Eu acho que, se você chega cedo, vai embora tarde e fica com o olho na jogada nesse meio tempo, é isso que vai acontecer. Carla e eu queríamos ter filhos e tínhamos dinheiro, mas não aconteceu; ela recebia a visita do chico todos os meses, regular como um relógio. Fomos a um obstetra em Topeka, e ele fez os exames de sempre. Disse que estávamos bem e que era cedo demais para falarmos de tratamentos de fertilidade. Nos mandou ir para casa, relaxar e curtir nossa vida sexual.

Foi isso que fizemos, e, onze meses depois, as visitas do chico pararam. Ela foi criada como católica e parou de ir à igreja quando estava na faculdade, mas, quando teve certeza de que estava grávida, começou a ir de novo, e me arrastou junto. Nós íamos a St. Andrew's. Eu não me importava. Se ela quisesse dar a Deus os créditos pelo pãozinho no forno dela, por mim, tudo bem.

Ela estava no sexto mês quando sofreu o aborto. Por causa do acidente que não foi um acidente de verdade. O bebê viveu algumas horas e morreu. Era uma menina. Como precisava de um nome, escolhemos Helen, em homenagem à avó de Carla.

O acidente aconteceu depois da igreja. Quando a missa acabou, nós íamos almoçar em um lugar no centro e depois íamos para casa, onde eu veria o jogo de futebol americano. Carla ficaria com os pés para o alto, descansaria e apreciaria a gravidez. Ela *gostava*, sr. Bradley. Todos os dias, mesmo no comecinho, quando enjoava pelas manhãs.

Vi o garotinho malvado assim que saímos. O mesmo short largo, o mesmo suéter, os mesmos peitinhos gorduchos e a barriga protuberante. O boné que encontrei na caixa de correspondência era azul, e o que ele estava usando quando saímos da igreja era verde, mas tinha a hélice de plástico. Eu tinha passado de garotinho a homem com os primeiros fios grisalhos, mas aquele garotinho malvado ainda tinha seis anos. Sete, no máximo.

Ele estava um pouco distante. Tinha outro garoto na frente dele. Um garoto *normal*, que ia crescer. Ele parecia perplexo e com medo. Estava com alguma coisa na mão. Parecia a bola do paddleball que Mama Nonie me deu tantos anos antes.

"Vá em frente", disse o garotinho malvado. "A não ser que queira que eu pegue de volta os cinco dólares."

"Eu não quero", disse o garoto normal. "Mudei de ideia."

Carla não viu nada disso. Ela estava no alto da escada falando com o padre Patrick, contando para ele que tinha gostado da homilia, que havia lhe dado muito em que pensar. Aqueles degraus eram de granito, e eram íngremes.

Fui segurar o braço dela, eu acho, mas não tenho certeza. Talvez eu tenha ficado paralisado, como fiquei quando Vicky e eu vimos aquele garotinho depois do teste ruim para *O vendedor de ilusões*. Antes que eu conseguisse reagir ou dizer qualquer coisa, o garotinho cruel deu um passo à frente, enfiou a mão no bolso do short e pegou um isqueiro. Assim que acendeu e eu vi a fagulha, soube o que tinha acontecido naquele dia na mina Fair Deep, e não teve nada a ver com os pregos nas botas do meu pai. Alguma coisa começou a chiar e faiscar no alto da bola vermelha que o garoto normal estava segurando. Ele a jogou longe para se livrar dela, e o garotinho malvado riu. Só que foi uma risada grave e melequenta, *hgurr-hgurr-hgurr*, assim.

A bola bateu na lateral dos degraus, embaixo do corrimão de ferro, e quicou antes de explodir com um estrondo de furar os tímpanos e um brilho azul. Não era uma bombinha, nem uma bomba mediana. Era uma M-80. Carla tomou o mesmo susto que deve ter dado em Vicky naquele dia no depósito de Fudgy Acres. Eu fui tentar pegá-la, mas ela segurava uma das mãos do padre Patrick entre as dela, e só consegui roçar no cotovelo. Eles rolaram pelos degraus juntos. Ele quebrou o braço direito e a perna esquerda. Carla quebrou o tornozelo e teve uma concussão. E perdeu o bebê. Perdeu Helen.

O garoto que jogou a M-80 entrou na delegacia no dia seguinte com a mãe e admitiu a culpa. Ele estava arrasado, claro, e disse o que as crianças sempre dizem e quase sempre é de coração quando uma coisa dá errado: foi um acidente, ele não pretendia machucar ninguém. Ele disse que não ia jogar, mas o outro garoto acendeu o pavio, e ele ficou com medo de perder os dedos. Não, ele disse, nunca tinha visto o outro garoto antes. Não, não sabia o nome dele. Em seguida, deu ao policial os cinco dólares que o garotinho malvado tinha dado a ele.

Carla não queria mais saber de intimidade depois disso, e parou de ir à igreja. Mas eu continuei indo à missa, e me envolvi com a igreja. Você sabe o que é, sr. Bradley, não por ser católico, mas porque foi aí que você entrou. Eu não dava bola para a parte religiosa, eles tinham o padre Patrick para isso, mas eu gostava de treinar os times de beisebol e futebol americano. Eu sempre estava lá nos churrascos e acampamentos; mudei minha habilitação para poder dirigir o ônibus da igreja e levar os garotos a reuniões de natação, a parques de diversão e retiros adolescentes. E eu sempre carregava uma arma. A .45 que comprei na Wise Penhores e Empréstimos, você sabe, a Prova A da acusação. Eu carreguei aquela arma por cinco anos, no porta-luvas do meu carro ou na caixa de ferramentas do ônibus de excursão. Quando estava treinando os times, carregava na bolsa.

Carla passou a não gostar do meu trabalho com a igreja porque ocupava muito do meu tempo livre. Quando o padre Patrick pedia voluntários, eu era sempre o primeiro a levantar a mão. Acho que ela ficou com ciúmes. "Você quase nunca fica em casa nos fins de semana", disse ela. "Estou começando a me perguntar se não está gostando de garotos…"

Eu devia mesmo parecer meio bicha, porque criei o hábito de escolher garotos especiais e dar mais atenção a eles. Eu fazia amizade, ajudava. Não era difícil. Muitos vinham de lares de baixa renda. Normalmente, quem cuidava desses lares era uma mãe solteira que ganhava um salário mínimo no emprego, ou pegava dois ou três trabalhos para botar comida na mesa. Se houvesse um carro, ela precisava dele, então eu ficava feliz em buscar meu garoto especial do momento em casa para levar aos encontros de quinta à noite na igreja, e depois levava de volta. Se não podia fazer isso, dava passagens de ônibus para eles. Mas nunca dinheiro; descobri logo que dar dinheiro àqueles garotos era uma péssima ideia.

Eu tive alguns sucessos no caminho. Um deles, acho que devia ter duas calças e três camisas quando o conheci, era um prodígio da matemática. Arrumei uma bolsa de estudos para ele em uma escola particular, e agora ele é calouro na Kansas State, com tudo indo de vento em popa. Já outros estavam envolvidos com drogas, e consegui tirar pelo menos um deles dessa vida. Eu acho. Nunca dá para ter certeza. Outro fugiu depois de uma briga com a mãe e me ligou de Omaha um mês depois, bem na época que a mãe estava concluindo que ele tinha morrido ou sumido de vez. Eu fui buscá-lo.

Trabalhar com aqueles garotos me deu chance de fazer mais bem do que eu fazia com formulários de imposto de renda e criando empresas isentas de impostos em Delaware. Mas não era por isso que eu fazia, era só um efeito colateral. Às vezes, sr. Bradley, eu levava um dos meus garotos especiais para pescar no riacho Dixon, ou no rio grande, na ponte da cidade baixa. Eu também estava pescando, mas não para pegar trutas ou carpas. Por muito tempo, não senti nenhum puxão na linha. Mas, certo dia, Ronald Gibson apareceu.

Ronnie tinha quinze anos, mas parecia mais novo. Era cego de um olho, então não podia jogar beisebol nem futebol americano, mas era fera no xadrez e em todos os outros jogos de tabuleiro que os garotos jogavam em dias de chuva. Não sofria bullying; ele era uma espécie de mascote do grupo. O pai abandonou a família quando ele tinha uns nove anos, e Ronnie ansiava por atenção masculina. Em pouco tempo, passou a me procurar para falar dos problemas. O principal, claro, era aquele olho ruim. Era um defeito congênito chamado ceratocone, ou córnea deformada. Um médico disse para a mãe dele que Ronnie precisava de um transplante de córnea, mas seria caro, e a mãe não tinha dinheiro para isso.

Eu procurei o padre Patrick, e fizemos alguns eventos de arrecadação chamados "Visão nova para Ronnie". Até conseguimos aparecer na TV, no noticiário local do Canal 4. Uma imagem minha com Ronnie andando pelo parque Barnum, eu com o braço ao redor dos ombros magros dele, começou a circular. Carla resmungou quando viu. "Se você não é bicha, as pessoas vão dizer que é quando virem isso", disse ela.

Eu não ligava para o que as pessoas diziam, porque pouco tempo depois dessa notícia, senti o primeiro puxão na linha. Bem no meio da minha cabeça. Era o garotinho malvado. Eu finalmente chamei a atenção dele. Eu conseguia *senti-lo*.

Ronnie fez a cirurgia. Não recuperou por completo a visão no olho ruim, mas boa parte. Durante o primeiro ano depois disso, ele tinha que usar óculos especiais que ficavam escuros na luz do sol intensa, mas não se importou. Ronnie dizia que os óculos eram maneiros.

Pouco tempo depois da operação, ele e a mãe foram me visitar depois da aula na salinha no porão da igreja de St. Andrew's. Ela disse: "Se houver alguma coisa que possamos fazer para retribuir, sr. Hallas, é só pedir".

Eu falei que não era necessário, que foi um prazer. E fingi ter uma ideia. "Talvez tenha uma coisa", comentei. "Uma coisinha de nada."

"O que é, sr. H?", perguntou Ronnie.

Eu respondi: "Certo dia, no mês passado, eu estacionei atrás da igreja e estava na metade da escada quando lembrei que não tinha trancado o carro. Eu voltei e vi um garoto lá dentro, mexendo nas minhas coisas. Eu gritei com ele, que saiu correndo com minha caixinha de moedas, a que deixo no porta-luvas para o pedágio. Eu fui atrás dele, mas ele era rápido demais para mim".

"O que quero", eu disse para Ronnie e para a mãe dele, "é encontrá-lo e falar com ele. Dizer o que digo para vocês todos: roubar é um começo ruim na vida."

Ronnie me perguntou como ele era.

"Baixo e meio gorducho", eu disse. "Tinha cabelo laranja, bem ruivo mesmo. Quando o vi, ele estava de short cinza e suéter verde com listras da mesma cor do cabelo."

A sra. Gibson interrompeu: "Ah, meu Deus! Ele estava com um chapeuzinho com uma hélice?".

"Estava, sim", falei, mantendo a voz gentil e firme. "Agora que você mencionou, acho que estava, sim."

"Eu o vi do outro lado da rua", disse ela. "Achei que tinha se mudado para um dos condomínios de lá."

"E você, Ronnie?", eu perguntei.

"Não", disse ele. "Nunca vi esse garoto."

"Bem, se você o vir, não diga nada para ele. Só venha me chamar. Pode fazer isso?"

Ele fez que sim, e eu fiquei satisfeito. Porque eu sabia que o garotinho malvado tinha voltado e sabia que precisaria estar por perto quando ele agisse. Ele ia me *querer* por perto, porque essa era a questão. Era a mim que ele queria magoar. Todos os outros, Marlee, Vicky, meu pai, Mama Nonie, foram apenas dano colateral.

Uma semana se passou, depois, duas. Eu estava começando a achar que o garoto tinha pressentido o que eu estava planejando. Mas um dia, *aquele* dia, sr. Bradley, um dos garotos correu para o pátio atrás da igreja, onde eu estava ajudando a pendurar uma rede de vôlei.

"Um garoto derrubou Ronnie e roubou os óculos dele!", gritou o garoto. "Ele saiu correndo para o parque, e Ronnie foi atrás!"

Eu não esperei, só peguei minha bolsa, que eu levava para todo lado durante os anos em que tive os garotos especiais, e corri pelo portão até o parque Barnum. Eu sabia que não tinha sido o garotinho malvado que roubara os óculos de Ronnie; não era o estilo dele. O ladrão de óculos era alguém tão comum quanto o garoto que jogou a bomba, e se lamentaria da mesma forma quando o que quer que o garotinho malvado estivesse tramando acontecesse. Se eu *deixasse* que as coisas acontecessem.

Ronnie não era um garoto atlético e não conseguia correr rápido. O ladrão de óculos deve ter percebido, porque parou perto do outro lado do parque, balançou os óculos acima da cabeça e gritou: "Venha pegar, Ray Charles! Venha pegar, Stevie Wonder!"

Eu conseguia ouvir o trânsito no bulevar Barnum e soube exatamente o que aquele garotinho malvado estava planejando. Ele achou que o que funcionou uma vez ia funcionar de novo. Era um par de óculos especiais com redução de brilho em vez de uma lancheira do Steve Austin, mas a ideia era a mesma. Mais tarde, o garoto que pegou os óculos de Ronnie ia chorar e dizer que *ele* não sabia o que ia acontecer, que achou que era só brincadeira, uma provocação, ou talvez vingança por alguma briga entre Ronnie e o gorducho.

Eu poderia ter alcançado Ronnie com facilidade, mas não fiz isso de cara. Ele era minha isca, entende, e a última coisa que eu queria era puxar o anzol cedo demais. Quando Ronnie chegou perto, o garoto fazendo o trabalho sujo do garotinho malvado passou correndo por um arco de pedra entre o parque e o bulevar Barnum, ainda balançando os óculos acima da cabeça. Ronnie foi atrás dele, e eu segui atrás. Enquanto corria, abri a bolsa, peguei o revólver e larguei a bolsa no chão. Corri com tudo.

"Fique aqui!", gritei para Ronnie, passando correndo por ele. "Não dê nem mais um passo!"

Ele fez o que eu mandei, e agradeço a Deus por isso. Se alguma coisa tivesse acontecido com ele, eu não estaria aqui esperando a agulha, sr. Bradley. Eu teria me matado.

Quando passei pelo arco, vi o garotinho malvado esperando na calçada. Ele continuava o mesmo. O garoto mais velho estava entregando para ele os óculos de Ronnie, e o garotinho malvado estava entregando dinheiro de volta. Quando me viu, perdeu pela primeira vez o sorrisinho debochado naqueles lábios vermelhos esquisitos. Porque o plano não era aquele. O plano era Ronnie primeiro e *depois* eu. Ronnie tinha que correr atrás do garotinho malvado pela rua e ser atropelado por um caminhão ou por um ônibus. Eu tinha que chegar por último. E ver tudo.

O cenourinha correu para o bulevar Barnum. Você sabe como é fora do parque, ou pelo menos deveria saber, depois que a acusação passou o vídeo três vezes no julgamento. Com três pistas em cada direção, duas para seguir em frente e uma para quem vai virar, e uma divisão de concreto no meio. O garotinho malvado olhou para trás quando chegou na divisão, e a essa altura já estava bem mais que surpreso. A expressão era de puro medo. Ver aquela expressão me deixou feliz pela primeira vez desde que Carla saiu rolando escada abaixo na igreja.

Uma olhadela rápida foi tudo que recebi, e ele saiu correndo para as pistas que iam para o sul sem nem olhar o que podia estar indo para cima dele. Eu atravessei correndo as pistas, seguindo para o norte da mesma forma. Sabia que podia ser atropelado, mas não liguei. Pelo menos seria um acidente genuíno, sem acelerador emperrado misteriosamente. Você pode me chamar de suicida, mas não sou. É que eu não podia deixá-lo fugir. Talvez só voltasse a vê-lo vinte anos mais tarde, e aí já seria um homem idoso.

Não sei quanto cheguei perto de ser atropelado, mas ouvi muitos freios chiando e pneus cantando. Um carro desviou para não acertar o garoto e bateu de lado em um caminhão. Alguém me chamou de babaca maluco. Outra pessoa gritou: "Que porra ele está fazendo?". Isso tudo não passou de ruído de fundo. Eu estava com toda a minha atenção grudada no garotinho malvado. Com os olhos no prêmio, certo?

Ele estava correndo o mais rápido que conseguia, mas não importava o tipo de monstro que era por dentro; por fora ele ainda tinha pernas curtas e uma bunda gorda, e não teve chance. O garotinho só podia torcer para um carro me atropelar, mas isso não aconteceu.

Ele tropeçou no meio-fio quando chegou à calçada. Eu ouvi uma mulher, uma moça corpulenta com cabelo tingido de louro, gritar: "Aquele homem tem uma arma!". Foi a sra. Jane Hurley. Ela foi testemunha no julgamento.

O garoto tentou se levantar. Eu falei: "Isto é por Marlee, seu filho da putinha", e atirei nas costas dele. Foi o primeiro tiro.

Ele começou a engatinhar. Sangue pingava na calçada. Eu falei: "Isto é por Vicky", e dei outro tiro nas costas dele. Foi o segundo. Então, continuei: "Isto é por meu pai e por Mama Nonie", e meti uma bala na parte de trás de cada joelho, bem onde aquele short largo terminava. Foram o terceiro e o quarto tiros.

Muitas pessoas estavam gritando àquela altura. Um homem gritava: "Façam alguma coisa!". Mas ninguém fez nada.

O garotinho malvado virou de costas e olhou para mim. Quando vi o rosto dele, quase hesitei. Ele não parecia mais ter seis ou sete anos. Assustado e com dor, ele não parecia ter mais que cinco. O boné tinha caído da cabeça e estava no chão. Uma das hélices de plástico estava torta. Meu Deus, pensei, eu atirei em uma criança inocente, e ele está deitado aqui aos meus pés, mortalmente ferido.

Sim, ele quase me enganou. Foi uma atuação boa, sr. Bradley, nível de Oscar mesmo, mas aí, a máscara escorregou. Ele conseguia fazer a maior parte do rosto parecer ferida e sofrida, mas não os olhos. Aquela *coisa* ainda estava nos olhos dele. Você não pode me impedir, diziam seus olhos. Você *não vai* me impedir enquanto eu não tiver terminado, e ainda não terminei com você.

"Tirem a arma dele!", gritou uma mulher. "Antes que ele assassine aquela criança!"

Um sujeito grande correu na minha direção. Ele também testemunhou, eu acho. Mas apontei a arma para ele, que recuou rápido com as mãos erguidas.

Eu me virei para o garotinho malvado e atirei no peito dele, dizendo: "Pela bebê Helen". Esse foi o quinto tiro. Já tinha sangue escorrendo pela boca e pelo queixo dele. Meu .45 era antiquado, com seis disparos, então só tinha mais uma bala. Eu me ajoelhei em uma poça do sangue dele. Era vermelho, mas deveria ser preto. Como a gosma que sai de um inseto venenoso quando você pisa nele. Eu coloquei o cano da arma entre os olhos do garotinho.

"E isto é por mim", falei. "Agora volte para o inferno de onde veio." Puxei o gatilho, e esse foi o sexto. Mas, pouco antes de eu atirar, aqueles olhos verdes se encontraram com os meus.

Eu não terminei com você, diziam os olhos dele. Não terminei e não vou terminar até você parar de respirar. Talvez nem aí. Talvez eu esteja esperando você do outro lado.

A cabeça dele pendeu para o lado. Um dos pés tremeu, e ele ficou imóvel. Deixei a arma ao lado do corpo, levantei as mãos e comecei a me erguer. Dois homens me seguraram antes disso. Um deles me deu uma joelhada na virilha. O outro me deu um soco na cara. Mais pessoas se juntaram a eles. Uma delas foi a sra. Hurley. Ela me deu duas porradas das boas. Não falou sobre *isso* no testemunho dela, não é?

Não que eu a culpe, advogado. Não culpo nenhum deles. O que eles viram caído na calçada naquele dia foi um garotinho tão desfigurado por balas que nem a mãe dele o teria reconhecido. Supondo que tivesse uma.

7

McGregor levou o cliente de Bradley para o interior da Mansão Agulha para a contagem da metade do dia, prometendo trazê-lo de volta depois.

— Trago sopa e um sanduíche se quiser — disse McGregor para Bradley. — O senhor deve estar com fome.

Bradley não estava. Não depois daquela história. Ele ficou esperando do lado dele da divisória de acrílico, com as mãos cruzadas sobre o bloco amarelo. Estava meditando sobre vidas arruinadas. Das duas em consideração, a de Hallas era a mais fácil de aceitar, porque o homem estava evidentemente maluco. Se tivesse ido testemunhar no próprio julgamento e tivesse contado essa história, ainda mais com aquela mesma voz razoável do tipo "Como você pode duvidar de mim?", Bradley tinha certeza de que Hallas estaria agora em uma das duas instituições de segurança máxima para doentes mentais em vez de esperando uma sequência de injeções de tiopentato de sódio, brometo de pancurônio e cloreto de potássio: o coquetel letal que os detentos da Mansão Agulha chamavam de Boa Noite, Mamãe.

Mas Hallas, provavelmente levado à insanidade após a perda da filha, teve pelo menos uma vida parcial. Obviamente tinha sido infeliz, tomada de fantasias paranoicas e ilusões de perseguição, mas, distorcendo um velho aforisma, meia vida era melhor que nenhuma. O garotinho era um caso bem mais triste. De acordo com o legista estadual, o garoto que estava no bulevar Barnum na hora errada não tinha mais que oito anos, talvez seis ou sete. Aquilo não foi uma vida, foi um prólogo.

McGregor trouxe Hallas de volta, acorrentou-o à cadeira e perguntou quanto tempo mais eles demorariam.

— Porque ele não quis ir almoçar, mas eu não me incomodaria de comer alguma coisa.

— Não muito — respondeu Bradley. Na verdade, ele só tinha mais uma pergunta, e quando Hallas se sentou novamente, ele a fez.

— Por que você?

Hallas ergueu as sobrancelhas.

— Como é?

— O demônio, acho que é isso que você acha que ele era, por que ele escolheu você?

Hallas sorriu, mas foi só um mero esticar de lábios.

— Isso é meio ingênuo, advogado. Dá na mesma perguntar por que um bebê nasce com a córnea deformada, como Ronnie Gibson, e os cinquenta que nascem depois no hospital nascem bem. Ou por que um bom homem com uma vida decente tem um tumor cerebral aos trinta anos e um monstro que ajudou a operar as câmaras de gás do campo de concentração de Dachau viveu até os cem. Se quer saber por que coisas ruins acontecem com pessoas boas, você veio ao lugar errado.

Você atirou seis vezes em uma criança em fuga, pensou Bradley. *Os últimos três ou quatro tiros à queima-roupa. Desde quando isso torna você uma boa pessoa?*

— Antes de o senhor ir — disse Hallas —, quero lhe perguntar uma coisa.

Bradley esperou.

— A polícia já identificou a criança?

Hallas fez a pergunta no tom preguiçoso de um prisioneiro que só está puxando papo para ficar mais um pouco fora da cela, mas, pela primeira vez desde que a longa visita começou, seus olhos brilharam com vida e interesse real.

— Acho que não — respondeu Bradley com cautela.

Na verdade, ele sabia que não. Tinha uma fonte no escritório da promotoria que lhe daria o nome e o histórico da criança bem antes de os jornalistas terem acesso e publicarem, como estavam ansiosos para fazer, claro; o Garoto Desconhecido era uma história de interesse humano que se espalhou por toda a nação. Morrera nos últimos quatro meses, mas, depois da execução de Hallas, voltaria aos jornais.

— Eu diria para o senhor pensar nisso — disse Hallas —, mas não preciso, não é? O senhor *está* pensando. Não deve ter tirado seu sono, mas, sim, está pensando no assunto.

Bradley não respondeu.

Desta vez, o sorriso de Hallas foi largo e genuíno.

— Sei que não acredita em uma palavra do que acabei de contar, e, ei, quem pode culpá-lo? Mas, só por um minuto bote esse seu cérebro para trabalhar e pense direito: era um garoto branco, o tipo de criança perfeito para se dar falta em uma sociedade que ainda valoriza crianças brancas do sexo masculino acima de todas as outras. Hoje em dia, as digitais das crianças são coletadas quando se matriculam na escola, para ajudar na identificação se elas se perdem, são assassinadas ou sequestradas. Acredito que neste estado é lei, até. Ou estou errado?

— Não está. — Bradley falou com relutância. — Mas seria errado exagerar nessa questão, George. Esse garoto por acaso não está no sistema, só isso. Acontece. O sistema tem falhas.

O sorriso de Hallas se abriu ainda mais.

— Pode ficar repetindo isso para si mesmo, sr. Bradley. Repita quantas vezes quiser. — Ele se virou e acenou para McGregor, que tirou os fones e se levantou.

— Terminaram?

— Sim — disse Hallas. Ele se virou para Bradley quando McGregor se inclinou para desacorrentá-lo. O sorriso dele, o único que Bradley viu naquele rosto, tinha sumido. — O senhor vem? Quando for a hora?

— Estarei aqui — disse Bradley.

8

E estava mesmo, seis dias depois, quando as cortinas da sala de observação foram abertas às 11h52 e revelaram a câmara da morte com seus azulejos brancos e a mesa em forma de Y. Apenas mais duas testemunhas estavam presentes. Uma era o padre Patrick, da igreja St. Andrew's. Bradley se sentou com ele na fileira de trás. O promotor estava lá na frente, com os braços cruzados sobre o peito e os olhos grudados na sala do outro lado da janela.

O grupo de execução (*Que termo grotesco*, pensou Bradley) estava em posição. Eram seis no total: o diretor Toomey; McGregor e dois outros guardas; uma dupla de médicos de jalecos brancos. A estrela do show estava deitada na mesa, com os braços esticados presos por tiras de velcro, mas, quando as cortinas se abriram, o primeiro a chamar a atenção de Bradley foi o diretor, que estava com um traje estranhamente esportivo, de camisa azul desabotoada no alto.

Com um cinto de segurança ao redor da cintura e outro de três pontos passando por cima dos ombros, George Hallas parecia pronto para ser disparado em uma cápsula espacial, e não para morrer por injeção letal. A seu pedido, não havia capelão, mas quando viu Bradley e o padre Patrick, ele levantou a mão o tanto que as tiras dos pulsos permitiam em um gesto de reconhecimento.

Patrick levantou o braço em retribuição, depois se virou para Bradley. O rosto dele estava branco como papel.

— Você já assistiu a uma coisa dessas?

Bradley fez que não. A boca estava seca, e ele não acreditava ser capaz de falar usando um tom de voz normal.

— Nem eu. Espero ficar bem. Ele... — O padre Patrick engoliu em seco. — Ele era muito bom com todas as crianças. Elas o amavam. Não consigo acreditar... até agora, não consigo acreditar...

Bradley também não conseguia. Mas tinha que acreditar.

O promotor se virou para eles e franziu a testa, os braços ainda cruzados.

— Fechem a matraca, cavalheiros.

Hallas olhou para a última sala que habitaria. Parecia atordoado, como se não soubesse direito onde estava nem o que estava acontecendo. McGregor colocou a mão no peito dele em um gesto reconfortante. Agora eram 11h58.

Um dos caras de jaleco branco, Bradley supôs que enfermeiro especialista em injeção intravenosa, amarrou um tubo de borracha no antebraço direito de Hallas, depois enfiou uma agulha na veia e prendeu com esparadrapo. A agulha estava ligada a um tubo intravenoso. O tubo ia até um console na parede, onde havia três lâmpadas vermelhas acesas acima de três interruptores. O segundo cara de jaleco branco foi até o console e juntou as mãos. Agora, o único movimento na câmara da morte vinha de George Hallas, que estava piscando rapidamente.

— Já começaram? — sussurrou o padre Patrick. — Não sei dizer.

— Eu também não — sussurrou Bradley. — Talvez, mas...

Ouviram um clique amplificado que fez os dois pularem (o representante legal do estado permaneceu imóvel como uma estátua). O diretor disse:

— Vocês conseguem me ouvir direito aí dentro?

O promotor fez sinal de positivo e voltou a cruzar os braços.

O diretor se virou para Hallas.

— George Peter Hallas, você foi condenado à morte por um júri de semelhantes, cuja sentença foi confirmada pela suprema corte deste estado e pela Suprema Corte dos Estados Unidos.

Como se qualquer uma das duas tivesse dito qualquer coisa sobre o assunto, pensou Bradley.

— Você quer dizer algumas palavras antes de sua sentença ser executada?

Hallas começou a balançar a cabeça para negar, depois pareceu mudar de ideia. Ele olhou pelo vidro, para a sala de observação.

— Oi, sr. Bradley. Fico feliz que tenha vindo. Preste atenção, ok? Eu teria cuidado, se fosse o senhor. Lembre-se: *ele sempre vem como criança.*

— Isso é tudo? — perguntou o diretor de forma quase jovial.

Hallas olhou para o diretor.

— Mais uma coisa, eu acho. Onde foi que comprou essa camisa?

O diretor Toomey piscou como se alguém tivesse borrifado água fria no seu rosto e se virou para o médico.

— Está tudo pronto?

O cara de jaleco branco ao lado do painel assentiu. O diretor recitou um monte de coisas, verificou o relógio e franziu a testa. Eram 12h01, o que os deixava com um minuto de atraso. Ele apontou para o jaleco branco como um diretor de palco dando a deixa de um ator. O jaleco mexeu nos botões, e as três luzes vermelhas ficaram verdes.

O interfone ainda estava ligado, e Bradley ouviu Hallas parafraseando o padre Patrick:

— Já começaram?

Ninguém respondeu. Não importava. Seus olhos se fecharam. Ele fez um ruído de ronco. Um minuto se passou. Outro ronco longo e irregular. Mais dois minutos. Quatro. Nenhum ronco ou movimento. Bradley olhou ao redor. O padre Patrick tinha ido embora.

9

Um vento frio de pradaria soprava quando Bradley saiu da Mansão Agulha. Ele fechou o casaco e ficou respirando fundo, tentando levar o máximo de ar puro para dentro do corpo, o mais rápido que conseguisse. Não foi a execução em si; apesar da camisa azul bizarra do diretor, a execução pareceu uma coisa tão prosaica quanto tomar vacina para tétano ou para catapora. Esse foi o verdadeiro horror da situação.

Bradley viu alguma coisa se mover pelo canto do olho, no Caminho da Galinha, onde os prisioneiros condenados faziam exercícios. Só que não era para ter ninguém lá. Os períodos de exercícios eram cancelados quando tinha uma execução marcada. McGregor contou isso a ele. E, quando ele virou a cabeça, o Caminho da Galinha estava mesmo vazio.

Bradley pensou: *Ele sempre vem como criança.*

Ele riu. Forçou-se a rir. Era só mais um caso plausível de nervosismo, nada além disso. Como se para provar a si mesmo que era verdade, ele tremeu.

O Volvo velho do padre Patrick já não estava mais lá. O carro dele era o único no pequeno estacionamento de visitantes adjacente à Mansão Agulha. Bradley andou alguns passos naquela direção, depois se virou de repente para o Caminho da Galinha, com a barra do sobretudo batendo nos joelhos. Não tinha ninguém lá. Claro que não, Jesus Cristo. George Hallas estava maluco, e mesmo que aquele garotinho malvado *fosse* real, estava morto agora. Seis tiros de .45 eram garantia de morte.

Bradley voltou a andar, mas, quando chegou ao capô do carro, parou novamente. Havia um arranhão feio do para-choque até o farol traseiro esquerdo. Alguém tinha passado a chave no seu carro. Em uma prisão de segurança máxima em que se tinha que passar por três muros e pela mesma quantidade de postos de verificação, alguém tinha riscado o carro dele com uma chave.

O primeiro suspeito de Bradley foi o promotor, que ficou sentado com os braços cruzados, um retrato da arrogância talmúdica. Mas isso não tinha lógica. O promotor teve o que queria, no fim das contas; ele viu George Hallas morrer.

Bradley abriu a porta do carro, que ele não tinha se dado ao trabalho de trancar (ali era uma *prisão*, afinal) e ficou parado por alguns segundos, em choque. Depois, como se controlado por uma força que não era sua, ergueu a mão lentamente até a boca e a cobriu. No banco do motorista havia um boné com uma hélice no alto. Uma das duas hélices de plástico estava torta.

Ele finalmente se inclinou e o pegou, segurando na ponta de dois dedos, como Hallas tinha feito. Bradley virou o boné. Um bilhete tinha sido colocado lá dentro, com letras tortas e inclinadas. Letra de criança.

PODE FICAR COM ESTE, EU TENHO OUTRO.

Ele ouviu uma gargalhada de criança, alta e animada. Olhou para o Caminho da Galinha, mas ainda estava vazio.

Virou o bilhete e viu outra coisa, um recado ainda mais curto.

VEJO VOCÊ EM BREVE.

Para Russ Dorr

Em *The Hair of Harold Roux*, provavelmente o melhor romance sobre escrita já publicado, Thomas Williams nos oferece uma metáfora impressionante, talvez até uma parábola, de como uma história nasce. Ele descreve uma planície sombria com uma pequena fogueira no meio. Uma a uma, pessoas saem do escuro para se aquecer. Cada uma delas leva um pouco de combustível, e a pequena fogueira acaba virando um fogaréu. Os personagens ficam ao redor dela, os rostos iluminados e cada um belo da própria maneira.

Uma noite, quando estava quase adormecendo, vi uma chama bem pequena, um lampião de querosene, na verdade, com um homem tentando ler um jornal à luz dele. Outros homens chegaram com seus lampiões, lançando mais luz em uma paisagem lúgubre que acabou se mostrando ser o Território de Dakota.

Tenho visões assim com frequência, embora não me sinta à vontade de admitir isso. Nem sempre conto as histórias que as acompanham; às vezes, o fogo se apaga. Esta tinha que ser contada, porque eu sabia exatamente o tipo de linguagem que queria usar: seca e lacônica, bem diferente do meu estilo habitual. Eu não fazia ideia de aonde esta história ia dar, mas tive total confiança de que a linguagem me levaria até lá. E levou.

UMA MORTE

Jim Trusdale tinha um barraco no lado oeste do rancho deteriorado do pai, e era lá que estava quando o xerife Barclay e meia dúzia de cidadãos com status de policial o encontraram, sentado em uma cadeira junto ao fogão frio, usando uma jaqueta de sarja poeirenta e lendo um exemplar antigo do *Black Hills Pioneer* à luz do lampião. Ou olhando para o jornal, pelo menos.

O xerife Barclay parou à porta, bloqueando a passagem. Estava segurando o próprio lampião.

— Venha aqui fora, Jim, e saia com as mãos para o alto. Não saquei minha arma nem quero ter que fazer isso.

Trusdale saiu. Ele ainda estava com o jornal em uma das mãos erguidas. Ficou ali, olhando para o xerife com os olhos cinzentos sem vida. O xerife o encarou de volta. Os outros também, quatro em cavalos e dois em uma velha charrete com FUNERÁRIA HINES escrito na lateral com letras amarelas meio apagadas.

— Você não perguntou por que estamos aqui — disse o xerife Barclay.

— Por que você está aqui, xerife?

— Onde está seu chapéu, Jim?

Trusdale colocou a mão que não estava segurando o jornal na cabeça, como se procurando o chapéu — um chapéu de caubói marrom —, que não estava ali.

— Está na sua casa? — perguntou o xerife. Uma brisa fria soprou, balançando a crina dos cavalos e achatando a grama em uma onda que ia para o sul.

— Não — respondeu Trusdale. — Acho que não.

— Então onde está?

— Eu posso ter perdido.

— Você precisa subir na charrete — disse o xerife.

— Não quero andar em uma charrete funerária — retrucou Trusdale. — Dá azar.

— Você está coberto de azar — disse um dos homens. — Está pintado em você todo. Entre.

Trusdale foi até a traseira da charrete e subiu. A brisa soprou mais forte, e ele levantou a gola do casaco.

Os dois homens no banco da charrete desceram e pararam dos dois lados. Um sacou a arma, o outro, não. Trusdale conhecia o rosto deles, mas não sabia os nomes. Eram homens da cidade. O xerife e os outros quatro entraram no barraco. Um deles era Hines, o coveiro. Eles ficaram um tempo lá dentro. Até abriram o fogão, que estava apagado apesar da noite fria, e remexeram nas cinzas. Depois de um tempo, saíram.

— Nada de chapéu — disse o xerife Barclay —, e nós teríamos visto. É um chapéu enorme. Tem alguma coisa a dizer sobre isso?

— É uma pena ter perdido. Meu pai me deu de presente quando ainda era bom da cabeça.

— Onde está, então?

— Já falei, devo ter perdido. Ou alguém roubou. É, talvez tenha sido isso. Eu ia dormir daqui a pouco.

— Esqueça essa história de ir dormir. Você foi à cidade esta tarde, não foi?

— Claro que foi — disse um dos homens, montando novamente no cavalo. — Eu mesmo vi. E estava usando o chapéu.

— Cale a boca, Dave — interrompeu o xerife Barclay. — Você esteve na cidade, Jim?

— Sim, senhor, estive — respondeu Trusdale.

— No Chuck-a-Luck?

— Sim, senhor. Fui caminhando até lá, tomei duas bebidas e voltei andando para casa. Deve ter sido no Chuck-a-Luck que perdi meu chapéu.

— Essa é a sua história?

Trusdale olhou para o céu negro de novembro.

— É a única história que eu tenho para contar.

— Olhe para mim, filho.

Trusdale olhou para ele.

— Essa é a sua história?

— Já falei, é a única que eu tenho — disse Trusdale, encarando o xerife. Barclay suspirou.

— Tudo bem, vamos para a cidade.

— Por quê?

— Porque você está preso.

— Não tem um pingo de cérebro na porra da cabeça — disse um dos homens. — Faz o papai dele parecer inteligente.

Eles voltaram para a cidade. Ficava a pouco mais de seis quilômetros de distância. Trusdale seguiu viagem na parte de trás da carroça funerária com a gola do casaco levantada. Sem se virar, o homem segurando as rédeas perguntou:

— Você a estuprou além de roubar o dinheiro, seu cachorro?

— Não sei do que você está falando — respondeu Trusdale.

O resto do trajeto se passou em silêncio, exceto pelo vento. Na cidade, as pessoas estavam nas ruas. No começo, ficaram em silêncio. Depois, uma velha de xale marrom mancou o mais rápido que conseguiu até a charrete funerária e cuspiu em Trusdale. Ela errou, mas recebeu uma onda de aplausos.

Na cadeia, o xerife Barclay ajudou Trusdale a descer da charrete. O vento estava forte agora, e com cheiro de neve. Bolas de feno rolavam pela rua principal na direção da caixa d'água, onde se empilhavam contra a cerca de madeira e ficavam batendo nela.

— Enforquem o assassino de bebês! — gritou um homem, e alguém jogou uma pedra. Passou entre a cabeça e o ombro direito de Trusdale e estalou no chão de tábuas.

O xerife Barclay se virou, levantou o lampião e observou a multidão que se reunira em frente ao prédio.

— Não façam isso — disse ele. — Não ajam como tolos. A situação está sob controle.

O xerife levou Trusdale através de sua sala, segurando-o pelo braço, até a cadeia. Havia duas celas. Barclay colocou Trusdale na da esquerda. Havia uma cama, um banquinho e um balde para urinar e defecar. Trusdale fez que ia se sentar no banco, mas Barclay disse:

— Não. Fique de pé.

O xerife olhou ao redor e viu o grupo que ajudou na prisão se amontoando na porta.

— Todos vocês, vão embora — ordenou ele.

— Otis — disse o que se chamava Dave —, e se ele atacar você?

— Aí vou dominá-lo. Agradeço por fazerem seu dever, mas agora vocês precisam ir embora.

Quando todos saíram, ele disse:

— Tire o casaco e entregue para mim.

Trusdale tirou o casaco e começou a tremer. Por baixo, usava uma camiseta e uma calça de veludo cotelê tão gasta que as riscas já tinham quase sumido e havia um buraco no joelho. O xerife Barclay revirou os bolsos do casaco e encontrou um pouco de tabaco enrolado em uma página do catálogo da J. W. Sears e um bilhete de loteria antigo prometendo pagamento em pesos. Tinha também uma bola de gude preta.

— É minha bola de gude da sorte — disse Trusdale. — Eu tenho desde que era garoto.

— Revire os bolsos da calça.

Trusdale revirou os bolsos. Ele tinha uma moeda de um centavo e três moedas de cinco, e um recorte de jornal dobrado sobre a corrida da prata de Nevada que parecia tão velho quanto o bilhete de loteria mexicano.

— Tire as botas.

Trusdale tirou as botas. Barclay as pegou e tateou dentro. Tinha um buraco na sola do tamanho de uma moeda de dez centavos.

— Agora, as meias.

Barclay as virou ao contrário e jogou de lado.

— Abaixe a calça.

— Não quero.

— Assim como eu não quero ver o que tem aí embaixo, mas abaixe mesmo assim.

Trusdale abaixou a calça. Não usava cueca.

— Vire-se e abra a bunda.

Trusdale se virou, segurou as nádegas e as afastou. O xerife Barclay fez uma careta, suspirou e enfiou o dedo no ânus de Trusdale. Trusdale grunhiu. Barclay tirou o dedo, fazendo outra careta com o estalo suave, e o limpou na camiseta de Trusdale.

— Onde está, Jim?

— Meu chapéu?

— Você acha que enfiei o dedo no seu cu procurando um chapéu? Ou nas cinzas do seu fogão? Você está bancando o espertinho?

Trusdale vestiu a calça e a abotoou. Em seguida, ficou tremendo, descalço. Pouco tempo antes, ele estava em casa, lendo o jornal e pensando em acender o fogão, mas agora isso parecia ter acontecido muito tempo antes.

— Seu chapéu está na minha sala.

— Então por que você perguntou onde estava?

— Para ver o que você ia dizer. A questão do chapéu está resolvida. O que quero saber mesmo é onde você botou o dólar de prata da garota. Não está na sua casa, nem nos seus bolsos, nem no seu cu. Você se sentiu culpado e jogou fora?

— Não sei de dólar de prata nenhum. Você pode devolver meu chapéu?

— Não. É uma prova. Jim Trusdale, você está sendo preso pelo assassinato de Rebecca Cline. Quer dizer alguma coisa em sua defesa?

— Sim, senhor. Eu não conheço nenhuma Rebecca Cline.

O xerife saiu da cela, fechou a porta, pegou uma chave na parede e a trancou. As trancas chiaram quando foram giradas. A cela costumava abrigar bêbados e raramente era trancada. Ele olhou para Trusdale e disse:

— Tenho pena de você, Jim. O inferno não é quente o bastante para um homem capaz de fazer uma coisa daquelas.

— O quê?

O xerife saiu andando sem responder.

Trusdale ficou na cela durante uma semana, comendo a gororoba do Melhor da Mamãe, dormindo no catre, cagando e mijando no balde, que era esvaziado a cada dois dias. O pai não foi vê-lo porque ficou ruim da cabeça quando fez oitenta anos, e agora, aos noventa, era cuidado por duas índias velhas, uma sioux e a outra dacota. Às vezes, eles ficavam na varanda da casa vazia e cantavam hinos em harmonia. Seu irmão estava em Nevada, atrás de prata.

Às vezes, crianças ficavam no beco em frente à cela, cantarolando *Carrasco, carrasco, venha logo*. Às vezes, homens iam até lá e ameaçavam cortar suas partes íntimas. Certa vez, a mãe de Rebecca Cline foi até o beco e disse que ela mesma o enforcaria se pudesse.

— Como pôde matar o meu bebê? — perguntou ela pela janela gradeada. — Ela só tinha dez anos, e era seu aniversário.

— Senhora — disse Trusdale, de pé no catre para poder olhar para o rosto branco virado para cima —, eu não matei seu bebê nem o de ninguém.

— Mentiroso imundo — disse ela antes de ir embora.

Quase toda a cidade foi ao enterro da criança. Os índios foram. Até as duas prostitutas que faziam ponto no Chuck-a-Luck foram. Trusdale ouviu a cantoria enquanto estava agachado no balde no canto da cela.

O xerife Barclay telegrafou uma mensagem para Fort Pierre, e o juiz itinerante acabou indo até lá. Ele era novo no serviço e jovem para o trabalho, um dândi com cabelo louro comprido caído nas costas como Wild Bill Hickok. Seu nome era Roger Mizell. Ele usava óculos pequenos e redondos, e tanto no Chuck-a-Luck quanto no Melhor da Mamãe se mostrou um homem com olho aguçado para as moças, apesar de usar aliança.

Não havia advogado na cidade para atuar na defesa de Trusdale, então Mizell chamou George Andrews, dono da venda, da estalagem e do Hotel Bom Descanso. Andrews fizera dois anos de faculdade de administração em Omaha. Ele disse que seria o advogado de defesa de Trusdale só se o sr. e a sra. Cline concordassem.

— Então vá perguntar a eles — disse Mizell. Ele estava na barbearia, inclinado na cadeira, fazendo a barba. — Não espere a grama crescer debaixo dos seus pés.

— Bem — disse o sr. Cline depois que Andrews falou por que tinha ido lá. — Tenho uma pergunta. Se ele não tiver quem o represente, ainda vão poder enforcá-lo?

— Não é assim que a justiça americana funciona — disse George Andrews. — E, apesar de ainda não fazermos parte dos Estados Unidos, vamos fazer em pouco tempo.

— Ele vai conseguir escapar dessa? — perguntou a sra. Cline.

— Não, senhora — disse Andrews. — Não vejo como.

— Então faça seu trabalho e que Deus o abençoe — disse a sra. Cline.

O julgamento durou uma manhã e metade de uma tarde de novembro. Aconteceu na prefeitura, e naquele dia caíram flocos de neve tão finos quanto renda. Nuvens cinzentas rolavam na direção da cidade e ameaçavam virar uma tempestade. Roger Mizell, que tinha se familiarizado com o caso, serviu de promotor de acusação além de juiz.

— É como um banqueiro pegando um empréstimo e depois pagando juros para si mesmo — disse um dos jurados durante o intervalo para o almoço no Melhor da Mamãe, e apesar de ninguém discordar dele, ninguém sugeriu que aquela era uma ideia ruim. De certa forma, era até econômico.

O promotor Mizell chamou seis testemunhas, e o juiz Mizell nunca protestou contra sua linha de interrogatório. O sr. Cline testemunhou primeiro, e o xerife Barclay, por último. A história que surgiu foi bem simples. Ao meio-dia, no dia do assassinato de Rebecca Cline, houve uma festa de aniversário com bolo e sorvete. Várias amigas de Rebecca foram. Por volta das duas horas, enquanto as garotinhas estavam brincando de prender o rabo no burro e de dança das cadeiras, Jim Trusdale entrou no Chuck-a-Luck e pediu uma dose de uísque. Ele estava usando o chapéu. Demorou a tomar a dose e, quando acabou, pediu outra.

Em algum momento ele tirou o chapéu? Pendurou em um dos ganchos perto da porta, talvez? Ninguém conseguia lembrar.

— Só que eu não me lembro de tê-lo visto sem o chapéu — disse Dale Gerard, o barman. — Ele e aquele chapéu eram inseparáveis. Se o tirou, deve ter colocado ao seu lado no balcão. Ele tomou sua segunda dose e foi embora.

— O chapéu estava no balcão quando ele saiu? — perguntou Mizell.

— Não, senhor.

— Estava em um dos ganchos quando você fechou o bar à noite?

— Não, senhor.

Por volta das três da tarde naquele dia, Rebecca Cline saiu de casa no lado sul da cidade para ir ao boticário na rua principal. A mãe disse que ela podia comprar algumas balas com o dólar de aniversário, mas não comer, porque já tinha comido doces demais por um dia. Quando deu cinco da tarde e ela ainda não tinha voltado para casa, o sr. Cline e outros homens foram procurá-la. Eles a encontraram na travessa Barker, entre o armazém de carruagens e o hotel Bom Descanso. Ela foi estrangulada. O dólar de prata tinha desaparecido. Só quando o sofrido pai a tomou nos braços que os homens viram o chapéu de couro de aba larga de Trusdale. Estava escondido sob a saia do vestido de festa da menina.

Durante o intervalo de almoço do juiz, ouviram-se marteladas vindas de trás do armazém de carruagens, a menos de noventa passos da cena do crime. Era a forca sendo construída. O trabalho foi supervisionado pelo melhor carpinteiro da cidade, que, de forma bem apropriada, se chamava sr. John House. Estava nevando forte, e a estrada até Fort Pierre estaria intransponível, talvez por uma semana, talvez por todo o inverno. Não valia a pena jogar Trusdale na prisão local até a primavera. Não havia economia nisso.

— Não há nenhum mistério na construção de uma forca — disse House para quem foi olhar. — Uma criança seria capaz de construir uma.

Ele explicou como uma viga operada por uma alavanca passaria por baixo de um alçapão e que tudo estaria lubrificado para que não houvesse atrasos de último minuto.

— Se você tem que fazer uma coisa assim, tem que fazer direito na primeira vez — concluiu House.

De tarde, George Andrews colocou Trusdale para depor. Isso gerou alguns cochichos entre os espectadores, que o juiz Mizell silenciou com uso do martelo, prometendo esvaziar o tribunal se as pessoas não se comportassem.

— Você entrou no Chuck-a-Luck Saloon no dia em questão? — perguntou Andrews quando a ordem foi restabelecida.

— Acho que sim — disse Trusdale. — Senão eu não estaria aqui.

Houve algumas gargalhadas por causa disso, que Mizell também sufocou com pancadas do martelo, apesar de estar sorrindo e de não fazer nenhuma outra reprimenda.

— Você pediu duas bebidas?

— Sim, senhor, pedi. Eu só tinha dinheiro para duas.

— Mas conseguiu logo outro dólar, não foi, seu cachorro? — gritou Abel Hines.

Mizell apontou o martelo primeiro para Hines, depois para o xerife Barclay, sentado na primeira fileira.

— Xerife, acompanhe aquele homem para fora e o acuse de conduta desrespeitosa, por favor.

Barclay levou Hines para fora, mas não o acusou de conduta desrespeitosa. Só perguntou o que deu nele.

— Desculpe, Otis — disse Hines. — É que fiquei olhando para ele sentado lá, com aquela cara de pau.

— Vá até o fim da rua e veja se John House precisa de ajuda — disse Barclay. — Só volte quando essa confusão acabar.

— Ele tem toda a ajuda de que precisa, e está nevando muito agora.

— Você não vai sair voando. Vá logo.

Enquanto isso, Trusdale continuou a depor. Não, ele não saiu do Chuck-a-Luck com o chapéu, mas só percebeu quando chegou em casa. Àquela altura, estava cansado demais para andar de volta o caminho todo até a cidade só para procurá-lo. Além do mais, estava escuro.

Mizell interrompeu.

— Você está pedindo para esta corte acreditar que você andou seis quilômetros e meio sem perceber que não estava com o maldito chapéu?

— Acho que, como eu uso o tempo todo, achei que devia estar ali — disse Trusdale.

Isso gerou mais gargalhadas.

Barclay entrou novamente e tomou seu lugar ao lado de Dave Fisher.

— Do que estão rindo?

— O imbecil não precisa de carrasco — respondeu Fisher. — Está amarrando o nó sozinho. Acho que não devia ser engraçado, mas é cômico mesmo assim.

— Você encontrou Rebecca Cline na travessa? — perguntou George Andrew em voz alta. Com todos os olhos nele, descobriu um gosto desconhecido até o momento para o drama. — Você a encontrou e roubou o dólar de aniversário dela?

— Não, senhor — disse Trusdale.

— Você a matou?

— Não, senhor. Eu nem sabia quem ela era.

O sr. Cline se levantou da cadeira e gritou:

— Seu filho da puta mentiroso!

— Eu não estou mentindo — disse Trusdale, e foi nessa hora que o xerife Barclay acreditou nele.

— Não tenho mais perguntas — disse George Andrews, e voltou para sua cadeira.

Trusdale começou a se levantar, mas Mizell disse para ele ficar sentado e responder mais algumas perguntas.

— Você continua a afirmar que alguém roubou seu chapéu quando você estava bebendo no Chuck-a-Luck, colocou o chapéu na cabeça e entrou na travessa, matou Rebecca Cline e o deixou lá para incriminar você?

Trusdale ficou em silêncio.

— Responda à pergunta, sr. Trusdale.

— Senhor, não sei o que quer dizer incriminar.

— Você espera que nós acreditemos que alguém criou uma armadilha para você ser culpado desse assassinato hediondo?

Trusdale pensou enquanto retorcia as mãos. Finalmente, falou:

— Pode ser que alguém tenha pegado por engano e depois jogou fora.

Mizell olhou para a plateia absorta.

— Alguém aqui pegou o chapéu do sr. Trusdale por engano?

O silêncio imperou, exceto pelo vento. Estava aumentando. A neve não era mais feita de flocos. A primeira grande tempestade do inverno tinha chegado. Era o que o povo da cidade chamava de Inverno do Lobo, porque os lobos desciam das Colinas Negras em matilhas para remexer o lixo.

— Não tenho mais perguntas — disse Mizell —, e, por causa do tempo, vamos descartar as declarações finais. O júri vai se recolher para avaliar o veredito. Vocês têm três escolhas, cavalheiros: inocente, homicídio culposo e assassinato em primeiro grau.

— Está mais para infanticídio — comentou alguém.

O xerife Barclay e Dave Fisher foram para o Chuck-a-Luck. Abel Hines se juntou a eles, tirando neve dos ombros do casaco. Dale Gerard serviu canecas de cerveja por conta da casa.

— Mizell podia não ter mais perguntas — disse Barclay —, mas eu tenho uma. O chapéu não importa, se Trusdale a matou, por que não encontramos o dólar de prata?

— Porque ele ficou com medo e jogou fora — respondeu Hines.

— Não acredito. Ele é burro demais. Se estivesse com aquele dólar, teria voltado ao Chuck-a-Luck para gastar em bebida.

— O que você está dizendo? — perguntou Dave. — Acha que ele é inocente?

— Estou dizendo que eu queria ter encontrado aquela moeda.

— Talvez tenha caído por um buraco no bolso.

— Ele não tinha buracos no bolso — retrucou Barclay. — Só na bota, e não era grande o bastante para um dólar passar.

Ele bebeu mais cerveja. O vento soprou, e bolas de feno rolaram pela rua principal, parecendo cérebros fantasmagóricos na neve.

O júri demorou uma hora e meia para se decidir.

— Nós votamos a favor do enforcamento de primeira — disse Kelton Fisher mais tarde —, mas queríamos que a espera fosse decente.

Mizell perguntou a Trusdale se ele tinha alguma coisa a dizer antes que a sentença fosse anunciada.

— Não consigo pensar em nada — respondeu Trusdale. — Só sei que não matei aquela garota.

A tempestade soprou por três dias. John House perguntou a Barclay quanto ele achava que Trusdale pesava, e Barclay falou que achava que o homem deveria ter menos de setenta quilos. House fez um boneco de sacos de aniagem e encheu de pedras, e foi pesando na balança da estalagem até o ponteiro se aproximar do setenta. Em seguida, pendurou o boneco enquanto metade da cidade assistia, em meio à neve. O teste correu bem.

Na noite anterior à execução, o tempo ficou limpo. O xerife Barclay disse para Trusdale que ele podia ter o que quisesse de jantar. Trusdale pediu bife com ovos e batata frita encharcada de molho. Barclay pagou do próprio bolso e ficou sentado à mesa limpando as unhas, ouvindo o barulho constante da faca e do garfo no prato de porcelana. Quando parou, ele entrou. Trusdale estava sentado no catre. O prato estava tão limpo que Barclay achou que ele tinha lambido os restinhos de molho, como um cachorro. Ele estava chorando.

— Lembrei uma coisa — disse Trusdale.

— O que foi, Jim?

— Se me enforcarem amanhã de manhã, vou para o túmulo com bife e ovos ainda na barriga. Não vai dar tempo de sair.

Por um momento, Barclay não disse nada. Estava horrorizado não pela imagem, mas sim porque Trusdale pensou nisso. Em seguida, disse:

— Limpe a cara.

Trusdale limpou.

— Agora, me escute, Jim, porque esta é sua última chance. Você esteve naquele bar no meio da tarde. Não tinha muita gente lá. Não é mesmo?

— É, acho que sim.

— Então, quem pegou seu chapéu? Feche os olhos. Pense bem. Visualize.

Trusdale fechou as pálpebras. Barclay esperou. Por fim, Trusdale abriu os olhos, que estavam vermelhos de tanto chorar.

— Eu não consigo nem lembrar se estava usando.

Barclay suspirou.

— Me dê o prato, e cuidado com a faca.

Trusdale entregou o prato por entre as grades com a faca e o garfo em cima e disse que queria poder tomar cerveja. Barclay pensou, depois colocou o casaco pesado e o chapéu e andou até o Chuck-a-Luck, onde comprou uma jarra pequena de cerveja com Dale Gerard. O coveiro Hines estava terminando uma taça de vinho. Ele saiu atrás de Barclay no vento e no frio.

— Amanhã vai ser um dia e tanto — disse Barclay. — Ninguém é enforcado aqui há dez anos, e com sorte ninguém vai precisar ser nos próximos dez. Aí, já vou ter me aposentado. Queria já estar aposentado agora.

Hines o encarou.

— Você acha mesmo que ele não matou a menina.

— Se não matou — disse Barclay —, quem matou ainda está por aí.

O enforcamento era às nove horas da manhã seguinte. O dia estava frio e com vento, mas boa parte da cidade apareceu para olhar. O pastor Ray Rowles estava no cadafalso ao lado de John House. Os dois estavam tremendo apesar dos casacos e cachecóis. As páginas da Bíblia do pastor Rowles eram sacudidas pela ventania. No cinto de Tucker, também sendo sacudido, havia um capuz de sarja tingido de preto.

Barclay levou Trusdale, com as mãos algemadas às costas, até a forca. Trusdale estava bem até chegar aos degraus, e então começou a se agitar e a chorar.

— Não façam isso — implorou ele. — Por favor, não façam isso comigo. Não me machuquem. Não me matem.

Ele era forte para um homem pequeno, e Barclay fez sinal para Dave Fisher se aproximar e ajudar. Juntos, eles levaram Trusdale, se contorcendo e se debatendo e empurrando, pelos doze degraus de madeira. Em uma das vezes, ele se debateu com tanta força que os três quase tropeçaram nos degraus, e braços na plateia se esticaram para segurá-los se caíssem.

— Pare com isso e morra como homem! — gritou alguém.

Ao chegarem à plataforma, Trusdale ficou momentaneamente quieto, mas, quando o pastor Rowles começou a recitar o Salmo 51, ele começou a gritar. "Como uma mulher com a teta presa em um espremedor", disse alguém mais tarde no Chuck-a-Luck.

162

— Tem misericórdia de mim, ó Deus, por Teu amor — leu Rowles, erguendo a voz para ser ouvido acima dos gritos do condenado pedindo para ser solto. — Por Tua grande compaixão, apaga as minhas transgressões.

Quando Trusdale viu House tirar o capuz preto do cinto, começou a ofegar como um cachorro. Ele balançou a cabeça de um lado para outro, tentando fugir do capuz. Seu cabelo voou. House acompanhou cada sacolejo com paciência, como um homem tentando selar um cavalo arredio.

— Me deixem olhar para as montanhas! — gritou Trusdale. Havia catarro escorrendo das narinas. — Vou me comportar se vocês me deixarem olhar para as montanhas mais uma vez!

Mas House só enfiou o capuz na cabeça de Trusdale e o puxou até os ombros trêmulos do homem. O pastor Rowles estava falando sem parar, e Trusdale tentou sair de cima do alçapão. Barclay e Dave Fisher o empurraram de volta. Lá embaixo, alguém gritou:

— Cavalgue, caubói!

— Diga amém — pediu Barclay para o pastor Rowles. — Por Cristo, diga logo amém.

— Amém — disse o pastor Rowles, e deu um passo para trás, fechando a Bíblia com um estalo.

Barclay fez sinal de positivo. House puxou a alavanca. A viga lubrificada se retraiu, e o alçapão se abriu. Trusdale caiu. Houve um estalo quando o pescoço dele quebrou. As pernas foram parar quase no queixo, depois caíram, inertes. Gotas amarelas mancharam a neve sob os pés dele.

— Pronto, seu filho da mãe! — gritou o pai de Rebecca Cline. — Morreu mijando como um cachorro em um hidrante. Bem-vindo ao inferno.

Algumas pessoas aplaudiram.

Os espectadores ficaram até o cadáver de Trusdale, ainda com o capuz preto, ser colocado na mesma charrete na qual ele foi para a cidade. Depois, se dispersaram.

Barclay voltou para a cadeia e se sentou na sela que Trusdale ocupou. Ficou lá por dez minutos. Estava frio o bastante para a respiração condensar. Ele sabia o que estava esperando, e acabou vindo. Pegou a pequena jarra onde estivera a última cerveja de Trusdale e vomitou. Em seguida, foi para sua sala e botou lenha no fogão.

Oito horas depois, ele ainda estava lá, tentando ler um livro. Quando Abel Hines entrou, ele disse:

— Você tem que vir até a funerária, Otis. Tem uma coisa que quero mostrar.

— O quê?

— Não. Você precisar ver para acreditar.

Eles andaram até a Funerária e Necrotério Hines. Na sala dos fundos, Trusdale estava nu em uma mesa fria. O cheiro era uma mistura de produtos químicos e merda.

— Eles cagam na calça quando morrem enforcados — disse Hines. — Até os que morrem de cabeça erguida. Não dá para evitar. O esfíncter solta.

— E?

— Venha até aqui. Acho que um homem na sua função já viu coisa pior do que uma cueca cagada.

Estava no chão, quase virada do avesso. Uma coisa brilhava em meio à sujeira. Barclay chegou mais perto e viu que era um dólar de prata. Ele esticou a mão e o tirou do meio da merda.

— Não entendo como aconteceu — disse Hines. — O filho da puta ficou preso quase um mês.

Havia uma cadeira no canto. Barclay se sentou nela tão pesadamente que fez um ruído abafado.

— Ele deve ter engolido quando viu nossos lampiões chegando. E, cada vez que saía, ele limpava e engolia de novo.

Os dois homens se encararam.

— Você acreditou nele — disse Hines, por fim.

— Sim, como um tolo eu acreditei.

— Talvez isso diga mais sobre você do que sobre ele.

— Ele ficou dizendo que era inocente até o fim. Provavelmente vai dizer a mesma coisa na frente do trono de Deus.

— Sim — concordou Hines.

— Não entendo. Ele ia ser enforcado. De qualquer modo, ia ser enforcado. Você entende?

— Não entendo nem por que o sol nasce. O que você vai fazer com a moeda? Devolver para a mãe e o pai da garota? Talvez seja melhor não fazer isso, porque, você sabe...

Hines deu de ombros.

Porque os Clines sabiam o tempo todo. Todo mundo na cidade sabia o tempo todo. Ele foi o único que não sabia. Um grande tolo.

— Não sei o que vou fazer com a moeda — disse o xerife.

O vento soprou, trazendo o som de cantoria. Vinha da igreja. Eram os hinos de louvor.

Pensando em Elmore Leonard

Eu escrevo poesia desde os doze anos, quando me apaixonei pela primeira vez (no sétimo ano). Desde então, escrevi centenas de poemas, normalmente rabiscados em pedaços de papel ou em cadernos meio usados, e publiquei menos de seis. A maioria está guardada em várias gavetas, só Deus sabe onde. Eu não sei. Existe um motivo para isso: não sou um bom poeta. Não estou me menosprezando, só falando a verdade. Quando *consigo* escrever algo de que goste, normalmente é sem querer.

A razão para incluir este trabalho aqui é que ele (como o outro poema nesta antologia) é narrativo, não lírico. A primeira versão, há muito perdida, como o rascunho da história que se tornou "Milha 81", foi escrita na faculdade, e teve muita influência dos monólogos dramáticos de Robert Browning, mais precisamente de "Minha última duquesa". (Outro poema de Browning, "Childe Roland à Torre Negra chegou", se tornou a base de uma série de livros que muitos dos meus Leitores Fiéis conhecem bem.) Se você leu Browning, talvez ouça a voz dele em vez da minha. Se não leu, tudo bem; é basicamente uma história, como qualquer outra, o que significa que é para ser apreciada em vez de desconstruída.

Meu amigo Jimmy Smith leu a primeira versão perdida na Hora da Poesia da Universidade do Maine em uma tarde de terça-feira de 1968 ou 1969, e o poema foi bem recebido. Por que não? Ele se dedicou e declamou com entusiasmo. E as pessoas gostam de boas histórias, quer sejam em versos ou em parágrafos. E essa era ótima, principalmente considerando o formato, que me permitiu abrir mão de toda apresentação prosaica. No outono de 2008, voltei a pensar na declamação de Jimmy, e como eu estava na pausa entre projetos, decidi tentar recriar o poema. Este é o resultado. Quanto se assemelha ao original, não sou capaz de dizer.

Jimmy, espero que você esteja por aí em algum lugar e leia isto. Você arrasou naquele dia.

A IGREJA DE OSSOS

Se quiser ouvir, pague outra bebida.
(Ah, isso é uma bosta, mas não importa; o que não é?)
Éramos 32 quando fomos para aquele inferno verde.
Trinta dias no verde, e só três chegaram ao fim.
Três atravessaram o verde, três chegaram ao topo,
Manning e Revois e eu. E o que aquele livro diz?
O famoso? "Eu fui o único que escapou para contar."
Vou morrer de bebida na cama, como muitos filhos da puta obcecados fazem.

Se eu lamento a morte de Manning? Nada! Foi o dinheiro dele
que nos botou lá, a vontade dele que nos motivou, morte por morte.
Mas *ele* morreu na cama? Não ele! Eu cuidei disso!
Agora, ele reza naquela igreja de ossos para sempre. A vida é grandiosa!
(Que merda é essa? Mesmo assim, pague outra, ande. Pague duas!
Eu falo em troca de uísque; se você quiser
que eu cale a boca, compre champanhe.
Falar é barato, o silêncio é precioso, meu querido.
Onde eu estava?)

Vinte e nove mortos no trajeto, um deles uma mulher.
Peitinhos lindos ela tinha, e uma bunda estilo sela inglesa!
Nós a encontramos caída com a cara no chão certa manhã,
tão morta quanto o fogo em que se deitou,
uma gata feita de cinzas, defumada nas bochechas e na garganta.
Nunca queimada; aquele fogo devia estar frio quando tombou.
Ela falou a viagem toda e morreu sem emitir som;

o que é melhor do que ser humano? Não acha?
Não? Ora bolas, foda-se você e a sua mãe também;
se ela tivesse duas, seria a porra de um rei.

Antropóloga, arr, foi o que ela disse. Não parecia
antropóloga nenhuma quando a tiramos das
cinzas com as bochechas chamuscadas e o branco dos olhos
cinzentos de fuligem. Sem nenhuma outra marca fora isso.
Dorrance disse que podia ter sido derrame,
e ele era o mais próximo que tínhamos de um médico,
aquele filho da puta fajuto. Pelo amor de Deus, tragam uísque,
pois a vida se arrasta sem um gole!

O verde foi acabando com eles dia a dia. Carson morreu com um graveto
na bota. O pé inchou todo, e quando cortamos
o couro, os dedos estavam pretos
como a tinta de lula que corria no coração de Manning.
Reston e Polgoy foram picados por aranhas
do tamanho da sua mão fechada; Ackerman por uma cobra que caiu
de uma árvore, onde estava, feito a estola de pele de uma moça,
enrolada num galho. Mordeu e injetou veneno no nariz de Ackerman.
Quão forte foi a convulsão, você pergunta? Que tal isto:
ele arrancou o próprio nariz! Sim! Arrancou
como se fosse um pêssego podre em um galho e morreu
cuspindo a própria cara podre! Que vida maldita, eu digo,
se você não pode rir dela, é melhor rir assim mesmo.
É nisso que eu penso e continuo pensando até hoje;
o mundo não é triste, a não ser que você seja são.
Onde eu estava mesmo?

Javier caiu de uma ponte feita de tábuas, e quando nós
o puxamos, ele não conseguia respirar, então
Dorrance tentou fazer boca a boca nele
e sugou da garganta uma sanguessuga do tamanho de
um tomate. Se soltou como a rolha de

uma garrafa e se abriu no meio deles; borrifou os dois com o clarete
que corre nas nossas veias (pois somos todos alcoólatras assim, se é que
[você me entende),
e quando o espanhol morreu delirando, Manning disse
que as sanguessugas chegaram ao cérebro dele. Já eu não tenho opinião
[sobre isso.
Só sei que os olhos de Javy não ficavam fechados, mas sim
saltando e encolhendo mesmo depois de ele estar frio havia uma hora.
Alguma coisa faminta ali dentro, de verdade, arr, tinha, sim!
E o tempo todo as araras gritavam com os macacos,
e os macacos gritavam com as araras, e ambos
gritavam para o céu azul que não conseguiam ver,
pois era bloqueado pelo maldito verde.
Isso é uísque ou diarreia no copo?
Tinha um daqueles sugadores na calça de Frenchie…
Eu contei? Você já sabe o que esse comeu, não é?

O próprio Dorrance foi o seguinte; nós estávamos
escalando àquela altura, mas ainda na selva. Ele caiu
em um precipício e conseguimos ouvir o estalo. Quebrou o pescoço,
vinte e seis anos de idade, noivo prestes a casar, caso encerrado.
Arr, a vida não é incrível? A vida é uma sanguessuga na garganta;
a vida é o precipício onde todos caímos; é uma sopa,
e nós somos os legumes. Não estou filosófico?
Deixa pra lá. É tarde demais para contar os mortos,
e eu estou bêbado demais. No final, chegamos lá.
Só digo isso.

Escalamos até o alto para sair daquele
verde escaldante depois que enterramos Rostoy, Timmons,
o texano — esqueci o nome dele —, Dorrance
e mais dois outros. No final, a maioria se foi
devido a uma febre que fervia a pele e a deixava verde.
No final, só ficamos Manning e Revois e eu.
Nós também pegamos a febre, mas a matamos antes de ela nos matar.

Só que eu nunca fiquei bom. Agora, o uísque é
meu quinino, o que tomo para os tremores, então compre
outro antes que eu esqueça os bons modos
e corte a porra da sua garganta. Posso até
beber o que sair dela, então seja sábio, filho,
e vá logo buscar mais, caramba.

Teve uma estrada aonde chegamos, até Manning concordou,
e era larga o bastante para elefantes se os caçadores de marfim
não tivessem devastado as selvas e planícies de cima a baixo
na época em que a gasolina ainda custava cinco centavos.
Ela subia, a estrada, e nós subimos com ela em plataformas inclinadas
de pedra um milhão de anos arrancadas da Mãe Terra,
pulando de uma para outra como sapos no sol, Revois
ainda ardendo de febre, e eu — ah, eu me sentia tão leve!
Como gaze branca ao vento, sabe?
Eu vi tudo. Minha mente estava clara feito água limpa,
pois eu era tão jovem na época quanto sou horrendo agora — sim, eu vejo
como você me olha, mas não precisa franzir a testa, pois
é seu próprio futuro que você vê deste lado da mesa.
Nós subimos acima dos pássaros e ali estava o fim,
uma língua de pedra esticada para o céu.

Manning saiu correndo, e nós fomos atrás, Revois
trotando meio hesitante, doente como estava.
(Mas não ficou doente por muito tempo — ahá!)
Nós olhamos para baixo e vimos o que vimos.
Manning primeiro ficou vermelho com o que viu, e por que não?
Pois ganância também é uma febre.
Ele me segurou pelo trapo que antes foi minha camisa
e perguntou se estava sonhando. Quando falei que estava vendo
o que ele estava vendo, ele se virou para Revois.
Mas antes que Revois pudesse dizer sim ou não, nós ouvimos um trovão
vindo do telhado verde que deixamos para trás,
como uma tempestade virada de cabeça para baixo. Ou

como se toda a terra tivesse pegado a febre que nos perseguia
e estivesse doente nas entranhas. Perguntei a Manning o que ele ouviu,
e Manning não respondeu. Estava hipnotizado por
aquela fenda, olhando para trezentos metros de ar antigo
na igreja abaixo: um milhão de anos de ossos e presas,
um sepulcro branco de eternidade, um lixão de garras
como você veria se o inferno secasse até só sobrarem os restos no fundo
[do caldeirão.

Qualquer um esperaria ver corpos empalados nos
chifres antigos daquela tumba ensolarada. Não havia nenhum,
mas o trovão vinha rolando do chão
em vez de vir do céu. As pedras tremeram
sob nossos pés quando *eles* saíram do verde
que levou tantos de nós — Rostoy com a gaita,
Dorrance que cantava junto, a antropóloga
com a bunda de sela inglesa, e vinte e seis outros.
Eles chegaram, aqueles fantasmas esqueléticos, e sacudiram as folhas
dos pés, e vieram em uma onda trêmula: elefantes
desembestados do berço verde do tempo.
Maiores que eles (acredite se quiser)
havia mamutes da era morta, quando o homem
não existia, com as presas em rolhas e os olhos
vermelhos como os chicotes das lamentações;
envoltas nas pernas enrugadas estavam trepadeiras da selva.
Um apareceu — sim! — com uma flor presa
em uma dobra no peito como um broche!

Revois gritou e tampou os olhos.
Manning disse: "Isso não está acontecendo." (Ele falou
como se estivesse se explicando pra porra de um policial de trânsito.)
Eu os puxei para o lado, e nós três cambaleamos
por uma boceta de pedra perto da beirada. De lá,
nós os vimos passar: uma maré na cara da realidade
que fazia você desejar a cegueira e agradecer pela visão.

Eles passaram por nós sem nunca diminuir a velocidade,
os de trás empurrando os da frente,
e assim eles foram, em direção ao suicídio,
caindo nos ossos do esquecimento mais de um quilômetro abaixo.
Horas se passaram, aquela convenção infinita de morte despencada;
trompetes o caminho todo, toda uma orquestra de metais,
diminuindo aos poucos. A poeira e o cheiro da merda deles
quase nos sufocaram, e no final Revois ficou maluco.
Levantou-se, se para fugir ou se juntar a eles
eu nunca soube, mas se juntou a eles,
de cabeça, com as botas viradas para o céu e
todas as cabeças de prego cintilando.
Um braço acenou. O outro… um daqueles pés chatos gigantescos
arrancou aquele braço, e o braço seguiu atrás, dedos
acenando: "Tchau!" e "Tchau!" e "Adeus, rapazes!"
Har!

Eu me inclinei para vê-lo ir, e foi inesquecível
ele se pulverizando em giros que perduraram no ar
quando se foi, depois ficou rosa e saiu flutuando
em uma brisa com cheiro de cravos podres.
Os ossos dele estão com os outros agora, e onde está minha bebida?
Mas — preste atenção, idiota! — os únicos ossos novos eram os dele.
Entendeu o que eu falei? Então ouça, caramba:
Dele, mas não dos outros.
Não havia nada lá depois que os últimos gigantes passaram,
exceto pela igreja de ossos, que continuou como estava,
agora com uma mancha vermelha, que era Revois.
Pois aquilo foi uma debandada de fantasmas ou lembranças,
e quem pode dizer que não é a mesma coisa? Manning se levantou e,
tremendo, disse que tínhamos feito fortuna (como se ele já não tivesse uma).
"E o que a gente acabou de ver?", eu perguntei.
"Você traria outros para um lugar tão sagrado?
Quer dizer, quando você perceber, o próprio papa vai estar
mijando sua água benta lá embaixo!" Mas Manning

só balançou a cabeça e sorriu e levantou as mãos
sem nada de poeira — embora nem um minuto
tivesse se passado desde que estávamos sufocando
e cobertos da cabeça aos pés por poeira.

Ele disse que foi uma alucinação
que vimos, provocada pela febre e pela água suja.
Disse de novo que nossas fortunas estavam garantidas e riu.
O filho da mãe, aquela gargalhada foi o fim dele.
Eu vi que ele estava louco — ou eu estava — e que um de nós
teria que morrer. Você sabe qual dos dois foi,
porque estou sentado aqui na sua frente, bêbado e com cabelo que antes
era preto caindo nos olhos.

Ele disse: "Você não vê, seu tolo…".
E não disse mais nada, pois o resto foi só um grito.
Foda-se ele!
E foda-se você e sua cara sorridente!

Não lembro como voltei; é um
sonho verde com caras marrons no meio,
depois um sonho azul com caras brancas no meio,
e agora eu acordo à noite nesta cidade,
onde nenhum homem em dez sonha com o que
a vida lhes reserva — pois os olhos que eles
usam para sonhar estão fechados, como os de Manning
estavam, até o fim, quando nem todas as contas bancárias no inferno
ou na Suíça (talvez sejam as mesmas) poderiam salvá-lo.
Eu acordo com o fígado gritando, e no escuro
ouço o trovão daqueles fantasmas enormes surgindo
do verde como uma tempestade deflagrada para atormentar a terra,
e sinto o cheiro de poeira e merda, e quando a manada
cai no vazio do seu fim, eu vejo
o balanço antigo das orelhas e as curvas das
presas; vejo os olhos e os olhos e os olhos.
A vida é muito mais do que isso; tem mapas dentro dos seus mapas.

Ainda está lá, a igreja de ossos, e eu gostaria
de voltar e encontrá-la de novo, para poder me jogar
lá e acabar com essa comédia ridícula. Agora vire
essa cara de cordeiro antes que eu vire para você.
Arr, a realidade é um lugar sujo sem religião nenhuma.
Então me pague outra bebida, caramba!
Vamos brindar a elefantes que nunca existiram.

Para Jimmy Smith

A moralidade é um conceito elusivo. Se eu não sabia disso quando era garoto, descobri na faculdade. Estudei na Universidade do Maine com uma estrutura financeira improvisada de pequenas bolsas de estudo, empréstimos do governo e empregos de verão. Durante o ano letivo, eu lavava pratos no refeitório. O dinheiro nunca durava muito. Minha mãe, solteira, que trabalhava em uma instituição mental chamada Pineland Training Center como zeladora-chefe, me mandava doze dólares por semana, o que ajudava um pouco. Depois que mamãe morreu, descobri por uma de suas irmãs que ela conseguia me mandar esse dinheiro abrindo mão da ida mensal ao salão de beleza e economizando nas compras. Ela também ficava sem almoçar todas as terças e quintas.

Quando me mudei para fora do campus e para longe do refeitório, eu às vezes incrementava minha dieta furtando bifes ou pacotes de hambúrguer no supermercado local. Tinha que ser nas sextas-feiras, quando a loja estava movimentada. Uma vez, tentei furtar um frango, mas era grande demais para caber embaixo do casaco.

Um boato de que eu escrevia trabalhos acadêmicos para alunos que estivessem enrolados se espalhou. Eu tinha uma lista de preços para esse serviço. Se o aluno tirasse A, cobrava vinte dólares. Eu recebia dez dólares por um B. Nota C era um empate, então não havia movimentação de dinheiro. Se a nota fosse D ou F, eu garantia ao meu cliente que pagaria vinte dólares a ele. Eu cuidava para nunca precisar pagar, pois não tinha dinheiro. E eu era malandro. (Fico constrangido de dizer isso, mas é a verdade.) Eu não aceitava um projeto se o estudante em apuros não pudesse me mostrar pelo menos um trabalho que *tivesse* escrito, para poder copiar o estilo. Não precisei fazer muito isso, graças a Deus, mas, quando precisava, quando estava duro e não conseguia viver sem um hambúrguer com batata frita do Bear's Den em Memorial Union, eu fazia.

Quando estava no terceiro ano, descobri que tinha um tipo sanguíneo relativamente raro, A-, o mesmo de aproximadamente seis por cento da população. Havia uma clínica em Bangor que pagava vinte e cinco dólares por meio litro de A-. Achei um ótimo negócio. A cada dois meses, mais ou menos, eu dirigia meu calhambeque pela Route 2 de Orono (ou pedia carona quando estava sem grana, uma ocorrência frequente) e enrolava a manga da camisa. Havia bem menos papelada naqueles anos pré-aids, e quando seu meio litro estava no saco, você podia escolher um copo de suco de laranja ou uma dose de uísque. Sendo um alcoólatra em treinamento desde aquela época, eu sempre escolhia o uísque.

Um dia, voltando para a faculdade depois de vender meu sangue, me ocorreu que, se prostituição é se vender por dinheiro, então eu era um prostituto. Escrever ensaios de inglês e trabalhos de fim de período de sociologia também era uma forma de prostituição. Eu fui criado como metodista tradicional, tinha uma noção precisa de certo e errado, mas a verdade estava clara: eu tinha me tornado um prostituto, só que vendia meu sangue e meu talento para a escrita em vez da bunda.

Essa percepção gerou questões de moralidade que ainda me incomodam atualmente. É um conceito bem elástico, não é? Peculiarmente deformável. Mas, quando se estica demais uma coisa, ela rasga. Hoje em dia, doo sangue em vez de vender, mas pensei na época e ainda me parece verdade agora: sob as circunstâncias certas, uma pessoa pode vender qualquer coisa.

E viver com a culpa.

MORALIDADE

I

Chad soube que tinha alguma coisa acontecendo assim que entrou. Nora já estava em casa. O horário dela era de onze às cinco da tarde, seis dias por semana. Normalmente, ele chegava da escola às quatro e estava com o jantar encaminhado quando ela chegava em casa, às seis.

Nora estava sentada na escadaria da saída de incêndio, aonde ele ia para fumar, e segurava uns papéis. Ele olhou para a geladeira e viu que o e-mail impresso tinha sumido de debaixo do ímã que o estava mantendo ali havia quase quatro meses.

— Oi — disse ela. — Vem cá. — Ela fez uma pausa. — Pode trazer seu cigarro, se quiser.

Chad tinha reduzido para um maço por semana, mas isso não fazia com que ela gostasse do hábito dele. A questão da saúde era parte do problema, mas o gasto era a parte que pesava mais. Cada cigarro eram quarenta centavos que viravam fumaça.

Ele não gostava de fumar perto dela, mesmo do lado de fora do apartamento, mas pegou o maço atual na gaveta embaixo do escorredor de pratos e colocou no bolso. Tinha algo de solene no rosto dela, que sugeria que ele talvez fosse querer fumar.

Ele saiu pela janela e se sentou ao lado dela. Nora tinha trocado de roupa e colocado uma calça jeans e uma das blusas velhas, então estava em casa havia um tempo. A situação estava cada vez mais estranha.

Olharam para o pedacinho deles da cidade por um tempo, sem falar nada. Ele a beijou, e ela sorriu de uma forma ausente. Nora estava com o e-mail do agente; também estava com a pasta que tinha O VERMELHO E O

NEGRO escrito com letras maiúsculas. Uma piadinha dele, mas não muito engraçada. A pasta guardava os documentos financeiros deles: extratos de banco e do cartão de crédito, contas, seguros, e a linha de baixo era vermelha, não preta. Era uma história comum nos Estados Unidos atualmente, ele supunha. Não havia o bastante. Dois anos antes, eles falaram em ter um filho. Não tocavam mais no assunto. Só falavam em se livrar das dívidas e talvez juntar o bastante para sair da cidade sem credores nos calcanhares. Talvez se mudassem para a Nova Inglaterra. Mas ainda não. Pelo menos ali eles tinham trabalho.

— Como foi na escola? — perguntou ela.

— Bem.

Na verdade, o emprego era uma bênção. Mas depois que Anita Biderman voltasse da licença-maternidade, quem sabia? Provavelmente não haveria outro emprego na escola PS 321. Ele estava em uma boa posição na lista de substitutos, mas isso não queria dizer nada se todos os professores regulares estivessem presentes e bem.

— Você chegou cedo — disse ele. — Não me diga que Winnie morreu.

Ela pareceu levar um susto e deu outro sorriso. Mas eles estavam juntos havia dez anos, casados havia seis, e Chad já tinha visto aquele sorriso. Significava problemas.

— Nora?

— Ele me mandou cedo para casa. Para pensar. Tenho muito em que pensar. Eu... — Ela balançou a cabeça.

Ele a segurou pelos ombros e a virou.

— Você o quê? Está tudo bem com Winnie?

— Boa pergunta. Ande, acenda um. A luzinha de permitido fumar está acesa.

— Me conte o que está acontecendo.

Ela tinha sido cortada da equipe do Congress Memorial Hospital dois anos antes, durante uma "reestruturação". Para a sorte da Corporação Chad-e-Nora, ela caiu de pé. Conseguir o emprego de enfermeira particular foi certa proeza: um paciente, um reverendo aposentado se recuperando de um derrame, trinta e seis horas por semana, salário decente. Ela ganhava mais do que ele, e por uma boa diferença. As duas rendas quase bastavam para sobreviver. Pelo menos, até Anita Biderman voltar.

— Primeiro, vamos falar sobre isto. — Ela mostrou o e-mail do agente. — Quanto você tem certeza?

— De que, de que consigo fazer o trabalho? Bastante. Quase cem por cento. Quer dizer, se eu tiver tempo. Quanto ao resto… — Ele deu de ombros. — Está bem aí, em preto e branco. Sem garantias.

Com a falta de contratação do momento nas escolas da cidade, ser substituto era o melhor que Chad podia fazer. Ele estava em todas as listas do sistema, mas não havia vaga de tempo integral para professor de quarto ou quinto ano no futuro próximo. Nem o dinheiro seria muito melhor se uma vaga abrisse, só seria mais confiável. Como substituto, ele às vezes passava semanas sem trabalho.

Por um tempo, dois anos antes, o desemprego durou três meses, e eles quase perderam o apartamento. Foi quando os problemas com os cartões de crédito começaram.

Por desespero e necessidade de ocupar as horas ociosas enquanto Nora estava cuidando do reverendo Winston, Chad começou a escrever um livro que intitulou de *Vivendo com os animais: a vida de um professor substituto em quatro escolas públicas*. As palavras não ocorriam a ele com facilidade, e havia dias em que não apareciam, mas, quando foi chamado para a St. Saviour para dar aulas para o segundo ano (o sr. Cardelli quebrou a perna em um acidente de carro), ele já tinha três capítulos prontos. Nora pegou as folhas de papel com um sorriso perturbado. Nenhuma esposa queria a função de dizer para o homem da sua vida que ele estava desperdiçando seu tempo.

Mas ele não estava. As histórias que contou sobre a vida de professor substituto eram fofas, engraçadas e muitas vezes emocionantes, bem mais interessantes que qualquer coisa que ela ouvia no jantar ou quando eles estavam deitados juntos na cama.

A maioria das cartas que Chad mandou para agentes não foi respondida. Alguns tiveram a cortesia de lhe enviar um bilhete dizendo "Desculpe, mas estou muito ocupado". Ele finalmente encontrou um que pelo menos aceitou olhar as oitenta páginas que ele conseguiu arrancar do laptop Dell velho e capenga.

O nome do agente tinha um ar circense: Edward Ringling. A resposta ao texto de Chad tinha muitos elogios e poucas promessas. "Pode ser que eu consiga um contrato com base nesses capítulos e num esboço do resto", escrevera Ringling, "mas seria um contrato bem pequeno, provavelmente por bem menos do que você ganha atualmente como professor, e você talvez se veja financeiramente pior do que está agora; é loucura, eu sei, mas o mercado atual está horrível.

"Sugiro que você escreva mais sete ou oito capítulos, possivelmente até o livro todo. Aí, posso levar a leilão e conseguir um contrato bem melhor."

Fazia sentido, na opinião de Chad, se você estava vendo o mundo literário de um escritório confortável em Manhattan. Não muito se você estava pulando pelos bairros, dando uma semana de aula aqui e três dias ali, tentando se adiantar às contas. A carta de Ringling chegou em maio. Agora, era setembro, e apesar de Chad ter tido um verão relativamente bom dando aulas particulares (*Deus abençoe os burrinhos*, ele pensava às vezes), não tinha acrescentado uma única página que fosse ao manuscrito. Não era preguiça; dar aulas, mesmo quando era só como substituto, era como prender um par de cabos de chupeta em alguma parte crítica do cérebro. Era bom que as crianças conseguissem sugar energia daquela parte, mas sobrava bem pouco depois. Muitas noites, a coisa mais criativa que ele se via capaz de fazer era ler alguns capítulos do livro mais recente de Linwood Barclay.

Isso podia mudar se ele passasse mais dois ou três meses sem trabalho… só que alguns meses vivendo só com o salário da esposa acabariam com as reservas deles. E a ansiedade não ajudava em nada quando o assunto era empreendimentos literários.

— Quanto tempo demoraria para terminar? — perguntou Nora. — Se você escrevesse em tempo integral?

Ele pegou o maço e acendeu um dos cigarros. Sentiu uma vontade enorme de dar uma resposta otimista, mas superou-a. Ele não fazia ideia do que estava acontecendo com ela, mas Nora merecia a verdade.

— Oito meses pelo menos. Provavelmente um ano.

— E quanto você acha que ganharia em dinheiro se o sr. Ringling fizesse um leilão e as pessoas fossem?

Ringling não mencionou números, mas Chad tinha feito seu dever de casa.

— Talvez uns cem mil.

Um novo começo em Vermont, esse era o plano. Era sobre isso que eles conversavam deitados na cama. Uma cidade pequena, talvez em Northeast

Kingdom. Ela podia arrumar um emprego no hospital da cidade ou conseguir outro particular; ele podia conseguir uma vaga de professor em tempo integral. Ou talvez escrever outro livro.

— Nora, para que essa conversa?

— Estou com medo de contar — disse ela —, mas vou. Mesmo sendo maluquice, eu vou, porque o número que Winnie mencionou era maior do que cem mil. Só uma coisa: não vou largar meu emprego. Ele disse que eu podia mantê-lo independentemente do que decidíssemos, e nós *precisamos* desse emprego.

Chad esticou a mão para pegar o cinzeiro de alumínio que deixava embaixo da janela e apagou o cigarro. Depois, segurou a mão dela.

— Pode contar.

Ele ouviu com surpresa, mas não descrença. Ele até queria não acreditar, mas acreditava.

Se alguém lhe perguntasse antes daquele dia, Nora teria dito que sabia pouco sobre o reverendo George Winston e que ele também não sabia quase nada sobre ela. Considerando sua proposta, Nora se deu conta de que tinha contado bastante coisa para ele. Sobre a situação financeira dela e de Chad, por exemplo. Sobre a chance que o livro do marido oferecia de tirá-los de tal situação também.

E o que ela sabia sobre Winston? Que ele era um solteirão inveterado, que, três anos depois da aposentadoria na Segunda Igreja Presbiteriana de Park Slope (onde ainda era listado no painel da igreja como pastor emérito), ele sofreu um derrame que o deixou parcialmente paralisado do lado direito do corpo. Foi quando Nora entrou na vida dele.

Winston agora conseguia andar até o banheiro (e, nos dias bons, até a cadeira de balanço na varanda) com a ajuda da órtese de plástico que impedia que o joelho ruim dobrasse. E conseguia falar de forma compreensível novamente, embora ainda sofresse às vezes do que Nora chamava de "língua dormente". Ela tinha experiência com vítimas de derrame (foi o que lhe garantiu o emprego) e tinha muita admiração pelo quanto ele havia evoluído em tão pouco tempo.

Até o dia da proposta ultrajante, nunca ocorreu a ela que ele pudesse ser rico... embora a casa em que morasse devesse dar uma ideia. Se ela tinha concluído alguma coisa, era que a casa era um presente da paróquia, e que sua presença remunerada na vida dele também.

O trabalho dela era chamado de "cuidadora", no último século. Além de deveres de enfermagem, como dar os remédios dele na hora certa e monitorar a pressão sanguínea, ela trabalhava como fisioterapeuta. Também era fonoaudióloga, massagista e, ocasionalmente, quando ele precisava escrever cartas, secretária. Ela fazia tarefas e às vezes lia para ele. Também não estava acima de pequenos serviços domésticos quando a sra. Granger precisava faltar. Nesses dias, ela fazia sanduíches ou omelete no almoço, e achava que tinha sido durante esses almoços que ele descobriu os detalhes de sua vida... e o fez com tanto cuidado e casualidade que Nora nem percebeu.

— A única coisa que eu me lembro de ter dito — contou ela para Chad —, e provavelmente só porque ele mencionou hoje, foi que não estávamos vivendo na extrema pobreza nem com desconforto... que era o *medo* de chegar a esse ponto que me incomodava.

Chad sorriu ao ouvir isso.

— A nós dois.

Naquela manhã, Winnie recusou o banho de esponja e a massagem. Mas pediu que ela colocasse a órtese e o ajudasse a ir até o escritório, o que era uma caminhada relativamente longa para ele, mais do que até a cadeira de balanço na varanda. Ele chegou lá, mas quando se sentou na cadeira atrás da escrivaninha estava com o rosto vermelho e ofegante. Ela pegou um copo de suco de laranja para ele, demorando bastante para o homem poder recuperar o fôlego. Quando voltou, Winnie tomou meio copo de uma vez.

— Obrigado, Nora. Quero falar com você agora. É uma coisa séria.

Ele devia ter visto a apreensão dela, porque sorriu e fez um gesto de descaso.

— Não é sobre seu emprego. Você vai ficar com ele de qualquer jeito. Se quiser. Se não quiser, vou oferecer uma carta de recomendação imbatível.

Era gentileza da parte dele, mas não havia muitos empregos como aquele por aí.

— Você está me deixando nervosa, Winnie — disse ela.

— Nora, você gostaria de ganhar duzentos mil dólares?

Ela olhou para ele, boquiaberta. Dos dois lados, prateleiras altas de livros complicados os encaravam. Os ruídos da rua estavam abafados. Eles podiam estar em outro país. Um país menos barulhento que o Brooklyn.

— Se você acha que o assunto é sexo, garanto que não é. Pelo menos, eu acho que não; se alguém quiser olhar mais fundo e essa pessoa tiver lido Freud, acho que qualquer ato anormal pode ter uma conotação sexual atrelada. Eu mesmo não sei. Não estudo Freud desde o seminário, e mesmo lá minha leitura foi superficial. Freud me ofendia. Parecia achar que qualquer sugestão de profundidade na natureza humana era ilusão. Parecia estar dizendo: *O que você acha que é um poço artesiano pode muito bem ser só uma poça*. Eu discordo. A natureza humana não tem fundo. É tão profunda e misteriosa quanto a mente de Deus.

Nora se levantou.

— Com todo o respeito, não sei se acredito em Deus. E não sei se essa é uma proposta que quero ouvir.

— Mas, se você não ouvir, não vai saber. E vai se questionar para sempre.

Ela ficou olhando para ele, sem saber o que fazer ou dizer. O que pensou foi: *Essa escrivaninha à qual ele está sentado deve ter custado milhares de dólares*. Foi a primeira vez que ela pensou nele em relação a dinheiro.

— Duzentos mil em dinheiro é o que estou oferecendo. O bastante para pagar todas as contas mais importantes, o bastante para permitir que seu marido termine o livro... o bastante, talvez, para começar uma nova vida em... era Vermont?

— Era. — Pensando: *Se você sabe disso, estava ouvindo com bem mais atenção do que eu*.

— E também não precisamos envolver a Receita Federal. — Ele tinha feições longas e cabelo branco feito algodão. Um rosto de ovelha, foi o que ela sempre pensou antes daquele dia. — Dinheiro em espécie pode ser bom assim, e não causa problema se for inserido lentamente no fluxo da conta da pessoa. Além disso, quando o livro do seu marido for vendido, e vocês estiverem estabelecidos na Nova Inglaterra, não precisamos nos ver nunca mais. — Ele fez uma pausa. — Se bem que, se você decidir não ficar, duvido que minha próxima enfermeira seja tão competente quanto você se mostrou ser. Por favor. Sente-se. Vou ficar com o pescoço dolorido.

Ela fez o que ele pediu. Foi a ideia de duzentos mil dólares em espécie que a manteve naquela sala. Nora percebeu que conseguia até ver: notas enfiadas em um envelope pardo. Ou talvez fosse preciso dois envelopes para guardar aquela quantia.

Acho que ia depender do valor das notas, pensou ela.

— Me deixe falar um pouco — disse ele. — Eu não fiz muito isso, não é? Em geral, só escuto. É sua vez de escutar agora, Nora. Você pode escutar?

— Acho que sim. — Ela estava curiosa. Achava que qualquer um ficaria. — Quem você quer que eu mate?

Era piada, mas assim que saiu de sua boca, ela teve medo de ser verdade. Porque não *pareceu* piada. Assim como os olhos no rosto comprido de ovelha não pareciam mais olhos de ovelha.

Para o alívio dela, Winnie riu. E disse:

— Não é assassinato, minha querida. Não vamos precisar ir tão longe.

Ele falou em seguida, como nunca tinha falado antes. Para ninguém, provavelmente.

— Eu cresci em um lar rico em Long Island. Meu pai teve sucesso no mercado de ações. Era um lar religioso, e quando eu contei para os meus pais que sentia um chamado para o clero, não houve bufadas nem reclamações sobre o negócio da família. Ao contrário, eles ficaram felizes da vida. Minha mãe particularmente. A maioria das mães fica feliz, eu acho, quando os filhos descobrem uma vocação com V maiúsculo.

"Fiz seminário no norte de Nova York, e depois fui enviado como pastor assistente para uma igreja em Idaho. Nunca me faltou nada. Os presbiterianos não fazem voto de pobreza, e meus pais cuidaram para que eu nunca tivesse que viver como se tivesse feito um. Meu pai viveu apenas cinco anos a mais do que a minha mãe, e, quando faleceu, eu herdei muito dinheiro, a maior parte em apólices e ações. Nos anos seguintes, converti uma pequena porcentagem disso em dinheiro, um pouco de cada vez. Não um pé de meia, porque nunca precisei de um, mas o que eu chamaria de uma *meinha soquete*. Está em um cofre de Manhattan, e é esse dinheiro que estou oferecendo a você, Nora. Talvez esteja bem perto de duzentos e quarenta mil dólares, mas vamos combinar de não discutir por causa de um dólar a mais ou a menos, certo?

"Viajei alguns anos pelo interior antes de voltar para o Brooklyn e para a Segunda Presbiteriana. Depois de cinco anos como assistente, me tornei pastor sênior. Servi como tal, sem mazelas, até 2006. Minha vida foi, e falo sem orgulho nem vergonha, de uma contribuição irrelevante. Organizei minha igreja para ajudar os pobres, tanto em países distantes quanto nesta comunidade. O AA da região foi ideia minha, e já ajudou centenas de viciados e alcoólatras em sofrimento. Já reconfortei doentes e enterrei mortos. Em uma nota mais alegre, já celebrei mais de mil casamentos e inaugurei um fundo de bolsas de estudos que mandou muitos garotos e garotas para a faculdade, que eles não teriam como pagar. Uma das garotas com a nossa bolsa de estudos ganhou um National Book Award em 1999.

"Meu único arrependimento é o seguinte: em todos os meus anos, eu nunca cometi nenhum dos pecados sobre os quais passei a vida alertando meus vários rebanhos. Não sou um homem de luxúria, e como nunca me casei, nunca tive a oportunidade de cometer adultério. Não sou glutão por natureza, e apesar de gostar de coisas boas, nunca fui ganancioso nem cobiçoso. Por que seria quando meu pai me deixou quinze milhões de dólares? Eu trabalhei arduamente, controlei meu temperamento, não invejei ninguém, exceto, talvez, Madre Teresa, e tenho pouco orgulho de bens e posição.

"Não estou alegando que *não tenho* pecados. Não é isso. Os que podem dizer, e imagino que sejam poucos, que nunca pecaram em atos e em palavras não podem dizer que nunca pecaram em pensamento, não é? A igreja apara todas as arestas. Nós exibimos o paraíso e fazemos as pessoas entenderem que elas não têm esperança de conseguir ir para lá sem a nossa ajuda... porque ninguém é desprovido de pecado, e o preço do pecado é a morte.

"Imagino que isso me faça parecer descrente, mas, da forma como fui criado, a descrença é tão impossível para mim quanto a levitação. Mas entendo a natureza fraudulenta da barganha e os truques psicológicos que os crentes usam para garantir a prosperidade dessas crenças. O chapéu chique do papa não foi dado a ele por Deus, mas por homens e mulheres pagando dinheiro de chantagem teológica.

"Consigo ver que você está ficando agitada, então vou direto ao ponto. Quero cometer um grande pecado antes de morrer. Um pecado não de pensamento nem de palavra, mas de ato. Isso estava na minha mente, cada vez mais forte, antes do meu derrame, mas achei que era apenas um delírio passageiro. Agora, vejo que não vai passar, porque a ideia está mais poderosa agora do que nos últimos três anos. Mas que grande pecado um homem idoso pode cometer preso em uma cadeira de rodas, eu me perguntei? Não um muito grande, ao menos não sem ser pego, e eu preferiria não ser pego. Assuntos graves como pecado e perdão deviam ficar entre o homem e Deus.

"Quando ouvi você falar sobre o livro do seu marido e sobre sua situação financeira, me ocorreu que eu poderia pecar por procuração. Na verdade, eu poderia dobrar o quociente do meu pecado transformando você em cúmplice."

— Acredito em fazer coisas erradas, Winnie, mas não acredito em pecado — ela falou com a boca seca.

Ele sorriu. Foi um sorriso benevolente. E também desagradável: lábios de ovelha, dentes de lobo.

— Tudo bem. Mas o pecado acredita em você.

— Entendo que você ache isso… mas, por quê? É *perverso*!

O sorriso dele se alargou.

— Sim! É por isso! Quero saber como é fazer uma coisa totalmente contra minha natureza. Precisar de perdão pelo ato e por algo *pior* do que o ato. Você sabe o que duplica o pecado, Nora?

— Não. Eu não frequento a igreja.

— O que duplica o pecado é dizer para si mesmo: *vou fazer isso porque sei que posso rezar e pedir perdão no fim*. Dizer para si mesmo que você pode ficar com o melhor dos dois mundos. Quero saber como é estar afundado em pecado. Não quero molhar os pés; quero mergulhar de cabeça.

— E me levar junto! — falou ela com indignação verdadeira.

— Ah, mas você não acredita em pecado, Nora. Você acabou de dizer. Do seu ponto de vista, só quero que você faça um *trabalhinho sujo*. E corra o risco de ser presa, eu acho, apesar de o risco provavelmente ser pequeno. Por essas coisas, vou pagar duzentos mil dólares. *Mais* de duzentos mil dólares.

O rosto e a as mãos dela pareciam dormentes, como se tivesse acabado de voltar de uma longa caminhada no frio. Ela não faria nada, claro. O que faria seria sair da casa e tomar ar fresco. Não pediria demissão, ao menos não imediatamente, porque precisava do emprego, mas *sairia* dali. E se ele a demitisse por abandono de trabalho, que demitisse. Mas primeiro, queria ouvir o resto. Não admitiria para si mesma que estava tentada, mas curiosa? Sim, isso ela admitia.

— O que você quer que eu faça?

* * *

Chad tinha acendido outro cigarro. Ela fez sinal com os dedos.

— Me dá uma tragada.

— Nora, você não fuma há cinco...

— Me dá uma tragada, já pedi.

Ele passou o cigarro para ela. Ela tragou fundo, tossiu a fumaça. E contou para ele.

Naquela noite, ela ficou deitada sem conseguir dormir até a madrugada, segura de que Chad estava dormindo, e por que não estaria? A decisão tinha sido tomada. Ela diria não para Winnie e jamais voltaria a falar naquela ideia. Decisão tomada; o sono viria em seguida.

Mas Nora não ficou totalmente surpresa quando o marido se virou para ela e disse:

— Não consigo parar de pensar sobre isso.

Nora também não.

— Eu faria, sabe. Por nós. Se...

Agora, eles estavam cara a cara. Perto o bastante para sentir o bafo um do outro. Eram duas da manhã.

A hora da conspiração, se é que isso existe, pensou ela.

— Se?

— Se eu não achasse que ia macular nossas vidas. Algumas manchas não saem.

— É uma questão hipotética, Nora. Nós já decidimos. Você vai bancar a Sarah Palin e dizer a ele que obrigada, mas não, obrigada por essa ponte para o nada. Eu vou arrumar um jeito de terminar o livro sem essa ideia maluca de subsídio.

— Quando? Na sua próxima licença sem vencimento? Acho que não.

— Está decidido. Ele é um velho caduco. Fim.

Ele rolou para o lado e ficou de costas para ela.

O silêncio se espalhou. No andar de cima, a sra. Reston (cuja foto devia estar no dicionário ao lado do verbete *insônia*) andou de um lado para outro. Em algum lugar, talvez nas profundezas escuras de Gowanus, uma sirene soou.

Quinze minutos se passaram até Chad falar, virado para a mesinha com o relógio digital, que agora dizia 2:17AM.

— Além disso, nós teríamos que confiar nele em relação ao dinheiro, e não dá para confiar em um homem cuja última ambição na vida é cometer um pecado.

— Mas eu *confio* nele — respondeu Nora. — É em mim que não confio. Vá dormir, Chad. O assunto está encerrado.

— Certo — disse ele. — Entendi.

O relógio dizia 2:26AM quando ela disse:

— *Dá* para fazer. Disso eu tenho certeza. Eu poderia mudar a cor do meu cabelo. Usar um chapéu. Óculos escuros, claro. O que significaria que teria que ser em um dia de sol. E teria que haver uma rota de fuga.

— Você está mesmo...

— Não *sei*! Duzentos mil *dólares*! Eu teria que trabalhar quase três anos para ganhar esse dinheiro, e depois que o governo e os bancos sugassem a parte deles, não sobraria quase nada. Nós sabemos como isso funciona.

Ela ficou em silêncio por um tempo, olhando para o teto acima do qual a sra. Reston percorria seus lentos quilômetros.

— E o *plano de saúde*! — disse ela, de repente. — Sabe qual é a nossa cobertura? Nenhuma.

— Nós temos plano de saúde.

— Tá, *quase* nenhuma. E se você fosse atropelado por um carro? E se eu aparecesse com um cisto no ovário?

— Nossa cobertura é boa.

— É o que todo mundo diz, mas o que todo mundo sabe é que a gente sempre se fode na hora H! Com isso, poderíamos ficar tranquilos. É nisso que fico pensando. *Nós... poderíamos... ficar... tranquilos!*

— Mas duzentos mil dólares fazem minhas esperanças financeiras para o livro parecerem meio pequenas, não acha? Por que me dar ao trabalho?

— Porque isso seria uma vez só. E o livro seria dinheiro *limpo*.

— *Limpo*? Você acha que o livro seria dinheiro *limpo*? — Ele rolou de lado e olhou para ela. Chad tinha ficado um pouco duro, então talvez aquilo *fosse* em parte sobre sexo. No lado deles da negociação, pelo menos.

— Você acha que eu vou conseguir outro emprego como o que tenho com Winnie? — Nora estava com raiva, embora se dele ou se dela mesma não soubesse dizer. Nem se importava. — Vou fazer trinta e seis anos em dezembro. Você vai me levar para jantar e, uma semana depois, vou ganhar meu verdadeiro presente: um aviso de vencimento estourado do pagamento da última parcela do carro.

— Você está me culpando por...

— *Não*. Não estou nem culpando o sistema que deixa a gente e todo mundo igual à gente vivendo no limite. A culpa é contraproducente. E falei a verdade para Winnie: eu não acredito em pecado. Mas também não quero ir para a prisão. — Ela sentiu lágrimas surgindo nos olhos. — Também não quero machucar ninguém. Principalmente uma...

— Você não vai.

Ele começou a se virar, mas ela segurou o ombro dele.

— Se nós fizéssemos, se *eu* fizesse, nós nunca poderíamos falar sobre o assunto depois. Nem uma vez.

— Não.

Ela esticou os braços para ele. Em casamentos, acordos eram selados com mais do que um aperto de mãos. Os dois sabiam disso.

O relógio marcava 2:58AM, e ele estava quase adormecendo quando ela disse:

— Você conhece alguém que tenha uma câmera? Porque ele quer...

— Conheço — disse ele. — Charlie Green.

Depois disso, silêncio. Exceto pela sra. Reston, andando lentamente de um lado para outro acima deles. Nora tinha uma imagem, meio que de sonho, da sra. Reston com um pedômetro preso na cintura da calça do pijama. A sra. Reston andando pacientemente todos aqueles quilômetros entre ela e o amanhecer.

Nora adormeceu.

No dia seguinte, no escritório de Winnie.

— E então? — perguntou ele.

A mãe dela nunca frequentou a igreja, mas Nora foi à Escola Bíblica de Férias em todos os verões e gostava de lá. Havia jogos e músicas e histórias com bonecos de feltro. Ela se viu lembrando uma dessas histórias. Não pensava nela havia anos.

— Eu não teria que machucar a... você sabe, a pessoa... para conseguir o dinheiro? — perguntou ela. — Quero deixar isso bem claro.

— Não, mas espero ver sangue correndo. Quero deixar *isso* bem claro. Quero que você use o punho, mas um lábio cortado ou nariz sangrando já bastam.

Em uma história da escola, a professora colocou uma montanha no quadro de feltro. Depois, Jesus e um cara com chifres. A professora disse que o diabo tinha levado Jesus até o alto de uma montanha e mostrara a ele todas as cidades da terra. *Você pode ter tudo que quiser dessas cidades*, disse o diabo. *Todos os tesouros. Só precisa se ajoelhar e me idolatrar.* Mas Jesus era um cara que gostava de ficar de pé. Ele respondera: *Afasta-te, Satanás.*

— E então? — perguntou ele de novo.

— Pecado — refletiu ela. — É isso que está na sua cabeça.

— Um pecado pelo pecado em si. Deliberadamente planejado e executado. Você acha a ideia empolgante?

— Não — respondeu Nora, olhando para as estantes lotadas.

Winnie deixou um tempo passar e disse pela terceira vez:

— E então?

— Se eu for pega, ainda vou receber o dinheiro?

— Se você cumprir sua parte do acordo e não me implicar, claro que vai receber. E mesmo que fosse pega, o pior que poderia resultar para você seria liberdade condicional.

— E uma avaliação psiquiátrica determinada pelo tribunal — disse ela. — Da qual eu devo mesmo precisar só por considerar fazer isso.

Winnie disse:

— Se você continuar como está, querida, vai precisar de um conselheiro matrimonial, no mínimo. Na minha época na igreja, eu conversei com muitos casais, e apesar de as preocupações com dinheiro não serem sempre a causa dos problemas, eram na maioria dos casos. E eram *só* isso.

— Obrigada por compartilhar sua experiência, Winnie.

Ele não disse nada sobre isso.

— Você é maluco, sabia?

Ele continuou em silêncio.

Ela olhou mais um pouco para os livros. A maioria era sobre religião. Finalmente, voltou a encará-lo.

— Se eu fizer essa merda e você der pra trás, vai se arrepender.

Ele não demonstrou incômodo com a escolha de linguagem dela.

— Vou honrar meu compromisso. Pode ter certeza disso.

— Você fala quase perfeitamente agora. Não tem nem mais ceceio, a não ser que esteja cansado.

Ele deu de ombros.

— A convivência treinou seu ouvido. É como aprender uma nova língua, eu acho.

Ela voltou o olhar para os livros. Um dele se chamava *O problema do Bem e do Mal*. Outro se chamava *Fundamentos da moralidade*. Este era bem grosso. No corredor, um velho relógio Regulator batia de forma cadenciada. Ele acabou repetindo:

— E então?

— Propor isso para mim não é pecado suficiente para satisfazer você? Está tentando nós dois, e nós dois estamos considerando cair em tentação. Isso não basta?

— É pecado em pensamento e em palavra apenas. Não vai satisfazer minha curiosidade.

O Regulator bateu. Sem olhar para ele, Nora disse:

— Se você disser *e então* de novo, vou embora daqui.

Ele não disse *e então* nem mais nada. Ela olhou para as mãos se retorcendo no colo. O mais impressionante: parte dela ainda estava curiosa. Não sobre o que ele queria, isso ela já sabia, mas sobre o que ela queria.

Por fim, levantou o rosto e deu sua resposta.

— Excelente — disse Winnie.

Com a decisão tomada, nenhum dos dois queria o ato verdadeiro pairando acima de suas cabeças; a sombra que fazia era grande demais. Eles escolheram o Forest Park, no Queens. Chad pegou a câmera de Charlie Green emprestada e aprendeu a usar. Eles foram ao parque duas vezes antes (em dias chuvosos, quando ficava praticamente vazio), e Chad filmou a área que escolheram. Fizeram muito sexo nesse período, sexo nervoso, sexo desajeitado, do tipo que os adolescentes faziam no banco de trás do carro, mas um sexo bom. Sensual, pelo menos. Nora percebeu seus outros apetites diminuindo. Nos dez dias entre a hora em que aceitou e a manhã em que executou sua parte do acordo, ela perdeu quatro quilos. Chad disse que ela estava começando a parecer uma universitária de novo.

Em um dia de sol no começo de outubro, Chad estacionou o Ford deles na avenida Jewel. Nora estava sentada no carona, com o cabelo pintado de ruivo cortado na altura dos ombros, nada parecida com Nora, com uma saia longa e uma bata marrom feia. Estava usando óculos de sol e um boné do Mets. Parecia calma, mas, quando Chad esticou a mão para tocá-la, ela se encolheu.

— Nora, calm…

— Você tem dinheiro para o táxi?

— Tenho.

— E uma bolsa onde guardar a câmera?

— Tenho, claro.

— Então me dê a chave do carro. Vejo você em casa.

— Tem certeza de que vai conseguir dirigir? Porque a reação a uma coisa assim…

— Eu vou ficar bem. Me dê a chave. Espere quinze minutos. Se alguma coisa der errado… se alguma coisa *parecer* errada… eu volto. Se eu não voltar, vá para o lugar que escolhemos. Você lembra qual é?

— É claro que lembro!

Ela sorriu; mostrou os dentes e as covinhas, pelo menos.

— É assim que eu gosto — disse ela, e saiu.

Foram excruciantes quinze minutos, mas Chad esperou cada um deles. Crianças, todas usando capacetes, passaram de bicicleta. Mulheres andavam em duplas, muitas com sacolas de compras. Ele viu uma senhora idosa atravessando a avenida com dificuldade, e por um momento surreal achou que era a sra. Reston, mas, quando ela passou, viu que não era. Essa mulher era bem mais velha que a sra. Reston.

Quando os quinze minutos estavam quase acabando, ocorreu a ele, de uma forma sã e racional, que podia pôr um fim naquilo tudo indo embora. No parque, Nora olharia ao redor e não o veria. Seria ela quem pegaria o táxi de volta para o Brooklyn. E, quando chegasse lá, agradeceria. Ela diria: *Você me salvou de mim mesma.*

Depois disso? Um mês de folga. Nada de aulas como substituto. Ele dedicaria todos os seus recursos para terminar o livro. Lutaria contra o moinho.

Em vez disso, Chad saiu do carro e andou até o parque segurando a câmera de Charlie. O saco de papel que a guardaria depois estava enfiado no bolso do casaco. Ele verificou três vezes para ter certeza de que a luzinha verde da câmera estava acesa. Como seria terrível passar por tudo aquilo só para descobrir que não havia ligado a câmera. Ou que tinha deixado a tampa na lente.

Ele verificou isso de novo também.

Nora estava sentada em um banco do parque. Quando o viu, colocou uma mecha de cabelo atrás da orelha esquerda. Era o sinal. Estava valendo.

Às suas costas havia um parquinho: balanços, um carrossel, gangorras, cavalinhos sobre molas, esse tipo de coisa. Àquela hora, só havia algumas crianças brincando. As mães estavam em um grupo do outro lado, conversando e rindo, sem prestar muita atenção aos filhos.

Nora se levantou do banco.

Duzentos mil dólares, pensou ele, e levou a câmera ao olho. Agora que estava acontecendo, se sentia calmo.

Ele filmou como um profissional.

II

De volta ao prédio, Chad subiu a escada correndo. Tinha certeza de que a esposa não estaria lá. Ele a tinha visto fugir correndo a toda, mas as mães mal olharam para ela; estavam indo na direção da criança que ela escolheu, um garoto de uns quatro anos. Mas Chad tinha certeza de que ela não estaria lá e que a qualquer momento receberia uma ligação dizendo que sua esposa estava na delegacia, onde desmoronara e contara tudo, inclusive a participação dele. Pior, a participação de Winnie, garantindo assim que tudo aquilo tinha sido à toa.

Sua mão tremia tanto que ele não conseguiu enfiar a chave na fechadura; a ponta ficou batendo loucamente ao redor do buraco sem nem chegar perto. Estava colocando o saco de papel (agora muito amassado) com a câmera no chão para firmar a direita com a esquerda quando a porta se abriu.

Nora estava usando um short feito de uma calça jeans velha cortada e uma camiseta, as roupas que tinha colocado por baixo da saia longa e da bata. O plano era ela trocar de roupa no carro, antes de sair dirigindo. Ela disse que podia fazer isso rapidinho, e parecia que tinha razão.

Chad a abraçou com tanta força que ouviu o barulho quando Nora se chocou contra ele; não era exatamente um abraço romântico.

Nora aguentou isso por um momento antes de dizer:

— Entre. Saia do corredor. — Assim que a porta para o mundo exterior se fechou, ela perguntou: — Você conseguiu gravar? Diga que sim. Estou aqui há quase meia hora, andando de um lado para outro como a sra. Reston no meio da noite... Se a srta. Reston andasse rápido, quer dizer... querendo saber...

— Eu também estava preocupado. — Ele afastou o cabelo da testa, onde a pele estava quente e febril. — Nora, eu estava *morrendo* de medo.

Ela arrancou o saco de papel das mãos dele, olhou lá dentro e depois encarou o marido. Tinha tirado os óculos escuros. Os olhos azuis ardiam.

— *Diga que filmou tudo.*

— Filmei. Quer dizer, *acho* que filmei. Ainda não olhei.

O olhar ficou mais inflamado. Ele pensou: *Cuidado, Nora, seus olhos vão pegar fogo se continuar fazendo isso.*

— É melhor que tenha filmado. É melhor que tenha. O tempo em que eu não estava andando de um lado para outro, estava no banheiro. Fico tendo *cólicas*... — Ela foi até a janela e olhou para fora. Chad se juntou a ela, com medo de Nora saber alguma coisa de que ele não sabia. Mas só havia os pedestres de sempre andando lá embaixo.

Ela se virou para ele de novo e, desta vez, o segurou pelos braços. As palmas das mãos estavam geladas.

— Ele está bem? O menino? Você viu se ele estava bem?

— Ele está bem — disse Chad.

— Você está mentindo? — Ela já estava gritando a esse ponto. — É melhor não estar! *Ele estava bem?*

— Estava. O menino se levantou antes de as mães chegarem até lá. Estava chorando pra caramba, mas já passei por coisa pior na idade dele quando um balanço acertou a parte de trás da minha cabeça. Tive que ir para a emergência e tomei cinco pon...

— Bati nele com muito mais força do que pretendia. Morri de medo de que, se eu hesitasse na hora do soco… se Winnie *visse* que eu aliviei a barra… ele não pagaria o prometido. E a *adrenalina*… meu Deus! É um milagre eu não ter arrancado a cabeça daquele pobre menino fora! Por que fiz aquilo? — Mas Nora não estava chorando nem parecia estar com remorso. Parecia furiosa. — Por que você me *deixou*?

— Eu nunca…

— Tem *certeza* de que ele está bem? Você viu mesmo o menino se levantando? Porque eu bati nele com bem mais força do que… — Ela se afastou até a parede, bateu com a testa nela e se virou. — Eu fui até um parquinho e dei um soco em uma criança de quatro anos bem na boca! Por *dinheiro*!

Chad teve uma ideia.

— Acho que eu filmei. O menino se levantando, quer dizer. Veja você mesma.

Ela correu de volta pela sala.

— Coloque na TV! Quero ver!

Chad conectou o cabo que Charlie tinha emprestado para ele. Depois de algumas tentativas, conseguiu botar a filmagem para passar na TV. Ele tinha mesmo gravado o garoto se levantando, logo antes de desligar a câmera e sair andando. O garoto parecia atordoado, e claro que estava chorando, mas parecia bem. Os lábios estavam sangrando à beça, mas o nariz só um pouco. Chad achou que isso tinha sido culpa da queda.

Não é pior que qualquer acidente normal de parquinho, pensou ele. *Milhares acontecem todos os dias.*

— Está vendo? — perguntou ele. — Ele está b…

— Passe de novo.

Ele passou. E quando ela pediu para ele passar uma terceira vez, depois uma quarta e uma quinta, Chad obedeceu. Em determinado ponto, ele percebeu que Nora não estava mais assistindo à filmagem para ver o garotinho se levantar. Nem ele. Estavam vendo o garotinho cair. E o soco. O soco dado pela vaca ruiva de óculos escuros. A que foi até lá, fez o que tinha que fazer e deixou a cena mais rápido que um raio.

Ela disse:

— Acho que quebrei um dente dele.

Chad deu de ombros.

— A fada do dente vai adorar.

Depois da quinta vez, Nora disse:

— Quero tirar o ruivo do meu cabelo. Eu odiei.

— Tudo bem...

— Mas primeiro, me leve para o quarto. E não fale nada. Só faça.

Ela ficava falando para ele ir mais forte, quase o agredindo com o movimento dos quadris, como se quisesse derrubá-lo. Mas não conseguia chegar ao orgasmo.

— Me bate — pediu ela.

Ele bateu. Estava longe da racionalidade.

— Você consegue fazer melhor do que isso. *Bate direito*, porra!

Ele bateu com mais força. O lábio inferior dela se abriu. Ela passou os dedos no sangue. Quando fez isso, gozou.

— Mostre para mim — disse Winnie.

Isso foi no dia seguinte. Estavam no escritório dele.

— Me mostre o dinheiro. — Uma frase famosa. Ela só não conseguia se lembrar de onde a conhecia.

— Depois que eu vir o vídeo.

A câmera ainda estava no saco amassado. Ela a pegou junto com o cabo. Ele tinha uma TV pequena no escritório, e ela ligou o cabo no aparelho. Nora apertou o play, e eles viram a mulher de boné do Mets sentada num banco de praça. Atrás dela, algumas crianças brincavam. Atrás *delas*, mães conversavam besteiras de mãe: dicas de emagrecimento, que peças viram ou iam ver, o carro novo, as próximas férias. Blá-blá-blá.

A mulher se levantou do banco. O vídeo deu um zoom tremido. A imagem ficou meio borrada, mas recuperou o foco.

Foi nessa hora que Nora apertou o pause. Foi ideia de Chad, e ela concordou. Ela confiava em Winnie, mas só até certo ponto.

— Quero ver o dinheiro.

Winnie pegou uma chave no bolso do cardigã que estava usando. Com ela, abriu a gaveta do meio da escrivaninha e passou a usar a mão esquerda quando a direita, parcialmente paralisada, não obedeceu à ordem dele.

Não era um envelope, no fim das contas. Era uma caixa média do Federal Express. Ela olhou dentro e viu notas de cem amontoadas, cada montinho preso com um elástico.

Ele disse:

— Está tudo aí e um pouquinho mais.

— Tudo bem. Veja o que você comprou. É só apertar o play. Eu vou esperar na cozinha.

— Você não quer ver comigo?

— Não.

— Nora? Você parece ter sofrido um pequeno acidente. — Ele deu tapinhas no canto da própria boca, o lado que ainda estava um pouco caído.

Ela achou que ele tinha cara de ovelha? Como foi burra. Como foi *cega*. Também não era cara de lobo, não de verdade. Era alguma coisa entre os dois. Cara de cachorro, talvez. O tipo de cachorro que morderia alguém e sairia correndo.

— Eu dei de cara com uma porta — respondeu ela.

— Entendi.

— Tudo bem, eu vejo com você.

Nora se sentou. Ela mesma apertou o play.

Eles assistiram ao vídeo duas vezes, em silêncio. O vídeo inteiro tinha aproximadamente trinta segundos. Isso dava cerca de seis mil e seiscentos dólares por segundo. Nora fez a conta enquanto os dois assistiam.

Depois da segunda vez, ele apertou o stop. Ela mostrou a ele como ejetar a pequena fita cassete.

— Isto é seu. A câmera tem que voltar para o cara de quem meu marido pegou emprestada.

— Eu entendo. — Os olhos dele brilhavam. Parecia que Winnie tinha obtido aquilo pelo que pagara. O que queria. Incrível. — Vou mandar a sra. Granger comprar outra câmera para mim, para futuras exibições. Ou talvez seja uma tarefa que você prefira executar.

— Não. Nós acabamos aqui.

— Ah... — Ele não pareceu surpreso. — Tudo bem. Mas... se posso fazer uma sugestão... você talvez devesse arrumar outro emprego logo. Para ninguém achar estranho quando as contas começarem a ser pagas em um ritmo mais rápido. Estou pensando no seu bem, minha querida.

— Tenho certeza de que está.

Ela soltou o cabo e o guardou no saco com a câmera.

— E eu não partiria para Vermont tão cedo.

— Não preciso dos seus conselhos. Eu me sinto suja, e a culpa é sua.

— Imagino que seja. Mas você não vai ser pega e ninguém nunca vai saber. — O lado direito da boca dele estava repuxado para baixo, o lado esquerdo erguido no que poderia ter sido um sorriso. O resultado era um S serpenteando embaixo do nariz fino. A fala dele estava bem clara naquele dia. Ela se lembraria disso e pensaria sobre o assunto. Como se o que ele chamasse de pecado na verdade fosse terapia. — E, Nora... se sentir suja é sempre uma coisa ruim?

Ela não sabia o que responder. E achava que isso por si só já era uma resposta.

— Eu só pergunto porque, na segunda vez que passou a fita, eu observei você em vez da imagem.

Ela pegou o saco com a câmera de Charlie Green e foi até a porta.

— Tenha uma boa vida, Winnie. Lembre-se de contratar uma terapeuta de verdade além de uma enfermeira da próxima vez. Seu pai deixou dinheiro suficiente para você pagar pelas duas coisas. E cuide dessa fita. Pelo bem de nós dois.

— É impossível identificar você nela, querida. E, mesmo que fosse possível, acha que alguém se importaria? — Ele deu de ombros. — Não exibe estupro nem assassinato, afinal.

Ela parou na porta, querendo ir embora, mas curiosa. Ainda curiosa.

— Winnie, como você vai se acertar com seu Deus? Quanto tempo vai ter que rezar até ser perdoado?

Ele riu.

— Se um pecador tão absurdo quanto são Pedro conseguiu fundar a Igreja Católica, imagino que eu vá ficar bem.

— É, mas são Pedro guardou a fita para ver nas noites frias de inverno?

Isso o calou, e Nora saiu antes que Winnie pudesse recuperar a voz. Era uma pequena vitória, mas se agarrou a ela com vontade.

Uma semana depois, ele ligou para o apartamento e disse que ela era bem-vinda para voltar, ao menos até ela e Chad se mudarem para Vermont. Ele não tinha contratado outra pessoa e, se houvesse qualquer possibilidade de Nora mudar de ideia, não contrataria.

— Sinto sua falta, Nora.

Ela não respondeu.

Ele baixou a voz.

— Nós poderíamos ver a fita de novo. Você não gostaria disso? Não gostaria de ver de novo, pelo menos mais uma vez?

— Não — respondeu Nora, e desligou. Ela seguiu na direção da cozinha para fazer chá, mas uma onda de náusea tomou conta dela. Sentou-se no canto da sala e apoiou a cabeça nos joelhos dobrados. Esperou a tontura passar. E com o tempo, passou.

Nora arrumou o emprego de cuidadora da sra. Reston. Eram só vinte horas semanais, e o pagamento não era nada parecido com o que ela ganhava como funcionária do reverendo Winston, mas dinheiro não era mais um problema, e o transporte era fácil: um lance de escadas. O melhor de tudo, a sra. Reston — que sofria de diabetes e de problemas cardíacos leves — era fofa e bobinha. Mas, às vezes, principalmente durante os monólogos eternos relacionados ao falecido marido, a mão de Nora coçava para dar um tapa nela.

Chad manteve o nome na lista de substitutos, mas diminuiu o número de horas. Separou seis horas livres por fim de semana para trabalhar em *Vivendo com os animais*, e as páginas começaram a se amontoar.

Uma ou duas vezes, ele se perguntou se as páginas dos fins de semana eram tão boas, tão intensas, quanto o trabalho que fez antes daquele dia com a câmera, e se convenceu de que a pergunta só surgiu porque uma noção antiga e falsa de retribuição estava alojada na mente dele. Como uma casca de pipoca presa entre dois dentes.

Doze dias depois do fatídico dia no parque, alguém bateu à porta do apartamento. Quando Nora abriu, havia um policial parado ali.

— Sim, policial? — perguntou ela.

— A senhora é Nora Callahan?

Ela pensou calmamente: *Vou confessar tudo. E depois que as autoridades tiverem feito o que quer que façam comigo, vou procurar a mãe daquele menino, oferecer a cara e dizer: "Bata em mim com vontade, mamãe. Você vai fazer um favor a nós duas".*

— Sim, sou a sra. Callahan.

— Senhora, vim aqui a pedido da filial Walt Whitman da Biblioteca Pública do Brooklyn. Você tem quatro livros da biblioteca com quase dois meses de atraso, e um é bem valioso. Um livro de arte, acredito. De circulação limitada.

Ela olhou para ele, boquiaberta, depois caiu na gargalhada.

— Você é policial da *biblioteca*?

Ele tentou ficar sério, mas também começou a rir.

— Hoje, parece que sou. A senhora está com os livros?

— Sim, eu me esqueci completamente deles. Você acompanharia uma moça até a biblioteca, policial... — Ela olhou para a plaquinha com o nome dele. — Abramowitz?

— Com prazer. Mas leve o talão de cheques.

— Talvez aceitem meu Visa — disse ela.

Ele sorriu.

— É bem provável.

Naquela noite, na cama.

— Bate! — Como se não fosse fazer amor que ela tinha em mente, mas sim algum jogo de buraco saído de pesadelos.

— Não.

Nora estava em cima dele, o que facilitou o movimento do braço dela para baixo, para bater nele. O som da palma da mão na bochecha de Chad foi como o estalo de uma espingarda de ar comprimido.

— Eu mandei você bater em mim! Bate em...

Chad deu um tapa nela sem pensar. Ela começou a chorar, mas ele estava endurecendo embaixo dela. Ótimo.

— Agora, me come.

Ele comeu. Lá fora, um alarme de carro disparou.

Eles se mudaram para Vermont em janeiro. Foram de trem. Era lindo, como um cartão-postal. Eles encontraram uma casa da qual os dois gostaram, a uns trinta quilômetros de Montpelier. Foi a terceira que foram visitar.

O nome da corretora imobiliária era Jody Enders. Ela era agradável, mas não parava de encarar o olho direito de Nora. Por fim, Nora explicou, com uma risadinha constrangida:

— Eu escorreguei no gelo quando estava entrando no táxi. Você devia ter me visto semana passada. Eu parecia um panfleto sobre violência doméstica.

— Nem dá para ver direito — comentou Jody Enders. E depois, timidamente: — Você é muito bonita.

Chad passou o braço pelos ombros de Nora.

— Eu também acho.

— Com o que trabalha, sr. Callahan?

— Eu sou escritor.

Eles deram entrada no pagamento da casa. No contrato, Nora marcou FINANCIAMENTO DIRETO COM O DONO. No campo DETALHES, ela escreveu simplesmente: *Economias*.

Em fevereiro, enquanto estavam arrumando as coisas para a mudança, Chad foi a Manhattan ver um filme no Angelika e jantar com o agente literário. O policial Abramowitz tinha dado seu cartão a Nora. Ela ligou para ele. Ele foi até o apartamento, e eles treparam no quarto quase vazio. Foi bom, mas teria sido melhor se ela tivesse conseguido convencê-lo a bater nela. Ela pediu, mas ele não quis.

— Você é maluca, moça? — perguntou ele com aquela voz que as pessoas usam quando querem dizer: *estou brincando, mas não pra valer.*

— Não sei — respondeu Nora. — Ainda estou descobrindo.

Eles haviam marcado de se mudar para Vermont no dia 29 de fevereiro. No dia anterior, que seria o último dia do mês em um ano normal, o telefone tocou. Era a sra. Granger, a governanta do pastor emérito Winston. Assim que Nora registrou o tom baixo da mulher, soube por que ela tinha ligado, e seu primeiro pensamento foi: *o que você fez com a fita, seu filho da mãe?*

— O obituário vai dizer falência renal — disse a sra. Granger no tom sussurrado que as pessoas usavam para falar dos mortos —, mas eu fui ao banheiro dele. Os potes de remédio estavam todos do lado de fora, e muitos comprimidos tinham sumido. Eu acho que ele cometeu suicídio.

— Acho que não foi isso que aconteceu — disse Nora. Ela falou com sua voz calma e segura de enfermeira. — O mais provável é que tenha ficado confuso com quantos comprimidos já tinha tomado. Ele pode até ter tido outro derrame. Um pequeno.

— Você acha mesmo?

— Ah, acho — respondeu Nora, e teve que se controlar para não perguntar à sra. Granger se ela viu uma câmera de vídeo nova lá em algum lugar. Ligada à tv de Winnie, provavelmente. Seria loucura fazer uma pergunta dessas. Mas ela quase fez, mesmo assim.

— Que alívio — disse a sra. Granger.

— Ótimo — disse Nora.

Naquela noite, na cama. A última noite deles no Brooklyn.

— Você precisa parar de se preocupar — disse Chad. — Se alguém encontrar a fita, provavelmente nem vai olhar. E, se olhar, a chance de ligá-la a você é tão pequena que chega a ser infinitesimal. Além do mais, o menino já deve ter esquecido. A mãe também.

— A mãe estava lá quando uma maluca agrediu o filho dela e fugiu — retrucou Nora. — Acredite, ela não esqueceu.

— Se você diz… — O tom de Chad era tão equilibrado que ela ficou com vontade de enfiar o joelho nas bolas dele.

— Talvez eu devesse ir até lá ajudar a sra. Granger a arrumar a casa.

Ele olhou para a esposa como se ela estivesse maluca.

— Talvez eu queira que desconfiem de mim — disse ela, e abriu um sorrisinho. O que ela achava que era seu sorriso *provocante*.

Ele a encarou por um tempo antes de rolar para o outro lado.

— Não seja assim — disse ela. — Poxa, Chad.

— Não — disse ele.

— O que você quer dizer com não? Por quê?

— Porque eu sei em que você pensa quando transamos.

Ela bateu nele. Foi um golpe forte na nuca.

— Você não sabe porra nenhuma.

Ele se virou e levantou a mão fechada.

— Não faça isso, Nora.

— Vá em frente — disse ela, oferecendo o rosto. — Você sabe que quer.

Ele quase bateu nela. Ela viu o tremor. Mas ele baixou a mão e abriu os dedos.

— Chega.

Ela não respondeu, mas pensou: *é o que você acha.*

Nora ficou acordada, olhando para o relógio digital. Até 1:41AM, ela pensou: *Este casamento está com problemas.* Depois, quando 1:41 virou 1:42, ela pensou: *Não, na verdade este casamento acabou.*

Demorou mais sete meses para ele se desfazer de vez.

Nora nunca esperou um encerramento verdadeiro em sua associação com o reverendo George Winston, mas, quando começou a trabalhar para ajeitar a nova casa (ela ia fazer não um, mas dois jardins, um canteiro de flores e uma horta), tinha dias em que nem pensava em Winnie. As porradas na cama acabaram. Ou quase.

Mas, um dia de abril, ela recebeu um cartão-postal dele. Foi um choque. Chegou em um envelope do correio, porque não havia mais espaço no cartão para rabiscar informações de endereçamento. Foi para todos os lados, inclusive para o Brooklyn, para o Maine e para uma Montpelier em Idaho e outra em Indiana. Ela não fazia ideia de por que o cartão-postal não tinha chegado a ela antes de eles se mudarem de Nova York, e, considerando quanto viajou, era impressionante ter chegado até ali. A data era do dia anterior à morte de Winnie. Ela checou o obituário on-line só para ter certeza.

Talvez Freud estivesse certo, afinal, dizia. *Como você está?*

Bem, pensou Nora. *Estou bem.*

Havia um fogão a lenha na cozinha da casa deles. Ela amassou o cartão-postal, jogou lá dentro e acendeu um fósforo. *Pronto.*

Chad terminou *Vivendo com os animais* em julho, depois de escrever as últimas cinquenta páginas em uma maratona de nove dias. Mandou para o agente. E-mails e ligações vieram em seguida. Chad disse que Ringling pareceu entusiasmado. Se era verdade, Nora achava que ele devia ter guardado boa parte do entusiasmo para as ligações. O que ela viu nos dois e-mails foi otimismo cauteloso, no máximo.

Em agosto, a pedido de Ringling, Chad reescreveu alguns trechos. Ele não falou sobre o trabalho, um sinal de que não estava indo tão bem. Mas seguiu em frente. Nora mal reparou. Estava concentrada cuidando do jardim.

Em setembro, Chad insistiu em ir a Nova York e ficar andando de um lado para outro no escritório de Ringling enquanto o sujeito fazia ligações para as sete editoras para as quais o manuscrito tinha sido enviado, torcendo para alguma delas demonstrar interesse em conhecer o autor. Nora pensou em ir a um bar de Montpelier e levar alguém de lá para um motel, mas não foi. Parecia muito trabalho para pouco lucro. Então, ficou trabalhando no jardim.

E foi melhor assim. Em vez de pernoitar em Nova York como tinha planejado, Chad voltou naquela mesma noite. Estava bêbado. Também declarou estar feliz. Eles estavam em vias de firmar um acordo com uma boa editora. Ele disse o nome da editora. Nora nunca tinha ouvido falar.

— Quanto? — perguntou ela.

— Isso não importa, amor. — *Isso* saiu *ixo*, e ele só a chamava de *amor* quando estava bêbado. — Eles adoraram o livro, é o que interessa.

Interexa.

Ela percebeu que, quando Chad estava bêbado, falava como Winnie nos primeiros meses depois do derrame.

— Quanto?

— Quarenta mil dólares.

Dólarex.

Ela riu.

— Eu devo ter ganhado isso antes de me levantar do banco no parquinho. Fiz a conta na primeira vez que nós vimos...

Ela não percebeu o soco chegando e não sentiu o golpe. Apenas uma espécie de estalo na cabeça, só isso. E então, estava caída no chão da cozinha, respirando pela boca. Tinha que respirar pela boca. Chad tinha quebrado seu nariz.

— Sua puta! — exclamou ele, começando a chorar.

Nora se sentou. A cozinha pareceu girar devagar ao redor dela antes de parar. Sangue se espalhava pelo linóleo. Ela estava impressionada, com dor, eufórica, sentindo vergonha e achando graça ao mesmo tempo.

Nunca achei que isso fosse acontecer, pensou ela.

— Isso mesmo, bote a culpa em mim. — A voz de Nora estava nasalada, confusa. — Bote a culpa em mim e chore até os olhos caírem.

Ele inclinou a cabeça como se não tivesse ouvido (ou não conseguisse acreditar no que ouviu), fechou a mão e ergueu o punho.

Ela ergueu o rosto, com o nariz torto bem na frente. Havia uma barba de sangue em seu queixo.

— Vá em frente — disse ela. — É a única coisa que você sabe fazer mais ou menos direito.

— Com quantos homens você dormiu depois daquele dia? Conte!

— Eu não dormi com ninguém. Trepei com uns dez. — Era mentira, na verdade. Só houve o policial e um eletricista que foi ao apartamento um dia em que Chad estava fora. — Manda ver, McDuff.

Em vez de mandar ver, ele abriu a mão e baixou o braço.

— O livro seria bom se não fosse você. — Ele balançou a cabeça como se para clarear as ideias. — Não é bem isso, mas você sabe o que quero dizer.

— Você está bêbado.

— Vou largar você e escrever outro. Um livro melhor.

— Quando os porcos voarem.

— Espere só — disse ele, tão choroso e infantil quanto um garotinho que perdeu uma briga no parquinho da escola. — Espere e veja.

— Você está bêbado. Vá para a cama.

— Sua puta venenosa.

Depois de ter dito isso, ele foi para a cama com a cabeça baixa. Ele até *andava* como Winnie depois do derrame.

Nora pensou em ir para a emergência cuidar do nariz, mas estava cansada demais para pensar em uma história que tivesse o toque certo de veracidade. Em seu coração, em seu coração de *enfermeira*, ela sabia que não existia uma história assim. Todos veriam a verdade por mais verídica que a história fosse. Quando se tratava desse tipo de coisa, os funcionários do pronto-socorro sempre sabiam.

Ela enfiou algodão no nariz e tomou dois Tylenol com codeína. Depois, foi para o jardim e arrancou ervas daninhas até estar escuro demais para enxergar. Quando entrou, Chad estava roncando na cama. Ele tinha tirado a camisa, mas ainda estava de calça. Ela achou que ele parecia um idiota. Isso lhe deu vontade de chorar, mas ela não chorou.

* * *

Chad a deixou e voltou para Nova York. Às vezes, mandava e-mails, e às vezes ela respondia. Ele não pediu sua parte do dinheiro que restava, o que foi bom. Ela não teria dado. Dera duro por aquele dinheiro e ainda não terminara com ele: colocava-o no banco aos poucos, pagando a casa. Ele dizia nos e-mails que voltara a dar aulas como substituto e que escrevia nos fins de semana. Ela acreditava na parte das aulas, mas não na de escrever. Os e-mails tinham uma sensação fraca e desbotada que sugeria que podia não restar muito nele quando o assunto era a escrita. Nora sempre achou que ele era um sujeito de um livro só, de qualquer modo.

Ela mesma cuidou da papelada do divórcio. Encontrou tudo de que precisava na internet. Havia papéis que precisava que ele assinasse, e Chad assinou. Todos voltaram sem nenhum bilhete junto.

No verão seguinte (um bom verão; Nora estava trabalhando em horário integral no hospital da cidade e seu jardim só crescia), ela estava olhando um sebo um dia e deu de cara com o livro que viu no escritório de Winnie: *Fundamentos da moralidade*. Era um exemplar bem surrado, e ela pôde levar para casa por pouco mais de dois dólares.

Demorou o resto do verão e boa parte do outono para ler o livro de cabo a rabo. No final, ficou decepcionada. Havia pouco ou quase nada naquelas páginas que ela já não soubesse.

Para Jim Sprouse

Acho que a maioria das pessoas tende a meditar mais sobre "a vida após a morte" quando fica mais velha, e como estou agora com sessenta e tantos anos, faço parte desse grupo. Vários de meus contos e pelo menos um romance (*Revival*) abordaram essa questão. Não posso dizer que "já *lidei* com ela*", porque isso implica alguma espécie de conclusão, e nenhum de nós pode tirar uma, não é? Ninguém mandou um vídeo feito no celular da terra dos mortos. Existe a fé, claro (e uma verdadeira enxurrada de livros sobre "o céu real"), mas a fé é, por sua própria definição, uma crença sem provas.

Se pararmos para pensar bem, veremos que só existem duas escolhas. Ou existe Alguma Coisa, ou existe o Nada. Se for este último, caso encerrado. Se for o primeiro, há uma miríade de possibilidades, com o céu, o inferno, o purgatório e a reencarnação como as opções mais populares na Parada de Sucessos do Além. Ou talvez você tenha aquilo que sempre acreditou que teria. Talvez o cérebro esteja equipado com um programa de suspensão embutido que começa a rodar na hora que todo o resto começa a falhar e estamos nos preparando para pegar o último trem. Para mim, os relatos de experiências de quase morte tendem a sustentar essa ideia.

O que eu gostaria (eu acho) é de uma chance de repassar tudo, como se fosse uma espécie de filme imersivo, para eu poder me deleitar com os bons momentos e as boas escolhas, como quando me casei com minha esposa e quando tomamos a decisão de ter nosso terceiro filho. É claro que eu também teria que me arrepender das escolhas ruins (e fiz minha cota delas), mas quem não gostaria de reviver aquele primeiro beijo bom ou de ter a oportunidade de relaxar e realmente aproveitar a cerimônia de casamento que passou voando por causa do nervosismo?

Esta história não é sobre uma reprise assim, não exatamente, mas refletir sobre a possibilidade me levou a escrever sobre a vida após a morte de um homem. O motivo de o gênero da fantasia continuar sendo tão vital e necessário é que ele nos leva a falar sobre esse tipo de assunto de uma forma que a ficção realista não consegue.

VIDA APÓS A MORTE

William Andrews, um banqueiro de investimentos que trabalhava na Goldman Sachs, morre na tarde do dia 23 de setembro de 2012. É uma morte esperada; a esposa e os filhos adultos estão junto ao leito. Naquela noite, quando finalmente se permite ficar um tempo sozinha, longe do fluxo regular de familiares e visitantes para lhe dar os pêsames, Lynn Andrews liga para a amiga mais antiga, que ainda mora em Milwaukee. Foi Sally Freeman quem a apresentou para Bill, e se alguém merece saber sobre os últimos sessenta segundos do casamento de trinta anos, esse alguém é Sally.

— Ele estava inconsciente durante quase toda a semana passada, por causa dos remédios, mas ficou consciente no fim. Os olhos estavam abertos, e ele me viu. Ele sorriu. Eu peguei a mão dele, e Bill a apertou um pouco. Eu me inclinei e beijei a bochecha dele. Quando me levantei, ele já tinha partido.

Ela estava esperando havia horas para dizer isso, e, depois de dito, caiu no choro.

A suposição de que o sorriso dele foi para ela era natural, mas um engano. Quando ele está olhando para a esposa e para os três filhos adultos (eles parecem absurdamente altos, criaturas angelicais e saudáveis habitando um mundo do qual ele está partindo), Bill sente a dor com que viveu nos últimos dezoito meses deixar seu corpo. Sai dele como lama de um balde. Então, ele sorri.

Com a ausência da dor, sobra pouca coisa. O corpo está leve como pétalas de dente-de-leão. A esposa segura a mão dele e se aproxima, vinda de seu mundo alto e saudável. Bill guardou um pouco de força, que agora gasta para apertar os dedos dela. Ela se inclina. Vai beijá-lo.

Antes que os lábios dela possam tocar sua pele, uma mancha aparece no centro de sua visão. Não é uma mancha negra, mas sim branca. Ela aumenta até obliterar o único mundo que conhece desde 1956, quando nasceu no pequeno Hospital do Condado de Hemingford, no Nebraska. Durante o último ano, Bill leu muito sobre a passagem da vida para a morte (no computador, sempre tomando o cuidado de apagar o histórico para não chatear Lynn, que sempre foi uma otimista nada realista), e apesar de boa parte não ter passado de baboseira, o tal fenômeno da "luz branca" pareceu bem plausível. Primeiro, porque foi registrado em todas as culturas. Além disso, tem uma pontinha de credibilidade científica. Uma das teorias que ele leu sugere que a luz branca é o resultado da interrupção repentina do fluxo sanguíneo para o cérebro. Outra, mais elegante, declara que o cérebro está executando uma varredura global na tentativa de encontrar uma experiência comparável à morte.

Ou pode ser só os últimos fogos de artifício.

Seja qual for a causa, Bill Andrews agora a está vivenciando. A luz branca oblitera a família e o quarto arejado de onde os assistentes funerários em breve vão retirar seu corpo. Nas pesquisas, ele passou a conhecer o acrônimo EQM, que significa experiência de quase morte. Em muitas dessas experiências, a luz branca se torna um túnel, no fim do qual há membros saudosos da família que já morreram, ou amigos, ou anjos, ou Jesus, ou alguma outra deidade beneficente.

Bill não espera um comitê de boas-vindas. O que espera é que a explosão final de fogos se apague e se transforme na escuridão do esquecimento, mas isso não acontece. Quando o brilho diminui, ele não está no céu nem no inferno. Está em um corredor. Ele acha que talvez seja o purgatório, um corredor pintado de verde industrial e com piso gasto e sujo que poderia muito bem ser o purgatório, mas só se continuasse para sempre. O corredor termina seis metros à frente, em uma porta com uma placa que diz ISAAC HARRIS, GERENTE.

Bill fica onde está por alguns momentos, se analisando. Está usando o pijama com o qual morreu (pelo menos, ele supõe que tenha morrido) e está descalço, mas não tem sinal do câncer que primeiro sentiu um gostinho do corpo dele, depois engoliu tudo, deixando só pele e esqueleto. Parece estar de novo com uns oitenta e cinco quilos, que era seu peso ideal (com uma leve barriguinha, para falar a verdade) antes de o câncer atacar. Ele encosta no traseiro e na lombar. As escaras sumiram. Que bom. Respira fundo e expira sem tossir. Melhor ainda.

Ele anda um pouco pelo corredor. À esquerda há um extintor de incêndio com uma pichação peculiar: *Antes tarde do que nunca!* À direita, um quadro de avisos. Nele, foram presas várias fotos, do tipo antiquado, com beiradas irregulares. Acima dele há uma faixa feita à mão com o texto: PIQUENIQUE DA EMPRESA DE 1956! COMO NOS DIVERTIMOS!

Bill examina as fotos, que mostram executivos, secretárias, funcionários de escritório e um monte de crianças bagunceiras sujas de sorvete. Tem rapazes cuidando de uma churrasqueira (um usando o obrigatório chapéu de cozinheiro), rapazes e moças jogando ferraduras, rapazes e moças jogando vôlei, rapazes e moças nadando em um lago. Os rapazes estão usando sungas que parecem quase obscenamente apertadas e curtas para seu cérebro do século XXI, mas bem poucos têm barriga. *Eles têm o físico dos anos 1950*, pensa Bill. As moças estão usando aqueles maiôs estilo Esther Williams, do tipo que faz o corpo da mulher parecer que não tem traseiro, mas uma curva lisa e sem fenda acima das coxas. Cachorros-quentes estão sendo ingeridos. Cerveja está sendo bebida. Todo mundo parece estar se divertindo muito.

Em uma das fotos, ele vê o pai de Richie Blankmore entregando um marshmallow assado para Annmarie Winkler. Isso é ridículo, porque o pai de Richie era motorista de caminhão e nunca foi a um piquenique da empresa na vida. Annmarie foi uma garota com quem ele saiu na época da faculdade. Em outra foto, ele vê Bobby Tisdale, um colega de faculdade do começo dos anos 1970. Bobby, que chamava a si mesmo de Tiz, o Gênio, morreu de ataque cardíaco com trinta e poucos anos. Ele estava vivo em 1956, mas devia estar no jardim de infância ou no primeiro ano do ensino fundamental, não tomando cerveja na beira do lago Sei Lá Qual. Nessa foto, o Gênio parece ter uns vinte anos, que devia ser a idade dele quando Bill o conheceu. Em uma terceira foto, a mãe de Eddie Scarponi está dando uma cortada em uma bola de vôlei. Eddie era o melhor amigo de Bill quando a família se mudou do Nebraska para Paramus, Nova Jersey, e Gina Scarponi (vista uma vez tomando sol no pátio só com uma calcinha branca fio dental e mais nada) estava nas fantasias favoritas de Bill na época em que ele ainda estava com a licença de aprendizado da masturbação.

O cara de chapéu de cozinheiro é Ronald Reagan.

Bill olha com atenção, com o nariz quase encostado na foto em preto e branco, e não tem dúvida. O quadragésimo presidente dos Estados Unidos está fazendo hambúrgueres em um piquenique de empresa.

Mas que empresa?

E onde exatamente Bill está agora?

A euforia de estar inteiro de novo e sem dor está passando. O que a substitui é uma sensação crescente de deslocamento e inquietação. Ver essas pessoas nas fotos não faz sentido, e o fato de ele não conhecer a maioria oferece, no máximo, um consolo ínfimo. Ele olha para trás e vê uma escada que leva a outra porta. Nesta, está escrito a palavra TRANCADA com letras de forma vermelhas. Isso deixa só o escritório do sr. Isaac Harris. Bill anda até lá, hesita e bate.

— Está aberta.

Bill entra. Ao lado de uma mesa entulhada está um sujeito com uma calça social larga de cintura alta, presa por suspensórios. O cabelo castanho é repartido no meio e oleoso. Ele usa óculos sem aro. As paredes estão cobertas de faturas e de fotos sensuais bregas de mulheres mostrando as pernas que fazem Bill pensar na empresa de transportes na qual o pai de Richie Blankmore trabalhava. Ele foi lá algumas vezes com Richie, e a sala de despacho era igualzinha.

De acordo com o calendário na parede, é março de 1911, o que não faz mais sentido que 1956. Quando entra, Bill repara em uma porta à direita. À esquerda, tem outra. Não há janelas, mas um tubo de vidro sai do teto e para acima de um cesto de roupas Dandux. O cesto está cheio com uma pilha de lençóis amarelos que mais parecem faturas. Ou talvez sejam memorandos. Há uma pilha de sessenta centímetros de arquivos na cadeira em frente à mesa.

— Bill Anderson, não é?

O homem vai até a mesa e se senta. Não há nenhuma tentativa de um aperto de mãos.

— Andrews.

— Certo. E eu sou Harris. Bem-vindo de volta, Andrews.

Considerando todas as pesquisas de Bill sobre morrer, esse comentário até faz sentido. E é um alívio. Desde que ele não tenha que voltar como um besouro rola-bosta nem nada do tipo.

214

— Então é reencarnação? Essa é a verdade?

Isaac Harris suspira.

— Você sempre pergunta a mesma coisa, e eu sempre dou a mesma resposta: não é bem isso.

— Eu estou morto, não estou?

— Você se sente morto?

— Não, mas vi a luz branca.

— Ah, sim, a famosa luz branca. Você estava lá e agora está aqui. Espere um minuto.

Harris mexe nos papéis na mesa, não encontra o que quer e começa a abrir as gavetas. De uma delas, tira algumas pastas e separa uma. Ele a abre, vira uma ou duas páginas e assente.

— Só preciso refrescar um pouco a memória. Banqueiro de investimentos, não é?

— Sim.

— Esposa e três filhos? Dois meninos, uma menina?

— Correto.

— Peço desculpas. Tenho uns duzentos peregrinos, e é difícil me lembrar de todos. Sempre planejo colocar as pastas em ordem, só que isso é trabalho de secretária, e como eles nunca me ofereceram uma...

— Quem são *eles*?

— Não faço ideia. As ordens chegam pelo tubo. — Ele bate no tubo, que balança e depois para. — Funciona a ar comprimido. Tecnologia de ponta.

Bill pega as pastas na cadeira em frente à mesa e olha para o outro homem, com as sobrancelhas erguidas.

— Pode colocar no chão — diz Harris. — Por enquanto, está bom. Um dia desses ainda vou organizar tudo. Isso se *houver* dias. Deve haver, e noites também, mas quem pode dizer com certeza? Não há janelas aqui, como já deve ter percebido. Nem relógios.

Bill se senta.

— Por que você me chamou de peregrino se não é reencarnação?

Harris se reclina e entrelaça as mãos na nuca. Olha para o tubo pneumático, que devia *mesmo* ser tecnologia de ponta em algum momento. Talvez por volta de 1911, embora Bill ache que esse tipo de coisa ainda devia existir por volta de 1956.

Harris balança a cabeça e ri, embora não ache graça.

— Se você soubesse como essas conversas ficam *cansativas*. De acordo com o arquivo, é sua décima quinta visita.

— Eu nunca estive aqui na vida — retruca Bill. Ele pensa um pouco. — Só que *não* é a minha vida, é? É a minha vida após a morte.

— Na verdade, é a minha. Você é o peregrino, não eu, você e os outros palhaços que entram e saem daqui. Você vai sair por uma das portas e vai embora. Eu fico. Não há banheiros aqui porque eu não necessito mais de um. Não há quartos porque não preciso dormir. Eu só fico aqui sentado e recebo vocês, os palhaços viajantes. Vocês entram, fazem as mesmas perguntas, e eu dou as mesmas respostas. Esta é a *minha* vida após a morte. Parece empolgante?

Bill, que pesquisou todas as minúcias teológicas enquanto seu fim estava próximo, conclui que teve a ideia certa quando ainda estava no corredor.

— Você está falando do purgatório.

— Ah, sem dúvida. A única pergunta que tenho é por quanto tempo vou ficar aqui. E gostaria de dizer que vou acabar ficando maluco se não conseguir sair em breve, mas acho que nem isso é mais possível, assim como não consigo cagar nem cochilar. Sei que meu nome não quer dizer nada para você, mas já discutimos isso antes; não todas as vezes que você apareceu, mas em várias ocasiões. — Ele balança um dos braços com força suficiente para fazer algumas faturas presas à parede tremularem. — Este é, ou *era*, não sei direito qual dos dois é o tempo verbal correto nesta situação, meu escritório na terra.

— Em 1911?

— Isso mesmo. Eu perguntaria se você sabe o que é uma blusa acinturada, Bill, mas como sei que você não sabe, vou dizer logo: é uma peça do vestuário feminino. Na virada do século, meu sócio, Max Blanck, e eu éramos donos de uma fábrica chamada Triangle Shirtwaist. Era um negócio rentável, mas as mulheres que trabalhavam lá eram um grande pé você sabe onde. Sempre saindo para fumar e, pior, roubando coisas, que colocavam nas bolsas ou enfiavam debaixo das saias. Então, nós trancávamos as portas para que elas ficassem lá dentro durante os turnos de trabalho, e as revistávamos na saída. Para resumir a história, o maldito lugar pegou fogo. Max e eu fugimos subindo para o telhado e descendo pela escada de incêndio.

Muitas das mulheres não tiveram tanta sorte. Mas vamos ser sinceros e admitir que a culpa não é só minha e dele. Fumar na fábrica era estritamente *proibido*, mas muitas delas fumavam mesmo assim, e foi um cigarro que deu início ao incêndio. Os bombeiros disseram. Max e eu fomos julgados por homicídio culposo e fomos absolvidos.

Bill se lembra do extintor de incêndio no corredor, com *Antes tarde do que nunca!* escrito. Ele pensa: *Você foi considerado culpado no novo julgamento, sr. Harris, senão não estaria aqui.*

— Quantas mulheres morreram?

— Cento e quarenta e seis — diz Harris —, e lamento por cada uma delas, sr. Anderson.

Bill não se dá ao trabalho de corrigir seu nome. Vinte minutos antes, estava morrendo na cama; agora, está fascinado por aquela história antiga, que nunca ouviu antes. Ao menos, não que se lembre.

— Pouco tempo depois que Max e eu descemos a escada de incêndio, as mulheres correram para lá. A porcaria não aguentou o peso. Desabou e jogou mais de vinte nos paralelepípedos da calçada, trinta metros abaixo. Todas morreram. Outras quarenta pularam das janelas do nono e do décimo andar. Algumas estavam em chamas. *Elas* também morreram. A brigada de incêndio chegou com redes, mas as mulheres passaram direto por elas e explodiram no asfalto como sacos cheios de sangue. Uma visão horrível, sr. Anderson, horrível. Outras pularam nos vãos dos elevadores, mas a maioria só... queimou.

— Como o Onze de Setembro, mas com menos mortes.

— É o que você sempre diz.

— E aqui está você.

— Realmente. Às vezes me pergunto quantos homens estão sentados em escritórios assim. Mulheres também. Tenho certeza de que *há* mulheres, pois sempre tive a mente aberta e não vejo motivos para as mulheres não ocuparem posições executivas mais baixas, e de forma exemplar. Todos nós respondendo as mesmas perguntas e enviando os mesmos peregrinos em frente. Era de se pensar que a carga diminuísse um pouco toda vez que um de vocês decide usar a porta da direita em vez de aquela — ele aponta para a porta à esquerda —, mas não. *Não*. Uma lata nova cai pelo tubo, *zup*, e eu recebo um palhaço novo para substituir o anterior. Às vezes, dois. — Ele se inclina para a frente e fala com grande ênfase. — É um trabalho de merda, sr. Anderson!

— É Andrews — diz Bill. — E olhe, sinto muito que você se sinta assim, mas, caramba, assuma um pouco de responsabilidade pelas suas ações, homem! Cento e quarenta e seis mulheres! E você *trancou* as portas.

Harris bate na mesa.

— Elas estavam roubando a gente! — Ele pega a pasta e a sacode na direção de Bill. — Olha quem fala! Ha! O sujo falando do mal lavado! Goldman Sachs! Fraudes de colarinho-branco! Lucro na casa dos bilhões, impostos na casa dos milhões! Dos *poucos* milhões! O termo *bolha imobiliária* soa familiar? Dos fundos de quantos clientes você abusou? Quantas pessoas perderam as economias de toda uma vida graças à sua ganância e falta de visão?

Bill sabe do que Harris está falando, mas toda essa patifaria (bem… a maior parte) acontecia bem acima da alçada dele. Ele ficou tão surpreso quanto todo mundo quando jogaram a merda no ar-condicionado. Ele fica tentado a dizer que tem uma diferença grande entre ficar empobrecido e ser queimado vivo, mas para que esfregar sal na ferida? Além do mais, provavelmente soaria pretensioso.

— Vamos deixar isso pra lá — diz ele. — Se você tem informações de que preciso, por que não me dá logo? Diga quais são minhas opções, e eu vou largar do seu pé.

— Não era *eu* quem estava fumando — diz Harris com o tom de voz baixo e reflexivo. — Não fui *eu* quem largou o fósforo.

— Sr. Harris?

Bill consegue sentir as paredes se fechando. *Se eu tivesse que ficar aqui para sempre, daria um tiro em mim mesmo*, pensa ele. Só que, se o que o sr. Harris diz é verdade, ele não ia querer, tanto quanto não quer ir ao banheiro.

— Tá, tudo bem. — Harris faz um som com os lábios, meio de sopro. — Suas *opções* são as seguintes: se sair pela porta da esquerda, você pode viver sua vida de novo. De A a Z. Do início ao fim. Se sair pela da direita, você some. Puf. Como uma vela se apagando ao vento.

Primeiro, Bill não diz nada. Ele é incapaz de falar e não tem certeza se consegue confiar nos próprios ouvidos. É bom demais para ser verdade.

Sua mente se volta primeiro para Mike e o acidente que aconteceu quando o irmão tinha oito anos. Depois, para o furto idiota quando tinha dezessete. Foi só uma travessura, mas poderia ter destruído seus planos para a faculdade se o pai não tivesse se intrometido e falado com a pessoa certa. A história com Annmarie na casa da fraternidade... que ainda o assombra nos momentos de ócio, mesmo depois de tantos anos. E, claro, o grande...

Harris está sorrindo, e o sorriso não é nem um pouco agradável.

— Sei o que você está pensando, porque já tivemos essa conversa antes. Que você e seu irmão estavam brincando de pique quando eram crianças e você bateu a porta para ele não entrar e cortou sem querer a ponta do dedo mindinho dele. Sobre o furto por impulso, o relógio, e que seu pai mexeu os pauzinhos para tirar você da encrenca...

— Isso aí, sem registro. Exceto com ele. Ele nunca me deixou esquecer.

— E tem também a garota na fraternidade. — Harris levanta o arquivo. — O nome dela está aqui em algum lugar, imagino, faço o possível para manter esses arquivos atualizados, isso quando consigo encontrá-los, mas por que você não refresca minha memória?

— Annmarie Winkler. — Bill sente as bochechas ficando quentes. — Não foi estupro, então não vá inventando histórias. Ela colocou as pernas ao redor da minha cintura quando subi nela, e se isso não é consentimento, não sei o que é.

— Ela também passou as pernas ao redor dos dois caras que apareceram depois?

Não, Bill fica tentado a dizer, *mas pelo menos não botamos fogo nela*. Ainda assim...

Ele podia estar preparando uma tacada perto do sétimo buraco do campo de golfe, ou trabalhando na carpintaria, ou conversando com a filha (agora universitária) sobre seu projeto final e, de repente, se perguntava onde Annmarie está agora. O que está fazendo. O que se lembra daquela noite.

O sorriso de Harris se alarga e vira um sorrisinho sardônico. Pode até ser um emprego de merda, mas está claro que ele gosta de algumas partes.

— Vejo que é uma pergunta que você não quer responder, então por que não seguimos em frente? Você está pensando em todas as coisas que vai mudar durante sua próxima volta no carrossel cósmico. Desta vez, não vai bater a porta no dedinho do seu irmão, nem tentar roubar um relógio no Paramus Mall...

— Foi no Mall of New Jersey. Tenho certeza de que essa informação está em algum lugar no seu arquivo.

Harris balança o arquivo de Bill como se para espantar uma mosca irritante e continua:

— Na próxima vez, você não vai transar com a garota desacordada no sofá do porão da sua fraternidade, e, o mais importante!, vai marcar aquela consulta para fazer a colonoscopia em vez de adiar, porque agora decidiu, e me corrija se eu estiver errado, que a indignidade de enfiarem uma câmera no seu cu é um pouco melhor que morrer de câncer colorretal.

Bill diz:

— Várias vezes eu quis contar a Lynn sobre a garota na fraternidade. Mas nunca tive coragem.

— Mas, se tivesse oportunidade, mudaria tudo isso.

— Claro... se tivesse oportunidade, você não destrancaria as portas da fábrica?

— Sem dúvida, mas não existem segundas chances. Lamento decepcionar você.

Ele não parece lamentar nada. Harris está com cara de cansado. Harris parece entediado. Harris também parece cruelmente triunfante. Ele aponta para a porta à esquerda de Bill.

— Use aquela, como fez em todas as outras ocasiões, e vai começar tudo de novo, um bebê de três quilos e duzentos gramas saindo do útero da mãe para as mãos do médico. Você vai ser embrulhado e levado para casa, em uma fazenda do centro do Nebraska. Quando seu pai vender a fazenda em 1964, vocês vão se mudar para Nova Jersey. Lá você vai cortar a ponta do dedinho do seu irmão enquanto estiver brincando de pique. Você vai estudar na mesma escola, vai fazer os mesmos cursos e vai tirar as mesmas notas. Vai estudar na Boston College e vai cometer o mesmo ato de semiestupro no mesmo porão de fraternidade. Vai ver os seus mesmos irmãos de fraternidade estuprarem Annmarie Winkler, e apesar de achar que tem que impedir o que está acontecendo, não vai reunir coragem suficiente. Três anos depois, você vai conhecer Lynn DeSalvo, e dois anos depois vocês vão se casar. Você vai seguir a mesma carreira, vai ter os mesmos amigos e a mesma inquietação profunda em relação às práticas da empresa... e vai ficar calado do mesmo jeito. O mesmo médico vai mandar você fazer uma colonoscopia quando chegar aos cinquenta anos, e você vai prometer, como sempre faz, que vai cuidar dessa questão. Não vai, e como resultado vai morrer do mesmo câncer.

O sorriso de Harris quando ele solta o arquivo novamente na mesa lotada está agora tão largo que quase toca no lóbulo das orelhas.

— Depois, você vai vir para cá, e vamos ter a mesma discussão. Meu conselho seria usar a outra porta e acabar logo com isso, mas é claro que a decisão é sua.

Bill ouviu o sermão com consternação crescente.

— Eu não vou me lembrar de nada? *Nada?*

— Não nada — diz Harris. — Você deve ter reparado nas fotos no corredor.

— O piquenique da empresa.

— É. Todos os meus clientes veem imagens do ano de seu nascimento e reconhecem alguns rostos em meio aos estranhos. Quando viver sua vida de novo, sr. Anders, presumindo que decida fazer isso, você vai ter uma sensação de *déjà vu* quando vir essas pessoas pela primeira vez, uma sensação de que já viveu aquilo antes. E viveu mesmo, claro. Você vai ter um pensamento fugaz, quase uma certeza, de que há mais... digamos, *camadas* na sua vida e na existência em geral do que acreditava antes. Mas vai passar.

— Se é tudo igual, sem possibilidade de melhoria, por que estamos aqui?

Harris fecha a mão e bate no tubo pneumático acima do cesto de roupas, fazendo-o balançar.

— *O CLIENTE QUER SABER POR QUE ESTAMOS AQUI! QUER SABER QUAL É O OBJETIVO DISSO TUDO!*

Ele espera. Nada acontece. Ele cruza as mãos sobre a mesa.

— Quando Jó quis saber isso, sr. Anderson, Deus perguntou se Jó estava lá quando ele, Deus, criou o universo. Acho que você não merece nem essa resposta. Então, vamos considerar o caso encerrado. O que você quer fazer? Escolha uma porta.

Bill está pensando no câncer. Na dor do câncer. Passar por tudo aquilo de novo... só que ele não lembraria de já ter passado por aquilo. Tem isso. Supondo que Harris esteja dizendo a verdade.

— Sem lembrança nenhuma? Sem mudança nenhuma? Tem certeza? Como pode ter?

— Porque a conversa é sempre a mesma, sr. Anderson. Todas as vezes, e com todos vocês.

— *É Andrews!* — Ele grita, surpreendendo os dois. Com a voz mais baixa, diz: — Se eu tentar, tentar de verdade, tenho certeza de que consigo lembrar alguma coisa. Mesmo que seja só o que aconteceu com o dedo de Mike. E uma mudança pode bastar para… sei lá…

Para levar Annmarie ao cinema em vez de para aquela maldita festa, que tal?

Harris diz:

— Existe uma história do folclore que diz que, antes do nascimento, toda alma humana sabe todos os segredos da vida, da morte e do universo. Mas aí, logo antes de nascer, um anjo se inclina, coloca o dedo nos lábios do bebê e sussurra: "*Shhh*". — Harris toca a curvinha acima dos lábios. — De acordo com a história, esta é a marca deixada pelo dedo do anjo. Todo mundo tem uma.

— Já viu um anjo, sr. Harris?

— Não, mas vi um camelo uma vez. Foi no zoológico do Bronx. Escolha uma porta.

Enquanto pensa, Bill se lembra de uma história que leu no ensino fundamental: "A dama ou o tigre?". A decisão não é tão difícil quanto a do conto.

Eu preciso me lembrar só de uma coisa, ele diz para si mesmo quando abre a porta que leva de volta à sua vida. *Só de uma coisa.*

A luz branca do retorno o envolve.

O médico, que vai deixar de apoiar o partido republicano e vai votar em Adlai Stevenson no outono (uma coisa que sua esposa jamais pode saber), se inclina para a frente, como um garçom oferecendo uma bandeja, e aparece segurando um bebê nu pelos pés. Ele dá uma batida na bunda, e a gritaria começa.

— Você tem um garotinho saudável, sra. Andrews — diz ele. — Parece ter uns três quilos. Parabéns.

A sra. Andrews pega o bebê. Beija as bochechas e a testa úmidas. Vão batizá-lo de William em homenagem ao pai de seu pai. Quando o século XXI chegar, seu filho ainda vai ter quarenta anos. A ideia é atordoante. Nos braços, ela segura não só uma nova vida, mas um universo de possibilidades. *Nada*, pensa ela, *pode ser mais maravilhoso.*

Pensando em Surendra Patel

Ralph Vicinanza, um bom amigo que também vendeu os direitos de publicação dos meus livros para vários países, tinha um talento para me procurar com ideias interessantes na hora certa, que era quando eu estava entre projetos. Eu nunca converso muito com as pessoas sobre meu projeto da vez, então ele devia ter algum tipo de radar especial. Foi ele quem sugeriu que eu podia experimentar um romance em partes no estilo Charles Dickens, e essa semente acabou florescendo na forma de *À espera de um milagre*.

Ralph ligou pouco depois que terminei a primeira versão de *Love: a história de Lisey* e estava esperando que o livro assentasse um pouco (ou seja: não estava fazendo nada). Ele disse que a Amazon estava lançando o Kindle de segunda geração e que a empresa gostaria que algum escritor de best-sellers os ajudasse no departamento de RP escrevendo uma história usando o Kindle como elemento do enredo. (Esse tipo de trabalho mais longuinho de ficção e não ficção mais tarde começou a ser conhecido como Kindle Single.) Eu agradeci a Ralph, mas disse que não tinha interesse, e por dois motivos. O primeiro foi que nunca consegui escrever histórias sob demanda. O segundo é que eu não emprestava meu nome para nenhuma empresa desde um comercial para o American Express muito tempo atrás. E, Jesus Cristo, como foi bizarro! De smoking, eu fiz uma pose em um castelo sinistro com um corvo empalhado no braço. Um amigo me disse que eu parecia um crupiê de carteado com fetiche por pássaros.

— Ralph — falei —, eu gosto do meu Kindle, mas não tenho interesse nenhum em dar dinheiro para a Amazon.

Mas a ideia ficou na minha cabeça, principalmente porque sempre fui fascinado por novas tecnologias, em especial as que têm a ver com ler e escrever. Certo dia, não muito tempo depois da ligação de Ralph, a ideia desta história surgiu quando eu estava fazendo minha caminhada matinal. Era legal demais para ficar sem ser escrita. Eu não contei para Ralph, mas, quando terminei a história, mandei para ele e disse que o Kindle podia usar para lançar o aparelho se quisesse. Até apareci no evento e li um trecho.

Tive que aguentar certa quantidade de merda por causa disso, de partes da comunidade literária, e fui acusado de ter me vendido por dinheiro, mas, nas palavras de John Lee Hooker, "isso não me incomoda em nada". No que me dizia respeito, a Amazon era só mais um mercado, e um dos poucos que publicaria uma história desse tamanho. Não houve adiantamento, mas houve — e ainda há — royalties em cada venda (ou download, se você preferir). Fiquei feliz em depositar os cheques; tem um dito antigo que diz que o trabalhador merece ganhar pelo seu esforço, e acho que é um dito verdadeiro. Eu escrevo por amor, mas o amor não paga as contas.

Mas houve uma vantagem especial: um Kindle cor-de-rosa exclusivo. Ralph se divertiu com isso, e fico feliz. Foi nosso último negócio divertido, porque meu amigo morreu de repente, dormindo, cinco anos atrás. Nossa, como sinto falta dele.

Esta versão da história foi consideravelmente revisada, mas você vai reparar que se passa em uma era em que os aparelhos de leitura digital ainda eram novidade. Parece muito tempo atrás, não é? E parabéns para vocês, fãs de Roland de Gilead, que acharem as referências a certa Torre Negra.

UR

I — EXPERIMENTANDO NOVAS TECNOLOGIAS

Quando os colegas de Wesley Smith perguntaram — alguns com uma das sobrancelhas erguida de forma sarcástica — o que ele ia fazer com o aparelho (todos chamavam de aparelho), ele falou que estava experimentando novas tecnologias. Não era verdade. Ele comprou o Kindle só de raiva.

Gostaria de saber se os analistas de marketing da Amazon têm essa motivação listada nos formulários das pesquisas de produto, pensou ele. Wesley supunha que não. Deu a ele certa satisfação, mas não tanta quanto esperava obter da surpresa de Ellen Silverman quando ela o visse com a nova compra. Isso ainda não tinha acontecido, mas aconteceria. O campus era pequeno, afinal, e ele só estava com o novo brinquedo (ele chamava de novo brinquedo, ao menos no começo) havia uma semana.

Wesley era professor do departamento de inglês da Moore College, em Moore, Kentucky. Como todos os professores de inglês, ele achava que havia um romance em algum lugar dentro dele e que o escreveria um dia. A Moore College era o tipo de instituição que as pessoas chamavam de "uma boa universidade". Don Allman, o único amigo de Wesley no departamento, explicou o que isso queria dizer.

— Uma boa universidade — disse Don — é uma da qual ninguém ouviu falar fora de um raio de cinquenta quilômetros. As pessoas a consideram uma boa universidade porque não têm provas do contrário, e a maioria é otimista, apesar de alegar que não é. As pessoas que se dizem realistas muitas vezes são as mais otimistas.

— Isso faz de você um realista? — perguntou Wesley certa vez.

— Acho que o mundo é basicamente habitado por uns merdas — respondeu Don Allman. — Pode tirar suas próprias conclusões.

Moore não era uma boa universidade, mas também não era péssima. Na grande escala da experiência acadêmica, ficava um pouco abaixo de medíocre. A maioria dos três mil alunos pagava as contas, e muitos deles conseguiam emprego depois de se formar, apesar de alguns prosseguirem nos estudos para obter (ou ao menos tentar) o mestrado. Havia bastante bebedeira, e, claro, havia festas, mas na grande escala das festas de faculdade, Moore ficava um pouco acima de medíocre. Produziu políticos, mas eram só peixes pequenos, mesmo quando se tratava de corrupção e falcatruas. Em 1978, um ex-estudante da Moore foi eleito para a Câmara dos Deputados americana, mas teve um ataque cardíaco e morreu depois de servir por apenas quatro meses. O substituto dele era formado em Baylor.

As únicas marcas de excepcionalidade da universidade tiveram a ver com o time de futebol americano e com o time de basquete feminino da Divisão Três. O time de futebol americano (os Suricatos da Moore) era um dos piores dos Estados Unidos e ganhara apenas sete jogos nos últimos dez anos. Estavam sempre falando em desfazer o time. O treinador do momento era um viciado em drogas que gostava de dizer para as pessoas que viu *O lutador* doze vezes e que nunca ficava sem chorar quando Mickey Rourke contava para a filha que mal conhecia que não passava de um pedaço de carne destruído.

Mas as mulheres do time de basquete eram excepcionais de um jeito *bom*, principalmente considerando que a maioria das jogadoras não tinha mais do que um metro e setenta e estava se preparando para empregos como gerentes de marketing, compradoras de atacado ou (se tivessem sorte) assistentes pessoais de homens poderosos. As Lady Suricatos ganharam oito títulos nos últimos dez anos. A treinadora era a ex-namorada de Wesley, *ex* de um mês antes. Ellen Silverman era a fonte da raiva que o fez comprar um Kindle. Bem… Ellen e o garoto Henderson da aula de Introdução à Ficção Moderna Americana.

Don Allman também dizia que os docentes da Moore eram medíocres. Não péssimos, como o time de futebol americano (isso pelo menos teria sido interessante), mas definitivamente medíocres.

— E você e eu? — perguntou Wesley. Eles estavam no escritório que dividiam. Se um aluno entrava para conversar, o professor que não estava sendo procurado saía. Durante boa parte dos semestres de outono e de primavera, isso não era um problema, pois os alunos só queriam conversar pouco antes das provas finais. Mesmo nessa época, só os veteranos suplicantes por nota e os alunos que sempre puxavam saco (desde o ensino fundamental) apareciam. Don Allman dizia que às vezes fantasiava com uma aluna gostosa usando uma camiseta que dizia DOU PRA VOCÊ SE TIRAR A, mas isso nunca aconteceu.

— Nós? — respondeu Don. — Meu Deus, *olhe* pra gente, cara.

— Fale por você — retrucou Wesley. — Vou escrever um romance.

Mas só falar sobre isso já o deixava deprimido. Quase tudo o deprimia desde que Ellen o abandonou. Quando não estava deprimido, sentia raiva.

— Sim! E o presidente Obama vai me designar o novo poeta laureado! — exclamou Don Allman. Em seguida, apontou para uma coisa na mesa amontoada de Wesley. O Kindle estava em cima de *American Dreams*, o livro-texto. Wesley usava na aula de introdução à literatura americana. — O que você está achando desse merdinha?

— Bom — disse Wesley.

— Algum dia vai substituir os livros?

— Nunca.

Mas Wesley estava começando a duvidar.

— Achei que só existia o branco — disse Don Allman.

Wesley olhou para Don com a mesma arrogância com que olharam para ele no encontro do departamento em que seu Kindle fez a primeira aparição pública.

— Nada existe só na cor branca — disse ele. — Estamos nos Estados Unidos.

Don Allman pensou a respeito e disse:

— Soube que você e Ellen terminaram.

Wesley suspirou.

Ellen era sua *outra* amiga, e amiga com benefícios, até quatro semanas antes. Ela não era do departamento de inglês, claro, mas a ideia de ir para a cama com alguém do departamento de inglês, até mesmo Suzanne Montanaro, que era vagamente apresentável, o fazia estremecer. Ellen tinha um metro e cinquenta e nove (e olhos azuis!), era magra e tinha cabelo preto curto e ondulado que a fazia parecer uma elfa. Tinha um corpo explosivo e beijava como uma deusa. (Wesley nunca tinha beijado uma deusa, mas podia imaginar.) E a energia dela não diminuía quando eles estavam na cama.

Uma vez, sem ar, ele se deitou e disse:

— Eu nunca vou me equiparar a você como amante.

— Se ficar se subestimando assim, não vai ser meu amante por muito tempo. Você é bom, Wes.

Mas ele achava que não era. Achava que era só meio... medíocre.

Entretanto, não foi a habilidade sexual não muito atlética dele que acabou o relacionamento. Não foi o fato de Ellen ser vegana e comer peru de tofu no Dia de Ação de Graças. Não foi o fato de ela às vezes se deitar na cama depois do sexo e ficar falando sobre bloqueios e tabelinhas e a incapacidade de Shawna Deeson de aprender uma coisa que Ellen chamava de "velho portão de jardim".

Na verdade, esses monólogos às vezes faziam Wesley cair no sono mais profundo, doce e restaurador. Ele achava que era a calma na voz dela, tão diferente dos gritos profanos de encorajamento que soltava quando eles estavam fazendo amor. Os gritos de amor eram sinistramente parecidos com os que ela dava durante os jogos, correndo de um lado para outro pela lateral da quadra como uma lebre, encorajando suas meninas: "Passem a bola!", dizia. E às vezes: "Deem tudo de si!". Wesley até ouvia um dos gritos habituais da lateral da quadra, "Enfie no buraco", no quarto de tempos em tempos.

Eles eram um belo par, ao menos a curto prazo: ela era ferro em brasa, saída da forja, e ele, no apartamento cheio de livros, era a água na qual ela esfriava.

Os livros foram o problema. Isso e o fato de que ele surtou e a chamou de escrota iliterata. Ele nunca tinha chamado uma mulher de uma coisa assim na vida, mas ela arrancou uma raiva dele que Wesley nunca desconfiou que sentisse. Podia ser um professor medíocre, como Don Allman sugeriu, e o romance que existia dentro dele poderia ficar lá dentro para sempre (como um dente do siso que nunca saía, ao menos evitando a possibilidade de apodrecimento, infecção e um processo dentário caro, além de doloroso), mas ele amava os livros. Os livros eram seu calcanhar de aquiles.

Ellen tinha chegado furiosa, o que era normal, mas também extremamente aborrecida, um estado que ele não identificou porque nunca a tinha visto assim. Além do mais, ele estava relendo *Deliverance*, de James Dickey, se deleitando com a perfeição com que Dickey domou sua sensibilidade poética, ao menos dessa vez, e transformou-a em narrativa, e tinha chegado às passagens de encerramento, quando os infelizes canoístas estavam tentando encobrir o que fizeram e o que foi feito com eles. Ele não fazia ideia de que Ellen tinha sido obrigada a cortar Shawna Deeson do time, nem que as duas tiveram uma briga aos berros no vestiário, na frente do time inteiro (e do time masculino de basquete, que estava esperando sua vez de treinar suas jogadas medíocres), nem que Shawna Deeson tinha saído do prédio e jogado uma pedra enorme no para-brisa do Volvo de Ellen, um gesto que sem dúvida a faria ser suspensa. Ele não fazia ideia de que Ellen agora estava se culpando amargamente porque "devia ter sido a adulta da discussão".

Ele ouviu essa parte, "eu devia ter sido a adulta da discussão", e disse "Aham" pela quinta ou sexta vez, o que foi demais para Ellen Silverman. Ela arrancou *Deliverance* das mãos de Wesley, jogou o livro do outro lado da sala e disse as palavras que o assombrariam pelo solitário mês seguinte:

— Por que você não lê no computador, como todo mundo?

— Ela disse mesmo isso? — perguntou Don Allman, um comentário que despertou Wesley de um estado de transe. Ele percebeu que tinha contado a história toda para o colega de escritório. Não pretendia, mas foi o que fez. Não havia como voltar agora.

— Disse. E eu falei: "Era uma primeira edição que ganhei do meu pai, sua escrota iliterata".

Don Allman ficou sem palavras. Só conseguiu encará-lo.

— Ela foi embora do apartamento — disse Wesley, infeliz. — Eu não a vi nem falei com ela desde então.

— Você não ligou para pedir desculpas?

Wesley tinha tentado fazer isso, mas só caía na caixa postal. Pensou em ir até a casa que ela alugava no terreno da faculdade, mas achou que Ellen podia enfiar um garfo na cara dele... ou em alguma outra parte de sua anatomia. E ele não considerava o que aconteceu totalmente sua culpa. Ela não lhe deu nenhuma *chance*. Além do mais… ela *era* iliterata, ou algo perto disso. Disse para ele na cama uma vez que o único livro que leu por prazer desde que foi para a Moore foi *Reach for the Summit: The Definite Dozen System for Succeeding at Whatever You Do*, da treinadora do Tennessee Lady Vols, Pat Summit. Ela via TV (quase só o canal de esportes), e quando queria se aprofundar em alguma notícia, entrava no The Drudge Report. Ela não era iliterata em computadores. Elogiava a rede wi-fi da Moore (que era superlativa, e não medíocre) e nunca ia a lugar nenhum sem o laptop. Na frente da bolsa, havia uma foto de Tamika Catchings com sangue escorrendo pelo rosto do supercílio cortado e a legenda: EU JOGO COMO UMA GAROTA.

Don Allman ficou em silêncio por alguns momentos, tamborilando os dedos no peito magro. Do lado de fora, as folhas de novembro voavam pela praça central da Moore. Em seguida, disse:

— Ellen ter te dado o pé na bunda teve alguma coisa a ver com isso? — Ele indicou o novo acompanhante eletrônico de Wesley. — Teve, não teve? Você decidiu ler no computador, como o resto de nós. Para… quê? Atraí-la de volta?

— Não — respondeu Wesley, porque não queria falar a verdade: de uma forma que não entendia completamente, ele fez aquilo para *se vingar* dela. Ou tirar sarro dela. Ou algo parecido. — De jeito nenhum. Só estou experimentando uma nova tecnologia.

— Certo — disse Don Allman. — E eu sou Robert Frost que parou no bosque em uma porra de noite de neve.

O carro dele estava no Estacionamento A, mas Wesley decidiu andar os três quilômetros, uma coisa que costumava fazer quando queria pensar. Ele desceu a avenida Moore, passando primeiro pelas casas de fraternidade com rock e rap saindo de todas as janelas, depois pelos bares e restaurantes de entregas que serviam como sistema de sustentação de vida para todas as pequenas faculdades dos Estados Unidos. Também havia a livraria especializada em livros-texto usados e nos best-sellers do ano anterior oferecidos com cinquenta por cento de desconto. Parecia poeirenta e deprimente e vivia vazia.

Porque as pessoas estão em casa lendo nos computadores, supôs Wesley.

Folhas amareladas voavam ao redor dos pés dele. A pasta batia em um joelho. Dentro estavam seus textos, o livro que estava lendo no momento por prazer (*2666*, de Roberto Bolaño) e um caderno em espiral com uma bela capa marmorizada. Ganhou de presente de Ellen no aniversário.

"Para suas ideias de livros", dissera ela.

Isso foi em julho, quando as coisas ainda estavam bem e tinham o campus praticamente só para eles. O caderno vazio tinha mais de duzentas páginas, mas só a primeira foi escrita com a caligrafia grande e clara.

No alto da página havia escrito (em letras de forma): IDEIAS PARA O ROMANCE!

Embaixo, havia: *Um jovem descobre que o pai e a mãe estão tendo casos*
E
Um garoto, cego desde o nascimento, é sequestrado pelo avô maluco que
E
Um adolescente se apaixona pela mãe do melhor amigo e

Embaixo disso havia uma ideia final, escrita logo depois que Ellen jogou *Deliverance* do outro lado da sala e saiu da vida dele.

Um professor tímido e dedicado de uma faculdade pequena e sua namorada atlética e praticamente iliterata têm uma discussão, quando

Devia ser a melhor ideia, todos os especialistas concordavam que se devia escrever sobre o que se conhecia, mas ele não podia seguir esse caminho. Conversar com Don já foi bem difícil. E, mesmo assim, a sinceridade total fugiu a ele. Como não dizer quanto a queria de volta.

Quando se aproximou do apartamento de três quartos que chamava de lar, o que Don Allman às vezes chamava de "ninho de amor", os pensamentos de Wesley se voltaram para o garoto Henderson. O nome dele era Richard ou Robert? Wesley tinha um bloqueio com isso, não o mesmo que tinha para dar substância ao romance, mas provavelmente do mesmo tipo. Ele achava que todos os bloqueios assim eram basicamente de natureza histérica, como se o cérebro detectasse (ou pensasse detectar) alguma fera interior horrível e a trancasse em uma cela com porta de aço. Dava para ouvi-la se debatendo e pulando lá dentro como um guaxinim agressivo que morderia se alguém se aproximasse, mas não dava para vê-la.

O garoto Henderson era do time de futebol americano, na posição de *noseback* ou *point-guard* ou qualquer coisa parecida, e apesar de ser tão ruim no campo quanto qualquer outro jogador, era um bom garoto e um bom aluno. Wesley gostava dele. Mas mesmo assim estava a ponto de arrancar a cabeça do menino quando o viu na sala com o que supôs que fosse um palmtop ou um celular moderninho. Isso foi logo depois que Ellen o deixou. Nos primeiros dias do rompimento, Wesley costumava se ver acordado às três da manhã, afogando as mágoas em um texto literário reconfortante da estante: normalmente, seus velhos amigos Jack Aubrey e Stephen Maturin, com as aventuras recontadas por Patrick O'Brian. E nem isso o impedia de lembrar o estrondo da porta batendo quando Ellen saiu de sua vida, provavelmente de vez.

Então, Wesley estava de mau humor e mais do que pronto para discutir quando se aproximou de Henderson e disse:

— Guarde isso. É uma aula de literatura, não uma sala de bate-papo on-line.

O garoto Henderson olhou para ele e abriu um sorriso doce. Não melhorou o péssimo humor de Wesley, mas dissolveu a raiva. Principalmente porque ele não era um homem raivoso por natureza. Ele achava que era *depressivo* por natureza, talvez até distímico. Não desconfiou sempre que Ellen Silverman fosse boa demais para ele? Não soube no fundo do coração que a porta batendo o estava esperando desde o começo, quando ele passou a noite conversando com ela em uma festa chata do corpo docente? Ellen jogava como uma garota; ele jogava como um banana. Não conseguia nem ficar com raiva de um estudante que estava mexendo no celular (ou Nintendo, ou o que quer que fosse) durante a aula.

— É o trabalho, sr. Smith — disse o garoto Henderson (na testa dele havia um hematoma roxo enorme do último jogo com o uniforme azul dos Suricatos). — É "Paul's Case". Olhe.

O garoto ligou o aparelho para que Wesley pudesse ver. Era um painel branco, retangular, com menos de um centímetro de grossura. No alto estava escrito amazon-kindle e o logotipo de sorriso que Wesley conhecia bem; ele não era totalmente iliterato de computadores, e tinha comprado livros pela Amazon várias vezes (apesar de normalmente tentar a livraria da cidade primeiro, em parte por pena; até o gato que passava boa parte da vida cochilando na vitrine de lá parecia mal das pernas).

O interessante no aparelho do garoto não era o logo no alto nem o tecladinho embaixo. Ele era quase todo tela, e nessa tela não havia um joguinho onde homens e mulheres com corpos sarados matavam zumbis nas ruínas de Nova York, mas uma página da história de Willa Cather sobre o garoto pobre com ilusões destrutivas.

Wesley esticou a mão para pegar e fez uma pausa.

— Posso?

— Vá em frente — disse o garoto Henderson, Richard ou Robert. — É bem legal. Dá para fazer download de livros da nuvem, e dá para deixar a fonte do tamanho que você quiser. Além do mais, os livros são mais baratos porque não tem o custo do papel nem da encadernação.

Isso gerou um arrepio em Wesley. Ficou ciente de que a maioria da turma de introdução à literatura americana estava olhando para ele. Achava que era difícil para eles decidirem se o professor, como uma pessoa de trinta e cinco anos, era das antigas (como o dr. Wence, que parecia um crocodilo de terno de três peças) ou moderno (como Suzanne Montanaro, que gostava de tocar "Girlfriend", de Avril Lavigne, na aula de introdução ao teatro moderno). Wesley achava que sua reação ao Kindle de Henderson os ajudaria com isso.

— Sr. Henderson — disse ele —, sempre vão existir livros. O que quer dizer que sempre vão existir papel e encadernação. Livros são *objetos reais*. Livros são *amigos*.

— É, mas… — respondeu Henderson, com o sorriso doce agora ficando meio malicioso.

— Mas?

— Eles também são ideias e emoções. O senhor mesmo disse isso na nossa primeira aula.

— Bem — disse Wesley —, você me pegou. Mas livros não são *apenas* ideias. Livros têm cheiro, por exemplo. Um cheiro que fica melhor, mais nostálgico, conforme os anos passam. Este seu aparelho tem cheiro?

— Não — respondeu Henderson. — Não mesmo. Mas quando você vira as páginas… aqui, com este botão… elas meio que flutuam, como em um livro de verdade, e dá para ir para qualquer página que quiser, e, quando fica suspenso, ele mostra imagens de escritores famosos e economiza bateria e…

— É um computador — disse Wesley. — Você está lendo em um computador.

O garoto Henderson pegou o Kindle de volta.

— Ainda é "Paul's Case".

— Nunca ouviu falar do Kindle, sr. Smith? — perguntou Josie Quinn. O tom era de uma antropóloga gentil perguntando a um integrante da tribo kombai da Papua-Nova Guiné se ele tinha ouvido falar de fogões elétricos e sapatos plataforma.

— Não — respondeu ele, não por ser verdade (ele *tinha* visto uma coisa chamada "Dispositivos Kindle" quando comprava livros pela Amazon na internet), mas porque, de modo geral, achava que preferia ser visto por eles como das antigas. Ser moderno era meio... medíocre.

— O senhor devia comprar um — sugeriu o garoto Henderson, e quando Wesley respondeu, sem nem pensar, "Quem sabe...", a turma começou a aplaudir espontaneamente. Pela primeira vez desde a partida de Ellen, Wesley se sentiu levemente animado. Porque eles queriam que ele comprasse um aparelho de leitura de livros, mas também porque os aplausos sugeriam que o viam como das antigas. Mas que ainda podia *aprender*.

Ele não considerou seriamente comprar um Kindle (se era das antigas, os livros eram definitivamente o caminho) até algumas semanas se passarem. Um dia, a caminho de casa depois das aulas, ele imaginou Ellen o vendo com o Kindle, andando pela praça e batendo com o dedo no botão de virar página.

O que você está fazendo?, perguntaria ela. Falando com ele, enfim.

Estou lendo no computador, ele diria. *Assim como todo mundo.*

Cruel!

Mas, como o garoto Henderson poderia dizer, isso era uma coisa ruim? Ocorreu a ele que o rancor era um tipo de metadona para amantes, e que era melhor do que passar por crise de abstinência.

Quando chegou em casa, ligou seu desktop Dell (ele não tinha laptop e sentia orgulho disso) e entrou no site da Amazon. Esperava que o aparelho custasse uns quatrocentos dólares, talvez mais, se houvesse um modelo Cadillac, e ficou surpreso em descobrir que era consideravelmente mais barato do que imaginava. Em seguida, entrou na loja de E-books Kindle (que ele vinha ignorando com tanto sucesso) e descobriu que o garoto Henderson estava certo: os preços eram ridiculamente baixos. E livros em capa dura (capa *o quê*? ha-ha) tinham preço abaixo da maioria dos livros em brochura que ele tinha comprado recentemente. Considerando quanto gastava em livros, o Kindle talvez se pagasse. Quanto à reação dos colegas, todas aquelas sobrancelhas erguidas, Wesley descobriu que sentia prazer com a perspectiva. O que levou a um insight interessante sobre a natureza humana, ou pelo menos a natureza humana acadêmica: era preferível ser visto pelos alunos como das antigas, mas pelos colegas como moderno.

Estou experimentando novas tecnologias, ele se imaginou dizendo. Ele gostou de como soava. Era totalmente moderno.

E claro que gostava de pensar na reação de Ellen. Ele tinha parado de deixar mensagens no celular dela e tinha começado a evitar certos lugares (o Pit Stop, o Harry's Pizza) onde podia esbarrar com ela, mas isso podia mudar. Obviamente, *estou lendo no computador, assim como todo mundo* era uma frase boa demais para desperdiçar.

Ah, isso não é nada, ele repreendeu a si mesmo enquanto estava sentado em frente ao computador, olhando a foto do Kindle. *É um rancor tão pequeno que não envenenaria nem um gatinho recém-nascido.*

Verdade! Mas, se fosse o único rancor do qual ele fosse capaz, por que não se permitir?

Assim, clicou no retângulo que dizia adicionar ao carrinho, e o aparelho chegou um dia depois, em uma caixa com o logotipo do sorriso e as palavras ENTREGA EXPRESSA. Wesley não escolheu a tal entrega expressa, e protestaria se a cobrança aparecesse no extrato do MasterCard, mas abriu a nova aquisição com grande prazer, bem parecido com o prazer que sentia quando abria uma caixa de livros, mas mais intenso. Porque havia aquela sensação de mergulhar no desconhecido, ele achava. Não que esperasse que o Kindle substituísse os livros, nem que fosse mais do que uma novidade, na verdade; um objeto de atenção por algumas semanas ou meses que mais tarde ficaria esquecido e pegando poeira ao lado do cubo mágico na prateleira de tralhas da estante da sala.

Não achou estranho que, enquanto o Kindle do garoto Henderson era branco, o dele fosse cor-de-rosa.

Não a princípio.

II — FUNÇÕES UR

Quando Wesley chegou ao apartamento depois da conversa em tom confessional com Don Allman, a luz da secretária eletrônica estava piscando.

Duas mensagens. Ele apertou o botão para ouvi-las, esperando escutar a mãe reclamando da artrite e fazendo observações incisivas sobre o fato de que os filhos dos outros ligavam para a mãe mais de duas vezes por mês. Depois disso, viria uma ligação automática do *Echo* da Moore, lembrando-o pela décima segunda vez que sua assinatura tinha vencido. Mas não era a mãe nem o jornal. Quando ouviu a voz de Ellen, ele parou no meio do ato de pegar uma cerveja e escutou, inclinado e com a mão esticada dentro do brilho gelado da geladeira.

"Oi, Wes", disse ela, parecendo insegura, de uma forma nada característica. Houve uma longa pausa, longa o bastante para Wesley se perguntar se ia ser só isso. Ao fundo, ele ouviu gritos e bolas quicando. Ela estava na quadra quando deixou a mensagem, pelo menos. "Andei pensando sobre nós dois… Que talvez devêssemos tentar de novo. Estou com saudades." E então, como se o tivesse visto ir correndo para a porta, Ellen continuou: "Mas ainda não. Preciso pensar mais um pouco sobre… o que você falou." Uma pausa. "Eu errei ao jogar seu livro longe daquele jeito, mas estava chateada." Mais uma pausa, quase tão longa quanto a primeira. "O torneio de pré-temporada em Lexington vai começar este fim de semana. Você sabe, o que chamam de Bluegrass. É importante. Talvez, quando eu voltar, a gente devesse conversar. Não me ligue antes disso, porque preciso me concentrar nas garotas. A defesa está terrível, e só uma das garotas consegue jogar a bola da linha de três pontos, e… Não sei, acho que ligar pra você foi um grande erro."

— Não foi — disse ele para a secretária eletrônica. Seu coração estava disparado. Ele ainda estava inclinado na direção da geladeira aberta, sentindo o bafo frio atingindo seu rosto, que parecia quente demais. — Acredite, não foi.

"Eu almocei com Suzanne Montanaro outro dia, e ela disse que viu você carregando um daqueles aparelhinhos eletrônicos de leitura por aí. Para mim, pareceu… sei lá, um sinal de que devíamos tentar de novo." Ela riu, depois gritou tão alto que Wesley deu um pulo. "*Corram atrás da bola! Ou vocês correm ou ficam sentadas!*" E depois: "Desculpe. Tenho que ir. Não me ligue. Eu vou ligar para você. De uma forma ou de outra. Depois de Bluegrass. Desculpe por estar fugindo das suas ligações, mas… você me magoou, Wes. Os treinadores também têm sentimentos, sabe? Eu…".

Um bipe a interrompeu. O tempo alocado para a mensagem acabou. Wesley falou a palavra que os editores de Norman Mailer não deixaram que ele usasse em *Os nus e os mortos*.

Então, a segunda mensagem começou, e ela voltou.

"Acho que professores de inglês também têm sentimentos. Suzanne diz que nós não combinamos, que temos interesses muito diferentes, mas... talvez haja um meio-termo. Eu... eu preciso pensar nisso. Não me ligue. Não estou pronta. Tchau."

Wesley pegou a cerveja. Estava sorrindo. Em seguida, pensou no rancor que vivia em seu coração havia um mês e parou. Foi até o calendário na parede e escreveu TORNEIO DE PRÉ-TEMPORADA em cima do sábado e do domingo. Fez uma pausa e traçou uma linha nos dias da semana seguinte, uma linha na qual escreveu ELLEN???

Com isso feito, ele se sentou na poltrona favorita, tomou a cerveja e tentou ler *2666*. Era um livro maluco, mas interessante.

Ele se perguntou se estava disponível na loja de e-books do Kindle.

Naquela noite, depois de repetir as mensagens de Ellen pela terceira vez, Wesley ligou o Dell e foi até o site do departamento atlético para verificar detalhes relacionados ao Torneio de Pré-Temporada Bluegrass. Ele sabia que seria um erro aparecer lá, e não tinha intenção nenhuma de fazer isso, mas queria saber com quem as Suricatos iam jogar e quando Ellen voltaria.

No fim das contas, eram oito times, sete da segunda divisão e só um da terceira: as Lady Suricatos da Moore. Wesley sentiu orgulho por Ellen quando viu isso, e ficou novamente com vergonha do seu rancor... sobre o qual (para a sorte dele!) ela não sabia. Ellen parecia achar que ele tinha comprado o Kindle como uma forma de mandar um recado: *Talvez você esteja certa, talvez eu possa mudar. Talvez nós dois possamos.* Ele achava que, se as coisas fossem bem, acabaria se convencendo de que fora por isso mesmo.

No site, ele viu que o time partiria para Lexington de ônibus ao meio-dia da sexta-feira. Elas treinariam na Rupp Arena naquela noite e jogariam contra as Buldogues de Truman State, Indiana, na manhã de sábado. Como o torneio era de eliminação dupla, elas só voltariam para casa na noite de domingo, independentemente do resultado. O que queria dizer que ele não teria notícias de Ellen até a segunda seguinte, no mínimo.

Seria uma longa semana.

— E até lá — disse para seu computador (um bom ouvinte!) — ela pode decidir que não quer mais tentar. Tenho que estar preparado para isso.

Bem, ele podia tentar. E também podia ligar para aquela vaca da Suzanne Montanaro e dizer a ela em termos bem precisos para parar de fazer campanha contra ele. Por que ela faria isso? Era uma *colega*, caramba!

Só que, se ele fizesse isso, Suzanne talvez fosse direto contar para a amiga (*amiga?* Quem podia imaginar? Quem podia imaginar?) Ellen. Talvez fosse melhor deixar esse aspecto de fora. Apesar de o rancor não ter sumido totalmente do coração dele, ao que parecia. Agora, estava direcionado à sra. Montanaro.

— Não importa — disse ele para o computador. — George Herbert estava errado. Viver bem não é a melhor vingança; amar bem que é.

Ele ia desligar o computador quando se lembrou de uma coisa que Don Allman dissera sobre o Kindle: *Achei que só existia o branco.* O do garoto Henderson era branco, mas, como era o ditado? Uma andorinha só não faz verão. Depois de algumas respostas falsas, o Google (cheio de informações, mas essencialmente burro como uma porta) o levou para os sites de fãs do Kindle. Ele encontrou um chamado Kindle Kandle. No alto havia uma foto bizarra de uma mulher de roupa Quaker lendo o Kindle à luz de velas. Lá, ele leu várias postagens, a maioria reclamações, dizendo que o Kindle só existia em uma cor, que um blogueiro chamou de "branco simples com tendência a manchas". Embaixo havia uma resposta sugerindo que, se o reclamante insistia em ler com os dedos sujos, devia comprar um estojo para o Kindle. "Da cor que você quiser", acrescentou ela. "Cresça e mostre um pouco de criatividade!"

Wesley desligou o computador, entrou na cozinha, pegou outra cerveja e tirou o Kindle da pasta. Seu Kindle cor-de-rosa. Exceto pela cor, era idêntico aos do site Kindle Kandle.

— Kindle Kandle, blá-blá-blá — disse ele. — Deve ser algum defeito no plástico.

Talvez, mas por que chegou por entrega expressa se ele não tinha especificado isso? Porque alguém na fábrica do Kindle queria se livrar do mutante cor-de-rosa o mais rápido possível? Era ridículo. Eles simplesmente jogariam fora. Mais uma vítima do controle de qualidade.

Dava para entrar na internet com um Kindle? Ele não sabia, e lembrou que havia outra coisa esquisita no dele: não veio manual de instruções. Wesley pensou em ligar o computador e voltar ao Kindle Kandle para procurar a pergunta sobre a internet, depois deixou a ideia de lado. Só estava de brincadeira, afinal, começando a gastar as horas entre aquele momento e a próxima segunda, quando talvez recebesse notícias de Ellen novamente.

— Sinto sua falta, garota — disse ele em voz alta, e ficou surpreso ao ouvi-la oscilar. Sentia falta dela. Não tinha percebido quanto até ouvir a voz de Ellen. Estava absorto demais no próprio ego ferido. Sem mencionar o rancorzinho suado.

A tela se acendeu quando Wesley ligou o Kindle. Listou os livros que tinha comprado até então: *Foi apenas um sonho*, de Richard Yates, e *O velho e o mar*, de Hemingway. O aparelho veio com o *The New Oxford American Dictionary* pré-instalado. Só era preciso começar a digitar a palavra, e o Kindle a encontrava. Ele pensou que era o TiVo para amantes de livros.

Mas dava para entrar na internet?

Ele apertou o botão do menu e viu uma série de opções. A primeira (claro) o convidava a COMPRAR NA LOJA KINDLE. Mas uma das últimas opções da lista era um item chamado EXPERIMENTAL. Parecia interessante. Ele levou o cursor até lá, clicou e leu o seguinte no alto da tela: *Estamos trabalhando nesses protótipos experimentais. Você os acha úteis?*

— Ah, não sei — disse Wesley. — O que são?

O primeiro item do protótipo era REDE BÁSICA. Então, sim para a pergunta da internet. Aparentemente, o Kindle era bem mais computadorizado do que parecia a princípio. Ele olhou para as outras escolhas experimentais: download de música (um grande viva) e leitura em voz alta (o que poderia ser útil se ele fosse cego). Ele apertou o botão de virar página para ver se havia mais algum item. Havia um: Funções Ur.

Mas o que podia ser aquilo? Ur, até onde ele sabia, só tinha dois significados: uma cidade do Velho Testamento e um prefixo em inglês que significava "primitivo" ou "simples". A tela não ajudou; apesar de haver explicações para outras funções experimentais, não havia nenhuma para essa. Bem, só havia uma forma de descobrir. Ele selecionou Funções Ur e clicou.

Um novo menu apareceu. Havia três itens: Livros Ur, Arquivos de Notícias Ur e Ur Local (em construção).

— Hã... — disse Wesley. — Que porra é *essa*?

Ele selecionou Livros Ur, levou o dedo até o botão para clicar e hesitou. De repente, sua pele ficou fria, como quando ele hesitou ao ouvir o som da voz gravada de Ellen quando estava pegando uma cerveja na geladeira. Mais tarde, ele pensaria: *Era meu próprio ur. Uma coisa simples e primitiva dentro de mim, me dizendo para não apertar aquele botão.*

Mas ele não era um homem moderno? Que agora lia no computador? Ele era. Ele era. Então, Wesley apertou.

A tela ficou branca, e então BEM-VINDO AOS LIVROS UR! apareceu no alto... em vermelho! O pessoal do Kindle Kandle estava atrasado nas atualizações, ao que parecia; o Kindle tinha *kor*. Embaixo da mensagem de boas-vindas havia uma imagem; não de Charles Dickens nem de Eudora Welty, mas de uma torre negra e alta. Havia algo de ameaçador nela. Embaixo da imagem, também em vermelho, havia um convite para *Selecionar autor (sua escolha pode não estar disponível)*. E, embaixo disso, um cursor piscando.

— Mas que coisa é essa? — disse Wesley para a sala vazia. Ele umedeceu os lábios, que ficaram secos de repente, e digitou ERNEST HEMINGWAY.

A tela ficou branca. A função, fosse ela qual fosse, não parecia estar funcionando. Depois de uns dez segundos, Wesley esticou a mão para o Kindle com a intenção de desligá-lo. Antes que pudesse apertar o botão, a tela finalmente ofereceu uma nova mensagem.

10.438.721 URS PESQUISADAS

17.894 TÍTULOS DE ERNEST HEMINGWAY DETECTADOS

SE VOCÊ NÃO SOUBER O TÍTULO, SELECIONE O UR OU VOLTE AO MENU DE FUNÇÕES UR

AS SELEÇÕES DO SEU UR ATUAL NÃO SERÃO EXIBIDAS

— Mas o que é *isso*, em nome de Deus? — perguntou Wesley à sala vazia. Embaixo da mensagem, o cursor piscou. Acima, com letras pequenas (pretas, não vermelhas), havia só mais uma instrução: APENAS NÚMEROS. SEM VÍRGULAS E TRAVESSÕES. SEU UR ATUAL: 117586.

Wesley sentiu uma urgência forte (uma urgência *ur*!) de desligar o Kindle cor-de-rosa e largá-lo na gaveta de talheres. Ou colocá-lo no freezer junto com o sorvete e a comida congelada Stouffer's, o que talvez fosse melhor. Mas o que fez foi usar o tecladinho para escrever sua data de nascimento. 1971974 funcionaria tão bem quanto qualquer outro número, na opinião dele. Hesitou de novo, depois usou o indicador para apertar o botão. Quando a tela se apagou desta vez, ele teve que lutar contra um impulso de se levantar da cadeira da cozinha e se afastar da mesa. Uma certeza louca tinha surgido em sua mente: uma mão (ou talvez uma garra) sairia da tela cinzenta do Kindle, o seguraria pelo pescoço e o puxaria lá para dentro. Ele existiria para sempre em um ambiente cinza computadorizado, flutuando ao redor dos microchips e entre os muitos mundos de Ur.

Mas a tela exibiu texto novamente, letras prosaicas e comuns, e o medo supersticioso evaporou. Ele passou os olhos pela tela do Kindle (do tamanho de um livro de bolso) com ansiedade, apesar de não ter ideia do porquê.

No alto estava o nome completo do autor, Ernest Miller Hemingway, e suas datas de nascimento e morte. Em seguida, uma longa lista de trabalhos publicados… mas estava errada. *O sol também se levanta* estava lá… *Por quem os sinos dobram*… os contos… *O velho e o mar*, claro… mas também havia três ou quatro títulos que Wesley não conhecia, e exceto por ensaios menores, ele achava que tinha lido toda a produção considerável de Hemingway. Além disso…

Ele examinou as datas de novo e viu que a de morte estava errada. Hemingway morreu no dia 2 de julho de 1961, de tiro de revólver autoinfligido. De acordo com a tela, ele foi para a grande biblioteca do céu no dia 19 de agosto de 1964.

— A data de nascimento também está errada — murmurou Wesley. Ele estava passando a mão pelo cabelo, dando novas formas exóticas a ele. — Tenho quase certeza de que está. Devia ser 1899, não 1897.

Ele passou o cursor por um dos títulos que não conhecia: *Os cães de Cortland*. Isso era a ideia de piada de algum programador lunático, tinha que ser, mas *Os cães de Cortland* ao menos *soava* como um título de Hemingway. Wesley o selecionou.

A tela ficou vazia e depois exibiu a capa de um livro. A imagem em preto e branco exibia cachorros latindo ao redor de um espantalho. Ao fundo, com os ombros caídos em uma postura de cansaço ou de derrota (ou as duas coisas), havia um caçador segurando uma arma. O Cortland do título, provavelmente.

Nos bosques do norte de Michigan, James Cortland precisa lidar com a infidelidade da esposa e com a própria mortalidade. Quando três criminosos perigosos aparecem na velha fazenda de Cortland, o herói mais famoso de "Papa" tem que enfrentar uma escolha terrível. Rico em eventos e simbolismos, o último romance de Ernest Hemingway ganhou o Pulitzer pouco antes de sua morte. U\$ 7,50.

Embaixo da capa, o Kindle perguntava: COMPRAR ESTE LIVRO? S N.

— Que palhaçada… — sussurrou Wesley enquanto escolhia o S e apertava o botão.

A tela ficou branca de novo, depois exibiu uma nova mensagem. *Os livros Ur não podem ser compartilhados, de acordo com todas as Leis do Paradoxo aplicáveis. Você concorda?* S N.

Sorrindo, como adequado a alguém que percebeu a piada, mas estava dando corda mesmo assim, Wesley selecionou o S. A tela apresentou novas informações:

OBRIGADO, WESLEY!

SEU LIVRO UR FOI ENCOMENDADO

SUA CONTA SERÁ DEBITADA EM U\$ 7,50

LEMBRE-SE DE QUE OS LIVROS UR DEMORAM MAIS TEMPO PARA REALIZAR O DOWNLOAD

ESPERE DE 2 A 4 MIN

Wesley voltou para a tela principal do Kindle. Havia os mesmos itens lá, *Revolutionary Road*, *O velho e o mar*, o *New Oxford American*, e ele tinha certeza de que isso não mudaria. Não existia nenhum livro de Hemingway chamado *Os cães de Cortland*, nem neste mundo nem em nenhum outro. Mesmo assim, se levantou e foi até o telefone. Foi atendido no primeiro toque.

— Don Allman — disse seu colega de escritório. — E, sim, eu nasci mesmo um homem errante. — Não havia sons de quadra ao fundo agora; só os gritos bárbaros dos três filhos de Don, que pareciam estar desmontando a residência Allman tábua a tábua.

— Don, é Wesley.

— Ah, Wesley! Eu não vejo você há... nossa, umas três horas! — Do fundo do hospício onde Wesley supunha que Don morasse com a família veio algo que soou como o grito de alguém à beira da morte. Don Allman não se abalou. — Jason, pare de jogar coisas no seu irmão. Seja um troll bonzinho e vá assistir *Bob Esponja*. — E, para Wesley: — O que posso fazer por você, Wes? Conselhos sobre a vida amorosa? Dicas para melhorar a performance e a energia sexual? Um título para seu livro em desenvolvimento?

— Eu não tenho livro em desenvolvimento e você sabe muito bem disso — cortou Wesley. — Mas é sobre livros que quero falar. Você conhece as obras de Hemingway, certo?

— Adoro quando você fala sacanagem.

— Conhece ou não conhece?

— É claro. Não tão bem quanto você, espero. Você é o homem da literatura americana do século XXI, afinal; eu fico mais com os dias em que os escritores botavam perucas, usavam rapé e diziam coisas pitorescas como *alhures*. O que tem em mente?

— Até onde você saiba, Hemingway escreveu alguma obra de ficção sobre cachorros?

Don pensou enquanto outra criança pequena começava a gritar.

— Wes, você está bem? Parece meio...

— Só responda a pergunta. Ele escreveu ou não?

Selecione s *ou* n, pensou Wesley.

— Tá bem — disse Don. — Até onde eu saiba sem consultar meu computador de confiança, não. Mas me lembro de ele alegar uma vez que apoiadores de Batista bateram no cãozinho dele até morrer. Que tal isso como informação inútil? Quando ele estava em Cuba, sabe? Ele encarou como sinal de que ele e Mary deviam fugir para a Flórida, e eles fizeram isso mesmo... e rapidinho.

— Por acaso você não se lembra do nome do cachorro, lembra?

— Acho que sim. Eu gostaria de verificar na internet, mas acho que era Negrita. Alguma coisa assim. Um tanto racista para mim, mas o que eu sei?

— Obrigado, Don. — Seus lábios estavam dormentes. — Vejo você amanhã.

— Wes, tem certeza de que você... FRANKIE, LARGA ISSO! NÃO... — Houve um estrondo. — Merda. Acho que deu problema. Tenho que desligar, Wes. Vejo você amanhã.

— Certo.

Wesley voltou para a mesa da cozinha. Viu que uma nova seleção tinha aparecido na página de conteúdo do Kindle. Um livro (ou *alguma coisa*) chamado *Os cães de Cortland* tinha sido baixado de...

Onde, exatamente? Algum outro plano de realidade chamado Ur (ou talvez UR) 1971974?

Wesley não tinha mais forças para chamar essa ideia de ridícula e deixá-la de lado. Mas tinha o suficiente para ir até a geladeira pegar uma cerveja. Da qual ele precisava. Abriu a tampa, bebeu metade em cinco goles longos, arrotou. Sentou-se, sentindo-se um pouco melhor. Selecionou a nova aquisição (*U$ 7,50 é um valor bem barato por um Hemingway não descoberto*, pensou ele), e uma folha de rosto apareceu. A página seguinte tinha uma dedicatória: *Para Sy e Mary, com amor*. Logo depois:

Capítulo 1

A vida de um homem tinha cinco cachorros de duração, acreditava Cortland. O primeiro era o que ensinava. O segundo era o que aprendia com você. O terceiro e o quarto eram os que trabalhavam para você. O último era o que viveria mais que você. Esse era o cachorro do inverno. O cachorro do inverno de Cortland era Negrita, mas ele só pensava nele como o cachorro espantalho...

Líquido subiu pela garganta de Wesley. Ele correu até a pia, se inclinou e lutou para manter a cerveja no estômago. A garganta se acalmou, e em vez de ligar a torneira para limpar o vômito, ele juntou as mãos sob o fluxo de água e jogou na pele suada. Assim era melhor.

Ele voltou para o Kindle e ficou olhando para a tela.

A vida de um homem tinha cinco cachorros de duração, acreditava Cortland.

Em algum lugar, em alguma faculdade bem mais ambiciosa que a Moore no Kentucky, havia um computador programado para ler livros e identificar os escritores pelos tiques estilísticos, que supostamente eram tão individuais quanto impressões digitais e flocos de neve. Wesley tinha uma lembrança vaga de que esse programa de computador havia sido usado para identificar o autor de um romance escrito sob o pseudônimo *Primary Colors*; o programa avaliou milhares de escritores em questão de horas ou dias e chegou ao colunista de revistas chamado Joe Klein, que mais tarde admitiu a autoria.

Wesley pensou que, se enviasse *Os cães de Cortland* para o computador, o programa cuspiria o nome de Ernest Hemingway. Na verdade, achava que um computador nem seria necessário.

Ele pegou o Kindle com mãos trêmulas.

— O que você *é*? — perguntou ele.

III — WESLEY SE RECUSA A FICAR LOUCO

Na verdadeira escuridão da alma, disse Scott Fitzgerald, *são sempre três horas da manhã, dia após dia.*

Às três horas da manhã daquela terça, Wesley estava acordado, sentindo-se febril e se perguntando se podia estar ficando louco. Ele tinha se obrigado a desligar o Kindle cor-de-rosa e a colocá-lo de volta na pasta uma hora antes, mas o poder de atração continuava tão intenso quanto à meia-noite, quando ainda estava mergulhado profundamente no menu de Livros Ur.

Ele procurou Ernest Hemingway em vinte e quatro dos quase dez milhões e meio de Ur do Kindle e encontrou pelo menos vinte romances dos quais nunca tinha ouvido falar. Em um dos Ur (por acaso era o 2061949, a data de nascimento de sua mãe), Hemingway parecia ser escritor de livros policiais. Wesley baixou um título chamado *É sangue, minha querida!* e encontrou o texto simplista de um romance policial... mas escrito em frases curtas e de efeito que ele teria reconhecido em qualquer lugar.

Frases de *Hemingway*.

E, mesmo como escritor de livros policiais, Hemingway abandonou as guerras de gangue e as mulheres traiçoeiras e amantes de sangue por tempo suficiente para escrever *Adeus às armas*, ao que parecia: outros títulos iam e vinham, mas *Adeus às armas* sempre estava presente, enquanto *O velho e o mar* só aparecia às vezes.

Ele tentou Faulkner.

Faulkner não estava em nenhum dos Ur.

Ele verificou o menu comum do Kindle e descobriu vários Faulkner. Mas só nesta realidade, ao que parecia.

Nesta realidade?

A mente dele deu um nó.

Ele verificou Roberto Bolaño, o autor de *2666*, e apesar de não estar disponível no menu normal do Kindle, estava listado em vários submenus de Livros Ur. Assim como outros romances de Bolaño, inclusive (em Ur 101) um livro com o título pitoresco de *Marilyn chupa Fidel*. Ele quase baixou esse, mas mudou de ideia. Tantos autores, tantos Ur, tão pouco tempo.

Parte da mente dele (distante, mas autenticamente apavorada) continuava a insistir que era tudo uma piada elaborada que tinha surgido da imaginação de algum programador maluco. Mas as evidências, que ele continuou a compilar enquanto aquela longa noite passava, sugeriam o contrário.

James Cain, por exemplo. No Ur em que Wesley verificou, ele tinha morrido excessivamente jovem, depois de ter produzido apenas dois livros: *Cair da noite* (um novo) e *A história de Mildred Pierce* (um antigo). Wesley teria apostado em *O destino bate à sua porta* como o livro constante de Cain, seu romance ur, por assim dizer, mas não. Apesar de verificar Cain em mais de dez Ur, só encontrou *O destino bate à sua porta* uma vez. *Mildred Pierce*, por outro lado, uma obra que Wesley considerava inferior, estava sempre presente. Como *Adeus às armas*.

Ele verificou o próprio nome e descobriu o que temia: embora os Ur estivessem abarrotados de Wesley Smiths (um parecia ser escritor de faroestes, outro autor de livros pornográficos como *Festa das calcinhas em Pittsburgh*), nenhum parecia ser ele. Claro que era difícil ter cem por cento de certeza, mas parecia que ele esbarrara com 10,4 milhões de realidades alternativas e era um fracassado não publicado em todas.

Bem desperto na cama, ouvindo um cachorro solitário latindo ao longe, Wesley começou a tremer. Suas aspirações literárias pareciam menores naquele momento. O que parecia importante, o que pairava sobre sua vida e sanidade, eram as riquezas escondidas naquele objeto fino de plástico cor-de-rosa. Ele pensou em todos os escritores cujas mortes lamentou, de Norman Mailer e Saul Bellow a Donald Westlake e Evan Hunter; um após o outro, Tânato sufocou suas vozes mágicas e eles não falavam mais.

Mas agora, podiam.

Podiam falar com ele.

Wesley afastou as cobertas. O Kindle o estava chamando, mas não com uma voz humana. Parecia um coração batendo, o coração delator de Poe, vindo de dentro da pasta em vez de debaixo do piso, e...

Poe!

Jesus Cristo, ele não verificou Poe!

Ele tinha largado a pasta onde sempre a deixava, ao lado de sua poltrona favorita. Correu até lá, abriu-a, pegou o Kindle e o ligou na tomada (não queria correr o risco de ficar sem bateria). Ele clicou em LIVROS UR, digitou o nome de Poe e, na primeira tentativa, encontrou um Ur, 2555676, onde Poe viveu até 1875 em vez de morrer aos quarenta anos em 1849. E nessa versão, Poe escreveu mais romances! Seis! O coração de Wesley foi tomado de ganância enquanto os olhos percorriam os títulos.

Um se chamava *A casa da vergonha, ou o preço da degradação*. Wesley fez o download (o preço era só U$ 4,95) e leu até o amanhecer. Depois disso, desligou o Kindle cor-de-rosa, apoiou a cabeça nos braços e dormiu por duas horas à mesa da cozinha.

Ele também sonhou. Não com imagens, mas palavras. Títulos! Linhas infinitas de títulos, muitos deles obras não descobertas da literatura. Tantos títulos quanto estrelas no céu.

Wesley passou bem pela terça e pela quarta-feira — de alguma forma —, mas durante a aula de introdução à literatura americana de quinta-feira, a fadiga e a empolgação excessiva o afetaram. Sem mencionar o desapego cada vez maior com a realidade. Na metade da aula sobre o Mississippi (que ele costumava dar com um grau alto de animação), sobre o fato de Hemingway estar rio abaixo de Twain e que quase toda a ficção americana do século XX estava rio abaixo de Hemingway, ele se pegou dizendo para a turma que Papa nunca tinha escrito uma grande história sobre cachorros, mas, se não tivesse morrido, teria escrito.

— Alguma coisa mais apetitosa do que *Marley e eu* — explicou ele, e riu com alegria irritante.

Ele deu as costas ao quadro e viu vinte e dois pares de olhos o observando com graus variados de preocupação, perplexidade e diversão. Ouviu um sussurro, baixo, mas claro como o batimento do coração do velho aos ouvidos do narrador louco de Poe:

— Smithy está com uns parafusos soltos.

Smithy ainda não estava com uns parafusos soltos, mas não podia haver dúvida de que estava correndo o *risco* de perdê-los.

Eu me recuso, pensou ele. *Eu me recuso, eu me recuso.* E percebeu, para seu horror, que estava murmurando isso baixinho.

O garoto Henderson, que estava sentado na primeira fila, tinha ouvido.

— Sr. Smith? — Ele hesitou. — Senhor? Está tudo bem?

— Está — respondeu Wesley. — Não. Acho que um bicho me mordeu. — *O escaravelho de ouro de Poe*, pensou ele, e quase não conseguiu segurar uma crise de risos histéricos. — Turma dispensada. Vão, saiam logo daqui.

E, enquanto os alunos saíam pela porta, ele teve a presença de espírito de acrescentar:

— Raymond Carver semana que vem! Não se esqueçam! "De onde estou ligando"!

E pensou: *O que mais existe de Raymond Carver nos mundos de Ur? Tem um (ou dez, ou mil) em que ele parou de fumar, viveu até os setenta anos e escreveu mais uns seis livros?*

Ele se sentou à mesa, pegou a pasta com o Kindle cor-de-rosa dentro, mas afastou a mão. Esticou de novo, se impediu de novo e gemeu. Era como uma droga. Ou uma obsessão sexual. Isso o fez pensar em Ellen Silverman, algo que ele não fazia desde que descobriu os menus escondidos do Kindle. Pela primeira vez desde que saiu da casa dele, Ellen tinha desaparecido de sua mente.

Irônico, não é? Agora, estou lendo no computador, Ellen, e não consigo parar.

— Eu me recuso a passar o resto do dia olhando aquela coisa — disse ele —, e me recuso a ficar maluco. Eu me recuso a olhar e me recuso a ficar maluco. Olhar ou ficar maluco. Me recuso a fazer as duas coisas. Eu...

Mas o Kindle estava na mão dele! Ele o pegou mesmo enquanto negava seu poder sobre ele! Quando fez isso? E pretendia mesmo ficar sentado ali naquela sala vazia, pensando no assunto?

— Sr. Smith?

A voz o assustou de tal forma que ele largou o Kindle na mesa. Pegou de volta na mesma hora e o examinou, morrendo de medo de tê-lo quebrado, mas estava tudo bem. Graças a Deus.

— Eu não queria assustar o senhor. — Era o garoto Henderson, de pé na porta, com expressão preocupada. Isso não surpreendeu Wesley. *Se eu me visse agora, provavelmente também estaria preocupado.*

— Ah, você não me assustou — disse Wesley. Essa mentira óbvia soou engraçada, e ele quase riu. Colocou a mão na boca para segurar a gargalhada.

— O que houve? — O garoto Henderson deu um passo para dentro da sala. — Está doente? Porque o senhor está com uma aparência péssima. Recebeu uma notícia ruim ou alguma coisa assim?

Wesley quase disse para ele ir cuidar da própria vida, parar de encher o saco e dar o fora, mas a parte apavorada que estava encolhida no canto mais distante de seu cérebro, insistindo que o Kindle cor-de-rosa era uma pegadinha ou a primeira etapa de um golpe elaborado, decidiu parar de se esconder e começar a agir.

Se você realmente se recusa a ficar louco, é melhor fazer alguma coisa sobre isso, disse ele. *Que tal?*

— Qual é o seu primeiro nome, sr. Henderson? Fugiu totalmente à minha mente.

O garoto sorriu. Foi um sorriso agradável, mas a preocupação ainda estava nos olhos dele.

— Robert, senhor. Robbie.

— Bem, Robbie, eu sou Wes, e quero mostrar uma coisa. Você não vai ver nada, o que vai querer dizer que estou maluco e provavelmente sofrendo um colapso nervoso, ou você vai ver uma coisa que vai fazê-lo surtar. Pode me acompanhar ao meu escritório?

Henderson tentou fazer algumas perguntas enquanto eles atravessavam a praça medíocre da Moore. Wesley se esquivou delas, mas ficou feliz de Robbie Henderson ter voltado para a sala e também aliviado de a parte apavorada de sua mente ter tomado a iniciativa e falado. Sentia-se melhor sobre o Kindle agora, *mais seguro*, do que em qualquer outro momento desde que descobriu os menus escondidos. Em uma história, Robbie Henderson não veria nada e o protagonista concluiria que estava ficando louco. Ou que já estava. Wesley quase torceu por isso, porque…

Porque quero que seja fantasia. Se for, e se com a ajuda desse jovem eu puder reconhecer isso, tenho certeza de que posso evitar enlouquecer. E eu me recuso a ficar louco.

— Está falando sozinho, sr. Smith — disse Robbie. — Quer dizer, Wes.

— Desculpe.

— Está me assustando um pouco.

— Eu também estou *me* assustando um pouco.

Don Allman estava no escritório, com fones de ouvido, corrigindo provas e cantando sobre o sapo Jeremiah com uma voz que passava dos limites do desafinado e entrava no terreno inexplorado do verdadeiramente execrável. Ele desligou o iPod quando viu Wesley.

— Achei que você tivesse aula.

— Cancelei. Este é Robert Henderson, um dos meus alunos de literatura americana.

— Robbie — disse Henderson, oferecendo a mão.

— Oi, Robbie. Sou Don Allman. Um dos irmãos Allman menos conhecidos. Eu toco uma tuba irada.

Robbie riu por educação e apertou a mão de Don Allman. Até aquele momento, Wesley estava planejando pedir pra Don sair, pensando que uma única testemunha para o seu colapso mental bastaria. Mas talvez esse fosse um daqueles casos raros em que quanto mais melhor.

— Precisam de privacidade? — perguntou Don.

— Não — respondeu Wesley. — Fique. Quero mostrar uma coisa para vocês. E, se não virem nada e eu vir alguma coisa, vou ficar feliz em me registrar na ala psiquiátrica do Central State.

Ele abriu a pasta.

— Caramba! — exclamou Robbie. — Um Kindle cor-de-rosa! Irado! Eu nunca vi um assim!

— Agora vou mostrar outra coisa que vocês nunca viram — disse Wesley. — Pelo menos, acho que vou.

Ele botou o Kindle na tomada e o ligou.

O que convenceu Don Allman foi a *Obra reunida de William Shakespeare* do Ur 17000. Depois de fazer o download a pedido de Don (porque, naquele Ur em particular, Shakespeare morreu em 1620 e não em 1616), os três homens descobriram duas peças novas. Uma se chamava *Duas damas de Hampshire*, uma comédia que parecia ter sido escrita logo depois de *Júlio César*. A outra era uma tragédia chamada *Um sujeito negro em Londres*, escrita em 1619. Wesley abriu essa e (com certa relutância) entregou o Kindle para Don.

Don Allman era normalmente um sujeito de bochechas coradas que sorria muito, mas, enquanto virava as páginas do primeiro e do segundo atos de *Um sujeito negro em Londres*, ele perdeu o sorriso e a cor. Depois de vinte minutos, durante os quais Wesley e Robbie ficaram observando em silêncio, ele empurrou o Kindle de volta para o dono. Fez isso com as pontas dos dedos, como se não quisesse tocar no aparelho.

— E aí? — perguntou Wesley. — Qual é o veredito?

— Pode ser uma imitação — respondeu Don —, mas é claro que sempre houve quem alegasse que as peças de Shakespeare não foram escritas por Shakespeare. Alguns acadêmicos acreditam que foi Christopher Marlowe... Francis Bacon... até o Conde de Derby...

— É, e James Frey escreveu *Macbeth* — interrompeu Wesley. — O que *você* acha?

— Acho que isso pode ser um Shakespeare autêntico — disse Don. Ele parecia à beira das lágrimas. Ou das gargalhadas. Talvez as duas coisas. — Acho elaborado demais para uma brincadeira. Se for uma fraude, não tenho ideia de como o esquema funciona. — Ele esticou um dedo para o Kindle, tocou no aparelho de leve e se afastou. — Eu teria que estudar as duas peças com atenção, com trabalhos de referência à mão, para ter certeza absoluta, mas... tem a *cadência* dele.

Robbie Henderson, no fim das contas, tinha lido quase todos os livros de mistério e suspense de John D. MacDonald. Na listagem de obras de MacDonald no Ur 2171753, ele encontrou dezessete livros no que era chamado "série Dave Higgins". Todos os títulos faziam referência a cores.

— Essa parte está certa — disse Robbie —, mas os títulos estão todos errados. E o personagem de série de John D. se chamava Travis McGee, não Dave Higgins.

Wesley comprou um chamado *O lamento azul*, pagando mais U$ 4,50 no cartão de crédito, e empurrou o Kindle para Robbie quando o livro foi acrescentado à biblioteca crescente que era o Kindle de Wesley. Enquanto Robbie lia, primeiro o começo e depois pulando algumas partes, Don foi até o escritório principal e trouxe três cafés. Antes de se acomodar à sua mesa, ele pendurou a plaquinha pouco usada de REUNIÃO EM ANDAMENTO NÃO PERTURBE na porta.

Robbie levantou o olhar, quase tão pálido quanto Don ficou depois de mergulhar na peça nunca escrita de Shakespeare sobre o príncipe africano que era levado acorrentado para Londres.

— Isso é muito parecido com um livro da série Travis McGee chamado *Pale Grey of Guilt* — disse ele. — Só que Travis McGee mora em Fort Lauderdale, e esse tal Higgins mora em Sarasota. McGee tem um amigo chamado Meyer, e Higgins tem uma amiga chamada Sarah… — Ele se inclinou sobre o Kindle por um momento. — Sarah Meyer. — Ele olhou para Wesley, com os olhos mostrando branco demais ao redor das íris. — Jesus Cristo, e tem *dez milhões* desses… desses outros mundos?

— Dez milhões, quatrocentos mil e mais alguma coisa de acordo com o menu LIVROS UR — explicou Wesley. — Acho que explorar até mesmo um único autor completamente levaria mais anos do que você vai ter na vida, Robbie.

— Talvez eu morra hoje — disse Robbie Henderson em voz baixa. — Aquela coisa vai me dar um maldito ataque cardíaco.

Ele pegou abruptamente o copo de isopor com café e engoliu boa parte do conteúdo, apesar de ainda estar fumegando.

Wesley, por outro lado, estava quase se sentindo ele mesmo. Mas agora que o medo de estar ficando louco ficara para trás, um monte de perguntas surgiu em sua mente. E só uma parecia relevante.

— O que eu faço agora?

— Primeiro — disse Don —, temos que manter isso em segredo absoluto. — Ele se virou para Robbie. — Consegue guardar segredo? Se disser não, vou ter que matar você.

— Eu consigo guardar um segredo. Mas e as pessoas que mandaram o Kindle para você, Wes? *Elas* conseguem guardar segredo? *Vão* guardar?

— Como posso saber, se não sei quem são?

— Que cartão de crédito você usou quando comprou o rosinha aqui?

— Um MasterCard. É o único que uso atualmente.

Robbie apontou para o terminal de computador do departamento de inglês que Wesley e Don usavam.

— Entre na internet e verifique a fatura. Se esses… esses livros Ur… vieram da Amazon, vou ficar muito surpreso.

— De onde mais eles *podem* ter vindo? — perguntou Wesley. — O aparelho é de lá e eles vendem os livros. Além do mais, veio em uma caixa da Amazon. Tinha o sorrisinho desenhado.

— E eles vendem o aparelho em rosa-fluorescente? — perguntou Robbie.

— Não.

— Então olhe a fatura do cartão de crédito.

Wesley batucou com os dedos no mousepad de Super Mouse de Don enquanto o velho PC do escritório pensava. Em seguida, se sentou ereto e começou a ler.

— E aí? — perguntou Don. — Conte.

— De acordo com isso — respondeu Wesley —, minha última compra com o MasterCard foi um blazer do Men's Warehouse. Uma semana atrás. Nada de e-books.

— Nem os que você comprou da forma normal? *O velho e o mar* e *Revolutionary Road*?

— Não.

Robbie perguntou:

— E o Kindle?

Wesley mudou a tela.

— Nada... nada... nad... Espere... — Ele se inclinou para a frente até o nariz estar quase tocando a tela. — Hã. Como é possível?

— O quê? — disseram Don e Robbie juntos.

— De acordo com isto, minha compra foi recusada. Aqui diz: "número de cartão de crédito inválido". — Ele pensou. — É possível. Eu vivo trocando dois dígitos, às vezes até quando eu estou com a porcaria do cartão do lado do teclado. Eu sou meio disléxico.

— Mas o pedido foi feito mesmo assim — disse Don, pensativo. — De alguma forma... por *alguém*. Em *algum* lugar. Em que Ur o Kindle diz que nós estamos? Refresquem minha memória.

Wesley voltou para a tela com essa informação e leu o número: 117586.

— São só os números, sem ponto ou vírgula.

Don disse:

— Aposto que foi desse Ur que esse Kindle veio. *Nesse* Ur, o número de MasterCard que você deu é o certo para um Wesley Smith que existe lá.

— Quais são as chances de uma coisa assim acontecer? — perguntou Robbie.

— Não sei — respondeu Don —, mas deve ser bem menor do que 10,4 milhões para um.

Wesley abriu a boca para dizer alguma coisa, mas foi interrompido por uma série de batidas à porta. Todos tomaram um susto. Don Allman chegou a dar um gritinho.

— Quem é? — perguntou Wesley, abraçando o Kindle de forma protetora contra o peito.

— O zelador — disse a voz do outro lado da porta. — Vocês não vão para casa? São quase sete da noite, e preciso trancar o prédio.

IV — ARQUIVO DE NOTÍCIAS

Eles não tinham terminado, não podiam ter terminado. Ainda não. Wesley em particular estava ansioso para continuar. Apesar de não ter dormido mais que três horas seguidas em dias, ele se sentia bem desperto, energizado. Ele e Robbie andaram até seu apartamento enquanto Don ia para casa ajudar a esposa a botar os filhos para dormir. Quando terminasse, se juntaria a eles na casa de Wesley para uma sessão estendida de queima de neurônios. Wesley disse que ia pedir comida.

— Que bom — disse Don —, mas tome cuidado. A Ur chinesa não tem o mesmo gosto, e você sabe o que dizem sobre a sino-alemã; uma hora depois, você está faminto por poder.

Impressionado, Wesley descobriu que ainda conseguia rir.

— Então essa é a casa de um professor de inglês — disse Robbie, olhando ao redor. — Cara, curti os livros.

— Que bom — disse Wesley. — Eu empresto, mas só para quem devolve. Lembre-se disso.

— Vou lembrar. Meus pais nunca foram grandes leitores, sabe? Algumas revistas, alguns livros de dieta, um livro ou dois de autoajuda... e só. Eu poderia ter ficado igual se não fosse você. Podia ficar levando porrada no campo de futebol americano, sem nada no futuro exceto talvez dar aulas de educação física no condado de Giles. Fica no Tennessee. Yeehaw.

Wesley ficou emocionado. Provavelmente por ter passado por tantas oscilações emocionais nos últimos tempos.

— Obrigado, mas lembre-se de que não tem nada de errado com gritar um yeehaw às vezes. Também é parte de quem você é. As duas partes são igualmente válidas.

Ele pensou em Ellen arrancando *Deliverance* da mão dele e jogando do outro lado da sala. E por quê? Porque odiava livros? Não, porque ele não estava ouvindo quando ela precisava. Não foi Fritz Leiber, o grande escritor de fantasia e ficção científica, que chamou os livros de "amante do estudioso"? E quando Ellen precisou dele, ele não estava nos braços da outra amante, a que não fazia exigências (além do vocabulário) e sempre o aceitava?

— Wes? Quais eram as outras coisas no menu de FUNÇÕES UR?

Primeiro, Wesley não entendeu do que o garoto estava falando. E então, lembrou que *havia* outros itens. Tinha ficado tão obcecado pelo menu de LIVROS que esqueceu os outros dois.

— Bem, vamos ver — disse ele, e ligou o Kindle. Cada vez que fazia isso, ele esperava que o menu EXPERIMENTAL ou o menu FUNÇÕES UR tivesse sumido, o tipo de coisa que aconteceria em um episódio de *Além da imaginação*, mas eles sempre estavam lá.

— Arquivo de Notícias Ur e Ur Local — disse Robbie. — Hum... Ur Local está em construção. É melhor ficar de olho, o valor das multas dobra.

— O quê?

— Deixa pra lá, só estou brincando. Experimente o arquivo de notícias.

Wesley o selecionou. A tela ficou branca. Depois de alguns momentos, uma mensagem apareceu.

BEM-VINDO AO ARQUIVO DE NOTÍCIAS!

SÓ O THE NEW YORK TIMES ESTÁ DISPONÍVEL NO MOMENTO.

SEU PREÇO É U\$ 1,00/4 DOWNLOADS

U\$ 10/50 DOWNLOADS

U\$ 100/800 DOWNLOADS

SELECIONE COM O CURSOR. O VALOR SERÁ DEBITADO DA SUA CONTA

Wesley olhou para Robbie, que deu de ombros.

— Não posso dizer a você o que fazer, mas, se *meu* cartão de crédito não estivesse sendo cobrado, ao menos neste mundo, eu gastaria cem dólares.

Wesley achou que ele tinha razão, mas se perguntou o que o outro Wesley (se houvesse um) pensaria quando abrisse a próxima fatura do Master-Card. Ele selecionou a linha que dizia U$ 100/800 e apertou o botão. Desta vez, as Leis do Paradoxo não apareceram. A nova mensagem o convidava a ESCOLHER A DATA E O UR. USE OS CAMPOS APROPRIADOS.

— Faça você — disse Wesley, e empurrou o Kindle por cima da mesa de jantar para Robbie. Estava ficando mais fácil fazer isso, e ele ficou feliz. A obsessão de ficar com o Kindle na mão era uma complicação da qual ele não precisava, por mais compreensível que fosse.

Robbie pensou por um momento e digitou *21 de janeiro de 2009*. No campo Ur, ele selecionou 1000000.

— Ur um milhão — disse ele. — Por que não?

E apertou o botão.

A tela ficou branca, depois apresentou uma mensagem que dizia: DIVIRTA-SE COM SUA ESCOLHA! Um momento depois, a primeira página do *The New York Times* apareceu. Eles se inclinaram sobre a tela, lendo em silêncio, até ouvirem uma batida à porta.

— É Don — disse Wesley. — Vou lá abrir.

Robbie Henderson não respondeu. Ainda estava hipnotizado.

— Está ficando frio lá fora — disse Don quando entrou. — E o vento está derrubando todas as folhas das... — Ele observou o rosto de Wesley. — O quê? Ou devo dizer o que houve agora?

— Venha ver — disse Wesley.

Don entrou na sala cheia de livros de Wesley, onde Robbie estava inclinado em cima do Kindle. O garoto ergueu o rosto e virou a tela para Don poder ler. Havia manchas brancas onde as fotos deveriam estar, com a mensagem *Imagem não disponível*, mas a manchete era grande e preta: AGORA É A VEZ DELA. E, abaixo, o subtítulo: Hillary Clinton faz juramento e assume posto de 44ª presidente.

— Parece que ela conseguiu, no fim das contas — disse Wesley. — Ao menos, no Ur 1000000.

— E vejam quem ela está substituindo — disse Robbie, e apontou para o nome. Era Albert Arnold Gore.

* * *

Uma hora depois, quando a campainha tocou, eles não tomaram um susto, mas olharam ao redor, como homens acordando de um sonho. Wesley desceu e pagou o entregador, que tinha chegado com uma pizza caprichada do Harry's e um kit com seis latinhas de Pepsi. Eles comeram à mesa da cozinha, inclinados sobre o Kindle. Wesley comeu três fatias, um recorde pessoal, sem percepção de que estava comendo.

Eles não usaram os oitocentos downloads que compraram, não chegaram nem perto, mas, nas quatro horas seguintes, leram notícias suficientes dos Ur variados para ficarem com dor de cabeça. Wesley sentia que seu *cérebro* estava doendo. Pela expressão quase idêntica que via no rosto dos outros dois (bochechas pálidas, olhos ávidos em órbitas fundas, cabelo desgrenhado), concluiu que não estava sozinho. Observar uma realidade alternativa já seria um desafio; ali havia mais de dez milhões, e apesar de a maioria ser similar, nenhuma era idêntica.

A posse do quadragésimo quarto presidente dos Estados Unidos era só um exemplo, mas bem poderoso. Eles olharam em vinte e quatro Ur diferentes antes de se cansarem e mudarem de assunto. Dezessete primeiras páginas do dia 21 de janeiro de 2009 anunciavam Hillary Clinton como a nova presidente. Em quatorze delas, Bill Richardson do Novo México era o vice-presidente. Em duas, era Joe Biden. Em uma, era um senador do qual nenhum deles tinha ouvido falar: Linwood Speck, de Nova Jersey.

— Ele sempre diz não para a vice-presidência quando outra pessoa consegue o cargo principal — disse Don.

— Quem sempre diz não? — perguntou Robbie. — Obama?

— É. Ele sempre é convidado e sempre diz não.

— Condiz com a personalidade dele — comenta Wesley. — E embora os eventos mudem, a personalidade parece continuar a mesma.

— Você não pode afirmar isso com certeza — retrucou Don. — Nós temos uma amostra minúscula se comparada ao... ao... — Ele deu uma risada fraca. — Você sabe, à coisa toda. A todos os mundos de Ur.

Barack Obama foi eleito em seis Ur. Mitt Romney foi eleito em um, com John McCain como vice. Nesse Ur, Romney concorreu com Obama, que foi sondado depois que Hillary morreu em um acidente de helicóptero no final da campanha.

Eles não viram menção nenhuma a Sarah Palin. Wesley não ficou surpreso. Ele achava que, se esbarrassem nela, seria mais por sorte do que por probabilidade, e não só porque Mitt Romney aparecia com mais frequência como candidato republicano do que John McCain. Palin sempre foi o azarão, um tiro no escuro, a pessoa que ninguém esperava.

Robbie queria olhar o Red Sox. Wesley achava que era perda de tempo, mas Don ficou do lado do garoto, então ele concordou. Os dois olharam as páginas de esportes de outubro em dez Ur diferentes, escolhendo datas entre 1918 e 2009.

— Isso é deprimente — disse Robbie depois da décima tentativa. Don Allman concordou.

— Por quê? — perguntou Wesley. — O time ganha a série várias vezes.

— O que quer dizer que não existe maldição — disse Don. — E isso é meio sem graça.

— Que maldição?

Wesley estava intrigado.

Don abriu a boca para explicar, mas apenas suspirou.

— Deixa pra lá — disse ele. — A explicação é longa e você não entenderia.

— Veja o lado bom — comentou Robbie. — Os Bombers sempre estão lá, então não é *só* sorte.

— É — disse Don, com desânimo. — Porra de Yankees. O complexo militar industrial do mundo esportivo.

— Foi *mal*. Alguém quer a última fatia?

Don e Wes balançaram a cabeça. Robbie comeu e falou:

— Olhe mais uma vez. Olhe o Ur 1241989. É meu aniversário. Talvez dê sorte.

Só que foi o contrário. Quando Wesley selecionou o Ur e acrescentou uma data, 20 de janeiro de 1973, de forma nada aleatória, o que apareceu em vez de DIVIRTA-SE COM SUA SELEÇÃO foi o seguinte: NÃO HÁ DATAS NESTE UR DEPOIS DE 19 DE NOVEMBRO DE 1962.

Wesley cobriu a boca com a mão.

— Ah, meu bom Deus.

— O quê? — perguntou Robbie. — O que foi?

— Eu acho que sei — respondeu Don.

Ele tentou pegar o Kindle cor-de-rosa.

Wesley, que achava que tinha ficado pálido (mas provavelmente não tanto quanto se sentia por dentro), colocou a mão sobre a de Don.

— Não. Acho que não consigo suportar.

— Suportar *o quê*?! — Robbie quase gritou.

— Você não estudou a Crise dos Mísseis de Cuba na aula de História Americana no Século xx? — perguntou Don. — Ou não chegou lá ainda?

— *Que* crise dos mísseis? Teve alguma coisa a ver com Castro?

Don estava encarando Wesley.

— Eu também não quero ver — disse ele —, mas não vou dormir esta noite se não tiver certeza.

— Tudo bem — disse Wesley, e pensou, não pela primeira vez, que a curiosidade, e não a raiva, era a verdadeira ruína do espírito humano. — Mas você vai ter que digitar. Minhas mãos estão tremendo.

Don preencheu nos campos 19 DE NOVEMBRO DE 1962. O Kindle o mandou se divertir com sua seleção, mas ele não se divertiu. Nenhum deles se divertiu. As manchetes eram pungentes e enormes.

MORTOS EM NY ULTRAPASSAM OS 6 MILHÕES

MANHATTAN DIZIMADA POR RADIAÇÃO

RÚSSIA SUPOSTAMENTE DESTRUÍDA

MORTES NA EUROPA E NA ÁSIA SÃO "INCALCULÁVEIS"

CHINESES LANÇAM 40 ICBMS

— Desligue — disse Robbie em uma voz baixa e fraca. — É como aquela música diz: "I don't wanna see no more".

Dan disse:

— Veja o lado bom. Parece que desviamos da bala na maioria dos Ur, inclusive neste. — Mas a voz dele não estava firme.

— Robbie está certo — disse Wesley. Ele tinha descoberto que a edição final do *The New York Times* do Ur 1241989 só tinha três páginas, e todos os artigos eram sobre morte. — Desligue. Eu queria nunca ter visto essa porcaria de Kindle.

— Tarde demais — disse Robbie.

E como ele estava certo.

* * *

Os três desceram juntos e ficaram de pé na calçada em frente ao prédio de Wesley. A rua Main estava quase deserta. O vento crescente gemia ao redor dos prédios e carregava as folhas de outono nas calçadas. Um trio de estudantes bêbados cambaleava na direção da Fraternity Row, cantando o que parecia ser "Paradise City".

— Não posso dizer a você o que fazer, o aparelho é seu, mas, se fosse meu, eu me livraria dele — disse Don. — Vai virar uma obsessão.

Wesley pensou em dizer que já estava obcecado, mas não falou nada.

— Vamos conversar sobre isso amanhã.

— Não — disse Don. — Vou levar minha esposa e meus filhos para Frankfort, para passar um maravilhoso final de semana prolongado na casa dos meus sogros. Suzy Montanaro vai dar as minhas aulas. E, depois desta pequena reunião, estou feliz da vida de estar indo viajar. Robbie? Quer uma carona?

— Obrigado, mas não precisa. Eu divido um apartamento com mais dois caras a dois quarteirões daqui. Em cima de Susan and Nan's Place.

— Não é barulhento? — perguntou Wesley. Susan and Nan's era o café da região, e abria às seis da manhã todos os dias, sete dias por semana.

— Na maior parte dos dias, eu durmo sem nem ouvir. — Robbie deu um sorriso. — Além do mais, quando o assunto é aluguel, o preço é bom.

— Que bom. Boa noite, pessoal. — Don saiu andando na direção do Tercel, mas se virou. — Eu pretendo dar um beijo nos meus filhos antes de dormir, talvez me ajude a adormecer. Essa última história... — Ele balançou a cabeça. — Eu poderia ter ficado sem ela. Sem querer ofender, Robbie, mas pode enfiar seu aniversário no cu.

Eles ficaram observando os faróis sumirem, e Robbie disse, pensativo:

— Ninguém nunca me mandou enfiar meu aniversário no cu. Isso é novidade.

— Tenho certeza de que ele não quis que você levasse para o lado pessoal. E ele deve estar certo sobre o Kindle, sabe? É fascinante, fascinante até *demais*, mas inútil num sentido prático.

Robbie ficou olhando para ele com olhos arregalados.

— Você está chamando o acesso a milhares de livros não descobertos dos grandes mestres da literatura de *inútil*? Caramba, que tipo de professor de inglês você é?

Wesley não tinha resposta. Principalmente porque sabia que, mais cedo ou mais tarde, provavelmente leria mais de *Os cães de Cortland* antes de ir dormir.

— Além do mais — disse Robbie —, pode não ser *totalmente* inútil. Você poderia digitar um daqueles livros e mandar para uma editora, já pensou nisso? Enviar como se fosse seu. Ficar famoso. Chamariam você de herdeiro de Vonnegut ou de Roth, sei lá.

Era uma ideia atraente, principalmente quando Wesley pensava nos rabiscos inúteis dentro da pasta. Mas balançou a cabeça.

— Isso provavelmente violaria as Leis do Paradoxo... o que quer que *isso* seja. Mas o mais importante é que me corroeria como ácido. De dentro para fora. — Ele hesitou, sem querer parecer meticuloso, mas querendo articular o que sentia como o verdadeiro motivo para não fazer uma coisa dessas. — Eu sentiria vergonha.

O garoto sorriu.

— Você é uma boa pessoa, Wes.

Eles estavam andando na direção do prédio de Robbie agora, com as folhas voando ao redor dos pés, uma lua crescente surgindo em meio às nuvens sopradas pelo vento.

— Você acha?

— Acho. E a treinadora Silverman também.

Wesley parou, pego de surpresa.

— O que você sabe sobre mim e a treinadora Silverman?

— Pessoalmente? Nada. Mas talvez você saiba que Josie é do time. Josie Quinn, da turma de inglês?

— Claro que eu conheço a Josie. — Foi a que falou como uma antropóloga gentil quando eles estavam discutindo o Kindle. E, sim, ele *sabia* que ela era uma Lady Suricato, apesar de estar na reserva e só entrar no jogo quando tudo estava dando errado.

— Josie disse que a treinadora está triste desde que vocês terminaram. E mal-humorada também. Faz com que elas corram o tempo todo, e expulsou uma garota do time.

— Ela expulsou Deeson antes de nós terminarmos. — Pensando: *de certa forma, foi* por isso *que terminamos.* — Hum... O time todo sabe sobre nós?

Robbie Henderson olhou para ele como se fosse louco.

— Se Josie sabe, todas sabem.

— Como? — Ellen não contaria; contar para o time sobre sua vida amorosa não era muito profissional.

— Como as mulheres sabem as coisas? — perguntou Robbie. — Elas simplesmente sabem.

— Você e Josie estão juntos, Robbie?

— Estamos nesse caminho. Boa noite, Wes. Vou dormir até mais tarde amanhã, não tenho aulas às sextas-feiras, mas, se você aparecer em Susan and Nan's para o almoço, suba e bata na minha porta.

— Talvez eu faça isso — disse Wesley. — Boa noite, Robbie. Obrigado por ser um dos Três Patetas.

— Eu diria que o prazer foi todo meu, mas preciso pensar sobre isso.

Em vez de ler o Hemingway do Ur quando voltou, Wesley enfiou o Kindle na pasta. Em seguida, pegou o caderno quase todo em branco e passou a mão pela bela capa. "Para suas ideias de livros", dissera Ellen, e devia ter sido um presente caro. Pena que seria desperdiçado.

Eu ainda posso escrever um livro, pensou ele. *Não é porque não escrevi em nenhum dos outros Ur que não posso escrever neste.*

Era verdade. Ele podia ser a Sarah Palin das letras americanas. Porque às vezes os tiros no escuro davam certo.

Para o bem e para o mal.

Ele trocou de roupa, escovou os dentes, ligou para o departamento de inglês e deixou um recado para a secretária cancelar sua aula da manhã.

— Obrigado, Marilyn. Desculpe botar isso nas suas costas, mas acho que estou ficando gripado. — Ele acrescentou uma tosse nada convincente e desligou.

Achava que ficaria acordado por horas, pensando em todos aqueles mundos, mas na escuridão eles pareceram tão irreais quanto atores na tela do cinema. Eram grandes lá, quase sempre bonitos, mas ainda eram apenas sombras geradas por luz. Talvez os mundos Ur também fossem assim.

O que parecia real naquela hora da madrugada era o som do vento, o belo som do vento contando histórias do Tennessee, de onde esteve antes, naquela mesma noite. Embalado por ele, Wesley adormeceu, e dormiu profundamente e por muito tempo. Não sonhou e, quando acordou, a luz do sol invadia seu quarto. Pela primeira vez desde seus dias de estudante universitário, ele dormiu até quase onze da manhã.

V — UR LOCAL (em construção)

Ele tomou um longo banho quente, se barbeou, se vestiu e decidiu ir até o Susan and Nan's para tomar um café da manhã tardio ou almoçar cedo, o que parecesse melhor no cardápio. Quanto a Robbie, Wes decidiu deixar o garoto dormir. Ele tinha treino à tarde com o resto do infeliz time de futebol americano; merecia o sono dos justos. Ocorreu-lhe que, se Wesley se sentasse à mesa perto da janela, poderia ver o ônibus do departamento atlético passar quando as garotas saíssem para o Bluegrass, a cento e trinta quilômetros dali. Ele acenaria. Ellen provavelmente não o veria, mas ele acenaria mesmo assim.

Pegou a pasta sem nem pensar no que estava fazendo.

Ele pediu o ovo mexido sexy da Susan (cebola, pimentão, muçarela) com bacon acompanhando, e também café e suco. Quando a jovem garçonete levou a comida, ele já estava lendo *Os cães de Cortland* no Kindle. Era Hemingway, sim, e uma história incrível.

— É um Kindle, não é? — perguntou a garçonete. — Ganhei um de Natal e adoro. Estou lendo todos os livros de Jodi Picoult.

— Ah, provavelmente não todos — comentou Wesley.

— Hã?

— Ela já deve ter terminado mais um. Foi só isso que eu quis dizer.

— E James Patterson deve ter escrito outro hoje de manhã! — disse ela, e saiu rindo.

Wesley tinha apertado o botão do menu enquanto eles estavam conversando, querendo esconder o livro de Hemingway. Porque se sentia culpado pelo que estava lendo? Porque a garçonete podia dar uma boa olhada e começar a gritar "*Isso não é um Hemingway de verdade*"? Ridículo. Mas só de ter o Kindle cor-de-rosa ele já se sentia meio desonesto. O aparelho não era dele, afinal, e as coisas que tinha baixado também não eram, porque não era ele quem ia pagar por tudo.

Talvez ninguém pague, pensou, mas não acreditou. Ele achava que uma das verdades universais da vida era que mais cedo ou mais tarde alguém sempre pagava.

Não havia nada de especialmente sexy nos ovos mexidos, mas estavam bons. Em vez de voltar para Cortland e seu cachorro de inverno, ele entrou no menu Ur. A única função que não tinha espiado era Ur Local. Que dizia *em construção*. O que Robbie havia falado na noite anterior? *É melhor ficar de olho, o valor das multas dobra*. O garoto era inteligente e talvez ficasse ainda mais, se não destruísse o cérebro jogando futebol americano da terceira divisão. Sorrindo, Wesley selecionou UR LOCAL e apertou o botão. A seguinte mensagem apareceu:

ACESSAR FONTE ATUAL DO UR LOCAL? S N

Wesley selecionou S. O Kindle pensou um pouco e apresentou uma nova mensagem.

A FONTE ATUAL DE UR LOCAL É O ECHO DA MOORE. ACESSAR? S N

Wesley pensou na pergunta enquanto comia um pedaço de bacon. O *Echo* era um jornal especializado em vendas de quintal, esportes locais e política da cidade. Os moradores olhavam essas coisas, ele achava, mas a maioria comprava o jornal por causa do obituário e da página policial. Todo mundo gostava de saber quais vizinhos tinham morrido ou sido presos. Procurar em 10,4 milhões de Ur de Moore, Kentucky, parecia bem chato, mas por que não? Ele não estava matando tempo, esticando o café da manhã, para poder ver o ônibus das jogadoras passar?

— Triste, mas é verdade — disse ele, e selecionou S. A mensagem que apareceu era parecida com uma que ele tinha visto antes. *Ur Local é protegido por todas as Leis do Paradoxo aplicáveis. Você concorda?* S N.

Isso era estranho. O arquivo do *The New York Times* não era protegido pelas Leis do Paradoxo, fossem lá quais fossem, mas o jornalzinho da cidade era? Não fazia sentido, mas parecia inofensivo. Wesley deu de ombros e selecionou s.

BEM-VINDO AO PRÉ-ARQUIVO DO THE ECHO!
SEU PREÇO É U$ 40,00/4 DOWNLOADS
U$ 350,00/10 DOWNLOADS
U$ 2.500,00/100 DOWNLOADS

Wesley largou o garfo no prato e franziu a testa. Além do jornal local ser protegido pelas Leis do Paradoxo, os downloads eram muito mais caros. Por quê? E o que era um pré-arquivo? Para Wesley, isso parecia um paradoxo por si só. Ou um oximoro.

— Bem, está em construção — disse ele. — O valor das multas dobra, e o valor dos downloads também. Essa é a explicação. Além do mais, não sou eu que vou pagar.

Não, mas como a ideia de que um dia acabaria pagando (*em breve!*) persistiu, ele escolheu a opção do meio. A tela seguinte era similar à do arquivo do *Times*, mas não idêntica; só pedia para ele selecionar uma data. Para Wesley, isso não sugeria nada além de um arquivo de jornal, do tipo que ele poderia encontrar em microfilmes na biblioteca local. Se era isso, por que o valor tão alto?

Ele deu de ombros, digitou *5 de julho de 2008* e apertou o botão de selecionar. O Kindle respondeu imediatamente com a seguinte mensagem:

SOMENTE DATAS FUTURAS
ESTAMOS EM 20 DE NOVEMBRO DE 2009

Por um momento, ele não entendeu. Quando entendeu, o mundo de repente ficou iluminado demais, como se um ser sobrenatural tivesse aumentado o controle do reostato da luz do dia. E todos os barulhos do café, o tilintar de garfos, o estalo de pratos, o murmúrio constante, tudo pareceu alto demais.

— Meu Deus — sussurrou ele. — Não é surpresa que seja tão caro.

Isso era demais. *Muito.* Ele foi desligar o Kindle, mas ouviu gritos de comemoração lá fora. Levantou o rosto e viu um ônibus amarelo com DEPARTAMENTO ATLÉTICO DA FACULDADE MOORE escrito na lateral. Líderes de torcida e jogadoras se inclinavam pelas janelas abertas, acenando e rindo e gritando coisas como "Vamos lá, Suricatos!" e "Somos o número um!". Uma das jovens estava com um dedo enorme de espuma mostrando o número um. Os pedestres na rua Main sorriram e acenaram.

Wesley levantou a mão e acenou fracamente. O motorista do ônibus buzinou. Na traseira do ônibus havia uma faixa com SURICATOS VÃO SACUDIR A RUPP pintado com spray. Wesley percebeu que as pessoas no café estavam aplaudindo. Tudo aquilo parecia estar acontecendo em outro mundo. Em outro Ur.

Quando o ônibus foi embora, Wesley olhou para o Kindle cor-de-rosa de novo. Decidiu que queria usar pelo menos um dos dez downloads, afinal. Os moradores não tinham muito apreço pelo corpo discente, no geral, ali era só uma comunidade universitária, mas adoravam as Lady Suricatos, porque todo mundo adorava um vencedor. Os resultados do torneio, independentemente de serem de um campeonato menor, seriam notícia de primeira página no *Echo* de segunda-feira. Se o time vencesse, ele podia comprar um presente de vitória para Ellen, e, se perdessem, ele podia comprar um presente de consolação.

— Saio ganhando de qualquer forma — disse ele, e digitou a data de segunda-feira: 23 de novembro de 2009.

O Kindle pensou por um momento e exibiu a primeira página de um jornal.

A data era a de segunda-feira.

A manchete era enorme e preta.

Wesley derramou o café e puxou o Kindle para que não ficasse molhado enquanto o líquido morno encharcava sua virilha.

Quinze minutos depois, ele estava andando de um lado para outro na sala do apartamento de Robbie Henderson enquanto Robbie, que estava acordado quando Wesley apareceu batendo à porta, mas ainda com a camiseta e a bermuda que usava para dormir, ficou olhando para a tela do Kindle.

— Nós temos que ligar para alguém — disse Wesley. Ele estava batendo com o punho na palma da mão aberta, o bastante para a pele começar a ficar vermelha. — Nós temos que ligar para a polícia. Não, espere! Para a arena! Ligue para a Rupp e deixe um recado para Ellen me ligar imediatamente! Não, isso não vai dar certo! Vai demorar demais! Vou ligar para ela agora. É isso...

— Relaxe, sr. Smith... quer dizer, Wes.

— Como posso relaxar? Você não *está vendo* a manchete? Está *cego*?

— Não, mas você tem que relaxar mesmo assim. Perdoe a expressão, mas você está surtado pra caralho, e as pessoas não conseguem pensar direito quando estão assim.

— Mas...

— Respire fundo. E lembre a si mesmo que, de acordo com isso, nós temos quase sessenta horas.

— É fácil para você. Não é a *sua* namorada que vai estar naquele ônibus quando começar a...

Ele parou, porque não era verdade. Josie Quinn era do time, e, de acordo com Robbie, tinha alguma coisa rolando entre os dois.

— Desculpe — disse ele. — Eu vi a manchete e surtei. Nem paguei meu café, só vim correndo para cá. Sei que parece que eu mijei na calça, e quase mijei mesmo. Graças a Deus seus colegas de apartamento não estão.

— Eu também estou assustado — admitiu Robbie, e por um momento eles observaram a tela em silêncio. De acordo com o Kindle de Wesley, a edição de segunda-feira do *The Echo* ia ter uma margem preta ao redor da primeira página além de uma manchete preta no alto, que dizia:

TREINADORA E 7 ALUNAS MORTAS EM ACIDENTE DE ÔNIBUS; 9 EM ESTADO CRÍTICO

O artigo em si não era uma notícia, só uma nota. Mesmo nervoso, Wesley sabia o porquê. O acidente tinha acontecido... não, *ia* acontecer, pouco antes das nove da noite de domingo. Tarde demais para o repasse de detalhes, se bem que, se eles ligassem o computador de Robbie e entrassem na internet...

O que estava pensando? A internet não previa o futuro; só o Kindle cor-de-rosa fazia isso.

Suas mãos estavam tremendo demais para que ele digitasse 24 de novembro. Ele empurrou o Kindle para Robbie.

— Digite você.

Robbie conseguiu, mas só na segunda tentativa. A notícia no *The Echo* de terça-feira era mais completa, mas a manchete era ainda pior:

NÚMERO DE MORTOS SOBE PARA 10

CIDADE E FACULDADE DE LUTO

— Josie vai… — começou Wesley.

— Sim — disse Robbie. — Sobrevive ao acidente, mas morre na segunda-feira. Jesus.

De acordo com Antonia "Toni" Burrell, uma das líderes de torcida dos Suricatos e uma das sortudas a escapar ao acidente de ônibus de domingo apenas com ferimentos leves, a comemoração ainda estava acontecendo, com o Troféu Bluegrass sendo passado de mão em mão. "Nós estávamos cantando 'We Are the Champions' pela vigésima vez", disse ela no hospital em Bowling Green, para onde a maioria dos sobreviventes foi levada. "A treinadora se virou e gritou para a gente falar baixo, e foi aí que aconteceu."

De acordo com o capitão Moses Arden, da Polícia Estadual, o ônibus seguia pela Route 139, a estrada Princeton, e estava três quilômetros a oeste de Cadiz quando um SUV dirigido por Candy Rymer, de Montgomery, bateu nele. "A sra. Rymer estava dirigindo em alta velocidade para o oeste pela Highway 80", disse o capitão Arden, "e bateu no ônibus no cruzamento."

O motorista do ônibus, Herbert Allison, 58, de Moore, aparentemente viu o veículo da sra. Rymer no último instante e tentou desviar. O movimento, junto com o impacto, jogou o ônibus na vala, onde ele capotou e explodiu.

Havia mais, mas nenhum dos dois queria ler.

— Certo — disse Robbie. — Vamos pensar um pouco. Primeiro, podemos ter certeza de que é verdade?

— Talvez não — respondeu Wesley. — Mas, Robbie… podemos correr esse risco?

— Não. Não, acho que não podemos. *Claro* que não podemos. Mas, Wes, se ligarmos para a polícia, ninguém vai acreditar na gente. Você sabe disso.

— A gente pode mostrar o Kindle! Mostrar o artigo! — Mas ele soou desanimado até aos próprios ouvidos. — Tá, que tal isto, eu conto para Ellen. Mesmo se não acreditar em mim, ela pode concordar em segurar o ônibus por quinze minutos, ou mudar a rota que esse Allison está planejando fazer.

Robbie pensou.

— É, vale a pena tentar.

Wesley tirou o celular da pasta. Robbie tinha voltado para o artigo e usou o botão de mudar páginas para ler o resto.

O celular tocou duas… três… quatro vezes.

Wesley estava se preparando para deixar uma mensagem na caixa postal quando Ellen atendeu.

— Wesley, não posso falar com você agora. Achei que tivesse entendido…

— Ellen, escute…

— … mas, se você recebeu minha mensagem, sabe que nós *vamos* conversar. — Ao fundo, ele conseguia ouvir o barulho das garotas animadas, Josie no meio delas, e música alta.

— Sim, eu recebi a mensagem, mas nós temos que conversar a…

— Não! — exclamou Ellen. — Não *temos*. Não vou receber suas ligações este fim de semana e não vou ouvir suas mensagens. — A voz dela ficou suave. — E, querido… cada mensagem que você deixar vai tornar tudo mais difícil. Para nós.

— Ellen, você não entend…

— Tchau, Wes. Nós nos falamos semana que vem. Você nos deseja sorte?

— Ellen, *por favor*!

— Vou interpretar isso como um sim — disse ela. — Quer saber? Acho que eu ainda gosto de você, apesar de ser um cabeça-dura.

Com isso, ela desligou.

Ele pousou o dedo no botão de rediscagem, mas se obrigou a não apertá-lo. Não ajudaria. Ellen estava com a postura de "do meu jeito ou de jeito nenhum". Era loucura, mas era o que tinha.

— Ela não quer falar comigo se não for do jeito dela. O que ela não sabe é que, depois da noite de domingo, ela pode *não ter* mais tempo. Você vai ter que ligar para a srta. Quinn.

Em seu estado de nervosismo atual, o primeiro nome da garota fugiu de sua mente.

— Josie vai achar que eu estou brincando — disse Robbie. — Com uma história dessas, *qualquer* garota acharia. — Ele ainda estava observando a tela do Kindle. — Quer saber? A mulher que causou o acidente, que *vai* causá-lo, quase não se machuca. Aposto todas as mensalidades do semestre que vem que ela estava bêbada como um gambá.

Wesley nem ouviu.

— Diga para Josie que Ellen *tem* que atender minha ligação. Peça para ela dizer que não é sobre nós. Diga para ela dizer que é uma emer…

— Cara — interrompeu Robbie. — Preste atenção. Você está me ouvindo?

Wesley assentiu, mas o que ouviu mais claramente foi seu coração disparado.

— Primeiro, Josie ia pensar que era brincadeira *mesmo assim*. Segundo, ela poderia pensar que era uma brincadeira de nós *dois*. Terceiro, acho que ela não procuraria a treinadora Silverman, considerando o mau humor dela nos últimos tempos… e ela fica ainda pior nas viagens de jogos, segundo Josie. — Robbie suspirou. — Você tem que entender… Josie é um amor, é inteligente e sexy pra caramba, mas também é tímida como um ratinho. É disso que eu gosto nela.

— Acho que isso diz um monte de coisas boas sobre a sua personalidade, Robbie, mas precisa me perdoar se eu disser que agora estou cagando para isso. Você falou o que não vai dar certo; tem alguma ideia do que pode dar?

— Essa era a quarta coisa. Com um pouco de sorte, não vamos precisar contar a ninguém sobre isso. O que é bom, pois ninguém acreditaria.

— Discorra.

— Hã?

— Diga o que tem em mente.

— Primeiro, precisamos usar outro dos seus downloads do *Echo*.

Robbie digitou 25 de novembro de 2009. Outra garota, uma líder de torcida, que foi horrivelmente queimada na explosão, tinha morrido, aumentando o número de mortes para onze. Apesar de o *The Echo* não falar abertamente, mais pessoas podiam morrer antes do fim da semana.

Robbie só deu uma olhada rápida no artigo. O que estava procurando estava em uma nota separada na parte de baixo da primeira página:

CANDACE RYMER ACUSADA DE HOMICÍDIO MÚLTIPLO EM DIREÇÃO VEICULAR

Havia um quadrado cinza no meio da notícia; a foto dela, supôs Wesley, só que o Kindle cor-de-rosa não parecia conseguir exibir as imagens das notícias. Mas não importava, porque agora ele tinha entendido. Não era o ônibus que eles tinham que impedir; era a mulher que ia bater no ônibus.

Candace Rymer era a quarta coisa.

VI — CANDY RYMER

Às cinco horas de uma tarde cinzenta de domingo, quando as Lady Suricatos estavam fazendo cestas em uma parte não muito distante do estado, Wesley Smith e Robbie Henderson estavam sentados no modesto Chevy Malibu do professor, vigiando a porta de um bar de beira de estrada em Eddyville, trinta e dois quilômetros ao norte de Cadiz. O estacionamento era de terra batida com manchas de óleo e estava praticamente vazio. Era quase certo que havia uma TV dentro do The Broken Windmill, mas Wesley achava que beberrões seletivos preferiam beber e assistir à NFL em casa. Não era preciso entrar ali para saber que era uma espelunca. A primeira parada de Candy Rymer foi ruim, mas aquela era pior.

Estacionado um pouco torto na vaga (e bloqueando o que parecia ser a saída de emergência) havia um Ford Explorer imundo e amassado com dois adesivos na traseira. MEU FILHO É ALUNO CONDECORADO NA INSTITUIÇÃO CORRECIONAL DO ESTADO, dizia um. O outro era ainda mais revelador: EU FREIO PARA JACK DANIELS.

— Talvez a gente devesse fazer aqui mesmo — sugeriu Robbie. — Enquanto ela está lá dentro enchendo a cara e vendo os Titans.

Era uma ideia tentadora, mas Wesley balançou a cabeça.

— Vamos esperar. Ela tem mais uma parada a fazer. Hopson, lembra?

— Fica a quilômetros daqui.

— Certo — disse Wesley. — Mas nós temos tempo para matar, e vamos matá-lo.

— Por quê?

— Porque estamos aqui para mudar o futuro. Ou para tentar, pelo menos. Não temos ideia do quanto isso é difícil. Esperar o máximo possível aumenta nossas chances.

— Wesley, aquela mulher está bêbada. Ela estava bêbada quando saiu daquela primeira espelunca em Central City, e vai estar bem mais bêbada quando sair desse buraco aí. Não consigo ver ela mandando consertar o carro a tempo do encontro com o ônibus das garotas a sessenta e cinco quilômetros daqui. E se *nós* enguiçarmos quando estivermos tentando seguir ela até a última parada?

Wesley não tinha pensado nisso. Estava pensando agora.

— Meus instintos me dizem para esperar, mas se você tem uma sensação forte de que devíamos fazer agora, então vamos.

Robbie se empertigou.

— Tarde demais. Aí vem a Miss América.

Candy Rymer saiu do The Broken Windmill em uma espécie de zigue-zague. Deixou a bolsa cair, se inclinou para pegá-la, quase foi ao chão, soltou um palavrão, pegou a bolsa, riu e continuou andando para onde o Explorer estava estacionado, pegando a chave no caminho. O rosto estava inchado, sem esconder os vestígios do que já devia ter sido uma aparência muito bonita. O cabelo, louro com raízes pretas, caía ao redor do rosto em cachos sem vida. A barriga se projetava acima da calça jeans com elástico na cintura, logo abaixo da barra do que só podia ser um top de frente única do Kmart.

Ela entrou no carro arrebentado, ligou o motor (parecia precisar desesperadamente de um ajuste) e acelerou para a frente, na direção da porta de emergência do local. Houve um estalo. E então as luzes traseiras se acenderam e ela deu ré tão rápido que por um momento horrível Wesley achou que ela ia bater no Malibu, deixando-o inutilizado e os dois a pé enquanto seguia para o compromisso em Samarra. Mas ela parou a tempo e seguiu para a rodovia sem parar para olhar o trânsito. Um momento depois, Wesley estava atrás dela enquanto seguia para o leste na direção de Hopson. E do cruzamento onde o ônibus das Lady Suricatos chegaria em quatro horas.

* * *

Apesar da coisa terrível que Candy estava prestes a fazer, Wesley não conseguiu deixar de sentir certa pena, e achava que Robbie sentia o mesmo. A notícia seguinte que eles leram sobre ela no *The Echo* contava uma história familiar e sórdida.

Candace "Candy" Rymer, quarenta e um anos, divorciada. Três filhos, agora sob a guarda do pai. Durante os últimos doze anos, ela entrou e saiu de quatro instituições de reabilitação, aproximadamente uma a cada três anos. De acordo com um conhecido (ela parecia não ter amigos), tentou o AA e decidiu que aquilo não era para ela. Tinha coisas religiosas demais. Foi presa seis vezes por dirigir embriagada. Perdeu a habilitação depois das duas últimas, mas nos dois casos a habilitação foi restabelecida, na segunda vez por uma petição especial. Ela precisava da habilitação para chegar ao trabalho na fábrica de fertilizantes em Bainbridge, disse ela ao juiz Walleby. O que não disse era que tinha perdido o emprego seis meses antes… e ninguém verificou. Candy Rymer era uma bomba de álcool esperando para explodir, e a explosão estava agora bem próxima.

O artigo não mencionou o endereço residencial dela em Montgomery, mas não era necessário. No que Wesley considerava uma obra de jornalismo investigativo brilhante (principalmente para o *The Echo*), o repórter refez o caminho da última farra dela, do Pot O' Gold em Central City até o The Broken Windmill em Eddyville e até o Banty's Bar em Hopson. Neste último, o barman tentaria ficar com a chave dela. Mas não ia conseguir. Candy ia mostrar o dedo do meio para ele e sair gritando "Não vou mais dar meu dinheiro para essa espelunca!" por cima do ombro. Isso seria às sete da noite. O repórter avaliou que Candy devia ter parado em algum lugar para tirar um cochilo rápido, talvez na Route 124, antes de seguir para a Route 80. Um pouco mais para a frente, na 80, ela faria sua parada final. Destruidora.

Depois que Robbie botou a ideia em sua cabeça, Wesley ficou esperando que o sempre confiável Chevrolet morresse e parasse no meio da estrada de duas pistas, vítima de bateria descarregada ou das Leis do Paradoxo. Os faróis traseiros de Candy Rymer desapareceriam de vista, e eles passariam as horas seguintes fazendo ligações desesperadas e inúteis (sempre supondo que os celulares funcionariam ali, no meio do nada) e xingando a si mesmos por não terem inutilizado o veículo dela em Eddyville, quando ainda tinham a chance.

Mas o Malibu seguiu tão tranquilamente como sempre, sem um único ruído ou sacolejo. Ele ficou uns quatrocentos metros atrás do Explorer de Candy.

— Cara, ela está saindo da estrada — disse Robbie. — Pode ser que caia na vala antes de chegar ao próximo bar. Pouparia o trabalho de cortar os pneus dela.

— De acordo com o *The Echo*, isso não acontece.

— É, mas sabemos que o futuro não é entalhado em pedra, não é? Pode ser que seja outro Ur, sei lá.

Wesley tinha certeza de que não funcionava assim com o Ur Local, mas ficou de boca calada. De qualquer modo, era tarde demais.

Candy Rymer chegou ao Banty's sem cair na vala nem bater em nenhum carro vindo no sentido contrário, apesar de ter quase feito as duas coisas; só Deus sabia como chegou perto disso várias vezes. Quando um dos carros na pista contrária desviou dela e passou pelo Malibu de Wesley, Robbie disse:

— Era uma família. Mamãe, papai, três criancinhas brincando atrás.

Foi nessa hora que Wesley parou de sentir pena de Rymer e começou a sentir raiva. Era uma emoção pura e quente que fez sua mágoa de Ellen parecer pálida em comparação.

— Aquela escrota — disse ele. Os nós dos dedos estavam brancos no volante. — Aquela *escrota* bêbada que não está nem aí. Se for a única forma de impedi-la, vou matá-la.

— Eu ajudo — comentou Robbie, depois comprimiu os lábios com tanta força que eles quase desapareceram.

Eles não precisaram matá-la, e as Leis do Paradoxo não os impediram, assim como as leis contra dirigir embriagada não impediram Candy Rymer de fazer seu passeio pelos bares mais pés-sujos do sul do Kentucky.

O estacionamento do Banty's era pavimentado, mas o concreto rachado mais parecia ter sobrevivido a um bombardeio na Faixa de Gaza. Acima, um galo de néon piscava. Em uma das garras havia um garrafão de bebida com as letras xxx na lateral.

O Explorer de Rymer estava estacionado quase diretamente embaixo dessa ave fabulosa, e no brilho laranja tremeluzente, Wesley cortou os pneus da frente do carro velho com a faca de cozinha que eles levaram para esse objetivo. Quando o barulho do ar escapando o alcançou, ele foi tomado por uma onda de alívio tão grande que primeiro não conseguiu se levantar, só ficar ali, ajoelhado como um homem rezando. Só desejou ter feito isso mais cedo, no The Broken Windmill.

— Minha vez — disse Robbie, e um momento depois o Explorer ficou mais baixo quando o garoto furou os pneus de trás. Então ouviu outro chiado. Robbie cortou o estepe por garantia. Nesse momento, Wesley já tinha se levantado.

— Vamos estacionar na lateral — disse Robbie. — Acho que é melhor ficarmos de olho nela.

— Vou fazer bem mais do que isso.

— Calma, amigão. O que você está pensando em fazer?

— Não estou planejando nada. Eu já passei desse ponto.

Mas a fúria sacudindo seu corpo sugeria outra coisa.

De acordo com o *The Echo*, ela gritou que nunca mais voltaria ao Banty's, mas parecia que o discurso fora censurado para a leitura familiar. O que ela realmente gritou foi: "Não vou mais dar meu dinheiro para este poço de merda!". Só que ela já estava tão bêbada que a baixaria saiu arrastada: *possss de merrrda*.

Robbie achou tão fascinante ver a notícia do jornal acontecer diante de seus olhos que não fez nenhum esforço para segurar Wesley quando ele seguiu na direção dela. Ele *chegou* a gritar "Espere!", mas Wesley não esperou. Ele segurou a mulher pelos ombros e começou a sacudi-la.

A boca de Candy Rymer se abriu; a chave que ela estava segurando caiu no asfalto rachado.

— Solta, filho da mãe!

Wesley não soltou. Ele deu um tapa nela forte o bastante para abrir o lábio inferior, depois bateu na outra bochecha.

— *Fique sóbria!* — gritou ele na cara assustada dela. — *Fique sóbria, sua escrota inútil! Dê um jeito na sua vida e pare de foder a dos outros! Você vai matar pessoas! Está entendendo? Você vai* MATAR *pessoas, porra!*

Ele deu um terceiro tapa, o som alto como um tiro de pistola. Ela cambaleou para trás até a lateral do prédio, chorando e levantando as mãos para proteger o rosto. Sangue escorria pelo queixo. A sombra deles, transformadas em guindastes alongados pelo galo de néon, apareciam e sumiam.

Ele levantou a mão para dar outro tapa (melhor dar tapas do que estrangular, que era o que ele realmente queria fazer), mas Robbie o segurou por trás e o conteve.

— Pare! Pare com isso, porra! Já chega!

O barman e dois clientes com aparência idiota estavam agora na porta, de boca aberta. Candy Rymer tinha escorregado até o chão. Estava chorando histericamente, com as mãos escondendo o rosto inchado.

— Por que todo mundo me odeia? — choramingou ela. — Por que todo mundo é tão cruel?

Wesley olhou para ela sem expressão, já sem sentir raiva. O que substituiu o sentimento foi uma espécie de falta de esperança. Qualquer pessoa diria que uma motorista bêbada que provocasse a morte de pelo menos onze pessoas tinha que ser má, mas não havia maldade ali. Só uma alcoólatra chorosa sentada no concreto rachado e cheio de ervas daninhas do estacionamento de um bar de beira de estrada. Uma mulher que, se a luz piscante de néon não estivesse mentindo, tinha feito xixi na calça.

— Você pode atingir a pessoa, mas não pode atingir o mal — disse Wesley. A voz dele parecia estar vindo de outro lugar. — O mal sempre sobrevive. Sai voando como um pássaro enorme e pousa em outra pessoa. É essa a merda, não acha? A merda dessa situação toda?

— É, tenho certeza de que sim, muito filosófico, mas vem. Antes que vejam você direito ou anotem a placa do carro.

Robbie o estava levando de volta para o Malibu. Wesley foi com a docilidade de uma criança. Estava tremendo.

— O mal sempre sobrevive, Robbie. Em todos os Ur. Lembre-se disso.

— Pode apostar, sem dúvida. Me dê a chave. Eu dirijo.

— *Ei!* — alguém gritou atrás deles. — Por que você bateu naquela mulher? Ela não fez nada! Volte aqui!

Robbie empurrou Wesley para o banco do carona, correu em volta do capô, sentou atrás do volante e arrancou. Afundou o pé no pedal até o galo desaparecer, depois foi mais devagar.

— E agora?

Wesley passou a mão pelos olhos.

— Lamento ter feito aquilo — disse ele. — Mas também não lamento. Você entende?

— Entendo. Pode apostar. Foi pela treinadora Silverman. E por Josie também. — Robbie sorriu. — A minha ratinha.

Wesley retribuiu o sorriso.

— E para onde vamos? Para casa?

— Ainda não — disse Wesley.

Eles estacionaram na beirada de uma plantação de milho, perto do cruzamento da Route 139 e a Highway 80, três quilômetros a oeste de Cadiz. Chegaram cedo, e Wesley usou o tempo para ligar o Kindle cor-de-rosa. Quando tentou acessar Ur Local, uma mensagem de certa forma nada surpreendente apareceu: O SERVIÇO NÃO ESTÁ MAIS DISPONÍVEL.

— É melhor assim — disse ele.

Robbie se virou para Wesley.

— Como?

— Nada. Não importa.

Ele guardou o Kindle de volta na pasta.

— Wes?

— O quê, Robbie?

— Nós violamos as Leis do Paradoxo?

— Sem dúvida.

Às cinco para as nove, eles ouviram buzinas e viram luzes. Saíram do Malibu e ficaram parados na frente, esperando. Wesley observou que as mãos de Robbie estavam apertadas e ficou feliz de não ser o único com medo de Candy Rymer ainda conseguir aparecer.

Faróis surgiram no alto da colina mais próxima. Era o ônibus, seguido de doze carros com torcedores das Lady Suricatos, todos buzinando em delírio e piscando os faróis. Quando o ônibus passou, Wesley ouviu doces vozes femininas cantando "We Are the Champions" e sentiu um arrepio subir pela coluna e eriçar os pelos da nuca.

Ele levantou a mão e acenou.

Ao lado dele, Robbie fez o mesmo. Em seguida, se virou para Wesley, sorrindo.

— O que você acha, professor? Quer entrar na parada?

Wesley segurou o ombro dele.

— Parece uma excelente ideia.

Quando o último carro passou, Robbie entrou na fila. Como os outros, ele buzinou e piscou os faróis do Malibu até chegarem a Moore.

Wesley não se importou.

VII — A POLÍCIA DO PARADOXO

Quando Robbie saiu em frente ao Susan and Nan's (onde AS LADY SURICATOS ARRASAM tinha sido pichado na janela), Wesley disse:

— Espere um segundo. — Ele contornou a frente do carro e abraçou o garoto. — Você agiu bem.

Robbie sorriu.

— Isso quer dizer que vou ganhar um A de presente este período?

— Não, só alguns conselhos. Largue o futebol americano. Você nunca vai fazer carreira nele, e sua cabeça merece coisa melhor.

— Anotado — disse Robbie... mas não era uma concordância, e os dois sabiam. — Vejo você na aula?

— Na terça — disse Wesley.

Mas quinze minutos depois ele teve motivo para pensar se *alguém* o veria de novo. Algum dia.

Havia um carro no local onde ele costumava estacionar o Malibu quando não o deixava no Estacionamento A da faculdade. Wesley podia ter estacionado atrás, mas preferiu o outro lado da rua. Alguma coisa no carro o deixou inquieto. Era um Cadillac, e à luz da lâmpada embaixo da qual estava parado, parecia brilhante demais. A tinta vermelha quase parecia gritar "Estou aqui! Gostou de mim?".

Wesley não gostou. Também não gostou das janelas com película escura nem das calotas enormes de gângster com emblemas dourados. Parecia um carro de traficante de drogas. Se, claro, o traficante em questão também fosse um maníaco homicida.

Por que estou pensando nisso?

— Foi o estresse do dia, só isso — disse ele quando atravessou a rua deserta com a pasta batendo na perna.

Ele se inclinou. Não tinha ninguém dentro do carro. Pelo menos, ele *achava* que não. Com as janelas escuras, era difícil ter certeza absoluta.

É a Polícia do Paradoxo. Eles vieram atrás de mim.

Essa ideia devia ter parecido ridícula, na melhor das hipóteses, uma fantasia paranoica, na pior, mas não parecia nenhuma das duas coisas. E quando se considerava tudo que tinha acontecido, talvez não fosse algo tão paranoico assim.

Wesley esticou a mão, tocou a porta do carro e puxou a mão de volta. A porta parecia feita de metal, mas estava quente. E parecia estar *pulsando*. Como se, de metal ou não, o carro estivesse vivo.

Corra.

O pensamento foi tão poderoso que ele sentiu os lábios o formarem, mas sabia que correr não era opção. Se tentasse, o homem ou os homens que pertenciam ao odioso carro vermelho o encontrariam. Era um fato tão simples que desafiava a lógica. *Ultrapassava* a lógica. Assim, em vez de correr, ele usou a chave para abrir a porta e entrar no prédio, seguindo para o apartamento. Foi devagar, porque seu coração estava disparado e as pernas ameaçavam ceder.

A porta do 2B estava aberta, com luz se espalhando no corredor em um retângulo longo.

— Ah, aí está você — disse uma voz não muito humana. — Entre, Wesley de Kentucky.

Eram dois. Um era jovem, e o outro, velho. O velho estava sentado no sofá, onde Wesley e Ellen Silverman já tinham seduzido um ao outro para mútua apreciação (que nada, para mútuo êxtase). O jovem estava na poltrona favorita de Wesley, onde ele sempre se sentava quanto a noite era longa, o cheesecake que tinha sobrado na geladeira estava gostoso, o livro estava interessante e a luz do abajur, firme. Os dois usavam casacos longos cor de mostarda, do tipo que parecia um sobretudo, e Wesley entendeu sem saber como que os casacos estavam vivos. Também entendeu que os homens que os usavam não eram homens. Os rostos ficavam *mudando*, e o que ficava embaixo da pele era reptiliano. Ou similar a um pássaro. Ou as duas coisas.

Nas lapelas, onde homens da lei de um filme de faroeste usariam distintivos, os dois usavam buttons com um olho vermelho. Wesley achou que também estavam vivos. Os olhos estavam observando tudo.

— Como sabem que sou eu?

— Sentimos seu cheiro — disse o mais velho dos dois, e o terrível era o seguinte: não pareceu piada.

— O que vocês querem?

— Você sabe por que estamos aqui — respondeu o mais jovem.

O mais velho não falou mais até o final da visita. Ouvir um deles já era bem ruim. Era como ouvir um homem cuja laringe estava cheia de grilos.

— Acho que sei — disse Wesley. Sua voz estava firme, ao menos até aquele momento. — Eu violei as Leis do Paradoxo. — Ele rezou para que eles não soubessem sobre Robbie, e achou que talvez não soubessem mesmo; o Kindle estava registrado no nome de Wesley Smith, afinal.

— Você não faz ideia do que fez — disse o homem de casaco amarelo, com voz meditativa. — A Torre treme em sua base; os mundos tremem em seus rumos. A rosa sente um arrepio, como de inverno.

Muito poético, mas não muito elucidativo.

— Que Torre? Que rosa? — Wesley conseguia sentir suor brotando na testa, apesar de gostar de manter o apartamento frio. *É por causa deles*, pensou ele. *Esses homens são quentes.*

— Não importa — disse o visitante mais novo. — Explique-se, Wesley de Kentucky. E explique bem, se quer voltar a ver a luz do sol.

Por um momento, Wesley não conseguiu. Sua mente estava tomada por um único pensamento: *estou em um julgamento.* Mas ele afastou o pensamento. A volta da raiva, uma imitação pálida do que sentiu por Candy Rymer, mas bem verdadeira, trabalhou a seu favor.

— Pessoas iam morrer. Pelo menos onze. Talvez mais. Pode não ser muito para pessoas como vocês, mas é para mim, principalmente porque uma delas era a mulher que amo. Tudo porque uma bêbada egoísta não cuida dos problemas dela. E... — Ele quase disse *e nós*, mas fez o ajuste necessário a tempo. — E eu nem a machuquei. Dei uns tapas nela, mas não consegui me segurar.

— Vocês *nunca* conseguem se segurar — respondeu a voz zumbida da coisa em sua poltrona favorita (que nunca mais seria sua poltrona favorita). — Controle fraco dos impulsos é noventa por cento do problema. Já passou pela sua cabeça, Wesley de Kentucky, que as Leis do Paradoxo existem por um motivo?

— Eu não...

A coisa ergueu a voz.

— É claro que você *não*. Nós sabemos que você *não*. Estamos aqui porque você *não*. Não passou pela sua cabeça que uma das pessoas naquele ônibus podia se tornar um serial killer, alguém que poderia matar dezenas, inclusive uma criança que cresceria e encontraria a cura do câncer ou do mal de Alzheimer. Não ocorreu a você que uma daquelas jovens podia dar à luz o próximo Hitler ou Stalin, um monstro em forma humana que poderia matar *milhões* dos seus colegas humanos neste nível da Torre. Não ocorreu a você que estava se intrometendo em eventos muito além da sua compreensão!

Não, ele não tinha pensado em nada disso. Só pensou em Ellen. Assim como Robbie só pensou em Josie. E, juntos, eles pensaram nas outras pessoas. Jovens gritando, com a pele queimando e se soltando dos ossos, talvez tendo as piores mortes que Deus proporcionava a Seu povo sofredor.

— Isso acontece? — sussurrou ele.

— Nós não *sabemos* o que acontece — retrucou a coisa de casaco amarelo. — É essa a questão. O programa experimental que você tolamente acessou pode ver seis meses no futuro com clareza... em uma área geográfica limitada, claro. Além de seis meses, a visão preditiva fica fraca. Depois de um ano, só há escuridão. Por isso, nós não sabemos *o que* você e seu jovem amigo podem ter feito. E, como não sabemos, não há chance de consertar o dano, se houve dano.

Seu jovem amigo. Eles sabiam sobre Robbie Henderson. O coração de Wesley se apertou.

— Tem algum tipo de poder controlando isso tudo? Tem, não tem? Quando acessei os Livros Ur pela primeira vez, eu vi uma torre.

— Todas as coisas servem à Torre — disse o homem-coisa de casaco amarelo, e tocou o button horrível que tinha no peito com certa reverência.

— Então como você sabe que eu também não sirvo?

Eles não disseram nada. Só ficaram olhando com olhos pretos e predatórios.

— Eu não pedi o aparelho, sabe? Quer dizer... eu comprei um Kindle, isso é verdade, mas não pedi o que chegou. Só chegou.

Houve um longo silêncio, e Wesley entendeu que sua vida estava oscilando dentro dele. A vida que ele conhecia, pelo menos. Podia continuar com algum tipo de existência se aquelas duas criaturas o levassem no carro vermelho odioso, provavelmente uma existência encarcerada, e achava que não conseguiria manter a sanidade por muito tempo.

— Nós achamos que foi um erro de envio — disse o jovem, por fim.

— Mas você não tem certeza, não é? Porque não sabe de onde veio. Nem quem mandou.

Mais silêncio. E então, o mais velho repetiu:

— Todas as coisas servem à Torre. — Ele se levantou e esticou a mão, que cintilou e virou uma garra. Cintilou de novo e virou uma mão. — Entregue o aparelho para mim, Wesley de Kentucky.

Wesley de Kentucky não precisava ouvir a ordem duas vezes, apesar de suas mãos estarem tremendo tanto que ele teve dificuldade em abrir as fivelas da pasta pelo que pareceram horas. Por fim, elas se abriram, e ele estendeu o Kindle cor-de-rosa para o mais velho. A criatura ficou olhando com uma fome enlouquecida que fez Wesley sentir vontade de gritar.

— Acho que não está funcionando mais mesm...

A criatura arrancou o aparelho dele. Por um segundo, Wesley esbarrou na mão do homem-coisa e entendeu que a pele da criatura tinha pensamentos próprios. Pensamentos uivantes que percorriam os próprios circuitos desconhecidos. Desta vez, ele *gritou*... ou tentou. O que saiu foi um gemido baixo e engasgado.

Eles foram até a porta, com a barra dos casacos fazendo barulhos abomináveis e líquidos de risadinhas. O mais velho saiu, ainda segurando o Kindle com a mão-garra. O outro parou por um momento para olhar para Wesley.

— Você está ganhando uma chance. Entende a sorte que tem?

— Entendo — sussurrou Wesley.

— Então agradeça.

— Obrigado.

A coisa sumiu sem dizer mais nada.

Ele não conseguiu se sentar no sofá, nem na poltrona que — antes de Ellen surgir — parecia ser sua melhor amiga no mundo. Deitou-se na cama e cruzou os braços sobre o peito em uma tentativa de parar os tremores que o percorriam. Deixou as luzes acesas porque não fazia sentido apagá-las. Ele tinha certeza de que não dormiria durante semanas. Talvez nunca mais. Começaria a pegar no sono, mas veria aqueles olhos pretos famintos e ouviria aquela voz dizendo "Entende a sorte que tem?".

Não, dormir estava fora de cogitação.

E, com isso, ele ficou inconsciente.

VIII — O FUTURO AS AGUARDA

Wesley dormiu até o toque de "Cânone em ré maior", de Pachelbel, o acordar às nove da manhã seguinte. Se houve sonhos (com Kindles cor-de-rosa, mulheres bêbadas em estacionamentos de bares de beira de estrada ou homens baixos de casaco amarelo), ele não lembrava. Só sabia que alguém estava ligando para seu celular, e devia ser alguém que queria muito falar com ele.

Ele correu para a sala, mas o toque parou antes que ele conseguisse tirar o celular da pasta. Abriu-o e viu VOCÊ TEM 1 MENSAGEM. Ele ligou para a caixa postal.

— Ei, amigão — disse a voz de Don Allman. — É melhor você olhar o jornal de hoje.

Era só isso.

Ele não assinava mais o *The Echo*, mas a velha sra. Ridpath, sua vizinha de baixo, assinava. Ele desceu a escada dois degraus de cada vez, e ali estava, enfiado na caixa de correspondência dela. Ele pegou o jornal, mas hesitou. E se seu sono não tivesse sido natural? E se ele tivesse sido anestesiado, para poder ser levado para um Ur diferente, no qual o acidente aconteceu? E se Don tivesse ligado para prepará-lo? E se ele desdobrasse o jornal e visse a margem preta que era a versão jornalística do mundo das faixas funerárias?

— Por favor — sussurrou ele, sem saber se era para Deus ou para aquela misteriosa torre negra que estava rezando. — Por favor, que ainda seja meu Ur.

Ele pegou o jornal com a mão entorpecida e o desdobrou. A margem estava mesmo ali, envolvendo toda a primeira página, mas era azul, não preta.

Azul *suricato*.

A foto era a maior que ele já tinha visto no *The Echo*, ocupando metade da primeira página, debaixo de uma manchete que dizia LADY SURICATOS GANHAM BLUEGRASS, E O FUTURO AS AGUARDA! O time estava reunido na quadra da Rupp Arena. Três jogadoras erguiam um troféu prateado brilhante. Outra, Josie, estava em uma escada, girando uma rede acima da cabeça.

De pé na frente do time, usando a calça azul elegante com blazer azul que sempre usava nos dias de jogo, estava Ellen Silverman. Ela estava sorrindo e segurando um cartaz feito à mão que dizia EU TE AMO, WESLEY.

Wesley ergueu as mãos acima da cabeça, uma ainda segurando o jornal, e deu um grito que fez alguns garotos do outro lado da rua olharem para ele.

— O que tá rolando? — gritou um deles.

— Sou fã do time! — explicou Wesley, e correu para o apartamento. Tinha uma ligação a fazer.

Pensando em Ralph Vicinanza

Em 26 de julho de 2009, uma mulher chamada Diane Schuler deixou o camping Hunter Lake, em Parksville, Nova York, dirigindo seu Ford Windstar 2003. Ela tinha cinco passageiros: seu filho de cinco anos, sua filha de dois anos e três sobrinhas. Parecia bem; a última pessoa a vê-la no camping jura que ela estava alerta e não tinha bafo de álcool. Continuava bem uma hora depois, quando parou para comer com as crianças no McDonald's. No entanto, pouco depois, ela foi vista vomitando no acostamento. Diane ligou para o irmão e disse que não estava se sentindo bem. Em seguida, entrou na Taconic Parkway e dirigiu na mão errada por quase três quilômetros, ignorando as buzinas, os acenos e os faróis sendo piscados por quem desviava dela. Acabou batendo de frente em um SUV, matando a si mesma, quase todos os seus passageiros (seu filho foi o único sobrevivente) e os três homens no outro carro.

De acordo com os exames toxicológicos, Schuler estava digerindo o equivalente a dez doses de bebida alcoólica na hora do acidente, além de uma grande quantidade de maconha. O marido declarou que a esposa não era de beber, mas exames toxicológicos não mentem. Como Candy Rymer da história anterior, Diane Schuler estava calibrada. Daniel Schuler realmente não sabia, depois de pelo menos cinco anos de casamento e de um período de namoro, que a esposa bebia escondido? É possível. Viciados conseguem ser incrivelmente sorrateiros e esconder seus vícios por bastante tempo. Fazem isso por necessidade e desespero.

O que exatamente aconteceu naquele carro? Como ela ficou bêbada tão rápido, e quando fumou a erva? O que estava pensando quando se recusou a dar atenção aos motoristas que a avisavam que ela estava na mão errada? Foi um acidente motivado por bebida e droga, um assassinato-suicídio ou uma combinação bizarra dos dois? Só a ficção pode abordar respostas a essas perguntas. Só *pela* ficção podemos pensar no impensável e, quem sabe, obter algum tipo de encerramento. Esta história é minha tentativa de fazer isso.

A propósito, Herman Wouk ainda *está* vivo. Ele leu uma versão desta história quando foi publicada na *The Atlantic* e escreveu um belo bilhete para mim. Até me convidou para visitá-lo. Como fã de carteirinha, fiquei emocionado. Ele está chegando aos cem anos agora, e eu tenho sessenta e sete. Se eu viver por tempo suficiente, talvez aceite o convite dele.

HERMAN WOUK AINDA ESTÁ VIVO

Do *Press-Herald* de Portland (Maine), 19 de setembro de 2010:

9 MORREM EM ACIDENTE TERRÍVEL NA I-95
Luto espontâneo no local
Por Ray Dugan

Menos de seis horas após um acidente de trânsito na cidade de Fairfield tirar a vida de dois adultos e sete crianças, todas com menos de dez anos, o luto já começou. Buquês de flores do campo em latinhas e em canecas de café cercam a terra queimada; uma fila de nove cruzes foi colocada no espaço para piquenique da área de descanso adjacente, no quilômetro 109. No local onde os corpos das duas crianças menores foram encontrados, uma placa anônima, com as palavras pintadas com tinta spray em um lençol, foi pendurada. Diz ANJOS SE REÚNEM AQUI.

I. BRENDA GANHA U$ 2700 NO JOGO DE LOTERIA PICK-3 E RESISTE AO SEU PRIMEIRO IMPULSO

Em vez de sair para buscar uma garrafa de Orange Driver para comemorar, Brenda paga a fatura do MasterCard, que está atrasada uma eternidade. Em seguida, liga para a Hertz e faz uma pergunta. Depois, liga para a amiga Jasmine, que mora em North Berwick, e conta para ela sobre o prêmio do Pick-3. Jasmine grita e diz:

— Garota, você está rica!

Só em sonho. Brenda explica que pagou a dívida do cartão de crédito para poder alugar um Chevy Express. É uma van com nove lugares, foi o que a garota da Hertz disse para ela.

— Podemos botar todas as crianças dentro e ir para Mars Hill. Visitar nossos pais. Exibir os netos. Espremer os coroas para ver se a gente descola uma grana. O que acha?

Jasmine fica em dúvida. O casebre glorificado em Mars Hill que os pais chamam de lar não tem espaço, e ela não ia querer ficar com eles mesmo que tivesse. Ela odeia os pais. Com bons motivos, Brenda sabe; o pai de Jaz abusou dela uma semana depois de seu décimo quinto aniversário. A mãe sabia o que estava acontecendo e não fez nada. Quando a filha a procurou em prantos, a mãe disse:

— Você não tem com que se preocupar, ele cortou as bolas.

Jaz se casou com Mitch Robicheau para fugir deles, e agora, três maridos, quatro filhos e oito anos depois, está sozinha. E contando com o auxílio do serviço social, apesar de trabalhar dezesseis horas por semana no Roll Around, distribuindo patins e vendendo fichas para o fliperama, onde as máquinas só aceitam um tipo específico de ficha. Seu chefe deixa que ela leve os dois filhos mais novos. Delight dorme no escritório, e Truth, de três anos, anda de um lado para outro do fliperama puxando a fralda. Não se mete em muita confusão, mas, no ano anterior, teve piolho, e as duas precisaram raspar a cabeça dele toda. Ele chorou à beça.

— Sobraram seiscentos dólares depois que paguei a dívida do cartão de crédito — diz Brenda. — Bem, quatrocentos se você contar o aluguel do carro, mas não estou contando porque posso botar no MasterCard. Nós poderíamos ficar no Red Roof, ver Home Box. É de graça. Podemos comprar comida na rua mesmo, e as crianças podem nadar na piscina. O que você diz?

De trás dela vêm gritos. Brenda berra:

— *Freddy, pare de provocar sua irmã e coloque isso onde encontrou!*

Ah, caramba, aquela gritaria toda acordou o bebê. Ou foi isso, ou Freedom fez sujeira na fralda e acordou sozinha. Freedom *sempre* faz sujeira na fralda. Para Brenda, parece que fabricar cocô é o trabalho de sua vida. Ela puxou ao pai nisso.

— Talvez... — diz Jasmine, esticando a palavra até parecer ter quatro sílabas. Talvez cinco.

— Vamos lá, garota! Uma viagem de carro! Vamos seguir a vida! Pegamos o ônibus até o aeroporto e alugamos a van. São quatrocentos e oitenta quilômetros, e nós podemos chegar lá em quatro horas. A garota do telefone disse que os pestinhas podem ver DVDs. *A pequena sereia* e todas as outras coisas boas.

— Talvez eu consiga arrancar da minha mãe um pouco daquele dinheiro do governo antes que acabe — diz Jasmine, pensativa.

O irmão dela, Tommy, morreu no ano anterior no Afeganistão. Uma bomba de fabricação caseira o levou. A mãe e o pai de Jasmine receberam oitenta mil dólares. A mãe prometeu um pouco para ela, mas só quando o coroa não estava perto do telefone. Claro que já podiam ter gastado tudo. Provavelmente já acabou. Ela sabe que o sr. Comedor de Garotinhas comprou uma moto Yamaha com parte do dinheiro, apesar de Jasmine não fazer ideia de o que ele quer com uma coisa daquelas na idade que tem. E ela sabe que dinheiro do governo é como uma miragem. Isso é algo que as duas sabem. Sempre que você vê coisas brilhantes, a nuvenzinha preta aparece. As coisas brilhantes nunca continuam brilhantes por muito tempo.

— Vamos, Jaz — diz Brenda.

Ela se apaixonou pela ideia de encher a van com as crianças e sua melhor (e única) amiga do ensino médio, que acabou indo morar na cidade vizinha. As duas estavam sozinhas, somando sete filhos, com homens ruins demais na bagagem, mas às vezes ainda se divertiam.

Ela ouve um baque. Freddy começa a gritar. Glory bateu no olho dele com um boneco.

— *Glory, pare com isso ou eu vou até aí!* — grita Brenda.

— *Ele não quer devolver minha Menina Superpoderosa!* — grita Glory, e aí *ela* começa a chorar. Agora, estão os três chorando, Freddy, Glory e Freedom, e por um momento a visão de Brenda fica escura. Isso está acontecendo com certa frequência ultimamente. Ali estão eles, em um apartamento de três quartos no terceiro andar, sem nenhum homem na jogada (Tim, o namorado mais recente, pulou fora seis meses atrás), vivendo de miojo e Pepsi e daquele sorvete barato que vende no Walmart, sem ar-condicionado, sem TV a cabo. Ela tinha um emprego na loja Quik-Flash, mas a empresa faliu e agora a loja é uma On the Run e o gerente contratou um chicano qualquer para fazer o trabalho dela porque o chicano pode trabalhar de doze a catorze horas por dia. O chicano usa um lenço na cabeça e tem um bigodinho nojento e nunca ficou grávido. O trabalho do chicano é *engravidar* garotas. Elas ficam doidas por aquele bigodinho e, pronto, duas linhas azuis aparecem no teste de farmácia e lá vem mais um.

Brenda tem experiência pessoal com "lá vem mais um". Ela diz para as pessoas que sabe quem é o pai de Freddy, mas na verdade não sabe, porque teve algumas noites de bebedeira em que *todos* os caras pareciam bonitos. Além do mais, caramba, como ela ia arrumar um emprego? Ela tem *filhos*. O que vai fazer, deixar Freddy cuidando de Glory e levar Freedom para as malditas entrevistas? Claro, *isso* vai dar certo. E o que existe para fazer além de ser atendente de drive-thru no McDonald's ou no Burger King? Portland tem umas duas boates de strip-tease, mas mulheres gordas como ela não conseguem esse tipo de trabalho.

Ela lembra a si mesma que ganhou na loteria. Lembra a si mesma que eles podem estar em dois quartos com ar-condicionado no Red Roof naquela noite... três, até! Por que não? As coisas estão mudando!

— Brennie? — Jaz parece mais em dúvida do que nunca. — Você está mesmo falando sério?

— Estou — afirma Brenda. — Vamos, garota, estou *aprovada*. A garota da Hertz diz que a van é vermelha. — Ela baixa a voz e acrescenta: — Sua cor da sorte.

— Você pagou o cartão de crédito na internet? Como conseguiu isso?

Freddy e Glory brigaram no mês anterior e derrubaram o laptop de Brenda da cama. Caiu no chão e quebrou.

— Eu usei o computador da biblioteca. — Ela fala da forma como fazia quando era criança em Mars Hill: *blioteca*. — Eu tive que esperar um tempo para usar, mas vale a pena. É de graça. O que você diz?

— Talvez a gente possa comprar uma garrafa de Allen — diz Jaz. Ela adora aquele conhaque de café Allen, quando consegue pagar. Na verdade, Jasmine adora qualquer coisa quando consegue pagar.

— Sem dúvida — diz Brenda. — E uma garrafa de Orange Driver para mim. Mas não vou beber quando estiver atrás do volante. Não posso perder minha habilitação, Jaz. É tudo que me sobrou.

— Você acha que vai conseguir arrancar dinheiro dos seus pais?

Brenda diz para si mesma que, quando eles virem as crianças, supondo que as crianças possam ser subornadas (ou intimidadas) a se comportarem bem, vai conseguir.

— Mas nem uma palavra sobre a loteria.

— De jeito nenhum — diz Jasmine. — Eu sou jovem, mas não nasci ontem.

Elas riem. É uma piada velha, mas boa.

— E aí, o que você acha?

— Eddie e Rose Ellen vão ter que faltar à escola...

— E daí? — diz Brenda. — O que *você* acha, garota?

Depois de uma longa pausa na outra linha, Jasmine diz:

— Viagem de carro!

— Viagem de carro! — responde Brenda.

Elas ficam cantarolando isso enquanto as três crianças choram no apartamento de Brenda em Sanford e pelo menos uma (ou duas) choram no de Jasmine em North Berwick. Essas são as mulheres gordas que ninguém quer ver quando estão na rua, as que nenhum homem quer pegar nos bares a não ser que esteja tarde e eles estejam bêbados e não haja ninguém melhor por perto. O que os homens pensam quando estão bêbados, e Brenda e Jasmine sabem disso, é que coxas gordas são melhores do que ficar sem coxas. Principalmente na hora do bar fechar. Elas estudaram juntas no ensino médio em Mars Hill e agora moram mais ao sul do estado e se ajudam quando podem. São as mulheres gordas que ninguém quer ver, têm um monte de criancinhas e estão cantarolando *viagem de carro*, como duas líderes de torcida bobas.

Em uma manhã de setembro, já quente às oito e meia da manhã, é assim que as coisas acontecem. Nunca foi diferente.

II. DOIS VELHOS POETAS QUE JÁ FORAM AMANTES EM PARIS
FAZEM UM PIQUENIQUE PERTO DOS BANHEIROS

Phil Henreid tem setenta e oito anos agora, e Pauline Enslin tem setenta e cinco. Os dois são magrelos. Os dois usam óculos. O cabelo dos dois, branco e fino, voa na brisa. Eles pararam na área de descanso na I-95 perto de Fairfield, que fica uns trinta quilômetros ao norte de Augusta. O prédio da área de descanso é de madeira, mas os banheiros adjacentes são de tijolo. São banheiros bonitos. Banheiros *de ponta*, podem até dizer. Não fedem. Phil, que mora no Maine e conhece bem aquela área de descanso, jamais teria proposto um piquenique ali dois meses antes. No verão, o trânsito na interestadual aumenta com visitantes de outros estados, e as autoridades da rodovia instalam uma fila de banheiros químicos de plástico. Eles deixam a bela área gramada fedendo como o inferno na véspera de Ano-Novo. Mas agora os banheiros químicos estão guardados em algum lugar, e a área de descanso está agradável.

Pauline abre uma toalha quadriculada na mesa de piquenique toda marcada, à sombra de um carvalho antigo, e a prende com uma cesta de piquenique de vime por causa da brisa quente. Da cesta, ela tira sanduíches, salada de batata, fatias de melão e dois pedaços de torta de coco. Também levou uma garrafa de vidro grande de chá vermelho. Cubos de gelo estalam alegremente lá dentro.

— Se estivéssemos em Paris, nós tomaríamos vinho — diz Phil.

— Em Paris, não tínhamos mais cento e trinta quilômetros de estrada para percorrer — responde ela. — O chá está gelado e fresco. Você vai ter que se contentar.

— Eu não estava reclamando — diz ele, e coloca a mão inchada pela artrite sobre a dela (que também está inchada, mas bem menos). — Isto é um banquete, minha querida.

Eles sorriem para o rosto gasto um do outro. Apesar de Phil ter se casado três vezes (e de ter tido cinco filhos nesse meio-tempo) e de Pauline ter se casado duas (sem filhos, mas com dezenas de amantes dos dois sexos), eles ainda sentem muito amor um pelo outro. Bem mais do que uma fagulha. Phil está surpreso e não está. Nessa idade — tarde, mas ainda não nas últimas —, se aceita o que puder e se fica feliz com isso. Eles estão a caminho de um festival de poesia no campus da Universidade do Maine que fica em Orono, e embora a compensação pela aparição dos dois juntos não seja enorme, é adequada. Phil esbanjou e alugou um Cadillac na Hertz do aeroporto de Portland, onde o avião dela chegou. Pauline debochou do Cadillac, disse que sempre soube que ele era um hippie de mentira, mas fez isso com gentileza. Ele não era hippie, mas era um iconoclasta genuíno, um ser único, e ela sabe disso. Assim como ele sabe que os ossos com osteoporose dela adoraram o passeio.

Agora, um piquenique. À noite, eles vão comer a comida do refeitório da faculdade: provavelmente uma gororoba morna coberta de molho. Talvez frango, ou quem sabe peixe, é difícil prever com certeza. Comida bege, é assim que Pauline chama. Comida de poeta visitante é sempre bege e, de qualquer modo, só vai ser servida às oito da noite. Com um vinho branco amarelado e barato aparentemente criado para dar um nó nas entranhas de apreciadores de álcool semiaposentados como eles. Essa refeição é melhor, e o chá gelado está ótimo. Phil até se entrega à fantasia de levá-la pela mão até a grama alta atrás dos banheiros quando tiverem terminado de comer, como naquela música antiga de Van Morrison, e...

Ah, mas não. Poetas idosos cujo apetite sexual está agora permanentemente entalado na primeira marcha não devem se arriscar em um local tão potencialmente ridículo. Principalmente poetas com experiência longa, rica e variada, que agora sabem que cada vez pode ser amplamente insatisfatória e que cada vez pode muito bem ser a última. *Além do mais*, pensa Phil, *eu já tive dois ataques cardíacos. Quem sabe o que anda acontecendo com ela?*

Pauline pensa: *Não depois dos sanduíches e da salada de batata, sem mencionar a torta. Mas talvez à noite. Não está fora de questão.* Ela sorri para ele e pega o último item na cesta. É um *New York Times* comprado na mesma loja de conveniência de Augusta onde ela comprou as coisas de piquenique, a toalha quadriculada e a garrafa de chá gelado. Como antigamente, eles abrem na seção de Artes & Lazer. No passado, Phil, que ganhou o National Book Award por *Burning Elephants* em 1970, sempre pedia coroa e ganhava mais vezes do que a sorte dizia que ele deveria. Hoje, ele pede cara... e ganha de novo.

— Ah, seu metido! — grita ela, entregando o jornal.

Eles comem. Dividem a leitura do jornal. Em determinado ponto, ela olha para ele por cima de uma garfada de salada de batata e diz:

— Eu ainda amo você, seu velho charlatão.

Phil sorri. O vento sopra o dente-de-leão que é o cabelo dele. O couro cabeludo brilha. Ele não é mais o jovem metido do Brooklyn, com os ombros largos como os de um estivador (e a boca tão suja quanto), mas Pauline ainda consegue ver a sombra desse homem, que era tão cheio de raiva, desespero e hilaridade.

— Eu também amo você, Paulie.

— Nós somos dois velhos — diz ela, e cai na gargalhada. Uma vez, ela transou com um rei e com um astro do cinema praticamente ao mesmo tempo numa varanda enquanto "Maggie May" tocava no gramofone, com Rod Stewart cantando em francês. Agora, a mulher que o *New York Times* já chamou de a maior poeta viva dos Estados Unidos mora em um prédio sem elevador no Queens. — Fazendo leitura de poesia em cidadezinhas por honorários desonrosos e comendo ao ar livre em áreas de descanso.

— Nós não estamos velhos — diz ele — Somos jovens, *bébé*.

— De que você está falando?

— Olhe isto — diz ele, e estica a primeira página da seção de artes.

Ela pega o jornal e vê uma foto. É a imagem sorridente de um homem magro com chapéu de palha.

NONAGENÁRIO WOUK VAI PUBLICAR LIVRO NOVO
Por Motoko Rich

Quando chegam à idade de noventa e cinco, se chegam, a maioria dos escritores já se aposentou há tempos. Não Herman Wouk, autor de romances famosos como *O motim* (1951) e *Marjorie Morningstar* (1955). Muitos dos que se lembram das adaptações para minissérie de TV dos extensos romances da Segunda Guerra Mundial, *Ventos de guerra* (1971) e *Lembranças de guerra* (1978), estão agora recebendo aposentadoria. É um direito ao qual Wouk se tornou elegível em 1980.

Wouk, entretanto, ainda não terminou. Ele surpreendeu a todos ao publicar um novo romance, *A Hole in Texas*, que recebeu boas críticas, um ano antes do nonagésimo aniversário, e espera publicar um ensaio do tamanho de um livro chamado *The Language God Talks* no final deste ano. É sua palavra final?

"Não estou preparado para falar sobre esse assunto, de um modo ou de outro", disse Wouk com um sorriso. "As ideias não somem só porque você está ve-

lho. O corpo enfraquece, mas as
palavras, nunca." Quando pergun-

taram sobre sua

Continua na página 19

Quando ela olha para o rosto velho e marcado sob o chapéu de palha torto, Pauline sente a ardência repentina de lágrimas.

— O corpo enfraquece, mas as palavras, nunca — repete ela. — Isso é lindo.

— Você já leu algo dele? — pergunta Phil.

— Li *Marjorie Morningstar* quando era jovem. É uma ode irritante à virgindade, mas fui arrebatada apesar de tudo. Você leu?

— Eu tentei ler *Youngblood Hawke*, mas não consegui terminar. Mesmo assim... ele ainda está escrevendo. E, por mais inacreditável que possa parecer, ele tem idade suficiente para ser nosso pai. — Phil dobra o jornal e coloca dentro da cesta de piquenique. Próximo a eles, o trânsito leve da rodovia segue abaixo de um céu de outono cheio de nuvens brancas. — Antes de voltarmos para a estrada, quer fazer uma leitura invertida, como a gente fazia antigamente?

Ela pensa e assente. Muitos anos se passaram desde que escutou outra pessoa ler um de seus poemas, e a situação sempre é um pouco consternadora, como ter uma experiência extracorpórea, mas por que não? Têm a área de descanso só para eles.

— Em homenagem a Herman Wouk, que ainda está escrevendo. Minha pasta de trabalho está no bolso da frente da minha mala de mão.

— Você confia em mim para mexer nas suas coisas?

Ela dá aquele velho sorriso torto e se deita ao sol de olhos fechados. Aproveitando o calor. Em pouco tempo, os dias vão ficar frios, mas agora está calor.

— Você pode mexer nas minhas coisas quanto quiser, Philip. — Ela abre um olho em uma piscadela invertida que é divertidamente sedutora. — Me explore até seu coração dizer chega.

— Vou me lembrar disso — diz ele, e volta para o Cadillac que alugou para os dois.

Poetas em um Cadillac, pensa ela. *A própria definição de absurdo.* Por um momento, ela vê os carros passarem. Em seguida, pega o jornal e olha novamente para o rosto estreito e sorridente do velho escritor. Ainda vivo. Talvez nesse exato momento olhando para o céu azul de outono, com o caderno aberto em uma mesa no jardim e um copo de Perrier (ou vinho, se o estômago dele ainda aguentar) perto da mão.

Se existir uma Deusa, pensa Pauline Enslin, *às vezes ela sabe ser muito generosa.*

Ela espera Phil voltar com sua pasta de trabalho e um dos blocos que ele gosta de usar para escrever. Eles vão trocar poemas. À noite, talvez façam outras brincadeiras. Mais uma vez, ela diz para si mesma que isso não está fora de questão.

III. SENTADA AO VOLANTE DA VAN CHEVY EXPRESS, BRENDA SENTE COMO SE ESTIVESSE NO COCKPIT DE UM CAÇA

Tudo é digital. Tem um rádio via satélite e um GPS. Quando ela dá marcha a ré, a tela do GPS vira um monitor de TV, para que você possa ver o que tem atrás do carro. Tudo no painel brilha, aquele cheiro de carro novo se espalha pelo interior — e por que não, com apenas mil e duzentos quilômetros rodados? Ela nunca se sentou ao volante de um veículo com a quilometragem tão baixa na vida. Dá para apertar botões no volante que mostram a velocidade média, quantos quilômetros por litro você está fazendo e quantos litros ainda tem no tanque. O motor quase não faz barulho. Os assentos da frente são idênticos, forrados com material branco-acinzentado que imita couro. Os sacolejos são suaves como manteiga.

Atrás tem uma tela de TV retrátil com aparelho de DVD. *A pequena sereia* não funciona porque Truth, o filho de três anos de Jasmine, passou creme de amendoim no CD, mas as crianças estão satisfeitas com *Shrek*, apesar de todas já terem visto um bilhão de vezes. A novidade é assistir *enquanto elas estão na estrada! De carro!* Freedom está dormindo na cadeirinha entre Freddy e Glory; Delight, a bebê de seis meses de Jasmine, está dormindo no colo de Jaz, mas os outros cinco estão espremidos nos dois bancos de trás, assistindo, hipnotizados. Estão com a boca aberta. Eddie, filho de Jasmine, está tirando meleca do nariz, e sua irmã mais velha, Rose Ellen, está com baba no queixinho pontudo, mas pelo menos estão todos quietos e não brigando, para variar. Estão hipnotizados.

Brenda devia estar feliz. As crianças estão em silêncio, a estrada segue lisa como uma pista de aeroporto, ela está ao volante de uma van novinha e o trânsito fica leve depois que saem de Portland. O velocímetro digital marca 110, e a belezinha nem está reclamando. Mesmo assim, aquela sensação de visão escura está voltando.

A van não é dela, afinal. Vai ter que devolver. É um gasto idiota, na verdade, porque o que as espera do outro lado dessa viagem? Mars Hill. A porra… de Mars… Hill. Comida comprada no Round-Up, onde ela já foi garçonete quando estava no ensino médio e ainda tinha um corpo decente. Hambúrgueres e fritas cobertos de filme plástico. As crianças brincando na piscina antes e talvez depois. Pelo menos uma vai se machucar e chorar. Talvez mais de uma. Glory vai reclamar que a água está fria demais, mesmo se não estiver. Glory sempre reclama. Vai reclamar a vida toda. Brenda odeia os choramingos e gosta de dizer para Glory que ela puxou ao pai… mas a verdade é que a criança puxou isso dos dois lados. Pobre menina. Todos eles, na verdade. E o futuro os aguarda, uma marcha debaixo de um sol que não se põe nunca.

Ela olha para a direita, torcendo para Jasmine falar alguma coisa engraçada e a animar, e fica consternada ao ver que Jaz está chorando. Lágrimas silenciosas se acumulam nos olhos dela e brilham nas bochechas. No colo, a bebê Delight segue dormindo, chupando o dedo. É o dedo calmante, todo cheio de bolhas por dentro. Uma vez, Jaz bateu nela com força quando viu Dee enfiando o dedo na boca, mas de que adianta bater em um bebê de seis meses? Daria no mesmo bater em uma porta. Mas, às vezes, bate mesmo assim. Às vezes, não dá para segurar. Às vezes, você não quer segurar. A própria Brenda já fez isso.

— O que foi, garota? — pergunta Brenda.

— Nada. Deixa pra lá, preste atenção na estrada.

Atrás delas, o Burro diz alguma coisa engraçada para Shrek, e algumas crianças riem. Mas não Glory; ela está pegando no sono.

— Pare com isso, Jaz. Conte pra mim. Sou sua amiga.

— Eu falei que não é *nada*.

Jasmine se inclina por cima do bebê adormecido. A cadeirinha de Delight está no chão. Nela, em cima de uma pilha de fraldas, está a garrafa de Allen's que elas pararam para comprar em South Portland antes de entrar na estrada. Jaz só tomou dois golinhos, mas agora toma dois goles grandes antes de enroscar a tampa. As lágrimas ainda escorrem pelas bochechas.

— Nada. Tudo. Dá no mesmo, é o que eu penso.

— É Tommy? É seu irmão?

Jaz ri com irritação.

— Eles nunca vão me dar nem um centavo daquele dinheiro. Quem estou querendo enganar? Minha mãe vai botar a culpa no meu pai porque é mais fácil para ela, mas ela sente a mesma coisa. Já devem ter torrado tudo, de qualquer modo. E você? Seus pais vão mesmo dar alguma coisa?

— Claro, acho que vão.

Bem. É. Provavelmente. Tipo uns quarenta dólares. O valor para um saco e meio de compras. Dois, se ela usar os cupons de desconto do *Uncle Henry's Swap Guide*. Só a ideia de folhear aquela revista gratuita vagabunda, a bíblia dos pobres, e ficar com tinta nos dedos faz a escuridão na visão dela se adensar. A tarde está linda, parece mais verão do que outono, mas um mundo em que você tem que depender do *Uncle Henry's* é um mundo cinzento. Brenda pensa: *Como acabamos com tantos filhos? Eu não estava deixando Mike Higgins me apalpar atrás da ferraria no outro dia?*

— Bom pra você — diz Jasmine, e sufoca as lágrimas. — Meus pais vão ter três novos brinquedos movidos a gasolina na garagem, mas vão dizer que estão sem grana. E sabe o que meu pai vai dizer sobre as crianças? "Não deixe que toquem em nada", é só isso que ele vai dizer.

— Talvez ele aja diferente — diz Brenda. — Melhor.

— Ele nunca fica diferente e nunca fica melhor — retruca Jasmine.

Rose Ellen está adormecendo. Ela tenta encostar a cabeça no ombro do irmão, Eddie, e ele dá um soco no braço dela. Ela massageia o braço e começa a choramingar, mas em pouco tempo está vendo *Shrek* de novo. A baba ainda está no queixo dela. Brenda acha que faz com que ela pareça idiota, o que está bem perto da verdade.

— Eu não sei o que dizer — comenta Brenda. — Vamos nos divertir mesmo assim. Red Roof, garota! Piscina!

— É, e alguém batendo na parede à uma da manhã, mandando eu calar a boca da minha filha. Como se eu *quisesse* Dee acordada no meio da noite porque todos os malditos dentes estão saindo ao mesmo tempo.

Ela toma outro gole da garrafa de café cheia de conhaque, depois a estica para Brenda. Ela sabe que não deve beber e botar a habilitação em risco, mas não tem policiais à vista, e se ela perdesse a habilitação, o quanto ficaria encrencada? O carro era de Tim, ele o levou quando foi embora, e estava quase morto mesmo, cheio de cola e arame. Não foi uma grande perda. Além do mais, havia a escuridão na visão dela. Brenda pega a garrafa e bebe. Só um golinho, mas o conhaque desce quente e gostoso, um raio de sol negro, então ela toma outro.

— Vão fechar o Roll Around no final do mês — diz Jasmine, pegando a garrafa de volta.

— Jaz, *não*!

— Ah, sim. — Ela olha para a frente, para a estrada. — Jack finalmente faliu. O desastre está anunciado desde o ano passado. Lá se vão os noventa dólares por semana.

Ela bebe. No colo, Delight se mexe, e volta a dormir com o dedo enfiado na boca. *Onde*, pensa Brenda, *um cara como Mike Higgins vai querer colocar o pau daqui a poucos anos. E ela provavelmente vai deixar. Eu deixei. Jaz deixou. É assim que as coisas são.*

Atrás delas, a princesa Fiona diz alguma coisa engraçada, mas nenhuma das crianças ri. Elas estão ficando sonolentas, até Eddie e Freddy, nomes saídos de um seriado de comédia.

— O mundo está cinza — diz Brenda.

Ela não sabia que ia dizer essas palavras até ouvi-las saindo da boca.

Jasmine olha para ela, surpresa.

— Claro — responde ela. — Agora você está entendendo.

Brenda diz:

— Me passe a garrafa.

Jasmine passa. Brenda bebe mais, depois devolve.

— Tudo bem, foi o último gole.

Jasmine dá seu velho sorriso torto, o que Brenda se lembra das tardes de sexta na época da escola. Fica estranho com as bochechas molhadas e os olhos vermelhos.

— Tem certeza?

Brenda não responde, mas afunda o pé no acelerador. Agora, o velocímetro digital marca 130.

301

IV. "VOCÊ PRIMEIRO", DIZ PAULINE.

De repente ela fica tímida, temendo ouvir suas palavras saindo da boca de Phil, certa de que soarão retumbantes, mas falsas, como trovão seco. Mas esqueceu a diferença entre a voz pública dele, declamatória e um pouco metida, como a voz de um advogado de cinema dando o discurso de encerramento, e a voz que ele usa quando só tem um ou dois amigos presentes (e não bebeu nada). É uma voz mais suave e gentil, e ela fica satisfeita de ouvir o poema saindo na voz dele. Não, mais do que satisfeita. Ela fica agradecida. Ele faz o poema parecer melhor do que é.

> "Sombras marcam a estrada
> com beijos pretos de batom.
> Neve derrete em campos de fazenda
> como vestidos de noiva em abandono.
> A névoa que sobe vira poeira dourada.
> As nuvens se abrem em uníssono.
> Explode entre elas!
> Por cinco segundos, o verão foi sentido
> e eu pareci ter dezessete anos, com flores
> guardadas no avental do vestido."

Ele abaixa a folha de papel. Ela o encara, sorrindo um pouco, mas ansiosa. Ele assente.

— É lindo, querida — diz ele. — Muito lindo. Agora, sua vez.

Ela abre o bloco dele, encontra o que parece ser o último poema e folheia por quatro ou cinco rascunhos. Ela sabe como Phil trabalha, por isso segue até encontrar uma versão não em letra cursiva ilegível, mas em letra de forma caprichada e pequena. Mostra para ele. Phil assente, depois se vira para olhar a rodovia. Tudo isso é gostoso, mas eles vão ter que ir embora daqui a pouco. Não querem se atrasar.

Ele vê uma van vermelha que vem vindo. Está indo rápido.

Ela começa.

V. BRENDA VÊ UMA CORNUCÓPIA CHEIA DE FRUTAS PODRES

Sim, pensa ela, *é isso mesmo. Dia de Ação de Graças para idiotas.*

Freddy vai virar soldado e lutar no exterior, como fez o irmão de Jasmine. Os meninos de Jaz, Eddie e Truth, vão fazer a mesma coisa. Vão ter carros grandes quando, e se, voltarem para casa, sempre supondo que ainda haja gasolina dali a vinte anos. E as garotas? Elas vão escolher garotos. Vão perder a virgindade enquanto um game show passa na televisão. Vão acreditar quando os garotos disserem que vão tirar antes de gozar. Vão ter bebês e fritar carne em chapas e ganhar peso, como aconteceu com ela e Jaz. Vão fumar um pouco de erva e comer muito sorvete, da marca barata do Walmart. Mas talvez não Rose Ellen. Tem alguma coisa errada com Rose. Ela ainda vai ter baba no queixinho pontudo quando estiver no oitavo ano, que nem agora. As sete crianças vão gerar dezessete, as dezessete vão gerar setenta, e as setenta vão gerar duzentas. Ela consegue ver um desfile de idiotas maltrapilhos marchando para o futuro, alguns usando calças jeans que mostram a roupa de baixo, alguns usando uniformes de garçonete manchados de molho, alguns usando calças com stretch do Kmart com etiquetas de FEITO NO PARAGUAI costuradas nos traseiros gordos. Ela consegue ver a montanha de brinquedos Fisher-Price que eles vão ter e que serão depois vendidos em bazares de garagem (que foi onde foram comprados). Vão comprar produtos que veem na TV e fazer dívidas com empresas de cartão de crédito, como ela fez… e vai fazer de novo, porque a loteria Pick-3 foi pura sorte, e ela sabe disso. Pior do que sorte, na verdade: uma provocação. A vida é uma calota enferrujada caída em uma vala na lateral da rua, e continua. Ela nunca mais vai sentir como se estivesse no cockpit de um caça. Não vai ficar melhor do que já está. Não tem barcos para ninguém, nenhuma câmera filmando a vida dela. Aquilo é a realidade, não um reality show.

Shrek acabou e todas as crianças estão dormindo, até Eddie. A cabeça de Rose Ellen está novamente no ombro dele. Ela está roncando como uma velha. Tem marcas vermelhas nos braços, porque às vezes não consegue parar de se coçar.

Jasmine fecha a garrafa de Allen e a coloca na cadeirinha no chão do carro. Em voz baixa, diz:

— Quando eu tinha cinco anos, acreditava em unicórnios.

— Eu também — diz Brenda. — Queria saber quão rápido esta porra vai.

Jasmine olha para a estrada à frente. Elas passam por uma placa azul que diz ÁREA DE DESCANSO 1 KM. Ela não vê trânsito para o norte; as duas pistas são todas delas.

— Vamos descobrir — diz Jaz.

Os números no velocímetro sobem de 130 para 135. Depois, para 140. Ainda há espaço entre o pedal do acelerador e o assoalho do carro. Todas as crianças estão dormindo.

A área de descanso se aproxima rápido. Brenda só vê um carro no estacionamento. Parece um carro chique, um Lincoln ou talvez um Cadillac. *Eu poderia ter alugado um assim*, pensa ela. *Tinha dinheiro suficiente, mas crianças demais. Não caberiam todas ali dentro.* Era a história da vida dela, no fim das contas.

Ela afasta o olhar da estrada. Olha para a velha amiga do ensino médio, que acabou indo morar na cidade vizinha. Jaz está olhando para ela. A van, que está agora a quase 160 quilômetros por hora, começa a derrapar.

Jasmine assente, pega Dee e a aconchega contra os seios fartos. O bebê ainda está com o dedo na boca.

Brenda assente de volta. E afunda mais o pé no acelerador, tentando encontrar o tapete da van. Está ali, e ela encosta delicadamente o pedal nele.

VI. "PARE, PAULIE, PARE."

Phil estica o braço e segura o ombro dela com a mão ossuda, dando-lhe um susto. Ela tira os olhos do poema (é bem mais longo do que o dela, mas chegou às últimas dez linhas, mais ou menos) e o vê olhando para a estrada. Sua boca está aberta, e por trás dos óculos seus olhos parecem estar arregalados quase ao ponto de tocarem as lentes. Ela segue o olhar dele a tempo de ver uma van vermelha passar suavemente da pista veloz para o acostamento e do acostamento para a rampa de entrada da área de descanso. A van não vira. Está indo rápido demais para virar. Atravessa a rampa a pelo menos cento e quarenta quilômetros por hora e segue pelo declive logo abaixo deles, onde bate em uma árvore. Ele ouve um estrondo alto e seco e o som de vidro quebrando. O para-brisa se desintegra; pedacinhos de vidro brilham por um momento ao sol, e ela pensa, numa blasfêmia: *lindo*.

A árvore divide a van em dois pedaços irregulares. Alguma coisa (Phil Henreid não consegue suportar a ideia de que aquilo seja uma criança) é jogada pelo ar e cai na grama. Nessa hora, o tanque de gasolina começa a pegar fogo, e Pauline grita.

Ele se levanta e desce o declive correndo, pulando a cerquinha baixa como o jovem que já foi. Atualmente, está sempre consciente de seu coração fraco, mas, quando corre até os pedaços da van em chamas, ele nem pensa nisso.

Nuvens-sombra rolam pelo campo e dão beijos-sombra no feno e no capim. Flores do campo assentem.

Phil para a alguns metros da lataria incandescente, sentindo o calor queimar o rosto. Ele vê o que sabia que veria, nenhum sobrevivente, mas nunca imaginou tantos *não* sobreviventes. Vê sangue no capim e nos trevos. Vê um estilhaço de vidro de farol traseiro como se fosse uma plantação de morangos. Vê um braço decepado em um arbusto. Nas chamas, vê uma cadeirinha de bebê derretendo. Vê sapatos.

Pauline aparece ao seu lado. Está ofegante. A única coisa mais enlouquecida que o olhar dela é o cabelo.

— Não olhe — pede ele.

— Que cheiro é esse? Phil, que *cheiro* é esse?

— Gasolina e borracha queimada — diz ele, apesar de provavelmente não ser desse cheiro que ela está falando. — Não olhe. Volte para o carro e... você tem celular?

— Sim, claro que eu tenho...

— Volte e ligue para a emergência. Não olhe. Você não quer ver isso.

Ele também não quer ver, mas não consegue afastar o olhar. Quantos? Ele consegue ver os corpos de pelo menos três crianças e um adulto, provavelmente uma mulher, mas não pode ter certeza. Mas tantos sapatos... e ele enxerga uma caixa de DVD com personagens de desenho...

— E se eu não conseguir completar a ligação? — pergunta ela.

Ele aponta para a fumaça. Depois para os três ou quatro carros que já estão parando.

— Completar a ligação não vai fazer diferença — diz ele —, mas tente.

Ela começa a se afastar, mas se vira. Está chorando.

— Phil… são quantos?

— Não sei. Muitos. Talvez uns seis. Vá, Paulie. Alguns ainda podem estar vivos.

— Você sabe que não — diz ela em meio aos soluços. — A maldita van estava a toda a velocidade.

Ela começa a subir o aclive. No meio do estacionamento da área de descanso (tem mais carros parando agora), uma ideia terrível surge na mente dela, e Paulie olha para trás, certa de que vai ver o velho amigo e amante caído na grama. Talvez inconsciente, talvez morto de um ataque cardíaco fulminante e fatal. Mas ele está de pé, andando com cuidado ao redor do calor ardente da van. Enquanto observa, ele tira o paletó com remendos nos cotovelos. Ajoelha-se e cobre alguma coisa. Uma criança ou parte de um adulto. Em seguida, continua andando.

Depois de subir a colina, ela pensa que seus esforços de toda a vida para fazer beleza com palavras não passaram de uma ilusão. Ou isso, ou uma peça pregada em crianças que teimosamente se recusaram a crescer. Sim, provavelmente isso. *Crianças idiotas e egoístas assim*, pensa ela, *merecem ser enganadas.*

Quando chega ao estacionamento, agora sem fôlego, ela vê a seção de Artes & Lazer do *Times* rolando preguiçosamente pela grama com o sopro da brisa leve e pensa: *Não importa. Herman Wouk ainda está vivo e escrevendo um livro sobre a linguagem de Deus. Herman Wouk acredita que o corpo enfraquece, mas as palavras, nunca. Então está tudo bem, não está?*

Um homem e uma mulher se aproximam correndo do local do acidente. A mulher pega o celular e tira uma foto. Pauline Enslin observa sem se surpreender. Acha que a mulher vai mostrar para os amigos depois. Eles vão beber e comer e falar sobre a graça de Deus e que tudo acontece por um motivo. A graça de Deus é um conceito bem legal. Permanece intacto toda vez que a tragédia não envolve você.

— O que aconteceu? — grita o homem na cara dela. — Que porra aconteceu aqui?

Abaixo deles, um poeta velho e magrelo está agindo. Ele tirou a camisa para cobrir outro corpo. As costelas são uma pilha contornada na pele branca. Ele se ajoelha e abre a camisa. Levanta os braços ao céu, volta a baixá-los e envolve a cabeça com eles.

Pauline também é poeta e, como tal, se sente capaz de responder ao homem na linguagem de Deus:

— Que porra você acha que aconteceu?

Para Owen King e Herman Wouk

De onde você tira suas ideias e *De onde essa ideia veio* são perguntas diferentes. A primeira é impossível de responder, então eu brinco e digo que compro todas elas em uma lojinha de Ideias Usadas em Utica. A segunda *às vezes* pode ser respondida, mas em um número surpreendente de casos, não, porque histórias são como sonhos. Tudo fica deliciosamente claro quando o processo está acontecendo, mas só o que sobra quando a história é concluída são resquícios cada vez mais fracos. Às vezes, eu penso que um livro de contos é na verdade uma espécie de diário onírico, uma forma de captar imagens do subconsciente antes que desapareçam por completo. Este é um desses casos. Não lembro como tive a ideia de "Indisposta", nem quanto tempo levou, nem onde o escrevi.

Só sei que este é um dos poucos contos que tinha um final claro desde o início do processo de escrita, o que queria dizer que o conto tinha que ser construído cuidadosamente para chegar até lá. Sei que alguns escritores preferem escrever com o final à vista (John Irving me disse certa vez que começa um livro pela última frase), mas eu não gosto disso. Como regra, gosto que o final se resolva sozinho, pois acho que, se eu não souber como tudo vai terminar, os leitores também não vão saber. Felizmente para mim, este é um dos contos em que não tem problema o leitor estar um passo à frente do narrador.

INDISPOSTA

Estou tendo o mesmo sonho ruim há uma semana, mas deve ser um dos lúcidos, porque sempre consigo acordar antes de virar um pesadelo. Só que, desta vez, parece ter me seguido, porque Ellen e eu não estamos sozinhos no quarto. Tem alguma coisa embaixo da cama. Consigo ouvi-la mastigando.

Sabe como é quando você está morrendo de medo? Claro que sabe. O medo é universal. Seu coração parece parar, sua boca fica seca, sua pele fica fria e um arrepio se espalha por todo o corpo. Em vez de trabalharem, as engrenagens na sua cabeça disparam. Eu quase solto um grito, sério. Penso: *É a coisa que não quero ver. É a coisa no assento da janela.*

Mas aí eu vejo o ventilador no teto, as pás girando na velocidade mais lenta. Vejo um raio de luz matinal entrando pela fresta das cortinas fechadas. Vejo os fios grisalhos e sedosos do cabelo de Ellen do outro lado da cama. Estou aqui no Upper East Side, no quinto andar, e tudo está bem. O sonho foi só um sonho. Quanto ao que tem debaixo da cama...

Afasto o cobertor e fico de joelhos, como um homem que pretende rezar. Mas, em vez disso, levanto a colcha e espio embaixo da cama. A princípio, vejo apenas uma forma escura. Depois, a cabeça da forma se vira, e dois olhos brilham para mim. É Lady. Ela não deveria estar ali embaixo, e acho que sabe (é difícil saber o que um cachorro sabe e o que não sabe), mas devo ter deixado a porta aberta quando fui para a cama. Ou talvez não tenha fechado o trinco, e Lady o empurrou com o focinho. Ela deve ter levado um dos brinquedos da cesta que fica no corredor. Pelo menos não foi o osso azul nem o rato vermelho. Os dois têm apitos dentro e teriam acordado Ellen, com certeza. E Ellen precisa descansar. Ela anda indisposta.

— Lady — sussurro. — Saia daí.

Ela só me olha. Está com a idade avançada e não anda tão forte quanto era, mas não é burra. Está debaixo da cama do lado de Ellen, onde não consigo alcançá-la. Se eu levantar a voz, vai ter que sair, mas ela sabe (tenho certeza de que sabe) que não vou fazer isso, porque, se eu levantar a voz, Ellen com certeza vai acordar.

Como se para provar seu ponto, Lady se vira de costas para mim e recomeça a mastigar.

Bem, posso dar um jeito isso. Convivo com Lady há treze anos, quase metade da minha vida de casado. Tem três coisas que a fazem se levantar. Uma é o barulho da coleira e um grito de "Elevador!". Outra é o barulho da sua tigela de comida no chão. A terceira...

Eu me levanto e percorro o pequeno corredor até a cozinha. No armário, pego o saco de Snackin' Slices, tomando o cuidado de sacudi-lo bastante. Não preciso esperar muito para ouvir o estalo abafado das unhas do cocker spaniel. Em cinco segundos, ela está lá. Nem se deu ao trabalho de levar o brinquedo.

Pego um com forma de cenourinha e jogo na sala. É um pouco de maldade, talvez, mas a coisinha velha e gorda precisa se exercitar. Ela corre atrás do petisco. Fico ali por tempo suficiente para ligar a cafeteira, depois volto para o quarto. Tomo o cuidado de fechar bem a porta.

Ellen ainda está dormindo, e acordar antes dela tem um benefício: não há necessidade do despertador. Eu o desligo. Ela que durma até um pouco mais tarde. É a bronquite. Tive medo por um tempo, mas agora ela está melhorando.

Entro no banheiro e batizo o dia oficialmente ao escovar os dentes (já li que de manhã a boca de uma pessoa está o mais livre de germes possível, mas os hábitos que adquirimos quando criança são difíceis de perder). Eu ligo o chuveiro, espero a água ficar quente e entro.

É no chuveiro que eu penso melhor, e esta manhã penso no sonho. Eu o tive por cinco noites seguidas. (Mas quem quer saber de contar, certo?) Nada de muito ruim acontece no sonho, mas de certa forma isso é ainda pior. Porque eu sei, com certeza absoluta, que uma coisa horrível *vai* acontecer. Se eu deixar.

Estou em um avião, na classe executiva. Estou em um assento de corredor, que é onde prefiro ficar, para não ter que me espremer por ninguém se tiver que ir ao banheiro. Minha bandeja está aberta. Nela tem um saco de

312

amendoins e uma bebida laranja que parece ser Vodca Sunrise, um drinque que nunca pedi na vida real. O voo está tranquilo. Se tem nuvens, estamos acima. A cabine está tomada de luz do sol. Tem alguém no assento da janela, e eu sei que, se olhar para ele (ou ela, possivelmente para a *coisa*), vou ver algo que vai transformar meu sonho ruim em pesadelo. Se eu olhar no rosto do meu vizinho de assento, posso enlouquecer. Minha mente pode se abrir como um ovo, e uma maré de escuridão sangrenta pode se espalhar.

Enxáguo rapidamente o cabelo ensaboado, saio do chuveiro e me seco. Minhas roupas estão dobradas em uma cadeira no quarto. Eu as levo junto com os sapatos para a cozinha, que agora está sendo tomada pelo cheiro de café. Que delícia. Lady está encolhida perto do fogão, me olhando com reprovação.

— Não me olhe de cara feia — digo para ela, e indico a porta fechada do quarto. — Você sabe as regras.

Ela coloca o focinho entre as patas e finge dormir, mas sei que ainda está me olhando.

Bebo suco de cranberry enquanto espero o café. Tem suco de laranja, minha bebida matinal habitual, mas não estou com vontade. É parecido demais com o drinque do sonho, eu acho. Tomo meu café na sala com a CNN no mudo, só lendo as notícias de rodapé, que é tudo de que uma pessoa precisa. Desligo a TV e como uma tigela de All Bran. São quinze para as oito. Decido que, se o dia estiver bonito quando eu levar Lady para passear, vou deixar o táxi de lado e caminhar até o trabalho.

Está bonito, sim, a primavera dando lugar ao verão e lançando seu brilho em tudo. Carlo, o porteiro, está debaixo do toldo, falando ao celular.

— É — diz ele. — É, eu finalmente consegui falar com ela. Ela disse pra ir em frente, que não tem problema se eu estiver lá. Ela não confia em ninguém, e não a culpo por isso. Ela tem um monte de coisas bonitas lá em cima. Você vem quando? Às três? Não pode chegar mais cedo? — Ele me dá um aceno com a mão coberta pela luva branca quando passo com Lady seguindo para a esquina.

Temos isso sincronizado a ponto de parecer uma ciência, Lady e eu. Ela se alivia praticamente no mesmo lugar todo dia, e eu sou rápido com o saco de cocô. Quando volto, Carlo se inclina para fazer carinho nela. Lady balança o rabo de forma encantadora, mas não vem nenhum petisco de Carlo. Ele sabe que ela está de dieta. Ou deveria estar.

— Eu finalmente consegui falar com a sra. Warshawski — conta Carlo. A sra. Warshawski é do 5-C, mas só tecnicamente. Está fora há uns dois meses. — Ela estava em Viena.

— Viena, é mesmo?

— Ela me mandou chamar os dedetizadores. Ficou horrorizada quando contei. O senhor é o único no quarto, quinto e sexto andares que não reclamou. O resto… — Ele balança a cabeça e suspira.

— Eu cresci em uma cidade operária em Connecticut. Destruiu meus seios da face. Consigo sentir cheiro de café e do perfume de Ellen, se ela passar bastante, mas só isso.

— Nesse caso, deve ser uma bênção. E como a sra. Franklin está? Ainda indisposta?

— Ainda precisa de mais uns dias para poder voltar ao trabalho, mas está bem melhor. Aquilo me assustou por um tempo.

— A mim também. Ela estava saindo um dia… na chuva, claro…

— Essa é a El — eu falo. — Nada a impede. Se achar que tem que ir a algum lugar, ela vai.

— … e eu pensei: "Isso é uma tosse de cemitério". — Ele levanta a mão enluvada em um gesto de *pare*. — Não que eu realmente tenha pensado…

— Eu entendi. Estava prestes a virar uma tosse de internação no hospital, sem dúvida. Mas eu finalmente a convenci a ir ao médico, e agora… ela está se recuperando.

— Que bom. Que bom. — E, voltando ao assunto anterior: — A sra. Warshawski ficou enojada quando contei a ela. Eu falei que provavelmente só encontraríamos comida estragada na geladeira, mas sei que é alguma coisa pior. E todo mundo naqueles andares com o olfato intacto também acha. — Ele dá um aceno melancólico. — Vão encontrar um rato morto lá, pode anotar. Comida fede, mas não assim. Só coisas mortas fedem assim. É um rato sim, talvez mais de um. A sra. W deve ter colocado veneno em casa e não quer admitir. — Ele se inclina para fazer outro carinho em Lady.

— *Você* sente o cheiro, não sente, garota? Aposto que sente.

* * *

Há um amontoado de bilhetes roxos ao redor da cafeteira. Pego na mesa da cozinha o bloco roxo do qual eles vieram e escrevo outro.

Ellen: Lady já passeou. O café está pronto. Se você se sentir bem o bastante para ir até o parque, vá! Só não vá muito longe. Não quero que você exagere agora que finalmente está melhorando. Carlo me disse de novo que "sente cheiro de rato morto". Acho que todos os vizinhos do 5-C também. Sorte a nossa que você está entupida e eu sou "olfativamente prejudicado". Haha! Se você ouvir gente no corredor, são os dedetizadores. Carlo vai estar com eles, então não se preocupe. Vou andando para o trabalho. Preciso pensar mais um pouco sobre a mais recente e milagrosa droga masculina. Queria que tivessem nos consultado antes de terem dado aquele nome. Lembre-se, NÃO EXAGERE. Amo muito você.

Coloco alguns *bjs* embaixo para deixar bem claro e assino com um *B* dentro de um coração. Em seguida, acrescento este aos outros bilhetes ao redor da cafeteira. Troco a água de Lady antes de sair.

São uns vinte quarteirões, e não penso nem um pouco sobre a mais recente e milagrosa droga masculina. Penso nos dedetizadores, que vão aparecer às três da tarde. Ou mais cedo, se conseguirem.

Os sonhos interromperam meu ciclo de sono, eu acho, porque quase durmo durante a reunião matinal na sala de reuniões. Mas me recupero depressa quando Pete Wendell mostra um modelo de pôster da nova campanha Petrov Excellent. Eu já o vi no computador enquanto ele estava trabalhando, semana passada, e ao olhar de novo sei de onde pelo menos um elemento do meu sonho veio.

— Petrov Excellent Vodca — diz Aura McLean. Os maravilhosos seios dela sobem e descem em um suspiro teatral. — Se esse nome for um exemplo do novo capitalismo da Rússia, já morreu antes de nascer. — A gargalhada mais intensa vem dos homens mais jovens, que gostariam de ver o cabelo louro e comprido de Aura espalhado em um travesseiro ao lado deles na cama. — Sem querer ofender, Pete. Deixando o nome Petrov Excellent de lado, é um ótimo pôster.

— Não me ofendi — diz Pete com um sorriso alegre. — A gente faz o que pode.

O pôster mostra um casal fazendo um brinde em uma varanda enquanto o sol desce em um porto cheio de barcos caros de lazer. O slogan embaixo diz: O PÔR DO SOL. O MOMENTO PERFEITO PARA UMA VODCA SUNRISE.

Há alguma discussão sobre a posição da garrafa de Petrov (à direita? À esquerda? No meio? Embaixo?), e Frank Bernstein sugere acrescentar a fórmula para prolongar a visualização da página, principalmente em comerciais na internet e em revistas como a *Playboy* e a *Esquire*. Eu desligo a conversa e fico pensando no drinque na bandeja do avião do sonho até perceber que George Slattery está falando comigo. Consigo lembrar a pergunta, e isso é bom. Pedir a George para se repetir não é uma boa ideia.

— Estou no mesmo barco que Pete — respondo. — O cliente escolheu o nome, estou só fazendo o que posso.

Gargalhadas bem-humoradas tomam a sala. Já houve muitas piadinhas sobre o novo remédio da Vonnell Pharmaceutical.

— Talvez tenha alguma coisa para mostrar na segunda. — digo a eles. Não estou olhando exatamente para George, mas ele sabe a quem me direciono. — No meio da semana que vem com certeza. Quero dar uma chance a Billy, para ver o que ele consegue fazer. — Billy Ederle é nosso mais novo funcionário e está cumprindo o período de experiência como meu assistente. Ainda não é convidado para as reuniões matinais, mas eu gosto dele. Todo mundo na Andrews-Slattery gosta. Ele é inteligente e ávido, e aposto que vai começar a fazer a barba em um ou dois anos.

George pensa a respeito.

— Eu estava esperando ver alguma peça hoje. Mesmo que só um rascunho.

Silêncio. As pessoas examinam as unhas. É o mais próximo de uma repreensão pública a que George chega, e talvez eu mereça. Essa não foi minha melhor semana, e jogar tudo nas costas do garoto novo não pega bem. Também não gosto disso.

— Tudo bem — diz George, e dá para sentir o alívio na sala. É como uma brisa fresca que vem e passa. Ninguém quer testemunhar uma bronca na sala de reuniões em uma manhã de sexta, e eu também não quero levar uma. Tenho muitas outras coisas em mente.

George está sentindo cheiro de rato morto, eu penso.

— Como Ellen está? — pergunta ele.

— Melhor. Obrigado por perguntar.

Há mais algumas apresentações. Em seguida, acaba. Graças a Deus.

Estou quase cochilando quando Billy entra no meu escritório vinte minutos depois. Pensando melhor, *estou* cochilando. Eu me sento rapidamente, torcendo para o garoto pensar que me pegou refletindo. Ele deve estar empolgado demais para reparar, de qualquer modo. Em uma das mãos segura uma folha grande de papel. Penso que ele se sentiria em casa na Podunk High School, pendurando um cartaz sobre o baile de sexta à noite.

— Como foi a reunião? — pergunta ele.

— Foi boa.

— Falaram sobre a gente?

— Você sabe que falaram. O que você tem para mim, Billy?

Ele respira fundo e vira o pôster para que eu possa ver. À esquerda tem um frasco de Viagra, de tamanho real ou perto o bastante disso para não fazer diferença. À direita, o lado poderoso da propaganda, como qualquer pessoa que trabalhe com isso pode dizer, tem um frasco do nosso medicamento, mas bem maior. Embaixo, está o slogan: PO-TENS, DEZ VEZES MAIS EFICIENTE QUE O VIAGRA!

Enquanto Billy me observa olhar para o pôster, seu sorriso esperançoso começa a murchar.

— Você não gostou.

— Não é uma questão de gostar ou não. Neste ramo, nunca é. É uma questão do que funciona e do que não funciona. E isso não funciona.

Agora ele parece emburrado. Se George Slattery visse aquela expressão, cairia em cima dele. Eu não vou fazer isso, apesar de que talvez ele pense que estou fazendo, porque é meu trabalho ensiná-lo. Apesar de todas as outras coisas que tenho na cabeça, vou tentar fazer isso. Porque amo este trabalho. É pouco respeitado, mas eu amo mesmo assim. Além do mais, consigo ouvir Ellen dizendo "Você não deixa pra lá, amor. Quando mergulha de cabeça em alguma coisa, você fica até o fim. Uma determinação assim pode ser até meio assustadora".

— Sente-se, Billy.

Ele se senta.

— E pare de fazer bico. Você parece um garotinho que deixou a chupeta cair na privada.

Ele se esforça. E gosto disso nele. O garoto se esforça, e se ele quer trabalhar na Andrews-Slattery, é melhor se esforçar mesmo. Claro, também tem que mostrar resultados.

— A boa notícia é que não vou tirar o cliente de você, principalmente porque não é sua culpa a Vonnell Pharmaceutical ter jogado nas nossas costas um nome que parece de uma multivitamina. Mas vamos pegar esse limão e fazer uma limonada. Em propaganda, esse é o trabalho principal em sete a cada dez vezes. Talvez oito. Então, preste atenção.

Ele abre um sorrisinho.

— Devo tomar nota?

— Não seja abusado. Primeiro, quando você quer vender um remédio, nunca mostra o frasco. O logotipo, sim. O comprimido, às vezes. Depende. Sabe por que a Pfizer mostra o comprimido do Viagra? Porque é azul. Os consumidores gostam de azul. O formato ajuda também. Os consumidores têm uma reação muito boa ao formato do Viagra. Mas as pessoas *odeiam ver o frasco onde o comprimido vem.* Os frascos as fazem pensar em doença. Entendeu?

— Então talvez um comprimidinho de Viagra e um comprimidão de Po-TENS? Em vez dos frascos? — Ele levanta as mãos e emoldura o slogan invisível. — "Po-TENS, dez vezes maior, dez vezes melhor." Percebeu o trocadilho?

— Sim, Billy, percebi. O FDA também vai perceber e não vai gostar nada. Na verdade, pode nos fazer tirar uma propaganda com um slogan desse de circulação, o que custaria uma fortuna. Sem mencionar um cliente muito bom.

— *Por quê?* — É quase um balido.

— Porque *não* é dez vezes maior, e não é dez vezes melhor. Viagra, Cialis, Levitra, Po-TENS, todos têm a mesma eficiência no que diz respeito à elevação do pênis. Faça uma pesquisa, garoto. E revisar as leis da propaganda não faria mal. Quer dizer que os bolinhos de fibras Blowhard são dez vezes mais saborosos que os Bigmouth? Tudo bem, pois o gosto é subjetivo. Mas o que deixa seu pau duro e por quanto tempo...

— Tudo bem — diz ele em voz baixa.

— Eis a outra parte. "Dez vezes" qualquer coisa é, falando em termos de disfunção erétil, um argumento meia boca. Caiu em desuso na mesma época que duas P na C.

Ele parece não entender.

— Era como o pessoal da propaganda falava dos anúncios de TV durante as novelas nos anos 1950. Quer dizer duas piranhas em uma cozinha.

— Você tá de brincadeira!

— Não. Agora veja no que andei pensando.

Eu pego um bloco, e por um momento penso em todos aqueles bilhetes espalhados em volta da cafeteira no 5-B. Por que ainda estão lá?

— Você não pode me dizer? — pergunta o garoto, a mil quilômetros de distância.

— Não, porque a propaganda não é um meio oral. Nunca confie em uma propaganda dita em voz alta. Escreva e mostre para alguém. Mostre para o seu melhor amigo. Ou para... você sabe, sua esposa.

— Você está bem, Brad?

— Estou. Por quê?

— Sei lá, ficou esquisito por um minuto.

— Desde que eu não fique esquisito na reunião de segunda-feira, tudo bem. Agora o que isto te diz?

Eu viro o bloco para ele e mostro o que escrevi: PO-TENS... PARA HOMENS QUE QUEREM FAZER TUDO DO JEITO MAIS DURO.

— Parece uma piadinha suja! — protesta ele.

— Você tem razão, mas eu escrevi com letra de forma. Imagine em uma fonte delicada, em itálico. Ou talvez pequena, entre parênteses. Como um segredo. — Eu acrescento os parênteses, apesar de eles não funcionarem com a letra de forma. Mas vão funcionar. Eu sei porque consigo visualizar. — Agora, a partir disso, pense em uma foto mostrando um sujeito alto e musculoso. Com calça de cintura baixa, exibindo o elástico da cueca. E um moletom com as mangas cortadas, digamos. Imagine-o com graxa e sujeira no volume.

— Volume?

— Dos bíceps. E ele está parado ao lado de um carro robusto com o capô aberto. Ainda é uma piada suja?

—Eu... não sei.

—Nem eu, não tenho certeza, mas meus instintos me dizem que vai dar certo. Mas ainda não. O slogan ainda não está bom, você está certo quanto a isso, e tem que estar, porque vai ser a base das propagandas para a TV e para a internet. Então, brinque com a ideia. Faça funcionar. Só não se esqueça da palavra-chave...

De repente, do nada, sei de onde veio o resto do sonho. A última peça que faltava.

—Brad?

—A palavra-chave é *duro* — eu falo. — Porque um homem... quando alguma coisa não está funcionando, seja seu membro, seu plano, sua *vida*, ele dá duro. Ele não quer desistir. Ele se lembra de como era e quer que as coisas voltem a ser daquele jeito.

Sim, eu penso. *Quer mesmo.*

Billy dá um sorrisinho.

—Eu não teria como saber.

Eu consigo retribuir o sorriso. É terrivelmente pesado, como se houvesse pesos pendurados nos cantos da minha boca. De repente, parece que estou no sonho ruim novamente. Porque tem uma coisa perto de mim para a qual não quero olhar. Só que não é um sonho lúcido do qual posso recuar.

É a realidade lúcida.

Depois que Billy sai, vou ao banheiro. São dez da manhã, a maioria das pessoas no escritório já descarregou o café matinal e está tomando mais na salinha de estar, e fico com o local todo para mim. Abaixo a calça para ninguém me achar um esquisitão caso entre e espie por baixo da porta, mas a única coisa que vou fazer lá é pensar.

Quatro anos depois de entrar na Andrews-Slattery, a conta do Analgésico Fasprin foi parar na minha mesa. Tive algumas peças ao longo dos anos, algumas com soluções surpreendentes, e essa foi a primeira. Aconteceu rápido. Eu abri a caixa da amostra, peguei o frasco, e a base da campanha — o que o pessoal de marketing às vezes chama de cerne — me ocorreu em um instante. Eu enrolei por um tempo, claro, pois ninguém quer fazer com que o trabalho pareça fácil *demais*, depois fiz umas composições. Ellen ajudou.

Isso foi logo depois que descobrimos que ela não podia ter filhos. Tinha a ver com um remédio que ela tomou para febre reumática quando era criança. Ela ficou bem deprimida. Ajudar com as composições do Fasprin tirou sua mente do problema, e ela se dedicou de verdade.

Al Peterson ainda chefiava a agência na época, e foi para ele que levei as composições. Eu me lembro de sentar em frente à mesa dele, na berlinda, com o coração na boca enquanto ele olhava as peças que elaboramos. Quando as colocou sobre a mesa e levantou a cabeça velha e descabelada para me olhar, a pausa pareceu durar pelo menos uma hora. E ele disse:

— Ficaram boas, Bradley. Mais do que boas, excelentes. Vamos nos reunir com o cliente amanhã à tarde. Você vai liderar a reunião.

Eu liderei a reunião, e quando o vice-presidente da Dugan Drug viu a imagem da jovem trabalhadora com o frasco de Fasprin aparecendo debaixo da manga dobrada, enlouqueceu. A campanha levou o Fasprin para junto dos grandões, Bayer, Anacin, Bufferin, e no fim do ano estávamos cuidando de toda a conta da Dugan. O valor? Tinha sete dígitos. E não eram sete dígitos baixos.

Usei o bônus para levar Ellen a Nassau por dez dias. Pegamos o avião no Kennedy, em uma manhã com chuva torrencial, e ainda lembro como ela riu e gritou "Me beije, bonitão!" quando o avião cortou as nuvens e a cabine se encheu com a luz do sol. Eu a beijei, e o casal do outro lado do corredor (estávamos viajando na classe executiva) aplaudiu.

Essa foi a melhor parte. A pior aconteceu meia hora depois, quando me virei para ela e pensei por um momento que estivesse morta. Foi a forma como ela estava dormindo, com a cabeça inclinada sobre o ombro e a boca aberta, o cabelo meio grudado na janela. Ela era jovem, nós dois éramos, mas a ideia de uma morte repentina era uma possibilidade horrível no caso de Ellen.

— Chamavam sua condição de "estéril", sra. Franklin — disse o médico quando nos deu a má notícia —, mas, neste caso, sua infertilidade pode ser uma bênção. A gravidez exige muito do coração, e graças a uma doença mal tratada quando a senhora era criança, o seu não é forte. Se por acaso concebesse, ficaria de cama durante os últimos quatro meses da gravidez, e mesmo assim o parto seria arriscado.

Ela não estava grávida quando partimos para aquela viagem, e o último check-up foi bom, mas a subida até a altitude de cruzeiro foi bem agitada… e ela não parecia estar respirando.

Mas Ellen abriu os olhos. Eu me recostei no assento do corredor e soltei o ar, trêmulo.

Ela me olhou, intrigada.

— O que foi?

— Nada. A forma como você estava dormindo, só isso.

Ela limpou o queixo.

— Ah, por Deus, eu babei muito?

— Não. — Eu ri. — Mas, por um minuto você pareceu... bem, morta.

Ela também riu.

— E, se eu estivesse, você enviaria o corpo de volta para Nova York, imagino, e arrumaria uma gata das Bahamas.

— Não — falei. — Eu levaria você de qualquer jeito.

— O quê?

— Porque eu não aceitaria. De jeito nenhum.

— Você teria que aceitar depois de alguns dias. Eu começaria a feder.

Ela estava sorrindo. Achou que ainda era uma brincadeira, porque não entendeu de verdade o que o médico disse para ela naquele dia. Não absorveu, como se diz por aí, o cerne da questão. E não sabia como estava, com o sol batendo nas bochechas muito pálidas e nas pálpebras manchadas e na boca frouxa. Mas eu vi, e eu entendi o cerne da questão. Ela *era* meu coração, e eu protejo o que tem lá. Ninguém pode tirá-lo de mim.

— Não mesmo. Eu manteria você viva.

— É mesmo? Como? Necromancia?

— Me recusando a desistir. E usando a qualidade mais valiosa de um homem de propaganda.

— Qual é, sr. Fasprin?

— A imaginação. Agora, podemos falar de um assunto mais agradável?

A ligação que estou esperando chega por volta das três e meia. Não é Carlo. É Berk Ostrow, o zelador do prédio. Ele quer saber a que horas vou estar em casa, porque o rato cujo cheiro todo mundo sente não está no 5-C, está no nosso apartamento. Ostrow diz que os dedetizadores têm que ir embora às quatro para fazer outro trabalho, mas que isso não é o importante. O importante é consertar o que tem de errado lá, e, a propósito, Carlo disse que ninguém vê sua esposa há mais de uma semana. Só vê você e o cachorro.

Eu explico sobre meu olfato deficiente e sobre a bronquite de Ellen. Na condição atual dela, eu digo, ela só saberia que as cortinas estão pegando fogo quando o detector de fumaça começasse a tocar. Tenho certeza de que Lady sente o cheiro, eu digo para ele, mas, para um cachorro, o fedor de um rato em decomposição deve parecer Chanel nº 5.

— Entendo, sr. Franklin, mas ainda preciso entrar para ver o que é. E os dedetizadores vão ter que ser chamados novamente. Acho que o senhor vai ter que pagar a conta, que pode acabar sendo bem alta. Eu posso entrar com a chave mestra, mas eu me sentiria melhor se o senhor estivesse...

— Sim, eu também me sentiria melhor. Sem mencionar minha esposa...

— Eu tentei ligar para o apartamento, mas ela não atendeu ao telefone.

Consigo ouvir a desconfiança na voz dele agora. Já expliquei tudo, homens de propaganda são bons nisso, mas o efeito convincente só dura uns sessenta segundos. É por isso que você fica ouvindo as mesmas propagandas e slogans repetidamente: insistir um pouco funciona muito bem. Economiza tempo, economiza dinheiro. Pepsi: o sabor da nova geração. Amo muito tudo isso. A verdadeira maionese. Viva o lado Coca-Cola da vida. Você conhece, você confia.

— Ela deve estar com o celular no silencioso. Além do mais, os remédios que o médico receitou deixam o sono dela bem pesado.

— A que horas chega em casa, sr. Franklin? Posso ficar até as sete; depois disso, só vai ter o Alfredo. — O tom depreciativo na voz dele sugere que seria melhor eu resolver com um maluco de rua.

Nunca, eu penso. *Eu nunca mais vou para casa.* Na verdade, eu nunca estive lá. Ellen e eu gostamos tanto das Bahamas que nos mudamos para Cable Beach, e eu arrumei um emprego em um escritório pequeno em Nassau. Eu grito sobre passeios em navios de cruzeiro ("O passeio é o destino!"), aparelhos de som em promoção ("Não apenas escute melhor, mas também mais barato!") e inaugurações de supermercado ("Economize nas palmeiras!"). Toda essa vida em Nova York foi um sonho lúcido, do qual posso escapar a qualquer momento.

— Sr. Franklin, está aí?

— Claro. Só estou pensando. Tenho uma reunião que não posso perder de jeito nenhum, mas por que você não me encontra no apartamento por volta das seis?

— Pode ser no saguão, sr. Franklin? Podemos subir juntos. — Em outras palavras: *não vou lhe dar nenhuma vantagem, sr. Gênio da Propaganda que Pode Ter Matado a Esposa.*

Penso em perguntar como ele acha que eu chegaria primeiro ao apartamento e me livraria do corpo de Ellen, porque é isso que ele está pensando. Talvez assassinato não seja a primeira opção na mente dele, mas também não é a última. Marido mata esposa é bem popular no Lifetime Channel. Talvez ele pense que vou usar o elevador de serviço e largar o corpo dela no depósito. Ou quem sabe jogar pelo duto do incinerador. Cremação feita em casa.

— Está ótimo no saguão — eu digo. — Às seis. Quinze para as seis, se eu conseguir.

Eu desligo e sigo para os elevadores. Tenho que passar pela salinha de estar para chegar lá. Billy Ederle está encostado na porta, tomando um Nozzy. É um refrigerante horrível, mas é o único que anunciamos. A empresa é cliente.

— Para onde você vai?

— Para casa. Ellen ligou. Não está se sentindo muito bem.

— Não vai levar sua pasta?

— Não. Acho que não vou precisar dela por um tempo. Na verdade, talvez nunca mais precise dela.

— Estou trabalhando na nova direção do Po-TENS. Acho que vai ser certeira.

— Tenho certeza de que vai — digo, e tenho mesmo. Billy Ederle vai subir logo, e que bom para ele. — Tenho que ir nessa.

— Claro, eu entendo. — Ele tem vinte e quatro anos e não entende nada. — Mande lembranças a ela.

Incorporamos seis estagiários por ano na Andrews-Slattery; foi assim que Billy Ederle começou. A maioria é excelente, e, no começo, Fred Willits também pareceu. Eu o acolhi sob a minha asa e, por isso, virou minha responsabilidade demiti-lo (acho que dá para dizer assim, se bem que estagiários nunca são exatamente "contratados") quando ele se mostrou um cleptomaníaco que decidiu que nosso almoxarifado era sua reserva de caça particular. Deus sabe quantas coisas roubou até Maria Ellington o pegar colocando resmas de papel na pasta certa tarde. No fim das contas, ele também era meio maluco. Ficou louco quando eu disse para guardar seus pertences e ir embora. Pete Wendell chamou a segurança enquanto o garoto gritava comigo no saguão, e ele foi removido à força do escritório.

Aparentemente, o velho Freddy tinha bem mais a dizer, porque começou a rondar meu prédio e a me incomodar quando eu voltava para casa. Mas ficava longe, e a polícia dizia que ele só estava exercitando seu direito de expressão. Mas não era da boca dele que eu tinha medo. Ficava pensando que ele podia ter roubado um estilete ou um abridor de cartas além de cartuchos de impressora e umas cinquenta resmas de papel de xerox. Foi quando pedi a Carlo para me dar a chave da entrada de serviço e comecei a entrar por lá. Isso tudo foi no outono, em setembro ou outubro. O jovem sr. Willits desistiu e levou seus problemas para outro lugar quando os dias esfriaram, mas Carlo nunca pediu a chave de volta, e eu nunca a devolvi. Acho que nós dois esquecemos.

É por isso que, em vez de dar meu endereço para o motorista de táxi, eu peço para ele me deixar no quarteirão seguinte. Eu pago e dou uma gorjeta generosa, afinal é só dinheiro, e ando pelo beco até a entrada de serviço. Por um momento angustiante, a chave não funciona, mas, quando balanço um pouco, ela gira. O elevador de serviço está com o acolchoamento marrom pendurado nas paredes. É uma prévia da cela acolchoada onde vão me colocar, eu penso, mas é puro melodrama. Devo ter que tirar licença da agência, e o que fiz dá justa causa, claro, mas...

O que eu *fiz*, exatamente?

Na verdade, o que ando fazendo na última semana?

— Mantendo-a viva — digo quando o elevador para no quinto andar. — Porque não consegui suportar que estivesse morta.

Ela *não* está morta, repito para mim mesmo, só indisposta. É uma legenda ruim, mas na última semana serviu muito bem, e no ramo da propaganda o curto prazo é tudo que importa.

Eu entro. O ar está parado e quente, mas não sinto nenhum cheiro. Ao menos é o que eu digo para mim mesmo, e no ramo da propaganda a imaginação *também* é o que conta.

— Querida, cheguei! — grito. — Está acordada? Está se sentindo melhor?

Acho que me esqueci de fechar a porta do quarto quando saí de manhã, porque Lady sai de lá. Está lambendo os beiços. Ela me olha com culpa, depois segue para a sala com o rabo entre as pernas. E não olha para trás.

— Querida? El?

Eu entro no quarto. Ainda não dá para ver nada dela além dos fios de cabelo e do formato do corpo sob a colcha. A colcha está meio repuxada, então sei que ela se levantou, mesmo que só para tomar café, depois voltou para a cama. Foi na sexta passada que cheguei em casa e ela não estava respirando, e desde então ela anda dormindo demais.

Vou até o lado dela da cama e vejo a mão pendurada. Não sobrou muita coisa além dos ossos e uns pedaços de carne. Há duas maneiras de se encarar isso. Se eu olhar de uma forma, provavelmente vou ter que mandar sacrificar meu cachorro, ou melhor, o cachorro de Ellen. Lady sempre amou mais Ellen. Por outro lado, dá para dizer que Lady ficou preocupada e tentou acordá-la. Venha, Ellie, quero ir para o parque. Venha, Ellie, vamos brincar com meus brinquedos.

Coloco a mão destruída debaixo do lençol. Assim, ela não vai ficar com frio. Em seguida, afasto algumas moscas. Acho que nunca vi moscas no nosso apartamento. Devem ter sentido o cheiro do rato morto que Carlo mencionou.

— Sabe o Billy Ederle? Dei uma dica sobre a maldita conta da Po-TENS e acho que ele vai usá-la.

Ellen não responde.

— Você não pode estar morta. Isso é inaceitável.

Ellen não responde.

— Quer café? — Eu olho para o relógio. — Quer comer alguma coisa? Tem canja. É de saquinho, mas não fica tão ruim quando está quente. — Não fica tão ruim quando está quente, que slogan *péssimo*. — O que me diz, El?

Ela não diz nada.

— Tudo bem, querida. Não tem problema. Lembra quando fomos para as Bahamas? Quando fomos mergulhar, e você teve que parar porque estava chorando? E quando eu perguntei por quê, você disse: "Porque é tudo tão lindo".

Agora sou *eu* que estou chorando.

— Tem certeza de que não quer se levantar e andar um pouco? Posso abrir as janelas e deixar um pouco de ar fresco entrar.

Ellen não responde.

Eu suspiro. Acaricio o cabelo sedoso.

— Tudo bem. Por que você não dorme mais algumas horas? Vou ficar sentado aqui do seu lado.

E é exatamente isso que eu faço.

Para Joe Hill

Sim, é sobre beisebol, mas dê uma chance a ele, tá? Não é preciso ser marinheiro para amar os romances de Patrick O'Brian, e não é preciso ser jóquei (nem apostador) para amar os mistérios de Dick Francis. Essas histórias ganham vida nos personagens e nos eventos, e espero que você encontre algo similar aqui. Tive a ideia deste conto depois de assistir a um jogo decisivo pós-temporada em que uma decisão ruim resultou em um quase tumulto no estádio Turner Field, em Atlanta. Os torcedores jogaram copos, chapéus, placas, bandeiras e garrafas de cerveja no campo. Depois que um juiz foi acertado na cabeça com uma garrafa de uísque (já vazia, claro), os times foram tirados do campo até que a ordem pudesse ser restaurada. Os comentaristas da TV resmungaram sobre a falta de espírito esportivo, como se essas manifestações de desprezo e fúria não acontecessem nos estádios e campos dos Estados Unidos há cem anos ou mais.

Eu sempre amei beisebol e queria escrever sobre o jogo como era na época em que protestos tão vigorosos, acompanhados de declarações de "Matem esse juiz!" e "Comprem um cão-guia para ele!", faziam parte do esporte. Uma época em que o beisebol era quase tão agressivo quanto o futebol americano, quando os jogadores deslizavam na segunda base com as travas para cima e uma colisão na área da base era esperada, não proibida. Era a época em que a anulação de uma jogada com base no replay seria vista com horror, pois a palavra do juiz era lei. Eu queria usar a linguagem dos jogadores dessa época para gerar a textura e a cor dos Estados Unidos esportivos do meio do século. Queria ver se conseguia criar uma coisa ao mesmo tempo mítica e, de uma forma horrível, meio engraçada.

Também tive a oportunidade de me colocar na história e adorei isso. (Meu primeiro trabalho pago como escritor foi de repórter esportivo no

Enterprise de Lisbon, afinal.) Meus filhos chamam esse tipo de coisa de "metaficção". Eu só acho divertido, e espero que a história seja isso mesmo: diversão boa e simples, com a última frase plagiada de um excelente filme chamado *Meu ódio será sua herança*.

E tome cuidado com a lâmina, Leitor Fiel. *É* um conto de Stephen King, afinal.

BLOCKADE BILLY

William Blakely?

Ah, meu Deus, você está falando de Blockade Billy. Ninguém me pergunta sobre ele há anos. É claro que ninguém me pergunta quase nada aqui, só se quero me inscrever na Noite de Polca no salão da sociedade Knights of Pythias do centro ou em uma coisa chamada Boliche Virtual. Isso fica aqui, no salão principal. Meu conselho, sr. King... o senhor não pediu, mas vou dar mesmo assim, meu conselho é: não envelheça, e, se envelhecer, não deixe seus parentes colocarem o senhor em um hotel de zumbis como este.

É engraçado envelhecer. Quando se é jovem, as pessoas sempre querem ouvir suas histórias, principalmente se você jogou beisebol profissional. Mas, quando se é jovem, não há tempo para contar. Agora, tenho todo o tempo do mundo, só que parece que ninguém liga para os velhos tempos. Mas eu ainda gosto de pensar neles. Então, claro, vou lhe contar sobre Billy Blakely. É uma história horrível, mas essas são as que ficam na memória.

O beisebol era diferente naquela época. Você tem que lembrar que Blockade Billy jogou nos Titans apenas dez anos depois de Jackie Robinson romper a barreira de cor, e os Titans não existem há muito tempo. Acho que Nova Jersey nunca mais vai ter outro time na Liga Principal, não com duas franquias poderosas do outro lado do rio, em Nova York. Mas foi um acontecimento e tanto na época, *nós* fomos um acontecimento, e nós jogávamos em um mundo diferente.

As regras eram as mesmas. Isso não muda. E os pequenos rituais também eram bem parecidos. Ah, ninguém teria permissão para usar o boné inclinado para o lado, nem para curvar a aba, e o cabelo tinha que estar cortado curto (o jeito como esses imbecis usam agora, meu Deus), mas alguns jogadores ainda faziam o sinal da cruz antes de entrarem em campo ou passavam a ponta do taco na terra antes de assumir a posição ou pulavam por cima da linha entre as bases quando estavam correndo para tomar seu lugar. Ninguém queria pisar na linha, dava azar.

O jogo era *local*, certo? A TV tinha começado a aparecer, mas só nos fins de semana. Nós tínhamos um bom mercado, porque os jogos eram transmitidos pela WNJ, e todo mundo de Nova York podia assistir. Algumas das transmissões eram bem cômicas. Em comparação à forma como fazem nos jogos de hoje, era ridiculamente amador. O rádio era melhor, mais profissional, mas é claro que isso também era local. Não tinha transmissão via satélite porque não havia satélites! Os russos enviaram o primeiro durante a World Series dos Yanks contra os Braves naquele ano. Pelo que me lembro, aconteceu em um dia que não tinha jogo, mas posso estar errado. Só lembro que os Titans foram desclassificados cedo naquele ano. Nós ficamos um tempo na disputa, em parte graças a Blockade Billy, mas o senhor sabe como *isso* terminou. É por isso que está aqui, não é?

Mas eis onde quero chegar: como o jogo era menor no palco nacional, os jogadores não eram tão importantes. Não estou dizendo que não havia estrelas, caras como Aaron, Burdette, Williams, Kaline e Mick, claro, mas a maioria não era tão conhecida de costa a costa, como jogadores como Alex Rodriguez e Barry Bonds (dois incompetentes drogados, se quer saber a minha opinião). E os outros caras? Posso responder em três palavras: burros de carga. O salário médio naquela época era de quinze mil por ano, menos que um professor de ensino médio iniciante ganha hoje em dia.

Burros de carga, entendeu? Como George Will disse naquele livro dele. Só que ele falou como se fosse uma coisa boa. Não tenho tanta certeza se era mesmo, se você fosse um interbases de trinta anos com esposa e três filhos e talvez mais uns sete anos até a aposentadoria. Dez, se você tivesse sorte e não sofresse nenhuma contusão. Carl Furillo acabou instalando elevadores no World Trade Center e fazendo um bico de vigia noturno, você sabia? Sabia? Você acha que o tal do Will não sabia ou só se esqueceu de mencionar?

A situação era a seguinte: se você tivesse habilidade e conseguisse fazer o serviço mesmo de ressaca, podia jogar. Se não conseguisse, era descartado. Simples assim. E brutal. O que me leva à nossa situação delicada naquela primavera.

Estávamos em boa forma na concentração, que no caso dos Titans era em Sarasota. Nosso receptor principal era Johnny Goodkind. Talvez não se lembre dele. Se lembrar, deve ser por causa da forma como tudo terminou. Ele teve quatro anos bons, teve aproveitamento de mais de trinta por cento, impôs o ritmo em quase todos os jogos. Sabia lidar com os arremessadores, não levava desaforo para casa. Os moleques não ousavam mexer com ele. Johnny teve aproveitamento de quase trinta e cinco por cento naquela primavera, com talvez uns doze *grand slams*, um mais alto e distante do que qualquer outro que eu já tenha visto no estádio Ed Smith, onde a bola não se deslocava muito bem. Quebrou o para-brisa do Chevrolet de um repórter, rá!

Mas ele também bebia muito, e dois dias antes do time ter que viajar para o norte e participar do primeiro jogo em casa, ele atropelou uma mulher na rua Pineapple e a deixou tão morta quanto se tivesse atropelado um esquilo. Ou um gambá. Sei lá como se diz. E o idiota tentou fugir. Mas a viatura de um xerife do condado estava estacionada na esquina da Orange, e os policiais lá dentro viram tudo. Também não houve muita dúvida sobre o estado de Johnny. Quando o tiraram do carro, ele estava com cheiro de birita e mal conseguia ficar de pé. Um dos policiais se inclinou para botar as algemas nele, e Johnny vomitou na cabeça do cara. A carreira de Johnny Goodkind no beisebol acabou antes de o vômito secar. Nem Babe teria conseguido continuar jogando depois de atropelar uma dona de casa fazendo compras. Acho que ele acabou cuidando do placar do time da prisão de Raiford. Se é que tinha um lá.

O substituto dele era Frank Faraday. Não era ruim atrás da base, mas era um rebatedor sem potência, no máximo. Aproveitamento de dezesseis por cento. Não era forte, o que botava ele em risco. O jogo era vigoroso naquela época, sr. King, com muita sacanagem.

Mas Faraday era o que tínhamos. Eu me lembro de DiPunno dizendo que ele não duraria, mas nem mesmo Jersey Joe tinha ideia de como esse período seria curto.

Faraday estava atrás da base quando jogamos nosso último amistoso daquele ano. Foi contra os Reds. A jogada planejada era uma *squeeze play*. Don Hoak estava na base. Um sujeito grandão, acho que era Ted Kluszewski, estava na terceira. Hoak joga a bola direto para Jerry Rugg, que estava arremessando no nosso time naquele dia. Big Klew corre para a quarta base com seus cento e vinte quilos polacos. E ali está Faraday, tão magrelo quanto um palito, com um pé na base. Não tinha como não terminar mal. Rugg arremessa para Faraday. Faraday se vira para conseguir o *tag out*. Eu não consegui olhar.

O sujeitinho conseguiu, tenho que admitir, só que foi em um amistoso de primavera, tão importante no grande esquema das coisas quanto um peido silencioso em meio a um vendaval. E foi o fim da carreira de Frank Faraday. Um braço quebrado, uma perna quebrada, uma concussão, esse foi o resultado. Não sei o que aconteceu com ele. Deve ter acabado lavando para-brisas para ganhar uns trocados em um posto Esso de Tucumcari, até onde eu sei.

Então, perdemos nossos dois receptores no espaço de quarenta e oito horas e tivemos que viajar para o norte sem ninguém para botar atrás da base, a não ser Ganzie Burgess, que se converteu de receptor em arremessador pouco depois do fim da Guerra da Coreia. Ganzie tinha trinta e nove anos naquela temporada e era *middle relief*, mas arremessava bolas sem efeito erráticas, tão ardiloso quanto Satanás, então Joe DiPunno não ia arriscar colocar aqueles ossos velhos atrás da base. Ele disse que preferia *me* colocar lá primeiro. Eu sabia que ele estava brincando, eu era só um velho treinador de terceira base com tantas distensões na virilha que minhas bolas estavam quase batendo nos joelhos, mas a ideia me fez tremer mesmo assim.

O que Joe fez foi ligar para os chefões em Newark e dizer:

— Preciso de um cara que consiga pegar a bola veloz de Hank Master e a bola curva de Danny Doo sem cair de bunda. Não ligo se ele jogar para o Testicle Tire de Tremont, só cuidem para que tenha uma luva e o mandem para Swamp a tempo do hino nacional. E comecem a trabalhar para me arrumar um receptor de verdade. Se vocês quiserem ter alguma chance de competir nesta temporada, claro.

Ele desligou e acendeu o que devia ter sido seu octogésimo cigarro do dia.

Mas que vida difícil, hein? Um receptor sendo acusado de homicídio, outro no hospital, tão cheio de ataduras que parecia Boris Karloff em *A múmia*, um grupo de arremessadores jovens demais para fazer a barba ou prontos para a aposentadoria, e só Deus sabia quem para vestir o equipamento e se agachar atrás da base no jogo de estreia.

Nós viajamos para o norte de avião naquele ano em vez de seguirmos de trem, mas mesmo assim parecia que estava tudo fora dos trilhos. Enquanto isso, Kerwin McCaslin, que era diretor dos Titans, fez algumas ligações e conseguiu um receptor para o começo da temporada: William Blakely, que seria conhecido em pouco tempo como Blockade Billy. Não consigo lembrar agora se ele veio da segunda ou da terceira divisão, mas pode pesquisar no computador, imagino, porque *sei* o nome do time do qual ele veio: Davenport Cornhuskers. Alguns jogadores vieram de lá durante meus sete anos com os Titans, e os jogadores fixos sempre perguntavam como estavam as coisas para quem jogava nos Cornholers. Às vezes, chamavam de Cocksuckers, boqueteiros. O humor do beisebol não é o que se pode chamar de sofisticado.

Começamos jogando contra o Red Sox naquele ano. Em meados de abril. O beisebol começava mais tarde naquela época e tinha uma agenda mais sã. Cheguei ao estádio cedo, antes mesmo de Deus sair da cama, e havia um jovem sentado no para-choque de uma velha picape Ford no estacionamento dos jogadores. A placa de Iowa estava pendurada com arame no para-choque traseiro. Nick, o vigia do portão, o deixou entrar quando o garoto mostrou a carta da diretoria e a carteira de habilitação.

— Você deve ser Bill Blakely — disse, apertando a mão dele. — É um prazer te conhecer.

— É um prazer conhecer você também — respondeu ele. — Eu trouxe meu equipamento, mas está bem surrado.

— Ah, acho que vamos cuidar disso direitinho, parceiro. — Eu soltei a mão dele. Ele tinha um band-aid ao redor do segundo dedo, embaixo da junta do meio. — Se cortou se barbeando? — perguntei, apontando.

— É, me cortei me barbeando.

Não consegui entender se foi o jeito dele de mostrar que entendeu minha piadinha ou se estava com tanto medo de fazer merda que achava que tinha que concordar com tudo que diziam, pelo menos no começo. Mais tarde, me dei conta de que não foi nenhuma das duas coisas; ele só tinha o hábito de repetir o que lhe diziam. Acabei me acostumando, até passei a gostar.

— Você é o gerente? — perguntou ele. — Sr. DiPunno?

— Não — respondi. — Sou George Grantham. O pessoal me chama de Granny. Sou o treinador da terceira base. Também sou gerente de equipamentos. — E era verdade; eu exercia as duas funções. Falei que o esporte era menor naquela época. — Vou ajeitar tudo para você, não se preocupe. Com equipamentos novos.

— Equipamentos novos — disse ele. — Menos a luva. Eu tenho que usar a luva velha de Billy, sabe. Billy Junior e eu temos história.

— Por mim, tudo bem. — E entramos no que os repórteres esportivos chamavam de Old Swampy naquela época.

Eu hesitei na hora de dar para ele a camisa 19 porque era o número do pobre Faraday, mas o uniforme coube sem parecer um pijama, então eu dei. Enquanto ele estava se vestindo, eu perguntei:

— Você não está cansado? Deve ter dirigido direto. Não mandaram dinheiro para você pegar um avião?

— Eu não estou cansado — disse ele. — Podem ter mandado dinheiro para o avião, mas eu não vi. Podemos ir olhar o campo?

Eu falei que sim e o levei pela rampa até o abrigo dos jogadores. Ele andou até a base principal pelo lado de fora da linha de *foul* com o uniforme de Faraday, com o 19 azul brilhando no sol matinal (eram só oito horas da manhã, e os zeladores tinham acabado de começar o que seria um longo dia de trabalho).

Eu queria poder dizer como foi vê-lo fazendo aquela caminhada, sr. King, mas as palavras são seu negócio, não o meu. Só sei que, de costas, ele estava mais parecido com Faraday do que nunca. Era dez anos mais jovem, claro... mas a idade não se percebe muito pelas costas, exceto às vezes na forma como um homem caminha. Além do mais, ele era magro como Faraday, e magro é o que você quer no seu interbases e no seu segunda base, não no seu receptor. Receptores deviam ter a corpulência de um hidrante, como Johnny Goodkind tinha. Aquele cara tinha jeito de costelas quebradas e concussões só esperando para acontecer.

Mas ele tinha uma base mais firme que Frank Faraday; tinha o traseiro largo e as coxas grossas. Era magrelo da cintura para cima, mas, ao olhar para ele se afastando, eu me lembro de ter pensado que ele parecia o que devia mesmo ser: um rapaz do interior de Iowa de férias na bela Newark.

Ele foi até a base e se virou para olhar para o centro. Tinha cabelo louro, como um garoto de interior devia mesmo ter, e uma mecha tinha caído na testa. Ele a afastou e ficou ali, observando tudo: as arquibancadas silenciosas e vazias onde mais de cinquenta mil pessoas estariam naquela tarde, as bandeiras já penduradas nas grades e voando na brisa matinal, os postes das linhas de foul pintados recentemente de azul, os zeladores começando a molhar a grama. Era uma vista incrível, eu sempre achei, e conseguia imaginar o que estava passando pela cabeça do garoto, ele que devia ter tirado leite das vacas em casa uma semana antes, esperando os Cornholers começarem a jogar em meados de maio.

Eu pensei: *O pobre garoto está finalmente entendendo. Quando ele olhar para cá, vou ver pânico nos olhos dele. Pode ser que precise amarrá-lo no vestiário para impedir que pule naquela picape velha e volte correndo para o interior.*

Mas, quando ele olhou para mim, não havia pânico em seus olhos. Nem nervosismo, o que eu diria que todo jogador sente no dia do primeiro jogo. Não, ele parecia perfeitamente calmo ali, atrás da base, com a calça jeans e a jaqueta leve de popeline.

— É — diz ele, como um homem confirmando uma coisa da qual sempre teve certeza. — Billy consegue acertar aqui.

— Que bom — eu digo para ele. É a única coisa em que consigo pensar.

— Que bom — diz ele. E então, eu juro, ele diz: — Você acha que aquele pessoal ali precisa de ajuda com as mangueiras?

Eu ri. Tinha alguma coisa estranha nele, alguma coisa meio errada, alguma coisa que deixava as pessoas nervosas… mas essa alguma coisa fazia as pessoas gostarem dele também. Uma coisa meio fofa. Uma coisa que fazia você querer gostar dele, apesar da sensação de que ele não estava exatamente presente. Joe DiPunno soube que ele era meio ruim da cabeça na mesma hora. Alguns dos jogadores também, mas isso não impediu ninguém de gostar dele. Eu não sei, parecia que, quando você falava com ele, o que voltava era o som da sua própria voz. Como um eco em uma caverna.

— Billy — eu disse —, cuidar do campo não é trabalho seu. O seu trabalho é colocar o equipamento e pegar Danny Dusen esta tarde.

— Danny Doo — disse ele.

— Isso mesmo. Vinte e seis ano passado, devia ter ganhado o Cy Young, mas não ganhou. Porque os repórteres não gostam dele. Ele ainda está puto com isso. E lembre-se disto: se ele disser não para a sua jogada, não ouse fazer o mesmo sinal novamente. A não ser que você queira que seu pinto e seu rabo troquem de lugar depois do jogo. Danny Doo está a quatro jogos de duzentas vitórias e vai ser bem cruel até chegar lá.

— Até chegar lá — ele assentiu.

— Isso mesmo.

— Se ele disser não, mostrar outro sinal.

— Isso.

— Ele usa a jogada *changeup*?

— Só se cachorros mijarem em hidrantes. Doo ganhou 196 jogos. Não se faz isso sem usar a *changeup*.

— Não sem usar a *changeup* — diz ele. — Certo.

— E não se contunda. Até a diretoria fechar um contrato, você é o que nós temos.

— Sou eu — diz ele. — Entendi.

— Espero que sim.

Os outros jogadores estavam chegando agora, e eu tinha mil coisas para fazer. Mais tarde, vi o garoto no escritório de Jersey Joe, assinando o que precisava ser assinado. Kerwin McCaslin ficou em cima dele como um abutre em cima de carniça, mostrando todos os lugares certos onde assinar. Pobre garoto, devia ter dormido umas seis horas nas últimas sessenta, e estava ali assinando o desperdício de cinco anos da vida dele. Mais tarde, eu o vi com Dusen, conversando sobre a escalação do Boston. Só Doo estava falando, e o garoto só escutava. Nem fez perguntas, pelo que vi, o que foi bom. Se o garoto tivesse aberto a boca, Danny provavelmente teria arrancado a cabeça dele a dentadas.

Uma hora antes do jogo, entrei na sala de Joe para olhar a escalação. Ele botou o garoto como oitavo batedor, o que não foi nenhum choque. Acima de nós, os murmúrios tinham começado, e dava para ouvir o barulho dos pés na madeira. A plateia dos primeiros jogos de temporada sempre chega cedo. Ouvir o barulho das pessoas gerou um nervosismo nas minhas entranhas, como sempre, e consegui sentir que Jersey Joe sentia a mesma coisa. O cinzeiro dele já estava transbordando.

— Ele não é grande como eu esperava — diz ele, batendo com o dedo no nome de Blakely na escalação. — Deus nos ajude se ele se contundir.

— McCaslin não encontrou mais ninguém?

— Talvez. Ele conversou com a esposa de Hubie Rattner, mas Hubie viajou para pescar em algum lugar em Termômetro Retal, Wisconsin. Vai ficar fora até a semana que vem.

— Hubie Rattner tem quarenta e três anos, ou mais.

— E eu não sei? Mas de cavalo dado não se olha os dentes. E seja sincero comigo, quanto tempo você acha que aquele garoto vai durar na primeira divisão?

— Ah, provavelmente só vai ficar o tempo de tomar um cafezinho — eu respondo —, mas ele tem uma coisa que Faraday não tinha.

— E o que seria?

— Sei lá. Mas se você o vir de pé atrás da base olhando para o centro, talvez se sinta melhor em relação a ele. Parecia que ele estava pensando "isso não é tão complicado quanto eu achei que seria".

— Ele vai descobrir quanto é complicado na primeira vez que Ike Delock arremessar uma bola no nariz dele — diz Joe, e acendeu um cigarro. Ele deu uma tragada e começou a tossir. — Tenho que largar esses Luckies. A tragada que não provoca tosse no meu cu. Aposto vinte pratas que o garoto vai deixar a primeira bola curva de Danny Doo passar por entre as pernas. Danny vai ficar todo chateado, você sabe como ele fica quando alguém caga a jogada dele, e Boston vai disparar na competição.

— Quanto otimismo, hein — eu comento.

Ele esticou a mão.

— Vinte pratas. Aposto.

E como sabia que ele estava tentando afastar as energias ruins, eu apertei sua mão. Foram vinte pratas que eu ganhei, porque a lenda de Blockade Billy começou naquele dia mesmo.

Não dava para dizer que ele guiou o jogo bem porque ele não guiou nada. Foi Doo quem fez isso. Mas o primeiro arremesso, para Frank Malzone, *foi* uma bola curva, e o garoto pegou direitinho. Mas não foi só isso. A bola chegou um fio de cabelo para fora, e nunca vi um receptor pegar uma bola de volta tão rápido, nem Yogi. O juiz gritou *strike* um, e nós saímos na frente, pelo menos até Williams fazer um *home run* com as bases vazias na quinta entrada. Nós recuperamos na sexta, quando Ben Vincent jogou para fora. Depois, na sétima, tínhamos um corredor na segunda base, acho que era Barbarino, com dois *outs*, e o garoto novo na quarta base. Era sua terceira jogada como rebatedor. Na primeira vez, a bola foi para fora com ele olhando, na segunda vez, com ele rebatendo. Delock o enganou muito, fez com que fizesse papel de bobo, e o garoto ouviu as únicas vaias que recebeu usando o uniforme dos Titans.

Ele deu um passo à frente, e eu olhei para Joe. Eu o vi sentado perto do isopor com garrafas de água, só olhando para os sapatos e balançando a cabeça. Mesmo se o garoto conseguisse avançar para a primeira base sem ter rebatido nenhuma bola, com as quatro fora da zona, Doo vinha em seguida, e Doo não era capaz de acertar uma bolinha lenta de softball com uma raquete de tênis. Como rebatedor, o sujeito era simplesmente terrível.

Não vou arrastar o suspense; isto não é um quadrinho esportivo de criança. Se bem que a pessoa que disse que às vezes a vida imita a arte deve estar certa, como aconteceu naquele dia. A contagem passou para 3-2. Aí, Delock fez outro arremesso *sinker* que tinha enganado o garoto na primeira vez, e não é que o moleque caiu de novo? Só que Ike Delock que foi o otário dessa vez. O garoto salvou com o sapato que nem Ellie Howard fazia e jogou no vão entre os defensores externos. Fiz sinal para a corrida, e recuperamos a liderança, 2-1.

Todo mundo no estádio ficou de pé, gritando o mais alto que conseguia, mas o garoto nem pareceu ouvir. Só ficou ali na segunda base, limpando o traseiro da calça. Ele não ficou ali por muito tempo, porque Doo saiu em três arremessos e jogou o taco como sempre fazia quando era eliminado.

Talvez seja um quadrinho esportivo, afinal, do tipo que a gente provavelmente leria atrás do livro de história no ensino fundamental no tempo de fazer dever de casa. Na parte alta da nona entrada, Doo está no topo da lista de escalação. Faz *strike out* em Malzone, e um quarto da torcida fica de pé. Faz *strike out* em Klaus, e metade da torcida fica de pé. Em seguida, vem Williams, o velho Teddy Ballgame. Doo o acerta no quadril, 0-2, mas falha e cede uma corrida para a base seguinte para o adversário. O garoto começa a se levantar, mas Doo acena para ele voltar, se agache e faça seu trabalho, filho. O filho faz isso. O que mais ele pode fazer? O cara no montículo é um dos melhores arremessadores do beisebol, e o cara atrás da base devia estar brincando de pegar a bola atrás do celeiro naquela primavera para manter a forma depois que as tetas bovinas fossem devidamente trabalhadas.

O primeiro arremesso, caramba! Williams decola por um segundo. A bola estava na terra, difícil de pegar, mas o garoto fez uma porra de arremesso ótimo. Quase chegou no Teddy, mas, como você sabe, quase não conta pra porra nenhuma. Agora, todo mundo está de pé, gritando. Doo grita um pouco com o garoto, como se tivesse sido culpa dele e não um arremesso de merda, e enquanto Doo está dizendo para o garoto que ele é péssimo, Williams pede tempo. Machucou um pouco o joelho ao escorregar na base, o que não devia surpreender ninguém; ele rebatia pra cacete, mas era péssimo nas bases. Por que ele roubou uma base naquele dia, ninguém sabe. Não foi *hit and run*, não com dois fora e o jogo em risco.

Assim, Billy Anderson entra para correr por Teddy, e Dick Gernert vai rebater, aproveitamento de 42,5 por cento com o taco ou algo por aí. A torcida está enlouquecida, a bandeira está voando, as embalagens de cachorro-quente rolam pelo chão, mulheres estão chorando, homens estão gritando para Jersey Joe tirar Doo e colocar Stew Rankin; ele era o que as pessoas chamariam de ligador, atualmente, embora na época fosse conhecido apenas como especialista em substituição no fim do jogo.

Mas Joe cruzou os dedos e ficou com Dusen.

A contagem chega a três e dois, certo? Anderson rebateu o arremesso, certo? Porque ele corre como o vento, e o cara atrás da base é um novato em seu primeiro jogo. Gernert, aquele sujeitinho incrível, acerta uma bola curva embaixo e joga, não só uma bola fraca, mas bem lenta, logo atrás do montículo do arremessador, fora do alcance de Doo. Mas ele pega como um gato. Anderson já chegou na terceira base, e Doo joga para a *home plate* de joelhos. Aquela bola voou como uma *bala*.

Sei o que está pensando, sr. King, mas está muito enganado. Nunca passou pela minha cabeça que nosso receptor novato ia se machucar como Faraday e ter uma bela carreira de um jogo só na primeira divisão. Primeiro, porque Billy Anderson não era um touro como o Big Klew; estava mais para bailarino. Além disso... bem... o garoto era *melhor* que Faraday. Acho que senti isso assim que o vi sentado no para-choque da picape velha com o equipamento gasto guardado na caçamba.

O arremesso de Dusen foi baixo, mas preciso. O garoto segurou entre as pernas, girou, e vi que estava esticando *só a luva*. Só tive tempo de pensar no quanto aquilo era um erro amador, que ele esqueceu o velho ditado *duas mãos para iniciantes*, que Anderson ia derrubar a bola, e teríamos que tentar vencer o jogo na parte baixa da nona entrada. Mas aí o garoto baixou o ombro esquerdo como um *lineman* de futebol americano. Eu não prestei atenção à mão livre dele porque estava olhando para a luva de receptor esticada, como todo mundo no Old Swampy naquele dia. Então, não vi direito o que aconteceu, e as outras pessoas também não.

O que *vi* foi o seguinte: o garoto bateu com a luva no peito de Anderson quando ele ainda estava a três passos largos da *home base*. Anderson bateu no ombro abaixado do garoto. Anderson voou longe e caiu atrás do quadrado do rebatedor canhoto. O juiz levantou o punho fazendo sinal de *out*. E então Anderson começou a gritar e a segurar o tornozelo. Consegui ouvir da área do treinador da terceira base, então dá para saber que foram gritos altos, porque os torcedores daquele jogo inaugural estavam berrando como um vendaval. Consegui ver que a barra esquerda da calça de Anderson estava ficando vermelha, e sangue escorria pelos dedos.

Posso tomar um copo d'água? É só pegar daquela jarra de plástico, por favor. Só dão jarras de plástico para a gente botar no quarto, sabe; não podemos usar jarras de vidro no hotel zumbi.

Ah, ótimo. Faz muito tempo que não falo tanto, e tenho muito mais para dizer. Já está entediado? Não? Que bom. Eu também não. Estou me divertindo à beça, sendo a história ruim ou não.

Billy Anderson só voltou a jogar em 1958, e foi o último ano dele; o Boston o dispensou sem vínculos na metade da temporada, e ele não conseguiu vaga em mais nenhum time. Porque a velocidade dele já era, e velocidade era tudo que ele tinha para vender. Os médicos disseram que ele ficaria como novo, o tendão de aquiles só sofreu uma lesão pequena, não foi totalmente rompido, mas também foi estirado, e imagino que tenha sido isso que acabou com ele. O beisebol é um jogo de contato, sabe; as pessoas não percebem. E não são só apanhadores que se machucam em colisões na *home base*.

Depois do jogo, Danny Doo encontra o garoto no chuveiro e grita:

— Vou te pagar uma bebida hoje, novato! Na verdade, vou pagar *dez*! — E faz seu maior elogio: — *Você botou pra foder!*

— Dez bebidas porque eu botei pra foder — diz o garoto, e Doo ri e dá um tapa nas costas dele como se fosse a coisa mais engraçada que ele já ouviu.

Mas aí Pinky Higgins entra como um furacão. Ele gerenciava o Red Sox naquele ano, um trabalho ingrato; as coisas só pioraram para Pinky e para o Sox conforme o verão de 1957 foi chegando. Ele estava furioso, mascando tabaco com tanta força e rapidez que o sumo jorrava dos dois lados da boca e pingava no uniforme. Ele disse que o garoto tinha cortado deliberadamente o tornozelo de Anderson quando eles colidiram na base. Disse que Blakely devia ter feito isso com as unhas e que o garoto devia ser suspenso do jogo por isso. Foi um discurso rigoroso vindo de um sujeito cujo lema era: "Travas para cima, e eles que morram!".

Eu estava sentado na sala de Joe tomando uma cerveja, então DiPunno e eu ouvimos a falação de Pinky juntos. Eu achei que o cara estava louco, e consegui ver na cara de Joe que não estava sozinho.

Joe esperou Pinky acabar e disse:

— Eu não estava olhando o pé de Anderson. Estava olhando para ver se Blakely conseguia o *tag out* e continuaria segurando a bola. E ele fez isso mesmo.

— Traz ele aqui! — exclama Pinky, furioso. — Quero falar na cara dele.

— Seja sensato, Pink — diz Joe. — Eu estaria na sua sala dando chilique se Blakely estivesse todo cortado?

— Não foram as travas! — grita Pinky. — As travas fazem parte do jogo! Arranhar alguém como... *como uma garota em uma partida de queimado...* não *pode*! E Anderson está no jogo há sete anos! Tem família para sustentar!

— O que você está dizendo? Que meu receptor abriu o tornozelo do seu corredor enquanto estava eliminando ele... e jogando por cima do ombro, não esqueça, e que fez isso com as *unhas*?

— É o que Anderson diz — diz Pinky. — Anderson diz que sentiu.

— Talvez Blakely tenha estirado o pé de Anderson com as unhas também. Foi isso?

— Não — admite Pinky. O rosto dele já estava todo vermelho, e não só de raiva. Ele sabia a impressão que estava passando. — Ele diz que aconteceu quando caiu.

— Peço perdão ao tribunal — eu digo —, mas, *unhas*? Quanta besteira.

— Quero ver as mãos do garoto — diz Pinky. — Vocês vão me mostrar, ou vou registrar uma porcaria de protesto.

Achei que Joe ia mandar Pinky cagar no chapéu, mas ele não fez isso. Ele se virou para mim.

— Peça ao garoto para vir aqui. Diga que ele vai mostrar as unhas para o sr. Higgins, como fazia com a professora do primeiro ano depois do juramento à bandeira.

Eu chamei o garoto. Ele veio de boa vontade, apesar de estar só de toalha, e não hesitou na hora de mostrar as unhas. Estavam curtas, limpas, não estavam quebradas nem dobradas. Também não havia bolhas de sangue, como poderia haver se ele tivesse enfiado e arranhado alguém fundo. Mas reparei em uma coisinha. Não dei muita atenção na hora: o band-aid tinha sumido do segundo dedo, e não vi sinal de corte cicatrizado no local onde estava, só pele limpa, rosada do banho.

— Satisfeito? — pergunta Joe a Pinky. — Ou você quer ver se tem sujeira atrás da orelha dele?

— Vá se foder — diz Pinky. Ele se levantou, saiu batendo os pés até a porta, cuspiu o tabaco mascado na lata de lixo que tinha ali, *splut!*, e se virou. — Meu garoto disse que *seu* garoto o cortou. Disse que sentiu. E meu garoto não mente.

— Seu garoto tentou bancar o herói com o jogo em risco em vez de parar na terceira e dar uma chance a Piersall. Ele diria que a freada na cueca era calda de chocolate se isso fosse aliviar a barra dele. Você sabe o que aconteceu, e eu também. Anderson se enrolou com as próprias travas e fez aquilo com ele mesmo enquanto voava longe. Agora saia daqui.

— Isso vai ter volta, DiPunno.

— É? Bom, o jogo é à mesma hora amanhã. Chegue cedo, enquanto a pipoca ainda estiver quente e a cerveja ainda estiver gelada.

Pinky foi embora, já pegando um novo pedaço de tabaco. Joe batucou os dedos ao lado do cinzeiro e perguntou ao garoto:

— Agora, só entre nós, você fez alguma coisa com Anderson? Fale a verdade.

— Não. — Sem hesitação nenhuma. — Eu não fiz nada com Anderson. É a verdade.

— Tudo bem — disse Joe, e se levantou. — É sempre bom encher a cara depois de um jogo, mas acho que vou para casa comer minha esposa no sofá. Ganhar no dia de estreia sempre me deixa de pau duro. — Ele bateu no ombro do nosso novo receptor. — Garoto, você jogou do jeito que devia. Que bom.

Ele saiu. O garoto ajeitou a toalha na cintura e saiu andando para o vestiário. Eu falei:

— Percebi que o corte de quando você fez a barba melhorou.

Ele parou na porta, e apesar de estar de costas para mim, eu soube que tinha feito alguma coisa no campo. A verdade ficou clara na postura dele. Não sei como explicar melhor, mas... eu soube.

— O quê? — Como se ele não tivesse me entendido, sabe?

— O corte no seu dedo.

— Ah, *aquele* corte. É, está melhor.

E ele sai andando... se bem que, como era estreante, não devia ter a menor ideia de para onde estava indo.

Chegou o segundo jogo da temporada. Dandy Dave Sisler no montículo pelo Boston, e nosso novo receptor mal se posicionou para rebater quando Sisler lança uma bola rápida na direção da cabeça dele. Teria arrancado os olhos se tivesse acertado, mas ele joga a cabeça para trás, nem se abaixa nem nada, e prepara o taco de novo, olhando para Sisler como quem diz: *Vamos nessa, camarada, pode fazer isso de novo se quiser.*

Os torcedores estão gritando como loucos e cantarolando: *EX-PUL-SA! EX-PUL-SA! EX-PUL-SA!* O juiz não expulsou Sisler, mas ele foi advertido, e um grito se espalhou. Eu olhei e vi Pinky no abrigo do Boston, andando de um lado para outro com os braços cruzados com tanta força que parecia estar tentando se impedir de explodir.

Sisler dá duas voltas no montículo, absorvendo o amor dos fãs; cara, eles o queriam afogado e esquartejado. Em seguida, vai até o saco de breu e discorda de duas ou três jogadas indicadas pelo seu receptor. Sem pressa, sabe, deixando tudo se acalmar. O garoto ficou o tempo todo ali com o taco preparado, tão à vontade quanto sua avó agachada no sofá da sala. Dandy Dave arremessa uma bola veloz bem pela Broadway, e o garoto rebate para a arquibancada do lado esquerdo. Tidings estava na base, e estávamos em dois a zero. Aposto que o povo em Nova York ouviu o barulho do Swampy quando o garoto fez aquele *home run*.

Eu achei que ele estaria sorrindo quando chegou na terceira base, mas estava tão sério quanto um juiz. Baixinho, ele murmurava:

— Conseguiu, Billy, mostrou para aquele incompetente e conseguiu.

Doo foi o primeiro a agarrá-lo no abrigo e dançar com ele até esbarrar no suporte dos tacos. Até o ajudou a pegar tudo que derrubou, o que não era nada a cara de Danny Dusen, que costumava se achar superior a esse tipo de trabalho.

Depois de ganhar do Boston duas vezes e de deixar Pinky Higgins furioso, nós fomos para Washington e vencemos três jogos seguidos. O garoto rebateu e ficou salvo nos três, inclusive fez seu segundo *home run*, mas o estádio Griffith era um lugar deprimente de se jogar, cara; dava para metralhar um rato correndo nas arquibancadas atrás da quarta base sem ter que se preocupar de acertar torcedores. Os Senators de merda terminaram em quadragésimo naquele ano. Puta que pariu.

O garoto ficou de receptor na segunda vez de Doo nos arremessos e, no quinto jogo dele usando um uniforme da liga principal, quase pegou uma bola que nenhum rebatedor conseguiu acertar. Pete Runnels estragou tudo na nona entrada, acertou uma rebatida dupla com um *out*. Depois disso, o garoto foi até o montículo, e dessa vez Danny não fez sinal para ele sair. Eles discutiram um pouco, e Doo deu um passe intencional para o rebatedor seguinte, Lou Berberet (está vendo como tudo volta?). Isso levou a Bob Usher, e ele acertou uma dupla tão linda quanto se pode querer: bola fora.

Naquela noite, Doo e o garoto saíram para comemorar a centésima nonagésima oitava vitória de Dusen. Quando vi nosso mais novo menino no dia seguinte, ele estava com uma ressaca braba, mas aguentou com a mesma calma que encarou Dave Sisler jogando a bola em sua cabeça. Eu estava começando a pensar que tínhamos um jogador de liga principal de verdade em mãos e que não precisaríamos de Hubie Rattner, afinal. Nem de mais ninguém.

— Você e Danny estão ficando bem unidos, né? — eu digo.

— Unidos — concorda ele, massageando as têmporas. — Eu e o Doo somos unidos. Ele diz que Billy é talismã de boa sorte.

— Diz mesmo, é?

— Diz. Ele diz que, se ficarmos juntos, ele vai ganhar vinte e cinco, e vão ter que dar o Cy Young para ele mesmo com os repórteres odiando a fuça dele.

— É mesmo?

— Sim, senhor, isso mesmo. Granny?

— O quê?

Ele estava me olhando com aqueles olhos azuis arregalados: visão perfeita que enxergava tudo e não entendia quase nada. Àquela altura, eu sabia que ele mal sabia ler e que o único filme que viu foi *Bambi*. Ele disse que foi com o resto do pessoal de Ottershow ou Outershow, sei lá, e supus que era a escola dele. Eu estava ao mesmo tempo certo e errado sobre isso, mas essa não é a questão. A questão é que ele sabia jogar beisebol, instintivamente, eu diria, mas, fora isso, era um quadro-negro sem nada escrito.

— O que é um Cy Young?

Ele era assim, entende.

Fomos para Baltimore para três jogos antes de voltarmos para casa. O clima era típico de beisebol de primavera naquela cidade, que não fica nem no sul nem no norte direito; era fria o bastante para congelar até as bolas de um pinguim no primeiro dia, mais quente do que o inferno no segundo, com um chuvisco leve como gelo líquido no terceiro. Não fazia diferença para o garoto; ele mandou ver nos três jogos, totalizando oito seguidos. Além disso, deteve outro corredor na quarta base. Nós perdemos o jogo, mas foi uma jogada e tanto. Gus Triandos foi a vítima, eu acho. Ele mergulhou de cabeça na direção dos joelhos do garoto e acabou caído, perplexo, a noventa centímetros da base. O garoto o tocou no pescoço com a delicadeza de uma mãe passando óleo em uma queimadura de sol.

Saiu uma foto dessa jogada no *Evening News* de Newark, com uma legenda que dizia *Blockade Billy Blakely salva outra corrida*. Era um bom apelido, e pegou entre os torcedores. Eles não se manifestavam tanto naquela época, ninguém iria ao estádio dos Yankees em 1957 usando um chapéu de chef para apoiar Garry Sheffield, eu acho, mas quando jogamos nosso primeiro jogo no Old Swampy depois disso, alguns torcedores entraram carregando placas de trânsito laranja que diziam DESVIO e ESTRADA BLOQUEADA.

As placas poderiam ter sido coisa de um dia só se dois jogadores do Indians não tivessem sido eliminados na base no nosso primeiro jogo de volta. Foi um jogo em que Danny Dusen arremessou, a propósito. As duas eliminações foram resultado de grandes arremessos e não de grandes bloqueios, mas o novato levou o crédito mesmo assim, e, de certa forma, ele mereceu. O pessoal estava começando a confiar nele, entende? Além do mais, queriam vê-lo defender a base. Jogadores de beisebol também são torcedores, e quando alguém está indo bem, até os de coração mais duro tentam ajudar.

Dusen conseguiu seu centésimo nonagésimo nono jogo naquele dia. Ah, e o garoto fez três de quatro, incluindo um *home run*, então o senhor não deve ficar surpreso de saber que ainda mais gente apareceu com aquelas placas no nosso segundo jogo contra Cleveland.

No terceiro jogo, algum sujeito empreendedor estava vendendo as placas na Titan Esplanade, losangos laranja de papelão com letras pretas: ESTRADA BLOQUEADA POR ORDEM DE BLOCKADE BILLY. Alguns dos torcedores as levantavam quando era a vez de Billy rebater, e todos levantavam quando o outro time tinha um corredor na terceira base. Quando os Yankees foram até a cidade, e isso aconteceu no final de abril, o estádio todo exibia placas laranja quando os Bombers tinham um corredor na terceira base, o que aconteceu com frequência naquela série.

Isso porque os Yankees nos deram uma surra e assumiram o primeiro lugar. Não foi culpa do garoto; ele se saiu bem em todos os jogos e eliminou Bill Skowron entre a *home* e a terceira base quando o sujeito ficou preso em um *rundown*. Skowron era um touro do tamanho de Big Klew e tentou esmagar o garoto, mas foi ele que caiu de bunda, com o garoto montado nele com um joelho de cada lado. A foto disso no jornal fez parecer que era o fim de uma luta livre em que Pretty Tony Baba estava derrotando Gorgeous George pela primeira vez, em vez do contrário. A torcida se superou ao balançar as placas de ESTRADA BLOQUEADA. Não pareceu importar que os Titans tinham perdido; os torcedores foram embora felizes da vida porque viram nosso receptor magrelo derrubar o Touro Poderoso Skowron de bunda no chão.

Eu vi o garoto depois, sentado nu no banco em frente aos chuveiros. Estava com um hematoma enorme no peito, mas não parecia se importar. Ele não era nenhum bebê chorão. Era burro demais para sentir dor, alguns disseram depois; burro e louco demais. Mas eu já conheci muitos jogadores burros na minha época de beisebol, e ser burro nunca os impediu de reclamar das contusões.

— E aquelas placas, garoto? — pergunto, pensando em alegrá-lo se ele precisasse ser alegrado.

— Que placas? — diz ele, e consegui ver pela expressão intrigada em seu rosto que ele não estava brincando. Aquele era Blockade Billy. Ele teria ficado parado na frente de um caminhão se o cara atrás do volante estivesse dirigindo pela linha da terceira base tentando marcar à custa dele, mas, fora isso, não sabia nada de nada.

Nós jogamos a série de dois jogos com Detroit antes de pegarmos a estrada de novo, e perdemos os dois. Danny Doo ficou no montículo no segundo, e não podia culpar o garoto pela forma como as coisas aconteceram; ele saiu antes da terceira entrada acabar. Ficou sentado no abrigo resmungando por causa do tempo frio (não estava frio), por como Harrington deixou passar uma bola alta à direita (Harrington precisaria de pernas de pau para chegar àquela), e por causa das decisões ruins que aquele filho da puta do Wenders tomou atrás da quarta base. Quanto a isso, ele talvez tivesse razão. Hi Wenders detestava Doo tanto quanto os repórteres, sempre detestou, e o fez ceder corridas duas vezes no ano anterior. Mas não vi nenhuma decisão ruim naquele dia, e eu estava a menos de trinta metros de distância.

O garoto rebateu a salvo nos dois jogos, inclusive um *home run* e um triplo. Dusen também não se posicionou contra ele, o que teria sido seu comportamento normal; ele era um daqueles caras que queria que os colegas entendessem que havia uma estrela no Titans, e que não era nenhum deles. Mas gostava do garoto; parecia mesmo pensar que ele era seu talismã. E o garoto gostava dele. Eles foram de bar em bar depois do jogo, tomaram umas mil bebidas e visitaram um puteiro para comemorar a primeira derrota do Doo na temporada, e apareceram para a viagem no dia seguinte pálidos e trêmulos.

— O garoto transou ontem — me conta Doo quando estamos indo para o aeroporto no ônibus do time. — Acho que foi a primeira vez dele. Essa é a boa notícia. A má é que acho que ele não lembra.

A viagem de avião foi turbulenta; a maioria das viagens daquela época era assim. Umas latas-velhas movidas a hélice, é impressionante não termos todos morrido como Buddy Holly e a porra do Big Bopper. O garoto passou boa parte do trajeto vomitando no banheiro nos fundos do avião, enquanto em frente à porta um grupo de caras ficou jogando baralho e gritando para ele as gracinhas de sempre: *Respingou em você? Quer garfo e faca para cortar em tamanhos menores?* No dia seguinte, o garoto faz cinco em cinco no estádio Municipal, incluindo um par de *home runs*.

Também houve outra jogada de Blockade Billy; àquela altura, ele poderia tirar a patente. A vítima foi Cletus Boyer. Mais uma vez, foi Blockade Billy que baixou o ombro esquerdo, e o sr. Boyer saiu voando para cair de costas na área esquerda do rebatedor. Mas houve algumas diferenças. O novato usou as duas mãos para eliminar o jogador, e não houve pé sangrando nem tendão de aquiles estirado. Boyer se levantou e andou até o abrigo, limpando a bunda e balançando a cabeça como se não soubesse onde estava. Ah, e perdemos o jogo apesar das cinco jogadas do garoto. Onze a dez foi o placar final, ou algo assim. O *knucleball* de Ganzie Burgess não estava dançando naquele dia; o Athletics se aproveitou disso.

Nós ganhamos o jogo seguinte e perdemos por pouco no último. O garoto rebateu nos dois jogos, o que o fez chegar a dezesseis jogos seguidos. E nove eliminações na base. Nove em dezesseis jogos! Podia ser recorde. Se tivesse sido registrado, claro.

Fomos para Chicago para três jogos, e o garoto rebateu neles também, chegando a dezenove jogos seguidos. Mas acabamos perdendo os três. Jersey Joe me olha depois do último desses três jogos e diz:

— Não caio nesse papo de talismã. Acho que Blakely *suga* a sorte.

— Isso não é justo e você sabe — eu respondo. — Nós estávamos bem no começo, mas agora estamos em um momento ruim. Vai passar.

— Talvez. Dusen ainda está tentando ensinar o garoto a beber?

— Está. Eles foram para o The Loop com outros caras.

— Mas eles vão voltar juntos — diz Joe. — Eu não entendo. A essa altura, Dusen já devia odiar aquele garoto. Doo está aqui há cinco anos e eu sei como ele é.

Eu também sabia. Quando Doo perdia, ele tinha que botar a culpa em outra pessoa, como aquele incompetente do Johnny Harrington ou aquele desclassificado do Hi Wenders. O momento do garoto estava mais do que ultrapassado, mas Danny ainda dava tapinhas nas costas dele e prometia que ele seria o novato do ano. Não que Doo pudesse culpar o garoto pela derrota daquele dia. Na quinta entrada da obra-prima mais recente, Danny arremessou uma bola na barreira no quinto: foi alta, ampla e linda. Com isso, o outro time marcou um. Ele fica com raiva, perde o controle e joga mais duas fora da zona. Com isso, Nellie Fox avançou duas bases. Depois disso, Doo retomou o controle, mas já era tarde demais; ele já estava fora do jogo e com a corda do pescoço, e não voltou.

Melhoramos um pouco em Detroit, vencemos dois de três. O garoto rebateu em todos os jogos e fez mais uma daquelas defesas incríveis da *home plate*. Depois disso, voamos para casa. Àquela altura, o garoto do Davenport Cornholers era a coisa mais falada na Liga Americana. Diziam que ele faria um comercial para a Gillette.

— Eu queria ver esse comercial — diz Si Barbarino. — Adoro comédias.

— Então você deve adorar se olhar no espelho — rebate Critter Hayward.

— Engraçadinho — diz Si. — O que quero dizer é que o garoto não tem nem bigodinho.

Não existiu o tal comercial, claro. A carreira de Blockade Billy como jogador de beisebol estava quase no fim.

Tínhamos três jogos marcados com o White Sox, mas o primeiro foi adiado por causa da chuva. O velho amigo de Doo, Hi Wenders, era o chefe da equipe de juízes e me deu a notícia ele mesmo. Eu tinha chegado cedo no The Swamp porque os baús com nossos uniformes de viagem foram enviados para Idlewild por engano, e eu queria ter certeza de que tinham sido entregues. Só precisaríamos deles uma semana depois, mas eu nunca ficava tranquilo enquanto essas coisas não estivessem resolvidas.

Wenders estava sentado em um banquinho em frente à sala dos juízes, lendo um livro com uma loura de lingerie elegante na capa.

— É sua esposa, Hi? — eu pergunto.

— Minha namorada — diz ele. — Vá para casa, Granny. A previsão do tempo diz que às três vai estar chovendo canivetes. Só estou esperando DiPunno e Lopez para cancelar o jogo.

— Tudo bem. Obrigado.

Eu comecei a me afastar, e ele me chamou.

— Granny, aquele seu garoto maravilha é bom da cabeça? Porque ele fala sozinho atrás da base. Sussurra. Nunca cala a porra da boca.

— Ele não é nenhum gênio, mas também não é maluco, se é isso que você quer saber. — Estava errado quanto a isso, mas como poderia saber? — Que tipo de coisas ele diz?

— Não consegui ouvir muita coisa na vez que estava atrás dele, no segundo jogo contra o Boston, mas sei que ele fala sobre si mesmo. Daquele jeito, como se diz, na terceira pessoa. Ele diz coisas como "Eu consigo, Billy". E, uma vez, quando ele rebateu, mas a bola tocou de raspão e foi parar na mão do receptor em um momento que seria o terceiro *strike*, ele disse "Desculpa, Billy".

— Ah, mas e daí? Até fazer cinco anos, eu tinha um amigo invisível chamado Xerife Pete. Eu e o Xerife Pete invadimos muitas cidades de mineração juntos.

— É, mas Blakely não tem mais cinco anos. A não ser que tenha cinco anos aqui. — Wenders bate com o dedo na lateral da cabeça grande.

— É capaz de ele ter o cinco como média de rebatidas em pouco tempo — respondo. — Só me importo com isso. Além do mais, ele é um ótimo receptor e defensor. Você tem que admitir isso.

— Eu admito — diz Wenders. — Aquele filho da puta não tem medo de nada. Mais um sinal de que não é muito bom da cabeça.

Eu não ia ficar ouvindo um juiz falar mal de um dos meus jogadores mais do que já tinha ouvido, então mudei de assunto e perguntei, brincando, mas falando sério, se ele ia apitar o jogo do dia seguinte com imparcialidade, apesar de o Doo favorito dele estar escalado para arremessar.

— Eu sempre sou justo — diz ele. — Dusen é um vaidoso convencido que já tem lugar escolhido em Cooperstown. Ele pode fazer cem coisas erradas e nunca levar a culpa, e é um filho da puta reclamão que sabe muito bem que não deve vir com isso para cima de mim, porque não vou engolir. Dito isso, vou apitar com justiça, como sempre faço. Não acredito que você perguntou isso.

E eu não acredito que você ficaria aqui coçando a bunda e chamando nosso receptor de idiota, eu pensei, *mas foi o que você fez*.

Levei minha esposa para jantar fora naquela noite e nos divertimos bastante. Dançamos ao som da banda de Lester Lannon, pelo que me lembro. Ficamos meio românticos no táxi depois. Dormimos bem. Eu não dormi bem por um bom tempo depois; tive muitos pesadelos.

Danny Dusen pegou a bola no que era para ser a primeira metade de uma partida de fim de tarde, mas o mundo dos Titans já tinha ido para o inferno; nós só não sabíamos. Ninguém sabia além de Joe DiPunno. Quando a noite caiu, nós soubemos que estávamos lindamente fodidos por toda a temporada, porque nossos primeiros vinte e dois jogos quase certamente seriam apagados dos livros de registro, junto com qualquer reconhecimento oficial de Blockade Billy Blakely.

Cheguei tarde por causa do trânsito, mas concluí que não importava, porque a confusão dos uniformes já estava resolvida. A maioria do pessoal já estava lá, se vestindo, jogando pôquer ou sentada falando besteira e fumando. Dusen e o garoto estavam no canto perto da máquina de cigarros, sentados em cadeiras dobráveis, o garoto com a calça do uniforme, Dusen só de cueca. Não era uma visão bonita. Fui pegar um maço de Winstons e ouvi a conversa. Danny estava falando quase sozinho.

— Aquela maldito Wenders me odeia — diz ele.

— Ele te odeia — diz o garoto, e acrescenta: — Maldito.

— Pode apostar. Você acha que ele quer estar atrás da base quando eu chegar no ducentésimo jogo?

— Não? — diz o garoto.

— Pode apostar que não! Mas vou ganhar hoje apesar dele. E você vai me ajudar, Bill. Certo?

— Certo. Claro. Bill vai ajudar.

— Ele vai cuidar da base como um filho da puta.

— Vai? Ele vai cuidar como um filho…

— Eu acabei de dizer que vai. Então, guarde tudo bem rápido.

— Rápido como um relâmpago.

— Você é meu talismã, Billy.

E o garoto, tão sério quanto um pastor no enterro de um figurão:

— Eu sou seu talismã.

— É. Agora, escute…

Foi engraçado e apavorante ao mesmo tempo. Doo estava *intenso*: inclinado para a frente, os olhos brilhando enquanto falava. Doo era competitivo, sabe? Ele queria ganhar como Bob Gibson ganhou. E, assim como Gibby, ele faria qualquer coisa da qual pudesse se safar para fazer acontecer. E o garoto estava comendo na mão dele.

Eu quase falei alguma coisa, porque queria interromper aquela conexão. Agora que estou falando sobre isso com o senhor, acho que talvez meu subconsciente já tivesse encaixado boa parte das peças. Talvez isso seja baboseira, mas não acho.

Mas eu os deixei em paz, peguei meus cigarros e saí. Caramba, se eu tivesse dito qualquer coisa, Dusen teria me mandado calar a boca. Ele não gostava de ser interrompido quando estava discursando, e apesar de eu não dar muita bola para isso em um dia normal, a gente acaba deixando um cara em paz quando é a vez dele de subir no montículo e arremessar na frente de quarenta mil pessoas que pagam o salário dele.

Fui até a sala de Joe para pegar a escalação, mas a porta estava fechada e a persiana estava baixada, uma coisa quase inédita em dias de jogo. Mas as abas da persiana não estavam viradas, então eu espiei. Joe estava com o telefone no ouvido e uma das mãos sobre os olhos. Eu bati no vidro. Ele levou um susto tão grande que quase caiu da cadeira e olhou ao redor. Dizem que não se chora no beisebol, mas ele estava chorando. Foi a primeira e única vez que vi. O rosto dele estava pálido e o cabelo estava desgrenhado, o pouco que ele tinha.

Ele fez sinal para eu ir embora e voltou a falar no telefone. Comecei a atravessar o vestiário na direção da sala dos treinadores, que era na verdade a sala dos equipamentos. Na metade do caminho, parei. A grande reunião de arremessador e receptor tinha acabado, e o garoto estava vestindo a camisa do uniforme, a que tinha o 19 grande e azul. E vi que o band-aid estava de novo no segundo dedo da mão direita dele.

Eu andei até lá e coloquei a mão no ombro dele, que sorriu para mim. O garoto tinha um sorriso muito doce.

— Oi, Granny — diz ele. Mas o sorriso começou a sumir quando ele viu que eu não estava sorrindo.

— Está pronto para jogar? — pergunto.

— Claro.

— Que bom. Mas quero dizer uma coisa antes de você entrar em campo. O Doo é um arremessador excelente, mas como ser humano ele nunca vai passar de medíocre. Ele pisaria na coluna quebrada da avó para ganhar, e você é bem menos importante do que a avó dele.

— Eu sou o talismã dele! — exclama ele com indignação.

— Pode ser — eu respondo —, mas não é disso que eu estou falando. Existe uma coisa chamada ficar estimulado *demais* para um jogo. Um pouco é bom, mas, se for muito, existe a possibilidade de explodir.

— Não entendi.

— Se você explodisse e ficasse murcho como um pneu furado, Doo arrumaria um talismã novo.

— Você não devia falar assim! Ele é meu amigo!

— Eu também sou seu amigo. E, mais importante, eu sou um dos treinadores deste time. Sou responsável pelo seu bem-estar e vou falar da forma que quiser, principalmente com um novato. E você vai ouvir. Você está ouvindo?

— Eu estou ouvindo.

Tenho certeza de que estava, mas ele não estava olhando; tinha baixado os olhos, e manchas vermelhas surgiam nas bochechas lisas de menino.

— Não sei que tipo de coisa tem embaixo desse band-aid e não quero saber. Só sei que vi no primeiro jogo que você jogou com a gente e uma pessoa se machucou. Não vi depois disso, e não quero ver hoje. Porque, se você for pego, quem vai ser pego é *você*, mesmo que Doo tenha te convencido a fazer isso.

— Eu só me cortei — diz ele, todo emburrado.

— Certo. Se cortou raspando os pelos dos dedos. Mas não quero ver esse band-aid no seu dedo quando você for para o campo. Isso é pro seu bem.

Eu teria dito isso se não tivesse visto Joe tão chateado a ponto de chorar? Prefiro pensar que sim. Prefiro pensar que eu estava mesmo pensando no jogo, que eu amava na época e amo agora. Boliche virtual não chega nem perto, pode acreditar.

Eu me afastei antes que ele pudesse dizer mais alguma coisa. E não olhei para trás. Em parte porque não queria ver o que havia embaixo do band-aid, mas principalmente porque Joe estava de pé na porta da sala dele, fazendo sinal para mim. Não vou jurar que o cabelo dele estava mais grisalho, mas também não vou jurar que não.

Entrei na sala e fechei a porta. Uma ideia horrível me ocorreu. Fazia certo sentido, considerando a expressão no rosto dele.

— Jesus, Joe, foi sua esposa? Ou as crianças? Aconteceu alguma coisa com uma das crianças?

Ele ficou me encarando e piscou, como se eu tivesse estourado um saco de papel ao lado de seu ouvido.

— Jessie e as crianças estão bem. Mas, George... Ah, *Deus*. Não consigo acreditar nisso. É uma merda tão grande. — E ele colocou a base das mãos nos olhos. Deixou um som escapar, mas não foi choro. Foi gargalhada. A gargalhada mais terrível que já ouvi.

— O que foi? Quem ligou?

— Eu tenho que pensar — diz ele, mas não para mim. Era com ele mesmo que estava falando. — Tenho que decidir como vou... — Ele tirou as mãos dos olhos e pareceu voltar a ser ele mesmo, um pouco. — Você vai gerenciar hoje, Granny.

— *Eu?* Eu não sei gerenciar! Doo surtaria! Ele vai tentar a ducentésima vitória de novo, e...

— Nada disso importa, você não vê? Não agora.

— O que...

— Cale a boca e faça a escalação. Quanto àquele garoto... — Ele pensou e balançou a cabeça. — Droga, deixe que ele jogue, por que não? Merda, coloque-o para ser o quinto rebatedor. Eu ia mesmo mudar a ordem.

— Claro que ele vai jogar. Quem mais pegaria as bolas de Danny?

— Ah, que se foda Danny Dusen! — diz ele.

— Cap... Joey... conte o que aconteceu.

— Não. Eu tenho que pensar primeiro. No que vou contar para os rapazes. E para os repórteres! — Ele bateu na testa como se essa parte só tivesse passado por sua cabeça naquele momento. — *Aqueles* babacas mimados e com salários altos demais! Merda! — E falando com ele mesmo de novo: — Mas deixe que os rapazes tenham esse jogo de hoje. Eles merecem isso. Talvez o garoto também. Merda, talvez ele consiga rebater o ciclo!

Ele riu mais, depois se obrigou a parar.

— Não entendi.

— Você vai entender. Ande, saia daqui. Faça a escalação que quiser. Por que não sorteia com os nomes em um chapéu? Não importa. Mas não se esqueça de dizer para o chefe da equipe de juízes que você manda hoje. Acho que é Wenders.

Eu andei pelo corredor até a sala dos juízes totalmente atordoado e contei para Wenders que eu faria a escalação e gerenciaria o jogo da terceira base. Ele me perguntou qual era o problema com Joe, e eu falei que ele estava doente. E estava mesmo.

Aquele foi o primeiro jogo que gerenciei até chegar ao Athletics em 1963, e foi bem curto, porque, como o senhor deve saber se fez a pesquisa, Hi Wenders me afastou na sexta entrada. Não me lembro muito dessa parte, de qualquer modo. Eu estava com tanta coisa na cabeça que me sentia desligado do mundo. Mas tive bom senso o bastante para fazer uma coisa, que foi verificar a mão direita do garoto antes de ele ir para o campo. Não tinha band-aid no segundo dedo, nem corte. Eu nem senti alívio. Só ficava vendo os olhos vermelhos e a boca caída de Joe DiPunno.

Aquele foi o último jogo bom de Danny Doo, e ele nunca chegou aos duzentos. Ele tentou voltar em 1958, mas não deu certo. Alegava que a visão dupla tinha sumido, e talvez fosse verdade, mas ele não conseguia mais jogar a bola acima da base. Nada de vaga em Cooperstown para Danny. Joe estava certo o tempo todo: aquele garoto sugava sorte. Como se fosse um bonequinho vodu.

Mas, naquela tarde, Doo jogou melhor do que em qualquer outra ocasião que eu tivesse visto, com a bola rápida saltando, a curva estalando como um chicote. Nas primeiras quatro entradas, não conseguiram tocar nele. Balancem o taco e se sentem, amigos, obrigado por jogar. Ele fez seis *strikes*, e o resto foi de bolas rebatidas no chão. O único problema foi que Kinder foi quase tão bom quanto ele. Tivemos uma rebatida horrível, quando Harrington cedeu deslocamento de duas bases na parte baixa da terceira entrada.

Chega a parte alta da quinta entrada, certo? O primeiro rebatedor é fácil. Em seguida, Walt Dropo chega, acerta uma bola no canto esquerdo do campo e sai correndo como um morcego fugindo do inferno. Os torcedores viram Harry Keene ainda correndo atrás da bola com Dropo chegando na segunda base e entenderam que poderia ser caso de *home run* sem bola rebatida para fora do jogo. A cantoria começou. Só umas poucas vozes no começo, mas cada vez mais. Cada vez mais grave e mais alto. Fiquei arrepiado da racha da bunda até o pescoço.

— *Bloh-KADE! Bloh-KADE! Bloh-KADE!*

As placas laranja começaram a subir. As pessoas estavam de pé, segurando-as acima da cabeça. Não balançando como costumavam, só segurando. Nunca vi nada igual.

— *Bloh-KADE! Bloh-KADE! Bloh-KADE!*

Primeiro, achei que não havia a menor possibilidade de acontecer; àquela altura, Dropo já estava disparado para a terceira base sem freio nenhum. Mas Keene pulou na bola e fez um lançamento perfeito para Barbarino perto da segunda base. Enquanto isso, o novato está de pé no lado mais próximo da terceira base da *home plate* com a luva esticada, formando um alvo, e Si acertou na mosca.

A torcida está cantarolando. Dropo está escorregando, com as travas para cima. O garoto não se importa; ele fica de joelhos e mergulha. Hi Wenders estava onde devia estar, ao menos naquela vez, olhando a jogada. A nuvem de poeira sobe... e nela aparece o polegar levantado de Wenders.

— *Está... FORA!*

Sr. King, a torcida foi à loucura. Walt Dropo também. Ele se levantou e saiu dançando como um garoto tendo um ataque epilético e tentando fazer a porra do Hully Gully ao mesmo tempo. Ele não conseguia acreditar.

O garoto estava com o antebraço esquerdo arranhado, nada grave, só de raspão, mas o bastante para o velho Bony Dadier, nosso treinador, se aproximar e colocar um band-aid em cima. Assim, o garoto acabou ganhando seu band-aid, afinal, só que esse foi legítimo. A torcida ficou de pé durante toda a consulta médica, balançando as placas de ESTRADA BLOQUEADA e cantarolando "*Bloh-KADE! Bloh-KADE!*" como se nunca fosse se cansar disso.

O garoto nem pareceu perceber. Estava em outro planeta. Ficava daquele jeito o tempo todo que passou com os Titans. Ele só botou a máscara, voltou para trás da base e se agachou. Tudo normal. Bubba Phillips veio, rebateu direto nas mãos de Lathrop, e a quinta entrada acabou.

Quando o garoto voltou na parte baixa da entrada, recebeu três *strikes*, e a torcida continuou aplaudindo de pé. Dessa vez ele reparou e fez um cumprimento com o boné quando voltou para o abrigo. Foi a única vez que fez isso. Não por ser metido, mas porque... bem, eu já falei. Aquela coisa de estar em outro planeta.

Chega a parte alta da sexta. Mais de cinquenta anos depois, eu ainda fico fervendo de raiva quando penso. Kinder entra primeiro e joga três bolas curvas, como um bom arremessador deve fazer. Em seguida, vem Luis Aparicio, Little Louie. Doo se prepara e arremessa. Aparicio rebate alto para trás da *home plate*, no lado da terceira base. Era o meu lado e eu vi tudo.

O garoto joga a máscara longe e sai correndo atrás, com a cabeça inclinada para trás e a luva esticada. Wenders foi atrás, mas não tão perto quanto deveria. Ele não achou que o garoto tivesse chance. Ele foi um péssimo juiz nessa partida.

O garoto sai da grama e vai para a área de terra, perto do muro baixo entre o campo e os camarotes. Com o pescoço inclinado para trás. Olhando para cima. Mais de vinte pessoas nos camarotes da primeira e da segunda fila também estavam olhando para cima, a maioria balançando a mão no ar. É uma coisa que não entendo nos torcedores e nunca vou entender. É uma porra de *bola de beisebol*, caramba! Um objeto vendido por setenta e cinco centavos naquela época. Mas, quando os torcedores veem uma por perto no estádio, viram uns monstros ávidos. Para que chegar para trás e deixar o jogador que está tentando pegar, o jogador *deles*, e em um jogo apertado, fazer o trabalho dele?

Eu vi tudo, posso dizer. Vi claramente. Aquela bola que subiu um quilômetro caiu do nosso lado do muro. O garoto ia pegar. Mas um palhaço de braço comprido com uma camisa do Titans que vendiam no Esplanade esticou a mão e encostou nela, de forma que a bola quicou na ponta da luva do garoto e caiu no chão.

Eu tinha tanta certeza de que Wenders ia dizer que Aparicio estava fora, pois foi interferência clara, que primeiro não consegui acreditar no que vi quando ele fez um gesto para o garoto voltar para trás da quarta base e para Aparicio voltar para a área do rebatedor. Quando entendi, saí correndo e balançando os braços. A torcida começou a gritar a meu favor e a vaiar Wenders, o que não é um bom jeito de ganhar amigos e influenciar pessoas quando se está debatendo uma decisão, mas eu estava furioso demais para me importar. Eu não teria parado nem se Mahatma Gandhi estivesse andando pelo campo de bunda de fora, pedindo paz.

— *Interferência!* — eu grito. — *Foi claro como água, foi claro como o nariz na sua cara!*

— Foi na arquibancada, não era bola de ninguém — diz Wenders. — Volte para seu cantinho e vamos prosseguir com o show.

O garoto não ligou; ele estava falando com seu amigo Doo. Não teve problema. Não me importei de ele não ligar. Naquele momento, eu só queria abrir um cu novo em Hi Wenders. Não sou um cara de discutir. Durante todos os anos que gerenciei o A, só fui expulso de jogos duas vezes. Mas, naquele dia, eu teria feito Billy Martin parecer um hippie.

— *Você não viu, Hi! Estava muito longe! Você não viu porra nenhuma!*

— Eu não estava longe e vi tudo. Agora volte, Granny. Não estou brincando.

— *Se você não viu aquele filho da puta de braço comprido* — nessa hora, uma moça na segunda fila colocou as mãos sobre as orelhas do filho e repuxou a boca para mim em uma expressão de "que homem horrível" —, *aquele filho da puta de braço comprido esticar a mão e desviar a bola, você estava longe! Jesus Cristo!*

O cara de camisa do time começa a balançar a cabeça (Quem, eu? Eu, não!), mas também está com um sorriso constrangido enorme. Wenders viu, sabia o que queria dizer e virou o rosto.

— A situação é a seguinte — diz ele para mim, com a voz sensata que quer dizer que você está a um passo de ir tomar Rhinegold no vestiário: — Você disse o que queria dizer. Agora, pode calar a boca ou ouvir o resto do jogo pelo rádio. Você escolhe.

Eu voltei para a minha posição. Aparicio se empertigou com um sorriso largo no rosto. Ele sabia, claro que sabia. E aproveitou ao máximo. O sujeito nunca fez muitos *home runs*, mas quando Doo mandou um *changeup* que não funcionou, Little Louie rebateu alto em um arco amplo e lindo até a parte mais distante do campo. Nosy Norton estava jogando no meio e nunca nem se virou.

Aparicio correu pelas bases, sereno como o *Queen Mary* entrando no porto, enquanto a torcida gritava com ele, xingava seus parentes e despejava ódio na cabeça de Hi Wenders. Wenders não ouviu nada, a principal habilidade de um juiz. Só tirou uma bola do bolso do casaco e a inspecionou. Ao vê-lo fazer isso, eu perdi a cabeça. Corri até a *home plate* e comecei a sacudir as duas mãos fechadas na cara dele.

— *É sua corrida, seu incompetente!* — eu grito. — *É preguiçoso demais para ir atrás de uma bola de falta, e agora você tem uma corrida impulsionada! Pode enfiar no cu! Quem sabe você encontra seus óculos!*

A torcida adorou. Hi Wenders, nem tanto. Ele apontou para mim, fez um gesto com o polegar por cima do ombro e saiu andando. A torcida começou a vaiar e a balançar as placas de ESTRADA BLOQUEADA; alguns jogaram garrafas, copos e cachorros-quentes pela metade no campo. Foi um circo.

— *Não dê as costas para mim, seu filho da puta gordo, cego e preguiçoso!* — eu grito, e corro atrás dele. Alguém do nosso abrigo me segurou antes que eu pudesse segurar Wenders, coisa que eu pretendia fazer. Eu tinha perdido a cabeça.

A torcida estava gritando:

MATEM O JUIZ! MATEM O JUIZ! MATEM O JUIZ!

Eu nunca vou me esquecer disso, porque foi do mesmo jeito que cantarolaram "*Bloh-KADE! Bloh-KADE!*".

— *Se sua mãe estivesse aqui, ela puxaria essa calça azul e daria uma surra nessa sua bunda, seu incompetente cego!* — berro, e nessa hora sou arrastado para o abrigo. Ganzie Burgess, nosso arremessador especialista em *knuckleball*, gerenciou as últimas três entradas daquele show de horrores. Ele também arremessou nas duas últimas. Isso talvez pudesse ser encontrado nos livros de registros. Se houvesse registros daquela primavera perdida.

A última coisa que vi no campo foi Danny Dusen e Blockade Billy de pé na grama entre a quarta base e o montículo. O garoto estava com a máscara embaixo do braço. Doo estava cochichando no ouvido dele. O garoto estava prestando atenção, ele sempre prestava atenção quando Doo falava, mas estava olhando para a torcida, quarenta mil pessoas de pé, homens, mulheres e crianças gritando *MATEM O JUIZ, MATEM O JUIZ, MATEM O JUIZ*.

Havia um balde cheio de bolas no meio do corredor entre o abrigo e o vestiário. Eu o chutei e espalhei as bolas, que saíram rolando em todas as direções. Se tivesse pisado em uma delas e caído de bunda, teria sido o final perfeito para uma porra de tarde perfeita no campo.

Joe estava no vestiário, sentado em um banco em frente aos chuveiros. Àquela altura, ele parecia ter setenta anos em vez de cinquenta. Havia três outros homens com ele. Dois eram policiais uniformizados. O terceiro estava de terno, mas bastava uma olhada para o rosto duro e inchado para saber que também era policial.

— O jogo acabou cedo? — pergunta o policial de terno. Ele estava sentado em uma cadeira dobrável com as coxas largas espalhadas e esticando a calça curta. Os uniformizados estavam em um dos bancos na frente do vestiário.

— Para mim, sim — eu respondo. Ainda estava com tanta raiva que nem liguei para os policiais. Para Joe, eu digo: — A porra do Wenders me expulsou. Desculpa, Cap, mas foi um caso claro de interferência, e aquele filho da puta preguiçoso…

— Não importa — diz Joe. — O jogo não vai contar. Acho que nenhum dos nossos jogos vai contar. Kerwin vai apelar para o Comissariado, claro, mas…

— De que você está falando?

Joe suspirou. E olhou para o cara de terno.

— Conte para ele, detetive Lombardazzi. Eu não consigo.

— Ele precisa saber? — pergunta Lombardazzi. Está me olhando como se eu fosse um inseto que nunca viu antes. Foi um olhar que eu não merecia depois de tudo que tinha acontecido, mas fiquei de boca fechada. Porque eu sabia que três policiais, um deles detetive, não apareciam no vestiário de um time de beisebol da Liga Principal se não fosse um assunto sério.

— Se você quiser que ele segure o resto dos caras por tempo suficiente para levar o garoto Blakely para longe daqui, acho que é melhor botá-lo a par de tudo — diz Joe.

De cima de nós veio um grito da torcida, seguido por um grunhido, seguido de comemoração. Nenhum de nós prestou atenção ao que acabou sendo o final da carreira de Danny Dusen no beisebol. O grito foi quando ele foi acertado na testa por uma rebatida direta de Larry Doby. O grunhido foi quando ele caiu no montículo do arremessador como um alvo abatido. E a comemoração foi quando ele se levantou e gesticulou que estava bem. Na verdade, não estava, mas continuou arremessando pelo resto da sexta entrada e pela sétima. E não cedeu nenhuma corrida. Ganzie o fez sair antes da oitava entrada, quando viu que Doo não estava andando reto. Danny ficou alegando o tempo todo que estava perfeitamente bem, que o galo enorme e roxo que estava surgindo acima da sobrancelha esquerda não era nada, que já tinha passado por coisa pior, e o garoto dizendo a mesma coisa: não é nada, não é nada. Um eco ambulante. Nós lá embaixo não sabíamos de nada disso, assim como Dusen não sabia que ele podia já ter passado por coisa pior na carreira, mas que aquela foi a primeira vez que seu cérebro começou a vazar líquor.

— O nome dele não é Blakely — diz Lombardazzi. — É Eugene Katsanis.

— Katz *o quê*? Onde está Blakely, então?

— William Blakely está morto. Há um mês. Os pais dele também.

Eu olhei para ele, boquiaberto.

— De que você está falando?

Ele me contou as coisas que tenho certeza de que o senhor já sabe, sr. King, mas talvez eu possa preencher algumas lacunas. Os Blakely moravam em Clarence, Iowa, uma área a menos de uma hora de Davenport. Era conveniente para a mãe e para o pai, porque eles podiam ir à maioria dos jogos da liga do filho. Blakely tinha uma fazenda bem-sucedida; coisa de pouco mais de trezentos hectares. Um dos funcionários não passava de um garoto. O nome dele era Gene Katsanis, um órfão que cresceu no Lar Cristão Ottershaw para Garotos. Não era fazendeiro e não batia muito bem da cabeça, mas era um excelente jogador de beisebol.

Katsanis e Blakely jogaram um contra o outro em alguns times de igreja, e juntos no time Babe Ruth da região, que ganhou o torneio estadual nos três anos em que os dois jogaram juntos e chegou uma vez às semifinais nacionais. Blakely foi para o ensino médio e também fez sucesso no time de lá, mas Katsanis não era do tipo que insistia nos estudos. Era do tipo que alimentava os porcos e era do tipo que jogava beisebol, embora nunca fosse chegar a ser bom como Billy Blakely. Ninguém nunca considerou uma coisa dessas. Até acontecer, claro.

O pai de Blakely o contratou porque o garoto trabalhava por pouco, claro, mas mais porque tinha talento natural e mantinha Billy em forma. Por vinte e cinco dólares por semana, o garoto Blakely tinha um interceptador e um arremessador para treinar rebatidas. O coroa tinha um tirador de leite da vaca e um limpador de bosta. Não era mau negócio, ao menos para eles.

O que quer que o senhor tenha encontrado na sua pesquisa deve favorecer a família Blakely, certo? Porque eles moravam naquela região havia gerações, porque eles eram fazendeiros ricos e porque Katsanis não passava de um garoto aos cuidados do governo que começou a vida em uma caixa de bebidas em uma escadinha de igreja e tinha vários parafusos soltos. E por que isso? Porque ele nasceu burro ou porque levava várias surras, três ou quatro vezes por semana, naquele orfanato antes de ter idade e tamanho para se defender? Sei que ele levou várias surras porque tinha o hábito de falar sozinho. Isso saiu nos jornais mais tarde.

Katsanis e Billy continuaram praticando bastante quando Billy entrou na equipe de treinamento do Titans no interior (durante os intervalos de temporadas, provavelmente só arremessando e rebatendo no celeiro quando a neve ficava funda demais do lado de fora), mas Katsanis foi expulso do time da cidade e não teve permissão de ir aos treinamentos dos Cornholers durante a segunda temporada de Billy lá. Durante a primeira, Katsanis teve permissão de participar de algumas atividades, até de alguns jogos entre jogadores da própria equipe, se faltasse um jogador. Era tudo muito informal e de qualquer jeito naquela época, não como agora, quando as companhias de seguro surtam se um jogador da liga principal segurar um taco sem botar o capacete.

O que acho que aconteceu, e fique à vontade para me corrigir se souber de mais alguma coisa, é que Katsanis, apesar dos outros problemas que pudesse ter, continuou crescendo e amadurecendo como jogador. Blakely, não. A gente vê isso o tempo todo. Dois garotos que parecem a porra do Babe Ruth no ensino médio. Mesma altura, mesmo peso, mesma velocidade, mesma visão perfeita. Mas um deles consegue jogar no nível seguinte… e no seguinte… e no seguinte… enquanto o outro começa a ficar para trás. Isto eu ouvi depois: Billy Blakely não começou como receptor. Ele foi mudado de defensor externo central quando o garoto que *estava* de receptor quebrou o braço. E esse tipo de mudança não é um bom sinal. É o técnico mandando uma mensagem: "Você serve… mas só até alguém melhor aparecer".

Acho que Blakely ficou com inveja, acho que o pai dele ficou com inveja e acho que talvez a mãe também. Talvez especialmente a mãe, porque mães de atletas podem ser predadoras. Acho que talvez eles tenham mexido alguns pauzinhos para impedir que Katsanis jogasse na região e que aparecesse nos treinos do Davenport Cocksuckers. Eles podem ter feito isso, pois eram uma família rica e antiga de Iowa, e Gene Katsanis era um ninguém que cresceu em um orfanato que devia ser o inferno na terra.

Acho que talvez Billy tenha maltratado o garoto com muita frequência e intensidade. Ou pode ter sido o pai ou a mãe dele. Talvez por causa do jeito como ele tirava leite das vacas ou por ele não ter tirado a bosta direito uma vez, mas aposto que o motivo real foram o beisebol e uma inveja pura e simples. O monstro de olhos verdes. Pelo que sei, o gerente do Cornholers disse para Blakely que ele poderia ser enviado para a Classe A em Clearwater, e descer um degrau quando se tem só vinte anos, quando é para você estar *subindo* a escada, é um sinal terrível de que sua carreira no beisebol vai ser bem curta.

Independentemente de como foi (e de *quem* foi), foi um erro terrível. O garoto sabia ser um amor quando era tratado bem, todos nós sabíamos disso, mas não era bom da cabeça. E podia ser perigoso. Eu soube disso antes até de a polícia aparecer, por causa do que aconteceu no primeiro jogo da temporada: o tornozelo de Billy Anderson.

— O xerife do condado encontrou os três Blakelys no celeiro — conta Lombardazzi. — Katsanis cortou a garganta deles. O xerife disse que pareceu que foi com uma navalha.

Eu o encarei, boquiaberto.

— O que deve ter acontecido foi o seguinte — diz Joe com a voz pesada. — Kerwin McCaslin ligou pedindo o receptor quando nossos rapazes se machucaram na Flórida, e o gerente dos Cornhuskers disse que tinha um garoto que poderia ocupar a vaga por três ou quatro semanas, supondo que não precisássemos dele para a média de rebatidas. Porque, disse ele, aquele garoto não serviria para isso.

— Mas ele serviu.

— Porque não era Blakely — diz Lombardazzi. — Àquela altura, Blakely e os pais já deviam estar mortos havia alguns dias, pelo menos. O garoto Katsanis estava cuidando da fazenda sozinho. E nem *todos* os parafusos dele estavam soltos. Ele era inteligente o bastante para atender ao telefone quando tocava. Ele atendeu a ligação do gerente e disse que claro, Billy ficaria feliz de ir para Nova Jersey. E, antes de partir, incorporando Billy, ele ligou para os vizinhos e para a loja de rações na cidade. Disse que os Blakely foram chamados para uma emergência familiar e que ele estava cuidando de tudo. Bem inteligente para um maluco, você não acha?

— Ele não é maluco — respondo.

— Bem, ele cortou a garganta das pessoas que o acolheram e lhe deram um emprego e matou todas as vacas para os vizinhos não as ouvirem mugindo para que tirassem seu leite à noite, mas pense o que quiser. Sei que o promotor público vai concordar com você porque ele quer ver Katsanis enforcado. É assim que fazem em Iowa, sabe.

Eu me virei para Joe.

— Como uma coisa dessas pôde acontecer?

— Porque ele era bom — diz Joe. — E porque queria jogar beisebol.

O garoto tinha a identidade de Billy Blakely, e isso foi na época em que identidades com foto ainda não existiam. Os dois eram bem parecidos, de qualquer modo: olhos azuis, cabelo louro, um metro e oitenta. Mas o principal, é verdade: tudo aconteceu porque o garoto era bom. E queria jogar beisebol.

— Bom o bastante para conseguir quase um mês com os profissionais — disse Lombardazzi, e acima das nossas cabeças um grito soou. Blockade Billy tinha acabado de dar sua última rebatida na liga principal: um *home run.* — Aí, anteontem, o homem do gás foi até a fazenda Blakely. Outras pessoas já tinham ido lá, mas leram o bilhete que Katsanis deixou na porta e foram embora. Mas não o homem do gás. Ele encheu os tanques atrás do celeiro, e era no celeiro que os corpos estavam. Ele sentiu o cheiro. E é aí que nossa história termina. Agora, seu gerente aqui quer que ele seja preso com o mínimo de confusão possível e com o menor perigo possível para os outros jogadores do seu time. Por mim, tudo bem. Então, seu trabalho...

— Seu trabalho é segurar o pessoal no abrigo — diz Jersey Joe. — Mande Blakely... Katsanis... aqui para baixo sozinho. Ele vai ter ido embora quando o resto dos rapazes chegar no vestiário. Depois, vamos tentar resolver essa porra toda.

— Mas o que eu digo para eles?

— Reunião da equipe. Sorvete de graça. Não ligo. Só os segure por cinco minutos.

Eu digo para Lombardazzi:

— Ninguém avisou? *Ninguém?* Você está dizendo que ninguém ouviu a transmissão de rádio e tentou ligar para papai Blakely para dizer como era incrível o filho dele estar arrasando na liga principal?

— Imagino que um ou dois devam ter tentado — disse Lombardazzi. — Essa gente de Iowa *vem* para a cidade grande de tempos em tempos, me disseram, e imagino que as pessoas visitando Nova York escutem os jogos dos Titans ou leiam sobre o time no jornal...

— Eu prefiro os Yankees — diz um dos policiais.

— Se eu quiser sua opinião, bato na sua jaula — rebate Lombardazzi. — Até que eu faça isso, fique calado e morra.

Eu olhei para Joe com um embrulho no estômago. Ser chamado à atenção e ser expulso do campo durante meu primeiro trabalho como gerente agora parecia o menor dos meus problemas.

— Faça com que ele venha sozinho — diz Joe. — Eu não ligo para como você vai fazer. Os rapazes não deviam ter que ver isso. — Ele pensou melhor e acrescentou: — E o garoto não devia ter que *ver eles* vendo. Não importa o que fez.

Se importa, e sei que não importa, nós perdemos aquele jogo por dois a um. As três corridas foram *home run*. Minnie Minoso fez o da vitória em cima de Ganzie na parte alta da nona entrada. O garoto foi o último eliminado. Ele rebateu sem acertar a bola no primeiro jogo com os Titans; fez o mesmo no último. O beisebol é um jogo de centímetros, mas também é um jogo de equilíbrios.

Não que nossos rapazes ligassem para o jogo. Quando subi lá, eles estavam reunidos em torno de Doo, que estava sentado no banco dizendo que estava bem, caramba, só meio tonto. Mas não parecia bem, e nosso pseudomédico parecia bastante preocupado. Ele queria que Danny fosse ao Newark General tirar uns raios X.

— Porra nenhuma — diz Doo. — Só preciso de uns dois minutos. Estou bem, estou dizendo. Jesus, Bones, me dê um tempo.

— Blakely — eu falo. — Vá ao vestiário. O sr. DiPunno quer falar com você.

— O treinador DiPunno quer falar comigo? No vestiário? Por quê?

— Alguma coisa sobre o prêmio de Novato do Ano — eu respondo. Surgiu na minha cabeça do nada. Isso não existia na época, mas o garoto não sabia.

O garoto olha para Danny Doo, que o dispensa com um gesto.

— Vá, saia daqui, garoto. Você jogou bem. Não foi sua culpa. Você ainda dá sorte, e que se foda qualquer um que disser o contrário. — E diz também: — Todos vocês, saiam daqui. Me deem espaço.

— Esperem aí — eu digo. — Joe quer ver ele sozinho. Quer dar parabéns pessoalmente, eu acho. Garoto, não fique enrolando. Só... — *Só cai fora daqui* era como eu pretendia terminar, mas não precisei. Blakely ou Katsanis, ele já tinha ido embora.

O senhor sabe o que aconteceu depois disso.

Se o garoto tivesse ido direto pelo corredor até a sala dos juízes, teria sido pego, porque o vestiário ficava no caminho. Mas ele cortou pela nossa salinha de depósito, onde ficava a bagagem e onde tínhamos duas mesas de massagem e uma banheira de hidromassagem. Nunca vamos saber por que ele fez aquilo, mas acho que o garoto sabia que tinha alguma coisa errada. Porra, ele devia saber que a merda ia bater no ventilador alguma hora; se era maluco, era como uma raposa. De qualquer modo, ele saiu do outro lado do vestiário, andou até a sala dos juízes e bateu à porta. Àquela altura, a artimanha que ele devia ter aprendido no Lar Cristão Ottershaw estava de volta ao segundo dedo. Um dos garotos mais velhos devia ter mostrado como fazer, é o que eu acho. *Garoto, se você quiser parar de levar surras o tempo todo, faça um desses para você.*

Ele não tinha colocado de volta no armário, no fim das contas, devia ter guardado no bolso. E não se deu ao trabalho de botar o band-aid depois do jogo, o que me diz que ele sabia que não tinha mais nada a esconder.

Ele bate na porta do juiz e diz:

— Telegrama urgente para o sr. Hi Wenders. — Maluco como uma raposa, está vendo? Não sei o que teria acontecido se um dos outros juízes da equipe tivesse aberto, mas foi o próprio Wenders, e aposto que a vida dele se esvaiu antes mesmo de perceber que não era um entregador da Western Union ali de pé.

Era uma lâmina de barbear, entende? Ou um pedaço de uma. Quando não era necessária, ficava dentro de um protetor de metal que parecia um anel. Só que, quando ele fechava o punho direito e empurrava esse aro com a base do polegar, a laminazinha prateada deslizava para fora. Wenders abriu a porta, e Katsanis passou a navalha pelo pescoço dele e cortou sua garganta. Quando vi a poça de sangue depois que ele foi levado algemado, ah, meu Deus, e que poça era, só consegui pensar naquelas quarenta mil pessoas gritando *MATEM O JUIZ* da mesma forma que gritavam *Bloh-KADE*. Ninguém falou com seriedade, mas o garoto não sabia disso. Principalmente depois que Doo destilou um monte de veneno nos ouvidos dele dizendo que Wenders estava atrás dos *dois*.

Quando os policiais saíram correndo do vestiário, Billy Blockade estava com sangue na frente de todo o uniforme branco, e Wenders estava caído aos pés dele. Ele não tentou lutar nem cortar quando os policiais o seguraram. Não, só ficou ali, sussurrando baixinho:

— Eu peguei ele, Doo. Billy pegou ele. Ele não vai mais apitar mal.

É aqui que a história termina, sr. King, ou ao menos a parte que eu sei. No que diz respeito aos Titans, pode pesquisar, como o velho Casey dizia: todos os jogos foram anulados, e fizemos vários jogos duplos no mesmo dia para compensar. Vai ver que acabamos com o velho Hubie Rattner agachado atrás da base e que ele fez uma média de 18,5 por cento, bem abaixo do que chamam agora de Mendoza Line. Que Danny Dusen foi diagnosticado com uma coisa chamada "hemorragia intracraniana" e teve que ficar de fora do resto da temporada. Que ele tentou voltar em 1958 e foi muito triste. Cinco participações. Em três, não conseguiu botar a bola acima da base. Nas outras duas… se lembra do último jogo dos playoffs do Red Sox com Yankees em 2004? Quando Kevin Brown começou nos Yankees, e o Sox marcou seis corridas em cima dele nas primeiras duas entradas? Foi assim que Danny Doo arremessou em 1958, quando conseguiu botar a bola acima da base. Ele não tinha *nada*. Ainda assim, depois disso tudo, nós conseguimos terminar na frente dos Senators e dos Athletics. Só que Jersey Joe DiPunno teve um ataque cardíaco durante a World Series daquele ano. Pode ter sido no mesmo dia que os russos botaram o Sputnik no ar. Eles o tiraram do estádio Country de maca. Ele viveu mais cinco anos, mas era uma sombra de quem era antes, e claro que não voltou a gerenciar.

Ele dizia que o garoto sugava sorte, e estava mais certo do que sabia. Sr. King, aquele garoto era um *buraco negro* da sorte dos outros.

Da dele também. Tenho certeza de que você sabe como a história dele terminou, que ele foi levado para a Cadeia do Condado de Essex e ficou esperando extradição. Que engoliu uma barra de sabão e sufocou até morrer. Não consigo pensar em uma forma pior de morrer. Foi uma temporada de pesadelo, sem dúvida, e, mesmo assim, contar para o senhor trouxe de volta boas lembranças. A principal, eu acho, é de como o Old Swampy ficava laranja quando todos aqueles torcedores levantavam as placas: ESTRADA BLOQUEADA POR ORDEM DE BLOCKADE BILLY. É, aposto que o sujeito que inventou isso ganhou uma boa grana. Mas, sabe, as pessoas que as compraram ficaram satisfeitas. Quando elas se levantavam com as placas acima da cabeça, eram parte de uma coisa maior do que elas mesmas. Isso pode ser uma coisa ruim, pense só em todas as pessoas que foram ver Hitler em seus comícios, mas daquela vez foi uma coisa boa. O *beisebol* é uma coisa boa. Sempre foi, sempre vai ser.

Bloh-KADE, bloh-KADE, bloh-KADE.

Ainda me dá arrepios pensar naquilo. Ainda ecoa na minha cabeça. Aquele garoto era coisa séria, maluco ou não, sugador de sorte ou não.

Sr. King, acho que já falei tudo. Já tem o suficiente? Que bom. Fico feliz. Volte quando quiser, mas não nas tardes de quarta; é quando acontece o Boliche Virtual, e não dá para ouvir nem o próprio pensamento. Por que não vem no sábado? Um grupo de nós assiste ao Jogo da Semana. Podemos tomar duas cervejas e torcer como loucos. Não é que nem era antigamente, mas não é ruim.

Para Flip Thompson, amigo e receptor do ensino médio

Uma versão de mim em um dos meus primeiros livros, acho que é Ben Mears de *Salem*, diz que é má ideia falar sobre uma história que você está planejando escrever. "É como mijar a história toda pelo chão", é o que ele diz. Mas, às vezes, principalmente quando estou entusiasmado, tenho dificuldade de seguir meu próprio conselho. Foi o que aconteceu com "Mister Delícia".

Quando delineei a ideia básica para um amigo, ele ouviu com atenção e balançou a cabeça. "Acho que você não tem nada de novo para dizer sobre a aids, Steve." Ele fez uma pausa e acrescentou: "Principalmente sendo hétero".

Não. E não. Principalmente: *não.*

Odeio o pressuposto de que não se pode escrever sobre alguma coisa porque você não a vivenciou, e não só porque isso impõe um limite à imaginação humana, que é basicamente ilimitada. Também sugere que alguns saltos de identificação são impossíveis. Eu me recuso a aceitar essa ideia, porque leva à conclusão de que a verdadeira mudança está além de nós, assim como a empatia. A ideia se mostra falsa ao se examinar as provas. Assim como merdas acontecem, mudanças também. Se os britânicos e os irlandeses podem viver em paz, a gente tem que acreditar que existe uma forma de os judeus e os palestinos se entenderem. A mudança só acontece como resultado de trabalho árduo, acho que sobre isso todos concordamos, mas trabalho árduo não é o bastante. Também exige um trabalho laborioso de imaginação: como é estar no lugar do outro cara, da outra garota?

E, veja bem, eu nunca quis mesmo escrever uma história sobre a aids e sobre ser gay; essas coisas foram só o pano de fundo. Eu queria escrever sobre o poder brutal do desejo sexual. Esse poder, me parece, tem muita influência sobre pessoas de todas as orientações, principalmente quando jovens. Em determinado momento, na noite certa ou errada, em um lugar bom ou ruim, o desejo surge e não pode ser negado. A cautela vai para o espaço. O pensamento racional é deixado de lado. Os riscos não importam mais.

Era sobre *isso* que eu queria escrever.

MISTER DELÍCIA

I

Dave Calhoun estava ajudando Olga Glukhov a construir a Torre Eiffel. Eles estavam trabalhando nisso já havia seis manhãs, seis manhãs que começavam *cedo*, no grande salão do Centro de Assistência à Vida de Lakeview. Eles nunca estavam sozinhos lá; gente velha levanta cedo. A TV gigante de tela plana do outro lado começava a espalhar o lixo habitual da Fox News às cinco e meia, e vários residentes estavam assistindo com a boca aberta.

— Ah… — disse Olga. — Aqui está a peça que eu estava procurando. — Ela colocou um pedaço de viga no lugar, na metade da obra-prima de Gustave Eiffel, criada (de acordo com as informações na parte de trás da caixa) a partir de metal descartado.

Dave ouviu o barulho de uma bengala se aproximando por trás e cumprimentou o recém-chegado sem nem virar a cabeça.

— Bom dia, Ollie. Acordou cedo.

Quando jovem, Dave nunca acreditaria que dava para identificar alguém só pelo som da bengala, mas quando jovem ele nunca sonhou que terminaria a vida em um lugar onde tantas pessoas usavam uma.

— Bom dia para você também — cumprimentou Ollie Franklin. — E para você, Olga.

Ela olhou para cima por um segundo antes de voltar ao quebra-cabeça, de mil peças de acordo com a caixa, com a maioria agora no lugar certo.

— Essas vigas são *um inferno*. Eu as vejo flutuando na minha frente toda vez que fecho os olhos. Acho que vou fumar e acordar os pulmões.

Fumar era supostamente proibido em Lakeview, mas Olga e alguns outros inveterados tinham permissão de sair pela cozinha até a área de carga e descarga, onde havia um cinzeiro. Ela se levantou, andou tropeçando, soltou um palavrão em russo ou polonês, recuperou o equilíbrio e saiu andando. Mas parou e olhou para trás, para Dave, com as sobrancelhas unidas.

— Não termine sem mim, Bob. Promete?

Ele levantou a mão com a palma virada para ela.

— Prometo.

Satisfeita, ela seguiu andando, revirando o bolso do vestido largo em busca dos cigarros e do isqueiro Bic.

Ollie ergueu as sobrancelhas.

— Desde quando você é Bob?

— Bob era o marido dela. Lembra? Veio com ela, morreu dois anos atrás.

— Ah. Certo. E agora ela está perdendo a memória. Que pena.

Dave deu de ombros.

— Ela vai fazer noventa anos no outono se chegar até lá. Tem direito a algumas engrenagens travadas. E olhe isto. — Ele indicou o quebra-cabeça, que ocupava quase toda a extensão de uma mesa de carteado. — Ela fez a maior parte sozinha. Eu sou só o assistente.

Ollie, que foi designer gráfico no que chamava de "sua vida real", olhou para o quebra-cabeça quase completo com melancolia.

— *La Tour Eiffel*. Você sabia que houve um protesto de artistas quando estava sendo construída?

— Não, mas não estou surpreso. Franceses.

— O novelista Léon Bloy a chamou de poste de luz verdadeiramente trágico.

Calhoun olhou para o quebra-cabeça, viu o que Bloy quis dizer e riu. Parecia um poste de luz. Mais ou menos.

— Outro artista ou escritor, não lembro quem, dizia que a melhor vista de Paris era da Torre Eiffel, porque era a única vista de Paris sem a Torre Eiffel. — Ollie se inclinou para mais perto, uma das mãos segurando a bengala, a outra encostada na lombar, como se para segurá-la no lugar. Os olhos foram do quebra-cabeça para as peças que restavam, talvez umas cem no total, depois novamente para o quebra-cabeça. — Houston, talvez você tenha um problema aí.

Dave já tinha começado a desconfiar disso.

— Se você estiver certo, isso vai estragar o dia de Olga.

— Ela não devia ficar surpresa. Quantas vezes você acha que essa versão da Torre foi montada e desmontada? Gente velha é tão descuidada quanto adolescentes. — Ele se empertigou. — Quer andar no jardim comigo? Tenho uma coisa para dar a você. E também uma coisa para contar.

Dave observou Ollie.

— Está tudo bem?

O outro preferiu não responder.

— Vamos lá fora. A manhã está linda. Está ficando quente.

Ollie seguiu na frente para o pátio, com a bengala fazendo o ritmo familiar de um, dois, três, dando um aceno de bom-dia para alguém ao passar pelo grupo reunido de bebedores de café vendo TV. Dave foi atrás com boa-vontade, mas um pouco intrigado.

II

Lakeview era construído em forma de U, com o salão principal entre dois corredores, que abrigavam as "suítes de vivência assistida", cada uma consistindo de uma sala de estar, um quarto e o tipo de banheiro que vinha equipado com barras de apoio e uma cadeira de chuveiro. Essas suítes não eram baratas. Apesar de muitos dos residentes não serem mais rigorosamente continentes (Dave tinha começado a sofrer de acidentes noturnos pouco depois de fazer oitenta e três anos, e agora tinha caixas de fraldas noturnas em uma prateleira alta do armário), não era o tipo de lugar com cheiro de mijo e desinfetante. Os quartos também tinham TV via satélite, havia uma copa em cada corredor e, duas vezes por mês, festas com degustação de vinho. Considerando tudo, Dave achava que aquele era um bom lugar para fechar o ciclo.

O jardim entre as alas residenciais estava exuberante, quase orgástico, com o começo do verão. Havia caminhos sinuosos, e um chafariz jorrava água. As flores se rebelavam, mas de uma forma distinta e bem cuidada. Aqui e ali havia interfones, por onde alguém sofrendo repentinamente de falta de ar ou de dormência nas pernas podia pedir ajuda. Haveria muita gente passeando lá mais tarde, quando os que ainda não tinham acordado (ou quando o pessoal do salão principal tivesse recebido sua dose de Fox

News) fossem apreciar o dia antes que esquentasse, mas, no momento, Dave e Ollie tinham o jardim para si.

Quando passaram pela porta dupla e desceram a escada do amplo pátio de lajota (os dois descendo com cuidado), Ollie parou e começou a mexer no bolso do paletó quadriculado largo que estava usando. Ele tirou um relógio de bolso prateado com uma corrente pesada. E o ofereceu para Dave.

— Quero que você fique com isto. Foi do meu bisavô. A julgar pela gravação na tampa, ele comprou ou ganhou em 1890.

Dave olhou para o relógio, balançando na corrente presa na mão ligeiramente paralisada de Ollie Franklin como um amuleto de hipnotista, com diversão e horror.

— Não posso aceitar isso.

Pacientemente, como se instruindo uma criança, Ollie disse:

— Pode se eu der para você. E já vi você admirá-lo muitas vezes.

— É uma herança de família!

— É, sim, e meu irmão vai ficar com ele se estiver entre meus pertences quando eu morrer. O que vai acontecer em breve. Talvez esta noite. Sem dúvida nos próximos dias.

Dave não sabia o que dizer.

Ainda com o mesmo tom paciente, Ollie disse:

— Meu irmão Tom não vale um vintém. Eu nunca disse isso para ele, seria cruel, mas falei muitas vezes para você. Não falei?

— Bem…sim.

— Eu o ajudei em três empreendimentos falidos e em dois casamentos que não foram pra frente. Acho que falei sobre *isso* muitas vezes também. Não falei?

— Sim, mas…

— Eu me saí bem e investi bem — continuou Ollie, começando a andar e batendo a bengala no seu código bem pessoal: *tap, tap-tap, tap, tap-tap-tap.* — Sou um dos famosos Um Por Cento tão insultados pelos jovens liberais. Não por muito, veja bem, mas pelo suficiente para viver com conforto aqui nos últimos três anos ao mesmo tempo em que continuava servindo de rede de segurança para meu irmão mais novo. Graças a Deus não preciso mais fazer esse serviço para a filha dele; Martha parece estar se saindo bem. O que é um alívio. Fiz o testamento direitinho, e nele fiz a coisa certa. Em prol da *família*. Como não tenho esposa e filhos, isso quer dizer deixar tudo para Tom. Menos isto. Isto é seu. Você tem sido um bom amigo, então, por favor. Aceite.

Dave pensou, decidiu que poderia devolver quando a premonição de morte do amigo passasse e aceitou o relógio. Abriu-o com um clique e admirou a face de cristal. Seis e vinte e dois, com precisão, até onde ele sabia. O ponteiro dos segundos se movia bruscamente em seu pequeno círculo logo acima do seis.

— Foi limpo várias vezes, mas só precisou de conserto uma — disse Ollie, voltando a andar lentamente. — Em 1923, de acordo com meu avô, depois que meu pai o deixou cair no poço da velha fazenda em Hemingford Home. Dá para imaginar? Mais de cento e vinte anos de idade e só foi consertado uma vez. Quantos seres humanos na Terra podem alegar isso? Doze? Seis, talvez? Você tem dois filhos e uma filha, certo?

— Isso mesmo — respondeu Dave.

Seu amigo começara a enfraquecer cada dia mais desde o ano anterior, e o cabelo não passava de uns fiapos no crânio cheio de manchas senis, mas a mente funcionava melhor que a de Olga. *Ou que a minha*, ele admitiu para si mesmo.

— O relógio não está no meu testamento, mas devia estar no seu. Tenho certeza de que você ama todos os seus filhos igualmente, você é esse tipo de homem, mas gostar é diferente, não é? Deixe para o filho de que mais gosta.

Esse seria Peter, pensou Dave, e sorriu.

Retribuindo o sorriso ou captando o pensamento por trás dele, os lábios de Ollie se abriram por cima dos dentes que restavam e ele assentiu.

— Vamos nos sentar. Estou cansado. Não demoro muito para me cansar atualmente.

Eles se sentaram em um dos bancos, e Dave tentou devolver o relógio. Ollie afastou as mãos em um gesto exagerado de repelência que foi cômico o bastante para fazer Dave rir, embora ele reconhecesse o assunto como sério. Mais sério do que peças faltando em um quebra-cabeça.

O cheiro de flores estava forte, divino. Quando Dave Calhoun pensava na morte, não tão distante agora, a perspectiva da qual mais se arrependia era a perda do mundo sensorial e todos os seus pequenos luxos. A visão do decote de uma mulher em uma blusa cavada. O som de Cozy Cole arrasando na bateria em "Topsy, Part Two". O gosto de torta de limão com cobertura de merengue. O cheiro das flores que ele não sabia identificar pelo nome, embora a esposa soubesse todos.

— Ollie, você pode até morrer esta semana, Deus sabe que todo mundo neste lugar está com um pé na cova e outro na casca de banana, mas você não tem como ter certeza. Não sei se você teve um sonho ou se um gato preto cruzou seu caminho, nem se foi outra coisa, mas premonições não existem.

— Eu não só tive uma premonição — disse Ollie —, eu vi uma. Eu vi o Mister Delícia. Várias vezes na semana passada. Cada vez mais perto. Em pouco tempo, vou receber uma visita no quarto, e vai ser o fim. Não me importo. Na verdade, espero com ansiedade. A vida é uma coisa ótima, mas, se você viver muito, ela fica meio gasta antes de acabar.

— Mister Delícia — repetiu Calhoun. — Quem é esse tal de Mister Delícia?

— Não é ele de verdade — disse Ollie, como se para si mesmo. — Eu sei disso. É uma *representação*. Uma soma de tempo e lugar, digamos assim. Já existiu um Mister Delícia *de verdade*. Foi assim que meus amigos e eu o chamamos naquela noite em Highpockets. Eu nunca soube seu verdadeiro nome.

— Não estou entendendo.

— Escute, você sabe que eu sou gay, certo?

Dave sorriu.

— Bom, acho que seus dias de namoro foram bem antes de eu conhecer você, mas eu tinha uma noção, sim.

— Foi a gravata?

É o jeito como você anda, pensou Dave. *Até com a bengala. O jeito como passa os dedos pelo que resta do cabelo e se olha no espelho. O jeito como revira os olhos para as mulheres no programa* Real Housewives. *Até os desenhos de natureza-morta no seu quarto, que formam uma espécie de linha do tempo do seu declínio. Você já deve ter sido muito bom, mas agora as mãos tremem. Você está certo, a vida fica meio gasta antes de acabar.*

— Dentre outras coisas — disse Dave.

— Você já ouviu alguém dizer que era velho demais para uma das aventuras militares dos Estados Unidos? Vietnã? Iraque? Afeganistão?

— Claro. Se bem que normalmente as pessoas dizem que eram jovens demais.

— A aids foi uma guerra. — Ollie estava olhando para as mãos retorcidas, das quais o talento estava partindo. — E eu não era velho demais para aquilo tudo, porque ninguém é quando a guerra está acontecendo no nosso lar, você não acha?

— Acho que é verdade, sim.

— Eu nasci em 1930. Quando a aids foi observada pela primeira vez e clinicamente descrita nos Estados Unidos, eu tinha cinquenta e dois anos. Estava morando em Nova York e trabalhando como freelancer para várias firmas de publicidade. Meus amigos e eu ainda andávamos pelas boates do Village de vez em quando. Não Stonewall, um buraco comandado pela máfia, mas algumas outras. Eu estava em frente à Peter Pepper's, na rua Christopher, compartilhando um baseado com um amigo, quando um grupo de jovens entrou. Homens bonitos de calças boca de sino justas e o tipo de camisa que todos pareciam usar na época, com golas largas e cinturas justas. Botas de camurça com saltos de madeira.

— Garotos delícia — arriscou Dave.

— Acho que sim, mas não *o* garoto delícia. E meu melhor amigo, o nome dele era Noah Freemont, ele morreu ano passado, eu fui ao enterro, se virou para mim e disse: "Eles nem veem mais a gente, né?". Eu concordei. Eles viam gente como nós quando tínhamos dinheiro, mas nós éramos muito… honrados para isso, pode-se dizer. Pagar era humilhante, embora alguns de nós fizessem isso de tempos em tempos. Mas, no final dos anos 1950, quando fui para Nova York…

Ele deu de ombros e olhou para o horizonte.

— Quando você foi para Nova York?

— Estou pensando em como dizer isso. No final dos anos 1950, quando as mulheres ainda suspiravam por Rock Hudson e Liberace, quando a homossexualidade era o amor que não ousava dizer o nome em vez de o que nunca cala a boca, meu desejo sexual estava no pico. Nesse sentido, e tenho certeza de que há outros, muitos outros, os homens gays e os héteros são iguais. Li em algum lugar que quando estão na presença de uma pessoa atraente, os homens pensam em sexo a cada vinte segundos, mais ou menos. Mas quando um homem está na adolescência ou juventude, ele pensa em sexo *o tempo todo*, esteja ou não na presença de uma pessoa atraente.

— A gente fica duro só de bater um ventinho — disse Dave.

Ele estava pensando no seu trabalho de frentista e em uma ruiva linda que viu saindo do banco do passageiro da picape do namorado. A saia subiu e revelou a calcinha branca de algodão por um segundo, dois, no máximo. Mas ele repassou aquele momento repetidamente na cabeça enquanto se masturbava, e apesar de só ter dezesseis anos na época, a lembrança ainda estava clara e límpida. Duvidava que fosse assim se ele tivesse cinquenta. Àquela altura, ele já tinha visto muitas calcinhas.

— Alguns dos colunistas conservadores chamavam a aids de peste gay, e com satisfação mal disfarçada. *Foi* uma peste, mas por volta de 1986, a comunidade gay já estava lidando bem com ela. Nós entendíamos as duas medidas preventivas básicas: nada de sexo sem proteção nem compartilhar agulhas. Mas os jovens acham que são imortais, e como minha avó dizia quando enchia a cara, um pau duro não tem consciência. É especialmente verdade quando o dono desse pau está bêbado, doidão e cheio de tesão.

Ollie suspirou e deu de ombros.

— Riscos eram corridos. Erros eram cometidos. Mesmo depois que os meios de transmissão foram bem difundidos, dezenas de milhares de homens gays morreram. As pessoas só estão começando a entender a magnitude dessa tragédia agora que quase todo mundo entende que os gays não escolhem sua orientação sexual. Grandes poetas, grandes músicos, grandes matemáticos e cientistas, só Deus sabe quantos morreram antes que seu talento pudesse desabrochar. Eles morreram na sarjeta, em apartamentos com água fria, em hospitais e em alas de indigentes, só porque correram um risco em uma noite em que a música estava alta, o vinho abundava e as drogas corriam soltas. Por escolha? Ainda há muitos que dizem que sim, mas isso é besteira. O desejo é forte demais. *Primitivo* demais. Se eu tivesse nascido vinte anos depois, podia ter sido um dos mortos. Meu amigo Noah também. Mas ele morreu de ataque cardíaco na cama, e eu vou morrer de... sei lá. Porque, aos cinquenta anos, há menos tentações sexuais a resistir, e mesmo quando a tentação é forte, o cérebro às vezes consegue superar o pênis, pelo menos por tempo suficiente para pegar uma camisinha. Não estou dizendo que muitos homens da minha idade não morreram de aids. Morreram, sim, pois não existe tolo tão tolo quanto um tolo velho, certo? Alguns eram meus amigos. Mas eram em número menor do que os jovens que iam às boates todas as noites.

"Meu grupo, Noah, Henry Reed, John Rubin, Frank Diamond, às vezes ia só para ver os jovens fazerem suas danças do acasalamento. Nós não babávamos, mas olhávamos. Não éramos muito diferentes dos golfistas héteros de meia-idade que vão ao Hooters uma vez por semana só para ver as garçonetes se inclinarem. Esse tipo de comportamento pode ser digno de pena, mas é natural. Ou você discorda?"

Dave balançou a cabeça.

— Uma noite, quatro ou cinco de nós passamos em uma boate chamada Highpockets. Acho que tínhamos acabado de decidir ir embora quando um rapaz entrou sozinho. Ele parecia um pouco com o David Bowie. Era alto, usava uma bermuda apertada branca e camiseta azul com mangas cortadas. Tinha cabelo louro comprido, penteado com um topete alto, engraçado e sexy ao mesmo tempo. As bochechas tinham cor intensa e natural, não de blush, e um brilho prateado. A boca parecia o arco do cupido. Todos os olhares se viraram para ele. Noah segurou meu braço e disse: "É ele. *Ele* é o Mister Delícia. Eu daria mil dólares para levá-lo para casa".

"Eu ri e disse que mil dólares nunca o comprariam. Naquela idade e com aquele visual, ele só queria ser admirado e desejado. E também queria fazer sexo da melhor qualidade com a maior frequência possível. E, quando se tem vinte e dois anos, é com muita frequência.

"Em pouco tempo, ele era parte de um grupo de rapazes bonitos, embora nenhum tão bonito quanto ele, todos rindo e bebendo e dançando a dança da moda na época. Nenhum deles olhava para o quarteto de homens de meia-idade sentado à mesa do outro lado da pista de dança, tomando vinho. Homens de meia-idade ainda a cinco ou dez anos de abandonar os esforços para parecerem mais jovens. Por que ele olharia para nós com tantos homens lindos querendo sua atenção?

"E Frank Diamond disse: 'Ele vai estar morto daqui a um ano. Vamos ver quão bonito vai estar quando isso acontecer'. Só que ele não simplesmente falou; ele cuspiu as palavras. Como se fosse alguma espécie de… sei lá… prêmio de *consolação* bizarro."

Ollie, que sobreviveu à era do fundo do armário e chegou a uma em que o casamento gay era legalizado na maioria dos estados, mais uma vez deu de ombros. Como se dizendo que eram águas passadas.

— Aquele foi nosso Mister Delícia, uma compilação de tudo que era bonito e desejável e fora de alcance. Nunca mais o vi até duas semanas atrás.

Não no Highpockets, não no Peter Pepper's nem no Tall Glass, e nem em nenhuma das boates aonde eu ia... se bem que fui a esses lugares cada vez menos durante a Era Reagan. No final dos anos 1980, ir a boates gay era esquisito demais. Era como ir ao baile de máscaras na história de Poe sobre a Morte Rubra. Você deve saber: "Venham! Se soltem, tomem outra taça de champanhe e ignorem essas pessoas caindo mortas como moscas". Não era divertido, a não ser que você tivesse vinte e dois anos e ainda tivesse a sensação de ser à prova de balas.

— Deve ter sido difícil.

Ollie levantou a mão que não estava segurando a bengala e balançou em um gesto de *comme ci, comme ça*.

— Foi e não foi. Foi o que os alcoólicos em recuperação chamam de vida em seus próprios termos.

Dave pensou em deixar pra lá, mas concluiu que não conseguia. O presente do relógio era consternador demais.

— Escute seu tio Dave, Ollie. Em palavras simples: *você não viu o rapaz*. Pode ter visto uma pessoa bem parecida com ele, mas se seu Mister Delícia tinha vinte e dois anos na época, teria uns cinquenta e poucos agora. Isso se tiver conseguido evitar a aids. Foi só uma peça que seu cérebro pregou em você.

— Meu cérebro *idoso* — disse Ollie, sorrindo. — Meu cérebro ficando *senil*.

— Eu nunca falei *senil*. Você não é senil. Mas seu cérebro *é* idoso.

— Sem dúvida nenhuma, mas era ele. Era. Na primeira vez que o vi, ele estava na avenida Maryland, no começo do caminho até aqui. Alguns dias depois, estava relaxando nos degraus da varanda da entrada principal, fumando um cigarro de cravo. Dois dias atrás, estava sentado em um banco em frente à recepção. Ainda estava usando a camiseta sem mangas e a bermuda branca brilhante. Ele devia ter parado o trânsito, mas ninguém o viu. Só eu, claro.

Eu me recuso a fingir que acredito, pensou Dave. *Ele merece mais do que isso.*

— Você está tendo uma alucinação, amigo.

Ollie não se deixou afetar.

— Agora mesmo, ele estava no salão principal, vendo TV com o resto do pessoal que acorda cedo. Eu acenei para ele, e ele acenou de volta. — Um sorriso surpreendentemente jovem surgiu no rosto de Ollie. — Ele também me deu uma piscadela.

— Bermuda branca? Camiseta sem mangas? Com vinte e dois anos, bonito? Posso ser hétero, mas acho que teria reparado nele.

— Ele veio me buscar, então só eu posso vê-lo. — Ele ficou de pé. — Vamos voltar? Estou a fim de tomar um café.

Eles andaram na direção do pátio, onde subiriam os degraus com o mesmo cuidado com que tinham descido. Eles já tinham vivido na Era Reagan; agora, viviam na Era dos Quadris Feitos de Vidro.

Quando chegaram às lajotas em frente ao salão principal, os dois pararam para recuperar o fôlego. Quando Dave estava bem, disse:

— O que aprendemos hoje, turma? Que a personificação da morte não é um esqueleto montado em um cavalo pálido com uma foice apoiada no ombro, mas um garoto lindo com purpurina nas bochechas.

— Eu acho que pessoas diferentes veem coisas diferentes — disse Ollie de forma suave. — De acordo com o que li, a maioria vê a mãe quando está à beira da morte.

— Ollie, a maioria não vê *ninguém*. E você não está à beira da...

— Mas minha mãe morreu pouco depois de eu nascer, então eu nem a reconheceria.

Ele começou a andar na direção da porta dupla, mas Dave segurou seu braço.

— Vou ficar com o relógio até a festa de Halloween, que tal? Por quatro meses. Vou dar corda nele religiosamente. Mas, se você ainda estiver aqui nessa época, vai pegá-lo de volta. Combinado?

Ollie abriu um sorriso.

— Claro. Vamos ver como Olga está se saindo com *La Tour Eiffel*.

Olga estava novamente à mesa de carteado, olhando para o quebra-cabeça. Não era um olhar feliz.

— Deixei as três últimas peças para você, Dave. — Infeliz ou não, ela pelo menos sabia novamente quem ele era. — Mas ainda vão ficar quatro buracos. Depois de uma semana trabalhando, isso é muito decepcionante.

— Merdas acontecem, Olga — disse Dave, sentando-se. Ele colocou as peças que restavam no lugar com uma satisfação que remetia aos dias chuvosos nos acampamentos de verão. Onde, ele agora percebia, o salão principal era bem parecido com aquele. A vida era uma prateleira curta com aparadores de livros dos dois lados.

— Acontecem, sim — retrucou ela, contemplando as quatro peças que faltavam. — Acontecem mesmo. Mas é *tanta* merda, Bob. *Tanta.*

— Olga, eu sou Dave.

Ela olhou para ele com a testa franzida.

— Foi isso que eu disse.

Não fazia sentido discutir e não fazia sentido tentar convencê-la de que novecentos e noventa e seis em mil era uma quantidade ótima. *Ela está a dez anos de fazer cem e ainda acha que merece a perfeição*, pensou Dave. *Algumas pessoas têm ilusões incrivelmente firmes.*

Ele olhou para a frente e viu Ollie saindo do centro de artesanato do tamanho de um armário, que era adjacente ao salão principal. Estava segurando um pedaço de papel de seda e uma caneta. Ele foi até a mesa e colocou o papel sobre o quebra-cabeça.

— Ei, ei, o que você está fazendo? — perguntou Olga.

— Demonstre um pouco de paciência pela primeira vez na vida, Olga. Você vai ver.

Ela fez beicinho com o lábio inferior, como uma criança emburrada.

— Não. Eu vou fumar. Se você quiser desmontar essa porcaria, fique à vontade. Coloque de volta na caixa ou derrube no chão. A escolha é sua. Não está bom como está.

Ela saiu andando com o máximo de dignidade que sua artrite permitia. Ollie se sentou na cadeira dela com um suspiro de alívio.

— Assim é bem melhor. Ficar inclinado está me matando atualmente. — Ele contornou duas das peças que faltavam, que por acaso eram próximas, e mudou o papel de posição para contornar as outras duas.

Dave observou com interesse.

— Vai dar certo?

— Ah, vai — disse Ollie. — Tem umas caixas de papelão do FedEx na sala de correspondência. Vou surrupiar uma. Cortar e desenhar um pouco. Mas não deixe Olga dar um ataque e desmontar a coisa toda antes de eu voltar.

— Se quiser fotos para poder fazer tudo combinar direitinho, posso pegar meu iPhone.

— Não preciso. — Ollie bateu na testa com seriedade. — Minha câmera está aqui. É uma câmera Brownie velha e não um smartphone, mas até hoje ainda funciona bem.

III

Olga ainda estava de mau humor quando voltou da área de carga e descarga e queria mesmo desmontar o quebra-cabeça incompleto, mas Dave conseguiu distraí-la balançando o tabuleiro de *cribbage* na cara dela. Jogaram três partidas. Dave perdeu as três e levou uma surra na última. Olga nem sempre tinha certeza de quem ele era, e havia dias em que acreditava estar de volta a Atlanta, morando na pensão de uma tia, mas quando o assunto era *cribbage*, ela nunca deixava passar uma jogada.

E ela tem muita sorte, pensou Dave, não sem ressentimento. *Quem consegue fazer vinte pontos nesse jogo?*

Por volta de onze e quinze (a Fox News já tinha cedido o espaço para Drew Carey mostrando prêmios em *The Price is Right*), Ollie Franklin voltou e andou até o tabuleiro de *cribbage*. Barbeado e com uma camisa limpa de manga curta, ele parecia quase garboso.

— Ei, Olga. Tenho uma coisa para você, querida.

— Eu não sou sua querida — retrucou Olga. Havia um brilho leve e cruelmente divertido no olhar dela. — Se você *já teve* uma querida, vou tomar banho de bosta de urso.

— Ingratidão, teu nome é mulher — disse Ollie sem rancor. — Estique a mão.

Quanto ela fez isso, ele colocou quatro peças de quebra-cabeça recém-criadas ali.

Ela olhou para as peças com desconfiança.

— O que é isso?

— As peças que faltam.

— As peças que faltam *do quê*?

— Do quebra-cabeça que você e Dave estavam montando. Lembra do quebra-cabeça?

Dave quase conseguiu ouvir os estalos por baixo do cabelo branco ondulado, enquanto relés velhas e bancos de memórias ganhavam vida.

— Claro que lembro. Mas essas peças não vão encaixar nunca.

— Experimente — convidou Ollie.

Dave pegou as peças da mão dela antes que Olga pudesse fazer isso. Aos olhos dele, pareciam perfeitas. Uma mostrava o entrelaçado das vigas de metal; as duas próximas mostravam parte de uma nuvem rosada no horizonte; a quarta mostrava a testa e a boina inclinada de um pequenino transeunte que poderia estar passeando na Place Vendôme. *Estão incríveis*, pensou ele. Ollie podia ter oitenta e cinco anos, mas ainda era bom. Dave devolveu as peças para Olga, que as colocou no lugar uma atrás da outra. Elas encaixaram com perfeição.

— *Voilà* — disse Dave, e apertou a mão de Ollie. — *Tout finit*. Maravilhoso.

Olga estava olhando o quebra-cabeça tão de perto que seu nariz estava tocando nele.

— Essa nova peça das vigas não combina direito com as que estão ao redor.

Dave disse:

— Isso é ingratidão demais até para você, Olga.

Olga resmungou alguma coisa. Acima da cabeça dela, Ollie balançou as sobrancelhas.

Dave balançou as dele em resposta.

— Sente-se com a gente no almoço.

— Acho que vou pular o almoço hoje — disse Ollie. — Nossa caminhada e meu triunfo artístico recente me cansaram. — Ele se inclinou para olhar para o quebra-cabeça e suspirou. — Não, não combina. Mas está bem perto.

— Bem perto só faz diferença para ferraduras de cavalo — disse Olga. — *Querido*.

Ollie seguiu lentamente na direção da porta que dava na ala Evergreen, com a bengala fazendo o ritmo inconfundível de um-dois-três. Ele não apareceu no almoço, e como também não apareceu no jantar, o enfermeiro de plantão foi dar uma olhada nele e o encontrou deitado na cama, as mãos talentosas entrelaçadas sobre o peito. Ele pareceu ter morrido como vivia, tranquilamente e sem confusão.

Naquela noite, Dave experimentou a porta da suíte do velho amigo e a encontrou aberta. Sentou-se na cama sem lençol com o relógio de bolso de prata na palma da mão, a tampa aberta para poder ver o ponteiro dos segundos fazer aquele pequeno círculo acima do 6. Olhou para os bens de Ollie (os livros nas prateleiras, os blocos de desenho na mesa, suas obras penduradas nas paredes) e se perguntou quem ficaria com tudo aquilo. O irmão que não prestava, supunha ele. Tentou se lembrar do nome e conseguiu: Tom. E a sobrinha era Martha.

Acima da cama havia um desenho feito a carvão de um jovem bonito com o cabelo penteado com topete e brilhos nas bochechas. Nos lábios de arco de cupido, havia um sorriso. Era pequeno, mas convidativo.

IV

O verão chegou com tudo e começou a ir embora. Os ônibus escolares passaram pela avenida Maryland. A condição de Olga Glukhov piorou; ela confundia Dave com o marido com mais frequência. A habilidade no *cribbage* não mudou, mas ela começou a esquecer o inglês. Apesar de o filho e a filha mais velhos de Dave morarem ali perto do subúrbio, era Peter quem ia visitá-lo com mais frequência, indo de carro da fazenda em Hemingford County a cem quilômetros de distância e levando o pai para jantar fora com assiduidade.

O Halloween chegou. Os funcionários decoraram o salão principal com fitas laranja e pretas. Os residentes do Centro de Assistência à Vida de Lakeview comemoraram a data com sidra, torta de abóbora e bolas de pipoca para os poucos cujos dentes ainda encaravam o desafio. Muitos passaram a noite fantasiados, o que fez Dave Calhoun pensar em uma coisa que seu velho amigo disse durante a última conversa: que, no final dos anos 1980, ir a boates gay era como ir ao baile de máscaras na história de Poe sobre a Morte Rubra. Ele achava que Lakeview também era um tipo de clube, e às vezes era um clube gay, mas havia uma desvantagem: não dava para ir embora se você não tivesse parentes dispostos a acolhê-lo. Peter e sua esposa teriam feito isso por Dave se ele pedisse, teriam dado a ele o quarto onde o filho Jerome já tinha morado, mas Peter e Alicia estavam envelhecendo juntos agora, e Dave não se imporia a eles.

Em um dia quente no começo de novembro, ele foi até o pátio de lajotas e se sentou em um dos bancos. Os caminhos eram convidativos sob o sol, mas ele não ousava mais descer os degraus. Poderia cair, e isso seria ruim. Poderia não conseguir se levantar sem ajuda, e isso seria humilhante.

Ele viu uma jovem de pé perto do chafariz. Ela estava usando um vestido que ia até a panturrilha e tinha gola com babados que agora só se via em filmes antigos em preto e branco. O cabelo era ruivo. Ela sorriu para ele. E acenou.

Nossa, olhe só, pensou Dave. *Não foi você que eu vi logo depois que a Segunda Guerra Mundial acabou, saindo da picape do seu namorado no posto Humble Oil em Omaha?*

Como se ouvindo esse pensamento, a ruiva bonita deu uma piscadela e puxou a barra do vestido de leve, mostrando os joelhos.

Oi, Miss Delícia, pensou Dave, e então: *Você já fez bem melhor que isso.* A lembrança o fez rir.

Ela riu em resposta. Ele viu isso, mas não conseguiu ouvir, embora ela estivesse perto e seus ouvidos ainda estivessem bons. Em seguida, ela andou para trás do chafariz... e não voltou. Mas Dave tinha motivo para acreditar que voltaria. Ele teve um vislumbre da força vital lá embaixo, não mais e nem menos. O coração forte batendo com beleza e desejo. Na próxima vez, ela chegaria mais perto.

V

Peter foi visitá-lo na semana seguinte, e eles foram jantar em um bom restaurante ali perto. Dave comeu bem e tomou duas taças de vinho. Deixaram-no consideravelmente animado. Quando a refeição terminou, ele tirou o relógio de prata de Ollie do bolso interno do paletó, enrolou a corrente pesada ao redor e empurrou por cima da toalha de mesa para o filho.

— O que é isso? — perguntou Peter.

— Foi presente de um amigo — respondeu Dave. — Ele me deu pouco antes de falecer. Quero que você fique com ele.

Peter tentou empurrá-lo de volta.

— Não posso aceitar isso, pai. É bonito demais.

— Na verdade, você estaria me fazendo um favor. Por causa da artrite. É difícil para mim dar corda, e em pouco tempo não vou conseguir mais. Essa porcaria tem uns cento e vinte anos, e um relógio que chegou tão longe merece funcionar o máximo de tempo possível. Então, por favor. Aceite.

— Bem, se você diz... — Peter pegou o relógio e o guardou no bolso. — Obrigado, pai. É lindo.

Na mesa ao lado, tão perto que Dave poderia ter esticado a mão e tocado nela, estava a ruiva. Não havia nenhum prato na frente dela, mas ninguém pareceu reparar. Àquela distância, Dave viu que a moça era mais do que bonita; era estonteante. Bem mais bonita do que a garota saindo da picape do namorado com a saia erguida momentaneamente, mas e daí? Esse tipo de revisão era, como o nascimento e a morte, o rumo natural das coisas. O trabalho da memória não era só lembrar o passado, mas melhorá-lo.

A ruiva puxou mais a saia dessa vez, revelando uma coxa longa e branca por um segundo. Talvez até dois. E deu uma piscadela.

Dave piscou de volta.

Peter se virou para olhar e só viu uma mesa de quatro lugares vazia com uma plaquinha de RESERVADA em cima. Quando se virou para o pai, as sobrancelhas estavam erguidas.

Dave sorriu.

— Tinha alguma coisa no meu olho. Já saiu. Por que você não pede a conta? Estou cansado e pronto para voltar para casa.

Pensando em Michael McDowell

Existe um ditado: "Se consegue se lembrar dos anos 1960 é porque não estava lá". Baboseira, e eis um bom exemplo. Tommy não era o nome dele, e não foi ele que morreu, mas, fora isso, foi assim que aconteceu na época em que todos nós achávamos que íamos viver para sempre e mudar o mundo.

TOMMY

Tommy morreu em 1969.
Ele era um hippie com leucemia.
Que merda, cara.

Depois do enterro teve a recepção no Newman Center.
Foi assim que os pais dele chamaram: recepção.
Meu amigo Phil disse: "Isso não é o que se faz depois de uma porra de
[casamento?".

Todos os hippies foram à recepção.
Darryl foi de capa.
Havia sanduíches e suco de uva em copos de plástico.
Meu amigo Phil disse: "Que merda de suco é esse?".
Eu disse que era Za-Rex. Reconheci da JM, eu disse.
"Que porra é *essa*?", perguntou Phil.
"Juventude Metodista", respondi.
"Eu fui por dez anos e fiz um painel de Noé com a arca uma vez."
"Que se foda a sua Arca", disse Phil.
"E que se foda os animais que andaram nela."
Phil: um jovem com opiniões fortes.

Depois da recepção, os pais de Tommy foram para casa.
Imagino que tenham chorado e chorado.
Os hippies foram para a North Main 110.
Nós botamos o som no máximo. Encontrei uns discos do Grateful Dead.
Eu odiava os Dead. De Jerry Garcia, eu dizia:

"Vou ficar agradecido quando ele estiver morto!".
(No fim das contas, não fiquei.)
Ah, bem, Tommy gostava deles.
(E gostava também de Kenny Rogers, meu Deus.)
Fumamos maconha com papel Zig-Zag.
Fumamos Winstons e Pall Malls.
Bebemos cerveja e comemos ovos mexidos.

Nós conversamos sobre Tommy.
Foi bem legal.
E quando o Wilde-Stein Club apareceu, todos os oito, nós deixamos que
[entrassem,
Porque Tommy era gay e às vezes usava a capa de Darryl.

Todos nós concordamos que os pais fizeram justiça a ele.
Tommy escreveu o que queria, e eles deram quase tudo.
Ele estava usando as melhores roupas ao ser deitado no novo lar estreito.
Estava usando a calça jeans boca de sino e a camiseta tie-dye favorita.
(Melissa Big Girl Freek fez aquela camiseta.
Não sei o que aconteceu com ela.
Ela estava com a gente um dia, depois se foi pela rodovia perdida.
Eu a associo com neve derretendo.
A rua Main em Orono brilhava tanto de umidade e claridade que
[machucava os olhos.
Foi no inverno em que The Lemon Pipers cantaram "Green Tambourine".)
O cabelo estava lavado. Caía até os ombros.
Caramba, estava limpo!
Aposto que o agente funerário lavou.
Na cabeça, ele usava a faixa
que tinha o símbolo da paz costurado em seda branca.

"Ele até parecia um cara", disse Phil. Ele estava ficando bêbado.
(Phil estava sempre ficando bêbado.)
Jerry Garcia estava cantando "Truckin". É uma música bem idiota.
"Tommy fodão!", disse Phil. "Um brinde ao filho da puta!"
Nós brindamos ao filho da puta.

* * *

"Ele não estava usando o button especial", disse Indian Scontras.
Indian era do Wilde-Stein Club.
Naquela época, ele sabia todas as danças.
Agora, vende seguros em Brewer.
"Ele falou para a mãe que queria ser enterrado usando o button.
Que sacanagem."
Eu falei: "A mãe colocou embaixo do colete. Eu olhei".

Era um colete de couro com botões prateados.
Tommy comprou na Free Fair.
Eu estava com ele no dia. Havia um arco-íris e,
por um alto-falante, Canned Heat cantava "Let's Work Together".
ESTOU AQUI E SOU GAY dizia o button que a mãe dele colocou embaixo do colete.
"Ela devia ter deixado onde estava", disse Indian Scontras.
"Tommy sentia orgulho. Era um gay muito orgulhoso."
Indian Scontras estava chorando.
Agora, ele vende apólices de seguro de vida e tem três filhas.
Acabou não sendo tão gay assim, afinal de contas, mas
vender seguro é uma coisa *bem* gay, na minha opinião.
"Ela era mãe dele", eu disse, "e beijou os machucados dele quando ele era
[pequeno."

"O que isso tem a ver?", perguntou Indian Scontras.

"Tommy fodão!", disse Phil, e levantou a cerveja bem alto.
"Vamos brindar ao filho da puta!"
Nós brindamos ao filho da puta.

Isso foi quarenta anos atrás.
Esta noite, eu me pergunto quantos hippies morreram naqueles poucos
[anos ensolarados.

Devem ter sido muitos. É só estatística, cara.
E não estou falando só da

!!GUERRA!!
Havia os acidentes de carro.
As overdoses de drogas
        E de bebidas
            brigas de bar
                ocasionais suicídios
                    e não vamos esquecer a leucemia.

Todos os suspeitos de sempre, é o que estou dizendo.
Quantos foram enterrados com as roupas hippie?
Essa pergunta ocorre a mim nos sussurros da noite.
Devem ter sido muitos, embora
tenha sido transitória, a época das aberrações.
A Free Fair está agora enterrada
onde ainda usam calças boca de sino e faixas na cabeça
e tem mofo nas mangas volumosas das camisas psicodélicas.

O cabelo naqueles aposentos estreitos está frágil, mas ainda comprido.
O barbeiro "do Homem" não toca nele há quarenta anos.
Cabelos brancos não o incomodam.
E os que se foram
segurando placas que diziam NÓS NÃO VAMOS PRA GUERRA?
E o garoto do acidente de carro enterrado com um adesivo de McCarthy
na tampa do caixão?
E a garota com as estrelas na testa?
(Elas já caíram agora, imagino, da pele ressecada.)

Eles são soldados do amor que nunca venderam seguro.
São o pessoal da moda que nunca saiu de moda.
Às vezes, à noite, eu penso em hippies dormindo na terra.
A Tommy.
Um brinde ao filho da puta.

Para D. F.

Em 1999, quando estava caminhando pelo quarteirão da minha casa, fui atropelado por um cara dirigindo uma van. Ele estava a uns sessenta e cinco quilômetros por hora, e a colisão deveria ter me matado. Acho que devo ter desviado no último minuto, apesar de não lembrar. Só me lembro do que veio depois. Um acidente que aconteceu em dois ou três segundos na lateral de uma estrada rural do Maine resultou em dois ou três anos de fisioterapia e uma lenta reabilitação. Durante esses longos meses passados na recuperação de alguns movimentos da minha perna direita e depois aprendendo a andar novamente, tive tempo suficiente para refletir sobre o que alguns filósofos chamaram de "problema da dor".

Esta história é sobre isso, e a escrevi anos depois, quando o pior da dor tinha passado e virado um murmúrio baixo e constante. Como vários outros contos deste livro, "O pequeno deus verde da agonia" é uma busca por encerramento. Mas, como *todos* os contos deste livro, seu objetivo principal é entreter. Embora experiências de vida sejam a base para todas as histórias, não estou no setor de ficção confessional.

O PEQUENO DEUS VERDE DA AGONIA

— Eu sofri um acidente — disse Newsome.

Katherine MacDonald, sentada ao lado da cama e prendendo uma de quatro unidades de TENS à coxa magra de Newsome, logo abaixo da barra da bermuda que ele agora usava sempre, não olhou para cima. O rosto estava cuidadosamente vago. Ela era uma peça de mobília humana no quarto grande onde passava a maior parte das horas de trabalho, e era assim que gostava. Atrair a atenção do sr. Newsome costumava ser má ideia, como todos os outros empregados sabiam. Mas os pensamentos dela vagaram mesmo assim.

Agora, você diz que causou o acidente. Porque acha que assumir a responsabilidade faz você parecer um herói.

— Na verdade — disse Newsome —, eu causei o acidente. Não tão apertado, Kat, por favor.

Ela podia ter explicado, como fazia no começo, que o TENS perdia a eficácia se não estivesse bem apertado sobre o nervo danificado que deveria aliviar, mas tinha aprendido rápido. Ela afrouxou um pouco a tira de velcro enquanto os pensamentos disparavam.

O piloto disse que havia tempestades na área de Omaha.

— O piloto disse que havia tempestades naquela parte do mundo — continuou Newsome.

Os dois homens ouviam com atenção. Jensen já tinha ouvido tudo aquilo, claro, mas já que quem estava falando era o sexto homem mais rico não só dos Estados Unidos, mas do mundo, ouvia de novo. Três dos outros cinco homens megarricos eram sujeitos de pele morena que usavam túnicas e dirigiam Mercedes-Benz blindados em países desérticos.

Mas eu falei que era imperativo que eu chegasse àquela reunião.

— Mas eu falei que era imperativo que eu chegasse àquela reunião.

O homem sentado ao lado do assistente pessoal de Newsome era o que a interessava, de uma forma meio antropológica. O nome dele era Rideout. Era alto e magro, talvez com sessenta anos, usando calça cinza lisa e uma camisa branca abotoada até o pescoço magro, vermelho do exagero na hora de fazer a barba. Kat achava que ele decidira raspar com bastante cuidado antes de conhecer o sexto homem mais rico do mundo. Embaixo da cadeira estava o único item que ele levou para o encontro, uma lancheira preta comprida com tampa curva, feita para abrigar uma garrafa térmica. Uma lancheira de trabalhador, embora ele alegasse ser pastor. Até o momento, o sr. Rideout não tinha dito nada, mas Kat não precisava dos ouvidos para saber o que ele era. O odor de charlatão ao seu redor era ainda mais forte do que o de loção pós-barba. Em quinze anos como enfermeira especializada em pacientes com dor, ela conheceu vários desses. Pelo menos aquele não estava com nenhum cristal.

Agora conte sobre sua revelação, pensou ela enquanto carregava o banquinho até o outro lado da cama. Era de rodinha, mas Newsome não gostava do som quando ela o empurrava. Ela talvez tivesse dito a outro paciente que carregar o banco não estava em seu contrato, mas quando se recebia cinco mil por semana para o que eram essencialmente serviços de cuidados humanos, se aprendia a guardar os comentários ferinos para si. Também não dizia que esvaziar e lavar comadres não estava no seu contrato. Se bem que, ultimamente, a aceitação silenciosa estava meio fragilizada. Ela sentia acontecendo. Como o tecido de uma camisa que foi lavada e usada muitas vezes.

Newsome estava falando primariamente com o sujeito de traje de fazendeiro em visita à cidade.

— Enquanto eu estava caído na pista, na chuva, entre os destroços em chamas de uma aeronave de catorze milhões de dólares, com a maioria das roupas arrancadas do corpo, coisa que acontece quando se bate no asfalto e se rola quinze ou vinte metros, eu tive uma revelação.

Na verdade, foram duas, pensou Kat enquanto prendia um segundo aparelho TENS ao redor da outra perna magra, flácida e marcada.

— Na verdade, duas revelações — disse Newsome. — Uma foi que é muito bom estar vivo, embora eu tenha entendido, antes mesmo de a dor que é minha companheira constante nos últimos dois anos ter surgido em meio ao choque, que estava terrivelmente ferido. A segunda foi que a palavra *imperativo* é usada com muita facilidade pela maioria das pessoas, inclusive meu antigo eu. Só tem dois imperativos na existência humana. Um é a vida em si, o outro é a ausência de dor. Você concorda, Reverendo Rideout? — E antes que Rideout pudesse concordar (pois, sem dúvida, ele não faria nada diferente disso), Newsome exclamou com sua voz rouca e tirana de velho: — Não tão *apertado*, Kat! Quantas vezes tenho que repetir?

— Desculpe — murmurou ela, e afrouxou a tira.

Melissa, a empregada, elegante com uma blusa branca e calça branca de cintura alta, entrou com uma bandeja de café. Jensen aceitou uma xícara, junto com dois pacotinhos de adoçante. O cara novo, o dito reverendo no fundo do poço, só balançou a cabeça. Talvez tivesse algum tipo de café sagrado na garrafa térmica da lancheira.

Nada foi oferecido a Kat. Quando ela tomava café, era na cozinha, com o restante dos empregados. Ou na casa de veraneio... só que eles não estavam no verão. Era novembro, e a chuva açoitava as janelas.

— Devo ligar, sr. Newsome, ou o senhor prefere que eu saia agora?

Ela não queria sair. Já tinha ouvido a história completa muitas vezes: a reunião importante em Omaha, o acidente, Andrew Newsome ejetado do avião em chamas, os ossos quebrados, a coluna fraturada e o quadril deslocado, os vinte e quatro meses de sofrimento impiedoso que se seguiram. Aquilo era entediante. Mas Rideout era meio interessante. Outros charlatães viriam depois, sem dúvida, agora que todos os recursos para aliviar a dor com alguma reputação tinham se exaurido, mas Rideout era o primeiro, e Kat queria observar como o sujeito com cara de fazendeiro conseguiria separar Andy Newsome de uma quantia volumosa de dinheiro. Ou como tentaria. Newsome não fez fortuna sendo burro, mas claro que não era o mesmo homem, por mais real que sua dor fosse. Sobre esse assunto, Kat tinha as próprias opiniões, mas esse era o melhor emprego que já tivera. Pelo menos, em termos de dinheiro. E se Newsome queria continuar sofrendo, a escolha era dele, não?

— Continue, querida, pode me deixar ligado.

Ele arqueou as sobrancelhas para ela. Houve uma época em que a libertinagem podia ter sido real (Kat achava que Melissa podia ter mais informações sobre esse assunto), mas agora era só um par de sobrancelhas peludas trabalhando em uma memória muscular.

Kat prendeu os fios na unidade de controle e acionou o interruptor. Se adequadamente presas, as unidades TENS espalhariam uma corrente elétrica fraca que parecia aliviar parte da dor… embora ninguém soubesse dizer exatamente por que ou se eram integralmente um placebo. Fosse como fosse, não ajudariam Newsome em nada naquela noite. Estavam tão frouxas que foram reduzidas a massageadores caros.

— Devo…?

— Fique! — disse ele. — Fisioterapia!

O senhor ferido em batalha ordena, e eu obedeço.

Ela se inclinou para pegar o baú embaixo da cama. Estava cheio de ferramentas que muitos dos clientes antigos chamavam de "instrumentos de tortura". Jensen e Rideout não prestaram atenção. Continuaram olhando Newsome, que podia (ou não) ter tido as revelações que mudaram suas prioridades e sua visão da vida, mas que ainda gostava de presidir a reunião.

Ele contou sobre acordar em uma gaiola de metal e rede. Havia aparatos de aço chamados fixadores externos nas duas pernas e em um braço, para imobilizar juntas que foram consertadas com "uns cem" pinos de aço (na verdade, dezessete; Kat viu os raios X). Os fixadores estavam presos nos ossos fraturados e danificados: fêmures, tíbias, fíbulas, úmero, rádio, ulna. As costas estavam envoltas em uma espécie de cota de malha que ia dos quadris até a base do pescoço. Ele falou sobre as noites insones que pareciam durar não horas, mas anos. Falou sobre as dores de cabeça latejantes. Contou que mesmo mexer os dedos dos pés provocava dor até o maxilar e sobre a agonia aguda que acometia suas pernas quando os médicos insistiam que ele as movesse, com fixadores e tudo, para não atrofiarem. Contou sobre as escaras e que engolia uivos de dor e fúria quando as enfermeiras tentavam rolá-lo de lado para serem limpas.

— Mais de doze cirurgias foram feitas nos últimos dois anos — disse ele com uma espécie de orgulho sombrio.

Na verdade, Kat sabia que tinham sido cinco cirurgias, sendo duas delas para remover os fixadores externos quando os ossos estavam devidamente cicatrizados. Contando com o procedimento para ajeitar os dedos quebrados, foram seis, mas ela não considerava procedimentos cirúrgicos que precisavam apenas de anestesia local como "cirurgia". Se fosse esse o caso, ela própria passara por uma dezena, a maioria enquanto ouvia Muzak no consultório do dentista.

Agora vamos chegar às falsas promessas, pensou ela enquanto colocava uma almofada de gel na dobra do joelho direito de Newsome e entrelaçava as mãos nas frouxas garrafas de água quente que eram os músculos da coxa direita. *É isso que vem agora.*

— Os médicos me prometeram que a dor diminuiria — disse Newsome. Seus olhos estavam grudados em Rideout. — Que em seis semanas eu só precisaria de narcóticos antes e depois das sessões de fisioterapia com a Rainha da Dor aqui. Que eu estaria andando de novo no verão de 2010. No verão *passado*. — Ele fez uma pausa de efeito. — Reverendo Rideout, essas foram falsas promessas. Quase não tenho flexão nos joelhos, e a dor nos quadris e nas costas é indescritível. Os médicos... *ah! Ah!* Pare, Kat, *pare!*

Ela tinha levantado a perna direita dele em um ângulo de dez graus, talvez um pouco mais. Não foi nem o suficiente para colocar a almofada no lugar.

— Abaixe! *Abaixe*, caramba!

Kat afrouxou o aperto no joelho, e a perna voltou até a cama de hospital. Dez graus. Possivelmente, doze. Viva. Às vezes, ela conseguia chegar a quinze, e a perna esquerda, que era um pouco melhor, a vinte graus de flexão, antes de ele começar a gritar como um garotinho banana vendo uma agulha hipodérmica na mão da enfermeira da escola. Os médicos culpados de falsas promessas não foram culpados de propaganda enganosa; eles avisaram que a dor viria. Kat estava lá como observadora silenciosa durante várias dessas consultas. Eles disseram que ele se afogaria em dor antes que os tendões cruciais, encurtados pelo acidente e paralisados pelos fixadores, se esticassem e voltassem a ter flexibilidade. Ele sentiria muita dor antes de conseguir dobrar os joelhos em noventa graus novamente. O que queria dizer antes de ele poder se sentar em uma cadeira ou atrás do volante de um carro. O mesmo era verdade sobre as costas e o pescoço. A estrada até a recuperação passava pela Terra da Dor, isso era tudo.

Essas foram promessas reais que Andrew Newsome escolheu não ouvir. Era crença dele (nunca declarada abertamente, em palavras simples, mas sem dúvida uma das estrelas que o guiavam) que o sexto homem mais rico do mundo não devia ter que visitar a Terra da Dor em circunstância nenhuma, só a Costa del Sol da Recuperação Total. Culpar os médicos vinha em

403

seguida, assim como o dia sucedia a noite. E claro que ele culpava o destino. Coisas assim não deviam acontecer a sujeitos como ele.

Melissa voltou com biscoitos em uma bandeja. Newsome balançou a mão, contorcida e cheia de cicatrizes devido ao acidente, com irritação.

— Ninguém está com humor para doces, Lissa.

Esta era outra coisa que Kat MacDonald tinha descoberto sobre as pessoas milionárias que possuíam bens além da compreensão comum: elas tinham a confiança de falar por todos os presentes.

Melissa deu a ele seu pequeno sorriso de Mona Lisa e se virou (quase uma pirueta) para sair do aposento. Saiu *deslizando*. Ela devia ter pelo menos quarenta e cinco anos, mas parecia mais nova. Não era sexy, nada tão vulgar. Mas havia um glamour de rainha do gelo nela que fazia Kat pensar em Ingrid Bergman. Gelada ou não, Kat achava que os homens se perguntariam como aquele cabelo castanho ficaria solto dos grampos, caindo pelas costas. Como o batom coral ficaria manchado sobre os dentes e na bochecha. Kat, que se considerava sem graça, dizia para si mesma pelo menos uma vez por dia que não sentia inveja daquele rosto liso e tranquilo. Nem daquela bunda dura em formato de coração.

Kat voltou para o outro lado da cama e se preparou para levantar a perna esquerda de Newsome até ele gritar novamente para ela parar, caramba, ela queria matá-lo, por acaso? *Se você fosse qualquer outro paciente, eu contaria os fatos da vida*, pensou ela. *Eu mandaria você parar de procurar atalhos, porque isso não existe. Nem mesmo para o sexto homem mais rico do mundo. Eu ajudaria se você me deixasse, mas enquanto continuar procurando uma forma de comprar uma passagem para fora dessa cama, você está por sua conta.*

Ela colocou a almofada embaixo do joelho dele. Segurou a pele flácida que já devia estar ficando mais rígida àquela altura. Começou a dobrar a perna. Esperou que ele gritasse para ela parar. E ela pararia. Porque cinco mil dólares por semana somavam belos duzentos e quarenta mil dólares por ano. Ele sabia que parte do que estava comprando era a cumplicidade dela no fracasso de sua recuperação? Como podia não saber?

Agora, conte para eles sobre os médicos. Genebra, Londres, Madri, Cidade do México.

— Fui a médicos em todo o mundo — contou ele para Rideout. O reverendo ainda não tinha dito nada, só ficou sentado ali com a papada vermelha no pescoço superbarbeado caindo por cima da camisa de pastor de interior, abotoada até o pescoço. Ele estava usando botas amarelas pesadas. O salto de uma estava quase tocando na lancheira preta. — Uma videoconferência seria o caminho mais fácil considerando minha condição, mas é claro que não adianta em casos como o meu. Então, fui em pessoa, apesar da dor. Nós fomos para todos os cantos, não fomos, Kat?

— Fomos mesmo — disse ela, continuando a dobrar a perna muito lentamente, a perna sobre a qual ele estaria andando agora se não fosse tão infantil no que diz respeito à dor. Um bebê mimado. De muletas, sim, mas andando. E no ano seguinte ele não precisaria mais das muletas. Só que no ano seguinte ele ainda estaria ali, naquela cama de hospital da melhor qualidade, de duzentos mil dólares. E ela ainda estaria ao lado dele. Ainda estaria recebendo seu dinheiro silenciador. Quanto seria o suficiente? Dois milhões? Era o que dizia para si mesma agora, mas tinha dito, não muito tempo antes, que meio milhão bastaria, mas desde então aumentara os objetivos. Dinheiro era uma coisa horrível assim.

— Nós vimos especialistas na Cidade do México, em Genebra, em Londres, em Roma, em Paris... onde mais, Kat?

— Em Viena — disse ela. — E em San Francisco, claro.

Newsome deu uma gargalhada debochada.

— O médico lá me disse que eu estava fabricando minha própria dor. Histeria de conversão, disse ele. Para evitar a dor da reabilitação. Mas ele era paquistanês. E uma bicha. Uma bicha paquistanesa, que tal essa combinação? — Ele deu uma gargalhada curta e olhou para Rideout. — Eu não o estou ofendendo, estou, reverendo?

Rideout moveu a cabeça de um lado para outro em um gesto negativo. Duas vezes. Bem devagar.

— Que bom, que bom. Pare, Kat, já está bom.

— Mais um pouco — insistiu ela, persuasiva.

— Pare, já disse. Não aguento mais do que isso.

Ela deixou a perna voltar para o lugar e começou a manipular o braço esquerdo dele. Isso, ele permitia. Newsome dizia para as pessoas que os dois braços se quebraram, mas não era verdade. O esquerdo só sofreu uma entorse. Ele também dizia para as pessoas que tinha sorte de não estar em uma cadeira de rodas, mas a cama de hospital cheia de apitos e mecanismos sugeria fortemente que ele não planejava usar essa sorte no futuro próximo. A cama de hospital cheia de apitos e mecanismos *era* a cadeira de rodas dele. Ele rodou o mundo todo com ela.

Dor neuropática. É um grande mistério. Talvez insolúvel. Os remédios não funcionam mais.

— O consenso é que estou sofrendo de dor neuropática.

E covardia.

— É um grande mistério.

E uma ótima desculpa.

— Talvez insolúvel.

Principalmente quando você nem tenta se curar.

— Os remédios não funcionam mais, e os médicos não podem me ajudar. Foi por isso que eu trouxe você aqui, reverendo Rideout. Suas referências no assunto de… er… cura… são muito fortes.

Rideout se levantou. Kat não tinha percebido quanto ele era alto. A sombra subiu pela parede ainda mais alta. Quase até o teto. Os olhos, afundados nas órbitas, observaram Newsome solenemente. Ele tinha carisma, disso não havia dúvida. Não a surpreendeu, os charlatães do mundo não podiam existir sem carisma, mas ela não tinha se dado conta do quanto ele tinha nem do quanto era forte até ficar de pé, bem mais alto que todos eles. Jensen estava inclinando o pescoço para falar com ele. Kat notou movimento pelo canto do olho. Ela olhou e viu Melissa na porta. Então agora estavam todos ali, exceto Tonya, a cozinheira.

Do lado de fora, o vento aumentou com um assovio. O vidro na janela tremeu.

— Eu não curo — disse Rideout. Ele era do Arkansas, Kat achava; era onde o Gulfstream IV novinho de Newsome tinha ido buscá-lo, pelo menos. Mas a voz não tinha sotaque. Nem entonação.

— Não? — Newsome pareceu decepcionado. Petulante. *Talvez,* Kat pensou, *até com um pouco de medo.* — Mandei investigarem, e me garantiram que, em muitos casos…

— Eu *expulso.*

As sobrancelhas peludas foram erguidas.

— Perdão?

Rideout foi até a cama e parou ali, com as mãos de dedos longos entrelaçadas frouxamente na altura da virilha. Os olhos fundos olhavam com seriedade para o homem na cama.

— Eu extermino a praga do corpo ferido do qual ela se alimenta, assim como um exterminador de insetos exterminaria cupins se alimentando de uma casa.

Agora, pensou Kat, *eu ouvi de tudo.* Mas Newsome estava fascinado. *Como uma criança vendo um ilusionista em uma esquina*, pensou ela.

— O senhor foi possuído.

— Sim — disse Newsome. — É essa a sensação. Principalmente à noite. As noites são... muito longas.

— Todo homem ou mulher que sofre de dor está possuído, claro, mas em algumas pessoas infelizes, e o senhor é uma delas, o problema é mais fundo. A possessão não é só uma coisa transiente, mas uma condição permanente. Que só piora. Os médicos não acreditam porque são homens da ciência. Mas *o senhor* acredita, não é? Porque é o senhor quem está sofrendo.

— Pode apostar — sussurrou Newsome.

Kat, sentada ao lado dele no banquinho, precisou se esforçar muito para não revirar os olhos.

— Nesses infelizes, a dor abre o caminho para um deus demônio. É pequeno, mas perigoso. E se alimenta de um tipo especial de dor, produzido apenas por um grupo específico de pessoas.

Gênio, pensou Kat, *Newsome vai amar isso.*

— Quando o deus encontra o caminho de entrada, a dor vira agonia. Se alimenta até você estar exaurido. Aí, deixa você de lado e segue em frente.

Kat se surpreendeu dizendo:

— Que deus seria esse? Não o deus sobre o qual o senhor prega. Esse é o deus do amor. Foi o que cresci acreditando.

Jensen estava franzindo a testa para ela e balançando a cabeça. Obviamente, esperava uma explosão do chefe... mas um sorrisinho tinha surgido no canto dos lábios de Newsome.

— O que você diz sobre isso, reverendo?

— Eu digo que existem muitos deuses. O fato de nosso Senhor, o Deus Senhor de Todos, ser o soberano, e o fato de que no Dia do Juízo Final vai *destruir* todos eles, não muda isso. Esses pequenos deuses foram adorados por povos antigos e modernos. Eles têm seus poderes, e nosso Deus às vezes permite que esses poderes sejam exercitados.

Como um teste, pensou Kat.

— Como teste de nossa força e fé. — Rideout se virou para Newsome e disse uma coisa que a surpreendeu. — O senhor é um homem de muita força e pouca fé.

Newsome, apesar de não estar acostumado a ouvir críticas, sorriu mesmo assim.

— Eu não tenho muita fé cristã, é verdade, mas tenho fé em mim mesmo. Também tenho fé no dinheiro. Quanto você quer?

Rideout retribuiu o sorriso, expondo dentes que eram pouco mais do que pequeninas lápides erodidas. Se já tinha ido a um dentista, foi muitas luas antes. Além do mais, ele mascava tabaco. O pai de Kat, que morreu de câncer na boca, tinha os mesmos dentes descoloridos.

— Quanto pagaria para ficar livre da sua dor, senhor?

— Dez milhões de dólares — respondeu Newsome imediatamente.

Kat ouviu Melissa ofegar.

— Mas eu não cheguei onde estou sendo otário. Se você fizer o que faz, seja expelir, exterminar, exorcizar, chame como quiser, você recebe o dinheiro. Em espécie, se não se importar de passar a noite aqui. Se falhar, não recebe nada. Além de sua primeira e única viagem de ida e volta em um jato particular. Isso não será cobrado. Afinal, *eu* procurei *você*.

— Não.

Rideout falou com moderação, de pé ao lado da cama, perto o suficiente de Kat para ela conseguir sentir o cheiro da naftalina que mantinha a calça dele livre de buracos (talvez fosse a única, a não ser que ele tivesse outra para usar no dia da pregação). Ela também sentia um cheiro forte de sabonete.

— Não? — Newsome pareceu verdadeiramente sobressaltado. — Você me diz não? — E começou a sorrir de novo. Desta vez, foi o sorriso cheio de segredos e um tanto desagradável que ele dava quando fazia seus telefonemas e negócios. — Entendi. Agora vem a pegadinha. Estou decepcionado, reverendo Rideout. Eu esperava mesmo que você estivesse à altura. — Ele se virou para Kat, fazendo com que ela recuasse um pouco. — Você, claro, acha que eu perdi a cabeça. Mas não compartilhei os relatórios dos investigadores com você, compartilhei?

— Não.

— Não tem pegadinha — disse Rideout. — Eu não faço uma expulsão há cinco anos. Seus investigadores disseram isso?

Newsome não respondeu. Estava olhando para o homem magro e alto com certo desconforto.

Jensen disse:

— É porque perdeu seus poderes? Se for o caso, por que veio?

— É o poder de Deus, senhor, não o meu, e eu não o perdi. Mas uma expulsão exige muita energia e muita força. Cinco anos atrás, sofri um ataque cardíaco pouco depois de exorcizar uma garotinha que passou por um acidente de carro horrível. Tivemos sucesso, ela e eu, mas o cardiologista que consultei em Jonesboro me disse que, se eu me exaurisse dessa forma novamente, talvez sofresse outro ataque. E que dessa vez seria fatal.

Newsome levou a mão enrugada, não sem esforço, até a lateral da boca, e falou com Kat e Melissa em um sussurro fingido.

— Acho que ele quer vinte milhões...

— O que quero, senhor, são setecentos e cinquenta mil.

Newsome apenas o encarou. Foi Melissa quem perguntou:

— Por quê?

— Sou pastor em uma igreja em Titusville. A Igreja da Fé Sagrada. Só que não tem mais igreja. Tivemos um verão seco na minha parte do mundo. Houve um incêndio iniciado por campistas bêbados. Minha igreja agora não passa de uma marca de concreto no chão e algumas vigas queimadas. Eu e meus paroquianos estamos fazendo nossos cultos em um posto de gasolina abandonado com loja de conveniência na Jonesboro Pike. Não é satisfatório nos meses de inverno, e não há casas grandes o bastante para nos abrigar. Somos muitos, mas somos pobres.

Kat ouviu com interesse. No que dizia respeito a histórias de golpistas, aquela era excelente. Tinha todas as iscas certas de solidariedade.

Jensen, que ainda tinha o corpo de um atleta universitário acompanhando a mente de um aluno de mestrado de Harvard, fez a pergunta óbvia:

— Não tinha seguro?

Rideout novamente balançou a cabeça daquela forma deliberada: esquerda, direita, direita, esquerda, meio. Ele ficou parado, bem mais alto do que a cama moderna de Newsome, como um anjo da guarda caipira.

— Nós confiamos em Deus.

— Vocês teriam ficado melhor com a Allstate — comentou Melissa.

Newsome estava sorrindo. Kat conseguia perceber, pela forma rígida como ele se portava, que sentia um desconforto sério (os comprimidos estavam atrasados meia hora agora), mas preferia ignorar a dor porque estava interessado. O fato de ele *poder* ignorar a dor era uma coisa que ela sabia havia um tempo. Ele conseguia dominar a dor se quisesse. Tinha recursos. Ela achava que só ficava meio irritada com isso, mas agora, provavelmente estimulada pelo aparecimento do charlatão de Arkansas, descobriu que ficava furiosa. Era um *desperdício*.

— Eu consultei um construtor local, não do meu rebanho, mas um homem de boa reputação, que fez consertos para mim no passado e faz um preço justo. Ele me disse que vai custar aproximadamente setecentos e cinquenta mil dólares para reconstruir.

Sei, pensou Kat.

— Nós não temos esses recursos monetários, claro. Mas aí, menos de uma semana depois de falar com o sr. Kiernan, sua carta chegou, junto com o disco de vídeo. Ao qual assisti com grande interesse, a propósito.

Aposto que assistiu, pensou Kat. *Principalmente a parte em que o médico de San Francisco diz que a dor associada aos ferimentos dele pode ser aliviada com fisioterapia. Fisioterapia rigorosa.*

Era verdade que uma dezena de outros médicos no DVD alegaram estarem perdidos, mas Kat acreditava que o dr. Dilawar era o único com coragem para ser direto. Ela ficou surpresa de Newsome ter permitido que o disco seguisse com aquela entrevista incluída, mas, desde o acidente, o sexto homem mais rico do mundo parecia ter ficado com uns parafusos soltos.

— Vai me pagar o bastante para reconstruir minha igreja, senhor?

Newsome o observou. Agora, havia gotículas de suor na testa larga. Kat daria os comprimidos em pouco tempo, quer ele pedisse ou não. A dor era real, ele não estava fingindo nem nada, era só…

— Você não vai pedir mais depois? Estou falando de um acordo de cavalheiros, não precisamos assinar nada.

— Não vou pedir mais nada — disse Rideout sem hesitar.

— Se bem que, se você conseguir remover a dor, *expulsar* a dor, eu posso fazer uma contribuição de bom tamanho para sua igreja. De um tamanho *considerável*. O que acredito que vocês chamam de "oferta de amor".

— Isso já é decisão sua, senhor. Devemos começar?

— Não existe hora melhor do que agora. Quer que todos saiam?

Rideout balançou a cabeça de novo: da esquerda para a direita, da direita para a esquerda, de volta ao centro.

— Vou precisar de ajuda.

Mágicos sempre precisam de ajuda, pensou Kat. *Faz parte do show.*

Lá fora, o vento gritou, parou e voltou a soprar. As luzes piscaram. Atrás da casa, o gerador (também de primeira) ganhou vida, mas parou.

Rideout se sentou na beira da cama.

— O sr. Jensen ali, eu acho. Ele parece forte e rápido.

— Ele é as duas coisas — disse Newsome. — Jogou futebol americano na faculdade. Era *running back*. E continua em forma desde então.

— Bem... mais ou menos — disse Jensen, modestamente.

Rideout se inclinou na direção de Newsome. Seus olhos escuros e fundos observaram solenemente o rosto marcado do bilionário.

— Responda uma pergunta para mim, senhor. De que cor é a sua dor?

— Verde — respondeu Newsome. Ele estava olhando para o pastor com fascinação. — A minha dor é verde.

Rideout assentiu: para cima, para baixo, para cima, para baixo, de volta ao centro. Sem perder o contato visual. Kat tinha certeza de que ele assentiria com a mesma expressão de confirmação grave se Newsome tivesse dito que sua dor era azul ou tão roxa quanto o fictício Bicho Papão. Ela pensou, com uma combinação de consternação e verdadeira diversão: *Eu poderia perder a cabeça aqui. De verdade. Seria o chilique mais caro da minha vida, mas, mesmo assim, eu poderia.*

— E onde está?

— Em toda parte. — Era quase um gemido. Melissa deu um passo à frente, olhando para Jensen com preocupação. Kat o viu balançar um pouco a cabeça e fazer um gesto para ela voltar para a porta.

— Sim, a dor gosta de dar essa impressão — disse Rideout —, mas ela mente. Feche os olhos, senhor, e se concentre. Procure a dor. Olhe além dos gritos falsos que ela dá, ignore o ventriloquismo barato, e a localize. O senhor consegue fazer isso. *Precisa* fazer, se quisermos ter sucesso.

Newsome fechou os olhos. Pelo espaço de noventa segundos, não houve som além do vento e da chuva batendo nas janelas como punhados de cascalho fino. O relógio de Kat era do tipo antiquado que precisava de corda, presente de formatura na escola de enfermagem dado pelo pai muitos anos antes, e quando o vento parava, o aposento ficava silencioso o bastante para ela ouvir o tique-taque arrogante. E outra coisa: na extremidade da grande casa, a idosa Tonya Marsden cantando baixinho enquanto arrumava a cozinha no final de mais um dia. *Froggy went a-courtin and he did ride, uh-huh.*

Finalmente, Newsome disse:

— Está no meu peito. Bem alto. Ou na parte de baixo da garganta, sob a traqueia.

— Você consegue ver? Se concentre!

Linhas verticais apareceram na testa de Newsome. Cicatrizes da pele que se abriu no acidente surgiram nessas marcas de concentração.

— Consigo. Está latejando em sincronia com meus batimentos. — Os lábios dele se repuxaram em uma expressão de repugnância. — É horrível.

Rideout se inclinou para perto.

— É uma bola? É, não é? Uma bola verde.

— Sim. Sim! Uma bolinha verde que *respira!*

Como a bola de tênis adulterada que você tem na manga ou na sua lancheira preta grande, reverendo, pensou ela.

E, como se ela o estivesse controlando com a mente (em vez de apenas deduzindo onde essa brincadeira idiota ia dar), Rideout disse:

— Sr. Jensen. Tem uma lancheira embaixo da cadeira na qual eu estava sentado. Pegue e abra e fique ao meu lado. Não precisa fazer mais do que isso por enquanto. Só...

Kat MacDonald surtou. Foi um surto que ela ouviu na cabeça. Parecia Roger Miller estalando os dedos durante a introdução da música "King of the Road".

Ela foi até Rideout e o tirou do caminho com o ombro. Foi fácil. Ele era mais alto, mas ela vinha virando e levantando pacientes durante quase metade da vida, e era mais forte.

— Abra os olhos, Andy. Abra agora. Olhe para mim.

Sobressaltado, Newsome fez o que ela disse. Melissa e Jensen (agora com a lancheira nas mãos) pareciam alarmados. Um dos fatos da vida profissional deles, e da de Kat, pelo menos até o momento, era que não se dava ordens ao chefe. O chefe era que dava as ordens. E não se sobressaltava o chefe.

412

Mas ela não aguentava mais. Dali a vinte minutos, poderia estar seguindo os faróis baixos pelas estradas tempestuosas até o único motel da redondeza, mas não importava. Ela não podia mais fazer isso.

— Isso é baboseira, Andy — disse ela. — Está me ouvindo? Baboseira.

— Acho melhor você parar agora — disse Newsome, começando a sorrir. Ele tinha vários sorrisos, e esse não era um dos bons. — Se quiser ficar com seu emprego, claro. Tem muitas outras enfermeiras em Vermont especializadas em terapia da dor.

Ela podia ter parado ali, mas Rideout disse:

— Deixe ela falar, senhor. — Foi a gentileza no tom dele que a levou à loucura.

Ela se inclinou para a frente, no espaço pessoal dele, e as palavra saíram em torrente.

— Nos últimos dezesseis meses, desde que seu sistema respiratório melhorou o bastante a ponto de permitir fisioterapia significativa, eu vi você deitado nessa maldita cama cara, insultando seu próprio corpo. Me dá nojo. Você sabe a sorte que tem de estar vivo, quando todo mundo naquele avião morreu? O milagre que é sua coluna não ter se partido, seu crânio não ter ficado esmagado no cérebro, seu corpo não ter queimado, não, *assado*, assado como uma maçã, da cabeça aos pés? Teria vivido quatro dias, talvez até duas semanas, em dor infernal. Mas ficou livre disso. Você não é um vegetal. Não é quadriplégico, embora prefira agir como se fosse. Não quer se esforçar. Sempre procurando uma saída mais fácil. Quer pagar para sair da sua situação. Se morresse e fosse para o inferno, a primeira coisa que faria seria molhar a mão do Satanás.

Jensen e Melissa estavam olhando para ela, horrorizados. A boca de Newsome estava aberta. Se alguém já tinha falado com ele dessa forma, fazia muito tempo. Só Rideout parecia à vontade. *Ele* estava sorrindo agora. Da forma como um pai poderia sorrir para o filho obstinado de quatro anos. Irritou-a profundamente.

— Você já podia estar andando. Deus sabe que tentei te fazer entender isso, e Deus sabe que falei sem parar sobre o tipo de esforço que seria necessário para se levantar dessa cama e voltar a andar. O dr. Dilawar de San Francisco teve a coragem de dizer, e foi o único, e você o recompensou chamando-o de bicha.

— Ele *era* uma bicha — retrucou Newsome, e suas mãos cheias de cicatrizes se fecharam em punhos.

— Você está sentindo dor, sim. Claro que está. Mas é gerenciável. Já vi a dor ser gerenciada, e não uma só vez, mas muitas vezes. Mas não por um homem rico que tenta substituir o trabalho árduo e as lágrimas necessárias para a recuperação por uma sensação de merecimento. Você se recusa. Também já vi isso, e sei o que sempre acontece em seguida. Os impostores chegam, da mesma forma que sanguessugas chegam quando um homem sangrando entra em um lago estagnado. Às vezes, os impostores têm cremes mágicos. Às vezes, comprimidos mágicos. Os curandeiros chegam com alegações inflamadas sobre o poder de Deus, como este fez. Normalmente, os trouxas conseguem um alívio parcial. Por que não conseguiriam, se metade da dor está na cabeça deles, criada por mentes preguiçosas que só entendem que melhorar vai doer?

Ela levantou a voz a um tom oscilante e infantil e se inclinou para perto dele.

— Papai, está *doeeeeendo*! Mas o alívio nunca dura, porque os músculos não têm tônus, os tendões ainda estão fracos, os ossos não engrossaram o bastante para aguentar o peso. E quando ligar para esse cara para dizer que a dor voltou, isso se conseguir encontrá-lo, sabe o que ele vai dizer? Que não teve *fé*. Se usasse seu cérebro da forma como fazia nas fábricas e nos seus vários investimentos, saberia que não existe uma bolinha de tênis viva na base da sua garganta. Você é velho demais para acreditar na porra do Papai Noel.

Tonya tinha aparecido na porta e estava agora ao lado de Melissa, olhando com olhos arregalados e um pano de prato pendurado na mão.

— Você está demitida — disse Newsome, quase aprazível.

— Sim. Claro que estou. Mas vou dizer que não me sentia tão bem há quase um ano.

— Se o senhor a demitir — interrompeu Rideout —, vou ter que ir embora.

Newsome olhou para o reverendo. Sua testa estava franzida de perplexidade. Suas mãos agora começaram a massagear os quadris e as coxas, como sempre faziam quando a hora de tomar os analgésicos passava.

— Ela precisa aprender, precisa louvar o nome sagrado do Senhor. — Rideout se inclinou na direção de Newsome, com as mãos unidas nas costas. Ele lembrou Kat de uma foto que ela vira do professor de Washington Irving, Ichabod Crane. — Ela disse o que queria dizer. Posso falar também?

Newsome estava suando mais pesadamente, mas estava sorrindo de novo.

— Sim, pode cair em cima. Acabar com ela. Acho que quero ouvir isso.

Kat olhou para ele. Os olhos escuros e fundos eram incômodos, mas ela os encarou.

— Na verdade, eu também quero ouvir.

Com as mãos ainda unidas nas costas, o crânio rosado brilhando pelo cabelo fino, o rosto comprido solene, Rideout a examinou. Em seguida, disse:

— Você nunca sofreu, não é?

Kat sentiu o ímpeto de se encolher por causa disso, ou de desviar o olhar, ou as duas coisas. Mas o sufocou.

— Eu caí de uma árvore quando tinha onze anos e quebrei o braço.

Rideout moveu os lábios finos e assobiou: uma nota sem melodia e quase sem tom.

— Quebrou o *braço* aos *onze* anos. Ah, deve ter sido excruciante.

Ela ficou vermelha. Sentiu e odiou isso, mas não conseguiu impedir o rubor.

— Pode me diminuir quanto quiser. Baseio o que eu disse em anos de experiência lidando com pacientes com dor. É uma opinião *médica*.

Agora ele vai me dizer que expulsa demônios, ou pequenos deuses verdes, ou seja lá o que for, desde que eu usava fralda.

Mas ele não fez isso.

— Tenho certeza de que é — disse ele, reconfortante. — E tenho certeza de que você é boa no que faz. Tenho certeza de que já viu uma boa parcela de mentirosos e charlatães. Você conhece essa gente. E eu conheço a sua gente, senhorita, porque já os vi muitas vezes também.

"Não costumam ser tão bonitas quanto você. — Finalmente um sinal de sotaque, *bonita* saiu *bunita*. — Mas a atitude condescendente em relação à dor que nunca sentiram, dor que não conseguem nem imaginar, é sempre a mesma. Vocês trabalham em enfermarias, trabalham com pacientes em vários graus de sofrimento, desde dor fraca à maior e mais profunda agonia. E, depois de um tempo, tudo começa a parecer exagerado ou falso aos seus olhos, não é?"

— Isso não é verdade... — O que estava acontecendo com sua voz? De repente, ficou tão baixa.

— Não? Quando você dobra a perna deles e eles gritam quando o ângulo é de apenas quinze graus, ou mesmo dez, você não pensa, primeiro lá no fundo da mente, depois cada vez mais na superfície, que eles estão de frescura? Se recusando a fazer o trabalho árduo? Talvez até querendo solidariedade? Quando você entra no quarto e o rosto deles fica pálido, você não pensa: "Ah, não acredito que tenho que lidar com esse *preguiçoso* de novo"? Você, que já caiu de uma árvore e quebrou o *braço*, pelo amor de Deus, não vai ficando mais e mais enojada quando eles imploram para serem colocados na cama e receberem mais morfina ou o que for?

— Isso é tão injusto — disse Kat... mas agora a voz dela não passava de um sussurro.

— Houve uma época, quando você começou, em que reconhecia dor quando via — disse Rideout. — Houve uma época em que você teria acreditado no que vai ver em alguns minutos, porque sabia, no fundo do coração, que um invasor maligno estava ali. Quero que você fique para refrescar a memória... e a sensação de compaixão que se perdeu no caminho.

— Alguns dos meus pacientes *são* chorões. — Kat olhou com desafio para Newsome. — Acho que pode parecer cruel, mas às vezes a verdade *é* cruel. Alguns *estão* fingindo, exagerando. Se você não sabe disso, é cego. Ou burro. E acho que não é nenhuma das duas coisas.

Ele se curvou como se ela tivesse feito um elogio, coisa que, de certa forma, ela achava que tinha feito mesmo.

— É claro que eu sei. Mas agora, no fundo, você acredita que *todos* eles fingem. Como um soldado que passou tempo demais na guerra, você se acostumou. O sr. Newsome está invadido, eu posso dizer. *Infestado*. Tem um demônio tão poderoso dentro dele que se tornou um deus, e quero que você veja quando ele sair. Vai melhorar as coisas consideravelmente para você, eu acho. Sem dúvida, vai mudar sua opinião sobre a dor.

— E se eu decidir ir embora?

Rideout sorriu.

— Ninguém vai forçá-la a ficar, srta. Enfermeira. Como todas as criaturas de Deus, você possui livre-arbítrio. Eu não pediria a outros para controlá-la nem faria isso eu mesmo. Mas acho que você não é covarde, apenas calejada. Empedernida.

— Você é uma fraude. — Kat estava furiosa, à beira das lágrimas.

— Não — disse Rideout, mais uma vez falando com gentileza. — Quando sairmos deste quarto, com ou sem você, o sr. Newsome vai estar livre da agonia que se alimenta dele. Ainda vai haver dor, mas sem a agonia. Então ele vai poder lidar com a dor. Talvez até com a sua ajuda, senhorita, depois que você tiver uma lição necessária de humildade. Ainda pretende partir?

— Eu vou ficar — disse ela, e depois: — Me dê a lancheira.

— Mas... — começou Jensen.

— Dê para ela — disse Rideout. — Deixe que ela inspecione, por favor. Mas chega de conversa. Se vou fazer isso, está na hora de começar.

Jensen deu a lancheira preta e comprida para ela. Kat a abriu. No lugar onde a esposa de um trabalhador poderia ter colocado sanduíches para o marido e um pequeno Tupperware com frutas, ela viu uma garrafa de vidro vazia com boca larga. Dentro da tampa abobadada, presa por um dispositivo de metal feito para segurar uma garrafa térmica, havia uma lata de aerossol. Não havia mais nada. Kat se virou para Rideout. Ele assentiu. Ela pegou a lata de aerossol e olhou para o rótulo, inabalada.

— Spray de pimenta?

— Spray de pimenta — concordou Rideout. — Não sei se é legalizado em Vermont, meu palpite é que provavelmente não, mas, no local de onde eu venho, a maioria das lojas de ferragens vende. — Ele se virou para Tonya. — A senhora é...?

— Tonya Marsden. Eu cozinho para o sr. Newsome.

— É um prazer conhecê-la, senhora. Preciso de mais uma coisa antes de começarmos. Tem algum tipo de bastão? Um taco de beisebol, talvez?

Tonya fez que não. O vento soprou novamente; mais uma vez, as luzes piscaram e o gerador fez ruído no galpão atrás da casa.

— E uma vassoura?

— Ah, sim, senhor.

— Pegue, por favor.

Tonya saiu. O quarto ficou em silêncio, exceto pelo vento. Kat tentou pensar em alguma coisa para dizer, mas não conseguiu. Gotas de perspiração escorriam pelas bochechas magras de Newsome, também marcadas no acidente. Ele rolou e rolou enquanto os destroços do jatinho queimavam na chuva atrás dele.

Eu nunca falei que ele não está sentindo dor. Só que podia gerenciá-la se conseguisse reunir metade da vontade que demonstrou durante os anos que passou construindo seu império.

Mas e se ela estivesse errada?

Mesmo que eu esteja, isso não quer dizer que haja uma espécie de bola de tênis viva dentro dele, sugando a dor da forma como um vampiro suga sangue.

Não existiam vampiros nem deuses da agonia... mas, quando o vento soprava forte o bastante para fazer a mansão tremer nas bases, ideias assim pareciam quase plausíveis.

Tonya voltou com uma vassoura que parecia nunca ter varrido um único montinho de poeira até uma pá. As cerdas eram de náilon azul vibrante. O cabo era de madeira pintada, com um metro e vinte. Ela a levantou, hesitante.

— É isso que quer?

— Acho que vai servir — disse Rideout, embora para Kat ele não soasse totalmente seguro. Ocorreu a ela que Newsome podia não ser o único no aposento com uns parafusos soltos. — Acho melhor entregá-la para nossa enfermeira incrédula. Sem querer ofendê-la, sra. Marsden, mas pessoas mais jovens têm reflexos mais rápidos.

Sem parecer nem um pouco ofendida, na verdade, talvez até aliviada, Tonya esticou a vassoura. Melissa pegou e entregou para Kat.

— O que devo fazer com isto? — perguntou Kat. — Voar nela?

Rideout sorriu, mostrando brevemente os dentes manchados e erodidos.

— Você vai saber quando a hora chegar, se já esteve em um aposento com um morcego ou um gambá. Só se lembre de uma coisa: primeiro, as cerdas. Depois, o cabo.

— Para acabar com ele, imagino. Depois você bota o corpo na garrafa.

— Exatamente.

— Para você poder botá-lo em uma prateleira com o resto dos seus deuses mortos?

Ele não respondeu.

— Passe a lata de spray para o sr. Jensen, por favor.

Kat fez isso. Melissa perguntou:

— O que eu faço?

— Observe. E reze se souber rezar. Pelo sr. Newsome e também por mim. Para o meu coração ser forte.

Kat, que via um ataque cardíaco falso se aproximando, não disse nada. Só se afastou da cama, segurando o cabo da vassoura com as duas mãos. Rideout se sentou ao lado de Newsome com uma careta. Seus joelhos estalaram como tiros de pistola.

— Preste atenção, sr. Jensen.

— Sim?

— O senhor vai ter tempo, ele vai estar atordoado, mas seja rápido mesmo assim. Tão rápido quanto se estivesse no campo de futebol americano, certo?

— Quer que eu jogue gás lacrimogênio na coisa?

Rideout mais uma vez mostrou o breve sorriso, mas Kat achou que o homem parecia doente mesmo.

— Não é gás lacrimogênio. Isso é ilegal até onde eu moro. Mas o senhor captou a ideia. Agora, preciso de silêncio, por favor.

— Espere um minuto. — Kat apoiou a vassoura na cama e passou as mãos primeiro no braço esquerdo de Rideout, depois repetiu a ação no direito. Só sentiu tecido de algodão e a pele flácida do sujeito embaixo.

— Não tem nada nas minhas mangas, srta. Kat, eu juro.

— Ande *logo* — disse Newsome. — A coisa está ruim. Sempre está, mas o maldito tempo ruim torna tudo pior.

— Silêncio — disse Rideout. — Todo mundo, silêncio.

Todos fizeram silêncio. Rideout fechou os olhos. Os lábios se moveram silenciosamente. Vinte segundos se passaram no relógio de Kat, depois trinta. As mãos estavam úmidas de perspiração. Ela as limpou uma de cada vez no suéter, depois voltou a segurar a vassoura. *Assim até parece que nós estamos reunidos em torno de um leito de morte*, pensou ela.

Lá fora, o vento soprou pelas calhas.

Rideout abriu os olhos e se inclinou para perto de Newsome.

— Deus, tem um demônio dentro deste homem. Um intruso se alimentando da carne e dos ossos dele. Ajude-me a expulsá-lo, assim como o Seu Filho expulsou os demônios do homem possuído de Gadara. Ajude-me a falar com o demônio verde da agonia dentro de Andrew Newsome com sua voz de comando.

Ele se inclinou para mais perto. Curvou os longos dedos da mão inchada pela artrite ao redor da base da garganta de Newsome, como se pretendesse estrangulá-lo. Chegou ainda mais perto e inseriu os dois primeiros dedos da outra mão na boca do bilionário. Ele os curvou e puxou o maxilar para baixo.

— Saia — disse ele. Ele falou em tom de comando, mas sua voz estava suave. Sedosa. Quase persuasiva. Fez a pele nos braços de Kat se arrepiar. — Saia em nome de Jesus. Saia em nome de todos os santos e mártires. Saia em nome de Deus, que lhe deu permissão para entrar e agora ordena que saia. Saia para a luz. Abandone sua glutonia e saia.

Nada aconteceu.

— Saia em nome de Jesus. Saia em nome dos santos e mártires. — A mão dele se flexionou de leve, e a respiração de Newsome ficou ruidosa. — Não, não vá mais fundo. Você não pode se esconder, pequeno demônio. Saia para a luz. Jesus ordena. Os santos e mártires ordenam. Deus ordena que você pare de se alimentar deste homem e saia.

Uma mão fria segurou o braço de Kat, e ela quase gritou. Era Melissa. Seus olhos estavam enormes. A boca estava aberta. No ouvido de Kat, o sussurro da empregada soou áspero como lixa.

— *Olhe.*

Um calombo, como bócio, surgiu na garganta de Newsome, logo acima da mão frouxa de Rideout. Começou a se mover lentamente na direção da boca. Kat nunca tinha visto nada parecido na vida.

— Isso mesmo — disse Rideout, quase cantarolando. Seu rosto estava molhado de suor; a gola da camisa estava pesada e escura de umidade. — Saia. Saia para a luz. Você já se alimentou, sua pequena coisa das trevas.

O vento aumentou e virou um uivo. Uma chuva que já era quase granizo batia nas janelas como se fossem estilhaços. As luzes piscaram, e a casa gemeu.

— O Deus que deixou você entrar ordena que saia. Todos os santos e mártires...

Ele soltou a boca de Newsome, puxando a mão como se faz quando se toca em uma coisa quente. Mas a boca de Newsome ficou aberta. Mais: começou a se abrir mais, primeiro uma abertura mediana, depois um uivo silencioso. Os olhos se reviraram e os pés começaram a tremer. A bexiga afrouxou, e o lençol sobre a virilha ficou escuro como a gola suada de Rideout.

— Pare — disse Kat, começando a se mexer. — Ele está tendo uma convulsão. Tem que par...

Jensen a puxou para trás. Ela se virou para ele e viu o rosto normalmente corado tão pálido quanto um guardanapo de linho.

O queixo de Newsome estava tocando o peito. A parte de baixo do rosto tinha desaparecido em um bocejo enorme. Kat ouviu tendões temporomandibulares estalarem como os tendões do joelho faziam durante fisioterapia intensa: era um som como o de dobradiças sujas. As luzes no quarto se apagaram, acenderam, apagaram e voltaram a acender.

— Saia! — gritou Rideout. — Saia!

Na escuridão atrás dos dentes de Newsome, uma coisa parecida com um balão surgiu. Estava pulsando.

Houve um estrondo, e a janela do outro lado do quarto se quebrou. Xícaras de café caíram no chão e quebraram. De repente, havia um galho ali dentro com eles. As luzes se apagaram. O gerador foi ligado de novo. Não foi um ruído desta vez, mas um rugido firme. Quando as luzes voltaram, Rideout estava deitado na cama com Newsome, os braços esticados e o rosto grudado na área molhada do lençol. Alguma coisa escorria pela boca aberta de Newsome, os dentes fazendo marcas no corpo deformado, pontilhado de espinhos verdes e curtos.

Não é uma bola de tênis, pensou Kat. *Está mais para uma daquelas bolas Koosh que as crianças adoram.*

Tonya viu e saiu em disparada pelo corredor com a cabeça inclinada para a frente, as mãos unidas na nuca e os antebraços sobre as orelhas.

A coisa verde caiu no peito de Newsome.

— *Joga o spray nela!* — gritou Kat para Jensen. — *Joga o spray nela antes que consiga fugir!*

Sim. Em seguida, eles colocariam na garrafa e fechariam a tampa. Com *muita* força.

Os olhos de Jensen estavam enormes e vidrados. Ele parecia um sonâmbulo. Vento soprava pelo quarto. Estava fazendo o cabelo dele balançar. Um quadro caiu da parede. Jensen esticou a mão segurando a lata de spray de pimenta e apertou o pino de plástico. Houve um sibilar, e ele deu um pulo, gritando. Tentou se virar, provavelmente para correr atrás de Tonya, mas tropeçou e caiu de joelhos. Apesar de Kat estar atônita demais para se mexer, até mesmo para mover a mão, parte do cérebro ainda devia estar funcionando, porque ela sabia o que tinha acontecido. Ele tinha virado a lata para o lado errado, e em vez de borrifar a coisa que agora escorria pelo cabelo do inconsciente reverendo Rideout, Jensen borrifara a si mesmo.

— *Não deixem me pegar!* — berrou Jensen, engatinhando cegamente para longe da cama. — *Eu não estou enxergando, não deixem me pegar!*

O vento soprou. Folhas mortas se soltaram do galho da árvore que tinha entrado pela janela e voaram pelo aposento. A coisa verde caiu do pescoço enrugado e queimado de sol de Rideout no chão. Sentindo-se como se estivesse debaixo da água, Kat bateu na coisa com as cerdas da vassoura. E errou. A coisa desapareceu debaixo da cama, não rolando, mas deslizando.

Jensen engatinhou e deu com a cabeça na parede ao lado da porta.

— *Onde estou? Não estou enxergando!*

Newsome estava sentado, parecendo atordoado.

— O que está acontecendo? O que houve? — Ele empurrou a cabeça de Rideout para longe. O reverendo caiu, inerte, no chão.

Melissa se inclinou sobre ele.

— *Não faça isso!* — gritou Kat, mas era tarde demais.

Ela não sabia se a coisa era mesmo um deus ou algum tipo de parasita bizarro, mas era rápida. Pulou de debaixo da cama, rolou pelo ombro de Rideout, foi para a mão de Melissa e subiu pelo braço dela. Melissa tentou sacudi-lo para se livrar da coisa, mas não conseguiu. *Tem alguma substância grudenta naqueles espinhos*, a parte do cérebro de Kat que ainda funcionava disse à parte bem maior que não funcionava. *Como o que tem nos pés de uma mosca.*

Melissa viu de onde a coisa veio, e mesmo em pânico foi sábia o bastante para cobrir a boca com as mãos. A coisa subiu pelo pescoço dela, chegou na bochecha e se espalhou pelo olho esquerdo. O vento uivou, e Melissa gritou junto. Foi o grito de uma mulher se afogando em um tipo de dor que as escalas de um a dez de hospital nunca seriam capazes de descrever. A agonia de Melissa foi bem acima de cem, a de alguém sendo fervido vivo. Ela cambaleou para trás e agarrou a coisa no olho. Estava pulsando mais rápido agora, e Kat conseguiu ouvir um som baixo e líquido quando voltou a se alimentar. Era um som *úmido*.

A coisa não liga para quem come, pensou Kat. Ela percebeu que estava andando na direção de Melissa, que gritava e se debatia.

— Fique parada! *Melissa, fique PARADA!*

Melissa não prestou atenção. Continuou recuando. Bateu no galho grosso que agora ocupava parte do aposento e caiu no chão. Kat se ajoelhou ao lado da mulher e bateu com o cabo da vassoura na cara dela. Na coisa que estava se alimentando do olho de Melissa.

Houve um som de esmagamento, e de repente a coisa estava deslizando inerte pela bochecha da empregada, deixando um rastro de gosma. Deslocou-se pelo chão cheio de folhas, com a intenção de se esconder embaixo do galho da forma como tinha se escondido embaixo da cama. Kat se levantou e pisou nela. Sentiu a coisa ser esmagada embaixo dos robustos tênis de caminhada New Balance. Uma substância verde espirrou para os dois lados, como se ela tivesse pisado em um balão cheio de catarro.

Kat voltou a se ajoelhar e tomou Melissa nos braços. Primeiro, Melissa lutou, e Kat sentiu um punho roçar sua orelha. Mas depois a mulher parou e respirou pesadamente.

— Foi embora? Kat, foi embora?

— Estou me sentindo melhor — disse Newsome com a voz maravilhada às costas delas, em outro mundo.

— Sim, foi embora. — Kat espiou o rosto de Melissa. O olho onde a coisa tinha grudado estava vermelho, mas parecia bem. — Você consegue enxergar?

— Consigo. A visão está meio turva, mas está ficando mais clara. Kat... a dor... foi como o fim do mundo.

— Alguém precisa lavar meus olhos! — gritou Jensen. Ele parecia indignado.

— Lave seus próprios olhos — disse Newsome com alegria. — Você tem duas pernas boas, não tem? Acho que eu também talvez tenha depois que Kat as colocar em ordem. Alguém dê uma olhada em Rideout, acho que o pobre filho da puta pode estar morto.

Melissa estava olhando para Kat, um olho azul, o outro vermelho e lacrimejando.

— A dor... Kat, você não faz ideia da dor.

— Sim — disse Kat. — Na verdade, faço, sim. Agora.

Ela deixou Melissa sentada ao lado do galho e foi até Rideout. Procurou pulsação e não encontrou nada, nem a oscilação instável de um coração lutando para não morrer. Parecia que a dor de Rideout tinha acabado.

O gerador parou de funcionar.

— Merda — disse Newsome, ainda parecendo alegre. — Eu paguei setenta mil dólares por esse lixo japonês.

— *Preciso que alguém lave meus olhos!* — berrou Jensen. — *Kat!*

Kat abriu a boca para responder, mas não disse nada. Na nova escuridão, uma coisa deslizou até as costas da mão dela.

Para Russ Dorr

Não sou muito fã de aparições públicas. Quando fico em frente a uma plateia, sempre me sinto um impostor. Não é por eu ser uma pessoa solitária, embora seja mesmo, ao menos até certo ponto; posso dirigir do Maine até a Flórida sozinho e me sentir perfeitamente satisfeito. Também não é medo de palco, embora eu ainda fique ansioso quando me apresento para duas ou três mil pessoas. É uma situação nada natural para a maioria dos escritores: estamos acostumados a aparecer diante de grupos dedicados de trinta e poucas pessoas em bibliotecas. Essa sensação de ser a pessoa errada no lugar errado vem diretamente de saber que quem (ou *o que*) quer que a plateia tenha ido ver não vai estar lá. A parte de mim que cria as histórias só existe em solidão. O que aparece para contar histórias e responder perguntas é um substituto fraco do original.

Em novembro de 2011, eu estava sendo levado de carro para minha aparição final em Paris no Le Grand Rex, com capacidade para duas mil e oitocentas pessoas. Estava nervoso e me sentindo deslocado no banco de trás de um SUV preto enorme. As ruas eram estreitas, e o trânsito estava pesado. Eu estava com minha pequena pilha de papéis (alguns comentários, uma leitura curta) em uma pasta no colo. Em um sinal vermelho, paramos ao lado de um ônibus, os dois veículos grandes tão espremidos que quase se tocavam. Olhei por uma das janelas do ônibus e vi uma mulher de terninho, possivelmente indo para casa depois do trabalho. Desejei por um momento estar sentado ao lado dela, indo para casa, pronto para jantar, e ter duas horinhas para ler um livro em uma poltrona confortável com boa iluminação em vez de estar sendo levado para um teatro lotado cheio de fãs cuja língua eu não falava.

Talvez *la femme* tenha sentido meu olhar. Mas é mais provável que estivesse entediada com o jornal. Seja como for, ela ergueu a cabeça e olhou para mim, a poucos metros de distância. Nossos olhares se encontraram. O que imaginei ver nos dela foi um desejo triste de estar em um SUV chique, indo para um lugar onde haveria luzes e risadas e entretenimento em vez de para seu apartamento, onde não haveria nada além de uma pequena refeição, talvez tirada do freezer e aquecida, seguida do noticiário noturno e das séries de TV de sempre. Se nós pudéssemos trocar de lugar, talvez fôssemos mais felizes.

Ela voltou a olhar para o jornal, e eu me concentrei na minha pasta. O ônibus e o carro seguiram seu caminho. Mas, por um instante, chegamos bem perto de espiar o mundo um do outro. Pensei nesta história, e quando voltei da turnê na Europa, me sentei e a escrevi em uma tacada só.

AQUELE ÔNIBUS É OUTRO MUNDO

A mãe de Wilson, que não era uma das pessoas mais alegres do mundo, sempre dizia: "Quando as coisas dão errado, continuam dando errado até haver lágrimas".

Pensando nisso, assim como pensava em toda a sabedoria popular que aprendeu no colo da mãe ("Uma laranja é dourada de manhã e pesada à noite" era outra pérola), Wilson tomava cuidado com o horário, coisa que encarava como um para-choque, antes das ocasiões importantes, e nenhuma situação da sua vida adulta era mais importante do que sua viagem para Nova York, onde apresentaria seu portfólio e seu talento para os chefões da Market Forward.

A MF era uma das firmas de propaganda mais importantes da era da internet. A empresa de Wilson, a Southland Concepts, era um conjunto de um homem só sediado em Birmingham. Oportunidades assim não surgiam duas vezes, o que tornava a precaução algo vital. Foi por isso que ele chegou ao aeroporto de Birmingham-Shuttlesworth às quatro da manhã para um voo direto às seis. O voo o deixaria em LaGuardia às nove e vinte. A reunião dele, na verdade uma audição, estava marcada para as duas e meia da tarde. Um para-choque de cinco horas parecia precaução suficiente.

No começo, tudo correu bem. A atendente do portão de embarque verificou e aprovou que Wilson guardasse o portfólio no armário da primeira classe, embora ele fosse viajar de classe econômica, claro. Em questões assim, o truque era perguntar logo, antes que as pessoas começassem a ficar aborrecidas. Gente aborrecida não queria saber sobre a importância do seu portfólio; não estavam nem aí que ele podia ser a passagem para seu futuro.

Ele teve que despachar uma mala, porque, se acabasse sendo finalista para a conta da Green Century (e podia acontecer, ele estava muito bem posicionado), teria que ficar em Nova York por dez dias. Não fazia ideia de quanto tempo o processo de seleção demoraria e não queria ter que enviar roupas para a lavanderia do hotel, assim como não pretendia pedir comida do serviço de quarto. Serviços adicionais de hotel eram caros em todas as cidades grandes e absurdamente caros na Grande Maçã.

As coisas só começaram a dar errado quando o avião, que decolou na hora, chegou a Nova York. Lá, assumiu seu lugar em um engarrafamento aéreo, circulando no ar cinza acima daquele ponto de chegada que os pilotos chamavam tão apropriadamente de LaGosma. Houve piadas não tão engraçadas e reclamações em voz alta, mas Wilson permaneceu sereno. Sua precaução de viagem estava justificada; seu para-choque era resistente.

O avião pousou às dez e meia, com pouco mais de uma hora de atraso. Wilson foi até a esteira de bagagem, onde sua mala não apareceu. E não apareceu. E não apareceu. Finalmente, ele e um idoso de barba e boina preta foram os únicos que restaram, e os itens que sobraram na esteira foram um par de sapatos de neve e uma planta grande e maltratada com folhas murchas.

— Isso é impossível — disse Wilson para o homem. — O voo era direto.

O homem deu de ombros.

— Devem ter botado a etiqueta errada em Birmingham. Se duvidar, nossas malas estão a caminho de Honolulu agora. Vou até o setor de bagagem extraviada. Quer me acompanhar?

Wilson quis, pensando no que a mãe dizia. E agradecendo a Deus por ainda ter seu portfólio.

Ele estava na metade do formulário quando um funcionário do setor de bagagens falou atrás dele:

— Esta mala pertence a algum de vocês, cavalheiros?

Wilson se virou e viu sua mala xadrez com aparência úmida.

— Caiu do carrinho de bagagens — disse o funcionário, comparando o comprovante grampeado ao cartão de embarque de Wilson ao que havia na mala. — Acontece de vez em quando. Leve um formulário para o caso de alguma coisa ter quebrado.

— Onde está a minha? — perguntou o homem de boina.

— Não posso ajudar com isso — disse o funcionário. — Mas quase sempre as encontramos no final.

— É — disse o homem —, mas o final não é agora.

428

Quando Wilson deixou o terminal com a mala, o portfólio e a bagagem em mãos, eram quase onze e meia. Vários outros voos chegaram depois do dele, e a fila do táxi estava longa.

Eu tenho para-choque, pensou ele para se acalmar. *Três horas é suficiente. Além do mais, estou debaixo da marquise e fora da chuva. Conte suas bênçãos e relaxe.*

Ele ensaiou sua fala enquanto avançava lentamente, visualizando cada cartaz do portfólio e lembrando a si mesmo de ficar calmo. De elaborar sua melhor ofensiva encantadora e deixar longe do pensamento a mudança potencialmente enorme em seu destino assim que entrasse no número 245 da avenida Park.

A Green Century era uma empresa multinacional de petróleo, e seu nome ecologicamente otimista, que significava Século Verde, tinha se tornado um peso quando um dos poços submarinos perdeu a tampa não muito longe de Golf Shores, no Alabama. O derramamento de óleo não foi tão catastrófico quanto o que aconteceu depois do desastre de *Deepwater Horizon*, mas foi bem ruim. Ah, nossa, aquele nome. Os comediantes da madrugada estavam se divertindo com isso. (Letterman: "O que é verde e preto e suja tudo?") A primeira resposta pública mal-humorada do CEO da Green Century — "Nós temos que ir atrás de onde o petróleo está, era de imaginar que as pessoas entenderiam isso" — não ajudou; uma charge de internet mostrando um poço de petróleo jorrando pela bunda do CEO com as palavras dele escritas embaixo viralizou.

A equipe de RP da Green Century procurou a Market Forward, a agência que usavam havia anos, com o que acreditava ser uma ideia brilhante. Eles queriam repassar a campanha de controle de danos para uma agência de propaganda menor do sul, desejando tirar vantagem do fato de não estarem usando as feras de Nova York de sempre para acalmar o povo americano. Estavam particularmente preocupados com a opinião dos americanos que viviam abaixo do que os feras de Nova York deviam chamar, nas suas festas elegantes, de Linha Mason-Dumbass.

A fila do táxi andou um pouco. Wilson olhou para o relógio. Faltavam cinco minutos para meio-dia.

Não se preocupe, ele disse para si mesmo, mas estava começando a se preocupar.

Finalmente entrou em um táxi ao meio-dia e vinte. Odiava a ideia de levar a mala molhada para um escritório caro em um prédio comercial de Manhattan (pareceria muito caipira), mas estava começando a achar que talvez não tivesse tempo de parar no hotel.

O táxi era uma minivan amarela. O motorista era um sikh melancólico que vivia embaixo de um turbante laranja enorme. Fotos com molduras de plástico penduradas no retrovisor exibiam a esposa e os filhos. O rádio estava sintonizado na 1010 WINS, com a musiquinha propaganda irritante de xilofone tocando a cada quatro minutos, mais ou menos.

— O trânsito tá ruim hoje — disse o sikh conforme eles se aproximavam da saída do aeroporto. Esse parecia ser o máximo de conversa dele. — Tá muito, muito ruim.

A chuva foi ficando mais forte conforme eles se aproximavam de Manhattan. Wilson sentiu seu para-choque ficando mais frágil a cada pausa e salto de movimento peristáltico para a frente. Tinha meia hora para fazer sua apresentação, só meia hora. Esperariam por ele caso se atrasasse? Diriam: "Pessoal, das catorze agências menores que estamos avaliando aqui hoje para o grande palco, nasce uma estrela e tal, só uma tem experiência comprovada de trabalhar com firmas que sofreram desastres ambientais, e é a Southern Concepts. Portanto, não vamos deixar o sr. James Wilson de fora só porque ele está um pouco atrasado".

Podiam dizer isso, mas, de um modo geral, Wilson pensou... não. O que mais queriam era acabar com as piadas da madrugada o mais rápido possível. Isso tornava a apresentação dele importante, mas claro que todo babaca tinha uma apresentação. (Essa era uma das pérolas de sabedoria do pai dele.) Precisava chegar na hora.

Uma e quinze da tarde. *Quando as coisas dão errado, elas continuam dando errado*, pensou ele. Não queria pensar, mas pensou. Até haver lágrimas.

Quando se aproximaram do Midtown Tunnel, ele se inclinou para a frente e pediu ao sikh uma hora estimada de chegada. O turbante laranja balançou com pesar de um lado para outro.

— Não tenho como dizer, senhor. O trânsito tá muito, muito ruim.

— Meia hora?

Houve uma longa pausa, e o sikh disse:

— Talvez.

A palavra apaziguadora escolhida com cuidado foi o bastante para Wilson perceber que sua situação era crítica e quase desastrosa.

Posso deixar esta maldita mala na recepção da Market Forward, pensou ele. *Assim, pelo menos não preciso arrastá-la para a sala de reuniões.*

Ele se inclinou para a frente e disse:

— Esqueça o hotel. Me leve para o número 245 da Park.

O túnel foi um pesadelo claustrofóbico: para e anda, para e anda. O trânsito do outro lado, para atravessar a cidade pela rua 34, não estava melhor. O táxi minivan era alto o bastante para Wilson ver todos os obstáculos desanimadores à frente. Mas, quando chegaram à avenida Madison, ele começou a relaxar um pouco. Seria apertado, bem mais apertado do que Wilson gostaria, mas não haveria necessidade de fazer a ligação humilhante dizendo que se atrasaria um pouco. Não ir ao hotel foi a decisão certa.

Só que aí apareceu o cano estourado, os cones, e o sikh teve que fazer um desvio no caminho.

— Está pior do que quando o Obama vem aqui — disse ele, enquanto a 1010 WINS prometia que, se Wilson desse vinte e dois minutos a eles, eles lhe dariam o mundo. A música do xilofone crepitou como dentes soltos.

Eu não quero o mundo, pensou ele. *Só quero chegar ao número 245 da Park às duas e quinze. Duas e vinte, no máximo.*

O Transporte Feliz acabou voltando à avenida Madison. O trânsito fluiu bem até quase a rua 36, mas parou. Wilson imaginou um locutor de futebol americano dizendo para a plateia que a corrida foi vistosa, mas o ganho com a jogada foi ínfimo. Os limpadores de para-brisa se moviam. Um repórter falava de cigarros eletrônicos. E houve uma propaganda de Sleepy's.

Wilson pensou: *Relaxe. Dá para ir andando se precisar. São onze quarteirões, só isso.* Só que estava chovendo, e ele estaria arrastando a porcaria da mala.

Um ônibus da Peter Pan parou ao lado do táxi com um barulho de freios a ar. Wilson estava alto o bastante para conseguir olhar pela janela e ver dentro do ônibus. A pouco mais de um metro e meio dele, uma mulher bonita estava lendo uma revista. Ao lado dela, no banco do corredor, um homem de sobretudo preto procurava alguma coisa na pasta equilibrada nos joelhos.

O sikh apertou a buzina e levantou as mãos com as palmas viradas para cima, como quem diz "Vejam o que o mundo fez comigo".

Wilson viu a mulher bonita tocar nos cantos da boca, talvez verificando o batom. O homem ao lado dela estava agora remexendo no bolso externo da pasta. Ele pegou um cachecol preto, levou-o até o nariz e cheirou.

Por que ele faria isso?, perguntou-se Wilson. *É o perfume da esposa ou o cheiro da maquiagem dela?*

Pela primeira vez desde que entrou no avião em Birmingham, ele se esqueceu da Green Century e da Market Forward e da melhoria radical em suas circunstâncias que poderia acontecer se a reunião, agora a menos de meia hora de distância, corresse bem. No momento, ele estava fascinado, mais do que fascinado, hipnotizado, pelos dedos delicadamente avaliadores da mulher e pelo homem com o cachecol no nariz. Ocorreu-lhe que estava olhando para outro mundo. Sim. Aquele ônibus era outro mundo. Aquele homem e aquela mulher tinham outros compromissos, sem dúvida com balões de esperança presos a eles. Tinham contas a pagar. Tinham irmãs e irmãos e certos brinquedos da infância que permaneciam na lembrança. A mulher talvez tivesse feito um aborto quando estava na faculdade. O homem talvez tivesse um piercing no pênis. Eles talvez tivessem animais de estimação, e, se tivessem, esses animais teriam nomes.

Wilson teve um vislumbre momentâneo, uma imagem vaga e malformada, mas gigantesca, de uma galáxia mecânica onde rodas e engrenagens separadas se movimentavam de formas misteriosas, talvez com um objetivo cármico, talvez sem motivo algum. Ali era o mundo do táxi Transporte Feliz, e a um metro e meio ficava o mundo do ônibus Peter Pan. Entre eles havia apenas um metro e meio e duas camadas de vidro. Wilson ficou impressionado com um fato tão evidente.

— Tanto trânsito — disse o sikh. — Pior do que quando o Obama vem aqui, acredite.

O homem afastou o cachecol preto do nariz. Segurou-o com uma das mãos e enfiou a outra no bolso do sobretudo. A mulher no assento da janela folheou a revista. O homem se virou para ela. Wilson viu os lábios dele se mexerem. A mulher levantou a cabeça e arregalou os olhos com surpresa aparente. O homem se inclinou para perto, como se para contar um segredo. Wilson só percebeu que o que o homem tinha tirado do bolso era uma faca quando ele a usou para cortar a garganta da mulher.

Os olhos dela se arregalaram. Os lábios se abriram. Ela levou uma das mãos até o pescoço. O homem de sobretudo usou a mão segurando a faca para empurrar a mão dela para baixo, com delicadeza, mas firme. Ao mesmo tempo, apertou o cachecol preto na garganta da mulher e o segurou ali. Em seguida, beijou a têmpora dela, olhando por cima da cabeça da mulher enquanto fazia isso. Ele viu Wilson, e seus lábios se abriram em um sorriso largo o bastante para mostrar duas fileiras de dentes pequenos e regulares. Ele assentiu para Wilson, como quem diz *tenha um ótimo dia* ou *agora temos um segredo*. Havia uma gota de sangue na janela. A gota ganhou volume e escorreu pelo vidro. Ainda segurando o cachecol no pescoço da mulher, o Homem de Sobretudo colocou o dedo na boca frouxa dela. Ainda estava sorrindo para Wilson ao fazer isso.

— Finalmente! — disse o sikh, e o táxi Transporte Feliz começou a se mover.

— Você viu aquilo? — perguntou Wilson. Sua voz pareceu seca e nada surpresa. — Aquele homem. Aquele homem no ônibus. O que estava com a mulher.

— O que tem, senhor? — perguntou o sikh. O sinal na esquina ficou amarelo, e o sikh passou direto, ignorando o som das buzinas quando mudou de faixa. O ônibus Peter Pan ficou para trás. À frente, a Grand Central surgia na chuva, parecendo uma penitenciária.

Só quando o táxi se movimentou de novo que Wilson se lembrou do celular. Ele o tirou do bolso do casaco e olhou. Se fosse do tipo que pensava rápido (isso sempre foi departamento do irmão, de acordo com a mãe deles), poderia ter tirado uma foto do Homem de Sobretudo. Era tarde demais para isso, mas não tarde demais para ligar para a emergência. Claro, ele não podia fazer uma ligação dessas anonimamente; seu nome e seu número surgiriam em alguma tela oficial assim que a ligação fosse repassada. Ligariam para ele para ter certeza de que não estava dando um trote para passar o tempo em uma tarde chuvosa em Nova York. Iam querer informações, que ele teria que dar, não teria escolha, na delegacia mais próxima. Iam querer ouvir sua história várias vezes. O que não iam querer era saber sobre a apresentação dele.

A apresentação se chamava "Nos deem três anos e vamos provar". Wilson pensou em como tudo iria se suceder. Ele começaria dizendo para as feras e os executivos das Relações Públicas que o derramamento tinha que ser encarado diretamente. Estava lá; voluntários ainda estavam lavando pássaros cobertos de petróleo com detergente Dawn; não dava para varrer para baixo do tapete. Mas, ele diria, a reparação não precisa ser feia, e às vezes a verdade pode ser bonita. As pessoas querem acreditar em vocês, ele diria. Elas precisam de vocês, afinal. Precisam de vocês para chegar do Ponto A até o Ponto B, e isso as torna hostis a se verem cúmplices no estupro do meio ambiente. A essa altura, ele abriria seu portfólio e mostraria o primeiro cartaz: uma foto de um garoto e uma garota em uma praia imaculada, de costas para a câmera, olhando para uma água tão azul que quase doía. ENERGIA E BELEZA PODEM ANDAR JUNTAS, dizia a legenda. NOS DEEM TRÊS ANOS E VAMOS PROVAR.

Ligar para a emergência era uma coisa tão simples que uma criança era capaz de fazer. Quando alguém invadia a casa. Quando a irmãzinha caía da escada. Ou se papai estava dando uma surra na mamãe.

Em seguida, vinha o storyboard de um proposto comercial de TV que seria transmitido em todos os estados do golfo, com ênfase no noticiário local e em canais de TV a cabo vinte e quatro horas como a FOX e a MSNBC. Em uma sequência de fotografias, uma praia suja e manchada de petróleo ficaria limpa de novo. "Temos a responsabilidade de consertar nossos erros", o narrador diria (com um leve sotaque do sul). "É como trabalhamos e como tratamos nossos vizinhos. Nos deem três anos e vamos provar."

Em seguida, as propagandas impressas. Os comerciais de rádio. E, na fase dois...

— Senhor? O que o senhor disse?

Eu poderia ligar, Wilson pensou, *mas o cara provavelmente já vai ter descido do ônibus e sumido quando a polícia conseguir chegar lá. Provavelmente? Tenho certeza.*

Ele se virou para olhar para trás. O ônibus estava bem distante agora. *Talvez*, pensou ele, *a mulher tenha gritado. Talvez os outros passageiros já estejam segurando o homem, da mesma forma que os passageiros seguraram o homem do sapato-bomba quando perceberam o que ele estava prestes a fazer.*

Pensou em seguida na forma como o homem de sobretudo sorriu para ele. Também na forma como colocou o dedo na boca frouxa da mulher.

Wilson pensou: *Falando em brincadeiras, pode não ter sido o que eu achei que era. Pode ter sido uma pegadinha. Uma que eles faziam o tempo todo. Coisa típica de flash mob.*

Quanto mais pensava no assunto, mais plausível essa ideia parecia. Homens cortavam gargantas de mulheres em becos e em programas de TV, não em ônibus Peter Pan no meio da tarde. Quanto a Wilson, ele tinha montado uma bela campanha. Era o homem certo no lugar certo na hora certa, e raramente se tinha mais do que uma chance no mundo. Isso não era uma das pérolas da mãe, mas era um fato.

— Senhor?

— Me deixe no próximo sinal — pediu Wilson. — Vou andando de lá.

Para Hesh Kestin

Vi muitos filmes de terror quando era criança (você já deve ter adivinhado isso). Eu era um alvo fácil, e a maioria me deixava morrendo de medo. O lugar era escuro, as imagens eram muito maiores que você e o som era tão alto que os sustos continuavam até quando você fechava os olhos. Na TV, o quociente de sustos costumava ser menor. Havia comerciais para quebrar o ritmo, e as piores partes às vezes eram editadas para não traumatizar os mais novos que podiam estar assistindo (aliás, já era tarde demais para mim; eu já tinha visto a mulher morta levantando da banheira em *As diabólicas*). Como último recurso, você sempre podia ir até a cozinha pegar um refrigerante na geladeira e ficar lá até a música assustadora ser substituída por um vendedor gritando "Carros, carros, carros! Sem avaliação de crédito! Vendemos para QUALQUER UM!".

Mas um filme que vi na TV conseguiu me assustar. Pelo menos a primeira hora dos seus setenta e sete minutos; o desfecho estragou tudo, e até hoje eu queria que alguém o refilmasse e levasse sua premissa apavorante até o final. Esse filme tem talvez o melhor título de filme de terror de todos os tempos: *I Bury the Living* (*Eu enterro os vivos*).

Eu estava pensando nesse filme quando escrevi esta história.

OBITUÁRIOS

Seja claro e deixe o texto simples e direto.

Esse era o evangelho segundo Vern Higgins, que chefiava o departamento de jornalismo da Universidade de Rhode Island, onde me formei. Muito do que ouvi na faculdade entrou por um ouvido e saiu pelo outro, mas não isso, porque o professor Higgins martelava na cabeça da gente. Ele dizia que as pessoas precisavam de clareza e concisão para iniciar o processo de compreensão.

Seu verdadeiro trabalho como jornalista, ele dizia para as turmas, é dar às pessoas os fatos que permitem que elas tomem as próprias decisões e sigam em frente. Então, não enrolem. Não encham o texto de firulas. Comecem do começo, desenvolvam o meio com clareza, para que os fatos de cada evento levem logicamente ao seguinte, e terminem no final. O que, nas notícias, enfatizava ele, sempre é o final *por enquanto*. E nunca caiam naquela bosta preguiçosa de *algumas pessoas acreditam* ou *o consenso geral é*. Uma fonte para cada fato, essa é a regra. Depois, escrevam tudo em linguagem simples, sem adornos nem verniz. Exercícios de retórica pertencem à página do editorial de opinião.

Duvido que alguém vá acreditar no que vou contar agora, e minha carreira no *Neon Circus* teve bem pouco a ver com escrever bem, mas pretendo fazer o melhor possível aqui: os fatos de cada evento levando ao seguinte. Começo, meio e fim.

O fim por enquanto, pelo menos.

Uma boa notícia sempre começa com cinco perguntas básicas: quem, o quê, quando, onde e por quê, se você conseguir descobrir. No meu caso, o por quê é a parte difícil.

Mas o quem é bem fácil; seu menos que destemido narrador se chama Michael Anderson. Eu tinha vinte e sete anos na época em que essas coisas aconteceram. Eu me formei na URI, em jornalismo. Nos dois anos seguintes à formatura, morei com meus pais no Brooklyn e trabalhei em um daqueles jornais gratuitos, *Daily Shopper*, reescrevendo pequenas notícias para intercalar com as propagandas e os cupons. Eu mantive meu currículo (ainda que pequeno) em constante rotação, mas nenhum dos jornais em Nova York, Connecticut ou Nova Jersey me queria. Isso não surpreendeu meus pais nem a mim, não por minhas notas serem ruins (não eram) e não porque minhas amostras de trabalho, a maioria histórias do jornal dos alunos da URI, *O charuto de 5 centavos*, eram mal escritas (duas chegaram a ganhar prêmios), mas porque os jornais não estavam contratando. O contrário, até.

(Se o professor Higgins visse todos esses parênteses, me mataria.)

Meus pais começaram a me pedir, delicadamente, muito delicadamente, para começar a procurar outro tipo de emprego.

— Em um campo relacionado — disse meu pai com sua voz mais diplomática. — Talvez em propaganda.

— Propaganda não é notícia — respondi. — Propaganda é *antinotícia*.

Mas entendi o lado dele: ele tinha visões minhas ainda fazendo lanches noturnos na geladeira deles aos quarenta anos. Um preguiçoso de primeira linha.

Com relutância, comecei a fazer uma lista de possíveis firmas de propaganda que pudessem gostar de contratar um jovem redator com bom texto, mas pouca experiência. E então, na noite anterior ao dia em que eu planejava começar a enviar cópias do meu currículo para as firmas dessa lista, eu tive uma ideia boba. Às vezes, com frequência, fico acordado à noite me perguntando quanto minha vida poderia ter sido diferente se essa ideia nunca tivesse passado pela minha cabeça.

Neon Circus era um dos meus sites favoritos naquela época. Quem é conhecedor de sites de fofoca e celebridades deve conhecer: é o TMZ com matérias bem escritas. Eles cobrem as "celebridades" locais, com viagens ocasionais aos buracos mais sórdidos da política de Nova York e Nova Jersey. Se eu tivesse que resumir a visão deles do mundo, mostraria uma foto que publicamos uns seis meses depois que comecei a trabalhar lá. Mostrava

Rod Peterson (sempre chamado no *Circus* de "Barry Manilow da nova geração") em frente ao Pacha. A companheira dele está inclinada para a frente, vomitando na sarjeta. Ele está com um sorriso de babaca feliz na cara e a mão nas costas do vestido dela. Legenda: ROD PETERSON, O BARRY MANILOW DA NOVA GERAÇÃO, EXPLORA O LADO BAIXO DE NOVA YORK.

O *Circus* é essencialmente um zine da web, com várias seções fáceis de clicar: CELEBRIDADES ACORDANDO FORA DE CASA, CONSUMO DESPREZÍVEL, QUERIA NÃO TER VISTO ISSO, O PIOR DA TV NA SEMANA, QUEM ESCREVE ESSA BOSTA. Tem mais, mas é só para dar uma ideia. Naquela noite, com uma pilha de currículos pronta para ser enviada para firmas nas quais eu não queria trabalhar, entrei no *Neon Circus* para absorver um pouco daquela porcaria revigorante e, na página inicial, descobri que um jovem ator popular chamado Jack Briggs tinha tido uma overdose. Tinha uma foto dele saindo cambaleante de uma casa noturna popular do centro, na semana anterior, coisa típica de mau gosto do *Neon Circus*, mas a notícia que acompanhava a foto era surpreendentemente séria e não tinha nem um pouco a cara do site. Foi nessa hora que me bateu a inspiração. Eu fiz umas pesquisas na internet, de bobeira, e escrevi um obituário rápido e desagradável.

Jack Briggs, famoso pela péssima atuação em Holy Rollers, *filme que saiu ano passado, em seu papel como uma estante de livros falante apaixonada por Jennifer Lawrence, foi encontrado morto em seu quarto de hotel, cercado de algumas de suas preciosidades em pó favoritas. Ele entra para o Clube dos 27, que também abriga famosos usuários de substâncias como Robert Johnson, Jimi Hendrix, Janis Joplin, Kurt Cobain e Amy Winehouse. Briggs se infiltrou no mundo do cinema em 2005, quando...*

Bom, deu para entender. Jovem e desrespeitoso, até mesmo cruel. Se eu estivesse agindo com seriedade naquela noite, provavelmente arrastaria o obituário terminado até a lixeira, porque parecia ir além da mordacidade do *Neon Circus*, beirando a truculência. Mas como eu só estava de brincadeira (depois disso, já me perguntei quantas carreiras começaram só de brincadeira), eu mandei para eles.

Dois dias depois (a internet acelera tudo), recebi um e-mail de uma pessoa chamada Jeroma Whitfield dizendo que eles não só queriam publicar como também queriam discutir a possibilidade de eu talvez escrever mais com a mesma veia cruel. Eu poderia ir até a cidade para um almoço?

Minha gravata e meu paletó acabaram sendo um tremendo exagero de vestuário. Os escritórios do *Circus* na Terceira Avenida eram repletos de homens e mulheres que mais pareciam saídos da faculdade, todos indo de um lado para outro com camisetas de bandas de rock. Duas mulheres usavam short, e vi um cara de macacão de carpinteiro com uma caneta permanente enfiada no corte moicano. Ele era o chefe do departamento de esportes, descobri depois, responsável pela notícia memorável intitulada OS JINTS DÃO OUTRA CAGADA NA CARA DO GOL. Acho que eu não devia ter ficado surpreso. Isso era (e é) jornalismo na era da internet, e para cada pessoa nos escritórios naquele dia, havia mais cinco ou seis correspondentes trabalhando de casa. Por salários de fome, acho que nem preciso acrescentar.

Ouvi falar que, em uma época dourada, no passado enevoado e mítico de Nova York, havia almoços de editores em lugares como o Four Seasons, o Le Cirque e o Russian Tea Room. Talvez, mas meu almoço naquele dia foi no escritório lotado de Jeroma Whitfield. Consistiu de sanduíches de lanchonete e refrigerante Dr. Brown's Cream Soda. Jeroma era velha pelos padrões do *Circus* (tinha quarenta e poucos anos), e não gostei de sua mordacidade forçada desde o começo, mas ela queria me contratar para escrever um obituário semanal, e isso a transformou em uma deusa. Ela até tinha um título para a nova coluna: Falando Mal dos Mortos.

Se eu podia fazer? Claro.

Se faria por uma miséria? Faria. Pelo menos, no início.

Depois que a coluna se tornou a página mais visitada do *Neon Circus* e meu nome ficou associado a ela, tentei negociar um aumento, em parte porque queria ir morar sozinho na cidade e em parte porque estava cansado de receber salário de peão para escrever sozinho a página que estava gerando a maior renda do site com anunciantes.

A primeira sessão de negociação foi um sucesso modesto, talvez porque minhas exigências tivessem sido elaboradas como pedidos hesitantes, e os pedidos eram quase risivelmente humildes. Quatro meses depois, quando começou a circular um boato de que uma grande corporação ia nos comprar por uma grana alta, eu visitei o escritório de Jeroma e pedi um aumento maior, desta vez com bem menos humildade.

— Desculpe, Mike — disse ela. — Nas palavras memoráveis de Hall e Oates, não vou poder fazer isso, não mesmo. Pegue uma bala.

Em lugar de destaque na mesa lotada de Jeroma, havia um pote de vidro grande cheio de balas de eucalipto sabor menta. Os papéis estavam cobertos com mensagens motivadoras. *Vamos ouvir seu grito de guerra*, dizia um. Outro aconselhava (o gramático em mim tem arrepios ao relatar isso): *Transforme o posso fazer no posso fiz*.

— Não, obrigado. Me dê uma chance de dizer o que tenho a dizer antes de negar.

Eu exibi meus argumentos; pode-se dizer que tentei transformar o posso fazer no posso fiz. O principal era a minha crença de que merecia um salário mais condizente com a renda que Falando Mal dos Mortos estava gerando. Principalmente se o *Neon Circus* ia ser comprado por uma corporação maior.

Quando finalmente parei de falar, ela abriu uma bala, colocou entre os lábios cor de ameixa e disse:

— Tudo bem! Ótimo! Agora que você tirou esse peso do peito, talvez queira ir trabalhar em Bump DeVoe. Ele vai dar o que falar.

Era verdade. Bump, vocalista dos Raccoons, morreu com um tiro dado pela namorada enquanto tentava entrar pela janela do quarto da casa dela nos Hamptons, provavelmente de brincadeira. Ela o confundiu com um ladrão. O que tornou a história um prato cheio delicioso foi a arma que ela usou: um presente de aniversário dado pelo próprio Bumpster, o mais novo integrante do Clube dos 27 e que talvez estivesse agora comparando solos de guitarra com Brian Jones.

— Então você não vai nem responder. Esse é o tanto de respeito que você tem por mim?

Ela se inclinou para a frente, sorrindo o bastante para exibir as pontas dos dentinhos brancos. Eu consegui sentir o cheiro de menta. Ou de eucalipto. Ou das duas coisas.

— Vou ser sincera, tá? Para um cara que ainda mora com os pais no Brooklyn, você tem uma ideia bem inflada da sua importância no esquema geral das coisas. Você acha que mais ninguém consegue mijar no túmulo dos babacas burros que farreiam até a morte? Não seja inocente. Eu tenho meia dúzia de correspondentes capazes de fazer isso, e é provável que escrevam algo mais engraçado que você.

— Então que tal eu ir embora, e aí você pode descobrir se isso é verdade?

Eu estava bem furioso.

Jeroma sorriu e bateu a bala de eucalipto nos dentes.

— Fique à vontade. Mas, se você for, Falando Mal dos Mortos não vai com você. O título é meu e vai ficar bem aqui no *Circus*. Claro que você tem alguma credibilidade agora, não vou negar isso. Então, a sua escolha é a seguinte, garoto: você pode voltar para o seu computador e trabalhar em Bump ou pode conseguir uma reunião no *New York Post*. Talvez contratem você. Vai acabar escrevendo noticiazinhas na página seis, sem crédito. Se isso for suficiente pra você, vá em frente.

— Vou escrever o obituário. Mas isso ainda não acabou, Jerri.

— Nada vai mudar tão cedo. E não me chame de Jerri. Você sabe que não gosto.

Eu me levantei para sair. Meu rosto estava vermelho. Eu devia estar parecendo uma placa de trânsito.

— E coma uma bala — disse ela. — Caramba, pegue logo duas. São muito consoladoras.

Lancei um olhar de desdém para o pote e saí, segurando (com dificuldade) uma vontade infantil de bater a porta.

Se você está imaginando uma redação lotada como a que vê atrás de Wolf Blitzer na CNN ou naquele filme sobre Woodward e Bernstein caindo em cima de Nixon, pode reconsiderar. Como falei, boa parte dos repórteres do *Circus* trabalham de casa. Nosso pequeno ninho de notícias (se você quiser se dignar a chamar o que o *Circus* faz de notícia) é mais ou menos do tamanho de um trailer. Tem vinte carteiras escolares enfiadas lá dentro, de frente para uma fileira de TVs sem som em uma parede. As mesas são equipadas com laptops velhos, cada um com um adesivo engraçadinho que diz POR FAVOR, RESPEITE ESSAS MÁQUINAS.

O local estava quase vazio naquela manhã. Eu me sentei na fileira de trás, perto da parede, na frente de um pôster mostrando um jantar de Ação de Graças em uma privada. Embaixo dessa encantadora imagem havia a frase POR FAVOR, CAGUE ONDE COME. Eu liguei o laptop, tirei meus impressos sobre a carreira curta e indistinta de Bump DeVoe da pasta e dei uma olhada em tudo enquanto o sistema operacional iniciava. Abri o Word, digitei OBITUÁRIO

DE BUMP DEVOE na caixa adequada e fiquei sentado ali, olhando para o documento em branco. Fui pago para debochar da cara da morte para leitores de vinte e poucos anos que achavam que a morte só acontecia com os outros, mas é difícil ser engraçado quando se está furioso.

— Com dificuldade para começar?

Era Katie Curran, uma loura alta e esbelta por quem eu sentia um forte desejo, que era quase certamente não correspondido. Ela era sempre gentil comigo, e infalivelmente doce. Ria das minhas piadas. Essas características raramente eram sinal de desejo. Se eu estava surpreso? Nem um pouco. Ela era linda; e eu, não. Se posso ser sincero, sou exatamente aquele nerd do qual os filmes adolescentes debocham. Até meu terceiro mês trabalhando no *Circus*, eu até tinha o acessório geek perfeito: óculos remendados com fita adesiva.

— Um pouco — respondi. Eu conseguia sentir o cheiro do perfume dela. Era de alguma fruta. Peras frescas, talvez. Alguma coisa fresca, pelo menos.

Ela se sentou à mesa ao lado, uma visão de pernas longas com calça jeans desbotada.

— Quando isso acontece comigo, eu digito *A raposa castanha veloz pulou por cima do cachorro preguiçoso* três vezes, bem rápido. Abre os portões da criatividade. — Ela abriu os braços para me mostrar como os portões da criatividade se abriam e acabou me oferecendo uma visão de tirar o fôlego dos seus seios aconchegados dentro de um top preto.

— Acho que não vai funcionar nesse caso.

Katie escrevia uma coluna própria, não tão popular quanto Falando Mal dos Mortos, mas ainda bastante lida: ela tinha meio milhão de seguidores no Twitter. (A modéstia me proíbe de dizer quantos eu tinha naquela época, mas pode pensar em sete dígitos; você não vai estar enganado.) A dela se chamava Enchendo a Cara com Katie. A ideia era sair para beber com celebridades das quais ainda não tínhamos falado mal, e até algumas de quem falamos topavam, vai entender, e entrevistá-las conforme iam ficando progressivamente bêbadas. O que saía era incrível, e Katie gravava tudo no iPhone rosa fofinho que tinha.

Ela deveria encher a cara junto com os convidados, mas bebia apenas um drinque quase até o final, conforme eles iam de um bar a outro. As celebridades raramente percebiam. Só reparavam no formato oval perfeito do rosto dela, no cabelo louro cor de trigo e nos olhos grandes e cinzentos, que sempre projetavam a mesma mensagem: *nossa, você é tão interessante.* Elas faziam fila para o abate, apesar de Katie ter conseguido acabar com cinco ou seis carreiras desde que entrou para a equipe do *Circus* dezoito meses antes de eu subir a bordo. A entrevista mais famosa era com o comediante que opinou sobre Michael Jackson: "Aquele bundão pretenso branco está melhor morto".

— Ela te negou um aumento, foi? — Katie indicou a sala de Jeroma.

— Como você sabia que eu ia pedir um aumento? Eu contei? — Hipnotizado por aqueles olhos enevoados, eu poderia ter dito qualquer coisa a ela.

— Não, mas todo mundo sabia que você ia pedir, e todo mundo sabia que ela ia dizer não. Se ela dissesse sim, todo mundo ia pedir. Ao dizer não para quem mais merece, ela cala a boca de todos nós na hora.

Quem mais merece. Isso me deu um espasmo de prazer. Principalmente vindo de Katie.

— Então você vai ficar?

— Por enquanto — respondi, falando com o canto da boca. Sempre funciona para Bogue naqueles filmes antigos, mas Katie se levantou e limpou uma sujeira inexistente da parte achatada e encantadora do top.

— Eu tenho uma coluna para escrever. Vic Albini. Deus, como ele entorna.

— O herói gay de filmes de ação?

— Novidade: não é gay.

Ela me lançou um sorriso misterioso e saiu andando, me deixando curioso. Mas sem querer realmente saber.

Fiquei sentado em frente ao documento em branco de DeVoe por dez minutos, consegui um falso começo, apaguei e fiquei mais dez minutos sentado. Eu conseguia sentir os olhos de Jeroma em mim e sabia que ela estava dando um sorrisinho, mesmo que só por dentro. Eu não conseguia trabalhar com aquele olhar grudado em mim, mesmo que fosse só imaginação. Decidi ir para casa e escrever o texto sobre DeVoe de lá. Talvez alguma ideia surgisse no metrô, que sempre foi um bom lugar para pensar. Comecei a fechar o laptop, e foi nessa hora que a inspiração veio novamente, da mesma forma que aconteceu na noite em que vi o texto sobre a partida de Jack Briggs para o grande banquete VIP no céu. Eu decidi que *ia* me demitir e que se danassem as consequências, mas eu não iria calado.

Abandonei o documento em branco sobre DeVoe e criei um novo, que chamei de OBITUÁRIO DE JEROMA WHITFIELD. Escrevi sem dar uma pausa. Duzentas palavras venenosas jorraram pelos meus dedos e foram parar na tela.

Jeroma Whitfield, conhecida como Jerri pelos amigos íntimos (segundo relatos, ela teve dois na pré-escola), morreu hoje às...

Eu olhei para o relógio.

... 10h40 da manhã. De acordo com os colegas no local, ela sufocou com a própria bile. Embora tenha se formado com honras em Vassar, Jerri passou os últimos três anos da vida se prostituindo na Terceira Avenida, onde supervisionava uma equipe de duas dúzias de escravos burros de carga, todos mais talentosos que ela. Deixa o marido, conhecido pela equipe do Neon Circus *como Sapo Emasculado, e um filho, um merdinha feio carinhosamente chamado pela equipe de Pol Pot. Todos os colegas concordam que, apesar de ela não ter nenhum talento, Jerri tinha uma personalidade dominante e impiedosa que mais do que compensava. Sua voz zurrada era famosa por provocar hemorragias cerebrais, e a falta de senso de humor era lendária. Em vez de flores, Sapo e Pot pedem que quem a conhecia demonstre sua alegria pela partida dela enviando balas de eucalipto para crianças famintas na África. Haverá uma cerimônia no escritório do* Neon Circus, *onde os alegres sobreviventes vão poder compartilhar lembranças preciosas e se unir para cantar "Ding Dong, the Witch Is Dead".*

Minha ideia quando comecei essa afronta era imprimir umas doze cópias, pendurar em toda parte, inclusive nos banheiros e nos dois elevadores, depois dar tchau para o escritório do *Neon Circus* e para a rainha das balinhas para sempre. Eu talvez até tivesse feito isso se não tivesse relido o que escrevi e descoberto que não era engraçado. Não era nem um pouco engraçado. Era o trabalho de uma criança tendo um acesso de birra. O que me levou a me perguntar se *todos* os meus obituários foram igualmente sem graça e idiotas.

447

Pela primeira vez (você talvez não acredite, mas juro que é verdade), me ocorreu que Bump DeVoe foi uma *pessoa de verdade*, e que em algum lugar podia haver gente chorando porque ele morreu. O mesmo devia valer para Jack Briggs... e Frank Ford (que descrevi como "famoso coçador de saco do *Tonight Show*")... e Trevor Wills, um astro de reality show que cometeu suicídio depois de ser fotografado na cama com o cunhado. Essa foto o *Circus* publicou com alegria no site, acrescentando uma tarja preta para cobrir as partes íntimas do cunhado (as de Will estavam protegidas, fora do campo de visão, e você pode imaginar onde).

Também me ocorreu que eu estava passando boa parte dos anos mais criativamente fecundos da minha vida fazendo um trabalho de merda. Era vergonhoso, na verdade, uma palavra que jamais teria ocorrido a Jeroma Whitfield em nenhum contexto.

Em vez de imprimir o documento, eu o encerrei, arrastei até a lixeira e fechei o laptop. Pensei em voltar até a sala de Jeroma e dizer para ela que eu não ia mais escrever coisas equivalentes a um bebê jogando cocô na parede, mas a parte cautelosa da minha mente, o guarda de trânsito que a maioria de nós tem lá, me mandou esperar. Pensar direito e ter certeza absoluta.

Vinte e quatro horas, decretou o policial de trânsito. *Vá ao cinema e durma bem esta noite. Se ainda se sentir da mesma forma amanhã, vá com Deus, meu filho.*

—Já está indo? — perguntou Katie do laptop dela, e pela primeira vez desde meu primeiro dia ali, não fiquei paralisado por aqueles olhos cinzentos enormes. Eu só dei um aceno e saí.

Eu estava assistindo a uma matinê de *Dr. Fantástico* no Film Forum quando meu celular começou a vibrar. Como o cinema do tamanho de uma salinha de TV estava vazio, exceto por mim, dois bêbados dormindo e um casal de adolescentes fazendo barulhos de aspirador de pó na última fila, eu arrisquei uma olhada na tela e vi uma mensagem de texto de Katie Curran: *Pare o que estiver fazendo e me ligue* AGORA!

Fui até o saguão sem lamentar muito (apesar de eu sempre gostar de ver Slim Pickens largar a bomba) e liguei para ela. Não seria exagero dizer que as primeiras duas palavras que saíram pela boca de Katie mudaram minha vida.

— Jeroma morreu.

— *O quê?* — Eu quase gritei.

A garota da pipoca olhou para mim por cima da revista que estava lendo, sobressaltada.

— Morreu, Mike! *Morreu!* Engasgou com uma daquelas malditas balinha que vivia chupando.

Morreu hoje às 10h40 da manhã, eu tinha escrito. *Sufocou com a própria bile.*

Só coincidência, claro, mas eu não conseguia pensar em uma mais maléfica. Deus transformou Jeroma Whitfield de posso fazer em posso fiz.

— Mike? Ainda está aí?

— Estou.

— Ela não tinha substituto. Você sabe disso, não é?

— Sim. — Agora eu estava pensando nela me mandando pegar uma bala e estalando a dela contra os dentes.

— Então estou tomando a iniciativa de convocar uma reunião amanhã às dez. Alguém tem que fazer isso. Você vem?

— Não sei. Talvez não. — Eu estava andando na direção da porta, na rua Houston. Antes de chegar lá, lembrei que deixei minha pasta na cadeira do cinema e voltei para buscar, puxando o cabelo com a mão livre. A garota da pipoca estava me olhando com pura desconfiança agora. — Eu tinha decidido me demitir hoje de manhã.

— Eu sabia. Deu para ver na sua cara quando você saiu.

A ideia de Katie olhando para a minha cara talvez tivesse me deixado com a língua paralisada em outras circunstâncias, mas não naquele momento.

— Foi no escritório?

— Foi. Por volta das duas da tarde. Éramos quatro na sala de trabalho, não trabalhando, só batendo papo e compartilhando histórias e boatos. Você sabe como é.

Eu sabia. Essas reuniões de fofoca eram um dos motivos de eu ir para o escritório em vez de trabalhar em casa, no Brooklyn. Além da chance de me banquetear de tanto olhar para Katie, claro.

— A porta estava fechada, mas a persiana estava aberta. — Normalmente, ficava. A não ser que estivesse fazendo uma reunião com alguém que ela considerasse importante; Jeroma gostava de ficar de olho nos vassalos. — Só me dei conta quando Pinky disse: "O que a chefe tem? Ela está toda Gangnam Style".

"Eu olhei, e ela estava pulando para a frente e para trás na cadeira, com as mãos no pescoço. Ela caiu da cadeira, e só consegui ver os pés sacudindo. Roberta perguntou o que devíamos fazer. Eu nem me dei ao trabalho de responder."

Eles entraram. Roberta Hill e Chin Pak Soo a levantaram pelas axilas. Katie foi para trás dela e fez a manobra de Heimlich. Pinky ficou na porta balançando as mãos. O primeiro apertão no diafragma não fez nada. Katie gritou para Pinky ligar para a emergência e apertou de novo. O segundo apertão fez uma balinha de eucalipto sair voando até o outro lado da sala. Jeroma inspirou fundo, abriu os olhos e disse suas últimas palavras (e foram muito adequadas, na minha opinião): "Que porra é essa?". Ela começou a tremer de novo e parou de respirar. Chin fez respiração boca a boca até os paramédicos chegarem, mas não adiantou.

— Olhei o relógio na parede depois que ela parou de respirar — disse Katie. — Sabe aquele troço retrô horroroso do Dom Pixote? Eu achei... não sei, achei que alguém podia me perguntar a hora da morte, como em *Law & Order*. É absurdo o que passa pela cabeça da gente numa hora dessas. Eram dez para as três. Não faz nem uma hora, mas parece mais tempo.

— Então ela pode ter engasgado com a balinha às duas e quarenta.

Não *dez* e quarenta, mas *duas* e quarenta. Eu sabia que era só mais uma coincidência, como o fato de *Lincoln* e *Kennedy* terem o mesmo número de letras; os quarenta minutos acontecem vinte e quatro vezes por dia. Mas não gostei mesmo assim.

— Acho que sim, mas não vejo que diferença faz. — Katie pareceu irritada. — Você vem amanhã ou não? Venha, por favor, Mike. Eu preciso de você.

Katie Curran precisava de mim! Yay!

— Tudo bem. Mas você faria uma coisa por mim?

— Acho que sim.

— Eu me esqueci de esvaziar a lixeira do computador que estava usando. O que fica perto do pôster de Ação de Graças. Você pode esvaziar para mim? — Esse pedido não fez sentido racional para mim nem naquela hora. Eu só queria aquela piada horrível do obituário apagada.

— Você é maluco — disse ela —, mas se jurar pelo nome da sua mãe que vem amanhã às dez em ponto, claro. Escute, Mike, essa é nossa chance. A gente pode ser dono da mina de ouro em vez de só trabalhar nela.

— Estarei aí.

Quase todo mundo foi, menos os freelancers que trabalhavam entre os selvagens nas áreas mais ermas de Connecticut e Nova Jersey. Até o desprezível Irving Ramstein, que escrevia uma coluna de piadas chamada (não entendo, então não me pergunte) Galinhas Politicamente Incorretas, apareceu. Katie conduziu a reunião com confiança e nos disse que o show tinha que continuar.

— É o que Jeroma ia querer — disse Pinky.

— Quem liga para o que Jeroma ia querer — disse Georgina Bukowski. — Eu só quero continuar recebendo meu salário. Além disso, se remotamente possível, parte dos lucros.

Esse grito foi incorporado por vários outros — *Lucros! Lucros! Parte dos lucros!* —, até nosso escritório parecer uma rebelião em um filme antigo de prisão. Katie deixou que as pessoas se acalmassem antes de pedir para fazerem silêncio.

— Como ela pôde morrer engasgada? — perguntou Chin. — A jujuba saiu.

— Não foi uma jujuba — disse Roberta. — Foi uma daquelas balas fedidas que ela sempre chupava. Eucabosta.

— Não importa, cara. Saiu voando quando Katie deu o abraço da vida nela. Nós todos vimos.

— *Eu*, não — disse Pinky. — Eu estava ao telefone. E *em modo de espera*, porra.

Katie disse que falou com um dos paramédicos, sem dúvida usando os olhos cinzentos enormes para ajudá-la, e ouviu que o engasgo podia ter levado a um ataque cardíaco. E, nos meus esforços para acompanhar a orientação do professor Higgins e seguir logo para os fatos relevantes, vou avançar um pouco na história e relatar que a autópsia na nossa querida líder provou que foi isso mesmo. Se Jeroma tivesse ganhado a manchete do *Neon Circus* que merecia, provavelmente seria CHEFONA EXPLODE O CORAÇÃO.

A reunião foi longa e barulhenta. Já exibindo o talento que a tornava a escolha natural para ocupar o lugar e seguir os passos com Jimmy Choos de Jeroma, Katie permitiu que todos desabafassem o que sentiam (expressando-se mais em explosões de gargalhadas loucas e semi-histéricas) antes de mandar todo mundo voltar ao trabalho, porque o tempo, a maré e a internet não esperam nenhum homem. Nem mulher. Ela disse que falaria com os investidores principais do *Circus* antes do final da semana e me convidou para ir até a sala de Jeroma.

— Já vai mandar trocar as cortinas? — perguntei quando a porta foi fechada. — Ou a persiana, nesse caso?

Ela olhou para mim com o que poderia ser mágoa. Ou só surpresa.

— Você acha que quero esse trabalho? Sou *colunista*, Mike, assim como você.

— Mas você seria boa nisso. Eu sei, e eles também. — Eu mexi a cabeça na direção de nossa pretensa redação, onde todo mundo estava catando milho ou mexendo no celular. — Quanto a mim, sou só o redator de obituários engraçadinhos. Ou era. Eu decidi me tornar emérito.

— Acho que entendo por que você quer isso. — Ela tirou um pedaço de papel do bolso de trás da calça jeans e o abriu. Eu sabia o que era antes de ela me entregar. — A curiosidade faz parte do trabalho, então espiei na lixeira antes de apagar. E encontrei isto.

Eu peguei o papel, dobrei sem olhar (eu nem queria ver a impressão, muito menos reler) e coloquei no bolso.

— Está apagado agora?

— Sim, e essa é a única cópia impressa. — Ela tirou o cabelo do rosto e olhou para mim. Podia não ser o rosto que fazia mil navios zarparem, mas podia ter feito várias dezenas, inclusive um ou dois navios de guerra. — Eu sabia que você perguntaria. Depois de trabalhar com você por um ano e meio, entendo que paranoia é parte da sua personalidade.

— Obrigado.

— Eu não quis ofender. Em Nova York, a paranoia é um instinto de sobrevivência. Mas não é motivo para abandonar o que poderia se tornar um trabalho bem mais lucrativo no futuro imediato. Até você deve saber que uma coincidência absurda, e vou admitir que essa é bem absurda, é só uma coincidência. Mike, eu preciso que você permaneça a bordo.

Não *nós*, mas *eu*. Ela disse que não estava querendo assumir o cargo de Jeroma, mas eu achava que estava.

— Você não entende. Eu acho que não conseguiria mais fazer, mesmo que quisesse. Não conseguiria ser engraçado, pelo menos. Tudo sairia... — Eu procurei e encontrei uma palavra da minha infância. — Forçado.

Katie franziu a testa e pensou.

— Talvez Penny pudesse fazer.

Penny Langston era um dos freelancers dos lugares obscuros, contratada por Jeroma por sugestão de Katie. Eu tinha uma vaga ideia de que as duas se conheciam da faculdade. Se fosse assim, elas não podiam ser menos parecidas. Penny raramente ia ao escritório, e, quando ia, usava um boné de beisebol velho que nunca saía da cabeça e um sorriso macabro que raramente saía do rosto. Frank Jessup, o cara dos esportes com corte moicano, gostava de dizer que Penny sempre parecia a dois minutos de surtar.

— Mas ela nunca seria tão engraçada quanto você — prosseguiu Katie. — Se não quer escrever obituários, o que *gostaria* de fazer? Supondo que fique no *Circus*, e espero que fique.

— Críticas, talvez. Eu poderia escrever críticas engraçadas, eu acho.

— Críticas cruéis? — Com a voz um pouco esperançosa.

— Bem... é. Provavelmente. Algumas.

Eu era bom de deboche, afinal, e achei que podia ser mais do que Joe Queenan em alguns pontos, muitos, até. E pelo menos eu estaria caindo em cima de gente viva que poderia reagir.

Ela colocou as mãos nos meus ombros, ficou nas pontas dos pés e deu um beijo leve no canto da minha boca. Se eu fechar os olhos, ainda consigo sentir seus lábios. Ela me olhou com aqueles olhos cinzentos enormes, o mar em uma manhã nublada. Tenho certeza de que o professor Higgins reviraria os olhos, mas sujeitos de terceira categoria como eu raramente são beijados por garotas de primeira como ela.

— Pense em continuar com os obituários, tá? — Com as mãos ainda nos meus ombros. O aroma leve nas minhas narinas. Os seios a menos de dois centímetros do meu peito, e, quando ela respirou fundo, eles se tocaram. Ainda consigo sentir isso também. — A questão aqui não somos só você e eu. As próximas seis semanas vão ser críticas para o site e para a equipe. Então, *pense bem*. Mesmo que só mais um mês de obituários já ajudaria. Daria a Penny, ou a outra pessoa, uma chance de ir aprendendo a função, com sua orientação. E talvez ninguém interessante morra.

Só que sempre morria, e nós dois sabíamos.

Eu devo ter dito que pensaria no assunto. Não consigo lembrar. O que eu estava pensando era em dar um beijo nela bem ali na sala de Jeroma, e dane-se se alguém no escritório poderia nos ver. Mas não fiz nada. Fora das comédias românticas, caras como eu raramente fazem. Eu disse uma coisa qualquer e devo ter saído, porque em pouco tempo me vi na rua. Eu me senti massacrado.

Mas me lembro de uma coisa: quando cheguei em uma lixeira na esquina da Terceira Avenida com a 50, rasguei o obituário de brincadeira que não era mais engraçado em pedacinhos e joguei lá dentro.

Naquela noite, tive um jantar agradável com meus pais e fui para o meu quarto (o mesmo para onde eu ia, emburrado, quando meu time da Liga Infantil perdia, não é deprimente?) e me sentei à escrivaninha. O jeito mais fácil de superar meu desconforto, achei, era escrevendo outro obituário de pessoa viva. Não dizem para você subir no cavalo logo depois que caiu? Ou dar outro salto do trampolim depois que seu mergulho vira uma barrigada? Eu só precisava provar o que já sabia: nós vivemos em um mundo racional. Enfiar alfinetes em bonecos de vodu não mata ninguém. Escrever o nome do seu inimigo em um pedaço de papel e queimar enquanto recita o Credo de trás para a frente não mata ninguém. Obituários de palhaçada também não matam ninguém.

Mesmo assim, tomei o cuidado de fazer uma lista de possíveis candidatos que consistia somente de pessoas comprovadamente ruins, como Faheem Darzu, que assumiu o crédito pelos bombardeios de ônibus em Miami, e Kenneth Wanderly, um eletricista condenado por quatro acusações de estupro seguidos de assassinato em Oklahoma. Wanderly pareceu a melhor possibilidade na minha lista curta de sete nomes, e eu estava prestes a elaborar alguma coisa quando pensei em Peter Stefano, um merda que não valia nada.

Stefano era um produtor de discos que enforcou a namorada por se recusar a gravar uma música que ele compôs. Ele estava cumprindo pena em uma prisão de segurança média quando devia estar em uma prisão secreta na Arábia Saudita jantando baratas, bebendo o próprio mijo e ouvindo Anthrax tocado no volume máximo no meio da madrugada. (Na minha humilde opinião, claro.) A mulher que ele matou era Andi McCoy, que por acaso era uma das minhas cantoras favoritas de todos os tempos. Se eu estivesse escrevendo obituários debochados na época da sua morte, jamais teria escrito o dela; a ideia de que a voz ampla, facilmente comparável à da jovem Joan Baez, podia ter sido silenciada por aquele idiota dominador ainda me enfurecia cinco anos depois. Deus dá cordas vocais assim a uns poucos escolhidos, e Stefano destruiu as de McCoy em um ataque de irritação e drogas.

Eu abri meu laptop, escrevi OBITUÁRIO DE PETER STEFANO no campo apropriado e coloquei o cursor no documento em branco. Mais uma vez, as palavras jorraram sem intervalo, como água de um cano quebrado.

O produtor de discos escravizador e sem talento Peter Stefano foi encontrado morto na cela do Instituto Penal Estadual Gowanda ontem de manhã, e todos comemoramos. Apesar de nenhuma causa oficial de morte ter sido anunciada, uma fonte na prisão disse: "Parece que a glândula anal do ódio se rompeu, espalhando veneno do cu por todo o seu corpo. Em termos leigos, ele teve uma reação alérgica à própria merda venenosa".

Apesar de Stefano estar envolvido com muitos grupos e artistas solo, ele é especialmente conhecido por estragar as carreiras de The Grenadiers, The Playful Mammals, Joe Dean (que cometeu suicídio depois que Stefano se recusou a renegociar seu contrato) e, claro, Andi McCoy. Não satisfeito em destruir a carreira dela, Stefano a estrangulou com um fio de abajur enquanto estava alterado pelo uso de metanfetamina. Ele deixa três agradecidas ex-esposas, cinco ex-companheiras e as duas gravadoras que conseguiu não falir.

Seguiu nesse ritmo por mais cem palavras, mais ou menos, e não foi um dos meus melhores esforços (obviamente). Eu não me importei, porque a sensação foi boa. E não só porque Peter Stefano era um homem ruim. A sensação foi boa como *escritor*, apesar de ser prosa ruim e parte de mim saber que era uma coisa má. Pode parecer um desvio, mas eu acho (na verdade, eu sei) que está no coração da história. Escrever é difícil, tá? Pelo menos para mim. E, sim, eu sei que a maioria dos trabalhadores falam que seus trabalhos são difíceis, independentemente de serem açougueiros, padeiros, fabricantes de vela ou redatores de obituário. Só que, às vezes, o trabalho *não* é difícil. Às vezes, é fácil. Quando isso acontece, você se sente como se estivesse na pista de boliche, vendo sua bola rolar na direção perfeita e sabendo que ela segue rumo ao strike.

Matar Stefano no meu computador deu a sensação de um strike.

Eu dormi como um bebê naquela noite. Talvez em parte tenha sido por eu sentir que fiz algo para expressar minha fúria e consternação pela pobre garota assassinada, pelo desperdício idiota do talento dela. Mas me senti da mesma forma quando estava escrevendo o obituário de Jeroma Whitfield, e tudo que ela fez foi se recusar a me dar um aumento. Foi mais por causa do processo de escrever. Eu senti o poder. E me sentir poderoso era bom.

Minha primeira parada no computador durante o café da manhã no dia seguinte não foi no *Neon Circus*, mas no *Huffington Post*. Quase sempre era. Eu não me dava ao trabalho de descer a tela até a parte de fofocas de celebridades nem olhava os itens da barra lateral (para ser sincero, o *Circus* fazia as duas coisas bem melhor), mas as histórias principais do *Huffpo* sempre são precisas, concisas e quentes. A primeira era sobre um governador do Tea Party dizendo alguma coisa que o *Huffpo* achava previsivelmente ultrajante. A seguinte fez minha xícara de café parar na metade do caminho até os lábios. A manchete dizia PETER STEFANO ASSASSINADO EM DISCUSSÃO NA BIBLIOTECA.

Coloquei o café intocado na mesa, com cuidado, muito cuidado, sem derramar uma gota, e li a notícia. Stefano e o bibliotecário estavam discutindo porque uma música de Andi McCoy tocava nos alto-falantes da biblioteca. Stefano mandou o bibliotecário parar de debochar dele e "tirar aquela merda". O bibliotecário se recusou e disse que não estava debochando de ninguém, só escolheu o CD aleatoriamente. A discussão foi ficando acalorada. Foi quando alguém se aproximou por trás de Stefano e acabou com ele com um canivete.

Pelo que deu para descobrir, ele foi assassinado por volta da hora em que terminei o obituário. Eu olhei para o café. Levantei a xícara e bebi. Estava frio. Eu corri para a pia e vomitei tudo. Depois, liguei para Katie e disse que não iria para a reunião, mas gostaria de me encontrar com ela mais tarde.

— Você disse que viria — reclamou ela. — Está quebrando sua promessa!

— Por um bom motivo. Me encontre para um café de tarde e eu conto por quê.

Depois de uma pausa, ela disse:

— Aconteceu de novo.

Não foi uma pergunta.

Eu admiti. Contei para ela sobre a lista de "caras que mereciam morrer" e que pensei em Stefano.

— Eu escrevi o obituário dele, só para provar que não tive nada a ver com a morte de Jeroma. Terminei por volta do mesmo horário em que ele foi esfaqueado na biblioteca. Levo uma versão impressa com o horário se você quiser ver.

— Não preciso do horário, acredito em você. Vamos nos encontrar, mas não para tomar café. Vá até meu apartamento. E leve o obituário.

— Olha, se você acha que vou deixar você botar isso on-line...

— Deus, não, você está maluco? Só quero ver com meus próprios olhos.

— Tudo bem. — Mais que tudo bem. A casa *dela*. — Mas, Katie?

— O quê?

— Você não pode contar sobre isso para *ninguém*.

— Claro que não. Que tipo de pessoa você acha que eu sou?

Uma mulher com belos olhos, pernas compridas e seios perfeitos, eu pensei enquanto desligava. Eu devia saber que estava me metendo em encrenca, mas não estava pensando direito. Estava lembrando aquele beijo quente no canto da boca. Eu queria outro, e não no canto. E o que mais viesse depois.

O apartamento dela era organizado, com três quartos, e ficava no West Side. Ela me recebeu na porta, usando um short e um top fino, nada apropriado para o trabalho. Ela me abraçou e disse:

—Ah, Deus, Mike, você está com uma cara *péssima*. Lamento tanto.

Eu retribuí o abraço. Ela continuou me abraçando. Eu procurei os lábios dela, como os romances dizem, e pressionei com os meus. Depois de uns cinco segundos, eternos, mas não longos o suficiente, ela se afastou e olhou para mim com aqueles grandes olhos cinzentos.

—Temos *muito* para conversar. — E sorriu. — Mas podemos deixar a conversa pra depois.

O que veio em seguida foi o que geeks como eu raramente conseguem, e, quando conseguem, costuma haver um motivo oculto envolvido. Não que geeks como eu pensem em coisas assim no momento. No momento, somos como qualquer cara do planeta: a cabeça de cima vai dar uma volta e a de baixo comanda.

Sentados na cama.

Tomando vinho em vez de café.

—Teve uma coisa que li no jornal ano passado, talvez dois anos atrás — disse ela. — Um cara em um dos estados do centro do país, Iowa, Nebraska, algum lugar assim, comprou um bilhete de loteria depois do trabalho, uma daquelas raspadinhas, e ganhou cem mil dólares. Uma semana depois, ele comprou um bilhete de Powerball e ganhou cento e quarenta milhões.

—O que você está querendo dizer? — Eu entendi, mas não me importei. O lençol tinha escorregado e estava deixando os seios dela à mostra, tão firmes e perfeitos quanto eu esperava que fossem.

—Duas vezes *ainda* pode ser coincidência. Quero que você faça de novo.

—Acho que não seria inteligente. — Foi um argumento fraco até para os meus ouvidos. Havia uma garota bonita inteirinha ao meu alcance, mas de repente eu não estava pensando nela. Eu estava pensando em uma bola de boliche rolando pela pista, na sensação de ficar olhando e saber que, em dois segundos, os pinos iam cair para todos os lados.

Ela se virou de lado e me olhou com sinceridade.

—Se isso estiver realmente acontecendo, Mike, é *colossal*. A coisa mais colossal do mundo. O poder sobre a vida e a morte!

—Se você está pensando em usar isso no site…

Ela balançou a cabeça com veemência.

— Ninguém acreditaria. Mesmo que acreditasse, como poderia beneficiar o *Circus*? A gente faria votação? Pediria para as pessoas enviarem nomes de homens maus que merecem morrer?

Ela estava enganada. As pessoas ficariam felizes de participar na Votação da Morte 2016. Teria mais alcance que o *American Idol*.

Ela passou os braços pelo meu pescoço.

— Quem estava na sua lista da morte antes de você pensar em Stefano?

Eu fiz uma careta.

— Eu queria que você não a chamasse assim.

— Não importa, só me conte.

Comecei a listar os nomes, mas quando cheguei em Kenneth Wanderly, ela me fez parar. Agora, os olhos cinzentos não pareciam só escuros; estavam tempestuosos.

— Ele! Escreva o obituário *dele*! Vou pesquisar o pano de fundo no Google para você poder fazer um trabalho excepcional e…

Com relutância, eu me soltei dos braços dela.

— Pra quê, Katie? Ele já está no corredor da morte. O Estado que cuide dele.

— Mas não vai! — Ela pulou da cama e começou a andar de um lado para outro. Era uma visão hipnotizante, e tenho certeza de que nem preciso contar. Aquelas pernas compridas, ulalá. — Não *vai*! Aquele pessoal de Oklahoma não faz nada desde aquela execução que deu errado dois anos atrás! Kenneth Wanderly estuprou e matou quatro garotas, *torturou* elas até a morte, e ainda vai estar lá comendo bolo de carne do governo quando tiver sessenta e cinco anos! E vai morrer dormindo!

Ela voltou para a cama e ficou de joelhos.

— Faça isso por mim, Mike! *Por favor!*

— Por que ele é tão importante para você?

A animação sumiu do rosto dela. Katie cruzou as pernas e baixou a cabeça, de forma que o cabelo cobriu o rosto. Ficou assim por uns dez segundos, e quando olhou para mim de novo, a beleza dela tinha… não sumido, mas se alterado. Parecia *marcada*. Não eram só as lágrimas escorrendo pelas bochechas; era a curva envergonhada da boca.

— Porque eu sei como é. Fui estuprada quando estava na faculdade. À noite, depois de uma festa de fraternidade. Eu diria para você escrever o obituário *dele*, mas não vi quem foi. — Ela inspirou fundo, tremendo. — Ele me atacou por trás. Fiquei de costas o tempo todo. Mas Wanderly vai servir por associação. Vai servir direitinho.

Eu joguei o lençol longe.

— Ligue o computador.

O estuprador covarde e careca Kenneth Wanderly, que só conseguia fazer o amiguinho subir quando sua presa estava amarrada, poupou uma grana aos contribuintes ao cometer suicídio na cela da Penitenciária Estadual de Oklahoma, no corredor da morte, nas primeiras horas da manhã. Guardas encontraram Wanderly (cuja foto está ao lado de "filho da mãe inútil" no Urban Dictionary) pendurado em uma forca improvisada feita com a própria calça. O diretor George Stockett decretou imediatamente um jantar comemorativo especial no refeitório comum amanhã à noite, seguido de um arrasta-pé. Quando perguntaram se a Calça do Suicídio seria emoldurada e colocada com os outros troféus da penitenciária, o diretor Stockett se recusou a responder, mas deu uma piscadela para os presentes na coletiva reunida às pressas.

Wanderly, uma doença se passando por ser vivo, chegou ao mundo no dia 27 de outubro de 1972 em Danbury, Connecticut...

Outra merdástica obra de arte de Michael Anderson! Os piores dos meus obituários para o Falando Mal dos Mortos eram mais engraçados e incisivos (se você não acredita, pode pesquisar), mas isso não importava. Mais uma vez, as palavras jorraram, e com a mesma sensação de poder perfeitamente balanceado. Em um momento, no fundo da mente, percebi que a sensação se assemelhava mais a lançar um dardo do que rolar uma bola de boliche. Um dardo com a ponta bem afiada. Katie também sentiu. Ela estava sentada ao meu lado, estalando como eletricidade estática voando de uma escova de cabelo.

A próxima parte é difícil de escrever, porque me faz pensar que tem um pouco de Ken Wanderly em todos nós, mas como não existe outra forma de contar a verdade a não ser contá-la de uma vez, aqui vai: aquilo nos deixou com tesão. Eu a peguei em um abraço selvagem e nada geek assim que acabei de escrever e a carreguei de volta para a cama. Katie prendeu os tornozelos na minha cintura e as mãos na minha nuca. Acho que aquela segunda rodada deve ter durado uns cinquenta segundos, mas nós dois gozamos. Muito. As pessoas são horríveis às vezes.

Ken Wanderly era um monstro, tá? Isso não é julgamento exclusivamente meu; ele usou a palavra para se descrever quando confessou tudo em um esforço inútil de evitar a pena de morte. Eu poderia usar isso para desculpar o que eu fiz — o que *nós* fizemos —, exceto por uma coisa.

Escrever o obituário dele foi muito melhor que o sexo que veio em seguida.

Fez com que eu tivesse vontade de repetir a dose.

Quando acordei na manhã seguinte, Katie estava sentada no sofá com o laptop. Ela olhou para mim com seriedade e bateu na almofada ao lado. Eu me sentei e li a manchete do *Neon Circus* na tela: MAIS UM BAD BOY BATE AS BOTAS: "KEN TERRÍVEL" COMETE SUICÍDIO NA CELA. Só que ele não se enforcou. Ele tinha contrabandeado um sabonete (como conseguiu um ainda era um mistério, porque os detentos só têm acesso a sabonete líquido) e o enfiou na garganta.

— Meu Deus — eu disse. — Que jeito horrível de morrer.

— Ótimo! — Ela levantou as mãos, fechou os punhos e sacudiu ao lado das têmporas. — *Excelente!*

Havia algumas perguntas que eu não queria fazer. A primeira era se ela tinha dormido comigo só para me persuadir a matar um substituto adequado para o estuprador dela. Mas se questione o seguinte (eu me questionei): teria adiantado alguma coisa? Ela podia me dar uma resposta totalmente direta e eu podia não acreditar. Em uma situação assim, o relacionamento pode não ser envenenado, mas já está bem doente.

— Eu não vou fazer de novo.

— Tudo bem, eu entendo.

(Ela não entendia.)

— Então não me peça.

— Eu não vou pedir.

(Ela pediu.)

— E você nunca pode contar para ninguém.

— Eu já falei que não vou contar.

(Ela já tinha contado.)

Acho que parte de mim já sabia que essa conversa era um exercício de inutilidade, mas falei que tudo bem e deixei de lado.

— Mike, eu não quero apressar você para ir embora, mas tenho um zilhão de coisas para fazer, e…

— Não se preocupe. Já estou indo.

Na verdade, eu *queria* ir embora. Queria andar uns vinte e cinco quilômetros sem rumo e pensar no que aconteceria em seguida.

Ela me segurou na porta e me beijou intensamente.

— Não vá embora com raiva.

— Não estou. — Eu não sei como *consegui* ir embora.

— E não ouse pensar em se demitir. Preciso de você. Penny é a pessoa errada para Falando Mal dos Mortos, mas entendo que você precise de um tempo. Eu estava pensando, talvez, em… Georgina?

— Talvez.

Achava Georgina a pior redatora da equipe, mas não me importava mais. Eu só queria nunca mais ver outro obituário, e menos ainda escrever um.

— Quanto a você, faça todas as críticas que quiser. Não tem mais Jeroma para dizer não, não é verdade?

— É verdade.

Ela me sacudiu.

— Não fique assim, pateta. Mostre entusiasmo. Aquela velha animação do *Neon Circus*. E diga que vai ficar. — Ela baixou a voz. — Podemos fazer nossas reuniões. *Particulares.* — Ela viu meu olhar baixar até o decote do roupão e riu, satisfeita. E me deu um empurrão. — Agora, vá. Cai fora daqui.

Uma semana se passou, e quando você está trabalhando para um site como o *Neon Circus*, cada semana dura três meses. Celebridades ficaram bêbadas, celebridades foram para reabilitação, celebridades saíram da reabilitação e logo ficaram bêbadas de novo, celebridades foram presas, celebridades saíram de limusines sem calcinha, celebridades dançaram a noite toda, celebridades se casaram, celebridades se divorciaram, celebridades "deram um tempo". Uma celebridade caiu na piscina e se afogou. Georgina escreveu um obituário incrivelmente sem graça, e uma tonelada de tweets e e-mails de *Cadê o Mike?* chegaram em seguida. Houve uma época em que isso me agradaria.

Eu não voltei ao apartamento de Katie porque ela estava ocupada demais para dar uns amassos. Na verdade, Katie não estava muito em evidência. Ela estava "indo a reuniões", duas em Nova York e uma em Chicago. Na ausência dela, acabei virando o chefe. Eu não fui indicado, não fiz campanha, não fui eleito. Só aconteceu. Meu único consolo era que as coisas voltariam ao normal quando Katie voltasse.

Eu não queria passar tempo nenhum na sala de Jeroma (parecia assombrada), mas, fora nosso banheiro unissex, era o único lugar onde eu podia fazer reuniões com funcionários atormentados com relativa privacidade. E os funcionários estavam *sempre* atormentados. Publicar on-line ainda é publicar, e toda equipe que trabalha com publicação é um ninho de complexos e neuroses antiquados. Jeroma teria expulsado todo mundo (mas, ei, pegue uma bala). Eu não podia fazer isso. Quando comecei a me sentir mal, lembrei que logo voltaria para minha mesa de sempre perto da parede, escrevendo críticas mordazes. Só mais um internado no hospício.

A única decisão real que me lembro de ter tomado naquela semana teve a ver com a cadeira de Jeroma. Eu não conseguia botar a bunda onde a dela estava quando engasgou com a Bala da Perdição. Eu a empurrei até a sala coletiva e peguei a cadeira que eu via como "minha", a que ficava junto à mesa próxima do pôster de Ação de Graças com o texto POR FAVOR, CAGUE ONDE COME. Era um assento bem menos confortável, mas pelo menos não parecia assombrado. Além do mais, eu não estava escrevendo muito.

No fim da tarde de sexta, Katie entrou no escritório usando um vestido cintilante na altura dos joelhos que era a antítese da calça jeans com top que ela costumava usar. O cabelo estava cheio de cachos com caimento perfeito, feitos no salão de beleza. Para mim, ela parecia... bem... uma versão mais bonita de Jeroma. Eu tive uma lembrança passageira de *A revolução dos bichos*, de Orwell, e como o cantarolar de "quatro pernas bom, duas pernas ruim" mudou para "quatro pernas bom, duas pernas melhor".

Katie nos reuniu e anunciou que estávamos sendo comprados pela Pyramid Media de Chicago e que haveria aumentos — pequenos — para todo mundo. Isso gerou uma onda de aplausos animados. Quando pararam, ela acrescentou que Georgina Bukowski assumiria o Falando Mal dos Mortos de vez, e que Mike Anderson era nosso novo crítico cult.

— O que quer dizer — disse ela — que ele vai abrir as asas e voar lentamente sobre a paisagem, cagando onde quiser.

Mais aplausos animados. Eu me levantei e fiz uma reverência, tentando parecer alegre e diabólico. Quanto a isso, eu era capaz de apostar quinhentas pratas que não ficava alegre desde a morte repentina de Jeroma, mas eu me sentia *mesmo* diabólico.

— Agora, todo mundo de volta ao trabalho! Escrevam coisas eternas! — Lábios brilhantes se abriram em um sorriso. — Mike, posso falar com você em particular?

Em particular queria dizer na sala de Jeroma (todos nós ainda pensávamos naquela sala assim). Katie franziu a testa quando viu a cadeira atrás da mesa.

— O que *essa* coisa feia está fazendo aqui?

— Eu não gostava de sentar na de Jeroma — respondi. — Pego de volta se você quiser.

— Eu quero. Mas, *antes* que você vá... — Ela chegou perto, mas viu que a persiana estava aberta e que estávamos sendo observados. Decidiu então botar a mão no meu peito. — Você pode ir lá em casa esta noite?

— Sem dúvida. — Mas não fiquei tão animado com a perspectiva quanto era de se imaginar. Com a cabeça de baixo fora de cena, dúvidas sobre as motivações de Katie continuaram a se solidificar. E, tenho que admitir, achei meio perturbador ela estar tão ansiosa para trazer a cadeira de Jeroma de volta para o escritório.

Baixando a voz, apesar de estarmos sozinhos, ela disse:

— Imagino que você não tenha escrito mais... — Os lábios cintilantes formaram a palavra *obituários*.

— Nem pensei nisso.

Estava mentindo. Escrever obituários era a primeira coisa em que eu pensava de manhã e a última em que pensava à noite. O jeito como as palavras fluíam. E a sensação que acompanhava: uma bola de boliche rolando na direção certa, uma tacada de seis metros de distância rolando direto para o buraco, um dardo pousando no lugar onde você mirou. Na mosca, bem no meio do alvo.

— O que *mais* você anda escrevendo? Alguma crítica? Soube que a Paramount vai lançar o último filme de Jack Briggs e ouvi que é ainda pior do que *Holy Rollers. Tem* que ser tentador.

— Não ando escrevendo, exatamente. Estava dando uma de ghostwriter. Revisando o trabalho dos outros. Mas não fui feito para ser editor. Esse trabalho é seu, Katie.

Desta vez, ela não protestou.

Mais tarde, eu olhei para a frente da última fileira, onde estava tentando (e falhando) escrever a crítica de um CD, e a vi no escritório, inclinada na frente do laptop. A boca estava se movendo, e primeiro achei que ela devia estar ao telefone, mas não havia telefone por perto. Então tive a ideia, quase certamente ridícula, mas estranhamente difícil de descartar, de que ela tinha encontrado um estoque de balas de eucalipto na gaveta de cima e que estava chupando uma.

Cheguei ao apartamento dela pouco antes das sete, carregando sacos de comida chinesa do Fun Joy. Ela não estava de short e de top fino naquela noite; estava usando um suéter e uma calça cáqui larga. E não estava sozinha. Penny Langston estava sentada em uma ponta do sofá (acocorada lá, na verdade). Não estava usando o boné, mas aquele sorriso estranho, o que dizia *toque em mim e mato você*, estava presente e evidente.

Katie beijou minha bochecha.

— Convidei Penny para se juntar a nós.

Isso estava na cara, mas eu falei:

— Oi, Pens.

— Oi, Mike. — Uma voz de ratinho e nenhum contato visual, mas ela fez um esforço corajoso de transformar o sorriso em uma coisa menos apavorante.

Eu olhei para Katie. E ergui as sobrancelhas.

— Eu disse que não contei para ninguém sobre o que você consegue fazer — disse Katie. — Isso... não foi bem verdade.

— E eu meio que já sabia. — Coloquei os sacos brancos manchados de gordura na mesa de centro. Eu não estava mais com fome e não esperava nada de bom dos próximos minutos. — Você quer me dizer qual é o assunto a ser discutido aqui antes que eu acuse você de quebrar sua promessa solene e vá embora?

— Não faça isso. Por favor. Escute. Penny trabalha no *Neon Circus* porque convenci Jeroma a contratá-la. Eu a conheci quando ela ainda morava em Nova York. Nós duas participávamos de um grupo, não era, Pens?

— Sim — respondeu Penny com sua vozinha de rato. Ela estava olhando para as mãos, tão apertadas no colo que os nós dos dedos estavam brancos. — O grupo Nome Sagrado de Maria.

— Que é o quê, exatamente? — Como se eu precisasse perguntar. Às vezes, quando as peças se juntam, dá para ouvir o estalo.

— Apoio a vítimas de estupro — explicou Katie. — Eu não vi meu estuprador, mas Penny viu o dela. Não viu, Pens?

— Vi. Muitas vezes. — Agora, Penny estava me encarando, e sua voz ficou mais forte a cada palavra. No final, ela estava quase gritando, e lágrimas escorriam pelas bochechas. — Foi meu tio. Eu tinha nove anos. Minha irmã tinha onze. Ele estuprou ela também. Katie disse que você consegue matar gente com obituários. Eu quero que você escreva o dele.

Não vou contar a história que ela me contou, sentada no sofá com Katie, que segurava uma das mãos dela e colocava Kleenex após Kleenex na outra. A não ser que você tenha vivido em um dos sete lugares do país ainda não equipados com tecnologia multimídia, já deve tê-la ouvido. Você só precisa saber que os pais de Penny morreram em um acidente de carro, e que ela e a irmã foram morar com o tio Amos e a tia Claudia. Tia Claudia se recusava a ouvir qualquer coisa contra o marido. O resto você vai ter que imaginar sozinho.

Eu queria fazer. Porque a história era horrível, sim. Porque homens como tio Amos precisavam sofrer por se aproveitarem dos mais fracos e vulneráveis, sim. Porque Katie queria que eu fizesse, sem dúvida. Mas, no final, acabou sendo por causa do vestido bonito e triste que Penny estava usando. E dos sapatos. E da maquiagem borrada. Pela primeira vez em anos, talvez pela primeira vez desde que o tio Amos começou a fazer as visitas noturnas ao quarto dela, sempre dizendo que era "nosso segredinho", ela tentou se deixar apresentável para um ser humano do sexo masculino. Partiu meu coração. Katie carregava marcas do estupro, mas o superou. Algumas garotas conseguem fazer isso. A maioria, não.

Quando ela terminou, eu perguntei:

— Você jura por Deus que seu tio fez mesmo isso?

— Juro. Repetidas vezes. Quando ficamos velhas o bastante para engravidar, ele nos fazia virar e usava nosso... — Ela não terminou a frase. — E aposto que não ficou só em Jessie e em mim.

— E ele nunca foi preso?

Ela balançou a cabeça com veemência, os cachos escuros voando.

— Tudo bem. — Eu peguei meu iPad na pasta. — Mas você vai ter que me contar sobre ele.

— Posso fazer melhor. — Ela soltou a mão da de Katie e pegou a bolsa mais feia que já vi fora as na vitrine de brechó. De dentro, tirou uma folha de papel amassada, tão manchada de suor que estava murcha e meio transparente. Ela tinha escrito a lápis. A caligrafia arredondada parecia de criança. O título era AMOS CULLEN LANGSTON: OBITUÁRIO.

Esse sujeito imprestável que estuprava garotinhas a cada oportunidade que tinha morreu lenta e dolorosamente de muitos cânceres nas partes moles do corpo. Durante a última semana, pus escorria dos seus olhos. Ele tinha sessenta e três anos e, em seus últimos momentos, seus gritos se espalharam pela casa enquanto ele implorava por uma dose extra de morfina...

Havia mais. Muito. A caligrafia dela era de criança, mas o vocabulário era excelente, e ela fez um trabalho bem melhor naquele artigo do que em qualquer outra coisa que já tivesse escrito para o *Neon Circus*.

— Não sei se vai funcionar — eu disse, tentando devolver. — Acho que eu mesmo tenho que escrever.

Katie disse:

— Não vai fazer mal tentar, vai?

Eu achei que não. Olhando diretamente para Penny, falei:

— Eu nunca vi esse cara, e você quer que eu o mate.

— Sim — disse ela, e agora estava olhando diretamente nos meus olhos. — É isso que eu quero.

— Você tem certeza?

Ela assentiu.

Eu me sentei à escrivaninha de Katie, coloquei o discurso mortal escrito à mão ao lado do iPad, abri um documento em branco e comecei a transcrever. Soube imediatamente que *ia* funcionar. A sensação de poder foi mais forte do que nunca. A sensação de *mira*. Parei de olhar a folha depois da segunda frase e batuquei no teclado na tela do iPad, escrevendo os pontos principais, e terminei com a seguinte recomendação: *Quem comparecer ao enterro — ninguém poderia chamar essas pessoas de tristes, considerando as predileções indescritíveis do sr. Langston — é aconselhado a não trazer flores. Cuspir no caixão, porém, é encorajado.*

As duas mulheres estavam me espiando com olhos arregalados.

— Vai funcionar? — perguntou Penny, mas respondeu ela mesma: — Vai. Eu *senti*.

— Acho que talvez já tenha funcionado. — Eu voltei minha atenção para Katie. — Me peça para fazer isso de novo, Kate, e vou ficar tentado a escrever o *seu* obituário.

Ela tentou sorrir, mas vi que estava com medo. Eu não pretendia fazer isso (pelo menos, acho que não pretendia), então peguei a mão dela. Ela deu um pulo, começou a puxar de volta, mas me deixou segurar. A pele estava fria e molhada.

— Estou brincando. Foi uma péssima piada, mas é sério. Isso tem que terminar.

— Sim — disse ela, e engoliu em seco, um som de desenho animado. — Sem dúvida.

— E nada de falar. Com *ninguém. Nunca.*

Mais uma vez, elas concordaram. Eu comecei a me levantar, e Penny pulou em cima de mim, me derrubando de volta na cadeira e quase fazendo nós dois cairmos no chão. O abraço não foi carinhoso; foi mais como o aperto de uma afogada se agarrando ao suposto salvador. Ela estava grudenta de suor.

— Obrigada — sussurrou ela com rispidez. — Obrigada, Mike.

Fui embora sem dizer de nada. Mal podia esperar para sair de lá. Não sei se elas comeram a comida que eu levei, mas duvido. Fun Joy, até parece.

Eu não dormi naquela noite, e não foi pensar em Amos Langston que me manteve acordado. Eu tinha outras coisas com que me preocupar.

Uma era o eterno problema do vício. Eu saí do apartamento de Katie determinado a nunca mais usar esse poder terrível, mas foi uma promessa que já tinha feito para mim mesmo antes, e não sabia se conseguiria cumprir, porque cada vez que eu escrevia o "obituário de um vivo", a vontade de fazer de novo ficava mais forte. Era como heroína. Se você usa uma ou duas vezes, talvez consiga parar. Mas, depois de um tempo, tem que sentir de novo. Podia não ter chegado a esse ponto ainda, mas eu estava na beirada daquele abismo e sabia. O que eu dissera para Katie era a verdade absoluta: isso tinha que terminar enquanto eu ainda conseguia. Supondo que já não fosse tarde demais.

A segunda coisa não era tão terrível, mas era bem ruim. No metrô, voltando para o Brooklyn, um adágio particularmente adequado de Ben Franklin surgiu na minha mente: *Duas pessoas conseguem guardar segredo quando uma está morta.* Já havia três pessoas guardando o meu, e como eu não tinha intenção de assassinar Katie e Penny por um obituário, isso queria dizer que um segredo horrível estava nas mãos delas.

Elas guardariam por um tempo, tinha certeza. Penny ficaria particularmente inclinada a isso se recebesse uma ligação de manhã para avisar que o querido tio Amos tinha batido as botas. Mas o tempo enfraqueceria o tabu. Havia outro fator também. As duas não eram só redatoras, mas redatoras do *Neon Circus*, o que queria dizer que dar com a língua nos dentes era o trabalho delas. Dar com a língua nos dentes podia não ser tão viciante quanto matar gente por obituários, mas tinha lá sua atração, como eu bem sabia. Mais cedo ou mais tarde, haveria um bar, bebidas demais, e então...

Querem ouvir uma história maluca? Mas vocês têm que prometer não contar para ninguém.

Eu me vi sentado na redação junto ao pôster de Ação de Graças, ocupado com minha crítica mordaz da vez. Frank Jessup se aproxima, se senta e pergunta se já pensei em escrever o obituário de Bashar al-Assad, o ditador sírio com a cabecinha pequena, ou — melhor ainda! — daquele coreano gorducho, Kim Jong-un. Até onde eu sabia, Jessup podia querer que eu acabasse com o novo técnico dos Knicks.

Tentei me convencer de que isso era ridículo, mas não consegui. O Garoto do Moicano era torcedor fanático dos Knicks.

Havia uma possibilidade ainda mais horrenda (isso me ocorreu por volta das três da manhã). E se a história sobre o meu poder caísse no ouvido governamental errado? Parecia improvável, mas eu não tinha lido em algum lugar que o governo fez experimentos com LSD e controle da mente em pessoas que nem desconfiaram de nada, nos anos 1950? Pessoas capazes disso podiam ser capazes de qualquer coisa. E se alguns sujeitos da Agência Nacional de Segurança aparecessem no *Circus* ou ali na casa dos meus pais no Brooklyn, e eu acabasse fazendo uma viagem só de ida em um avião particular para uma base qualquer do governo, onde seria instalado em um apartamento particular (luxuoso, mas com guardas na porta) e receberia uma lista com os líderes militantes do Al-Qaeda e do EI, com arquivos que me permitiriam escrever obituários extremamente detalhados? Eu poderia fazer drones equipados com foguetes virarem uma coisa obsoleta.

Maluquice? Com certeza. Mas, às quatro da manhã, qualquer coisa parece possível.

Por volta das cinco, quando a primeira luz do dia começou a entrar no meu quarto, eu me peguei me perguntando de novo como fui ganhar esse talento indesejado. Sem mencionar *há quanto tempo* eu o tinha. Não havia como saber, porque, via de regra, ninguém escreve obituários de pessoas vivas. Não fazem isso nem no *The New York Times*, só reúnem as informações necessárias para estarem à mão quando uma pessoa famosa morre. Eu poderia ter essa habilidade desde sempre, mas, se não tivesse escrito aquela piada de mau gosto sobre Jeroma, jamais descobriria. Pensei em como fui parar no *Neon Circus*: por um obituário não solicitado. De uma pessoa já morta, verdade, mas um obituário é um obituário. E o talento só quer uma coisa, não é? Sair. Quer colocar um smoking e sapatear por todo o palco.

Com esse pensamento, eu adormeci.

Meu celular me acordou às quinze para o meio-dia. Era Katie, e estava nervosa.

— Você precisa vir ao escritório — disse ela. — Agora.

Eu me sentei na cama.

— O que aconteceu?

— Eu conto quanto você chegar, mas vou dizer uma coisa agora. Você não pode fazer aquilo de novo.

— Dã — respondi. — Acho que *eu* falei isso para *você*. E em mais de uma ocasião.

Se ela me ouviu, não prestou atenção, só continuou falando:

— *Nunca mais*. Se fosse Hitler, você não poderia fazer. Se seu pai estivesse com uma faca no pescoço da sua mãe, você não poderia fazer.

Ela desligou antes que eu pudesse questionar qualquer coisa. Eu me perguntei por que não íamos fazer essa reunião importantíssima no apartamento dela, que oferecia bem mais privacidade que o escritório apertado do *Neon Circus*, e só uma resposta surgiu na minha mente: Katie não queria ficar sozinha comigo. Eu era um cara perigoso. Só fiz o que ela e a amiga sobrevivente de estupro queriam, mas isso não mudava o fato.

Agora, eu era um cara perigoso.

Ela me cumprimentou com um sorriso e um abraço na frente dos poucos funcionários presentes, tomando seus Red Bulls pós-almoço e digitando preguiçosamente nos laptops, mas hoje a persiana do escritório estava abaixada, e o sorriso sumiu assim que entramos na sala.

— Estou morrendo de medo — disse Katie. — Já estava ontem à noite, mas, quando você estava *fazendo*...

— Dá uma sensação boa. É, eu sei.

— Mas estou com muito mais medo agora. Fico pensando naquelas geringonças com molas que se aperta para ficar com as mãos e os antebraços mais fortes.

— De que você está falando?

Ela não me contou. Não na hora.

— Eu tive que começar no meio, com o filho de Ken Wanderly, e seguir daí para...

— Ken Terrível teve um *filho*?

— Um filho, sim. Pare de me interromper. Eu tive que começar no meio porque a história do filho foi a primeira que encontrei. Havia uma notícia de "relato de morte" no *Times* hoje de manhã. Resolveram tirar as teias de aranha, para variar. Alguém do *Huffpo* ou do *Daily Beast* pode ser punido por isso, porque aconteceu um tempo atrás. Meu palpite é que a família decidiu esperar até depois do enterro para soltar a notícia.

— Katie...

— Cale a boca e escute. — Ela se inclinou para a frente. — *O que fize-mos teve danos colaterais.* E está piorando.

— Eu não...

Ela colocou a palma da mão na minha boca.

— Cala. A porra. Da boca.

Eu calei. Ela afastou a mão.

— Jeroma Whitfield foi o que deu início a tudo. Até onde consigo saber usando o Google, ela é a única no mundo com esse nome. *Era*, quer dizer. Mas tem outras toneladas de *Jerome* Whitfield, então graças a Deus ela foi a primeira, senão essa coisa podia ter se espalhado por outras Jeromas. Algumas, pelo menos. As mais próximas.

— Essa coisa?

Ela me olhou como se eu fosse um idiota.

— O poder. A segunda... — Ela fez uma pausa, acho que porque a palavra que surgiu em sua mente foi *vítima*. — A segunda pessoa foi Peter Stefano. Também não é o nome mais comum do mundo, mas também não é tão estranho. Agora, olhe isso.

Na mesa, ela pegou algumas folhas de papel. Soltou a primeira do clipe que as prendia e passou para mim. Nela, havia três obituários, todos de jornais pequenos: um da Pensilvânia, um de Ohio e um do norte de Nova York. O Peter Stefano da Pensilvânia morreu de ataque cardíaco. O de Ohio caiu de uma escada. O de Nova York, Woodstock, sofreu um derrame. Todos morreram no mesmo dia que o produtor de discos com o mesmo nome.

Eu me sentei com pesar.

— Não pode ser.

— Mas é. A boa notícia é que encontrei mais de vinte *outros* Peter Stefanos por todos os Estados Unidos, e eles estão bem. Acho que porque todos moram longe do presídio em Gowanda. Lá foi o ponto zero. Os esti-lhaços se espalharam de lá.

Eu olhei para ela, estupefato.

— Ken Terrível veio em seguida. Outro nome incomum, graças a Deus. Tem um amontoado de Wanderlys em Wisconsin e Minnesota, mas acho que era longe demais. Só que...

Ela me entregou a segunda folha de papel. Primeiro, havia a notícia do *Times*: FILHO DE ASSASSINO MORRE. A esposa alegava que Ken Wanderly Jr. atirou em si mesmo por acidente enquanto estava limpando uma pistola, mas a notícia observava que o "acidente" aconteceu menos de doze horas depois da morte do pai. A suspeita de que teria sido suicídio ficou para o leitor inferir.

— *Eu* não acho que tenha sido suicídio — disse Katie. Por baixo da maquiagem, ela estava muito pálida. — Também não acho que tenha sido exatamente um acidente. *A coisa mira nos nomes*, Mike. Você percebe isso, não percebe? E não sabe soletrar, o que só piora tudo.

O obituário (eu estava começando a odiar a palavra) abaixo da notícia sobre o filho de Ken Terrível era sobre um Kenneth Wanderlee, de Paramus, Nova Jersey. Assim como o Peter Stefano da Pensilvânia (um inocente que provavelmente nunca matou nada além de tempo), Wanderlee de Paramus morreu de ataque cardíaco.

Como Jeroma.

Eu estava respirando rápido e suando. Minhas bolas se encolheram tanto que estavam do tamanho de caroços de pêssego. Eu queria desmaiar e vomitar, mas consegui não fazer nenhuma das duas coisas. Se bem que vomitei bastante depois. Isso se prolongou por uma semana ou mais, e eu perdi cinco quilos. (Falei para minha mãe preocupada que eu estava com uma virose.)

— Eis a gota d'água — disse ela, e me entregou a última página. Havia dezessete Amos Langstons nela. O maior amontoado era na área de Nova York, Nova Jersey e Connecticut, mas um morreu em Baltimore, um na Virgínia e dois bateram as botas na Virgínia Ocidental. Na Flórida, foram três.

— Não... — sussurrei.

— Sim — disse ela. — Esse segundo, em Amityville, é o tio mau da Penny. Fique agradecido de Amos também ser um nome relativamente incomum atualmente. Se fosse James ou William, poderia haver centenas de Langstons mortos. Provavelmente não milhares, porque ainda não passa do Meio-Oeste, mas a Flórida fica a mil e quinhentos quilômetros. Mais longe que um sinal de rádio AM consegue chegar, pelo menos durante o dia.

As folhas de papel caíram da minha mão e ziguezaguearam até o chão.

— Agora você entende o que eu quis dizer sobre aquelas coisas de espremer que deixam as mãos e os braços mais fortes? No começo, você só consegue apertar os dois cabos uma ou duas vezes. Mas, se continuar fazendo, os músculos ficam mais fortes. É o que está acontecendo com você, Mike. Tenho certeza. Cada vez que você escreve o obituário de uma pessoa viva, o poder fica mais forte e seu alcance fica maior.

— A ideia foi sua — sussurrei. — Sua merda de ideia.

Mas ela não ia aceitar isso.

— Eu não falei para você escrever o obituário de Jeroma. Isso foi ideia *sua*.

— Foi um impulso — protestei. — Uma *brincadeira*, caramba. Eu não sabia o que ia acontecer!

Só que talvez isso não fosse verdade. Eu lembrei meu primeiro orgasmo na banheira, auxiliado pela mão cheia de sabonete. Eu não sabia o que estava fazendo quando estiquei a mão e segurei aquela parte do corpo... só que parte de mim, uma parte profunda e instintiva, *sabia*. Tem outro dito antigo, esse não de Ben Franklin: *Quando o aluno está pronto, o professor vai aparecer*. Às vezes, o professor está dentro de nós.

— Wanderly foi ideia sua — observei. — Assim como Amos, o Pervertido da Meia-Noite. E, àquela altura, você sabia o que ia acontecer.

Ela se sentou na beirada da mesa, que agora era dela, e olhou diretamente para mim, o que não podia ser fácil.

— Isso é verdade. Mas, Mike... eu não sabia que ia se *espalhar*.

— Nem eu.

— E é mesmo viciante. Eu estava sentada ao seu lado quando você fez, e foi como inspirar crack de outra pessoa.

— Eu posso parar — afirmei.

Torcendo. Torcendo.

— Tem certeza?

— Tenho. Agora, uma pergunta para você. Consegue manter a boca fechada sobre isso? Tipo, para o resto da vida?

Ela fez a cortesia de pensar. E assentiu.

— Vou ter que conseguir. Eu posso conseguir uma coisa boa aqui no *Circus*, e não quero estragar tudo antes de tentar.

Em outras palavras, era só por causa dela, e o que mais eu podia esperar? Katie podia não estar chupando as balinhas de eucalipto de Jeroma, eu podia ter me enganado quanto a isso, mas estava sentada na cadeira de Jeroma, atrás da mesa de Jeroma. E tinha também aquele cabelo com jeito de que era para olhar, mas não para tocar. Como os porcos de Orwell podiam ter dito: jeans bom, vestido novo melhor.

— E Penny?

Katie não disse nada.

— Porque minha impressão sobre Penny, a impressão de *todo mundo* sobre Penny, na verdade, é que ela tem alguns parafusos soltos.

Os olhos de Katie brilharam.

— Isso o surpreende? Ela teve uma infância extremamente traumática, caso você não tenha percebido. Uma infância *infernal*.

— Entendo, porque estou vivendo meu próprio inferno agora. Então me poupe da solidariedade de grupo de apoio. Só quero saber se ela vai ficar de bico fechado. Tipo, para sempre. Vai?

Houve uma pausa bem longa. Finalmente, Katie disse:

— Agora que ele está morto, talvez ela pare de ir às reuniões de apoio a sobreviventes de estupro.

— E se não parar?

— Acho que ela pode… em algum momento… contar para alguém que esteja particularmente mal que conhece um cara que poderia ajudar uma pessoa a ter um encerramento. Não faria isso este mês, e provavelmente não este ano, mas…

Ela não terminou. Nós nos olhamos. Eu tinha certeza de que ela conseguia ler meus pensamentos nos meus olhos: havia um jeito garantido e certeiro de fazer com que Penny mantivesse a boca fechada.

— Não — insistiu Katie. — Nem pense nisso, e não só porque ela merece a vida que tem e as coisas boas que podem haver para ela no futuro e essa baboseira toda. Não seria só ela.

Baseado na pesquisa de Katie, ela estava certa. Penny Langston também não era um nome supercomum, mas havia mais de trezentos milhões de pessoas nos Estados Unidos, e algumas das Penny ou Penelope Langston por aí ganhariam numa loteria bem ruim se eu decidisse ligar o laptop ou o iPad e escrever um novo obituário. E tinha também o "efeito da vizinhança". O poder que levou Wander*lee* além dos Wander*ly*. E se decidisse levar Petula Langston? Patsy Langford? Penny Langley?

E tinha a minha situação. Talvez demorasse só mais um obituário para Michael Anderson se render completamente à energia de alta voltagem.

Só de pensar, me dava vontade de fazer, porque afastaria, mesmo que temporariamente, essa sensação de horror e consternação. Eu me imaginei escrevendo um obituário de John Smith ou Jill Jones para me alegrar, e minhas bolas encolheram ainda mais com a ideia do massacre em massa que poderia advir disso.

— O que você vai fazer? — perguntou Katie.

— Vou pensar em alguma coisa.

Eu pensei.

Naquela noite, abri um atlas rodoviário Rand McNally na parte do grande mapa dos Estados Unidos, fechei os olhos e baixei o dedo. E é por isso que eu agora moro em Laramie, Wyoming, onde sou pintor de casas. *Primariamente* pintor de casas. Na verdade, tenho vários empregos, como muitas pessoas nas pequenas cidades do centro do país, que eu costumava chamar, com o desprezo casual dos nova-iorquinos, de "terras no meio do caminho". Também trabalho por meio período em uma empresa de paisagismo, cortando grama, varrendo folhas e plantando arbustos. No inverno, tiro neve de entradas de garagem e trabalho no resort de esqui Snowy Range, cuidando das pistas. Não sou rico, mas consigo levar. Um pouco melhor do que em Nova York, na verdade. Pode debochar quanto quiser das terras no meio do caminho, mas é bem mais barato viver aqui, e dias inteiros se passam sem ninguém me mostrar o dedo do meio.

Meus pais não entendem por que joguei tudo para o alto, e meu pai nem tenta esconder a decepção; ele às vezes fala sobre meu "estilo de vida de Peter Pan" e diz que vou lamentar quando fizer quarenta e começar a ter fios grisalhos. Minha mãe também vive intrigada, mas não reprova tanto. Ela nunca gostou do *Neon Circus*, achava que era um desperdício vulgar das minhas "capacidades autorais". Devia estar certa nas duas coisas, mas atualmente só uso minhas capacidades autorais para fazer listas de compras. Quanto ao meu cabelo, vi os primeiros fios grisalhos antes mesmo de sair da cidade, e isso foi antes de eu fazer trinta.

Mas ainda escrevo em meus sonhos, e não são sonhos agradáveis. Em um deles, estou sentado em frente ao laptop, apesar de não ter mais laptop. Estou escrevendo um obituário e não consigo parar. E nesse sonho, eu nem quero, porque aquela sensação de poder nunca foi tão forte. Chego até "Notícia ruim: ontem à noite todo mundo que se chama John no mundo morreu", e aí eu acordo, às vezes no chão, às vezes enrolado no cobertor e gritando. É impressionante eu não ter acordado os vizinhos.

Nunca deixei meu coração em San Francisco, mas deixei meu laptop no querido Brooklyn. Só que não consegui abrir mão do iPad (isso sim é um vício). Não uso para enviar e-mails; quando quero entrar em contato com alguém às pressas, eu ligo. Se não for urgente, uso aquela instituição antiquada conhecida como Correios. Você ficaria surpreso com a facilidade de voltar ao hábito de escrever cartas e cartões-postais.

Mas eu gosto do iPad. Tem muitos jogos lá, e os sons de vento que me ajudam a dormir à noite, e o alarme que me desperta de manhã. Tenho um monte de músicas guardadas, alguns audiolivros, muitos filmes. Quando nada serve para entreter, eu navego na internet. Há infinitas possibilidades para ocupar o tempo lá, como você deve saber, e em Laramie o tempo pode passar lentamente quando não estou trabalhando. Principalmente no inverno.

Às vezes, visito o site do *Neon Circus*, só pelas boas lembranças. Katie está fazendo um bom trabalho como editora, bem melhor do que Jeroma, que não era muito visionária, e o site fica em torno do número cinco da lista dos mais visitados. Às vezes, fica um ou dois pontos acima do *Drudge Report*; na maior parte do tempo, fica logo abaixo. Tem muitos anúncios, o que quer dizer que estão indo bem nesse aspecto.

A sucessora de Jeroma ainda escreve as entrevistas do Enchendo a Cara com Katie. Frank Jessup ainda cobre os esportes; o artigo não exatamente debochado sobre querer ver uma Liga de Futebol Americano com Esteroides ganhou atenção nacional e conquistou um trabalho na ESPN, com moicano e tudo. Georgina Bukowski escreveu uns seis obituários sem graça para o Falando Mal dos Mortos antes de Katie acabar com a coluna e substituí-la por Apostas Fúnebres, na qual leitores ganham prêmios por fazerem previsões de que pessoas famosas vão morrer nos próximos doze meses. Penny Langston é a mestra de cerimônias, e cada semana uma nova foto sorridente dela aparece no alto de um esqueleto dançante. É a seção mais popular do

Circus, e cada semana a seção dos comentários ocupa várias páginas. As pessoas gostam de ler sobre a morte e gostam de escrever sobre ela.

Eu sei bem disso.

Certo, é esta a história. Não espero que você acredite, e nem precisa; vivemos em um país livre, afinal. Fiz o melhor possível para contar direitinho mesmo assim. Da forma como aprendi a contar uma história nas aulas de jornalismo: sem enrolação, sem ser piegas e sem ser pomposo. Tentei ser claro, escrever de forma simples e direta. O começo leva ao meio, o meio leva ao final. Tradicional, percebe? Patinhos enfileirados. E, se você achar o final meio sem graça, talvez queira lembrar a visão do professor Higgins sobre isso. Ele dizia que, no jornalismo, é sempre o final *por enquanto*, e, na vida real, o único ponto final é a página de um obituário.

Para Stewart O'Nan

Eis uma historinha boa demais para não ser contada, e a conto em aparições públicas há anos. Minha esposa faz quase todas as compras para nós — ela diz que jamais haveria legumes e verduras lá em casa se não fosse assim —, mas às vezes me manda fazer umas compras de emergência. Eu estava no supermercado local uma tarde, com a missão de encontrar pilhas e uma frigideira antiaderente. Enquanto seguia pelo corredor de utilidades domésticas, já tendo parado para pegar outros itens de necessidade bási-ca (pães de canela e batatas fritas), uma mulher surgiu na extremidade, usando um daqueles carrinhos motorizados. Ela era um arquétipo da ave migratória da Flórida, com uns oitenta anos, permanente perfeito e tão bronzeada quanto um sapato de couro. Ela me encarou, desviou o olhar e olhou novamente.

— Eu conheço você — disse ela. — Você é Stephen King. Você escreve aquelas histórias de terror. Tudo bem, tem gente que gosta, mas não eu. Eu gosto de histórias animadoras, como aquela *Rita Hayworth e a Redenção de Shawshank*.

— Eu também escrevi essa.

— Não escreveu, não — disse ela, e seguiu caminho.

A questão é, você escreve umas histórias de terror e fica que nem a garota que mora no trailer nos limites da cidade: ganha uma reputação. Por mim, tudo bem; as contas estão pagas e eu continuo me divertindo. Pode me chamar de qualquer coisa, como se diz por aí, desde que não me chame tarde para jantar. Mas o termo *gênero* carrega bem pouco interesse para mim. Sim, eu gosto de histórias de terror. Também amo histórias de mis-tério, contos de suspense, histórias do mar, romances literários e poesia… só para mencionar alguns. Também gosto de ler e escrever histórias que me parecem engraçadas, e isso não devia surpreender ninguém, porque o humor e o horror são gêmeos siameses.

Não muito tempo atrás, eu ouvi um cara falando sobre uma corrida armamentista de fogos de artifício em um lago do Maine, e esta história me veio à cabeça. E não pense nela como "local", tá? Esse é outro gênero que não tem utilidade para mim.

FOGOS DE ARTIFÍCIO E BEBEDEIRA

Depoimento dado pelo sr. Alden McCausland
  Departamento de Polícia do Condado de Castle
  Depoimento dado ao Chefe de Polícia Andrew Clutterbuck
  A policial Ardelle Benoit, que efetuou a prisão, também está presente
  11h15-13h20
  5 de julho de 2015

Sim, dá para dizer que mamãe e eu bebemos muito e fomos muito para o lago depois que papai morreu. Não tem lei contra isso, tem? Se você não estiver atrás do volante, claro, e isso nós nunca fizemos. E nós tínhamos dinheiro, porque naquela época já vivíamos de renda. Nunca teria esperado isso, papai foi carpinteiro a vida toda. Dizia que era um "carpinteiro qualificado", e mamãe sempre acrescentava "pouco qualificado e muito destilado". Era a piadinha dela.

Mamãe trabalhava na floricultura Royce na rua Castle, mas só em novembro e dezembro era em tempo integral; tinha mãos habilidosas com guirlandas de Natal e também não era ruim com coroas funerárias. Ela fez a de papai, sabia? Tinha uma fitinha amarela que dizia COMO O AMÁVAMOS. Quase bíblico, não acham? As pessoas choraram quando viram, até aquelas para quem papai devia dinheiro.

Quando terminei o ensino médio, fui trabalhar na Oficina do Sonny, alinhando rodas, trocando óleo e remendando pneus furados. No começo, eu também botava gasolina, mas claro que agora é cada um por si. Eu também vendia maconha, é melhor admitir logo. Não faço isso há anos, então acho que vocês não podem me acusar disso, mas nos anos 1980 era um bom negócio, principalmente por essas áreas. Sempre ganhava uma graninha na sexta ou no sábado à noite. Eu gosto da companhia de mulheres, mas fiquei longe do altar, pelo menos até agora. Acho que, se tenho ambições, uma seria ver o Grand Canyon e outra seria me tornar o que chamam de solteirão. É mais fácil assim. Além do mais, pude ficar de olho na mamãe. Vocês sabem o que dizem: a melhor amiga de um garoto é sua...

Eu vou chegar na história, Ardelle, mas, se vocês querem ouvir, vão ter que me deixar contar do meu jeito. Se alguém devia ter um pouco de solidariedade para ouvir a história completa, essa pessoa é você. Quando estudávamos juntos na escola, você não calava a boca. A língua caída no meio e se movendo dos dois lados, a sra. Fitch dizia. Lembra-se dela? No quarto ano. Que figura! Lembra quando você colocou chiclete na ponta do sapato dela? Ha!

Onde eu estava? No lago, né? O lago Abenaki.

Não passa de um chalé de três quartos com um trechinho de praia e um píer velho. Papai comprou em 1991, eu acho, quando ganhou um dinheiro extra com um trabalho. Não foi o bastante para a entrada, mas quando acrescentei a renda dos meus remédios de erva, nós conseguimos pagar. Mas o lugar era bem ruim, admito. Mamãe chamava de Buraco de Mosquito. Nós nunca ajeitamos a casa, mas papai fez os pagamentos regularmente. Quando faltava, mamãe e eu ajudávamos. Ela reclamava de ter que dar o dinheiro que ganhava com as flores, mas nunca muito; ela gostava de ir para lá desde o começo, mesmo com os insetos e a goteira no telhado. Nós nos sentávamos no deque e fazíamos piquenique e víamos o mundo passar. Mesmo na época ela não dizia não para uma lata ou uma garrafa ou para conhaque de café, apesar de naquela época ela só beber nos fins de semana.

O chalé foi quitado por volta da virada do século, e por que não? Ficava no lado da cidade do lago, o lado oeste, e vocês dois sabem como é lá, cheio de junco e raso, com muito mato. O lado leste é melhor, com as casas grandes que os veranistas têm que ter, e imagino que eles olhavam para a favela do nosso lado, nossos barracos e chalés e trailers, e diziam uns para os outros que era uma pena como os locais tinham que viver, sem nem uma quadra de tênis. No que nos dizia respeito, nós éramos tão bons quanto todo mundo. Papai pescava um pouco na beira do píer, e mamãe cozinhava o que ele pegava no fogão a lenha, e depois de 2001 (talvez tenha sido 2002), tínhamos água corrente e não precisávamos mais ir até a casinha no meio da noite. Igual todo mundo.

Nós achávamos que haveria um pouco mais de dinheiro para os consertos quando o chalé estivesse pago, mas nunca parecia ter; a forma como desaparecia era um mistério, porque na época havia muitos empréstimos de banco para pessoas que queriam construir, e papai tinha emprego fixo. Quando ele morreu de ataque cardíaco no meio de um trabalho em Harlow, em 2002, mamãe e eu pensamos que estávamos ferrados. "Mas vamos dar um jeito", disse ela, "e se era com prostitutas que ele estava gastando dinheiro, não quero nem saber." Mas ela disse que teríamos que vender o chalé em Abenaki se conseguíssemos encontrar alguém louco o bastante para comprá-lo.

— Vamos tentar vender na primavera — disse ela —, antes que os borrachudos se reproduzam. Tudo bem para você, Alden?

Eu disse que sim, e nós até trabalhamos para dar uma melhorada. Chegamos a trocar as telhas e substituir as piores tábuas podres do píer, e foi quando tivemos nosso primeiro golpe de sorte.

Mamãe recebeu uma ligação de uma companhia de seguros de Portland e descobriu por que nunca parecia haver dinheiro sobrando mesmo depois que o chalé e o hectare onde ele ficava estavam pagos. Não eram prostitutas; papai botou todo o dinheiro extra em um seguro de vida. Talvez tenha tido o que chamam de premonição. Coisas estranhas acontecem no mundo todos os dias, como chuvas de sapos e o gato de duas cabeças que vi na Feira do Condado de Castle e que me deu pesadelos, de verdade, ou aquele monstro do lago Ness. Fosse o que fosse, tínhamos setenta e cinco mil dólares que nunca esperamos caindo do céu em nossa conta do banco Key.

Esse foi o Golpe de Sorte Número Um. Dois anos depois dessa ligação, quase dois anos exatos, aconteceu o Golpe de Sorte Número Dois. Mamãe tinha o hábito de comprar raspadinhas de cinco dólares uma vez por semana, depois que fazia as compras no Normie's SuperShop. Durante anos ela fez isso e nunca ganhou mais que vinte dólares. Um dia, em 2004, ela conseguiu um 27 em cima e um 27 embaixo em uma raspadinha Big Maine Millions, e Jesus Cristo de bicicleta, ela descobriu que essa combinação valia duzentos e cinquenta mil dólares.

— Eu achei que ia mijar na calça — disse ela.

Colocaram a foto dela na vitrine do SuperShop. Vocês talvez lembrem, ficou lá por uns dois meses.

Um quarto de milhão! Estava mais para cento e vinte mil depois que pagamos os impostos, mas mesmo assim. Nós investimos na Sunny Oil, porque mamãe disse que petróleo sempre seria um bom investimento, pelo menos até acabar, e nós já estaríamos mortos quando isso acontecesse. Eu tive que concordar com ela, e deu tudo certo. Foram anos prósperos no mercado de ações, como vocês talvez lembrem, e foi quando começamos nossa vida de lazer.

Também foi quando começamos a beber pra valer. A gente bebia um pouco na casa da cidade, mas não tanto assim. Vocês sabem como os vizinhos gostam de fofocar. Só quando começamos a passar boa parte do tempo no Buraco de Mosquito que começamos a pegar pesado. Mamãe largou a floricultura de vez em 2009, e eu dei adeus para remendar pneus e substituir silenciadores um ano depois, mais ou menos. Depois disso, não tínhamos muitos motivos para morar na cidade, pelo menos até o inverno. Lá no lago não tinha aquecimento. Em 2012, quando nosso problema com os carcamanos do outro lado do lago começou, nós íamos para lá uma semana ou duas antes do Memorial Day e ficávamos até o dia de Ação de Graças, mais ou menos.

Mamãe ganhou peso, uns setenta quilos, mais ou menos, e acho que boa parte disso foi por causa do conhaque de café. Não chamam de bunda gorda no copo por nada. Mas ela dizia que nunca tinha sido uma Miss América mesmo, nem mesmo uma Miss Maine.

— Sou uma mulher *aconchegante* — ela gostava de dizer.

O que Doc Stone gostava de dizer, ao menos até ela parar de ir ao seu consultório, era que ela ia ser uma mulher que morreria jovem se não parasse de beber Allen.

— Você é um ataque cardíaco esperando para acontecer, Hallie — disse ele. — Ou uma cirrose. Já tem diabetes tipo dois, não basta? Vou ser franco: você precisa parar de beber e precisa dos Alcoólicos Anônimos.

— Ufa! — disse mamãe quando voltou. — Depois de uma bronca dessas, preciso de um gole. E você, Alden?

Eu disse que também queria, então levamos nossas cadeiras de jardim para o pequeno píer, como costumávamos fazer, e enchemos a cara enquanto víamos o sol se pôr. Tão bem quanto qualquer um e melhor que muita gente. E, vejam bem: alguma coisa vai matar todo mundo, não estou certo? Os médicos sempre se esquecem disso, mas mamãe sabia.

— O filho da puta macrobiótico deve estar certo — disse ela enquanto andávamos de volta até o chalé. Isso foi por volta das dez da noite, e nós dois estávamos cheios de picadas apesar de termos passado repelente no corpo todo. — Mas, pelo menos, quando eu for, vou saber que vivi. E eu não fumo, todo mundo sabe que isso é o pior. Não fumar deve me manter viva por um tempo, mas e você, Alden? O que você vai fazer quando eu morrer e o dinheiro acabar?

— Não sei — respondi —, mas eu gostaria de ver o Grand Canyon.

Ela riu, bateu com o cotovelo nas minhas costelas e disse:

— Esse é meu menino. Você nunca vai ter uma úlcera no estômago com essa atitude. Agora, vamos dormir.

E nós dormimos e acordamos por volta das dez do dia seguinte, e começamos a medicar as ressacas por volta do meio-dia com Muddy Rudders. Eu não me preocupava tanto com mamãe quanto o médico; achei que ela estava se divertindo demais para morrer. No fim das contas, ela viveu mais do que Doc Stone, que foi atropelado e morto por um motorista bêbado na ponte Pigeon certa noite. Podem chamar de ironia ou de tragédia ou de fato da vida. Eu não sou filósofo. Só fiquei feliz de o doutor não estar com a família junto. E espero que eles tenham recebido o seguro.

Pois então, esse é o pano de fundo. É agora que as coisas começam a acontecer.

Os Massimos. E aquele trompete de merda, perdoe meu *français*.

Eu chamo de corrida armamentista do Quatro de Julho, e apesar de a corrida só ter começado a esquentar em 2013, o início de verdade foi no ano anterior. Os Massimos eram donos da casa diretamente em frente à nossa do outro lado do lago, uma casa branca grande com pilares e um gramado que ia até a praia, que era de areia branquinha em vez de cascalho como a nossa. Aquela casa devia ter uns doze quartos. Vinte ou mais se contar o chalé de visitas. Eles chamavam de Propriedade Doze Pinheiros, por conta dos abetos ao redor da casa principal, isolando um pouco o local.

Propriedade! Jesus amado, aquilo era uma mansão. E, sim, eles tinham uma quadra de tênis. E de badminton e um lugar do lado para jogar ferraduras. Iam para lá no fim de junho e ficavam até o Labor Day, depois fechavam tudo. Um lugar daquele tamanho, e eles deixavam vazio durante nove meses no ano. Eu não conseguia acreditar. Mas mamãe conseguia. Ela dizia que nós éramos "ricos por acidente", mas os Massimos eram ricos de verdade.

— Só que é riqueza ilegal, Alden — disse ela —, e não estou falando de uma plantaçãozinha de maconha. Todo mundo sabe que Paul Massimo tem CONTATOS. — Ela sempre falava assim, em maiúsculas.

Supostamente, o dinheiro vinha da Massimo Construções. Eu pesquisei na internet, e parecia estar na legalidade, mas eles eram italianos, e a Massimo Construções tinha sede em Providence, Long Island, e vocês são policiais, podem juntar os pontos. Como mamãe sempre dizia, quando se soma dois mais dois, nunca dá cinco.

Eles usavam todos os quartos da grande casa branca quando estavam lá, vou dizer só isso. E os do "chalé de visitas" também. Mamãe olhava para o outro lado do lago e fazia um brinde com Sombrero ou Muddy Rudder e dizia que os Massimos eram vendidos no atacado.

Eles sabiam se divertir, isso eu tenho que admitir. Havia churrascos, futebol de sabão e adolescentes andando de jet ski. Eles deviam ter uns seis, com cores tão fortes que queimavam os olhos se você olhasse por muito tempo. À noite, brincavam de futebol americano, normalmente havia Massimos suficientes para fazer dois times de onze, e quando ficava escuro demais para ver a bola, eles cantavam. Dava para ver pelo jeito como gritavam as músicas, muitas vezes em italiano, que eles também gostavam de uma bebida ou três.

Um deles tinha um trompete, e tocava junto com as músicas, só wah-wah-wah, o bastante para fazer os olhos lacrimejarem.

— Dizzy Gillespie ele não é mesmo — dizia mamãe. — Alguém devia mergulhar esse trompete em azeite e enfiar no cu dele. Ele poderia peidar "Deus Salve a América".

Por volta das onze, ele tocava "Taps", e essa era a última da noite. Não sei se algum dos vizinhos teria reclamado mesmo que a cantoria e o trompete tivessem continuado até as três da manhã, não quando a maioria das pessoas do nosso lado do lago achava que ele era o Tony Soprano da vida real.

Chegou o Quatro de Julho daquele ano, e estou falando de 2012, e eu tinha algumas estrelinhas, dois ou três pacotes de fogos Black Cat e duas bombinhas. Comprei com Pop Anderson no Mercado das Pulgas Alegres de Anderson, na estrada para Oxford. Isso também não é dedurar. A não ser que vocês sejam burros, e sei que não são. Todo mundo sabia que dava para comprar fogos de artifício nas Pulgas Alegres. Mas Johnny só vendia coisas pequenas, porque na época a compra e a venda de fogos de artifício era contra a lei.

Todos aqueles Massimos estavam correndo pelo lago, jogando futebol americano e tênis e puxando as sungas uns dos outros na bunda, os pequenos só no raso, os maiores mergulhando das boias. Eu e mamãe estávamos na beirada do píer em nossas cadeiras, tranquilos, com nossos suprimentos patrióticos ao lado. Quando o crepúsculo chegou, eu dei uma estrelinha para ela, acendi, e acendi a minha a partir dela. Nós as giramos ao entardecer, e em pouco tempo os pequeninos do outro lado viram e começaram a pedir os deles. Os dois garotos Massimo mais velhos distribuíram e acenaram para nós. As estrelinhas deles eram maiores e duravam mais que as nossas, e as cabeças foram tratadas com algum tipo de produto químico que fazia com que brilhassem em cores diferentes enquanto as nossas eram só amareladas e brancas.

O carcamano com o trompete tocou, *wah-wah*, como se dizendo: "Estrelinhas de verdade são assim".

— Tudo bem — disse mamãe. — As estrelinhas deles podem ser maiores, mas vamos soltar uns fogos e ver o que eles acham.

Acendemos um a um e jogamos, para que estourassem e brilhassem antes de caírem no lago. Os garotos nos Doze Pinheiros viram e começaram a pedir de novo. Um dos homens Massimo entrou na casa e voltou com uma caixa. Estava cheia de fogos. Em pouco tempo, os maiores estavam acendendo um pacote de cada vez. Eles deviam ter uns duzentos pacotes, que queimaram como fogo de metralhadora, o que fez os nossos parecerem bem sem graça.

Wah-wah, fez o trompete, como se dizendo: "Tentem de novo".

— Bom, que seja — disse mamãe. — Me dê uma das bombas que você está guardando, Alden.

— Tá. Mas tome cuidado, mãe. Você já bebeu bem, e talvez ainda queira ter todos os dedos amanhã de manhã.

— Me dá uma e não banca o espertinho — retrucou ela. — Eu não caí no feno ontem e não gosto do som daquele trompete. Aposto que eles não têm isso, porque Pop não vende para intrusos. Ele vê as placas nos carros e diz que acabou.

Dei uma para ela e acendi com meu isqueiro Bic. O pavio brilhou, e ela jogou no ar. Explodiu com um brilho intenso o bastante para machucar os olhos, e o estrondo ecoou por todo o lago. Eu acendi a outra e joguei para o alto como Roger Clemens. Bang!

— Pronto — disse mamãe. — Agora, eles sabem quem é que manda.

Mas aí, Paul Massimo e seus dois filhos mais velhos foram até o fim do píer. Um deles, um sujeito grande e bonito de camisa de rúgbi, estava com aquele trompete em um tipo de alça, preso no cinto. Eles acenaram para nós, e o coroa deu uma coisa para cada um dos garotos. Eles seguraram a coisa para poderem acender os pavios. Jogaram em cima do lago e... meu Deus! Não foi bang, mas bum! Dois buns, altos como dinamite, com brilhos brancos intensos.

— Isso não é bomba — eu disse. — É M-80.

— Onde eles conseguiram? — perguntou mamãe. — Pop não vende isso.

Nós nos olhamos e não precisamos nem falar: em Rhode Island. Devia dar para comprar qualquer coisa em Rhode Island. Pelo menos, se seu nome fosse Massimo.

O coroa deu outro para cada um e os acendeu. E acendeu um para si. Três *buns*, altos o bastante para assustar todos os peixes do Abenaki para o lado norte, sem dúvida. Paul acenou para nós, o sujeito do trompete o tirou da alça como uma arma e tocou três sopros longos: *Waaaah... waaaah... waaaah.* Como se dizendo: "Sinto muito, seus ianques de merda, boa sorte ano que vem".

E não tinha nada que a gente pudesse fazer. Nós tínhamos outro pacote de Black Cat, mas não teriam a menor graça depois daqueles M-80. E, do outro lado, aquele grupo de carcamanos estava aplaudindo e comemorando, as garotas pulando de biquíni. Em pouco tempo, eles começaram a cantar "Deus Abençoe a América".

Mamãe olhou para mim e eu olhei para ela. Mamãe balançou a cabeça e eu balancei a minha. Ela disse:

— Ano que vem.

— É — respondi. — Ano que vem.

Ela levantou o copo e, pelo que me lembro, estávamos bebendo Bucket Lucks naquela noite, e eu levantei o meu. Nós brindamos à vitória em 2013. E foi assim que começou a corrida armamentista do Quatro de Julho. E acho que a culpa mesmo foi da porra do trompete.

Perdão pelo meu *français*.

No ano seguinte, fui até Pop Anderson e expliquei minha situação; falei que sentia que a honra do lado oeste do lago tinha que ser recuperada.

— Bem, Alden — disse ele —, não sei o que acender pólvora tem a ver com honra, mas negócios são negócios, e se você voltar em uma semana, mais ou menos, eu talvez tenha uma coisa para você.

Eu fiz exatamente isso. Ele me levou até a sala dele e colocou uma caixa na mesa. Tinha um monte de caracteres chineses.

— Normalmente, eu não vendo isso — disse ele —, mas sua mãe e eu nos conhecemos desde a escola de alfabetização, quando ela soletrava para mim perto do fogão a lenha e me ajudava com a tabuada. Tenho umas bombas que chamam de M-120, e não tem nada muito maior no que diz respeito a barulho, a não ser que vocês queiram começar a jogar bananas de dinamite. E tem também doze desses.

Ele pegou um cilindro que estava em cima de um tubo vermelho.

— Isso parece um busca-pé — eu falei —, só que maior.

— É, pode chamar esse de modelo de luxo — disse ele. — São chamados de peônias chinesas. Voam duas vezes mais alto e fazem um brilho danado, alguns vermelhos, alguns roxos, alguns amarelos. Você coloca em uma garrafa de Coca-Cola ou de cerveja, como com um busca-pé normal, mas tem que ficar bem longe, porque o pavio vai espalhar fagulhas para todo o lado quando decolar. Fique com uma toalha por perto para não botar fogo na vegetação.

— Ótimo. Ninguém vai tocar trompete quando vir isso.

— Vendo a caixa toda por trinta dólares — disse Pop. — Sei que é caro, mas também coloquei alguns Black Cats e algumas estrelinhas. Você pode colocar esses em pedaços de madeira e deixar flutuando no lago. São bem lindos.

— Está bom pra mim — respondi para ele. — Seria barato até pelo dobro desse preço.

— Alden, não se deve falar isso para um sujeito na minha linha de trabalho.

Eu levei os fogos de artifício para casa, e mamãe ficou tão empolgada que queria acender uma das M-120 e uma das peônias chinesas na hora. Eu não costumava contrariar minha mãe, ela era capaz de morder a gente no tornozelo, mas fiz dessa vez.

— Se dermos a esses Massimos a menor chance, eles vão arrumar alguma coisa melhor — eu disse.

Ela pensou no assunto, me deu um beijo na bochecha e disse:

— Sabe, para um garoto que mal terminou o ensino médio, você tem a cabeça no lugar, Alden.

Chega o glorioso Quatro de Julho de 2013. Todo o clã Massimo estava reunido em Doze Pinheiros e, como sempre; devia haver mais de vinte e quatro, e eu e minha mãe estávamos na beirada do nosso píer nas nossas cadeiras. Estávamos com nossa caixa entre nós, junto com uma jarra de bom tamanho de Orange Driver.

Em pouco tempo, Paul Massimo vai para a beirada do píer com a caixa dele, um pouco maior que a nossa, mas isso não me preocupou. Não é o tamanho do cachorro na briga, sabe, mas quanto de briga tem dentro do cachorro. Os dois garotos mais velhos estavam junto. Eles acenaram, e nós acenamos em resposta. O crepúsculo chegou, e eu e mamãe começamos a disparar os Black Cats, não um a um desta vez, mas por pacote. Os garotinhos fizeram a mesma coisa do lado deles e, quando ficaram cansados, acenderam estrelinhas grandes e as balançaram. O filho com o trompete soprou duas vezes, meio que afinando.

Um grupo dos mais novos ouviu e foi para o píer de Doze Pinheiros, e depois de conversar um pouco, Paul e os garotos mais velhos deram uma bola cinza grande que reconheci como sendo M-80 para cada um. O som se propaga muito bem pelo lago, principalmente quando não tem brisa, e ouvi Paul dizendo para os menores para tomarem cuidado e demonstrando como eles iam jogar aquilo no lago. E então, Massimo acendeu.

Três dos garotos jogaram alto, longe e lindamente, como deveriam, mas o mais novo, que não devia ter mais de sete anos, acabou bancando o Nolan Ryan e jogou no píer bem diante dele. Quicou, e teria arrancado seu nariz se Paul não o tivesse puxado na hora. Algumas mulheres gritaram, mas Massimo e os garotos só caíram na gargalhada. Acho que deviam ter

bebido, e não foi pouco. Vinho, provavelmente, porque é isso que os carcamanos gostam de beber.

— Tudo bem — disse mamãe —, chega de brincar. Vamos mostrar para
eles antes que o alto comece a tocar a porcaria da corneta.

Eu peguei dois M-120, que eram pretos e pareciam as bombas que se
vê às vezes naqueles desenhos animados, as que o vilão usa para explodir
trilhos de trem e minas de ouro e essas coisas.

— Tome cuidado, mãe — pedi. — Se você segurar demais uma coisa
assim, perde mais do que os dedos.

— Não se preocupe comigo. Vamos mostrar a esses comedores de espaguete que não é para se meterem com a gente.

Eu acendi, e nós jogamos as bombas, e *ka-pow*! Uma depois da outra!
O bastante para sacudir janelas até Waterford, talvez. O senhor tocador de
corneta parou com o trompete a caminho dos lábios. Alguns dos pequenos
começaram a chorar. Todas as mulheres correram até a praia para ver o que
estava acontecendo, se eram terroristas ou o quê.

— Eles não estavam esperando por isso! — disse mamãe, e fez um brinde ao jovem tocador de corneta, com o trompete na mão e o polegar no cu.
Não de verdade, sabe, é jeito de falar.

Paul Massimo e os dois filhos voltaram para a extremidade do píer, e lá
se reuniram como um bando de jogadores de beisebol quando as bases estão
ocupadas. Depois, todos andaram até a casa juntos. Achei que eles tinham
terminado, e mamãe tinha certeza. Então, acendemos as estrelinhas só para
comemorar. Eu tinha cortado quadrados de isopor de um material de embalagem que encontrei no balde de lixo nos fundos do chalé, e colocamos
neles e empurramos para a água. Àquela altura, o céu estava naquele tom
roxo de logo antes do anoitecer, muito lindo, com a estrela dos desejos no
céu e as outras prontas para aparecer. Não era dia nem noite, a hora mais
bonita que tem, é o que eu acho. E as estrelinhas, elas eram mais que bonitas. Eram lindas, flutuando em vermelho e verde, oscilando como a chama
de uma vela e refletindo sua luz na água.

Ficou silencioso de novo também, tão silencioso que dava para ouvir
o estalo do show de fogos começando em Bridgeton, e os sapos coaxando
no lago. Os sapos achavam que o barulho e a agitação da noite tinham
acabado. Mal sabiam eles, porque nessa hora Paul e os dois filhos mais ve-

lhos voltaram para o píer e olharam para nós. Paul estava com uma coisa quase do tamanho de uma bola de softball na mão, e o garoto grande sem o trompete, o que o tornava o mais inteligente dos dois na minha opinião, acendeu. Massimo não desperdiçou tempo e o jogou para o alto, acima da água, e antes que eu pudesse dizer para mamãe cobrir os ouvidos, o troço explodiu. Jesus amado, o brilho pareceu obliterar o céu, e a explosão foi alta como uma bala de artilharia. Desta vez, não foram só as mulheres e as garotas Massimo que saíram para ver, mas quase todo mundo do lago. E apesar de metade provavelmente ter mijado na calça quando aquela porra explodiu, eles aplaudiram! Vocês acreditam nisso?

Mamãe e eu nos olhamos, porque nós sabíamos o que vinha agora, e veio mesmo: o capitão corneta levantou a porra do trompete e soprou na nossa direção, um ruído longo: *Waaaaaaah!*

Todos os Massimos riram e aplaudiram mais ainda, e todo mundo dos dois lados da água. Era muita humilhação. Dá para entender isso, não dá, Andy? Ardelle? Nós fomos superados por um bando de latachos de Rhode Island. Não que eu não goste de um prato de espaguete de tempos em tempos, mas todos os dias? Não!

— Tudo bem, tá — disse mamãe, empertigando os ombros. — Eles podem explodir mais alto que a gente, mas a gente tem aquelas peônias chinesas. Vamos ver o que eles acham.

Mas vi no rosto dela que ela achava que eles poderiam nos superar de novo.

Coloquei doze latas de cerveja e de refrigerante na ponta do nosso píer e coloquei uma peônia em cada um. Os homens Massimo estavam do outro lado nos olhando, e aí o que achava que não conseguia tocar trompete correu até a casa para buscar mais munição.

Enquanto isso, eu passei o isqueiro pelos pavios, um atrás do outro, e as peônias chinesas se acenderam uma após a outra, sem falhar. Eram bem lindas, mas não duraram muito. Com todas as cores do arco-íris, como Pop prometeu. Houve *oohs* e *aahs*, alguns dos Massimos, tenho que admitir, e então o jovem que correu para a casa voltou com outra caixa.

Acabou que estava cheia de fogos parecidos com nossas peônias chinesas, mas maiores. Tinham até uma plataforma de lançamento de papelão. Nós conseguíamos ver porque havia iluminação acesa na beirada do píer dos Massimos, sabe aquelas tochas elétricas? Paul acendeu os foguetes, e eles voaram, fazendo explosões douradas no céu duas vezes maiores e mais brilhantes que as nossas. Eles brilharam e fizeram barulho de metralhadora quando caíram. Todo mundo aplaudiu ainda mais, e claro que eu e mamãe tivemos que aplaudir também, senão achariam que éramos maus perdedores. E o trompete tocou: *waaaaaaah-waaaaaaah-waaaaaaah*.

Mais tarde, depois de acendermos todas as nossas coisas, mamãe foi batendo pé para a cozinha de camisola e chinelos de pano, com fumaça saindo pelas orelhas.

— Onde eles conseguiram armamento daquele? — perguntou ela, mas era o que se chama de pergunta retórica, e ela não me deu tempo de responder. — Com os amigos bandidos de Rhode Island, só pode ser. Porque ele tem CONTATOS. E é uma daquelas pessoas que têm que vencer em tudo! Dá para saber só de olhar!

Igual a você, mãe, pensei, mas não falei em voz alta. Às vezes, o silêncio é precioso, principalmente quando sua mãe encheu a cara de conhaque de café Allen e está com mais raiva do que uma galinha molhada.

— E odeio aquela porcaria de trompete. Odeio de verdade.

Eu concordava com ela nisso.

Ela me segurou pelo braço, entornando sem querer a última bebida da noite na parte da frente da minha camisa.

— Ano que vem! — disse ela. — Nós vamos mostrar para eles quem manda ano que vem. Prometa pra mim que vamos calar aquele trompete em 2014, Alden.

Eu prometi tentar, era o melhor que podia fazer. Paul Massimo tinha todos os seus recursos em Rhode Island, e o que eu tinha? Pop Anderson, dono de um mercadinho de beira de estrada ao lado de uma loja de tênis com desconto.

Mesmo assim, fui até ele no dia seguinte e expliquei o que aconteceu. Ele ouviu e teve a cortesia de não rir, embora a boca tenha tremido algumas vezes. Estou disposto a aceitar que tenha um lado engraçado, pelo menos até ontem à noite, mas não tanto quando se tinha Hallie McCausland bufando no seu cangote.

— É, consigo ver que isso deixaria sua mãe louca — disse Pop. — Ela sempre ficava furiosa quando alguém tentava superá-la. Mas, pelo amor de Deus, Alden, são só fogos de artifício. Quando ela ficar sóbria, vai perceber isso.

— Acho que não, Pop — respondi, sem querer acrescentar que mamãe nunca ficava sóbria agora, só ia de alta a bêbada, a apagada, a de ressaca e começava tudo de novo. Não que eu fosse muito melhor. — Não é tanto pelos fogos, mas pelo trompete, sabe? Se ela conseguisse calar aquela porra de trompete no Quatro de Julho, já ficaria satisfeita.

— Bom, eu não posso ajudar — disse Pop. — Tem muitos outros fogos maiores à venda por aí, mas eu não os compro. Primeiro, porque não quero perder minha licença. E também não quero ver ninguém se machucar. Bêbados acendendo explosivos sempre é receita para desastre. Mas, se você estiver mesmo determinado, devia ir até Indian Island falar com um cara lá. É um penobscot enorme chamado Howard Gamache. É o maior índio do Maine, talvez do mundo todo. Anda de Harley-Davidson e tem penas tatuadas nas bochechas. Ele é o que você pode chamar de pessoa com contatos.

Uma pessoa com contatos! Era exatamente do que precisávamos! Eu agradeci a Pop e escrevi o nome *Howard Gamache* no meu caderninho, e, em abril do ano seguinte, fiz uma viagem até o Condado de Penobscot com quinhentos dólares em espécie no porta-luvas da picape.

Encontrei o sr. Gamache sentado no bar do Harvest Hotel em Oldtown, e ele era tão grande quanto anunciado: uns dois metros, calculei, e devia pesar uns cento e sessenta quilos. Ouviu minha história sofrida, e depois que paguei uma jarra de Bud, que bebeu em menos de dez minutos, ele disse:

— Bem, sr. McCausland, vamos até minha oca discutir isso com mais detalhes.

Ele estava com uma Harley Softail, que é uma moto bem grande, mas, quando subia nela, aquela coisa parecia uma daquelas bicicletinhas que os palhaços usam no circo. As bandas da bunda iam até os alforjes. A oca dele era um rancho de dois andares com piscina nos fundos para as crianças, que ele tinha aos montes.

Não, Ardelle, a moto e a piscina *não* são importantes para a história, mas se você quiser que eu conte, vai ter que ser do meu jeito. E eu acho interessante. Tinha até um home theather no porão. Caramba, fiquei com vontade de me mudar pra lá.

Os fogos estavam na garagem debaixo de uma lona, empilhados em caixas de madeira, e havia umas coisas bem incríveis.

— Se você for pego com isso — disse ele —, nunca ouviu falar de Howard Gamache. Entendeu?

Eu falei que sim, e como ele parecia um sujeito honesto o bastante que não me ferraria, ao menos não muito, perguntei o que poderia comprar com quinhentos dólares. Acabei ficando mais com bolos, que são blocos de foguetes com um único pavio. Você acende e eles explodem às dezenas. Havia três bolos chamados Piro Macaco, mais dois chamados Declaração de Independência e um chamado Psico-Delicko, que dispara jatos enormes de luz que parecem flores, e um que era ainda mais especial. Já chego nele.

— Você acha que isso vai calar a boca daqueles carcamanos? — perguntei.

— Pode apostar — disse Howard. — Só que, como alguém que prefere ser chamado de nativo americano a pele-vermelha ou Touro Sentado, não gosto muito de termos pejorativos como carcamano, polaco, salim ou chicano. Eles são americanos, como você e eu, e não há necessidade de denegri-los.

— Saquei, e vou incorporar, mas aqueles Massimos continuam me irritando, e se isso ofende você, azar o seu.

— Tudo bem, consigo entender seu estado emocional. Mas vou oferecer um conselho, cara-pálida: obedeça ao limite de velocidade quando estiver indo para casa. Você não vai querer ser pego com essa merda na caçamba.

Quando mamãe viu o que eu comprei, balançou os punhos acima da cabeça e serviu Dirty Hubcaps para comemorar.

— Quando eles virem isso, vão cagar níqueis! — disse ela. — Talvez até dólares de prata! Vamos ver se não!

Só que não foi assim. Acho que vocês já sabem disso, né?

Chegou o Quatro de Julho do ano passado, e o lago Abenaki estava com gente saindo pelo ladrão. Um boato tinha se espalhado, sabe, que os ianques McCausland estavam competindo contra os carcamanos Massimo pelo prêmio de melhores fogos. Devia haver seiscentas pessoas no nosso lado do lago. Não tantas no outro, mas tinha bastante mesmo assim, mais do que em qualquer outro ano. Todos os Massimos a leste do Mississipi deviam ter ido ao show de 2014. Não nos demos ao trabalho de brincar com coisas como fogos de artifício menores e bombinhas, só esperamos o fim do crepúsculo para podermos acender os grandes. Mamãe e eu estávamos com as caixas com caracteres chineses empilhadas no píer, e eles também. A margem leste estava ocupada de pequenos Massimos balançando estrelinhas; pareciam estrelas que caíram na terra, pareciam mesmo. Às vezes acho que estrelinhas bastam, e hoje de manhã desejei termos ficado só nisso.

Paul Massimo acenou para nós, e nós acenamos para ele. O idiota com o trompete deu um sopro longo: *Waaaaaah!* Paul apontou para mim como quem diz "Você primeiro, monsinhor", então eu disparei um Piro Macaco. Acendeu o céu, e todo mundo fez *aahhhh*. Um dos filhos de Massimo acendeu uma coisa parecida, só que mais intensa e de maior duração. A multidão fez *ooooh*, e a porra do trompete tocou.

— Deixa os Macacos Fedidos pra lá, sei lá qual é o nome — disse mamãe. — Acenda o Declaração de Independência. Vai dar uma lição neles.

Eu acendi, e foi lindo, mas aquelas porras de Massimos superaram isso também. Eles superaram tudo que disparamos, e cada vez que o deles era mais forte e mais alto, aquele babaca tocava o trompete. Deixou mamãe e a mim putos da vida; porra, até o Papa ficaria puto. As pessoas tiveram um show de fogos e tanto naquela noite, provavelmente tão bom quanto o que fazem em Portland, e tenho certeza de que foram para casa felizes, mas não havia alegria no píer do Buraco de Mosquito, posso afirmar isso. Mamãe costuma ficar feliz quando enche a cara, mas não naquela noite. Estava escuro àquela altura, todas as estrelas no céu, e uma névoa de pólvora pairava sobre o lago. Só tinha sobrado nosso último e maior item.

— Acenda — disse mamãe —, e vamos ver se eles conseguem superar. Pode até ser que superem. Mas, se ele tocar aquele trompete mais uma vez, minha cabeça vai explodir.

O último e mais especial fogo de artifício se chamava Fantasma da Fúria, e Howard Gamache fez muita propaganda dele.

— Uma coisa linda — disse ele — e muito ilegal. Recue depois que acender, sr. McCausland, porque jorra pra todo lado.

A porra do pavio era da grossura do meu pulso. Eu acendi e recuei. Por alguns segundos depois que queimou, não aconteceu nada, e achei que tivesse falhado.

— Agora é que a cobra vai fumar — disse mamãe. — Agora ele vai tocar aquele trompete maldito.

Mas, antes que ele pudesse, o Fantasma da Fúria explodiu. Primeiro, foi só uma fonte com fagulhas brancas, mas depois disparou alto e ficou rosado. Começou a disparar foguetes que explodiram em uma chuva de prata. Àquela altura, a fonte de fagulhas na beirada do nosso píer estava com pelo menos três metros e meio e bem vermelha. Disparou ainda mais foguetes, direto para o céu, e explodiram alto como um esquadrão de jatos rompendo a barreira do som. Mamãe cobriu os ouvidos, mas estava morrendo de rir. A fonte baixou, jorrou uma última vez, como um velho em um prostíbulo, mamãe falou, e disparou uma linda flor vermelha e amarela no céu.

Houve um momento de silêncio, de admiração, sabe, e todo mundo no lago começou a aplaudir com vontade. Algumas pessoas que estavam em trailers tocaram a buzina, que pareceram muito baixas depois daqueles estrondos. Os Massimos também estavam aplaudindo, o que mostrou que eles levavam as coisas na esportiva e me impressionou, porque normalmente quem quer sempre vencer não é assim. O cara do trompete não tirou aquela porcaria do cinto.

— Nós conseguimos! — gritou mamãe. — Alden, dê um beijo na sua mãe!

Eu dei, e quando olhei para o outro lado do lago, vi Paul Massimo na beirada do píer, sob a luz daquelas tais tochas elétricas. Ele levantou um dedo, como quem diz "Espere um segundo". Provocou uma sensação ruim na boca do meu estômago.

O filho sem trompete, o que eu achava que podia ter um pouco de bom senso, preparou uma base de lançamento, de forma lenta e reverente, como um coroinha carregando a hóstia sagrada. Nela havia o maior foguete que já vi sem ser na TV, em Cabo Canaveral. Paul se apoiou em um joelho e levou o isqueiro ao pavio. Assim que começou a brilhar, ele e os dois filhos saíram correndo para longe do píer.

Não houve pausa, como com nosso Fantasma da Fúria. A porra decolou como o Apollo 19, deixando um rastro de fogo azul que ficou roxo e depois vermelho. Um segundo depois, as estrelas foram obliteradas por um pássaro chamejante gigante que cobria o lago quase de um lado a outro. Ardeu lá e explodiu. E não é que saíram pássaros menores da explosão, disparando em todas as direções?

A multidão foi à loucura. Os garotos mais velhos abraçaram o pai e bateram nas costas uns dos outros e riram.

— Vamos entrar, Alden — disse mamãe, e ela nunca falou com tanta tristeza desde que papai morrera. — Fomos derrotados.

— Vamos vencê-los ano que vem — afirmei, dando tapinhas no ombro dela.

— Não. Os Massimos sempre vão estar um passo à frente. Eles são esse tipo de gente, gente com CONTATOS. Nós somos só dois pobres coitados vivendo de uma fortuna que veio por sorte, e acho que isso vai ter que bastar.

Quando subimos os degraus do nosso chalezinho de merda, houve um último sopro do trompete da bela casa do outro lado do lago: *Waaaaaaaaaah!* Fez minha cabeça latejar, fez mesmo.

Howard Gamache me disse que aquele último foguete se chamava Galo do Destino. Ele disse que tinha visto vídeos no YouTube, mas sempre com pessoas falando chinês ao fundo.

— Como esse Massimo trouxe isso para os Estados Unidos é um mistério para mim — explicou Howard.

Tivemos essa conversa um mês depois, mais ou menos, perto do final do verão passado, quando eu finalmente reuni ambição suficiente para fazer o trajeto até a oca de dois andares dele em Indian Island para contar o que aconteceu, como lutamos com louvor, mas perdemos no fim da história.

— Não é mistério para mim — eu disse. — Os amigos dele na China devem ter acrescentado como brinde com o último carregamento de ópio. Você sabe, um presentinho para agradecer por fazer negócio com eles. Você tem alguma coisa maior do que isso? Mamãe está deprimida, sr. Gamache. Ela não quer competir ano que vem, mas eu estava pensando, se houver alguma coisa… você sabe, o máximo dos máximos… eu pagaria até mil dólares. Valeria só para ver minha mãe sorrindo na noite do Quatro de Julho.

Howard se sentou nos degraus de trás com os joelhos na altura das orelhas como se fossem rochas… Deus, que homem grande… e pensou no assunto. Cogitou. Avaliou. Por fim, ele disse:

— Eu ouvi boatos…

— Boatos sobre o quê?

— Sobre uma coisa especial chamada Contatos Imediatos do Quarto Grau — disse ele. — De um sujeito com quem me correspondo sobre o assunto de diversão com pólvora. O nome nativo dele é Caminho Cintilante, mas ele usa o nome de Johnny Parker. Ele é cayuga e mora perto de Albany, em Nova York. Eu posso dar o endereço de e-mail dele pra você, mas ele não vai responder se eu não escrever para ele dizendo que você é de confiança.

— Você faria isso? — perguntei.

— Claro — disse ele —, mas primeiro você precisa pagar uma graninha boa, cara-pálida. Cinquenta dólares devem bastar.

O dinheiro passou da minha mão pequena para a grande dele, ele mandou um e-mail para Johnny Caminho Cintilante Parker, e quando voltei para o lago e mandei um e-mail meu, ele respondeu imediatamente. Mas não queria falar do que chamou de CE4 se não fosse em pessoa, alegou que o governo lia todos os e-mails dos nativos americanos como rotina. Eu não tinha como argumentar com isso; aposto que aqueles babacas leem os e-mails de todo mundo. Então, combinamos um encontro, e no primeiro dia de outubro do ano passado, eu fui até lá.

Claro que mamãe quis saber que tipo de compromisso me faria ir até o norte de Nova York, e não me dei ao trabalho de inventar nada, porque ela sempre percebe as mentiras desde que eu era da altura de um cachorrinho. Ela só assentiu.

— Vá se for te deixar feliz — disse ela. — Mas você sabe que eles vão aparecer com alguma coisa maior, e nós vamos ter que ficar ouvindo aquele carcamano veadinho tocando o trompete.

— Bom, até pode ser — respondi —, mas o sr. Caminho Cintilante diz que tem fogos de artifício melhor que qualquer outro.

Como vocês podem ver, isso acabou sendo a pura verdade.

Fiz um passeio bonito, e Johnny Caminho Cintilante Parker era um sujeito bem legal. A oca dele era em Green Island, onde as casas são quase tão grandes quanto a Doze Pinheiros dos Massimos, e a esposa dele fazia uma enchilada deliciosa. Comi três com aquele molho verde picante e tive caganeira no caminho para casa, mas como isso não faz parte da história e estou vendo que Ardelle está ficando impaciente de novo, vou deixar de fora. Só posso dizer que agradeço a Deus por lenços umedecidos.

— O CE4 seria encomenda especial — disse Johnny. — Os chineses só fazem três ou quatro por ano, na Mongólia Exterior ou alguma lugar parecido, onde tem neve nove meses por ano e os bebês são supostamente criados com filhotes de lobo. Esses explosivos costumam ser enviados para Toronto. Acho que posso encomendar um e trazer do Canadá eu mesmo, se bem que você teria que pagar minha gasolina e meu tempo, e, se eu for preso, posso acabar em Leavenworth como terrorista.

— Jesus, eu não quero encrencar você.

— Bem, talvez esteja exagerando um pouco — disse ele —, mas o CE4 é um explosivo incrível. Nunca houve outro igual. Eu não posso devolver seu dinheiro se seu amigo do outro lado do lago tiver uma coisa melhor, mas posso devolver meu lucro na venda. Esse é o tamanho da minha certeza.

— Além do mais — disse Cindy Caminho Cintilante Parker —, Johnny adora uma aventura. Quer outra enchilada, sr. McCausland?

Eu recusei, o que deve ter impedido que eu explodisse em Vermont, e por um tempo eu quase esqueci essa história. Mas, logo depois do Ano-Novo... estamos chegando perto agora, Ardelle, você não está feliz?... eu recebi uma ligação do Johnny.

— Se você quiser aquele item que discutimos no outono — disse ele —, eu tenho, mas vai custar dois mil dólares.

Eu inspirei fundo.

— Isso é bem caro.

— Não tenho como argumentar com isso, mas veja desta forma: vocês, brancos, ficaram com Manhattan por vinte e quatro dólares, e estamos esperando uma compensação desde então. — Ele riu e disse: — Mas, falando sério, se você não quiser, tudo bem. Talvez seu amigo do outro lado do lago se interesse.

— Não ouse fazer isso.

Ele riu ainda mais.

— Eu tenho que dizer, esse troço é bem incrível. Vendo muitos fogos de artifício ao longo dos anos e nunca vi nada parecido com isso.

— Como? — eu perguntei. — O que é?

— Você vai ter que ver — disse ele. — Não tenho intenção de mandar foto pela internet. Além do mais, não parece grande coisa até... hã... estar em uso. Se você quiser vir até aqui, posso mostrar um vídeo.

— Eu vou — respondi, e dois ou três dias depois, fui até lá, sóbrio e barbeado e com o cabelo penteado.

500

Agora escutem, vocês dois. Não vou inventar desculpas para o que eu fiz, e vocês podem deixar minha mãe fora disso, pois fui eu que comprei o negócio e fui eu que acendi, mas vou dizer que o CE4 que Johnny me mostrou e o que eu acendi ontem à noite não são a mesma coisa. O do vídeo era bem menor. Eu até comentei sobre o tamanho da caixa em que o meu veio quando Johnny e eu colocamos na caçamba da picape.

— Devem ter colocado muito enchimento na embalagem — eu disse.

— Acho que queriam ter certeza de que nada aconteceria no transporte — sugeriu Johnny.

Ele também não sabia, entendem? Cindy Caminho Cintilante perguntou se eu não queria ao menos abrir a caixa e dar uma olhada para ter certeza de que era a coisa certa, mas estava toda presa com pregos, e eu queria voltar antes de escurecer porque meus olhos não estão mais tão bons quanto eram. Mas, como eu vim aqui hoje determinado a botar tudo às limpas, eu tenho que dizer que não é verdade. A noite é minha hora de beber, e eu não queria perder nem um minuto. É a verdade. Sei que é um jeito meio triste de ser e sei que tenho que fazer alguma coisa sobre isso. Acho que, se me botarem na cadeia, vou ter a oportunidade, não é?

Mamãe e eu abrimos a caixa no dia seguinte e demos uma olhada no que compramos. Estávamos na casa da cidade, sabe, porque era janeiro, e estava mais frio do que uma teta de bruxa. Tinha um pouco de material de proteção dentro, sim, jornais chineses, mas não tanto quanto eu esperava. O CE4 devia ter 0,65 metros quadrados e parecia um pacote embrulhado com papel pardo, só que o papel estava meio oleoso e era tão pesado que parecia lona. O pavio estava saindo por baixo.

— Você acha que vai mesmo acender? — perguntou mamãe.

— Bem — respondi —, se não acender, qual é o pior que pode acontecer?

— Vamos perder dois mil dólares — retrucou mamãe —, mas isso não é o pior. O pior seria se o troço subisse menos de um metro e caísse no lago, se apagando. Seguido daquele italiano jovem que parece o Ben Afflict soprando o trompete.

Colocamos a caixa na garagem, e ficou lá até o Memorial Day, quando levamos para o lago. Não comprei mais nenhum outro fogo de artifício este ano, nem de Pop Anderson, nem de Howard Gamache. A gente só queria uma coisa. Era o CE4 ou nada.

Tudo bem, aí chegou a noite de ontem, o Quatro de Julho de 2015. Nunca houve nada parecido no lago Abenaki e espero que nunca mais haja. Nós sabíamos que tinha sido um verão bem seco, claro que sabíamos, mas isso nunca passou pela nossa cabeça. Por que passaria? Íamos disparar acima da água, não íamos? O que podia dar errado?

Todos os Massimos estavam se divertindo, tocando música e brincando de jogos e fazendo salsichas em umas cinco grelhas diferentes e mergulhando no lago. Todas as outras pessoas também estavam lá, nos dois lados do lago. Tinha até gente nas pontas norte e sul, onde é tudo pantanoso. Elas estavam lá para ver o capítulo deste ano da Grande Corrida Armamentista do Quatro de Julho, carcamanos contra ianques.

O crepúsculo foi chegando ao fim, e a estrela dos desejos apareceu, como sempre, e as tochas elétricas no píer de Massimo se acenderam como holofotes. Paul Massimo vai até ela, ladeado pelos dois filhos mais velhos, e, inacreditavelmente, eles estavam vestidos como se fossem para um baile chique do country clube! O pai de smoking, os filhos de paletó branco com flores vermelhas nas lapelas, o parecido com Ben Afflict com o trompete caído contra o quadril, como um atirador.

Eu olhei ao redor e vi que o lago estava cercado com mais gente do que nunca. Devia ter pelo menos mil pessoas ali. Elas foram esperando um show, e aqueles Massimos estavam vestidos para dar um, enquanto mamãe estava com o vestido de sempre, e eu, de calça jeans e uma camiseta que dizia ME BEIJE ONDE FEDE, ME ENCONTRE EM MILLINOCKET.

— Ele não tem caixa nenhuma, Alden — disse mamãe. — Por quê?

Eu só balancei a cabeça, porque não sabia. Nosso único explosivo já estava na beirada do píer, coberto com uma colcha velha. Ficou lá o dia todo.

Massimo esticou a mão para nós, educado como sempre, nos dizendo para começarmos. Eu balancei a cabeça e estiquei a minha, como quem diz "Não, depois de você desta vez, monsinhor". Ele deu de ombros e fez um gesto de giro no ar, meio como quando o juiz diz que é *home run*. Quatro segundos depois, a noite foi tomada de trilhas ascendentes de fagulhas, e os fogos começaram a explodir sobre o lago em brilhos e jorros e estrondos múltiplos que dispararam flores e chafarizes e não sei mais o quê.

Mamãe ofegou.

— Aquele cachorro imundo! Ele contratou uma equipe inteira! *Profissionais!*

E, sim, foi isso o que ele fez. Ele deve ter gastado dez ou quinze mil dólares naquele show de vinte minutos, com a Excalibur Dupla e a Matilha de Lobos que tem no final. A multidão no lago estava gritando e berrando, apertando as buzinas dos carros e aplaudindo e assobiando. O parecido com Ben Afflict estava soprando o trompete com tanta força que ia acabar tendo um AVC, mas não dava nem para ouvir com o barulho de tiroteio no céu, que estava iluminado como se fosse dia, e de todas as cores. Colunas de fumaça subiam de onde a equipe de fogos disparava os explosivos na praia, mas ela não seguia na direção do lago. A fumaça soprava na direção da casa. Na direção de Doze Pinheiros. Vocês podem dizer que eu devia ter reparado nisso, mas não reparei. Mamãe também não. Ninguém percebeu. Estávamos perplexos demais. Massimo estava nos mandando um recado, sabe: acabou. Nem pensem em fazer nada ano que vem, seus pobres ianques.

Houve uma pausa, e eu estava decidindo se ele tinha acabado quando uma fileira dupla de fagulhas subiu, e o céu se encheu de um barco enorme em chamas, com velas e tudo! Eu sabia o que aquilo era por causa de Howard Gamache: um Junco Excelente. É uma embarcação chinesa. Quando finalmente se apagou e a multidão ao redor do lago parou de surtar, Massimo sinalizou para os caras dos fogos uma última vez, e eles acenderam uma bandeira americana na praia. Queimou em vermelho e branco e azul e disparou bolas de fogo enquanto alguém tocava "America the Beautiful" pelo sistema de som.

Finalmente, a bandeira se apagou até não restar nada além de brasas laranja. Massimo ainda estava na ponta do píer, e esticou a mão para nós de novo, sorrindo. Como quem diz "Pode ir, dispare a merda que têm aí, McCausland, e vamos acabar logo com isso". Não só este ano, mas para sempre.

Eu olhei para mamãe. Ela olhou para mim. Ela virou na água o que restava da bebida dela, e estávamos bebendo Moonquake naquela noite, e disse:

— Vá logo. Provavelmente vai ser o mesmo que um buraco de mijo na neve, mas nós compramos essa porcaria, então é melhor acendermos.

Eu me lembro de como estava silencioso. Os sapos ainda não tinham recomeçado, e as pobres mobelhas já tinham se recolhido naquela noite, talvez até pelo resto do verão. Ainda havia um monte de gente na beira da água para ver o que a gente tinha, mas muitas delas já estavam voltando para a cidade, como os torcedores fazem quando seu time está perdendo e não tem chance de virada. Eu conseguia ver uma série de faróis por toda a Lake Road, que vai até a estrada 119 e para Pretty Bitch, a que leva até a TR-90 e Chester's Mill.

Eu decidi que, se ia fazer aquilo, era melhor dar um show; se o foguete não subisse, quem ficara para trás podia rir quanto quisesse. Eu até conseguiria aguentar a porcaria do trompete por saber que não teria que ouvi-lo no ano seguinte, porque para mim tinha acabado, e consegui ver no rosto de mamãe que ela sentia o mesmo. Até os seios dela pareciam meio pra baixo, mas talvez fosse só porque ela esqueceu o sutiã naquela noite. Ela diz que aperta muito.

Eu puxei a colcha velha como se fosse um mágico fazendo um truque, e ali estava a coisa quadrada que comprei por dois mil dólares — provavelmente metade do que Massimo pagou só pelo Junco Excelente —, toda enrolada no papel pesado, com o pavio curto e grosso saindo da ponta.

Eu apontei para a caixa e apontei para o céu. Os três Massimos bem vestidos na ponta do píer riram, e o trompete tocou: *Waaaa-aaaaah!*

Eu acendi o pavio, que começou a soltar fagulhas. Puxei mamãe para trás, para o caso de a porcaria explodir na base. O pavio queimou até a caixa e desapareceu. A porra da caixa só ficou ali parada. O Massimo com o trompete o levou até os lábios, mas, antes que pudesse tocar, fogo saiu de debaixo da caixa, e ela subiu, devagar primeiro, depois mais rápido quando mais jatos, eu acho que eram jatos, pegaram fogo.

Ela foi subindo e subindo. Três metros, seis, doze. Eu só conseguia identificar a forma quadrada contra as estrelas. Chegou a quinze, todo mundo inclinando o pescoço para olhar, e explodiu, como o do vídeo do YouTube que Johnny Caminho Cintilante Parker me mostrou. Mamãe e eu gritamos. Todo mundo gritou. Os Massimos só pareciam perplexos, e talvez, era difícil saber do nosso lado do lago, com um pouco de desdém. Parecia que estavam dizendo: caixa explosiva, que porra é essa?

Só que o CE4 não tinha acabado. Quando os olhos das pessoas estavam ajustados, elas ofegaram de surpresa, pois a parte de papel estava se desdobrando e se abrindo enquanto queimava em todas as cores que vocês já viram e em algumas que nunca viram. Estava virando um maldito disco voador. Se abriu e se abriu, como se Deus estivesse abrindo seu guarda-chuva sagrado, e enquanto se abria começou a disparar bolas de fogo para todos os lados. Cada uma explodiu e disparou mais, formando uma espécie de arco-íris em cima do disco. Sei que vocês viram um vídeo de celular, provavelmente todo mundo que tinha celular estava filmando, não duvido que vá servir de prova no julgamento, mas estou dizendo que vocês tinham que estar lá para entenderem a maravilha que era.

Mamãe estava segurando meu braço.

— É lindo — disse ela —, mas eu achei que só tinha dois metros e meio de largura. Não foi isso que seu amigo índio falou?

Foi, mas a coisa que soltei tinha *seis* metros de largura e ainda estava crescendo quando soltou uns doze ou mais paraquedas para continuar no ar enquanto disparava mais cores e faíscas e chafarizes e bombinhas cintilantes. Podia não ser tão grandioso quanto o show de fogos de Massimo, mas era mais grandioso que o Junco Excelente. E, claro, foi por último. É disso que as pessoas sempre lembram, vocês não acham? Do que viram por último?

Mamãe viu os Massimos olhando para o céu com o queixo caído como portas com dobradiças quebradas, parecendo os mais puros idiotas que já andaram na terra, e começou a dançar. O trompete estava pendurado na mão de Ben Afflict, como se ele o tivesse esquecido.

— Nós vencemos! — gritou mamãe, balançando os punhos. — Nós finalmente conseguimos, Alden! Olhe para eles! Foram derrotados, e valeu *cada porra de centavo*!

Ela queria que eu dançasse com ela, mas eu tinha visto uma coisa da qual não gostei muito. O vento estava empurrando o disco voador para o leste por cima do lago, na direção de Doze Pinheiros.

Paul Massimo viu a mesma coisa e apontou para mim, como quem diz, você colocou aí, você tira enquanto ainda está acima da água.

Só que eu não podia, claro, e enquanto isso a coisa ainda estava soltando seus fogos, disparando foguetes e canhões e chafarizes giratórios como se não fosse parar nunca. Em seguida, e eu não tinha ideia de que isso ia acontecer, porque o vídeo que Johnny Caminho Cintilante me mostrou era mudo, uma música começou a tocar. Só cinco notas repetidamente: *doo--dee-doo-dum-dee*. Era a música que as espaçonaves fazem em *Contatos imediatos do terceiro grau*. A coisa estava tocando e tocando, e foi nessa hora que a porcaria do disco voador pegou fogo. Não sei se foi acidente ou se era para ser o efeito final. Os paraquedas que o seguravam também pegaram fogo, e a porra toda começou a cair. Primeiro, achei que ia cair antes de o lago acabar, talvez até na plataforma de mergulho dos Massimos, o que teria sido ruim, mas não a pior coisa. Só que, nessa hora, um sopro mais forte de vento surgiu, como se a própria Mãe Natureza estivesse cansada dos Massimos. Ou talvez fosse daquela porra de trompete que a velha estava cansada.

Bom, vocês sabem como a casa deles ganhou aquele nome, e os doze pinheiros estavam bem secos. Havia dois ladeando a varanda comprida da frente, e foi neles que nosso CE4 caiu. As árvores pegaram fogo na mesma hora, parecendo um pouco as tochas elétricas no píer de Massimo, só que maiores. Primeiro, as agulhas, depois os galhos, depois os troncos. Os Massimos começaram a correr para todo lado, como formigas quando alguém chuta um formigueiro. Um galho em chamas caiu no telhado da varanda, e em pouco tempo também estava pegando fogo. O tempo todo, aquela musiquinha continuou tocando, *doo-dee-doo-dum-dee*.

A espaçonave se partiu em duas. Metade caiu no gramado, o que não foi tão ruim, mas a outra metade caiu no telhado principal ainda disparando alguns foguetes, sendo que um deles entrou por uma janela do andar de cima, botando fogo na cortina pelo caminho.

Mamãe se virou para mim e disse:

— Olha, *isso* não foi bom.

— Não mesmo. Parece bem ruim, né?

Ela disse:

— Acho melhor você chamar o corpo de bombeiros, Alden. Na verdade, acho melhor chamar dois ou três quartéis, senão o bosque todo vai pegar fogo, do lago até o limite do Condado de Castle.

Eu me virei para correr para o chalé e pegar o celular, mas ela segurou meu braço. Tinha um sorrisinho no rosto dela.

— Antes de você ir — disse ela —, dê só uma olhada naquilo.

Ela apontou para o outro lado do lago. Àquela altura, a casa toda estava em chamas, então não houve dificuldade de ver para onde ela estava apontando. Não tinha mais ninguém no píer, mas uma coisa tinha ficado para trás: o trompete.

— Diga que foi ideia minha — pediu mamãe. — Eu vou para a cadeia por isso, mas estou cagando. Pelo menos a gente calou aquela porcaria.

Ardelle, posso tomar um copo d'água? Estou seco como madeira velha.

A policial Benoit levou um copo d'água para Alden. Ela e Andy Clutterbuck o viram beber tudo; um homem magro de calça cáqui e camiseta regata, o cabelo fino e grisalho, o rosto esgotado pela falta de sono e pela ingestão de Moonquakes com dosagens de trinta por cento de álcool.

— Pelo menos, ninguém se machucou — disse Alden. — Fico feliz com isso. E não incendiamos o bosque. Também fico feliz.

— Você tem sorte de o vento ter parado — afirmou Andy.

— Você também tem sorte de os carros de bombeiros de três cidades estarem em alerta — acrescentou Ardelle. — Claro que têm que ficar na noite do Quatro de Julho, porque sempre tem uns idiotas bêbados acendendo fogos de artifício.

— A culpa é toda minha — disse Alden. — Só quero que vocês entendam isso. Eu comprei a porcaria do foguete e fui eu que o acendi. Mamãe não teve nada a ver com isso. — Ele fez uma pausa. — Eu só espero que Massimo entenda isso e deixe minha mãe em paz. Ele tem CONTATOS, sabe?

Andy disse:

— Aquela família passa o verão no lago Abenaki há vinte anos ou mais, e de acordo com tudo que eu sei, Paul Massimo é um homem de negócios legítimo.

— Aham — disse Alden. — Que nem o Al Capone.

O policial Ellis bateu no vidro da sala de entrevistas, apontou para Andy e fez um gesto para telefone com o polegar e o indicador. Andy suspirou e saiu da sala.

Ardelle Benoit olhou para Alden.

— Já vi umas merdas colossais na vida — comentou ela —, e mais ainda desde que entrei para a polícia, mas essa leva o prêmio.

— Eu sei — disse Alden, deixando a cabeça pender. — Não estou justificando nada. — Ele se animou. — Mas foi um show e tanto enquanto durou. As pessoas nunca vão esquecer.

Ardelle fez um ruído grosseiro. Em algum lugar ao longe, uma sirene tocou.

Andy voltou depois de um tempo e se sentou. Não disse nada no começo, só ficou olhando para o nada.

— Era sobre minha mãe? — perguntou Alden.

— *Era* sua mãe — respondeu Andy. — Ela queria falar com você, e quando falei que estava ocupado, ela me pediu para dar um recado. Ela estava ligando do Lucky's Diner, onde acabou de ter um belo café da manhã com seu vizinho do outro lado do lago. Ela falou para te dizer que ele ainda estava de smoking e que ele pagou a conta.

— Ele a ameaçou? — gritou Alden. — Aquele filho da puta...

— Sente-se, Alden. Relaxe.

Alden voltou a se sentar devagar, mas os punhos estavam bem apertados. Eram mãos grandes, e pareciam capazes de fazer mal, isso se o dono delas se sentisse provocado.

— Hallie também pediu para te dizer que o sr. Massimo não vai registrar queixa. Ele disse que duas famílias entraram em uma competição idiota e que as duas famílias tinham culpa. Sua mãe diz que o sr. Massimo quer deixar tudo para lá.

O pomo de adão de Alden subiu e desceu, lembrando a Ardelle um brinquedo de macaco no galho que ela tinha quando criança.

Andy se inclinou para a frente. Ainda estava sorrindo da forma dolorosa como se faz quando não se quer sorrir, mas não se consegue evitar.

— Ela disse que Massimo também quer que você saiba que ele lamenta o que aconteceu com o resto dos seus fogos de artifício.

— *Resto*? Eu falei que não tínhamos mais nada este ano, exceto...

— Silêncio. Não quero esquecer nenhuma parte do recado.

Alden parou de falar. Do lado de fora, eles ouviram uma segunda sirene e uma terceira.

— Os da cozinha. *Aqueles* fogos. Sua mãe disse que você deve ter deixado as caixas perto demais do fogão. Você se lembra de ter feito isso?

— Hã...

— Eu insisto para que lembre, Alden, porque tenho um desejo profundo de encerrar esse show de horrores.

— Eu acho que... talvez lembre — disse Alden.

— Não vou nem perguntar por que você acendeu o fogão em uma noite quente de julho, porque, depois de trinta anos na polícia, sei que bêbados podem incorporar qualquer ideia maluca que surja em mente. Você concorda?

— Bem… sim — admitiu Alden — Os bêbados são imprevisíveis. E aqueles Moonquakes são mortais.

— E é por isso que seu chalé no lago Abenaki está pegando fogo agora.

— Jesus Cristo de muletas!

— Acho que não podemos botar culpa desse incêndio no Filho de Deus, Alden, com ou sem muletas. Vocês tinham seguro?

— Caramba, sim — disse Alden. — Seguro é uma boa ideia. Aprendi isso quando papai faleceu.

— Massimo também tinha seguro. Sua mãe me pediu para te dizer isso também. Ela disse que os dois concordaram enquanto comiam um prato de ovos e bacon que isso deixa as coisas entre vocês quites. Você concorda?

— Bem… a casa dele era bem maior do que o nosso chalé.

— Presumivelmente, a apólice dele vai refletir essa diferença. — Andy se levantou. — Acho que vai haver algum tipo de audiência em algum momento, mas agora você está livre e pode ir.

Alden agradeceu. E saiu antes que eles pudessem mudar de ideia.

Andy e Ardelle ficaram na sala de entrevistas, olhando um para o outro. Ardelle acabou dizendo:

— Onde a sra. McCausland estava quando o fogo começou?

— Até Massimo ir pagar pela lagosta com ovos Benedict e batatas no Lucky's, ela estava aqui na delegacia — disse Andy. — Esperando para ver se o filho ia para o tribunal ou para a cadeia. Torcendo pelo tribunal para poder pagar a fiança. Ellis disse que, quando ela e Massimo saíram, ele estava com o braço na cintura dela. Ele deve ter um braço comprido, considerando o diâmetro atual dela.

— E quem você acha que botou fogo no chalé dos McCausland?

— Nunca vamos ter certeza, mas, se eu fosse obrigado a dar um palpite, diria que foram os filhos de Massimo, antes do amanhecer. Colocaram alguns fogos não usados deles ao lado do fogão, ou talvez bem em cima, e encheram aquele lugar de gravetos, para que queimasse e ficasse bem quente. Não muito diferente de botar uma bomba com timer, se você pensar bem.

— Caramba — disse Ardelle.

— Tudo se resume a bêbados com fogos de artifício, o que é ruim, e uma mão lavando a outra, o que é bom.

Ardelle pensou no assunto, fez biquinho e assobiou a melodia de cinco notas de *Contatos imediatos do terceiro grau*. Ela tentou fazer de novo, mas começou a rir e desistiu.

— Não foi ruim — disse Andy. — Mas você consegue tocar isso no trompete?

Pensando em Marshall Dodge

O que poderia ser melhor para acabar este livro do que uma história sobre o fim do mundo? Escrevi pelo menos um livro sobre o assunto, *A dança da morte*, mas aqui o foco é diminuído para apenas um detalhe. Não tenho muito a dizer sobre a história em si além de que eu estava pensando na minha amada Harley Softail 1986, que agora tirei de circulação, o que deve ter sido melhor mesmo; meus reflexos ficaram lentos a ponto de me tornar um perigo para mim mesmo e para os outros quando estou na estrada a cem quilômetros por hora. Como eu amava aquela moto. Depois que escrevi *Insônia*, fui nela do Maine até a Califórnia, e me lembro de um final de dia em algum lugar do Kansas, vendo o sol se pôr no oeste enquanto a lua subia pelo céu, enorme e laranja, no leste. Eu parei no acostamento e fiquei olhando, pensando que era o melhor pôr do sol da minha vida. E talvez tenha sido.

Ah, e "Trovão de verão" foi escrito em um lugar bem parecido com o lugar onde encontramos Robinson, o vizinho dele e certo cachorro perdido chamado Gandalf.

TROVÃO DE VERÃO

Robinson estava bem desde que Gandalf estivesse. Não bem no sentido de tudo estar bem, mas no sentido de ir vivendo um dia após o outro. Ele ainda acordava à noite, muitas vezes com lágrimas escorrendo pelo rosto devido aos sonhos vívidos em que Diana e Ellen estavam vivas, mas quando pegava Gandalf no cobertor no canto onde ele dormia e o colocava na cama, conseguia voltar a dormir na maioria das vezes. Quanto a Gandalf, não fazia diferença onde ele dormia, e se Robinson o puxasse para perto, tudo bem, também. Era quente, seco e seguro. Ele foi resgatado. Era só com isso que Gandalf se preocupava.

Com outro ser vivo para cuidar, as coisas estavam melhores. Robinson dirigiu até o mercado que ficava a oito quilômetros dali seguindo pela Route 19 (com Gandalf sentado no banco do carona da picape, com as orelhas erguidas e os olhos brilhando) e pegou comida de cachorro. O mercado estava abandonado, e é claro que tinha sido saqueado, mas ninguém levou Eukanuba. Depois do Seis de Junho, animais de estimação não eram prioridade na cabeça das pessoas. Foi o que Robinson deduziu.

Fora isso, os dois ficavam perto do lago. Havia bastante comida na despensa, e caixas cheias no porão. Ele costumava brincar que Diana esperava o apocalipse, mas ele é que acabou virando piada. Os dois, na verdade, porque Diana nunca deve ter imaginado que, quando o apocalipse finalmente chegasse, ela estaria em Boston com a filha deles, investigando as possibilidades acadêmicas da Emerson College. Com apenas uma boca para alimentar, os alimentos durariam mais tempo que ele. Robinson não tinha dúvida disso. Timlin disse que eles estavam condenados.

Ele nunca achou que o fim do mundo seria tão lindo. O tempo estava quente e sem nuvens. Antes, o lago Pocomtuck ficaria lotado de lanchas e jet skis (que estavam matando os peixes, os mais velhos reclamavam), mas nesse verão estava silencioso, exceto pelas mobelhas... só que parecia haver menos gritando a cada noite. Primeiro, Robinson pensou que era sua imaginação, que estava tão contaminada de dor quanto o resto do seu cérebro, mas Timlin garantiu que não era.

— Você não reparou que boa parte dos pássaros da floresta já se foi? Não tem concerto de chapins de manhã, não tem música de corvos ao meio-dia. Em setembro, as mobelhas vão ter sumido tanto quanto os malucos que fizeram isso. Os peixes vão viver um pouco mais, mas vão acabar sumindo também. Como os cervos, os coelhos e os esquilos.

Sobre a vida silvestre, não podia haver argumento. Robinson tinha visto mais de dez cervos mortos perto da estrada do lago e mais alguns junto à Route 19, no trajeto que ele e Gandalf fizeram até a Carson Corners General Store, onde a placa na frente — COMPRE SEU QUEIJO & XAROPE DE VERMONT AQUI! — estava agora caída ao lado das bombas vazias de gasolina. Mas a maior parte do holocausto animal estava na floresta. Quando o vento vinha do leste, na direção do lago em vez de a partir dele, o fedor era absurdo. Os dias quentes não ajudavam, e Robinson queria saber o que tinha acontecido com o inverno nuclear.

— Ah, vai chegar — disse Timlin, sentado na cadeira de balanço, olhando para a luz do sol manchada embaixo das árvores. — A terra ainda está absorvendo a explosão. Além do mais, baseado nos últimos relatos que temos, o hemisfério Sul, sem mencionar boa parte da Ásia, estão enfiados debaixo do que pode acabar sendo uma nuvem eterna. Aprecie o sol enquanto o temos, Peter.

Como se ele pudesse apreciar alguma coisa. Ele e Diana andavam conversando sobre uma viagem para a Inglaterra, as primeiras férias longas deles desde a lua de mel, quando Ellen estivesse adaptada na faculdade.

Ellen, pensou ele. *Que estava se recuperando do rompimento com o primeiro namorado de verdade e estava começando a sorrir novamente.*

Em um desses belos dias de fim de verão pós-apocalipse, Robinson botou uma guia na coleira de Gandalf (ele não fazia ideia de qual era o nome do cachorro antes do Seis de Junho; o vira-lata veio com uma coleira na qual só havia uma placa de vacinação do estado de Massachusetts), e eles andaram os três quilômetros até o condomínio caro no qual Howard Timlin era agora o único residente.

Diana uma vez chamou aquela caminhada de paraíso das fotografias. Boa parte dava vista para penhascos que iam até o lago e vistas panorâmicas de Nova York. Em determinado ponto, onde a estrada fazia uma curva abrupta, uma placa que dizia DIRIJA COM SEGURANÇA! tinha sido pendurada. Os adolescentes de verão, claro, a chamavam de Curva do Morto.

Woodland Acres, um condomínio de luxo antes do fim do mundo, ficava um quilômetro e meio depois. A propriedade central era um chalé de pedra que abrigava um restaurante com uma vista maravilhosa, um chef cinco estrelas e uma "adega de cervejas" com mil marcas diferentes. ("Muitas impossíveis de beber", disse Timlin. "Pode acreditar.") Espalhados ao redor do chalé principal, em vários vales arborizados, ficavam vinte e quatro "cabanas" pitorescas, algumas delas propriedade de grandes corporações antes de o Seis de Junho botar um fim em todas as corporações. A maioria das cabanas ainda estava vazia no Seis de Junho, e nos dez dias loucos que se seguiram, as poucas pessoas que estavam morando ali fugiram para o Canadá, que diziam estar livre de radiação. Isso foi quando ainda havia gasolina para tornar isso possível.

Os donos do Woodland Acres, George e Ellen Benson, ficaram. Timlin também, que era divorciado, não tinha filhos para lamentar a perda e que sabia que a história do Canadá só podia ser um boato. Depois, no começo de julho, os Benson tomaram um monte de comprimidos e foram para a cama ouvindo Beethoven em um fonógrafo a pilhas. Agora, só havia Timlin.

— Tudo que você vê é meu — disse ele para Robinson, balançando os braços graciosamente. — E, um dia, meu filho, vai ser seu.

Nessas caminhadas diárias até Acres, a dor e a sensação de deslocamento de Robinson diminuíam; a luz do sol era sedutora. Gandalf farejava os arbustos e tentava mijar em todos. Latia corajosamente quando ouvia alguma coisa no bosque, mas sempre chegava mais perto de Robinson. A coleira era necessária só por causa dos esquilos e tâmias mortos. Gandalf não queria mijar neles, mas queria se esbaldar no que havia sobrado.

Woodland Acres se separava da estrada em que Robinson morava agora em sua vida de solteiro por um portão. Ele estava ali para impedir a entrada de curiosos e da ralé assalariada como ele, mas agora o portão ficava permanentemente aberto. O caminho seguia por oitocentos metros de floresta onde a luz inclinada e poeirenta parecia quase tão velha quanto as píceas e os pinheiros enormes que a filtravam, passava por quatro quadras de tênis, contornava um gramado de golfe e um celeiro onde os cavalos agora estavam mortos nas baias. A cabana de Timlin ficava no lado mais distante do condomínio, uma moradia modesta com quatro quartos, quatro banheiros, com hidromassagem e sauna própria.

— Por que você precisa de quatro quartos se mora sozinho? — perguntou Robinson certa vez.

— Não sei nem nunca soube — disse Timlin —, mas todas as cabanas têm quatro quartos. Exceto Digitalis, Aquileia e Lavanda. Essas têm cinco. Lavanda tem pista de boliche. Todas com conveniências modernas. Mas quando eu vinha aqui quando criança com a minha família, a gente mijava numa casinha do lado de fora. Pode acreditar.

Robinson e Gandalf normalmente encontravam Timlin sentado em uma das cadeiras de balanço na varanda ampla da cabana dele (Verônica), lendo um livro ou ouvindo música no CD player a pilhas. Robinson soltava a guia da coleira de Gandalf e o cachorro, um vira-lata sem nenhuma raça reconhecível exceto pelas orelhas de cocker spaniel, corria pela escada para receber festinha. Depois de fazer carinho, Timlin puxava delicadamente o pelo branco-acinzentado do cachorro em vários pontos, e, como continuava preso na pele, ele sempre dizia a mesma coisa: "Incrível".

Nesse belo dia em meados de agosto, Gandalf só fez uma breve visita à cadeira de balanço de Timlin, farejando os tornozelos dele antes de descer a escada e entrar no bosque. Timlin levantou a mão para Robinson no gesto de cumprimento de um índio de filme antigo.

Robinson retribuiu o cumprimento.

— Quer uma cerveja? — perguntou Timlin. — Está fresca. Acabei de tirar do lago.

— A bebida de hoje seria Old Shitty ou Green Mountain Dew?

— Nenhum dos dois. Achei uma caixa de Budweiser no depósito. O Rei das Cervejas, como você talvez lembre. Eu a libertei.

— Nesse caso, fico feliz em me juntar a você.

Timlin se levantou com um grunhido e entrou, balançando um pouco de um lado para outro. A artrite tinha elaborado um ataque sorrateiro aos quadris dele dois anos antes, ele contou para Robinson, e, não satisfeita, decidiu tomar posse dos tornozelos também. Robinson nunca perguntou, mas avaliava que Timlin devia ter setenta e tantos anos. O corpo magro sugeria uma vida em forma, mas estava começando a falhar. Robinson nunca se sentiu fisicamente melhor na vida, o que era irônico considerando os poucos motivos que ele tinha para viver. Timlin certamente não precisava dele, embora o sujeito fosse bem agradável. Quando esse verão sobrenaturalmente lindo acabasse, só Gandalf realmente precisaria dele. E tudo bem, porque, no momento, Gandalf bastava.

Só um garoto e seu cachorro, pensou ele.

O dito cachorro saiu do bosque no mês de junho, magro e enlameado, o pelo embaraçado com carrapichos e um arranhão fundo no focinho. Robinson estava deitado no quarto de hóspedes (ele não conseguia suportar dormir na cama que dividia com Diana), insone de sofrimento e depressão, ciente que estava chegando cada vez mais perto de desistir e acabar com a própria vida. Chamaria um ato desses de covarde semanas antes, mas desde então passou a reconhecer vários fatos inegáveis. A dor não acabaria. O sofrimento não passaria. E, claro, sua vida não seria longa de qualquer forma. Bastava sentir o cheiro dos animais em decomposição no bosque para saber o que havia pela frente.

Ele ouviu um barulho e achou que podia ser um ser humano. Ou um urso sobrevivente que tivesse sentido o cheiro da comida dele. Mas o gerador ainda estava funcionando, e no brilho das luzes na entrada de casa, ele viu um cachorrinho cinzento, alternadamente arranhando a porta e se encolhendo na varanda. Quando Robinson abriu a porta, o cachorro primeiro recuou, com as orelhas para trás e o rabo entre as pernas.

— Acho que é melhor você entrar — disse Robinson, e, sem muita hesitação, o cachorro entrou.

Robinson deu a ele uma tigela de água, da qual ele bebeu furiosamente, depois uma lata de carne moída, que ele comeu em cinco ou seis bocadas. Quando terminou, Robinson fez carinho nele, torcendo para não ser mordido. Em vez de morder, o cachorro lambeu sua mão.

— Você é Gandalf — disse Robinson. — Gandalf, o Cinzento.

E começou a chorar. Tentou dizer para si mesmo que estava sendo ridículo, mas não estava. Ele não estava mais sozinho.

— Alguma novidade com aquela sua motocicleta? — perguntou Timlin.

Eles já estavam na segunda cerveja. Quando Robinson terminasse a dele, ele e Gandalf fariam a caminhada de três quilômetros de volta para casa. Ele não queria demorar muito; os mosquitos atacavam no crepúsculo.

Se Timlin estiver certo, pensou ele, *os sugadores de sangue vão herdar a Terra em vez de os mansos. Isso se conseguirem encontrar sangue para sugar.*

— A bateria morreu — contou a Timlin. — Minha esposa me fez prometer vender a moto quando eu fizesse cinquenta anos. Ela dizia que, depois dos cinquenta, os reflexos de um homem são lentos demais para dirigir com segurança.

— E você faz cinquenta quando?

— Ano que vem — disse Robinson. E riu do absurdo da situação.

— Eu perdi um dente hoje de manhã — contou Timlin. — Pode não querer dizer nada na minha idade, mas...

— Viu sangue na privada?

Timlin tinha dito que era um dos primeiros sinais de envenenamento avançado por radiação, e sabia bem mais sobre o assunto que Robinson. O que Robinson sabia era que a esposa e a filha estavam em Boston quando as conversas frenéticas de paz em Genebra culminaram em uma explosão nuclear no dia cinco de junho, e que ainda estavam em Boston no dia seguinte, quando o mundo acabou. A costa leste dos Estados Unidos, de Hartford a Miami, agora não passava de ruínas.

— Vou recorrer à quinta emenda quanto a isso — disse Timlin. — Lá vem seu cachorro. É melhor dar uma olhada nas patas dele, ele está mancando um pouco. Parece a traseira esquerda.

Mas eles não encontraram nenhum espinho em nenhuma das patas de Gandalf, e desta vez, quando Timlin puxou delicadamente o pelo, uma área perto da anca soltou. Gandalf pareceu não sentir. Os dois homens se olharam.

— Pode ser sarna — disse Robinson. — Ou estresse. Cachorros perdem pelo quando estão estressados, sabia?

— Talvez. — Timlin estava olhando para o oeste, para o outro lado do lago. — Vai ser um lindo pôr do sol. São todos lindos agora, claro. Como quando Krakatoa entrou em erupção em 1883. Só que isso foram dez mil Krakatoas. — Ele se inclinou e fez carinho na cabeça de Gandalf.

— A Índia e o Paquistão... — disse Robinson.

Timlin se empertigou de novo.

— Ah, é. Mas todo mundo tinha que entrar na história, não foi? Até os tchetchenos tinham algumas, que levaram para Moscou em caminhões de entrega. Parece que o mundo esqueceu por vontade própria quantos países, e grupos, *grupos*!, tinham aquelas coisas.

— E do que aquelas coisas eram capazes — disse Robinson.

Timlin assentiu.

— Isso também. Estávamos preocupados demais com o teto de endividamento, e nossos amigos do outro lado da poça estavam se concentrando em acabar com concursos de beleza infantis e em valorizar o euro.

— Tem certeza de que o Canadá está tão contaminado quanto os quarenta e oito estados abaixo?

— É uma questão de grau, eu acho. Vermont não deve estar tão contaminada quanto Nova York, e o Canadá não deve estar tão contaminado quanto Vermont. Mas vai ficar. Além do mais, a maioria das pessoas que foi para lá já está doente. Doente até a morte, se posso alterar a citação de Kierkegaard. Quer outra cerveja?

— É melhor eu voltar. — Robinson se levantou. — Venha, Gandalf. Está na hora de queimar umas calorias.

— Nos vemos amanhã?

— Talvez no fim da tarde. Tenho uma coisa para fazer de manhã.

— Posso perguntar onde?

— Em Bennington, enquanto ainda tem gasolina suficiente na minha picape para uma viagem de ida e volta.

Timlin ergueu as sobrancelhas.

— Quero ver se consigo encontrar uma bateria para a motocicleta.

Gandalf chegou até a Curva do Morto usando as próprias pernas, embora o andar tenha ficado cada vez mais manco. Quando chegaram lá, ele simplesmente se sentou, como se para ver o pôr do sol ardente refletido no lago.

Estava de um laranja fumegante entremeado de artérias vermelho-escuras. O cachorro choramingou e lambeu a perna traseira esquerda. Robinson se sentou ao lado dele por um tempo, mas quando os primeiros mosquitos pediram reforços, ele pegou Gandalf no colo e começou a andar de novo. Quando chegaram em casa, os braços de Robinson estavam tremendo e os ombros doíam. Se Gandalf pesasse mais cinco quilos, talvez mais dois e meio, ele teria que ter deixado o vira-lata na estrada para ir buscar a picape. Sua cabeça também estava doendo, talvez por causa do calor, talvez por causa da segunda cerveja, talvez por causa dos dois.

A entrada ladeada de árvores que descia até a casa era uma poça de sombras, e a casa estava às escuras. O gerador tinha se entregado aos fantasmas semanas antes. O pôr do sol tinha virado um hematoma roxo. Ele subiu na varanda e colocou Gandalf no chão para abrir a porta.

— Entre, garoto — disse ele.

Gandalf tentou se levantar, mas desistiu.

Quando Robinson estava se inclinando para pegá-lo novamente, Gandalf fez outro esforço. Desta vez, passou pela porta e desabou do outro lado, ofegante. Na parede acima do cachorro havia pelo menos vinte e quatro fotos com pessoas que Robinson amava, todas falecidas. Ele não tinha mais forças nem para ligar para os celulares de Diana e Ellen e ouvir as vozes gravadas. O celular dele morreu pouco depois do gerador, mas bem antes disso, todo o serviço de celular parou.

Ele pegou uma garrafa de água Poland Spring na despensa, encheu a tigela de Gandalf e colocou um pouco de ração também. Gandalf bebeu um pouco de água, mas não quis comer. Quando Robinson se agachou para fazer carinho na barriga do cachorro, o pelo caiu aos montes.

Está acontecendo tão rápido, pensou ele. *Hoje de manhã ele estava bem.*

Robinson foi até o depósito atrás da casa com uma lanterna. No lago, uma mobelha grasnou, só uma. A moto estava debaixo de uma lona. Ele puxou a lona e apontou o feixe de luz para ela, pelo corpo brilhante da moto. Era uma Fat Bob de 2014, com vários anos de idade agora, mas pouca quilometragem; seus dias de percorrer de seis a oito mil quilômetros entre maio e outubro estavam no passado. Mas a Bob ainda era sua moto dos sonhos, embora os sonhos fossem onde ele andava nela nos últimos dois anos. Motor twin cam resfriado a ar. Seis velocidades. Quase 1700 cilindradas. E o ronco que fazia! Só as Harleys fazem esse som, como trovão de verão. Quando você parava ao lado de um Chevy no sinal, o motorista lá dentro era capaz de trancar as portas.

Robinson passou a mão pelo guidão e a perna por cima do banco e se sentou com os pés nos apoios. Diana tinha ficado cada vez mais insistente para que ele a vendesse, e quando ele andava na moto, ela o lembrava de novo e de novo que Vermont tinha lei de usar capacetes por um motivo... diferentemente dos idiotas em New Hampshire e no Maine. Agora, ele podia andar sem capacete se quisesse. Diana não estava ali para pegar no pé dele nem a polícia para fazê-lo parar e lhe dar uma multa. Podia andar pelado se quisesse.

— Se bem que eu teria que ter cuidado com o escapamento quando descesse — disse, rindo. Ele entrou sem botar a lona em cima da Harley. Gandalf estava deitado na cama de cobertores que Robinson tinha feito para ele, com o focinho apoiado nas patas da frente. A ração estava intacta.

— É melhor você comer — disse Robinson, fazendo um carinho na cabeça de Gandalf. — Vai se sentir melhor.

Na manhã seguinte, havia uma mancha vermelha nos cobertores na altura da traseira de Gandalf, que embora tentasse, não conseguia ficar de pé. Depois de desistir uma segunda vez, Robinson o carregou para fora, onde Gandalf se deitou na grama, depois conseguiu levantar o bastante para se agachar. O que saiu dele foi um jorro de bosta sangrenta. Gandalf rastejou para longe como se estivesse com vergonha, depois se deitou e ficou olhando para Robinson com tristeza.

Desta vez, quando Robinson o pegou, Gandalf ganiu de dor. Mostrou os dentes, mas não tentou morder. Robinson o carregou para dentro e o colocou na cama de cobertores. Olhou para as mãos quando se levantou e viu que estavam cobertas de pelo. Quando bateu as palmas das mãos uma na outra, os pelos saíram flutuando como dente de leão.

— Você vai ficar bem — disse ele para Gandalf. — Só está meio mal do estômago. Deve ter mordido um daqueles esquilos quando eu não estava olhando. Fique aí e descanse. Você vai estar se sentindo melhor quando eu voltar.

Ainda havia meio tanque de gasolina na picape, mais do que suficiente para uma viagem de ida e volta de cem quilômetros até Bennington. Robinson decidiu ir até Woodland Acres primeiro para ver se Timlin precisava de alguma coisa.

Seu último vizinho estava sentado na varanda de Verônica na cadeira de balanço. Parecia extremamente pálido, e havia bolsas roxas sob os olhos dele. Quando Robinson contou sobre Gandalf, Timlin assentiu.

— Fiquei acordado boa parte da noite, indo ao banheiro. Acho que pegamos a mesma coisa. — Ele sorriu para mostrar que era piada, ainda que não muito engraçada.

Não, disse ele, não tinha nada que ele quisesse em Bennington, mas talvez Robinson pudesse dar uma passadinha lá na volta.

— Eu tenho uma coisa que talvez *você* queira — disse ele.

O trajeto até Bennington foi mais lento do que Robinson esperava, porque a estrada estava cheia de carros abandonados. Já era quase meio-dia quando ele parou o carro no estacionamento frontal da Kingdom Harley-Davidson. As vitrines tinham sido quebradas e todas as motos expostas tinham sumido, mas ainda havia muitas motos nos fundos. Essas foram protegidas de roubo por cabos de aço envoltos em plástico e cadeados pesados.

Por Robinson, tudo bem; ele só queria roubar uma bateria. A Fat Bob que escolheu era só um ano ou dois mais nova que a dele, mas a bateria parecia igual. Ele pegou a caixa de ferramentas na caçamba da picape e verificou a bateria com seu Impact (o medidor de carga foi presente da filha dois aniversários antes), e a luz ficou verde. Ele tirou a bateria, entrou no showroom e encontrou uma seleção de mapas. Usando o mais detalhado para decifrar as estradas menores, ele conseguiu voltar ao lago às três da tarde.

Viu muitos animais mortos no caminho, inclusive um alce muito grande caído ao lado dos degraus de cimento do trailer de alguém. No gramado malcuidado do trailer, uma placa pintada à mão tinha sido fixada, só com três palavras: CÉU EM BREVE.

A varanda da cabana Verônica estava vazia, mas quando Robinson bateu à porta, Timlin gritou para ele entrar. Ele estava sentado na sala rústica e luxuosa, mais pálido que nunca. Em uma das mãos, tinha um guardanapo de linho enorme. Estava com manchas de sangue. Na mesa de centro à frente havia três itens: um livro de fotografias chamado *A beleza de Vermont*, uma agulha hipodérmica cheia de fluido amarelo e um revólver.

— Estou feliz de você ter vindo — disse Timlin. — Eu não queria ir embora sem dizer adeus.

Robinson reconheceu o absurdo da primeira resposta que veio à mente, "Não vamos nos precipitar", e ficou em silêncio.

— Já perdi seis dentes — disse Timlin —, mas esse não é o maior problema. Nas últimas doze horas, mais ou menos, parece que expeli a maior parte dos meus intestinos. O mais estranho é que quase não dói. As hemorroidas que me atormentaram quando eu tinha uns cinquenta anos foram piores. A dor vai vir, eu já li o bastante para saber sobre isso, mas não pretendo ficar por aqui tempo o bastante para vivenciá-la. Conseguiu a bateria que queria?

— Consegui — respondeu Robinson, e se sentou pesadamente. — Meu Deus, Howard, eu lamento pra caralho.

— Eu agradeço. E você? Como está se sentindo?

— Fisicamente? Bem.

Se bem que isso não era mais completamente verdade. Várias manchas vermelhas que não pareciam queimaduras solares estavam surgindo nos seus antebraços, e havia uma no peito, acima do mamilo direito. Coçavam. Além do mais… o café da manhã não estava voltando, mas seu estômago não parecia muito feliz com isso.

Timlin se inclinou para a frente e deu uma batidinha na seringa.

— Demerol. Eu ia injetar em mim mesmo e olhar fotos de Vermont até… até. Mas mudei de ideia. Acho que a arma vai servir. Fique com a seringa.

— Ainda não estou pronto.

— Não para você, é para o cachorro. Ele não merece sofrer. Não foram os cachorros que construíram as bombas, afinal.

— Talvez ele só tenha comido um esquilo — sugeriu Robinson com voz fraca.

— Nós dois sabemos que não é isso. Mesmo que fosse, os animais mortos estão tão cheios de radiação que daria na mesma se fosse uma cápsula de cobalto. É incrível ele ter sobrevivido por tanto tempo. Fique grato pelo tempo que teve com ele. Um pouco de graça. É isso que um bom cachorro é, sabe? Um pouco de graça.

Timlin o observou com atenção.

— Não vá começar a chorar. Se você chorar, eu também vou, então seja macho. Tem uma caixa com seis Buds na geladeira. Não sei por que me dei ao trabalho de botar lá dentro, mas os velhos hábitos custam a morrer. Por que você não pega uma para cada um de nós? Cerveja quente é melhor do que cerveja nenhuma; acredito que Woodrow Wilson disse isso. Vamos fazer um brinde a Gandalf. E à bateria nova. Enquanto isso, preciso tirar água do joelho. Quem sabe dessa vez eu tiro mais que água.

Robinson pegou a cerveja. Quando voltou, Timlin não estava, e ficou fora por quase cinco minutos. Voltou devagar, se segurando nas coisas. Tinha tirado a calça e amarrado uma toalha na cintura. Ele se sentou com um gemido de dor, mas pegou a lata de cerveja que Robinson deu para ele. Eles brindaram a Gandalf e beberam. A Bud estava quente mesmo, mas não estava tão ruim. Afinal, era o Rei das Cervejas.

Timlin pegou a arma.

— Vai ser o suicídio clássico vitoriano — disse ele, parecendo satisfeito com a perspectiva. — Arma na têmpora. A mão livre sobre os olhos. Adeus, mundo cruel.

— E eu vou entrar para o circo — disse Robinson sem pensar.

Timlin riu com vontade, repuxando os lábios e exibindo os poucos dentes que restavam.

— Seria legal, mas eu duvido. Eu já contei que fui atropelado por um caminhão quando era criança? Daqueles pequenos de entregar leite?

Robinson balançou a cabeça.

— Aconteceu em 1957. Eu tinha quinze anos, estava andando por uma estrada de terra no Michigan, a caminho da Rodovia 22, onde pretendia pegar carona até Traverse City para assistir a uma sessão dupla no cinema. Eu estava pensando em uma garota da minha turma, com pernas muito compridas e seios empinados, e me afastei da segurança relativa do acostamento. O caminhão do leiteiro veio de cima de uma colina, o motorista dirigindo rápido demais, e me acertou de frente. Se estivesse carregado, eu teria morrido, mas, como estava vazio, estava bem mais leve, me permitindo chegar aos setenta e cinco anos e ver como é cagar os intestinos em uma privada que não dá mais descarga.

Não parecia haver resposta apropriada para isso.

— Houve um brilho de sol no para-brisa do caminhão quando chegou no alto da colina, e depois... nada. Acho que vou sentir a mesma coisa quando a bala entrar no meu cérebro e destruir tudo que já pensei e vivenciei. — Ele levantou um dedo professoral. — Só que, desta vez, não vai haver outra coisa depois. Só um brilho, como o sol no para-brisa de um caminhão de leiteiro, seguido de nada. Acho a ideia ao mesmo tempo incrível e terrivelmente deprimente.

— Talvez você devesse esperar um pouco — disse Robinson. — Você pode...

Timlin esperou educadamente, com as sobrancelhas erguidas.

— Porra, sei lá. — E então, surpreendendo a si mesmo, Robinson gritou: — *O que fizeram? O que aqueles filhos da puta fizeram?*

— Você sabe perfeitamente bem o que eles fizeram — disse Timlin. — E agora, vivemos com as consequências. Sei que você ama aquele cachorro, Peter. É amor desviado, o que os psiquiatras chamam de histeria de conversão, mas a gente pega o que pode, e se tivermos metade de um cérebro, ficamos agradecidos. Então, não hesite. Injete no pescoço dele e injete fundo. Segure a coleira para o caso de ele se afastar.

Robinson botou a cerveja na mesa. Não a queria mais.

— Ele estava mal quando eu saí. Talvez já esteja morto.

Mas Gandalf não estava.

Ele ergueu o rosto quando Robinson entrou no quarto e balançou o rabo duas vezes no cobertor sujo de sangue. Robinson se sentou ao lado dele. Acariciou a cabeça de Gandalf e pensou na maldição do amor, que era tão simples, na verdade, quando você o encarava. Gandalf apoiou a cabeça no joelho de Robinson e olhou para ele. Robinson pegou a seringa no bolso da camisa e tirou a capa protetora da agulha.

— Você é um bom menino — disse ele, e segurou a coleira de Gandalf, como Timlin instruíra.

Enquanto tomava coragem para ir até o fim, ele ouviu um tiro. O som foi baixo àquela distância, mas, com o lago tão parado, não dava para confundir com outra coisa. Espalhou-se pelo ar quente de verão, diminuído, tentou ecoar, falhou. Gandalf levantou as orelhas, e uma ideia ocorreu a Robinson, tão reconfortante quanto absurda. Talvez Timlin estivesse errado sobre o nada. Era possível. Em um mundo em que você podia levantar o rosto e ver um corredor infinito de estrelas, ele achava que qualquer coisa era. Talvez...

Talvez.

Gandalf ainda estava olhando para ele quando Robinson enfiou a agulha no pescoço dele. Por um momento, os olhos do cachorro continuaram brilhantes e cientes, e no momento eterno antes do brilho sumir, Robinson teria voltado atrás se pudesse.

Ele ficou sentado no chão por bastante tempo, torcendo para ouvir aquela última mobelha mais uma vez, mas não ouviu. Depois de um tempo, ele foi até o depósito, encontrou uma pá e cavou um buraco no jardim da esposa. Não havia necessidade de ser fundo; nenhum animal ia aparecer para cavar até chegar a Gandalf.

Quando acordou na manhã seguinte, Robinson sentiu gosto de cobre na boca. Quando levantou a cabeça, a bochecha estava meio grudada no travesseiro. O nariz e as gengivas tinham sangrado durante a noite.

Era mais um lindo dia, e apesar de ainda ser verão, as primeiras folhas começaram a perder a cor. Robinson empurrou a Fat Bob de dentro do abrigo e trocou a bateria, trabalhando lenta e cuidadosamente no silêncio sobrenatural.

Quando terminou, virou o botão. A luz verde neutra se acendeu, mas piscou um pouco. Ele desligou o botão, apertou as conexões e tentou de novo. Desta vez, a luz ficou firme. Ele acionou a ignição, e aquele som, trovão de verão, estilhaçou o silêncio. Parecia sacrilégio, mas, e isso era estranho, de um jeito bom.

Robinson não ficou surpreso de se pegar pensando na primeira e única viagem que fez para a reunião anual de motos em Sturgis, na Dakota do Sul, em 1998, o ano anterior ao que ele conheceu Diana. Ele se lembrava de seguir lentamente pela avenida Junction na Honda GB 500, só mais uma moto em um desfile de duas mil, o rugido combinado de todas as motos tão alto que parecia uma coisa viva. Mais tarde, na mesma noite, houve uma fogueira, e um fluxo infinito de Stones e AC/DC e Metallica soando nas pilhas de amplificadores Marshall que pareciam Stonehenge. Garotas tatuadas dançavam de topless na luz do fogo; homens barbados bebiam cerveja de dentro de elmos bizarros; crianças decoradas com tatuagens de decalque corriam para todo o lado, agitando velas de faíscas. Foi apavorante e incrível e maravilhoso, tudo que era certo e errado no mundo no mesmo lugar e em foco perfeito. Acima, aquele corredor de estrelas.

Robinson acelerou a Fat Boy, depois soltou o acelerador. Apertou e soltou. Apertou e soltou. O odor intenso de gasolina recém-queimada encheu o ar da frente da casa. O mundo era uma casca moribunda, mas o silêncio foi banido, pelo menos por enquanto, e isso era bom. Era ótimo. *Foda-se, silêncio*, pensou ele. *Foda-se você e o cavalo no qual veio montado. Este é o meu cavalo, meu cavalo de ferro, e o que você acha dele?*

Ele apertou a embreagem e mudou para a primeira marcha. Saiu rodando pela entrada, virou para a direita e mudou a marcha, primeiro para segunda e depois para terceira. A estrada era de terra e tinha raízes em algumas partes, mas a moto enfrentava raízes com facilidade, levantando Robinson no assento. O nariz dele estava sangrando de novo; o sangue escorria pelas bochechas e voava para trás em gotas fartas. Ele fez a primeira curva e a segunda, virando mais agora, chegando à quarta marcha quando entrou em uma linha reta. A Fat Bob estava ansiosa para rodar. Tinha ficado guardada por tempo demais, pegando poeira. À direita de Robinson, ele via o lago Pocomtuck pelo canto do olho, ainda um espelho, o sol criando filetes amarelo-dourados no azul. Robinson soltou um grito e balançou o punho para o céu, para o universo, antes de voltar a mão para o guidão. À frente estava a curva com a placa de DIRIJA COM SEGURANÇA! que marcava a Curva do Morto.

Robinson mirou a placa e girou o acelerador até o final. Só teve tempo de passar a quinta marcha.

Para Kurt Sutter e Richard Chizmar

1ª EDIÇÃO [2017] 7 reimpressões

ESTA OBRA FOI COMPOSTA PELA ABREU'S SYSTEM EM WHITMAN
E IMPRESSA EM OFSETE PELA GEOGRÁFICA SOBRE PAPEL PÓLEN DA
SUZANO S.A. PARA A EDITORA SCHWARCZ EM MAIO DE 2024

A marca FSC® é a garantia de que a madeira utilizada na fabricação do papel deste livro provém de florestas que foram gerenciadas de maneira ambientalmente correta, socialmente justa e economicamente viável, além de outras fontes de origem controlada.